当代翻译学文库
黄忠廉　傅敬民　李瑞林　主编

国家社会科学基金项目成果

新月派诗歌翻译文化研究

黄焰结　著

科学出版社
北京

内 容 简 介

本书以"移花接木，催生异彩"为脉络，以翻译文化为着眼点，系统探究新月派译诗文化史——勾勒了新月译者的身份、诗学、文化素养与译诗成就，考察了其"选种""播种"的译诗策略和艺术，观察了新月译诗作为"种子"在中国文学园地里的新生与新变，对比阐述了新月派与同时期社团的译诗文化。

本书史料翔实，在新史料发掘的基础上揭示了新月派译诗与文学创作以及与社会文化之间的内在关联，透视了新月文化的异域源头和历史变迁，探索了文学社团翻译史的书写模式，丰富了中国现代翻译文学（文化）史的书写，而且，还能为当下的翻译文学、诗歌翻译和其他相关人文学科的研究提供本土与域外的资源以及理论思考。

本书适合外语、翻译、文学等专业研究生、学者和翻译/诗歌爱好者参阅。

图书在版编目（CIP）数据

新月派诗歌翻译文化研究 / 黄焰结著. -- 北京：科学出版社, 2024. 11. -- （当代翻译学文库 / 黄忠廉，傅敬民，李瑞林主编）. -- ISBN 978-7-03-079843-5

Ⅰ. I207.227

中国国家版本馆 CIP 数据核字第 2024Z3N450 号

责任编辑：王 丹 赵 洁 / 责任校对：王晓茜
责任印制：徐晓晨 / 封面设计：润一文化

科学出版社 出版
北京东黄城根北街 16 号
邮政编码：100717
http://www.sciencep.com
北京建宏印刷有限公司印刷
科学出版社发行 各地新华书店经销

*

2024 年 11 月第 一 版 开本：720×1000 1/16
2024 年 11 月第一次印刷 印张：22 3/4
字数：372 000
定价：118.00 元
（如有印装质量问题，我社负责调换）

总　序

当代翻译学文库

中国是翻译大国，正日益成为翻译强国。当下，翻译事业繁荣，译入译出并举，译学日渐昌盛。"当代翻译学文库"将集聚各方智慧，追踪国际译学前沿，着力推进知识创新，培养卓越翻译人才，以适应中国译事发展现实与长远需要。

本文库含"理论译学"和"应用译学"两个分库。理论译学分库突出理论性、权威性和前沿性，重点考察翻译一般规律与内在机制，探究翻译本体论、认识论和方法论问题，推进译学知识体系、方法体系和话语体系建构，强化译学的独特性与自治性。具体包括：①翻译思想类，聚焦翻译家与翻译学者的思想研究；②翻译理论类，聚焦翻译理论及其范畴研究；③翻译学科类，聚焦翻译学科系统建构研究；④翻译历史类，涵盖通史、史料史、断代史、专门史、国别史、口述史等。

应用译学分库则面向广泛的翻译生活世界，重点研究实践层面的核心认知与操作问题。具体包括：①理论研究类，加强本体研究，聚焦目标对象、核心特征、基本原则、翻译策略等主要维度，探索应用译学理论体系化路径；②领域研究类，研究文化、商务、科技、新闻、法律等领域的特殊性及其翻译方法；③交叉研究类，聚焦翻译学与其他学科的交叉研究，丰富应用译学内涵，拓展应用译学空间；④翻译工具类，重点研究翻译技术、翻译资源研发与应用、翻译工具书及其编纂等问题；⑤翻译教学类，着重研究翻译教师、教材、教法等问题。

本文库著作来源以国内为主，兼及国外；以汉语为主，辅以外语；以国家社会科学基金项目和教育部人文社会科学研究项目的结项成果为主，兼收基于博士学位论文的高水平著作。整个文库服务于广大译者、翻译研究者、高校外语专业师生，以及对翻译和翻译研究感兴趣的读者。

中国译学协同研究中心（广东外语外贸大学）
应用翻译研究中心（上海大学）
2021年金秋

前　言

　　新月派崛起于五四后期，是20世纪二三十年代中国重要的新文学社团，以诗歌创作与翻译著称于世。十余年间，新月派两代译者经过不懈努力，创造了以诗歌为主体的"新月文学"以及以译诗为主体的"新月翻译文学"。而诗歌翻译在某种程度上是"移花接木"的文化翻译过程——移植外国诗歌园地里的奇花，将其作为种子播撒到本国语言文化土壤中，以为本土诗歌园地增添异色的花朵。其中，"选种"与"播种"的不同不仅反映了译者相异的翻译诗学和翻译规范，也决定了译诗活动的面貌差别，给本土诗歌文化所添加的色彩也不一样。那么，对于新月派这群深受欧美文化熏陶的自由主义知识分子，他们的诗歌翻译（外国诗歌汉译）经历了什么样的"选种"与"播种"过程？又催生了中国新诗文化什么样的新色彩呢？

　　本书循着翻译文化史的思路，系统阐释上述问题以探讨新月派诗歌翻译文化。概而言之，从史料发掘与观察出发，描写分析与新月派译诗相关的文本、副文本和超文本话语材料，以回到历史现场的姿态考察新月群体的诗歌翻译史。全书具体章节架构如下。

　　第一章简述新月派及其诗歌翻译状况，综论新月派（诗歌）翻译研究的历史与现状，并提出本书的研究目的、视角、方法、意义、主要观点和研究内容。

　　第二章勾勒五四以降十余年间的诗歌翻译文化大背景，设想和理解新月派从事译诗活动的社会文化语境，明了"其所处之环境，所受之背景"，为分析和诠释新月译诗文化提供"同情之了解"。

　　第三章首先划定新月派诗歌译者群，描摹生发与演绎新月翻译文化的主体，回答"译者为谁"的基本问题；其次勾勒他们书写的诗歌翻译，回答"译了什么"的问题；最后观察他们的诗歌理论，领略其与译诗互动相关的古典倾向诗学。简言之，通过近距离观察问题和梳理史实，明晰新月译者的身份、诗学、文化素养和译诗成就，初步建立这些变量与译诗活动的网络关系，为后续研究奠定基础。

第四章至第六章结合"移花接木"的译诗过程，关注新月译者"选种"和"播种"的译诗策略与艺术，探究"如何译"与"为何译"以及二者的关联。具体来讲，第四章着重分析新月派译诗的"选种"策略，考察其诗歌翻译选择的主线：译介外国浪漫派传统诗歌及在其基础上扩展的现代派诗歌，彰显新月译者群体译诗选择的系统性、理性和伦理关怀；同时亦描摹新月派译诗选择的鲜明主体性，阐明他们有意识的译诗选择，旨在反拨五四"浪漫式"翻译，复兴中国诗学。

第五章结合译诗选择，重点阐述新月派呈"浪漫的与古典的"态势的译诗策略。所谓"浪漫的"，是说他们译诗的"选种"集中于浪漫主义诗歌及其变种；所谓"古典的"，不仅指他们译诗创格的古典式"播种"艺术，还指他们"选种"和"播种"的理念是反拨五四翻译的"浪漫性"趋势，洋溢着古典主义的节制与理性。"浪漫的与古典的"译诗策略，在看似矛盾中凸显了诗意张力，体现了新月派古典倾向的翻译诗学。而这最终目的还在于构建中西文化调和下的新诗诗学体系。可以说，该章承上一章新月派译诗"选种"艺术考察，启下一章"播种"艺术探索，以"为何译"连接"如何译"，同时又在"为何译"中阐明"如何译"，探究新月派译诗活动的深度原因，理解其社团翻译文化与西方文化和中国文化之间的关系。

第六章关注新月派译诗的"播种"艺术。新月派在中西方文化和译者主体性等多重因素影响下产生的创格译诗，具有多元性和多样性的特质，不仅体现了新月派的贵族气质和绅士风情，更将译诗升华至审美艺术的高度，予人以审美愉悦和思想启迪。而译诗的中和语言观以及直译和意译相结合的中庸翻译法，进一步加深了新月派翻译诗学的古典色彩。

第七章考察译诗作为"种子"在中国文学园地里的新生与新变。新月派译诗作为中文书写的外国诗，既展示了现代汉语的诗歌语言能力，又在本土化转换过程中输入了异域诗歌的形态与精神。在中西诗学融通的视野下，新月派的译诗与写诗形成了复杂的互动，表现出顺向推进的互文性，推动中国新诗朝审美的现代性方向发展，达到前所未有的新高度。

第八章对比新月派与文学研究会、创造社和现代派的译诗文化，总结归纳其与众不同的诗歌翻译文化。

概而言之，在五四以降十余年间的中国主体文化体系中，新月群体"移花接木，催生异彩"的译诗活动演绎出了鲜明独特的诗歌翻译文化。"选种""播种"不仅隐喻了译者卓尔不群的选择与创造，还体现了社团翻译活动的系统性、伦理性和主体性，反映了其具备"摹仿"翻译观、规范性翻译行为和理性翻译批评的"古典倾向"翻译诗学，以及倡导欧美诗歌译介、中庸翻译法与中和语言观的翻译规范。新月派独特的诗歌翻译文化是欧美文化选择性影响、汉语主体文化时代性诉求以及新月群体良好的出身、浪漫的气质、古典的思想、审美的文学观、自由主义的精神等内外部多重因素制约下的产物，与文学创作和文化政治形成互动影响，对中国新诗文化的构建发挥了建设性作用。

以上是本书的内容概述。在本书中，笔者尽量使用民国时期的原始书籍报刊史料（包括影印本）探究新月派译诗文化史。之所以如是，一是为了重回历史现场，再现研究的时代感，使读者即时感受和同情当时的语境；二是增益史料的准确性，提升其可信度，毕竟当时不少著述在后世转录或汇编的过程中经历过修订。以卞之琳为例，他在20世纪20年代末30年代初的学生时期就翻译了大量的外国诗歌，稍后选录自己的译作出版单行本译文集《西窗集》（商务印书馆，1936年3月初版）时，入选的部分译诗就经历了修订，最明显的就是法国诗人瓦莱里的诗作"Le Bois amical"，原译《和蔼的林子》载1933年4月19日《清华周刊》，收录于《西窗集》时改译为《友爱的林子》，且在文字、换行、格式、版式等方面都有变化。若干年后卞之琳再次修订《西窗集》，并于1981年11月由江西人民出版社出版。考察1936年版与1981年版，二者不仅有竖排转横排的明显版式变化，封面也显示由卞之琳选译转为卞之琳编译，更重要的是入选的译作也多有不同（1981年版本全部删除了原版的第一辑诗歌，但增补了小品文与短篇小说），即使保留下来的译作也经历了不同程度的修订。因此，若根据1981年版《西窗集》来研究卞之琳早年的翻译，出现的结果就是史料的准确性受质疑，可信度下降，研究结论站不住脚。

当然，民国时期史料中的语言文字与今天已有较大的不同。因此，我们在引用时，会采用繁简文字转换、版式改变（如竖排译诗转横排）、标点和文字修补等手段，修补的地方以[ ]标出，如"撩拷[镣铐]也是一桩好事"。不过，对于材料中的异体字和民国时期惯常用语，只要不影响引文的理解和表达，均照原文录，如"繙（翻）""譒（翻）""那（哪）""底（的/地/得）""牠（它）"等。如前所言，这样做也是为了体现时代感。

十多年前，我开始从事新月派翻译研究，2013年获批"新月派翻译文化研究"国家社会科学基金一般项目。新月派虽然以诗歌创作和翻译著世，但从"想做戏"开始的新月群体在戏剧、小说、散文、社科等文类上都有不菲的翻译成就，研究起来难度不小。在此后五年多时间里，课题组殚精竭力，搜集并整理了二百多万字的新月派译作及其有关翻译的论述，最终以三卷本的《演绎社团翻译文化——新月派文学翻译研究》（"总论"、"诗歌翻译研究"和"戏剧翻译研究"）结项。这套成果获评"良好"等级，得到了学界的肯定，我本人和课题组成员都甚感欣慰，付出的努力终有回报。只是遗憾的是，"小说翻译"和"散文翻译"尚待专题讨论，"社科翻译"仅有涉及，有待深入论述。之后，鉴于经费有限及其他一些原因，该成果一直未能出版。今年，在安徽师范大学高层次人才科研启动经费和外国语学院出版资助经费的资助下，择取其中的诗歌翻译研究部分出版，书稿有幸获得科学出版社的认可，同意出版。

在本书的写作过程中，我得到了多方的支持和帮助。首先，恩师王克非教授多年来一直予我以学业及工作上的指导和帮助，不仅引领我走上了民国翻译史研究的学术之路，还时常以睿智的语言为我点拨研究思路，尤其诗意的"移花接木，催生异彩"为本书点缀了文本，构织了文脉。恰逢2023年教师节之际，在此对老师致以深切的感谢，并送上深深的祝福。

感谢天津外国语大学林克难教授和西安外国语大学黄立波教授。林老师是我硕士阶段的导师，是他将我引入翻译研究的大门，窥探学术之门径。立波教授是我的同门，一直予我学术上诸多帮助。更重要的是，他们二位也是我项目组的主要成员。可以说，如果没有他们的辛苦付出，课题是否能够如期结项还两说，更不要说本书的出版了。

感谢之余，不觉缅怀起 Martha P. Y. Cheung（张佩瑶）和罗新璋两位先生。Martha 是我在香港访学期间的导师。想当年，我负笈浸会，得其指导与教诲，如沐春风，并蒙其邀请在香港浸会大学翻译学研究中心做公开演讲，发表学术声音。罗新璋公，多年前蒙其指囷相赠，在北京外国语大学求学期间，更是与先生有机缘多次晤面，听先生谈民国掌故、论译学大道，身心俱益。而今两位先生都已仙去，但他们融汇中西的大家学识和大师风范，将长驻学生心间。先生之风，山高水长！

我还要感谢北京外国语大学的陈国华教授、张威教授和马会娟教授，北京航空航天大学的文军教授和方红教授，对外经济贸易大学的王恩冕教授，安徽师范大学的张德让教授、蔡静教授和刘和文教授，陕西师范大学的史凯博士等师友，他们在本书的酝酿、写作和完善的过程中给予我诸多鼓励和支持，坚定了我研究的信心。感谢安徽师范大学外国语学院谢超峰书记和张孝荣院长，他们为我提供了良好的科研环境和学术资助，使我能心无旁骛地专注于研究。感谢我的学生张治强同学认真核查史料和校对书稿，感谢科学出版社王丹女士为本书出版所付诸多努力和辛劳。

鉴于作者学识和能力有限，再加之史料庞杂，本书难免有疏漏或不当之处，恳请广大同行和读者批评指正。

黄焰结

2023 年 9 月 10 日

于安徽师大花津校区

目　录

总序　当代翻译学文库

前言

第一章　绪论 ··· 1
　第一节　新月派及其诗歌翻译 ··· 2
　第二节　新月派（诗歌）翻译研究的历史和现状 ······················· 7
　第三节　研究目的与内容架构 ··· 16
　第四节　理论基础、研究方法与意义 ···································· 23

第二章　诗歌翻译文化图景：从五四时期到 20 世纪 30 年代 ······· 30
　第一节　五四时期译诗文化的历史考察 ································· 31
　第二节　20 世纪 30 年代译诗文化的历史考察 ························ 47

第三章　书写诗歌翻译：新月派的译诗活动 ··························· 62
　第一节　新月派的译诗群体 ·· 63
　第二节　新月派译诗概述 ··· 71
　第三节　新月派古典倾向诗学的观察 ···································· 82

第四章　传统的与现代的：新月派译诗的主体选择 ··················· 88
　第一节　浪漫派传统诗歌译介：译诗的纵贯线 ························ 88
　第二节　译介布莱克与济慈：传统与现代之间的转折 ··············· 105
　第三节　现代之风：英国唯美派与法国象征派诗歌的译介 ········· 119

第五章　浪漫的与古典的：新月派译诗策略 ……… 135
第一节　译诗发绪：反"浪漫性"的古典倾向 ……… 136
第二节　译诗选择的"反感伤"主题 ……… 141
第三节　译诗形式主张的理论话语 ……… 163
第四节　新月派译诗：欧美文化影响下的诗学构建 ……… 169

第六章　古典的"创格"：新月派诗歌翻译艺术 ……… 175
第一节　译诗对话：诗歌翻译形式关怀的发端 ……… 176
第二节　"创格"：规范与创新之间的试验 ……… 195
第三节　"创格"的多元：译诗艺术的历史发展 ……… 215
第四节　中庸与中和：译诗方法和语言观 ……… 229

第七章　"奇丽的异色的花"：新月派译诗与写诗 ……… 241
第一节　摹仿与创新：译诗与新诗体探索 ……… 241
第二节　互文性：译诗与写诗之间 ……… 268
第三节　"种子移植"的效应：译诗的现代性与历史影响 ……… 280

第八章　结语：构建新月派诗歌翻译文化 ……… 285
第一节　新月派的诗歌翻译文化 ……… 285
第二节　新月派诗歌翻译文化的特性 ……… 294
第三节　新月派诗歌翻译文化的成因 ……… 302

参考文献 ……… 305

附录一　新月派译诗（1923—1935年）篇目一览 ……… 319

附录二　外国作家中英文姓名对照 ……… 342

第一章

绪　　论

新月派是崛起于五四新文化运动后期、与文学研究会和创造社鼎足而立的三大新文学社团之一[①]，以诗歌创作与翻译著称于世。新月诗人陈梦家在编选的《新月诗选》的序言中写道：

> 外国文学影响我们的新诗，无异于一阵大风的侵犯，我们能不能受她大力的掀动湾过一个新的方面？那完全是自然的指引。我们的白蔷薇园里，开的是一色雪白的花，飞鸟偶尔撒下一把异色的种子，看园子的人不明白，第二个春天竟开了多少样奇丽的异色的蔷薇。那全有美丽的，因为一样是花。[②]

陈梦家以诗一般的语言描绘了五四时期至20世纪30年代初外国诗歌——确切地说，译诗——对中国新诗的影响。他把中国的诗歌创作园地譬喻为蔷薇园，原本里面培育的是清一色的白花，但飞鸟撒下的种子竟在园中开出了同样美丽的异色花朵。这里，"种子"是外国诗歌的隐喻，"飞鸟"则包括外国诗歌的翻译者和模仿者。不过，外国诗歌对中国新诗的影响实际上不是源于原生态的外国诗，而是通过翻译实现的[③]。因此，"飞鸟播撒种子"就主要指译者移植外国诗歌形式与内容（或形态与精神）的过程，所产生的"奇

[①] 1992年上海书店影印出版了一套新月派文学作品专辑，由陈子善主编。在封底的影印说明中，编者提到新月派是"中国现代文学史上与文学研究会、创造社鼎足而立的著名新文学社团"。

[②] 陈梦家.1931.新月诗选.上海：新月书店：序言5-6.

[③] 熊辉.2010.五四译诗与早期中国新诗.北京：人民出版社：74.卞之琳在《新诗和西方诗》一文中也说：五四以来，"我国新诗受西方诗的影响，主要是间接的，就是通过翻译"。参见卞之琳.1984.人与诗：忆旧说新.北京：生活·读书·新知三联书店：192.

丽的异色的蔷薇"即是译诗以及译诗影响下的创作诗，统一为新诗，毕竟译诗与写诗的合一是中国文化转型期的一种"文学常态"[①]。这样，五四后期到20世纪30年代中前期，新月派经过两代译者的不懈努力，为中国新诗花园的多姿绚丽做出了突出贡献。他们的译诗活动堪比"移花接木，催生异彩"——移植外国诗歌园地里的奇花，将其作为种子播撒到本国语言文化土壤中，与本土诗学传统相接产生新异的花朵[②]。简言之，就是用现代汉语再现外国诗的形式与内容，以在中国新诗园地里催生奇丽色彩。

"移花接木"式诗歌翻译是文化移植的过程。以此为譬的新月译者在译诗的"选种"与"播种"上独具特色，切实为中国新诗文化带来了别样的色彩。不过，遗憾的是，新月派的诗歌翻译却少有人论及，远不及其诗歌创作早已为现代中国文坛所乐道。事实上，不仅新月派的诗歌创作在很大程度上得益于其诗歌翻译的经验，而且他们的诗歌翻译彰显了对异域诗歌文化的独特认知与作为，展现了中外文化的碰撞、龃龉与磨合。可见，新月派的译诗值得认真加以审视和评价。本书旨在通过考察新月派译诗，探讨其所演绎的诗歌翻译文化。具体来讲，新月派的诗歌翻译呈现出什么样的群体特征？与主体文化有着怎样的承接与转合？与其他文学社团的翻译诗学及规范有何异同？尤其，新月派的诗歌翻译给本土文化带来了什么样的新色彩和新活力，以及在此过程中，新月知识分子表现出什么样的选择与作为？

第一节　新月派及其诗歌翻译

首先，有必要了解新月派的历史。

1923年，刚刚从英伦回国不久的徐志摩与胡适发起聚餐会。次年3月，新月社在聚餐会的基础上于北京成立，1925年1月新月俱乐部产生，成员既有梁启超、蒋百里、林长民等军政学界人士，也有丁西林、陈西滢、凌叔华、

[①] 廖七一. 2006. 胡适诗歌翻译研究. 北京：清华大学出版社：200.
[②] 异曲同工的是，文化翻译学者巴斯内特将诗歌翻译隐喻为"种子移植"（transplanting the seed）。参见 Bassnett, S. 2001. Transplanting the seed: Poetry and translation. In S. Bassnett & A. Lefevere (Eds.), *Constructing Cultures: Essays on Literary Translation* (pp. 57-75). Shanghai: Shanghai Foreign Language Education Press.

梁思成、林徽因、杨振声、沈性仁等文人学者[①]。1925年10月，徐志摩接手主编《晨报副刊》[②]。次年4月至10月，先后与闻一多、饶孟侃、余上沅等编辑出版了副刊的文艺周刊《诗镌》和《剧刊》，团结了"清华四子"[③]、刘梦苇、沈从文、叶公超、邓以蛰、刘海粟等青年作家和艺术家。尔后，随着北伐战争和北方军阀混战，新月社成员纷纷南下，1927年新月社摘牌。同年5月，南下的成员徐志摩、胡适、余上沅等于上海组建新月书店，次年3月又连同梁实秋、潘光旦、闻一多、饶孟侃、刘英士等创办同人刊物《新月》月刊。在《新月》办刊取向从"文艺风"转至梁实秋、罗隆基等主持下的"论政风"之后，徐志摩又偕同新月后起之秀邵洵美、陈梦家等人于1931年1月创办《诗刊》季刊。《新月》和《诗刊》培养了陈梦家、方玮德、邵洵美、方令孺、卞之琳、邢鹏举、梁镇、李唯建、陈楚淮、孙毓棠等新生代作家，也联络了顾仲彝、宗白华、梁宗岱、冰心等外围朋友。徐志摩因飞机失事去世后，新月派逐渐走向衰落，人员四处分散，《诗刊》与《新月》相继停刊，新月书店转让给商务印书馆。1934年5月，短暂聚拢北平的部分新月人，由叶公超、余上沅牵头创办《学文》月刊。《学文》仅出版四期，同年8月的停刊标志着新月社和新月派文人作为一个整体活动的终止。这样，新月群体经历了历时十余年的从北京到上海再回到北京的复杂过程，以1927年为分水岭，有前后期之分，前期起于松散但有形的新月社，中后期则是自觉形成的文化团体与文学派别，先后经历了五四文学革命的余波和1928年以来革命文学的先声。也就是说，新月派所处的时代跨越了中国新文学第一个十年（1917—1927年）后期和第二个十年（1928—1937年）中前期，或曰五四新文化运动后期和后五四时代初始阶段。

---

① 关于"新月"名称的来源，众说纷纭，有说取自泰戈尔的《新月集》，有说出于陆游的诗句"偶呼快马迎新月"，还有说因为俱乐部在新月胡同而得名，等等。不过，现在学界对"新月"取名来自泰戈尔及其《新月集》基本达成共识。参见刘群. 2011. 饭局·书局·时局：新月社研究. 武汉：武汉出版社：26-29.

② 《晨报副刊》在孙伏园主编时期（1921年10月至1924年末），一开始报头大标题是"晨报副镌"，报眉是"晨报附刊"，但自1924年4月1日第72号起，报头大标题改为"晨报副刊"。徐志摩任主编（1925年10月至1926年10月）伊始，版式又稍有变化：1925年10月1日第1283号起报眉改为"晨报副镌"，报头大标题未变。此版式沿用至1928年6月停刊。本书统一称这一历时7年之久的副刊为《晨报副刊》。

③ "清华四子"指20世纪20年代清华园的学生诗人朱湘（字子沅）、饶孟侃（字子离）、孙大雨（字子潜）和杨世恩（字子惠）。

新月群体是一个结构松散的文人团体，人员庞杂，形态开放，但自始至终胡适是社团的精神领袖，而徐志摩则是社团的灵魂和实际领导者。借鉴刘群、付祥喜等学者的研究成果[①]，本书所谓的新月派[②]，不局限于"单向度"的新月派文人和文学流派的流变，更多的是指文人群体在人脉上的聚集或靠拢，既包括了北京时期的新月社以及由此衍生的后期新月群体，又统摄指代具有共同艺术倾向的文学流派和参与同人性质文艺活动的文化族群。这种大的"新月派"研究概念，将新月群体前后期的诗歌翻译活动有机地统摄起来，同时结合其他文类的翻译活动、翻译论述与批评，乃至文学研究和文化思想研究，以回到历史现场的姿态，再现新月社及新月派文人诗歌翻译活动的整体风貌。

按以上所述，新月派经历了1923—1934年前后12年的活动时间，本书的研究基本以这段时间为限。当然，考虑到核心成员的聚合离散和文学社团本身的历史沿革等实际因素，必要时会相应地向前追溯，或向后拓展，以力求新月派诗歌翻译史的历史完整性，同时也是使作为主体的译者的译介活动形成一个连续的整体以进行研究，不至于断章取义，造成不应有的盲点。譬如，对徐志摩、胡适、闻一多、朱湘、梁实秋等核心成员的早期译介活动会相应追溯，整体观察他们的诗歌翻译实践和翻译观念在五四时期与新月时期的衔接或转变。另一方面，新月派解散后，新月过去成员的翻译活动或多或少延续了新月时期的诗歌翻译路向，可以起到补充研究的作用；如果路向发生变化，可以反观他们翻译文化的流变。新月派新生代成员储安平在上海主编的《文学时代》（1935年11月—1936年4月）就是典型的例子[③]。

[①] 刘群. 2011. 饭局·书局·时局：新月社研究. 武汉：武汉出版社.
付祥喜. 2015. 新月派考论. 北京：中国社会科学出版社.
[②] 之所以取"新月派"而不用"新月社"，一则因为"社"与"会"等名称指有一定组织结构的团体，而新月派内部结构松散，更没有公开宣称其作为正式社团存在，正好符合"派"指代无定形文学实体、通常由第三方（对立的团体，文学批评家或文学史家）强加称呼的定义（参见 Denton, K. A. & Hockx, M. 2008. *Literary Societies of Republican China*. Lanham: Lexington Books, p.10.）。"新月派"一词最早见于鲁迅在1931年12月11日《十字街头》第1期《知难行难》一文中对梁实秋等人的贬称。
[③] 《文学时代》一度聚拢了邵洵美、余上沅、邢鹏举、陈梦家、方玮德、方令孺、孙洵侯等新月派同人以及梁宗岱、宗白华等外围朋友作为撰稿人，其中部分同人发表了译作和译论。

新月派成员多是留学欧美或受欧美文化熏陶的自由主义知识分子，十余年间不仅创造了以诗歌为主体，辐射戏剧、小说、散文乃至文学理论和批评等多种文学样式的"新月文学"[①]，可贵的是，他们还在翻译方面成就了一番事业。新月派同人的译介活动，丰富多样，既有将西方文学译介为汉语的实践，也有将中国文学翻译成英语的实践；译介的题材也非常广泛，既有诗歌、戏剧、小说（包括童话与传奇故事）、散文（包括小品文、游记、传记、书信、回忆录等文学性作品以及诗论与文学批评等学术性著述）等文学作品，又有历史与哲学、艺术与文化、经济与政治、科学与技术等人文科学、社会科学乃至自然科学领域的各种品类作品。

新月派丰富多样的翻译活动塑造了独特的翻译文化。本书重点关注新月群体的诗歌翻译活动，以突出新月翻译文学及其译介实践的研究。之所以在研究的对象和范围上做这样的选择，首先是因为相对于非文学翻译的"零散性"和"局部性"，语言缜密的文学翻译（尤其诗歌翻译）表现出高度的文化复杂性和文化参与能力，比非文学翻译更能透视文化的交流作用[②]，其次是因为诗歌翻译是新月派文学翻译的代表，如同诗歌创作是其文学创作的主体一样。

新月派的诗歌翻译有三种类型：一是文言古诗今译；二是中国诗歌英译；三是外国诗歌汉译。

新月派的汉诗英译，数量不是很多。胡适早年英译过杜甫诗《绝句》其三。[③]闻一多在被国民党暗杀的六周前，亲自修订了美国汉学家白英编选的 *Contemporary Chinese Poetry*（《当代中国诗选》，1947年）中他自己的14首诗的英译[④]，该诗集同时也收录了卞之琳自译的16首诗歌。朱湘也曾多次提及将自己创作的诗歌和欧阳修、辛弃疾等古代诗人的诗作译成英文，但除《"春"之"乐人的"诗》（"The Musician's Spring"）一首外，其他均不

---

① 周晓明. 2001. 多源与多元：从中国留学族到新月派. 武汉：华中师范大学出版社：326.
② Tymoczko, M. 1999. *Translation in a Postcolonial Context*. Manchester: St. Jerome, p.30.
③ 胡适1917年1月13日追记，参见季维龙. 1995. 胡适著译系年目录. 合肥：安徽教育出版社：18.
④ 参见 *Contemporary Chinese Poetry* 的 Preface。在该诗选中，闻一多的诗歌由 Ho Yung 英译。此外，闻一多在给臧克家的信中谈到与白英合作编选新诗集时，曾提到自己"日来正在译艾青，已成九首，此刻正在译《他死在第二次》"[闻一多. 1993. 致臧克家（十一月二十五日）//孙党伯，袁謇正. 闻一多全集（12）. 武汉：湖北人民出版社：382.]。但是《当代中国诗选》中艾青的诗歌却标明是由 Ho Chih-yuan 翻译的，故存疑。

可考①。尤其在20世纪30年代中国重要的英文刊物 *T'ien Hsia Monthly*（《天下月刊》）上，曾经的新月派成员独立或者合作英译了自己或他人的诗作，如卞之琳自译诗歌《还乡》，邵洵美与埃克顿合译邵氏的诗作《声音》，等等。此外，邵洵美还曾英译中国古诗《春望》《蝶恋花》《木兰花》《吉祥寺赏牡丹》，载英文刊物 *Candid Comment*（《直言评论》）1938年第1期。总体说来，新月派成员的汉诗英译不多，也比较散乱，除了有力地证明了新月派同人精通英文之外，也展示了他们为弘扬中国文化作出的努力，并与译介西洋文学进入中国形成了互动。不过，这些诗歌"译出"基本上都是在新月派聚拢前或解散后进行的，多是自译行为。鉴于此，为了保证研究的同一性和理据性，本书不对新月派的中译英翻译实践作专门研究。

在新月派同人的翻译活动中，还有文言诗今译的实践，如闻一多白话翻译了韩愈的《南山诗》（收入《真我集》，未出版），胡适1920年白话翻译了张籍的《节妇吟》。最引人注目的当数徐志摩白话翻译了李清照的《漱玉词》12首，原为旅居美国的新月派同人张歆海所收藏，1985年4月由徐志摩之子徐积锴返国探亲时带回，经陈从周整理后问世。据陈从周分析，这些白话词大概译于1924年前后②。此外，徐志摩还白话翻译了《诗经•郑风》中的《出其东门》③，估计译于1928年前后他在光华大学任教期间。新月派代表人物所从事的文言与白话之间的语内翻译（intralingual translation），反映了新月派同人对中国古典文学的继承与发展，这种对民族传统文化的关怀与他们对欧美文化的借鉴呈相得益彰的和谐状态。从翻译即是理解的意义上来讲，语内翻译和语际翻译（interlingual translation）在本质上没有不同④，当然不容忽视。

当然，新月派最大宗的诗歌翻译应该是外国诗歌汉译，722首的总量大

---

① 张旭. 2008. 视界的融合：朱湘译诗新探. 北京：清华大学出版社：66-68.
② 参见韩石山. 2019. 徐志摩全集（5）. 北京：商务印书馆：198-205.
③ 方亚丹. 1948-03-27. 徐志摩译诗经. 大公报•大公园.
④ Paz, O. 1992. Translation: Literature and letters. In R. Schulte & J. Biguenet (Eds.), *Theories of Translation: An Anthology of Essays from Dryden to Derrida*(p. 152). Chicago: The University of Chicago Press.

约占了新月群体总译诗数（约 771 首）的 94%[①]。因此，本书所探讨的新月派诗歌翻译自然聚焦的是外国诗歌汉译，汉诗英译和文言诗今译必要时作为参考。

第二节　新月派（诗歌）翻译研究的历史和现状

新月派创造了颇具成就和影响力的新月文学，其中尤以诗歌创作最为引人注目，有"新月诗派"之称。20 世纪 20 年代公认的"四大诗人"中，除郭沫若之外，徐志摩、闻一多和朱湘三人都属于新月派[②]。陈梦家编选的《新月诗选》（1931 年）是新月派诗歌最早的集体亮相。民国时期，文学批评和文学史对新月派的文学成绩贬褒不一，有左翼文人对其"资产阶级文学"和"反革命文学"的批判，也有自由主义知识分子对其文学艺术的评价[③]。尔后，中国的现代文学史延续了当年左翼文坛对新月文人的评价，直至 20 世纪 80 年代，新月派在现代文学史上的命运开始有了转机[④]，新月派的诗歌文学吸引了学界极大的关注。

伴随着新月派在学界的命运起伏，过去对新月派翻译的研究也大致集中在两个彼此不相衔接的阶段：第一阶段在 20 世纪三四十年代的民国时期，第二阶段始于 20 世纪 80 年代（中国香港和台湾地区、海外始于 20 世纪 70 年代）。不过，与学界对新月文学的研究相比，新月派诗歌翻译乃至整体翻译活动的研究都要显得黯淡得多。鉴于新月派诗歌翻译的主体地位以及各文类翻译研究的交融性与通约性，我们在梳理新月派翻译研究概貌的基础上描摹新月派诗歌翻译研究。具体来说，有限的研究主要集中在以下几个方面。

一、文学（史）著述中的新月派翻译研究

五四时期及其后的二三十年代，文学翻译与创作的亲缘关系密切，

[①] 722 首外国诗汉译参见附录一，再加上上文所说的汉诗英译和文言诗今译，新月派译诗总计约 771 首。
[②] 李一鸣. 1943. 中国新文学史讲话. 上海：世界书局：64.
[③] 参见方仁念. 1993. 新月派评论资料选. 上海：华东师范大学出版社.
[④] 参见刘群. 2011. 饭局·书局·时局：新月社研究. 武汉：武汉出版社：2-7.

往往著译不分家，所以民国时期的现代文学史当中偶尔也有新月派翻译的一二介绍。王哲甫的《中国新文学运动史》描述了文学研究会、创造社等文学社团的翻译，"忽略"了新月派的翻译，但在论及出版机构的翻译贡献时，连带开明书店、北新书局、商务印书馆，也谈到了新月书店①。李一鸣的《中国新文学史讲话》在论及外国诗歌翻译时，认为翻译虽然取得了成功，但是译者的风格比原译者的风格更深切，并以"朱湘的雕饰"、"徐志摩的浓艳"和"郭沫若的奔放"举例②。此外，创造社大将冯乃超在评驳梁实秋的《文学与革命》时，一并抨击了新月派同人对布朗宁夫人的情诗、曼斯菲尔德的小说等英国绅士文学的翻译选择，以及批评闻一多选择豪斯曼表现小市民空虚和自我陶醉的诗歌来翻译③。与冯乃超强烈的批评话语不同的是，穆木天比较客观地谈到，徐志摩的翻译选择倾向是欧洲贵族阶层的文学作品，认为徐氏一切的翻译，是反映着他自己的主观，换言之，他的翻译，也是他的自我实现④。王佐良论及新月派两位领军人物徐志摩和闻一多，指出前者深受英国文学影响，后者则是"波德莱尔的学生"⑤。零碎的论述之外，石灵发表在《文学》上的《新月诗派》一文，系统论述了新月派诗歌创作的特点与功过得失，并指出，新月派的领袖人物，都是受过西洋诗很深的熏陶的，于是自然地，他们就走上了西洋诗的道路，具体表现在字句组织（字法、句法与篇法）和韵律（音数的限定与韵脚的创格）的形式方面⑥。西洋诗对新月派诗歌创作的影响，按照熊辉的定义是"潜翻译"⑦。石灵的文章可谓新月派诗歌翻译研究的滥觞，后来的文学史或文学著述对新月派诗歌翻译的探讨，基本上依照的是石灵的研究模式，如 Constantine Tung、王宏志、朴星柱、王锦厚、金

---

① 王哲甫.1933.中国新文学运动史.北京：杰成印书局：262.
② 李一鸣.1943.中国新文学史讲话.上海：世界书局：185-186.
③ 冯乃超.1928.冷静的头脑：评驳梁实秋的"文学与革命".创造月刊，2（1）：3-20.
④ 穆木天.1936.徐志摩论：他的思想与艺术//茅盾等.作家论.上海：文学出版社：53.
⑤ 王佐良.2016.今日中国文学之趋向.国际汉学，（3）：38-48.
⑥ 石灵.1937.新月诗派.文学，8（1）：126-130.
⑦ 潜翻译是与显性翻译相对的概念，指译者阅读了外国诗歌原文后，在潜意识里将其翻译成了民族文化语境中的文本并留存大脑中，而后对自己的创作产生了影响的翻译类型。潜翻译的核心特征是翻译过程表现为一种心理和思维活动，但最终必然通过影响译者的创作来释放存留在译者大脑中的潜在译本。参见熊辉.2010.五四译诗与早期中国新诗.北京：人民出版社：78.

尚浩、程国君等学者的著述[①]。此外，范伯群、朱栋霖主编的《1898—1949中外文学比较史》论述了《新月》月刊的诗歌译介兴趣在"由英国近代诗向现代诗转移"，以及维多利亚诗风对新月诗人徐志摩、闻一多、朱湘的影响[②]。显然，新月派翻译研究在文学史和文学著述中基本处于边缘的状态，主要为其文学研究服务。

二、翻译（史）著作中的新月派翻译研究

由于受到宏大叙事的历史话语影响，新月派在中国近现代翻译文学史上被淡忘。近年来，后现代史学话语在中国日盛，翻译史研究受其影响，也逐渐放弃了大而无当的宏大叙事史，日渐注重社会文化史和微观史，新月派翻译研究开始受到关注。查明建、谢天振合著的《中国20世纪外国文学翻译史》简述了新月社的历史，描述了《新月》月刊对外国文学的译介情况，认为该刊"在外国文学译介的择取面上显得比较狭窄，主要集中在英美现代文学方面，体现了编辑者和新月社社员的审美倾向。当时文坛对一些20世纪重要的作家，如劳伦斯、伍尔芙、曼斯菲尔德、哈代、豪斯曼、奥尼尔、布莱克等人译介得非常少，有的甚至空白。《新月》的译介填补了译介的缺失，丰富了中国现代翻译文学"[③]。这一结论突出了《新月》月刊的译介特色，讲明了新月社的翻译贡献。不过，两位著者仅叙述了《新月》的译介活动，未涉及新月派全部的翻译活动与实践，因此他们的结论未免有些以偏概全，但不管怎样，这应该是翻译史著作中最早且篇幅最多的新月派翻译论述了。再者，张旭的《中国英诗汉译史论：1937年以前部分》论及创造社、学衡派及其他重要译家的英诗汉译的同时，也考察了早期新月派成员（闻一多、徐志摩、

---

① Tung, C. 1971. The search for order and form: The Crescent Moon Society and the Literary Movement of Modern China, 1928-1933. Ph.D. dissertation. Claremont: Claremont Graduate School and University Center.
王宏志. 1981. 新月诗派研究. 香港大学硕士学位论文.
朴星柱. 1988. 新月派新诗研究. 台湾师范大学博士学位论文.
王锦厚. 1989. 五四新文学与外国文学. 成都：四川大学出版社.
金尚浩. 2000. 中国早期三大新诗人研究. 台北：文史哲出版社.
程国君. 2003. 新月诗派研究. 武汉：长江文艺出版社.
② 范伯群，朱栋霖. 2007. 1898—1949中外文学比较史（上卷）. 南京：江苏教育出版社：322，340-358.
③ 查明建，谢天振. 2007. 中国20世纪外国文学翻译史. 武汉：湖北教育出版社：521-526.

朱湘）在新文化语境下英诗汉译的新格律体试验及其与诗歌创作的关联，重在译诗的形式艺术探讨，未涉及对翻译策略和译诗其他文化功能的考究[①]。这两部史著之外，《二十世纪中国翻译文学史·五四时期卷》也有对新月社翻译情况大约百余字的介绍，先是罗列了徐志摩、陈西滢的几部翻译作品，然后声称，新月社的文学翻译成就，主要是在1928年3月《新月》月刊创刊之后[②]。秦弓的结论大致不差，但字里行间透露出《新月》杂志的译介中心地位，对新月派前后期整体翻译实践认识不够。再者，近年出版的翻译词典类工具书《中国翻译词典》《译学辞典》《中国译学大辞典》也先后将新月社作为词条，简介了新月社的历史与译介成绩[③]。可见，新月派翻译研究大体上还处于翻译研究的边缘状态；而且，有限的著述多处于初步介绍阶段，基本上是围绕《新月》月刊的译介活动进行考察的。

另一方面，从专门的诗歌翻译研究来看，除张旭的《中国英诗汉译史论：1937年以前部分》之外，还有几部近现代诗歌翻译研究专著也零散论及新月派或其主要成员的译诗活动，如熊辉的《五四译诗与早期中国新诗》（人民出版社，2010年）、《外国诗歌的翻译与中国现代新诗的文体建构》（中央编译出版社，2013年）和《隐形的力量：翻译诗歌与中国新诗文体地位的确立》（广西师范大学出版社，2017年），蒙兴灿的《五四前后英诗汉译的社会文化研究》（科学出版社，2009年），吴赟的《翻译·构建·影响：英国浪漫主义诗歌在中国》（北京大学出版社，2012年），汤富华的《翻译诗学的语言向度——论中国新诗的发生》（南京大学出版社，2013年）等著作。这几部著作探讨的是五四时期的译诗文化，或注重译诗的社会文化属性，或着重译诗对中国新诗的影响，均颇具学术价值，但受到研究范围或研究重心的限制，只是笼统观察新月派的译诗，未能考虑其从五四时期到后五四时代的历史变迁，而20世纪30年代前后恰恰是新月派译者最活跃的时期。因此，

---

① 张旭. 2011. 中国英诗汉译史论：1937年以前部分. 长沙：湖南人民出版社.
② 秦弓. 2009. 二十世纪中国翻译文学史·五四时期卷. 天津：百花文艺出版社：31.
③ 参见林煌天. 1997. 中国翻译词典. 武汉：湖北教育出版社：784.
方梦之. 2004. 译学辞典. 上海：上海外语教育出版社：365-366.
方梦之. 2011. 中国译学大辞典. 上海：上海外语教育出版社：355.

其中的新月译诗研究是片段的、碎片的，甚至还是历史错位的[①]。令人欣喜的是，2019年出版的《新月派译诗研究》（光明日报出版社，作者李红绿）概论了新月派译诗的总体特征，专论了胡适、徐志摩、朱湘等新月派诗人的翻译观和译诗实践，可谓论述新月派译诗的首部专著；不过，其对新月派诗歌翻译的历史变迁和文化作用鲜有涉及，译诗史料不够完整，成员归属（如刘半农）也待商榷。

三、学术论文中的新月派翻译研究

学术论文往往比学术著作早一些体现科研成果。张少雄以《新月》《诗刊》和新月书店出版的翻译单行本为例，分诗歌、戏剧、小说、散文与艺术评论、英文名著百种五个方面叙述了新月社1928—1933年的文学翻译小史[②]，这应该是新月派翻译研究的滥觞；尔后他又与冯燕合作，从《新月》杂志及相关刊物等文献中，梳理了胡适、梁实秋、徐志摩、陈西滢等新月社成员的翻译思想[③]。张少雄等人的工作虽是资料整理性质的基础工作，粗线条笼统描述，有史料疏漏和错讹[④]，但筚路蓝缕的开山之功不可埋没。此后的研究主要有两条路径：一是探讨新月派唯美、实用的翻译思想或文学观[⑤]，另一则是探究新月派诗学（译诗）实践和诗歌译介方面的新文学试验[⑥]。这些研究中不乏

[①] 与国内研究往往把新月派错位为五四时代社团相反的是，国外对新月派与英国布鲁姆斯伯里文化圈（Bloomsbury Group）的比较研究，往往将20世纪30年代中叶以后的原新月文人，甚至萧乾也作为新月成员看待。参见 Zhang, W. Y. 2001. Bloomsbury Group and Crescent School: Contact and comparison. Ph. D. dissertation. Minnesota: University of Minnesota; Laurence, P. 2003. *Lily Briscoe's Chinese Eyes*. Columbia: The University of South Carolina Press.

[②] 张少雄. 1994. 新月社翻译小史：文学翻译. 中国翻译，（2）：44-50.

[③] 张少雄，冯燕. 2001. 新月社翻译思想研究. 翻译学报，（6）：1-21.

[④] 如译者笔名考据错误。陈淑、仙鹤、畏庐实际为梁实秋、徐志摩、俞平伯等人的笔名。

[⑤] 如黄立波. 2010. 新月派的翻译思想探究：以《新月》期刊发表的翻译作品为例. 外语教学，（3）：88-91.

黄红春，王颖. 2017. 新月派翻译理论与实践中的文学观. 南昌大学学报（人文社会科学版），（1）：127-132.

马福华. 2017. 论新月派翻译的审美现代性特征. 淮北师范大学学报（哲学社会科学版），（2）：89-92.

[⑥] 如许莎莎. 2013. 新月派诗人的格律诗翻译实践. 北京大学硕士学位论文.

李红绿. 2014. 原型诗学观下的新月派译诗研究. 浙江树人大学学报，（2）：76-80.

黄焰结. 2018. 诗译莎剧滥觞：新月派的新文学试验. 外语与外语教学，（3）：88-97.

新颖独到的思路与方法,但往往囿于译著广告、《新月》月刊或个别译例等特定出发点,对新月派诗歌译家和译诗的考察都很不全面,且聚焦的也多是胡适、徐志摩、闻一多、朱湘等新月名家。

其实,上述文学史和翻译史著述也或多或少显示了以新月名家翻译研究代替群体翻译研究的倾向。新月派新老同人中,徐志摩、胡适、闻一多、朱湘、饶孟侃、孙大雨、梁实秋、邓以蛰、任鸿隽、卞之琳、邵洵美、陈梦家、方玮德、梁宗岱、邢鹏举、梁镇、李唯建[①]、曹葆华、孙毓棠、孙洵侯、朱维基、宗白华、冰心等十数位文人学者都从事过外国诗歌的译介。在中国知网"文献"数据库中对他们的翻译研究进行检索,可以管窥20世纪80年代以来新月派主要诗歌译家在中国的研究情况。

表1-1从学术论文刊载量的角度直观反映了新月译者的翻译研究状况。胡适、梁实秋、卞之琳、冰心、徐志摩的翻译活动最受关注,关于他们翻译的研究文献篇数分列前五位。之后是孙大雨、梁宗岱、朱湘、闻一多等人,被关注的程度稍弱之。再之后,被关注者的研究文献篇数均未过百,甚至寥寥。显见,邓以蛰、饶孟侃、陈梦家、方玮德、李唯建、孙毓棠等新月派新老译者至今还处于被学界遗忘的状态。

表1-1 新月派诗歌译者的翻译研究概览(学术论文)[②]

检索项	检索词	中国知网"文献"数据库中相关论文数量/篇	检索词	中国知网"文献"数据库中相关论文数量/篇
主题	徐志摩 翻译	325	梁实秋 翻译	596
	胡适 翻译	1321	闻一多 翻译	154
	朱湘 翻译	163	饶孟侃 翻译	4
	任鸿隽 翻译	30	梁宗岱 翻译	163
	孙大雨 翻译	231	邵洵美 翻译	78
	卞之琳 翻译	361	陈梦家 翻译	5
	曹葆华 翻译	25	赵萝蕤 翻译	24
	方玮德 翻译	2	邢鹏举 翻译	1

---

① 李唯建另有用名"李惟建"。为避免混乱和引起读者误解,本书除特别注明外,统一采用"李唯建"。
② 邓以蛰、朱大枬、孙洵侯等新月译家的研究检索结果均为零,故略;关键词"李唯建 翻译"检索结果为零,但另用名"李惟建 翻译"检索有研究文章2篇。检索日期:2023年8月2日。

续表

检索项	检索词	中国知网"文献"数据库中相关论文数量/篇	检索词	中国知网"文献"数据库中相关论文数量/篇
主题	李惟建 翻译	2	梁镇 翻译	1
	孙毓棠 翻译	4	闻家驷 翻译	3
	朱维基 翻译	18	宗白华 翻译	63
	冰心 翻译	351	冰心 翻译 先知	39

需要说明的是，胡适在新月派聚合之前，就已经暴得大名，而且他的一部分翻译活动是在这期间进行的，因此有相当多的论文都是围绕胡适在民初至五四期间的翻译活动讨论的，至于胡适在新月期间的翻译活动及其翻译观的前后变化，则很少有论文探讨。新月派外围同人冰心的翻译活动近年被学界关注甚多，主要在于其"中国文坛老祖母"的身份地位。其实冰心大量的翻译活动是在新中国成立之后开展的（之前正式见刊的译作只有新月书店出版的《先知》），学界对其翻译的关注自然也更多地放在新时期，而有关译作《先知》的研究仅39篇。与胡适、冰心不同，梁实秋和卞之琳在新月期间并无多大名气，尤其卞之琳才刚刚出道，此时翻译活动伴随着他的文学创作也刚刚开始。实际上，二人在翻译史上的名声，很大程度上要归功于他们对莎士比亚作品的翻译[1]，但梁实秋的莎剧翻译差不多始于新月派没落之后[2]，因此不奇怪研究梁实秋翻译的诸多文献是围绕他的莎剧翻译展开的，而梁实秋在新月期间及之前的文学翻译活动，很少有学者涉猎，当然，他与鲁迅的翻译论争除外[3]。卞之琳的诗体莎剧翻译是在20世纪50年代之后[4]，而且他

---

[1] 当然，梁实秋的小品文创作和卞之琳的诗歌创作也是他们名留文学史的主要因素。

[2] 梁实秋承胡适赞助，在1931年开始着手翻译莎士比亚的作品，1936年6月商务印书馆最先推出梁译《马克白》（*Macbeth*）和《威尼斯商人》（*The Merchant of Venice*）两种译本。

[3] 基本上，梁实秋是以鲁迅的陪衬对象出现的。因为论及鲁迅，才拉出"陪绑者"梁实秋。关于梁实秋的翻译研究，白立平、严晓江两位学者最为着力。白立平的《翻译家梁实秋》（商务印书馆，2016年）纵论梁实秋一生的翻译活动与翻译思想，整体观照较多，没有单独对新月时期梁实秋的翻译情况予以专门的论述，更别说其诗歌翻译了；而严晓江的《梁实秋中庸翻译观研究》（上海译文出版社，2008年）与《梁实秋的创作与翻译》（北京师范大学出版社，2012年）主要探讨的是梁实秋的莎士比亚作品翻译及其与文学创作之间的关系。

[4] 《哈姆雷特》译于1954年，1956年由作家出版社初版。《奥赛罗》译于1956年，于1984年全部译完。《里亚王》译于1977年，《麦克白斯》译于1983年。1988年3月，这四部卞译莎剧以《莎士比亚悲剧四种》为名由人民文学出版社初版。

中晚年的翻译事业（包括译文修订①）依然如火如荼。所以大多数相关研究文献是探讨他的诗歌与莎剧翻译艺术的，只不过依据的是他修订过的译本。至于他早年在新月时期，甚至民国时期的翻译活动，研究者寥寥，更不要说对他的原始译作和佚作的研究了。孙大雨、邵洵美、赵萝蕤等新月派新生代译家的研究同样面临"厚今薄古"的现状。

四、现有研究的不足与缺失

以上综述发现，新月派诗歌翻译在各类研究文献中都处于最受关注的状态，说明了其在新月文学翻译中的重要地位。不过，就现有的研究来看，散论居多，要么是文学史或文化研究的附庸，要么是局部的、粗线条的描述，不仅缺乏系统性，也未有深入的专门探讨。具体表现在以下几个方面。

一是，基本以《新月》月刊为中心，忽视了新月派其他出版物的译介实践，也未能关注整个新月群体的翻译活动。诚然，《新月》是新月派旗下言论发表的重要阵地，考察它的译介活动或许可以管中窥豹，概览新月派的翻译面貌。然而《新月》毕竟只是新月出版物之一，不能完全展现新月派历时十余年的翻译成就和翻译思想的变迁。首先，我们知道，新月派纵贯十余年，出版物不仅有中后期的《新月》月刊、《诗刊》季刊和新月书店的翻译单行本，还包括前期徐志摩主编的《晨报副刊》及《诗镌》和《剧刊》，还有最后期叶公超主办的《学文》月刊等。其次，新月派同人的翻译成就不仅仅体现在新月派自己的出版物上，基于社会交往、历史变迁等原因，他们在其他文艺期刊（如《小说月报》《现代评论》《真美善》《金屋月刊》《文艺月刊》等朋友社团刊物）或当时的商业出版机构（商务印书馆、中华书局等）都发表、出版了众多译作。这一方面体现了新月派文化圈的历史交往与翻译文化生成的历史环境，另一方面也反映了商业利益驱动和翻译市场机制等经济因素。显然，新月派的这部分翻译活动不能忽视，毕竟我们的研究是译者

---

① 卞之琳晚年花了很多精力修改他以前的翻译作品，也删掉了许多他自认为不好的译作，如他的第一部译文集《西窗集》的修订版（江西人民出版社，1981年）与1936年商务印书馆初版的《西窗集》简直判若两书。收录在《卞之琳译文集》（安徽教育出版社，2000年）中的民国时期译作基本上或多或少有增删和润色修改，甚至早年的部分译作没有收录。

群体考察，自然他们所有的译介实践与活动都要考虑到，否则可能会遗留下不应有的研究盲点，或者使研究陷入以偏概全的历史认识误区。因此，现有的研究可以说只是局部的考察。

二是，大多数研究处于初步介绍的基础阶段，史料记录与叙述居多，理论阐述很少，更不要说系统分析了。研究者要么是描述介绍新月派翻译史实（其中不乏考据错讹），要么仅关注新月文人的译诗过程，讨论得更多的是内部的语言分析、译技探讨以及局部的文本比较与译诗欣赏，论述仍然带有感悟性与评点色彩。再者，有限的译诗研究不仅目标主旨不在新月派，而且未能严谨定位其译诗的时代语境。因此，目前的研究还只能说是粗线条的描述，或零碎的讨论，亟须多方面、多层次、多角度地开展。

三是，过分注重翻译名家，缺乏群体研究意识。现有的研究走的是翻译名家研究的传统史学路线，基本上围绕徐志摩、梁实秋、胡适、朱湘、卞之琳等名家探讨，其他代表性译家的翻译实践与翻译思想研究明显还处于被遮蔽的状态，有些译家不要说被研究，甚至只言片语的介绍都难以发现。更糟糕的是，译家的研究往往孤立进行，未有相应的联系与互文呼应，也没有全方位考察他们的所有翻译活动，对梁实秋、胡适和卞之琳在新月时期的译诗活动鲜有论述就是明显的例子。可见，这种名人效应的翻译研究忽视了新月群体其他译家的作用和社团翻译的共性，谈不上是真正意义上的新月群体诗歌翻译研究。因此，研究难免以偏概全，缺乏整体性和系统性。

当然，强调群体研究并不是说要一味否定名家研究。"一部中国翻译史，不用说，首先是著名翻译家重大业绩的记录。"[①]这句话典型地反映了中国翻译史编撰的主流理念。诚然，名家翻译能带来典范性的影响，但翻译史不是单纯的典范性研究，外国文化之所以能够对近现代中国影响深远，单凭名家的典范译本还不够，更多的则是大量不知名的译者或者被淘汰的译本的推动，由此，外国思潮才得以在中国传播开来和被普遍接受，这是一种概率性影响。套用美国汉学家宇文所安论述文学史的话语[②]，我们认为，翻译史不是名家的

---

① 袁锦翔. 1990. 名家翻译研究与赏析. 武汉：湖北教育出版社：自序 1.
② 宇文所安的原话是："文学史不是'名家'的历史。文学史必须包括名家，但是文学史最重要的作用，在于理解变化中的文学实践，把当时的文学实践作为理解名家的语境。"参见宇文所安. 2004. 盛唐诗. 贾晋华译. 北京：生活·读书·新知三联书店：序言 1-2.

历史；翻译史必须包括名家，但是翻译史最重要的作用，在于理解变化中的翻译实践，把当时的翻译实践作为理解翻译家群体的语境。近年来的翻译史已经开始关注大众人物演绎的日常翻译活动以及"次要"或灰色的翻译文献[①]。因此，对新月派翻译的研究，应该着眼于群体翻译文化的探讨，融合名家翻译的典范性探索和大众翻译的概率性影响。这样，不仅可以促使一些被遮蔽的新月译家浮出历史地表，还有助于弥补以往名家翻译研究中存在的"厚今薄古"或"厚古薄今"的不全面状况。

现有的新月派翻译研究的不足与缺失，在笔者看来，一方面在于翻译研究一度不受重视，文学社团翻译史更是缺乏关注，另一方面也在于宏大叙事和名家意识等传统史学话语的影响。当然，还有对翻译的文化作用和社会价值认识不够。首先，在宏大叙事历史观的观照下，翻译"派生"的地位无法同文学创作等文化现象相提并论，因而难以独立地进入史学家的视野。其次，尽管20世纪80年代中国翻译史研究开始兴起，但涉及文学社团翻译的研究屈指可数，而且它们的书写模式又紧随文学史，新青年社、文学研究会、创造社等占据主导地位，而新月派则被淡忘。最后，客观主义的传统史学倡导史料如实地再现历史，否认史家对史料及史著的渗入，因而仅有的翻译研究特点自然是所谓的精确性叙事与描述，而非主体性分析与阐释了。

鉴于此，我们本着"以人为本"的译史研究理念[②]，系统探索新月派的诗歌翻译文化。

第三节　研究目的与内容架构

翻译周旋于文化之间，是文化交流的产物，因而实际上也是文化史的中心[③]。翻译文化（translation culture）这一术语最初来自德语 Übersetzungskultur，

---

① Bastin, G. L. & P. F. Bandia. 2006. *Charting the Future of Translation History: Current Discourses and Methodology*. Ottawa: The University of Ottawa Press.

② 参见 Pym, A. 2007. *Method in Translation History*. Beijing: Foreign Language Teaching and Research Press.

③ 王克非. 2010. 翻译：在语言文化间周旋. 中国外语，（5）：1，92.
Burke, P. 2005. *Lost (and Found) in Translation: A Cultural History of Translators and Translating in Early Modern Europe*. Wassenaar: NIAS, p.3.

为哥廷根学者创立，以描述在译入语系统中制约翻译的那些文化规范。不过，著名翻译学者皮姆深感此描述的不确切，遂对之修缮并认为，翻译文化处于异域文化与本土文化交汇的地带，是两种（或多种）文化周旋的产物①。翻译文化起于译者，终于译者，既表现为译者群体从事文化翻译的行为，又同时是一种文化形态，二者相因相承，交织在一起。对翻译文化的考察，

> 重在研究翻译对于文化（尤其是译入语文化）的意义和影响，它在文化史上的作用，以及文化对于翻译的制约，特别是在通过翻译摄取外域文化精华时，翻译起到什么样的作用，达到什么样的目的，发生什么样的变异。②

这就是说，翻译文化史研究不仅仅在于描述翻译人物与翻译活动等史实（如译者为谁、译了什么、译得怎样），更重要的还是通过对史实的分析，关注翻译在文化思想发展史上的价值与意义（如为什么译、为谁而译、如何翻译、影响与反响如何）。换言之，主体文化是如何看待翻译的，翻译活动在主体文化中又是如何定位、运作和产生影响的。这样看来，翻译文化表现为一种文化行为，即译者群体在主体文化体系下参与翻译活动从而构建文化的作为。

同时，翻译文化又是由译者群体所共同演绎生成的，单个译者的作为不可能形成一种文化③。译者群体之所以共同作为，又因为他们对翻译有着相似的诗学、规范和期望。这些相近的翻译诗学、规范与期望就形成一种翻译文化。由是，翻译文化又体现为一种已具规模的文化形态，或文化模式。其中，

---

① Pym, A. 2007. *Method in Translation History*. Beijing: Foreign Language Teaching and Research Press, pp. 179-181. 此外，翻译理论家韦努蒂形容"翻译文化"是一种特殊的文化，在其中，翻译文本不仅不同于源文本，而且对译语文化及其与多种异域文化的不间断交流都非常重要（参见 Venuti, L. 2013. *Translation Changes Everything: Theory and Practice*. London: Routledge, p. 248.）。其实，翻译也是一种对立存在的语言形式，或曰第三语码，既有别于源语，又有别于译入语（参见 Frawley, W. B. 1984. *Translation: Literary, Linguistic and Philosophical Perspectives*. London: Associated University Press.

Baker, M. 1993. Corpus Linguistics and translation studies. Implications and applications. In M. Baker, G. Francis & E. Tognini-Bonelli (Eds.), *Text and Technology* (pp. 233-250). Amsterdam: Benjamins.）。

② 王克非.1997. 翻译文化史论. 上海：上海外语教育出版社：2-3.

③ Pym, A. 2007. *Method in Translation History*. Beijing: Foreign Language Teaching and Research Press, pp.125-128, 161-162.

译者按一定的规范书写翻译，社会按一定的标准接受、传播与研究翻译。一般来说，在某一个历史时代，因为享有相同的主体文化与历史语境，翻译文化总表现出某些突出的相似特征，如清末"达旨"的意译风尚和"信"的失落，五四时期欧化的翻译语言和"信"的重构。再缩小译者群体范围至一个文化团体。因为参与主体——译者群——对社会规范、知识动力、文化习俗、价值观念、驱动利益、生活体验、文学理念、文化身份等变量的主观认同[①]，其翻译文化特征就更为明显。譬如，五四以降的民国时期，文学社团林立，但由于它们对权力、知识、利益、价值观等生成变量的主观认同存在差异，因而往往演绎出不尽相同的翻译文化。可以说，一个文学社团，一种翻译文化。如前文所言，活跃于20世纪二三十年代的新月派是一个散乱的文化群体，在文学创作和翻译活动方面都有理论与实践上的分歧，但相近的社会规范、文学期望与学识背景等变量共同作用，使其在主观认同的基础上演绎了新月派翻译文化。此外，诗歌翻译是其翻译活动的主体，这就更加突出了诗歌翻译文化。

接下来，就具体的文学类型"诗歌"翻译来考察。诗歌翻译是所有文学任务中最必要的任务之一[②]，其翻译特点凝聚了文学翻译的全部特征，尤能展现文化的交流作用，表现更复杂的文化关系和文化参与功能[③]。这不仅因为诗歌自身的文化内涵，更因为诗歌翻译的文化作用。我们知道，诗歌记录了人类心灵的历史，在某种程度上是文化的核心部分，蕴含在其中的思想情感、观念价值、艺术形式都是文化的内容。因此，诗歌翻译无疑就是文化翻译。诗歌翻译是一种跨文化的沟通媒介，促使诗歌的语言、形式、意象、风格、思想情感等元素在不同文化间进行交流，不仅可以让不懂原文的人了解另一种语言的文学形式和异域世界陌生的人生经历，还能够提高自己民族语言的表现力和意义表现的深度。后者尤其体现了诗歌翻译的文化价值，中外诗歌发展的历史都证明了译诗促进本民族诗歌复兴的这一优良传统，"译诗，比

[①] 按照荷兰汉学家贺麦晓（Michel Hockx）的观点，文学社团是一种存在的"体制"（institution），对其内部文学活动的开展与文学产品的生产有约束力[参见贺麦晓. 2016. 文体问题：现代中国的文学社团和文学杂志（1911—1937）. 陈太胜译. 北京：北京大学出版社：16-18.]，推而广之，文学社团的翻译活动也是其体制的产物。

[②] Schulte, R. & J. Biguenet. 1992. *Theories of Translation: An Anthology of Essays from Dryden to Derrida*. Chicago: The University of Chicago Press, p.56.

[③] Tymoczko, M. 1999. *Translation in a Postcolonial Context*. Manchester: St. Jerome, p. 30.

诸外国诗原文，对一国的诗创作，影响更大，中外皆然。"①墨西哥诗人帕斯也说："西方诗歌最伟大的创作时期总是先有或伴有各个诗歌传统之间的交织。有时，这种交织采取仿效的形式，有时又采取翻译的形式。"②在中国，诗歌翻译也有着悠久的历史传统，尤其五四以来的译诗热潮更是开创了诗歌翻译的新格局，改变了中国传统诗歌固有的审美范式，促进了中国新诗的发生与发展，如茅盾所言，"感发本国诗的革新"③。

这样看来，诗歌翻译切实具有"移花接木，催生异彩"的文化功能，移植外国诗歌园地里的奇花，将其作为种子与本国语言文化接合，培育新异的花朵，从而在本国诗园地里绽放异彩。英国浪漫主义诗人雪莱最早提及此比喻。他在谈到译诗的困难时，说"紫罗兰必须再次萌生于种子，否则开不出鲜花"④。新月诗人陈梦家将译诗比喻为"飞鸟播撒种子"，在中国新诗园地里开出了"奇丽的异色的蔷薇"。叶公超则说，新诗人要"设法移种外来的影响，不是采花而是移种"⑤。闻一多更是坦言："新的种子从外面来到，给你一个再生的机会，那是你的福分。你有勇气接受它，是你的聪明，肯细心培植它，是有出息，结果居然开出很不寒伧的花朵来，更足以使你自豪！"⑥新月诗人与雪莱在译诗认识上的英雄所见略同，其实并非巧合，而是说明了诗歌翻译具有"移花接木，催生异彩"的文化共性。当然，要想将外国诗歌作为种子播撒到新的土壤中，长出新的花朵，需要译者的选种与播种，为移植做好准备工作⑦，这是译者的任务。不同群体的译者在选种与播种上自然存在差异，因而使得译诗的"移花接木"模式呈现多样化与多元化，其催生的异彩各具特色。相应地，译诗文化也就不尽相同了。

---

① 卞之琳. 1984. 人与诗：忆旧说新. 北京：生活·读书·新知三联书店：196.

② Paz, O. 1992. Translation: Literature and Letters. In R. Schulte & J. Biguenet (Eds.), *Theories of Translation: An Anthology of Essays from Dryden to Derrida* (p. 160). Chicago: The University of Chicago Press. 其译文参见王克非. 1997. 翻译文化史论. 上海：上海外语教育出版社：354.

③ 茅盾. 2009. 译诗的一些意见//罗新璋，陈应年. 翻译论集（修订本）. 2 版. 北京：商务印书馆：417.

④ 语见雪莱的著名文论《诗辨》（"A Defence of Poetry"，1821），转引自 Robinson, D. 2006. *Western Translation Theory from Herodotus to Nietzsche*. Beijing: Foreign Language Teaching and Research Press, p. 2245.

⑤ 叶公超. 1998. 谈白话散文//陈子善. 叶公超批评文集. 珠海：珠海出版社：72.

⑥ 闻一多. 1993. 文学的历史动向//孙党伯，袁謇正. 闻一多全集（10）. 武汉：湖北人民出版社：19.

⑦ Bassnett, S. 2001. Transplanting the seed: Poetry and translation. In S. Bassnett & A. Lefevere (Eds.), *Constructing Cultures: Essays on Literary Translation* (pp. 57-75). Shanghai: Shanghai Foreign Language Education Press.

显见，由于诗歌翻译举足轻重的文化作用，以及翻译文化的群体性特征，所以从翻译文化史的视角探索文学社团的诗歌翻译，不仅意义重大，而且非常适切。循着这样的研究理论和方法，本书将新月派诗歌翻译纳入翻译文化研究的范畴中考虑，目的有二：其一，尝试运用当代西方文化学翻译理论，结合新史学方法，将新月派的诗歌翻译置于五四以降十余年的历史文化大背景下考察，勾勒新月派诗歌翻译史，历史重构和系统描述新月群体所演绎的诗歌翻译文化；其二，尝试根据翻译文化史的思路，探索新月派诗歌翻译的文学作用和价值，揭示其与本土文学创作和文化变迁之间的关联，并透视新月知识分子群体在文化构建过程中的翻译选择和作为，评价其作为文化使者的角色。概而言之，新月派在五四以降的主体文化制约下演绎了什么样的诗歌翻译文化？又是如何演绎的？其诗歌翻译给本土文化带来什么样的新色彩和新活力？换句话说，新月派译诗是如何"移花接木"，以"催生异彩"的？

承接这样的研究目的，结合"移花接木"的译诗模式，本书准备探讨如下几个主要问题：其一，译者为谁？译了什么？其二，如何译？为何译？其三，翻译有什么样的影响与反响？前二者关涉新月译者的"选种"与"播种"，后者则是考察"种子移植"后的效应。这几个问题依次贯穿本书的第三章至第七章。不过，在讨论问题之前，我们还有必要在第二章探究新月派所处时代的译诗文化。陈寅恪言："对于古人之学说，应具了解之同情，方可下笔。盖古人著书立说，皆有所为而发，故其所处之环境，所受之背景，非完全明了，则其学说不易评论。"[①]新月派是民国时期的文学社团，研究其翻译活动，自然也须尽可能设想和理解其从事翻译的社会文化语境，如此方能诠释其在主体文化体系下的翻译作为。因此，只有对新月派译诗活动有了"了解之同情"之后，才可进入实质问题的探讨。

新月派曾经翻译了哪些外国诗歌，本不应该是翻译文化史重点关注的问题，因其只是前期的史料准备工作。但对于作为文学社团新月派的翻译研究来说，译者群的划定是首先要解决的问题，否则后续的研究无法进行。再者

---

① 陈寅恪. 1930. 冯友兰《中国哲学史》（上册）审查报告//刘桂生，张步洲. 1996. 陈寅恪学术文化随笔（二十世纪中国学术文化随笔大系）. 北京：中国青年出版社：10-11.

说，翻译史也是译者中心史（a translator-centered history）[①]，译者的背景就更不能回避。如前所述，过去的研究对新月派的诗歌译者群体的划分比较随意，基本上只是从文学流派（新月诗派）的角度关注徐志摩、闻一多、朱湘等诗人翻译名家，而胡适、梁实秋等学者型翻译名家在新月时期的诗歌翻译，要么没有被纳入新月派范畴考察，要么被其在其他方面的文学贡献的光芒所掩盖而鲜有提及。至于新月群体的其他诗歌译者，如饶孟侃、邓以蛰以及陈梦家、方玮德、邵洵美、李唯建、梁镇、邢鹏举等新生代作家，他们的译诗鲜见被纳入新月派诗歌翻译研究中考虑。对译者群体的狭隘认知，自然导致研究中存在很多盲点。虽说新月派诗歌译者群的认定可能见仁见智，但正因为如此，我们才更需要继续发掘史料来对其进行合理定位，为后面的研究奠定基础。再者，史料先行也是翻译史研究的特性。当前新月派翻译研究的史料意识还比较薄弱，即使是面对有限的名人译家，由于史料未能有突破，研究也多是人云亦云。鉴于此，本书大力拓展新月派诗歌翻译研究的史料，因为"一旦材料拓展了，突破便随之而来"[②]。具体来讲，首先从文献学的角度[③]，通过新月派成员的译诗、译评、创作、日记、书信、回忆录，以及时人留下的评介文字、传记材料等著述，后人汇编的文集与目录索引等文献，对新月派译诗活动及其成就作一次全面的、系统的描述；其次立足于翻译诗歌的本位，从原始报刊、译本单行本、（译）文集、译作未刊本等直接翻译史料[④]中梳理新月派的译诗，并根据中国现代作家笔名录、人名辞典和书目索引等文献，辨别译诗史料的真伪与版本信息。这些版本信息尤其攸关新月派译诗的重译与复译现象[⑤]，

[①] Chapelle, N. 2001. "The Translators" Tale: A Translator-Centered history of seven english translations (1823-1944) of the Grimm's Fairy Tale. Sneewittchen. Ph.D dissertation. Dublin: Dublin City University.

[②] 王建开. 2007. 翻译史研究的史料拓展：意义与方法. 上海翻译，（2）：57.

[③] 本书的史料研究工作受张旭教授《视界的融合：朱湘译诗新探》一书启发，特此致谢。

[④] "大成老旧刊全文数据库"、上海图书馆"民国时期期刊全文数据库"与"读秀知识库"等电子史料数据库提供了大量的译诗原始资料，其他译诗资料则来自原始的纸本报刊和书籍。

[⑤] 翻译研究中需特别注意的是，在民国时期，"重译"既指以第三方语言为中介的间接翻译，又指对自己或他人已翻译过的作品重新翻译，而与此同时"转译"和"复译"也经常被人使用。为避免这种混乱，规范学术，本书区分了"重译"、"复译"和"转译"：重译，指同一译者对同一原作的重新翻译，相对译者自己"初译"而言；复译，指不同译者对同一原作的重复翻译，相对他人的"首译/原译"而言；转译，是以第三方语言为中介的间接翻译。再者，重新翻译和重复翻译确有不同之处，反映了译者在心理动机、译诗语言和翻译策略等方面的微妙差异。参见黄焰结. 2022. 翻译史研究方法. 北京：外语教学与研究出版社：66-67.

涉及其译诗构成特色和翻译诗学的讨论，并进而影响社团的翻译文化作用。

关于新月派如何译诗和为何译诗的问题，在此将以文化学翻译理论和新史学方法展开研究，并以翻译文化为问题讨论的中心，以诗歌翻译为切入点，将新月群体的译诗活动纳入当时的历史文化语境中考察。活跃于五四新文化运动后期和后五四时代中前期的新月派，正好处于19世纪末20世纪初中国社会和文化转型期的结尾阶段。其时，翻译活动虽仍然势头不减[①]，翻译文学也仍然在冲击着中国原来的文学和文化系统，但中国新文学系统在外来文化的帮助下已基本确立，只不过仍处于"年轻"状态[②]。一方面，新月派的译诗活动恰逢中国新诗发展的青年时期，其所演绎的诗歌翻译文化显示了对五四文化的继承与创新、反思与反拨的双重特性，表现了对中国传统文化的重新认识和对西方文化的理性接受。另一方面，任何译诗活动都是一种有意识选择的"重写"（rewriting）行为[③]，新月派的译诗实践体现了新月知识分子在主体文化体系中的主体性作为，其译诗文化显现了对西方文学与文化的认知与选择，以及中西方文化的碰撞、龃龉与磨合。也就是说，新月派的译诗活动参与到中国新文学与文化的建构过程中，而这一文化感受和重构过程又不同程度包含着新月派对本土文化与异域文化的理解、比较、选择、融汇和创新，体现了新月派的翻译诗学和主张。当然，关注新月派的译诗选择与作为也是当下翻译研究和翻译史研究中"以人为本"观念的关怀所致。

本书关注的最后一项主要问题是考察新月派译诗给本土文学带来的新变。新月派"移花接木"式的译诗实现了用现代汉语再现外国诗的形式与内容，为中国新诗园地带来了奇葩异彩。由是，我们就不仅仅关注新月译者译诗的文化"选种"和"播种"过程，还要考察"种子"在中国文学园地里的

---

① 从李今在《二十世纪中国翻译文学史（三四十年代·俄苏卷）》第1-2页中所统计1917—1949年的翻译出版数量来看，1937年前的翻译出版量基本上一直呈上升趋势，1931—1932年因为受淞沪战争影响有所下降除外。而且，1928—1938年这11年的翻译出版量大约是前一个11年的3倍。

② 埃文-佐哈尔[Even-Zohar, I. 1990. Polysystem studies. *Special Issue of Poetics Today*, 11 (1): 47]的多元系统论分析了翻译文学在译入语文学的多元系统里可能占据中心位置的三种客观条件：一是多元系统尚未定型，也即该文学还处于"年轻"状态，仍在建立中；二是该文学处于"边缘"或"弱势"的位置，或两者皆然；三是该文学正处于转折点或危机阶段，或出现了文学真空。清末至五四以来的翻译文学在这三种情况下都有不同程度的表现。

③ Jones, F. R. 2011. *Poetry Translating as Expert Action: Processes, Priorities and Networks*. Amsterdam: John Benjamins Publishing Company, p. 3.

新生过程，探索其给本土文化催生的新活力与新色彩。具体来讲，在当时翻译与创作合一的时代语境下，新月派的译诗也是地地道道的新诗[①]，甚至是新诗的先声，不仅本身就彰显出绚丽的异彩，还促使中国新诗在语言和表达、文体和风格、形式和内容、思想和情感等方面发生了历史性的重大演变，换言之，译诗参与构建了新诗的成就。

第四节 理论基础、研究方法与意义

理论"包含对翻译问题的历史思考"，是研究的切入点，起到"探照灯"（searchlight）的作用[②]。不同的研究理论与方法在很大程度上决定了研究者在研究视角和视域上的差异，因而会发掘出研究对象的不同面貌。翻译研究受不同时期社会文化历史背景的影响，研究翻译的方法和视角因而与时俱变，经历了从语文学范式到语言学范式，再到社会文化研究范式的变化。诗歌翻译研究的历史进程也是如此。早期的译诗研究植根于古典诗学和美学，基本是评点式、印象式、感悟式的诗歌翻译批评与鉴赏，"忠实"是其核心的关怀。翻译研究发生语言学转向之后，译诗研究走向了语言层面的操作，大多只关注内部的语言分析、局部的文本对照、译诗技巧、可译性、形式与风格的转换、原诗情感与内容的传递等问题，"对等"（equivalence）成为描述和评介译诗的关键概念。至于诗歌翻译所表现出来的文化感受过程，以及其所承载的文化传播与构建功能，则被无情地尘封起来，造成了译诗研究的缺憾[③]。譬如，以"翻译主要就是译意"[④]来处理形式本位倾向强烈的诗歌艺术

[①] 诚如朱自清在《译诗》中所言："译诗对于原作是翻译，但对于译成的语言，它既然可以增富意境，就算得一种创作。"参见朱自清. 1984. 新诗杂话. 北京：生活·读书·新知三联书店：72.

[②] Hermans, T. 1999. *Translation in Systems: Descriptive and System-oriented Approaches Explained*. Manchester: St. Jerome, p.34.

[③] 20世纪90年代以来，语言学翻译研究内部发生了"功能/语用转向"的次转向，有学者（如黄国文. 2006. 翻译研究的语言学探索：古诗词英译本的语言学分析. 上海：上海外语教育出版社；Jones, F. R. 2011. *Poetry Translating as Expert Action*. Amsterdam: John Benjamins Publishing Company.）从功能语言学和认知语言学等视角研究诗歌翻译，虽然摆脱了脱离语境的对等研究，但基本上仍是局限于语言学范畴的语用、功能和心理认知驱动处理，很少涉及广阔的社会文化语境研究。

[④] Nida, E. A. & C. R. Taber. 1974. *The Theory and Practice of Translation*. 2nd edn. Leiden: E. J. Brill, p.12.

的翻译,即使译诗最大限度地"对等"地再现了原诗的内容,原诗的形式却完全被抛弃,那么这到底算不算成功的翻译呢?诸如此类的问题使得语文学和语言学范式的诗歌翻译研究陷入了"诗者,翻译所失也"的窠臼而难以自拔。幸运的是,20世纪末翻译研究的文化转向将翻译放到一个宏大的语境中去审视,避免了以前的研究只见树木不见森林的弊端。由是,诗歌翻译不只是语言间的等值交换,而上升到了文化研究的高度。"盖诗者,非翻译之所失,乃经由翻译之所得也"[①],就是对诗歌翻译研究的重新思考,考察译诗的文化移植和文化建构作用,以及翻译文化与主体文化的互动作用。

文化学翻译研究跨越了文化研究、文学、社会学、哲学、历史学、人类学、民族学、信息学等诸多领域,其多元模式为译诗研究带来范式变化的同时,也拓展了译诗研究的领域。这样,新月派译诗的目的与动机、策略与艺术、影响与反响等问题的研究就成为我们重点关注的内容。而且,翻译研究的跨学科性质在文化翻译史方面尤为明显,更需要吸取其他学科的成果,以求突破[②]。因此,作为翻译文化史的新月派诗歌翻译研究拟从多元的理论视角中寻求合适与合理的研究途径。毕竟,还没有哪一种理论模式能解决诗歌翻译中的所有问题[③]。当然,构成新月派诗歌翻译研究理论与方法根基的还是当下的文化学翻译理论和新史学途径。

从文化研究的视角来看,所谓翻译史,或曰描述/呈现异域的历史(the history of the foreign)[④],或曰译入语文学/文化革新的历史[⑤],前者着眼于源语文化的考察和引进,后者侧重于译语的接受和影响。但合而观之,翻译史就是文化交流史。纵观翻译史研究百余年的发展史[⑥],可以发现,译史研究基本上是追随西方历史研究的步伐,经历了从传统史学到新史学的范式转变,

---

[①] Bassnett, S. 2001. Transplanting the seed: Poetry and translation. In S. Bassnett & A. Lefevere (Eds.), *Constructing Cultures: Essays on Literary Translation* (pp. 57-75). Shanghai: Shanghai Foreign Language Education Press. "诗者,翻译之所失也"（"Poetry is what gets lost in translation"）出自20世纪美国诗人弗罗斯特之语。"盖诗者,非翻译之所失,乃经由翻译之所得也"("Poetry is not what is lost in translation, it is rather what we gain through translation and translators")是翻译学者巴斯内特对它的反拨与匡正。

[②] 孔慧怡. 1999. 翻译·文学·文化. 北京：北京大学出版社：14.

[③] Jones, F. R. 2011. *Poetry Translating as Expert Action*. Amsterdam: John Benjamins Publishing Company, p.13.

[④] Faull, K. M. 2004. *Translation and Culture*. Lewisburg: Bucknell University Press, p. 13.

[⑤] Ray, M. K. 2008. *Studies in Translation*. New Delhi: Atlantic Publishers & Distributors, p.1.

[⑥] 参见黄焰结. 2022. 翻译史研究方法. 北京：外语教学与研究出版社：26-21.

从注重翻译名家、名论和宏大叙事的研究转向了广阔的社会文化研究,钩沉具体而微的翻译史实,关注"活生生"的翻译群体演绎的翻译文化,并透视翻译的文化建构功用。沿着翻译史研究的这一发展思路,我们本着回到历史现场的宗旨,以新月派译者群体作为研究的中心,融合社会学量的分析和文化学质的阐释,结合静态的结构分析与动态的历史阐释,从翻译文化视角来探究新月派诗歌翻译活动,以彰显社会文化语境及译者主体性在翻译中的互动作用。

就具体的研究方法与思路而言,首先要做的就是观察史料,这其实是任何翻译史研究的基础步骤。观察新月派的译诗活动尽管不是研究的最终目的,也不可能完全恢复新月派的历史原貌[①],但最大限度的精确性却是主体性阐释的有力保障,否则研究无从谈起,得出的所谓结论也难以令人信服。再者说,史料的发掘也是研究的突破口。严羽《沧浪诗话》中有言:"夫学诗者以识为主,入门须正,立志须高。"学诗如此,作史亦然。因此,本书研究的第一步就是以实证的方式发掘梳理与新月派译诗活动相关的材料,具体包括文本材料、副文本(paratexts)材料和超文本话语(extratextual discourse)[②]材料。文本材料又包括新月派(以及其他相关社团或译者)译诗的来源文本、译本和诗歌创作文本;副文本材料指与新月派译作相关的信息资料,如译者序、跋、说明、题记以及译作的版本、出版年月、插图等内容;超文本话语材料则指时人(新月派同人或其他社团批评家)评介新月派翻译/译者的相关史料,尤能使研究者聆听到"历史现场"的声音。

在史料观察的具体操作上,将翻译的描写研究重心放在考察文本上,尤其是译本,因为翻译思想除了体现在翻译批评和翻译论述里之外,还大量地反映在翻译作品里。简言之,译作客观地反映思想。就新月派而言,大多数译者都没有太多的翻译理论,但对翻译的认识却相当深刻,徐志摩、闻一多、朱湘、陈梦家、邵洵美就是很好的例子。因此,新月派内部译诗在共时和历时维度上的比较与分析(包括重译本与复译本),以及新月派译诗与社团之

---

① 后现代史学观怀疑"历史真相是客观存在"之说,强调历史是现实的构建。

② 评论翻译的"超文本话语"也就是 discourse about translation,可以反映批评者的翻译期望、参与度及其所在群体的翻译惯习等。参见 Gürçağlar, Ş. T. 2008. *The Politics and Poetics of Translation in Turkey, 1923-1960*. Amsterdam: Rodopi, pp. 46-47, 98.

外译诗的对比分析,是文本考察的重中之重。此外,还关注新月派译诗与写诗的文本比较以及译诗与原文的比照分析。上文我们曾批评这种译诗的微观语言研究,但批评并不意味着根本否定。实际上,"微观的文本分析是翻译研究的基础性工作,因为细致的语言分析与文体对照能生动地揭示诗歌翻译的标准、策略、表现形式、语言特征、诗体和文本功能的转换机制,以及译诗与白话新诗滥觞之间的互动关系……"[①]再者说,译者的翻译实践与翻译话语有时还相互矛盾或抵牾,理论表述是一种态度,翻译实践则又是一种态度。翻译学者图瑞曾经警告说,译者、出版商、评论家和其他翻译活动参与者所做出的有关翻译的声明很可能不完整,或者偏向于信息提供者在相关社会文化系统中所起的作用,应该尽量避免[②]。所以说,仅凭序、跋、评论等副文本和超文本话语材料肯定不能对翻译活动进行客观全面的描述,翻译研究不能只听译者的"一面之词",应重点关注文本。

最令人诟病的,恐怕还是原文与译文的比照研究。当下的文化翻译研究和翻译史研究一般仅注重译文研究,很少重视原文,究其原因,主要是批判语言转换基础上的传统忠实观,强烈要求关注译语主体文化对译文接受的影响[③]。这些文化翻译学者的理论和实践,如本节开头所言,引发了翻译研究的文化转向,但同时也逐渐导致了对原文作用的极端忽视。譬如,对新月派的翻译策略或翻译与创作的关系进行考察,仅凭译作本身,难以准确观察翻译所发生的具体变化,还需要通过与原文的比对才能真切判断译者具体的翻译行为。图瑞的翻译研究就是通过描写原文与译文片段之间的关系及对应趋势,显示"(翻译)行为的规律性",进而描写翻译中的规范与策略[④]。就本书的研究而言,新月成员多留学欧美,诗歌翻译选材以英语作品居多,伴以法语和德语,即使有其他语种作品,也多从英文转译。因此,我们在对新月派诗歌翻译文本进行分析时,尽量辅以原文,观察译诗与原诗在语言、文体、风

---

① 蒙兴灿. 2009. 五四前后英诗汉译的社会文化研究. 北京:科学出版社:9.

② Toury, G. 2001. *Descriptive Translation Studies and Beyond*. Shanghai: Shanghai Foreign Language Education Press, p. 65.

③ 孔慧怡. 1999. 翻译·文学·文化. 北京:北京大学出版社:3.
王宏志. 2007. 重释"信、达、雅":20世纪中国翻译研究. 北京:清华大学出版社:7, 43.

④ Toury, G. 2001. *Descriptive Translation Studies and Beyond*. Shanghai: Shanghai Foreign Language Education Press, pp. 36-39.

格、意象、形式、内容等方面逐译的对应程度，从而描述译者的翻译策略与风格，再结合副文本和超文本话语材料，将翻译纳入宏大的文化语境中考虑。这是本书倡导的多元研究途径之下的具体研究方法之一，也是对现行的翻译史研究方法的补充。不过，需要说明的是，文化学翻译研究对译作的关怀和对原文的关注，是将此作为宏观研究的出发点和支撑点，以探究译本在译语文化中的传播、接受与影响，这不同于传统翻译研究大多以译文与原文之间的关系探讨为终点，计较句栉字比的机械对等与刻板忠实，计较一词一句的翻译得失，无视翻译的历史与文化。

  史料观察之后就是史识。我们知道，写史并不只是收集历史资料，更重要的是分析与阐释史料，找寻各种历史事件的意义与模式，使我们对所研究的对象和相关的事情达到更深的了解。这需要研究者找到问题意识以及一种捕捉对象的独特视角，表达其见解和判断。如前所述，以译者为本的翻译文化是我们研究的理论视角，新月派演绎的翻译文化是本书努力去探寻的问题。按照皮姆的观点，翻译研究的根本任务是改善文化间的关系，翻译史的任务就是以叙事的形式理解文化间的这些关系，因此特定文化语境下参与翻译活动的译者是翻译史研究的中心[①]。本书的研究围绕翻译文化这个中心话题，把孤立的资料与新月译者群体互动结合起来，描绘参与翻译活动的人以及他们之间的互动工作，透视新月翻译文化的历史变迁与构建，评析新月译者的文化使者角色。具体来讲，根据史论结合的方式，联系新月派的诗歌创作经验和思想文化表现，以历史性描写分析新月派"移花接木"的译诗过程为经，以典型的译诗群体个案和译介主题为纬，以代表译家的译诗研究为点，以回到历史现场的姿态，系统地阐述新月派诗歌翻译文化的生成与发展、成就与影响。这种杂合的研究模式突出了新月译者群体演绎诗歌翻译文化的全部过程，兼顾了典范性探索与概率性研究，避免了名家研究模式可能产生的以偏概全。

  最后谈谈新月派诗歌翻译文化研究的意义。

  首先，新月派"移花接木"式的译诗经历了与众不同的选种与播种过程，在中国新诗园地里催生了别样的异色花朵，因而演绎了与其他文学社

[①] Pym, A. 2009. Humanizing translation history. *Hermes-Journal of Language and Communication Studies*, (42): 23-24.

团相异的诗歌翻译文化。实际上，新月派同人除沈从文等少数作家外[①]，或多或少都参与过翻译活动，并且还有独立、鲜明的译介立场和翻译思想。他们所创造的以诗歌翻译为主体的翻译文化，与文学创作、艺术发展和文化政治形成了互动影响，与其总体文化倾向和相关品格互为表现和渗透，同时又融合交织着译者各自的生活体验、文化意识、审美倾向和艺术风格。这样独特的译诗文化体现了新月群体与众不同的翻译诗学和翻译规范，同时也彰显了"移花接木"译诗模式的多样性与多元性，不仅在文化上具有深意，而且在理论与实践上都可以为今天的诗歌翻译提供借鉴，因此值得研究。

其次，是理性反思与锐意开拓。新月派跨越了五四新文化运动后期与后五四时期十余年的历史，经历了文学革命的洗礼，也经受了革命文学的碰撞。新月知识分子扬弃了五四先驱的激进，在借鉴欧美文化与文学的同时，开始理性地审视民族传统，企图在时代高度上综合中国传统文化和西方欧美文学的优点，来为中国新文学发展开辟一条新路。翻译是新月派同人反思五四文学、重新建设新语体文文学的有效工具。考察新月派的诗歌翻译文化，可以从中透视新月文学的发展与成长，管窥新月文化的异域源头和历史变迁。这在翻译史和文学史上都具有重大意义。

再次，新月文学走出了"被遮蔽"的状态，而翻译文化依然备受冷落。新月派由于"资产阶级文人团体"的属性，曾经受到鲁迅、后期创造社及其他左翼文人团体的批判，随之自然而然也缺场翻译史。20世纪80年代末中国"重写文学史"运动之后，一度被搁置的新月派研究迅猛增多，但对其翻译现象的研究仍处于被冷落的边缘状态。从诗歌翻译视角重新审视新月派，不仅可以弥补新月派整体研究的缺项，同时也可增益学界乏善可陈的20世纪30年代译诗研究，而且还是探索文学社团翻译研究、丰富中国现代翻译文学史乃至翻译文化史书写的重要手段，尝试填补中国现代文学社团翻

[①] 沈从文是民国时期少数不会外语的作家之一，然而他的创作也不可避免地受到翻译的影响。譬如，他创作的第一部长篇小说《阿丽思中国游记》（新月书店，1928年）就受到赵元任翻译的《阿丽思漫游奇境记》（商务印书馆，1922年）的启迪，参见沈从文《阿丽思中国游记》"序"（1928年3月10日《新月》第1卷第1号）。

译文化史的空白①。

最后，新月派的诗歌翻译与创作相得益彰。新月派不乏翻译和文学创作的名家，徐志摩、闻一多、朱湘、陈梦家、邵洵美、卞之琳等同人都是个中好手。新月群体诗歌翻译的研究不排斥个体翻译家的个性价值，只是更强调个体群的翻译共性和他们的整体价值。这样，既见"树木"，更是通过"树木"看清了"森林"，不仅个体译家与群体翻译的关系会得到探讨，而且还克服了个体译家研究的片面性与局限性。简言之，新月派"移花接木"的诗歌翻译开创了新格律诗的文学时代，不仅在当世成就了大家风范，也予后来的译诗事业以启迪与思索。本书以新月派译诗活动为研究对象，既从翻译视角观察新月群体的文学网络、知识传播、团体认同和文化参与，又从群体视角来考察其独特的译诗文化，探索诗歌翻译和文学创作以及与社会文化之间的内在关联，是翻译文化史研究的一项努力。而且，本书还触及学界对新月派涉猎甚少的翻译领域，一方面深入发掘与系统整理该社团的诗歌翻译史料，全面论述其译介史实，使文学社团翻译研究走出学术研究的边缘状态，另一方面则结合当代史学方法与翻译的特性，探索文学社团翻译史的书写模式。

---

① 中国现阶段翻译史论大概始于王克非的《翻译文化史论》（上海外语教育出版社，1997年），其从文化视角审视了翻译在文化史上的作用以及文化对翻译的制约。此后有王宏志的《重释"信、达、雅"：20世纪中国翻译研究》（东方出版中心，1999年）、谢天振与查明建的《中国现代翻译文学史（1898—1949）》（上海外语教育出版社，2004年）、孔慧怡的《重写翻译史》（香港中文大学翻译研究中心，2005年）、张佩瑶（Cheung, M. P. Y.）的 *An Anthology of Chinese Discourse on Translation (Volume 1): From Earliest Times to the Buddhist Project*（St. Jerome，2006年）等著述。此外，诸多学者的论文（如王东风论述五四译诗的多篇文章）以及王宏志主编的集刊《翻译史研究》（复旦大学出版社，2011—2018年）中的许多文章都体现了翻译文化史的性质。近年来，翻译史论逐步成为中国翻译史研究的重心，翻译的文化作用与翻译史的多样性得以彰显，但文学社团翻译文化史的研究还基本处于空白。

第二章

诗歌翻译文化图景：从五四时期到 20世纪30年代

近现代文学翻译大抵兴起于19世纪90年代末期[①]，但彼时的翻译文学还是以小说翻译为大宗，诗歌翻译则显得有些相形见绌，不仅数量较少，而且还散发着浓郁的中国风，仍然纠结于传统诗歌的窠臼。直至五四时期，随着众多的文学社团和文艺刊物纷纷投入外国诗歌的翻译活动中，白话译诗运动全面铺开，译诗才完成了由传统文言格律诗向现代白话语体诗的转型，促进了中国新诗的发生和发展。梁实秋曾言："我一向以为新文学运动的最大的成因，便是外国文学的影响；新诗，实际就是中文写的外国诗。"[②]足见在传统诗学体系处于文化转型的五四时期，译诗成为促使中国诗歌转型发生、完成最为重要的力量。然而，发生在新文化语境下的译诗活动，因为肩负着思想启蒙与文学革新的功利性目的，是一种被操纵了的翻译活动[③]，在推动中国新文学发展的同时，也暴露出译诗与写诗自由化、白话化、散文化的流弊，因而在五四后期日益遭到诟病。新月派适时而出，就译诗的诗体、语言、形

[①] 郭延礼认为，中国近代文学翻译"整体起步比较晚。甲午战争之前，外国文学作品的翻译仍很少。"（郭延礼. 1998. 中国近代翻译文学概论. 武汉：湖北教育出版社：10.）王宏志也说，清末翻译大潮大抵始于1897年严复和夏曾佑发表的《本馆附印说部缘起》（王宏志. 2007. 重释"信、达、雅"：20世纪中国翻译研究. 北京：清华大学出版社：44.）。此外，查明建与谢天振则将1898年作为中国近现代文学翻译史的开端，一是因为严复翻译的《天演论》在该年出版了单行本，二是因为著名的维新派领袖梁启超同年发表了《译印政治小说序》（查明建，谢天振. 2007. 中国20世纪外国文学翻译史. 武汉：湖北教育出版社：18-19.）。

[②] 梁实秋. 1931. 新诗的格调及其他. 诗刊，（1）：81.

[③] 王东风. 2010. 论误译对中国五四新诗运动与英美意象主义诗歌运动的影响. 外语教学与研究，（6）：463.

式、内容等方面做出种种探索，实现了融形式与内容于一体的"移花接木"艺术，匡正了之前诗歌翻译和创作的"非诗化"倾向。新月派的译诗作为显示了其对欧美诗歌文化与众不同的认知、选择与接受，十余年来不仅演绎了独特的社团诗歌翻译文化，还使得新月派诗歌文学在当时的文坛独树一帜。有鉴于此，我们有必要先行"了解"新月派十余年来译诗活动的翻译文化语境，最终予其译诗活动以深切"同情"。

第一节 五四时期译诗文化的历史考察[①]

诗歌翻译在清末就已经拉开了序幕，但其时对外国诗歌的译介主要是些零散的活动，内容或是西洋传教士迻译的宗教诗篇，或出自外国文学作品中的零星片段，或夹杂在其他类翻译文本之中。与清末时意译的翻译文化风尚相得益彰的是，"达旨"的译诗在形式上仍然是中国传统的文言格律诗。早期的文言译诗表现了明显的价值取向，以服务于启迪民智、富民强国的政治理想，但套用主体文化中的诗学形式，又使得译诗在表达和接受上受到限制，诗学影响不大。直至新文化运动开始，由于诗歌革命的需要，译诗在策略上发生了巨大转变，以突破中国千年以来所形成的成熟、稳定但业已僵化的诗学体系，推动中国文化、文学机制进行创造性转化。这样，诗歌翻译在思想革命与形式革新的迫切要求下，迎来了前所未有的新格局。

新文化运动的一个特点是文学社团纷纷涌现。文学社团借助旗下传媒刊物，推动了诗歌翻译的热潮，所谓"一个社团，一种翻译文化"[②]是也。各社团的诗歌翻译呈现出不同的形式风格和审美倾向，营造了现代译诗的多元化取向和译诗形式风格的多样化特征。其中，新月派的译诗在五四后期至20世纪30年代初的中国文坛占有一席之地。因此，在对新月译诗文化进行探究之前，我们以文学社团（主要是刊物）的译诗活动为客观描述对象，对五四时期至20世纪30年代的诗歌翻译文化语境进行考察，目的是在线性的时间

[①] 本节曾以《五四时期"浪漫式"译诗的文化解读》为题发表于《中国翻译》2022年第4期。成书时略有改动。

[②] 黄焰结.2014.翻译文化的历史嬗变：从清末至1930年代.语言与翻译，(1)：48.

递进中勾勒出译诗文化的轮廓，以便在历史语境中考量本书的研究对象。考虑到新月派的历史跨度，本章分五四时期和 1930 年前后两个历史阶段来考察。本节首先考察五四时期的译诗文化，以描述新月派兴起之前和之初的诗歌翻译文化语境。

一、文学社团译诗文化的图景

《新青年》杂志的译诗代表了中国现代翻译文学史上译诗的第一个阶段。稍后，少年中国学会、文学研究会、创造社、学衡派等文学社团纷纷投入外国诗歌译介活动中，掀起了五四时期译诗的热潮。考察主要文学社团的重要刊物——《新青年》（1915—1922 年），《少年中国》（1919—1924 年），文学研究会的《诗》（1922—1923 年）、《小说月报》（1921—1927 年）和《文学周报》（1921—1927 年），创造社的《创造》季刊（1922—1924 年）、《创造周报》（1923—1924 年）、《创造日》（1923 年）和《洪水》（1924—1927 年），《学衡》（1922—1926 年）——可整体观察五四时期的译诗活动。表 2-1 显示了五四时期主要文学社团的译诗概况。大体看来，欧美浪漫主义诗歌，被损害被压迫民族的诗歌，印度泰戈尔、波斯莪默·伽亚谟等东方诗人的作品，以及俳句为主的日本诗歌，构成了五四时期诗歌翻译的主体。这里，俄（苏）诗歌翻译相对较少，而日本诗歌译介颇为突出。

表 2-1　五四时期译诗统计表[①]

国别	新青年社	少年中国学会	文学研究会	创造社	学衡派	总计/首
印度	23	26	167	0	0	216
日本	30	1	100	0	0	131
波斯	1	0	8	113	0	122
英国	9	0	74	21	49	153
美国	2	0	14	2	1	20
法国	2	3	46	4	0	55

---

① 表中数据根据各社团自成立至 1927 年在文艺刊物上发表的译诗统计所得。其中，《新青年》自更名前的《青年杂志》始，截至 1922 年 7 月休刊。刊物中少数未注明国家的诗人已经考证其国籍，个别错讹已修订。另，转译的诗歌仍按原作本来的所属国划分。

第二章　诗歌翻译文化图景：从五四时期到20世纪30年代

续表

国别	新青年社	少年中国学会	文学研究会	创造社	学衡派	总计/首
德国	1	0	32	25	0	58
俄（苏）	3	0	16	1	0	20
弱小民族	15	0	72	0	0	87
其他	5	3	10	2	0	20
总计	91	34	539	168	50	882

首先，创刊于1915年的《新青年》是现代中国较早译介外国诗歌的刊物，开启了白话译诗的新纪元。新青年社的译诗一方面注重选择爱国主义、人道主义题材和反映下层人民贫苦生活的诗篇，关心弱小民族的诗歌作品；另一方面又体现了对译诗形式与语言的关怀，周作人、刘半农等同人译诗的直译策略，以及白话化和自由化的译诗取向，实质是当时的白话文与新文学向传统的文言格律诗发起的自觉挑战，他们通过译介印度、日本和欧美诸国的散文诗、叙事诗、抒情诗、小诗、民歌、俗歌等各体形式诗歌，以"增多诗体"来丰富中国诗歌的形式与内容[①]，尽管在译介的过程中存在着一定程度的误译。可以说，新青年社的译诗活动是从新文化运动和中国新诗最迫切的需要出发的，体现了思想启蒙与文学革新的双重诉求，掀启了五四诗歌翻译文化走向多样化与多元化的历史新篇章。

五四运动期间创刊的《少年中国》发表的译诗虽然仅有34首，但承接《新青年》，推动译诗继续向自由化、白话化和散体化的方向发展。尤其引人注目的是，从英文转译的印度诗人泰戈尔的诗歌占了26首，为随后大规模译介泰戈尔诗歌提前做了准备。而且，《少年中国》还编发了两期"诗学研究"专号，刊登了译介文章15篇，较全面地介绍了法、英、美、德、俄、比利时诸国著名的诗人及其作品。美国新诗人惠特曼和英国诗人布莱克，在田汉、周作人的介绍下开始登场中国；法国浪漫主义诗歌与象征派诗歌，也在李思纯、李璜、田汉、吴若男、周太玄等译介者的笔下展露出它们在中国的朦胧面貌。

及至1921年，文学研究会与创造社先后成立，翻译活动开始有计划、有

---

① 刘半侬. 1917. 我之文学改良观. 新青年，3（3）：1-13.

组织和有目的性地系统开展。在它们的努力下，诗歌翻译渐入高潮。文学研究会的译诗活动在某种程度上延续了新青年社的翻译格局，不过，539首译诗展示了其更为宽广的视野和深远的影响。其译诗文化具体表现如下：第一，泰戈尔诗歌（167首）与日本俳句在郑振铎、周作人等译者的带领下，进入译介的高峰，促进了小诗和散文诗的创作；第二，茅盾、沈泽民、褚东郊等大批译者译介了弱小民族诗歌，尤其是民歌，承接了社团对被压迫和被损害民族文学的一贯关注，彰显了它的翻译文化特色；第三，大量译介欧美诗歌，关注以现实人生问题为题材的外国诗歌，重点是19世纪以来的欧美浪漫主义诗歌，兼及意象派和象征派诗；第四，译诗形式几乎完全是白话自由体的新诗——无论原作是形式松散的散文诗，还是格律严谨的欧美浪漫主义诗歌，都按白话无韵体来翻译，只不过有分行与否、欧化程度深浅的差别；第五，转译是文学研究会译诗的一种重要的翻译方法，翻译泰戈尔、弱小民族和俄（苏）的诗歌作品大多是从英文（以及世界语和日语等中介语言）转译，客观上讲带动了五四时期转译的盛行，以后也绵延不绝。概括米讲，文学研究会的诗歌翻译选择和策略体现了贴近社会现实和满足社会需要的功利性目的，与新青年社译诗目的无异。

如果说文学研究会在译诗数量上显示了译诗热潮的话，创造社则以其鲜明的特色改变了五四时期诗歌翻译的格局，与文学研究会各领风骚。首先，创造社倾心译介欧美浪漫主义诗歌，但与文学研究会重视拜伦与屠格涅夫等诗人稍异，其同人尤其青睐德国的歌德和海涅、英国的雪莱与美国的惠特曼。其次，创造社不仅能赏识雪莱、济慈和海涅的忧郁与哀愁，还能够理解和接受"消极的享乐主义"[①]。波斯诗人莪默·伽亚谟的《鲁拜集》被郭沫若、成仿吾等人着力译介便是明显的注解。这种对"感伤"与"颓废"诗作的关注，随着五四运动的退潮，在创造社成员的文学创作和诗歌翻译中表现得尤为明显，英国感伤主义诗人格雷与唯美主义诗人道生、德国感伤作家施托姆，以及颓废色彩浓郁的象征派诗人纷纷进入他们的视野。最后，创造社的译诗除少数文言诗歌外，基本都是白话自由诗，形式自由、语言放纵，欧化程度相对较低，可读性较强。这一方面可能取决于泰东图书局对其翻译的商业赞助，因而在翻译策略上必然会迁就一般读者的接受能力而运用较为通俗的译笔，

---

① 范伯群，朱栋霖. 2007. 1898—1949中外文学比较史（上卷）. 南京：江苏教育出版社：328-329.

另一方面则是缘于他们的译诗主张与其标举的创造精神密切相关①。这样看来，创造社的译诗活动主要是从个体人生的价值需要出发的，译者更具主体性。但是，这并不否认他们的翻译所具有的促进诗体革新和思想革命的工具性作用；相反，在译者思想与社会诉求相契合的情况下，这种工具性反而会增强，创造社青睐激进的浪漫主义诗人及其自由放纵的译诗形式，就是很好的说明。况且，对创造社这样一个以翻译论争来争夺文坛话语权的社团来讲，翻译更是其发挥作用、走向现代文坛中心的有效利器。

学衡派是当时文坛的异类，因为旗帜鲜明地反对五四新文化运动和推崇中国传统文化而受到时人的批评和攻讦。本着"昌明国粹，融化新知"的文化守陈宗旨，学衡派主要围绕《学衡》杂志开展国学研究、古诗词创作和西方文学译介。其中，译介西洋文学最显著的特点就是诗歌翻译，前后译诗虽然仅50首，但坚持以文言格律体来迻译英美诗歌，以抗衡当时如火如荼的白话自由诗运动。再者，学衡派的译诗以选译英国诗人的作品为主，尤以浪漫主义诗作居多，拜伦、阿诺德和C. G. 罗塞蒂最受青睐。不过，他们对浪漫主义诗作的倾情与当时的新文学社团译介浪漫主义的狂飙大不相同。前者注重作品"至美至真至善"的人文精神②，以为主体文化中的传统文学寻找继续发展的活力，后者则是看重浪漫主义所体现的反抗、破坏、创造、新生的内在精神，以实现文学革命的目的。虽说二者的译诗活动都体现了功利性目的，但学衡派的文言译诗更多表现了传统诗学的审美取向，而新文学社团的白话文译诗主要体现了工具性的价值取向。

新青年社、少年中国学会、文学研究会、创造社、学衡派之外，还有新潮社、浅草社、努力社、语丝社、莽原社、现代评论派等文学社团或多或少的诗歌翻译活动，共同构筑了五四时期的译诗热潮。不过，需要说明的是，五四后期新月派已经开始崛起，早期成员或曾加入文学研究会，或曾与创造社交好，他们的译诗大多发表在这两个社团的文艺刊物上。早期新月派对文学研究会和创造社的译诗文化贡献很大，尤其是对欧美（尤其是英美）浪漫主义诗歌的译介，如朱湘翻译了雪莱、丁尼生、莎士比亚、济慈、兰德、布朗宁等英国诗人的作品以及罗马尼亚民歌，徐志摩翻译了惠特曼、拜伦与哈代的

---

① 张旭. 2011. 中国英诗汉译史论：1937年以前部分. 长沙：湖南人民出版社：267.
② 参见吴学昭整理的《吴宓诗集》（商务印书馆，2004年）"扉页"。

诗歌，并在1924年3月10日《小说月报》第15卷第3号上刊登《征译诗启》，号召翻译英国浪漫抒情诗歌。此外，当时还在清华学校读书的梁实秋翻译了英国诗人济慈与 C. G. 罗塞蒂的诗歌，孙铭传（孙大雨）翻译了歌德的作品，闻一多翻译了波斯诗人伽亚谟的诗歌，等等。以《小说月报》为例，1921—1927年译英美诗歌53首，其中46首是1923年11月之后翻译的，此时徐志摩和朱湘加入文学研究会不久，梁实秋和孙铭传等清华学校学生也开始给其刊物投稿。不消言，《小说月报》英诗汉译的兴起与早期新月派成员的参与和带动不无关联。再从译者来看，除新月派成员外，文学研究会的傅东华、赵景深、王统照是英国诗歌的主要翻译力量，而赵景深是徐志摩的学生，王统照则与徐氏私交甚笃[①]，足见文学研究会英诗汉译与新月派的关系。因此，可以说，文学研究会和创造社的刊物为早期新月派成员提供了译诗实践的园地，同时他们的译诗主张和翻译策略也对早期新月派的译诗产生了影响，因而或多或少带有他们的文化痕迹；反过来，新月派又借他们的文艺阵地进行诗学探索，既在某种程度上带动了译诗的艺术关怀，同时也塑造了新月派诗歌翻译文化的雏形。

总的来说，上述这些重要文学社团先后交织的诗歌翻译活动，大体反映了五四时期译诗文化的历史发展和整体面貌。接下来进一步考察这一时期的译诗文化特征。不过，鉴于学衡派译诗活动的反潮流性和对五四时期整体译诗文化影响甚微，下文的考察将对其不予考虑。

二、五四时期译诗文化的特质与成因

根据上述新青年社、文学研究会、创造社等文学社团共同演绎形成的时代译诗文化，我们将逐步描摹其文化特征，考察译诗文化的形成和影响，透视译者在这种文化碰撞过程中的选择与作为。

---

① 王统照曾主编梁启超为首的研究系旗下刊物《晨报副刊》的文艺副刊《文学旬刊》（1923年6月1日至1925年9月25日），徐志摩是主要撰稿人，二人曾唱和一些文学讨论，如王统照看了徐译拜伦诗"Deep in my soul that tender secret dwells"后，按语说："志摩曾同我详细推敲过，我说对照原文看实在能宛委达其神意，而且韵脚也照原作译出，这是近来译诗者难能的。所以我将原文列下，请研究译诗的人对比看去，或者不无小补。"（1924年4月21日《晨报副刊·文学旬刊》）。徐志摩去世后，王统照曾写文章《悼志摩》，追忆他们的交往和友情（参见王统照. 1934. 片云集. 上海：生活书店：143-156.）。

第二章 诗歌翻译文化图景：从五四时期到20世纪30年代

（一）浪漫的狂飙与感伤的颓废

五四时期译诗的主题和风格呈现出热闹的场面和多元化的态势。其中，英美诗歌对中国新诗的文体建设和诗学观念影响最为显著。首先，英美意象派诗歌和美国爆发的"自由诗革命"（Free Verse Revolution）对胡适等留美学生影响巨大，由是才有了胡适的译诗《关不住了》[①]，其开启了中国新诗的新纪元。这首源自美国意象派女诗人蒂斯代尔的译作，契合了现代白话的语言形式和以"自由"精神为核心的思想内容，既启蒙开智，又引领现代白话新诗的潮流，因而在中国诗歌史上起到了划时代的里程碑作用。伴随着蒂斯代尔，惠特曼、林赛、洛威尔等美国新诗人也开始登陆中国，他们以自由新诗打破格律体旧诗藩篱的诗歌主张和实践，被中国新诗的开创者们视为圭臬。刘延陵就指出，他们取材日常生活，用口语写诗，扩大了新诗的题材和现实关怀的内容，并盛赞他们的新诗精神是"自由的精神"[②]。

其次，在五四运动之后的几年，掀起了对拜伦、雪莱、济慈、惠特曼等英美激进浪漫主义诗人的译介高潮，其中雪莱享有了"雪莱纪念号"，拜伦拥有了"诗人拜伦的百年祭"专辑和"摆仑专刊"[③]。在译介者眼中，雪莱是"革命思想的健儿"[④]，拜伦"为正义而战，为自由而战的精神"以及"对于虚伪、庸俗、以礼教的假面具掩饰一切的社会的厌恶与反抗"让人"崇慕"与"感动"[⑤]，他们与济慈一道"发挥撒旦派特色"，以反抗保守的文学成规和英国社会[⑥]。至于惠特曼，除文学研究会的刘延陵之外，创造社的田汉和郭沫若都不遗余力地对他进行了译介和临摹。田汉在《少年中国》创刊号（1919年7月15日）上的长文《平民诗人惠特曼的百年祭》，首次全面论述了诗人的生平、创作、艺术观与民主思想。而对郭沫若来讲，惠特曼"雄而不丽"的诗深刻影响了他"豪放、粗暴"的自由体浪漫诗歌创作，以至于为他赢得

[①] 胡适.1919.关不住了.新青年,6(3):280.译诗原名"Over the Roofs".
[②] 刘延陵.1922.美国的新诗运动.诗,1(2):23-33.
[③] "雪莱纪念号"见1923年9月10日《创造季刊》第1卷4期；"诗人拜伦的百年祭"见1924年4月10日《小说月报》第15卷4号；"摆仑专刊"见1924年4月21日《晨报副刊·文学旬刊》。
[④] 郭沫若.1923.雪莱的诗.创造季刊,1(4):19.
[⑤] 西谛.1924.诗人拜伦的百年祭.小说月报,15(4):2.
[⑥] 徐祖正.1923.英国浪漫派三诗人拜轮,雪莱,箕茨.创造季刊,1(4):13-14.

了"中国的惠特曼"的雅称①。这些诗人富有战斗热忱的浪漫主义作品具有揭露黑暗的力量或斗争的精神，与五四时期狂飙突进的精神十分合拍。

英美浪漫派诗人之外，普希金、屠格涅夫、歌德、海涅、席勒、施托姆、拉马丁、维尼等俄、法、德诸国浪漫主义诗人也备受译介者的关注，同样也因为他们诗歌所表现出的民主自由精神和批判现实的功能。浪漫主义尊崇个性、崇尚自然，所体现的反抗、破坏、创造、新生的内在精神契合了当时中国的时代主题。沈雁冰（茅盾）就指出"中国现在正需要拜伦那样"富有反抗精神的文学，"以挽救垂死的人心，……我们现在纪念他，因为他是一个富于反抗精神的诗人，是一个攻击旧习惯道德的诗人，是一个从军革命的诗人"②。郭沫若后来谈及早年译诗取向以及外国诗歌对其新诗创作影响时，说道："顺序说来，我那时最先读着泰戈尔，其次是海涅，第三是惠特曼，第四是雪莱，第五是歌德……"③

当然，浪漫主义作品除了表现自由与解放的革命精神，还有推崇情感和感伤抒怀的一面。实际上，五四时期的译者们一方面在激进的时代思潮感召下接受了浪漫派诗歌的批判和斗争的精神，备受鼓舞和激励，另一方面也有一些具有浪漫和忧郁气质的译者从个体人生需要出发，还能同时接受浪漫主义作品的哀愁与感伤，尤其随着暴风骤雨式的五四运动退潮，这些知识分子陷入了苦闷与彷徨之中，找不到出路，感伤的浪漫派诗歌恰好契合了他们所特有的落寞与哀愁。如前文所述，这在创造社成员的文学创作和诗歌翻译中表现得尤为明显。英国诗人格雷《墓畔哀歌》的淡淡哀愁，道生诗歌演绎的颓废与绝望，德国作家施托姆《秋》的深深嗟叹，歌德《迷娘曲》的寄情山水，法国诗人缪塞流露的愤怒与忧郁……，将译诗的感伤抒情表现得淋漓尽致。而且，随着异军突起的创造社在文坛的影响力逐渐增强，这股感伤的思潮愈演愈烈，几成泛滥趋势。当然，感伤并不意味着沉沦，也体现了尊重和自我，如同浪漫主义，它的"根性仍不失为革命的"④。在此感伤的语境之下，译介法国象征派诗也是出于对及时行乐的颓废思想的关注。田汉指出，魏尔

---

① 范伯群，朱栋霖. 2007. 1898—1949 中外文学比较史（上卷）. 南京：江苏教育出版社：328-329.
② 沈雁冰. 1924. 拜伦百年纪念. 小说月报，15（4）：2.
③ 郭沫若. 1984. 诗作谈//王永生. 中国现代文论选（第2册）. 贵阳：贵州人民出版社：428.
④ 成仿吾. 1928. 从文学革命到革命文学. 创造月刊，1（9）：4.

伦像苏曼殊一样是"绝代的愁人""可怜的离侣雁"[①]。郑伯奇则明确表示，他并不喜欢象征派诗人的表现手法，翻译古尔蒙《鲁森堡之一夜》不是为了介绍象征主义，而只是对"新享乐主义"感兴趣[②]。无怪乎，自五四发端的感伤主义，至20世纪20年代中期以一种苦闷、忧郁的形式普遍存在于青年知识分子之中，构成了中国新诗接受象征主义的社会原因[③]。

（二）泰戈尔与日本诗歌的译介热潮

自新青年社的陈独秀和刘半农伊始，到少年中国学会黄仲苏等人的推动，泰戈尔诗在中国的译介逐步走高，及至20世纪20年代初达到高潮。表2-1显示，整个五四时期，泰戈尔（印度栏）的诗歌被译216首，占译诗总数的24%之多，创下了单个诗人被译介的纪录。他的诗集《新月集》《飞鸟集》《采果集》《园丁集》《游思集》《故事诗集》《吉檀迦利》中的诗歌都有翻译。其中，文学研究会的译介又独占鳌头，郑振铎、徐培德、赵景深、茅盾、陈南士、王统照等大批译者共计翻译泰氏诗有167首之多。同样受到新青年社和文学研究会青睐的东方文学还有日本诗歌，131首译诗占了总译诗数的近15%，而周作人一人差不多独立译介了其中100余首，主要是日本俗歌、小诗、俳句以及石川啄木等新诗人的诗作。

文学研究会等文学社团的诸君着力选译泰戈尔诗和日本诗歌，一方面缘于东方文学的同构性与诗人的影响。泰戈尔关心民族命运、宣扬人道主义和个性解放的人格魅力，使得译者们格外青睐其洋溢着乐观主义精神与爱的哲理思想的诗作，以鼓舞和激励读者。瞿世英当时就认为：泰戈尔的思想和法国哲学家柏格森、德国哲学家奥伊肯"都很相像，是表现时代精神的"[④]。同样，日本批判现实主义诗人石川啄木的新诗也表达了对黑暗现实的抨击。可以说，泰戈尔诗和日本诗歌被广泛译介的原因在于五四前后中国有着自身的内在需求，中国的社会文化现状同这些东方诗作表达的精神和思想都非常契合。另一方面，译者们有意识译介泰戈尔诗和日本诗歌，还有诗体建设的动

---

① 田汉.1922.可怜的离侣雁.创造季刊，1（2）：1-3.
② 彭建华.2008.现代中国的法国文学接受：革新的时代 人 期刊 出版社.北京：中国书籍出版社：247.
③ 范伯群，朱栋霖.2007.1898—1949中外文学比较史（上卷）.南京：江苏教育出版社：359.
④ 瞿世英.1922.太戈尔的人生观与世界观.小说月报，13（2）：8.

因。在翻译泰戈尔诗时，五四译者绝大多数接触的是其用英文转译的诗歌。泰戈尔将自己的诗歌从孟加拉语自译成英语的过程中，采用了半带韵律的英语散文形式，带上了散文诗的色彩。这一难免"失真"的翻译流程反倒给国人借鉴、创作散文诗提供了便利[①]。早在《新青年》时期，刘半农为了创造新的诗体以打破传统格律诗体，从英文转译泰戈尔诗，就刻意营造无韵的散文诗形式，后来的郑振铎等译者大多延续了这一翻译模式。可以说，泰戈尔诗清新的语言和隽永的小诗体式，与语言省略跳脱的日本俳句一道，为中国无韵自由诗的创作提供了借鉴，尤其推动了散文诗和小诗的风行。周作人早就认识到它们之间的关联，称中国小诗独受东方诗的影响，"这里边又有两种潮流，便是印度和日本"[②]。随着泰戈尔在五四后期的影响式微，中国小诗也走向没落，可见泰戈尔诗与中国现代小诗兴衰之间的紧密联系。同样，石川啄木是对日本新诗做出重大革新的诗人，他新创了一种散文体的短歌形式，因而吸引了周作人的注意并极力翻译引进[③]。

（三）弱国模式：弱小民族诗歌译介的勃兴

《新青年》秉承了当年鲁迅与周作人兄弟翻译弱小民族文学的传统，开创了被压迫被损害民族诗歌译介的先河。在20世纪20年代初，这一传统被文学研究会发扬光大，译介弱小民族诗歌成为其翻译文学的特色。文学研究会在继承新青年社译介传统的基础上，扩大了所译民族与国家的范围，爱尔兰、挪威、丹麦、瑞典、瑞士、南斯拉夫、匈牙利、捷克、波兰、罗马尼亚、葡萄牙、塞尔维亚、乌克兰、格鲁尼亚、立陶宛、亚美尼亚、拉脱维亚、阿富汗等国的诗歌都有译介，并涌现了茅盾、沈泽民、褚东郊、鲁彦、樊仲云、钟敬文、万曼等大批译者。而且，新月派诗人朱湘早年作为文学研究会成员也翻译了多首罗马尼亚民歌。新青年社和文学研究会译介弱小民族诗歌的动因，主要是它们蕴藏的社会政治内涵表现了与中华民族相似的境遇，心有戚

[①] 秦弓. 2009. 二十世纪中国翻译文学史·五四时期卷. 天津：百花文艺出版社：65.
[②] 周作人. 1922-06-29. 论小诗. 民国日报·觉悟.
[③] 无独有偶，周作人还怀着同样的目的翻译了27首法国俳谐诗，想为中国新诗增添一种自由谐趣的小诗形式。参见周作人. 1922. 法国的俳谐诗. 诗, 1（3）：5-10.

威[①]，故译介与其说是同情，倒不如说是自我激励和精神感召，"借他人之酒杯浇我中华民族饱受压迫与屈辱之块垒"[②]。所以，译介弱小民族诗歌在凸显民族平等、寻求精神共鸣和激励奋发图强等方面尤显得有意义。

当然，所译诗歌大都是弱小民族与国家享有盛名的歌谣。早在《新青年》上，语言学家兼诗人的刘半农就通过借鉴外国民歌来丰富中国诗歌的形式与内容，后来的译者也想借外力来为本民族诗歌"增多诗体"，尤其是民歌、恋歌和叙事史诗。这种翻译实践进一步推动了译诗的自由化和散文化。

（四）自由与白话：译诗的方法、形式与语言

由上看来，英美意象派诗歌、欧美浪漫主义诗歌、弱小民族诗歌、泰戈尔诗与日本诗歌的译介热潮构织成了五四时期诗歌翻译的主体画面，再加上偶露峥嵘的象征派与未来主义等流派的诗歌以及民歌、史诗的译介，画面就更加色彩缤纷了。实际上，"到了文学革命运动以后，一时翻译西洋文学名著的人如龙腾虎跃般的起来，小说戏剧诗歌都有人翻译。翻译的范围愈广，翻译的方法愈有进步，而且翻译的文体大都是用白话文，为了保存原著的精神，白话文就渐渐欧化了"[③]。陈子展形象地总结了五四时期欣欣向荣的翻译景象，同时也凸显了翻译的语言和方法之间的关系。而对于当时的译诗来说，翻译语言和方法又与译诗的自由体形式紧密相关。

早在《新青年》时期，译诗虽然延续了清末的文言古体，但大多数译者使用的是直译方法，开始重视对原作的忠实[④]，以反对晚清以来的译述策略，重构"信"的翻译标准。在1918年1月《新青年》（第4卷第1期）全面改用白话后，白话文成为翻译语言；白话文在直译的促动下渐渐欧化。自此，在诗体解放和白话文运动的文学革命潮流下，译者们普遍采用欧化的白话文

[①] 当时有人这样说道："凡是听他们的哀诉的，虽是极强暴的人，也要心肝为摧罢！何况我们也是屡受损害的民族呢？//我们看见他们的精神的向上奋斗，与慷慨激昂的歌声，觉得自己应该惭愧万分！我们之受压迫，也已甚了，但是精神的堕落依然，血和泪的文学犹绝对的不曾产生。"参见 C. 1921-11-09. 介绍小说月报"被损害民族的文学号"．时事新报·学灯．

[②] 秦弓. 2009. 二十世纪中国翻译文学史·五四时期卷. 天津：百花文艺出版社：28.

[③] 陈子展. 1929. 中国近代文学之变迁. 上海：中华书局：163.

[④] 《新青年》上源自英文的译诗多采用中英文对照的方式刊登，这足以说明其对原作的重视。以后的文学研究会和创造社等文学社团的刊物也经常采用这一模式，尤其文学翻译批评差不多都采用了文本对照式的批评模式。

翻译外国诗歌，形式有如原诗的分行排列或以不分行的散文诗呈现，押韵随意或无。译诗的白话化和自由化，体现了中国新诗建设中"无韵非诗"观念的破除和"作诗如作文"思想的树立。

自然，在欧化的白话文成为五四常态的文学语言的语境下，"新诗的语言不是民间的语言，而是欧化的或现代化的语言"[①]。写诗都是用欧化的语体文，译诗就更不用说了。当然，就具体译者来说，译诗语言的欧化程度有深浅的差别，而这与译者所持的翻译策略相关。其一，依照原文字比句栉的直译，这一般会造就佶屈聱牙的欧化译诗语言，如"当那时你睁开睡眼四周一看便要惊起来，却像一瞬间的萤火我将要马上飞进了黑暗中去呢"[②]。其二，变通的直译，也就是周作人所言："直译也有条件，便是必须达意，尽汉语的能力所及的范围内，保存原文的风格，表现原语的意义，换一句话就是信与达。"[③]这种翻译方法使得译诗的语言虽然欧化，但又不失可读性。其三，形式自由、语言欧化的意译，也即以自由的形式去破除原诗的格律，用欧化的语言去表达原诗的内容。文学研究会的茅盾和郑振铎是这种译诗方法的拥趸。其四，"风格自由、语言放纵"的意译，也即忠实于原诗的精神，但译诗的文字表达极度自由，欧化色彩不明显。创造社郭沫若、成仿吾等人主张的译诗"风韵说"和"译诗应当是诗"是其代表。这种方法促使中国的译诗进一步走向形式放纵[④]。

可以说，不管译诗的具体方法如何，"忠实"于原诗都是最基本的前提。然而，这种"忠实"是片面的，强调的是对原作内容和语言结构的忠实，而对大多数原诗的形式却没有迻译。无论是形式原本松散的散体诗，还是格律严谨的欧美浪漫派诗歌，都是按白话无韵体翻译的，只不过有分行与否、欧化深浅的差别。这就是说，整个五四时期，除了学衡派和少数旧文人坚持文言译诗外，译诗差不多全是白话自由体的新诗。译诗的自由化与散体化响应了"作诗如作文"的号召，是诗体解放的产物，为新诗诗体建设提供了可资借鉴的蓝本。换言之，就是破除中国传统诗歌"不合时宜"的审美范式，创立新的诗体规范。

---

① 朱自清.1984.朗读与诗//朱自清.新诗杂话.北京：生活·读书·新知三联书店：95.
② 王独清从英文转译泰戈尔散文诗《末尾》（"The End"）中的一句，原文是"and when you wake up and look round started, like a twinkling firefly I shall flit out into the darkness." [Tagore. 1920. 末尾. 王独清译. 少年中国, 2（6）：32-33.].
③ 周作人.2009.《陀螺》序//罗新璋，陈应年.翻译论集（修订本）.2版.北京：商务印书馆：472.
④ 张旭.2011.中国英诗汉译史论：1937年以前部分.长沙：湖南人民出版社：307.

第二章 诗歌翻译文化图景：从五四时期到20世纪30年代

响应这一"破"与"立"的诗体建设过程的，首推选择译介欧美浪漫主义诗歌，其目的除了讴歌人的价值、尊严和力量，宣扬平等、自由和博爱的精神的翻译价值取向，再就是借浪漫主义批判与创造的力量来打破中国传统的诗学体系，建立新的诗学系统。首先，以自由诗主张和实践驰名的新诗鼻祖惠特曼和美国意象派诗人的诗歌较早得到译介很容易理解，所谓模仿、借鉴、创新是也。同样，泰戈尔诗与日本俳句在当时被广泛译介，不能不说形式自由也是其获得翻译的主要原因之一。这一点上文已谈及。其次，俄国作家屠格涅夫、法国象征诗人波德莱尔以及英国作家王尔德，在当时的新诗人眼中也都是不折不扣的"散文诗家"[①]，译介就是学习他们的散体诗创作。不过，吊诡的是，在浪漫主义破坏精神的主导下，格律体为主的浪漫派诗歌的音韵形式也被无情地破弃了，拜伦、雪莱、歌德、海涅等人的诗莫不遭受这种翻译的命运。由是，新文化运动的"诗体革命"糅合浪漫主义的破坏精神，使得浪漫派诗歌的翻译成了被操纵了的翻译，译者大多只关注诗歌内容信息的传递，而忽视了原作格律、音韵和形式上的诗学关怀。只是到了五四后期，由于徐志摩和朱湘等早期新月成员参与译诗活动，注重诗学形式的译诗才开始萌芽发展。

五四时期译介法国象征诗，一方面，如前文所述是因为其颓废的情感特质契合了当时的译者的感伤心理，另一方面，则是因为其自由诗形式符合了新诗诗体建设的需要，如同译介美国新诗一般。周作人早就比附他的小诗《小河》"略略相像"波德莱尔提倡的散文诗，不过波氏是用散文格式，而他却是"一行一行地分写了"[②]；进而，他还以散文诗形式翻译了法国象征诗人古尔蒙的《死叶》，分行都没有了。周作人在《新青年》上对象征派诗歌的认知在田汉和刘延陵那里进一步得到发展。田汉关心象征派（当时他称之为"取象派"或"取象主义"）"自由诗"和"无定形的诗"的创作破除了"从来一切的规约与诗形，自开新领土"[③]；刘延陵则从象征诗引发自由诗出发，认为象征诗和自由诗"都是自由精神底表现；而自由精神又是近代艺术底特质"[④]。后者的论述实在是为自由诗的诗体和自由精神张目，至于象征派的诗学与诗艺倒是其次了。

[①] 范伯群，朱栋霖. 2007. 1898—1949 中外文学比较史（上卷）. 南京：江苏教育出版社：315.
[②] 周作人. 1919. 诗：小河. 新青年，6（2）：91.
[③] 田汉. 1919. 平民诗人惠特曼的百年祭. 少年中国，1（1）：21.
[④] 刘延陵. 1922. 法国诗之象征主义与自由诗. 诗，1（4）：7.

最后，五四时期转译方法的盛行对自由诗的流行的贡献也不可忽视。译介泰戈尔诗、弱小民族诗歌、俄国诗歌以及部分法语象征派诗歌主要是从英语（也有日语与世界语）转译的。从其他语言转译成英文的翻译过程本身就带上了散文诗或半散文诗的色彩。这种"失真"的翻译经过中国译者有意识的散文化，以及诗歌翻译本身在音乐性方面所具有的抗译性因素的影响，就使得那些原本非散文体的诗歌也呈现出散文诗的面貌了。

三、五四时期译诗：被操纵了的翻译

五四时期外国诗歌翻译的策略反映了当时的译者肩负着思想启蒙、文化革新和新诗建设的使命，他们在译介过程中体现出主体意识和占有、挑选、改造的精神。"拿来"是为了更好地创造。因此，从某种程度上讲，译诗的过程也是一个"中国化"的过程。换句话说，许多非诗因素影响了译者对外国诗歌的曲解和误读，以致产生"变形"的翻译。

首先，五四时期对浪漫主义思潮是一种"中国化"的接受。第一，浪漫主义的革命特质、自由精神和反叛心理被中国的译介者夸大与强化，以履行中国新诗的革命使命。梁实秋曾总结说，"浪漫主义的精髓，便是'解放'两个字"[①]。第二，五四运动退潮后，一部分知识分子陷入了寂寞、苦恼、颓唐和悔怨的精神状态之中，这种伤感的心理使他们选择译介契合自己精神状态的浪漫派诗作。第三，浪漫主义诗歌所倡导的诗体解放与自由精神迎合了五四时期破除格律、"作诗如作文"的新诗运动。其次，译介泰戈尔诗、象征派诗歌和弱小民族诗歌，同样是出于"中国化"接受的原因，要么关注它们的自由精神与感伤气质，要么看重其自由散体的诗歌形式，要么出于精神共鸣和洗刷屈辱的需要。

因为这样的功利性目的，外国诗歌翻译成了一种被操纵了的翻译[②]。首先，"诗化"的政治生活使当时的诗歌译介者更多地关心文学和社会现实的问题，或者执着于艺术与人生合而为一的思想，因而选择了拜伦、雪莱、歌德、雨果、莱蒙托夫等激进的浪漫诗人，以及象征诗人与泰戈尔等。然而，译介是

---

① 梁实秋.1926.拜伦与浪漫主义.创造月刊，1（3）：110.
② 王东风.2010.论误译对中国五四新诗运动与英美意象主义诗歌运动的影响.外语教学与研究，（6）：463.

有条件的。比如,"我们决不欢迎高唱东方文化的太戈尔;也不欢迎创造了诗的灵的乐园,让我们底青年到里面去陶醉去冥想去慰安的太戈尔;我们所欢迎的,是……高唱'跟随着光明'的太戈尔!"[1]再比如拜伦,尽管在诗歌创作上不及华兹华斯、柯勒律治、济慈、丁尼生、雪莱等英国诗人,但他"并不止是一个诗人,有时如同群众的领袖及政治家"[2],"中国现在正需要拜伦那样的富有反抗精神的震雷暴风般的文学,以挽救垂死的人心"[3]。相比之下,其他浪漫派诗人,如湖畔诗人和司各特,虽然在英国的文学改革上有几分功劳,但思想都很保守,"摆脱不掉旧习惯"[4],因而在中国就显得寂寞得多。这种有意识的选择不惟五四时期才开始。实际上,外国诗歌在清末时的最早译介就是从浪漫派诗歌开始的。拜伦的《哀希腊》在清末民初经梁启超、马君武、苏曼殊、胡适等人的翻译,就被赋予了"救国图存"的诗学政治解读[5],只不过清末时忧心的是译介的民族启蒙功能,而五四时期关注的是人性解放的现代启蒙性。对象征派诗人的译介也有这样的审美政治解读。田汉称波德莱尔为"恶魔诗人",一方面是称道诗人的自由反抗精神,另一方面则是要借"恶魔文学"冲击"贵族文学",破除"神魔两立的状态",为平民文学张目[6]。其次,对欧美浪漫派诗人进行译介时,他们的诗艺和追求美的一面被忽视,"重点被放在自我表现、个性解放和对既定成规的叛逆上"[7]。英国诗人布莱克在当时的译介就是典型的例子。周作人最早发表文章介绍布莱克的思想,突出其诗歌的"象征"意味,不仅晦涩难解,且充满了神秘感[8]。这种开先河的译介塑造了布莱克在中国作为新浪漫主义诗人被接受的身份,从而使得他在欧美浪漫主义诗歌译介狂飙的语境中被有意冷落。布莱克诗歌译介在五四时期昙花一现的状况,直到新月派崛起后才被大为改观。可见,为了新诗的白话语言和自由诗体的建设,当时的诗歌翻译有意无意地进行了误译。其实,浪漫派诗歌并非都是自由的,或者是无韵、无格律的。欧美浪漫派诗

---

[1] 雁冰.1924.对于太戈尔的希望.民国日报·觉悟,15(2):2-3.
[2] 王统照.1924.拜伦的思想及其诗歌的评论.小说月报,15(4):5.
[3] 沈雁冰.1924.拜伦百年纪念.小说月报,15(4):2.
[4] 徐祖正.1923.英国浪漫派三诗人拜轮,雪莱,箕茨.创造季刊,1(4):13.
[5] 王东风.2011.一首小诗撼动了一座大厦:清末民初《哀希腊》之六大名译.中国翻译,(5):20-26.
[6] 田汉.1921.恶魔诗人波陀雷尔的百年祭.少年中国,3(4):1-6/(5):17-32.
[7] 李欧梵.2010.现代性的追求.北京:人民文学出版社:226.
[8] 周作人.1920.英国诗人勃来克的思想.少年中国,1(8):43-48.

人在本国的诗歌文体改革中，并没有多少打破旧诗体的行为，尤其是破除格律传统的极端毁坏性行为。拜伦、雪莱等诗人也没有放弃诗歌传统与既有法则，而是汲取了传统格律诗歌的营养。同样，对英美意象派诗歌与泰戈尔、王尔德、波德莱尔等诗人诗歌的译介也都有这样的误读，他们的许多格律诗或半格律诗在翻译为中文时，原来的格律或丧失或淡化，韵式或被颠覆或被偷换，成了分行的散文。说到底，这种误译就是为了树立新诗的文体建设和诗学理念，以颠覆旧的诗学价值观。

可是，浪漫主义思潮在五四时期虽然蓬勃，欧美浪漫主义诗歌被译介最多，但当时的文坛上却少有人声称对此认同与接受，即便是创造社，也没有明确表示信奉浪漫主义，甚至还对浪漫主义概念缺乏好感①。这不难解释。其一，当时的主导精神是配合政治和文化斗争的现实主义意识形态。其二，"国人对浪漫主义的误解，以为披发行吟为浪漫，以酗酒妇人为浪漫，以不贞为浪漫"②。所以，对浪漫派诗歌的译介只取其"积极"的一面。再者，浪漫主义有倡导回归自然、反科学和批判现代性的一面，而在当时科学与玄学之争的特定时代语境下，要拯救中华民族，首先应当"吸吮欧西的纯粹科学的甘乳"，这样浪漫主义便成为茅盾所指出"不适宜于今日"的"别的原素"，被予以剔除了③。所以说，在这样的语境下，浪漫主义诗歌译介与创作成了一股潮流，或为启蒙教育，或为文体建设，或为感情抒发，至于是否需要"浪漫主义"这个名称已经不重要了。换言之，浪漫主义在中国被现实主义化了。再者，这种"中国化"的浪漫主义也实在算不得真正的浪漫主义，创造社成员郑伯奇就宣称这不是"与西洋各国十九世纪[相类]的浪漫主义，而是二十世纪的中国所特有的抒情主义"④。他的所言既是为了撇清与浪漫主义的关联，也更适切地描摹了五四时期的"中国化"浪漫主义。

由此可见，五四时期的诗歌翻译中，译者优先关注的是翻译的价值取向，实则是译诗形式的自由化、语言的白话化、内容的革命化、题材的平民化。至于译诗的诗学关怀，倒是可有可无的其次了。本着这种实用性和功利性的价

---

① 范伯群，朱栋霖. 2007. 1898—1949 中外文学比较史（上卷）. 南京：江苏教育出版社：261.
② 李长之. 2013. "五四"运动之文化的意义及其评价//李长之. 迎中国的文艺复兴. 北京：商务印书馆：39.
③ 俞兆平. 2002. 现代性与五四文学思潮. 厦门：厦门大学出版社：12.
④ 郑伯奇. 1927. "寒灰集"批评. 洪水，3（33）：378.

值取向，译诗和写诗越来越呈现出自由化、白话化和散体化的倾向，艺术性开始遭受到质疑。直至五四后期崛起的新月派致力于匡正诗歌翻译的这种流弊，译诗的诗艺、诗情和诗思才逐渐受到重视。

最后，需要说明的是，五四时期对外国诗歌的误译并不否定当时社会对"信"的翻译标准的支持，相反，文本对照式的翻译批评使得"信"的翻译观念更加牢固。不过，当时"信"的翻译标准与清末"不信"的翻译规范是相对而言的。相较清末民初时的意译和"达旨"的翻译策略，五四时期的"信"主要是区分翻译与创作的本质区别[①]，强调译文在内容、风格、神韵、文类、语言结构等方面忠实于原作，再加上为了推广白话文，因此原作语言结构的直译和译文的欧化往往被认为是忠实的翻译，被放在突显的位置。相反，诗学形式的"不信"则被有意无意地忽略了。换言之，翻译中语言表面形式上的"忠实"掩盖了诗学形式的"出格"，这在译诗中尤为明显，原诗的韵律、节奏、修辞等诗学形式是否忠实往往被忽视。再者说，翻译对原作的"信"也不是百分之百的，理论上倡导是一回事，是否有能力做到又是一回事，尤其诗歌翻译中诗学形式的忠实再现确实很困难，不可译性也是存在的。所以，"信"是一个理想的最高标准，"取法乎上，失之于中"总比"取法乎下"要好。

第二节 20世纪30年代译诗文化的历史考察

在五四后期兴起的新月派，经历了新文化运动时期诗歌翻译文化的熏陶。然而，沐浴于其中的早期新月派同人并没有一味地接受当时的译诗文化，他们同时也在不断地对其反思与反拨，进而形成了自己的译诗理念与风格，至20世纪20年代末走向辉煌，在20世纪30年代初又逐渐式微。上节考察了新月派萌芽与成长时期的译诗文化语境，本节将继续通过考察文学社群[②]的译诗活动，来描述新月派高峰至衰落阶段的诗歌翻译情景。

[①] 廖七一. 2010. 中国近代翻译思想的嬗变：五四前后文学翻译规范研究. 天津：南开大学出版社：146.
[②] 文学社群既可以是一个社团，又能指几个社团的整合，时空范围广阔而灵活。考虑到20世纪30年代左翼文人群体的翻译活动很难以社团作为参照系来考察，以及规模小、存在时间短的社团太多，不足以形成一个独立的研究对象，故选择概念范围较广的文学社群作为考察点。

一、20世纪30年代文学社群的译诗文化图景

20世纪30年代,是中国文学史上一个不平常的年代。经历了五四时期"第一个十年"之后,文坛的队伍在思想文化和文学观念的酝酿中重新组合,又进入了"第二个十年"的后五四时代。一方面,世界范围内文坛的左倾势头,尤其是苏联和日本文学的无产阶级运动,恰合了中国社会和现实的需要。由是,在相宜的世界文化气候的滋养下,中国的左翼文学骤然兴起,倡导革命文学,为无产阶级文艺服务。为了完成"建设中国的革命文学"任务,翻译被赋予了革命武器的功能,马克思主义文艺理论、苏联的文艺政策、世界无产阶级革命文学名著被大量引入中国,在20世纪30年代刮起了红色翻译的出版潮。这在相当程度上决定了此后20年间文坛的翻译面貌[1]。有学者甚至认为,五四以后,中国翻译界最显著的一个变化就是,曾经被标举为中国新文学建设楷模的19世纪欧洲资产阶级文学逐渐让位于俄苏文学[2]。另一方面,倾向于欧美自由主义的知识分子(主要是新月派及之后的京派)兴起了自由主义的文艺思潮,他们在大力译介西方文学的同时,也在反思五四文学革命对传统的否定以及随之而来的弊病。对他们而言,译介西方文学思潮和文化思想,强调的是中国传统与异域文化的完美融合,洋味和本土味共存。这两个对立的文学群体之外,还有"基于统治阶级文艺而发动的民族主义文艺"派,也就是国民党的一个文学派别,主要成员有潘公展、王平陵、朱应鹏、范争波、黄震遐等人,这一派别成立的标志是1930年6月29日创刊的《前锋周报》,主要文学刊物是《文艺月刊》和《前锋月刊》[3],尤其历时10余年之久的《文艺月刊》[4]在1937年抗日战争全面爆发以前,吸引了新月派及稍后的京派和现代派等大量自由主义知识分子进行文学创作和翻译。这三

---

[1] 黄焰结的论文《翻译文化的历史嬗变:从清末至1930年代》(第47页)与李今的专著《二十世纪中国翻译文学史(三四十年代·俄苏卷)》(百花文艺出版社,2009年,第1-2页)的统计都说明了这一倾向。
[2] 范伯群,朱栋霖. 2007. 1898—1949 中外文学比较史(下卷). 南京:江苏教育出版社:10.
[3] 吴沛苍. 1932. 一九三一年中国文坛开展的新形势. 南开大学周刊,(131):1,4.
[4] 《文艺月刊》1930年8月15日创刊于南京,由"中国文艺社"的主要成员王平陵、左恭和前新月社成员钟天心等人负责,接受国民党中央宣传部津贴,鼓吹三民主义文艺。至1937年8月改出《文艺月刊·战时特刊》之前,共出73期。《文艺月刊》在1937年抗日战争全面爆发前,以"不谈或少谈政治,执着于艺术探求的面目出现,吸引着不同倾向的作者和读者,以抵制革命文学的发展"。参阅唐沅等. 2010. 中国现代文学期刊目录汇编. 北京:知识产权出版社:1418.

第二章 诗歌翻译文化图景：从五四时期到20世纪30年代

者之外，就是其他多种倾向的文学群体所从事的翻译活动，如与新月派友善的真美善社、狮吼社、绿社，与左翼群体靠近的文学研究会，以及走"中间路线"的现代派雏形，对20世纪二三十年代之交的翻译文化贡献不小。可以说，在革命文学占主流的20世纪30年代，左翼文人群体与自由主义作家群体的翻译活动尤为突出，再加上其他文学群体的参与，彼此颉颃互竞，翻译事业就更为丰富了。

循二三十年代之交中国文坛的形势发展，我们来考察当时的外国诗歌翻译情况，以新月派消散的1934年为截止年限。首先，作为自由主义文人代表的新月派无疑是当时译诗贡献最突出的文学社团，《新月》月刊（1928—1933年）、《诗刊》季刊（1931—1932年）与《学文》月刊（1934年）[①]共刊发了译诗77首，再加上新月成员在《文艺月刊》上发表的译诗25首，共计有102首译诗（表2-2）。与之相抗衡的只能是未名社、太阳社、后期创造社、"左联"、中国诗歌会等文学团体构成的左翼文人群体[②]。左翼文人群体创办了诸多文艺刊物，我们选择其中刊登译诗相对较多的几个代表性期刊——《未名》半月刊（1928—1930年）、《奔流》月刊（1928—1929年）、《乐群》半月刊/月刊（1928—1930年）、《新诗歌》（1933—1934年）——来考察其译诗活动[③]。鉴于创造社的独特地位，我们将其从左翼文人群体中单列出来，通过《创造月刊》（1928—1929年）来考察其后期的译诗活动[④]。至于"民族主义文艺"派，以1930—1934年《文艺月刊》上的译诗为研究对象。其他的社群，我们选择了在文坛影响力深远的文学研究会，这同时也是为了延续上节的研究，考察对象是

[①] 《新月》月刊1928年3月10日创刊于上海，先后由徐志摩、闻一多、饶孟侃、梁实秋、罗隆基、叶公超、潘光旦、邵洵美等主编，至1933年6月1日终刊，共出版43期。《诗刊》季刊1931年1月20日创刊于上海，徐志摩、邵洵美主编，至1932年7月30日终刊，共出版4期。《学文》月刊1934年5月1日创刊于北京，由叶公超和余上沅编辑与发行，至同年8月终刊，共出版4期。

[②] 未名社1925年8月成立于北京，由鲁迅发起，成员为鲁迅、韦素园、韦丛芜、李霁野、台静农、曹靖华等人，刊物有《莽原》、《未名》半月刊等。太阳社1927年秋成立于上海，主要成员为蒋光慈、阿英、洪灵菲等，主要刊物为《太阳月刊》，太阳社全部成员1930年春加入中国左翼作家联盟，主编的《拓荒者》也成为"左联"机关刊物。中国左翼作家联盟，简称"左联"，1930年3月2日成立于上海，是中国共产党领导的一个文学组织，实际上汇合了太阳社、后期创造社（郭沫若、郁达夫、成仿吾、郑伯奇、冯乃超等）以及鲁迅、茅盾、田汉、夏衍等各方成员，1936年解散。中国诗歌会1932年9月成立于上海，是"左联"领导下的一个群众性诗歌团体，发起人为穆木天、杨骚、任钧（卢森堡）、蒲风（黄浦芳）等，曾出版机关刊物《新诗歌》。

[③] 左翼文人群体创办的《萌芽》《太阳月刊》《十字街头》等其他著名刊物发表译诗很少，故略。

[④] 后期创造社还有其他刊物如《文化批判》《流沙》等，但所刊登译诗几近于零。

《小说月报》（1928—1931年）和《文学周报》（1928—1929年）上的译诗。此外，考虑到现代派已经在此时萌芽发展，我们选择了《无轨列车》半月刊（1928年）、《新文艺》月刊（1929—1930年）、《现代文学》月刊（1930年）等刊发外国现代主义诗歌翻译较多的期刊为研究对象。不过，这些刊物的编发人员和译者并非都是现代派前身，所以姑且称之为"杂拌儿"的现代派[①]。

表2-2从文艺刊物刊载译诗的视角观察了20世纪30年代前后中国文坛的诗歌翻译情形。相对于五四时期的译诗热潮来讲，二三十年代之交的译诗活动处于中落期。前期译诗的中坚力量文学研究会和创造社在革命高潮日益澎湃的五四后期纷纷"向左转"，诗歌翻译的热情反而渐渐消减了，而庞大的左翼文人群体的译诗活动又过于分散，至于其他文艺群体（如前期现代派），薄弱的力量暂时还难形成一股译诗潮流。这样看来，只有新月派在独立支撑文坛的诗歌翻译局面，直到稍后现代派的兴盛。

表2-2 20世纪30年代前后译诗统计表[②]

国别	新月派（中后期）	民族主义文艺学派	文学研究会（后期）	创造社（后期）	左翼文人群体	"杂拌儿"现代派	总计/首
英国（爱尔兰）	49	20+13	9	0	21	13	125
美国	0	2+5	3	0	0	2	12
法国（比利时）	19	3+25	10	0	14	30	101
德国	8	4	0	0	3	0	15
俄（苏）	0	1	0	0	25	5	31
日本	0	0	0	2	9	10	21
弱小民族	0	0	10	0	15	0	25
其他	1	1	3	0	2	1	8
总计/首	77	25	49	35	2	89	61	338
	102	49					

---

① 1930年7月16日创刊于上海的《现代文学》月刊刊发有20余首象征派和无产阶级诗歌的翻译，如主编赵景深所言，"编得像'杂拌儿'"。参见唐沅等. 2010. 中国现代文学期刊目录汇编. 北京：知识产权出版社：1406.

② 表中数据根据各社群1928—1934年文艺刊物上的译诗统计所得。刊物中少数未注明国家的诗人已经考证其国籍，个别错讹已修订。另，转译的诗歌仍按原本本来的所属国划分。"民族主义文艺学派"栏中"+"号前为新月派译诗数。此外，鉴于本时期译介爱尔兰和比利时诗歌主要是针对英语创作的叶芝与法语创作的梅特林克、维尔哈伦等象征派诗人，故分别归入"英国"和"法国"部分考察。"其他"部分的译诗源自古希腊、意大利、西班牙、印度等国，或来源不详。

实际上，不惟译诗在文坛出现这样的窘状，当时的新诗创作同样如此，处于彷徨的歧路口①。左翼诗人蒲风甚至称1928—1931年为中国新诗发展的"中落期"，也即"第三期"。他说道：

> 为什么第三期不因新月派的《诗刊》的出现而名为"完成期"，更称而为"中落期"呢？这个解答，一方在新诗歌走新月派的路不见得确当，一方在有意识的诗歌难能公开出版，甚至差不多的文学杂志竟拒登新诗。可是，我们不能即称为衰落期，事实上新诗歌却在沉着进行，并不是完全没有表现哩！②

蒲风的这段话至少表明了两个事实：其一，新月派确实是当时诗坛的中坚，只不过作为左翼文人的他并不认同其诗歌创作路数。其二，当时新诗的中落还与出版的困难有关，主因还是归结于国民党政府对文艺出版的严控和查禁。新诗创作的态势恰如其分地反映了译诗的情形与文化语境。

首先，新月派的译诗活动自五四后期兴起后，在20世纪20年代末逐步走向了繁荣，形成了英国浪漫诗歌、现代诗歌与法国象征诗歌三足鼎立的译介态势。在众译者中，徐志摩、朱湘、闻一多、陈梦家、邵洵美、朱维基等新老同人主要翻译莎士比亚、布莱克、布朗宁夫妇、罗塞蒂兄妹、斯温伯恩等浪漫或唯美诗歌，徐志摩、饶孟侃、方玮德、陈梦家、孙毓棠等致力于翻译哈代、豪斯曼、梅斯菲尔德、德拉·梅尔、叶芝等英国具有浪漫传统的现代诗人的诗歌，而在叶公超和徐志摩的带领下，卞之琳、邢鹏举、梁镇、曹葆华等新月派新生代成员主要倾向译介法国象征派诗歌和欧美现代诗论。顺便言及的是，民族主义文艺流派的文艺刊物主要吸引其他文学群体的译者（自由主义知识分子居多）参与译诗活动，新月派就是其中的一股重要力量。因此，鉴于民族主义文艺流派自身译诗并不多（如王平陵、张道藩、钟天心等），影响力甚微，故略而不谈。

其次，在20世纪20年代后期走向式微的文学研究会和创造社基本上改

---

① 参见张相曾.1932.论新诗.南开大学周刊,（129-130）：29.此外，徐志摩在1931年4月《诗刊》第2期的"前言"，李唯建在《英国近代诗歌选译》（中华书局，1934年）的"自序"，以及梁宗岱在《新诗底分歧路口》（1936年）文中，也都谈到中国新诗正处在分歧的路口。

② 蒲风.1985.五四到现在的中国诗坛鸟瞰//黄安榕,陈松溪.蒲风选集.福州：海峡文艺出版社：783.

变了其在五四时期的诗歌翻译格局。对于文学研究会而言,当年的泰戈尔诗与日本俳句译介热潮已经烟消云散;英美诗歌和弱小民族诗歌译介还在继续,但寥寥数首已经不复当日的辉煌。不过,集中译介匈牙利革命诗人裴多菲和法国象征派诗歌还是颇引人注目,说明文学研究会在追逐革命文学和现代主义诗歌译介的潮流。至于创造社,在五四后期的《洪水》杂志上就体现这两种译介倾向了。中国进入第一次国内革命战争时期(1924—1927年)后,创造社主要成员或倾向革命,或从事实际的革命工作。《洪水》和《创造月刊》就是他们这一时期的主要文艺刊物,外国文艺理论作品译介开始增多,译诗数锐减,但介绍性文章还是颇多[①],总体上表现了两种倾向:一是,象征派诗人王独清、穆木天和冯乃超悉数登场,开始了新一轮的法语(包括法国与比利时)象征诗译介,波德莱尔、勒博格、维勒得拉克、维尼等法国、比利时象征派诗人或所谓的象征诗人频繁得到译介;二是,自蒋光慈翻译苏联革命诗人加廖也夫《五一歌》[②]之后,对无产阶级革命诗歌译介提上了革命文学的日程,冯乃超接着就翻译了日本无产阶级诗人森山启、上野壮夫的普罗诗歌。为了配合宣传"文学"与"革命"的密切关系,一向对拜伦译介颇少的创造社也开始宣扬拜伦的"革命家的素性"、"革命的精神"和"解放"的思想[③]。可以说,创造社翻译艺术上的变化,既是内部文学观的发展需要,也是整个社会时代思潮的变化使然。

跟随后期创造社的诗歌译介倾向,稍后的左翼文人群体也是一方面大力翻译无产阶级诗歌和具有革命精神的诗作,莱蒙托夫、马雅可夫斯基、藏原惟人等俄(苏)和日本诗人之外,波兰的浪漫主义革命诗人密茨凯维奇、匈牙利革命诗人裴多菲,以及美国、丹麦、墨西哥等国的工人阶级诗人,纷纷走向中国。无产阶级诗歌的译介成为普罗文学的一种趋势,而大量的革命诗歌正是在这些译诗的影响下逐渐登上中国文坛。另一方面,左翼文人群体同

[①] 如《创造月刊》发表有穆木天的文章《维尼及其诗歌》《法国文学的特质》《维勒得拉克》,摩男的文章《诗人缪塞之爱的生活》,以及郭沫若、穆木天、王独清、郑伯奇等关于象征派诗歌的通信讨论。尤其,在《维尼及其诗歌》(第1卷第5、7、8、9期)一文中,穆木天还翻译了近20首维尼的诗歌或片段。

[②] 加廖也夫.1926.五一歌.光赤译.洪水,2(16):203.

[③] 如徐祖正.1923.英国浪漫派三诗人拜轮,雪莱,箕茨.创造季刊,1(4):12-18.
梁实秋.1926.拜伦与浪漫主义.创造月刊,1(3):108-121/(4):95-101.

样还表示了对波德莱尔和福尔等法国象征派诗人、阿瑟·西蒙斯和叶芝等英国现代派诗人以及克勒伯尼可夫等俄国未来派诗人的译介关怀。至于对英国诗歌译介,左翼文人群体中只有未名社显示了这一倾向。

对法国象征派诗、英国与意大利等国度的现代派诗倾注最大热情的是李金发、石民以及戴望舒、施蛰存、杜衡、徐霞村等译者。法国的波德莱尔、魏尔伦、福尔、瓦莱里,英国的道生与 C. G. 罗塞蒂以及日本的新诗人堀口大学最受他们的青睐。外国现代主义诗歌的引进促进了本土现代派诗歌的兴盛。而戴望舒、施蛰存等人借助《现代》杂志(1932—1935年)继续进行文学译介和创作,被冠以"现代派",在诗坛逐渐取代了式微的新月派。与此同时,梁宗岱、孙大雨、卞之琳、曹葆华、孙毓棠等新月派后期诗人也随之流入现代派。就诗歌译介来说,在新月派没落之后,现代派就成为与普罗诗歌翻译抗衡的群体,最初是施蛰存主编的《现代》杂志,尔后是梁宗岱主编的《大公报·文艺》之"诗特刊"(1935—1937年)和卞之琳、孙大雨等主编的《新诗》(1936—1937年)。应该说,现代派在诗歌译介方面承接了新月派对欧洲浪漫派诗歌(如布莱克、歌德、海涅等)和现代诗人(如豪斯曼、梅斯菲尔德等)的关注,同时进一步拓展了对现代派诗歌译介的广度和深度,波及世界范围内的象征派、未来主义派、美国的意象派和日本的新感觉派等诗歌流派。

二、20世纪30年代译诗文化的特质与成因

根据众多文学群体共同织绘的20世纪30年代诗歌翻译图景,我们将从翻译策略、翻译语言和翻译形式等方面进一步探讨译诗文化的时代特征,考察译诗文化的形成与影响,透视译者群体的翻译作为。

(一)欧美传统诗歌译介的继续

范伯群、朱栋霖曾描述20世纪30年代的总体翻译文化特征:"'五四'以后,中国翻译界一个最显著的变化是,曾经标举为中国新文学建设楷模的十九世纪欧洲资产阶级文学,已开始逐渐让位于俄国文学了。"[①]这种描述勾

---

① 范伯群,朱栋霖. 2007. 1898—1949 中外文学比较史(下卷). 南京:江苏教育出版社:10.

勒了20世纪30年代翻译文化的大体轮廓，显示了俄苏文学对当时的中国文学的巨大影响，但用来描述当时的诗歌翻译却不是很贴切。且不说世界范围内的现代主义诗歌译介在20世纪30年代的中国形成了一股洪流，就是欧美传统诗歌翻译也是当时外国诗歌译介鼎立的三足之一。这里的传统诗歌指中古诗歌、19世纪的浪漫派诗歌和20世纪之交的现代诗歌。这自然要归功于当时在诗坛盛极一时的新月派，他们译介的范围覆盖了自盎格鲁-撒克逊时代至20世纪初的英国诗歌，尤以文艺复兴时代的莎士比亚、19世纪初至维多利亚时代的浪漫诗人和20世纪初的现代诗人为最。此外，德国浪漫主义诗人歌德与海涅也很受欢迎。不过，与五四时期着重于价值取向的译介动因不同的是，新月派译介这些传统诗歌主要出于诗学层面的考虑。新月派之外，未名社和后来的现代派也对英美传统诗歌有些许译介。未名社选择译介英国浪漫派诗歌和英美文学史著述，一方面出于颂扬浪漫主义精神对爱情的赞美和对人性的解放，如苏格兰诗人彭斯"完美"的"力量和美性"[①]、悲情女诗人霍普[②]对异域爱情的歌颂与幻想；另一方面又是对资产阶级文学的批判，如清教徒思想对美国早期文学的影响，使其充满了道德说教而缺乏反抗的精神[③]。可见，未名社的译介观具有强烈的价值取向目的。至于现代派诗人，较为钟情的是布莱克、豪斯曼和弗罗斯特等英美传统诗人，这延续了新月派的译介传统和诗学关怀。新月派和现代派都极为喜爱英国诗人布莱克，与认知其为"象征主义鼻祖"不无紧密关系，第四章将详细讨论这一点。

（二）现代主义诗歌译介的勃兴

在五四时期，法国象征派诗歌在中国的译介已偶露峥嵘，当时主要是取其感伤颓废的气质和自由诗体的形式，至于象征派的诗学观和诗艺反倒是其次了。五四后期，李金发诗集《微雨》（北新书局，1925年）的出版，首次

---

① E. Gosse. 1928. 诗人榜思传. 韦丛芜译. 未名. 半月刊第1卷. 1930年合本：362.
② 英国女诗人霍普原名Adela Florence Nicolson, Laurence Hope是其笔名。霍普1881年赴印度，与工作在此地的父亲团聚；1889年与当地的一名英国军官尼尔森结婚，此后二人定居印度10余年。尼尔森因手术失败去世后，霍普一直生活在悲伤中，于1904年自杀身亡。韦丛芜在《未名》杂志中翻译了霍普的诗歌有9首之多。
③ H. L. Mencken. 1928. 清教徒与美国文学. 霁野译. 未名. 半月刊第1卷. 1930年合本：116-118.

把"法国象征派诗人的手法"介绍到中国诗里[①]，尤其诗集的"附录"里还有译诗 28 首，包括法国象征派诗人福尔、波德莱尔、魏尔伦和意大利未来主义诗人巴兹和帕拉采斯基的诗作 15 首[②]。李金发的译诗虽然带有浓厚的自由化和欧化的五四译诗特征，但引领了象征派诗歌译介的潮流。到了 20 世纪 30 年代，无论是自由主义知识分子群体，还是左翼文人群体，都涉足于翻译世界范围内的现代主义诗歌，包括法、比、英、德、俄、意、西、美、日等国的象征派与现代派诗歌，终于形成了"中国新诗自五四以来的一个不再的黄金时代"[③]。

首先，左翼文人群体开始关注现代主义的诗学理论，一方面是为了汲取现代主义作品的技巧和手法，对诗歌形式予以关怀，为他们的现代主义诗歌创作张目。创造社的王独清就希望借鉴拉马丁的"情"、魏尔伦的"音"、兰波的"色"和拉佛格的"力"来创造一种"理想中最完美的'诗'"[④]。另一方面，后期创造社还把象征主义看作一种新的有力的艺术手段，主张"纯粹诗歌"，要求"诗的世界"，这既是对五四时期诗歌散文化的不满，更是借机批判"作诗如作文"的胡适以及宣扬"国民诗歌"与纯诗的统一[⑤]。甚者，现代主义之否定与摧毁的革命精神正好契合了这些现代青年审美政治化的文学需要。李霁野关注俄国未来主义诗人，是因为他们把诗人当作普通的劳动者，"反对象征派底神秘态度"，"向旧的一切宣战"，"要用新的语言和形式，表现一个纯新的世界"[⑥]。王独清则模仿俄国象征派诗人布洛克的诗歌《十二个》创作了为无产者歌唱的《11 Dec》[⑦]。甚者，左翼作家梅川翻译英国现代派诗人斯温伯恩的诗《儿童的将来》（"A Child's Future"），更是对未来的自由的呼唤：

[①] 范伯群，朱栋霖.2007.1898—1949 中外文学比较史（上卷）.南京：江苏教育出版社：360.
[②] 福尔的诗 6 首，魏尔伦和波德莱尔的诗各 3 首，巴兹的诗 1 首，帕拉采斯基的诗 2 首。此外，还有英国诗人拜伦的诗 1 首、泰戈尔《采果集》中的诗 11 首，以及法国抒情诗人雅姆的诗 1 首。
[③] 参见路易士《三十前集》（诗领土社，1945 年）中"三十自述"第 13 页。
[④] 王独清.1926.再谭诗：寄给木天伯奇.创造月刊，1（1）：89-98.
[⑤] 穆木天.1926.谭诗：寄沫若的一封信.创造月刊，1（1）：80-88.
[⑥] 霁野.1928.《烈夫》及其诗人.未名.半月刊第 1 卷.1930 年合本：11.
[⑦] 蒲风.1985.五四到现在的中国诗坛鸟瞰//黄安榕，陈松溪.蒲风选集.福州：海峡文艺出版社：805.

Freedom alone is the salt and the spirit that gives
Life, and without her is nothing that verily lives:
Death cannot slay her: she laughs upon death and forgives.
惟自由是给与生命的盐和精神，
没有她便实在是活着的空虚：
死亡不能加害：她笑死亡，而又给了宽恕。①

译诗的价值取向可见一斑。其实，在当时的语境下，不惟左翼文人，早期现代派也认同无产阶级批评家把象征派诗歌看作"唯物史观的诗歌"，把惠特曼和象征派诗人看作"歌唱生命与大城市生活的诗人"和"伟大的劳动诗人"②。此外，左翼文人群体的译诗仍是自由体形式为主，只不过有分行和偶尔添加些韵脚而已。譬如斯温伯恩的那节诗，每行有13音节，行内压头韵和腹韵，行尾押同样的阴韵，音乐性很强，而梅川的译诗几乎没有考虑这些。所以说，左翼文人群体译介现代主义诗歌的功利主义价值取向非常明显。对于新月派成员邵洵美、朱维基的唯美主义诗歌写作，蒲风就批评为有闲阶级在歪曲和美化现实，并将他们称为"香艳派"③。

其次，自由主义知识分子译介现代主义诗歌注重的是其诗学特征。新月派译介象征主义诗歌，一方面是对李金发等文人"率尔操觚"的象征派诗歌翻译的纠正，还其真正的面貌，另一方面则是后期新月派逐渐对自己严整的格律体诗歌形式不满，急需新的诗歌形式以启发创作，而象征派"暗示""亲切"的纯诗艺术拨动了他们的心弦④。当然，新月派对法国象征派和英国唯美派诗歌的翻译，在忠实原诗内容的同时，尤为忠实其形式美。现代派译介外国现代主义诗歌的范围则要比新月派广得多，法国象征派、英国现代派、美国意象派、欧洲未来主义派、日本新感觉派等无所不及。就译诗策略来讲，早期的现代派受五四时期白话化和散文化的影响，一般只注重迻译原诗的意象美和暗示性，不注重译诗的形式，稍后则受新月

---

① A. C. Swinburne. 1928. 儿童的将来. 梅川译. 奔流，1（6）：956.
② 伊可维支. 1929. 唯物史观的诗歌. 戴望舒译. 新文艺，1（6）：1040-1068.
③ 蒲风. 1985. 五四到现在的中国诗坛鸟瞰∥黄安榕，陈松溪. 蒲风选集. 福州：海峡文艺出版社：806-808.
④ 参见本书第五章第二节之第三小节"现代主义诗歌译介：诗歌题材与体裁的理性拓展"。

派影响，对译诗的音乐性和格律进行关注，而在新月派式微后，自由体译诗又开始盛行，尔后随着新月派与现代派的交融，又恢复重视译诗的音韵和形式。可见，现代派译介现代主义诗歌经历了翻译诗学的否定和自我否定的过程。不过，这个"之"字形的过程并不是简单的重复，而是诗学探索后的螺旋式上升。

（三）无产阶级诗歌译介的"红潮"

在20世纪30年代的"红色岁月"，无产阶级文学如日中天，译介普罗诗歌和革命诗歌由是提上左翼文人群体的日程。其一，弱小民族的革命诗人，尤其是波兰的密茨凯维奇和匈牙利的裴多菲，以及美国、墨西哥等国的工人阶级诗人最受译介者的青睐；其二，日本与俄（苏）的无产阶级诗人与批评家，如森山启、上野壮夫、藏原惟人、莱蒙托夫、马雅可夫斯基、布洛克等，成为中国无产阶级诗歌的先声，引领了"红色诗歌"的潮流。冯乃超（N. C.）在译诗《读壁报的人们》的"译者附记"中说道："上野壮夫是日本的新诗人又是全日本无产者艺术联盟的一员。我们的诗人怎样地喜我们的欢喜，悲我们的悲哀；我们的同情现在国际地交通起来。这就是使我翻译这篇作品的动机，同时缺乏表现形式，我们的年青的诗人们也可以拿牠来参考一下。我不是顾虑译笔巧拙的人。"[1]这表明译者强烈希望起一个模范的带头作用，借译诗来刺激无产阶级诗歌在中国的创作。他关心的是诗歌的革命内容，至于"译笔巧拙"倒是其次了，因此出现"对于他们的迫害及挑战的你们的战斗过来的长久的日子"这种冗长欧化的诗句也就不奇怪了。正因为如此，译介的普罗文学作品中往往充满了"摇旗呐喊"的口号和"艰涩难懂"的句子，即使是译诗也在所难免[2]。这种急切的思想传播、粗犷的诗情与拙劣的技巧，用袁可嘉的话描述就是"政治感伤"[3]，无怪乎引发了梁实秋等人的批评，从而在20世纪30年代上演了新月派与左翼文人关于翻译的白热化论争。翻译就此成为两个阶层争

---

[1] 上野壮夫. 1928. 读壁报的人们. N. C. 译. 创造月刊，2（3）：117.
[2] 梁实秋在《文学是有阶级性的吗？》（1929年9月《新月》第6-7号合刊）一文中，列举了两首翻译的无产阶级诗歌（其一是郭沫若译的新俄诗），不仅"艰涩难懂"，而且内容纯粹，无技巧。
[3] 袁可嘉. 1988. 论新诗现代化. 北京：生活·读书·新知三联书店：54-55.

夺话语权的战场，变得政治化了。

三、20世纪30年代译诗：审美政治化与政治审美化

早在1926年的《革命与文学》一文中，郭沫若就提出了"文学是革命的前驱"的观点，认为文学的内容应该紧随革命意义的变化而转变，这样才称得上是真正的文学——"革命的文学"；反之，其他的一切则是不能称为文学的"反革命文学"[①]。这种人为划分的对立，为知识的传播创造了一个文化政治的接受语境，翻译的书写表现为一种文化政治的行为。由是，在阶级矛盾日益尖锐的20世纪30年代，中国文坛上的诗歌翻译活动呈现出左翼文人群体和自由主义知识分子群体的对立，也就不足为奇了。只是在郭沫若的眼中，前者是在从事"革命的文学"，而后者则是在做"全无价值"的"反革命文学"。这种主观角度的评价是批评者的左翼政治立场使然，诗歌翻译虽然本质在于审美，但最后却终于政治，是对审美的政治化。以新月派为主体的自由主义知识分子则将自己的政治理想寄托在私人化的审美空间——文学创作与翻译，诗歌翻译就承载了他们审美乌托邦式的政治构想，因之说政治审美化了。

首先，从诗歌翻译的选择来看，左翼文坛的译诗主要集中于无产阶级诗歌。苏联和日本左翼文坛的普罗诗歌的成就为中国革命宣传树立了榜样，而其他民族的革命家、工人阶级和劳动人民的歌声同样为中国无产阶级革命带来了力量。因此，在左翼作家眼里，译诗无疑是一种理想的宣传品，同时也是促进本土无产阶级诗歌创作的源泉。于是，苏联、日本的无产阶级诗人和匈牙利的裴多菲、波兰的密茨凯维奇等被树立为无产阶级诗人的典范（革命诗人眼中的裴多菲就如同浪漫派眼中的拜伦[②]），他们的革命诗歌也就成为中国左翼文人群体译介和模仿的经典。此外，左翼文人对现代主义诗歌也颇为

[①] 郭沫若. 1926. 革命与文学. 创造月刊，1（3）：1-11.
[②] 参见白莽译文《彼得斐·山陀尔》（1929年8月20日《奔流》第2卷第4期）之后的"译后小志"（第727-728页）。白莽之所以有如此比拟，估计受鲁迅《摩罗诗力说》的影响："[拜伦]力如巨涛，直薄旧社会之柱石。余波流衍。人俄则起国民诗人普式庚。至波阑[兰]则作报复诗人密克威支。入匈加[牙]利则觉爱国诗人裴彖飞；其他宗徒，不胜具道。"（参见王士菁译《鲁迅早期五篇论文注译》第183页）。同时，也可以看出，白莽继承了清末译介拜伦诗的启蒙与救亡的目的。

关注，不过如前所述，对它们的选译和引介带有社会功利色彩，以为中国的社会现实和革命需要服务。因此，译介中不乏附会与误译。譬如，穆木天就称法国一致主义派（Unanimsme）诗人维勒得拉克为"法国的维特曼"，说他融合了惠特曼的民族主义和维尔哈伦的民族思想，目的是要"造成理想的社会"①。尤其，苏联未来主义诗人马雅可夫斯基还是十月革命和社会主义的鼓手，所以更是中国普罗诗人的楷模了。可以看出，在苏、日左翼文坛的影响和国内左翼激进势力的指导下，左翼文坛的诗歌翻译选择存有忽略文学自身审美特性的缺憾。这无疑影响了它的持久性发展。另一方面，在20世纪30年代轰轰烈烈的左翼文学译介中，自由主义知识分子仍然凭着对文学的艺术特性和发展规律的尊重，从事西方诗歌的翻译，尤其是欧美浪漫派和现代派诗歌的迻译。与左翼文人群体的翻译旨在革命宣传和"播火"不同的是，他们的翻译重在传递诗学意义。

其次，从诗歌翻译的策略来看，左翼文坛将国外无产阶级诗歌奉为权威，以为本国普罗文学树立典范。因此，为了保存原诗的精神和权威，忠实于原文的直译盛行，甚至是字比句栉的直译与佶屈聱牙的音译，乃至译诗和写诗当中都夹杂着外文单词。所谓"普罗"，即"普罗列塔利亚"的缩写，也即英文单词 proletariat（无产阶级）的音译，这个音译和诸如德文单词 Pionier（先锋）就经常出现在无产阶级诗歌的翻译与创作中②。说到直译，不惟上文提到的冯乃超，就是在五四时期倡导"风韵说"意译的郭沫若，译诗中也有语言欧化和晦涩难解的诗句："基督又钉在十字架上，巴拉巴司，/我们细嚼的护送着，送到退尔司柯依……/谁要来干涉呀，谁？这西叙亚的奔马？提琴弹着马赛歌的音调？这样的事情从前你曾经听过。"③这样的直译一方面是要表现原文的经典权威，另一方面如瞿秋白所言，"帮助我们造出许多新的字眼，新的句法，丰富的字汇和细腻的精密的正确的表现"④。在20世纪二三

---

① 木天.1928.维勒得拉克.创造月刊，1（10）：56.

② 如殷夫就曾以 Pionier、Rpmantik（浪漫主义）为题创作了一组诗，主题是无产阶级诗歌不需要资产阶级的浪漫主义，而是需要冲锋战斗的激进主义，参见殷夫《我们的诗》组诗（1930年1月《拓荒者》第1期，第1-8页）。

③ 摘自郭沫若译马林霍夫《十月》，转引自梁实秋《文学是有阶级性的吗？》（1929年9月《新月》第2卷第6-7号合刊）。

④ 瞿秋白.2009.鲁迅和瞿秋白关于翻译的来信：瞿秋白的来信//罗新璋，陈应年.翻译论集（修订本）.2版.北京：商务印书馆：336.

十年代文学语言欧化的语境下，普罗诗歌的直译进一步催生了欧化的译诗语体，这在一定程度上影响了译诗的普及性接受。于是，为了推动"文艺大众化"运动，译诗又讲究起用绝对的白话了。但由于直译的策略和欧化语言的根深蒂固，欧化的翻译语言并没有被纠正过来，反而使得译诗的语言呈现出大白话和欧化句式的杂糅了。郭沫若上面的译诗就表现出这样的倾向。不过，需要注意的是，所谓的直译往往只是对原作内容和语言结构的忠实，并不意味着对原文诗学形式的关怀，上文中梅川翻译英国诗人斯温伯恩的诗《儿童的将来》就是一个典型的例子。此外，转译也是左翼文人群体经常使用的翻译方法，以广泛地宣扬世界范围内的无产阶级诗歌，抵制"资产阶级文学"。当有位叫张逢汉的读者批评孙用从世界语翻译的俄国诗人莱蒙托夫的诗歌有误时，鲁迅就辩护说："我们因为想介绍些名家所不屑道的东欧和北欧文学，而又少懂得原文的人，所以暂时只能用重译本，尤其是巴尔干诸小国的作品。原来的意思，实在不过是聊胜于无，且给读书界知道一点所谓文学家，世界上并不止几个受奖的泰戈尔和漂亮的曼殊斐儿之类。"①

与之不同的是，自由主义知识分子群体的译诗策略显示了对审美诗学的关怀。虽然直译或意译的方法因人不拘，语言欧化的程度因人而异，但作为诗坛主体的新月派在古典倾向翻译诗学主导下，倡导一种既忠实于原文又流畅可读的中庸翻译策略，融合了直译与意译的长处，避免了二者长期的纷争，尤其突出了译诗的形式美。而且，新月派特别认同自己英美文化教育出身的优越感，所以也特别谨慎使用转译。实际上，20世纪30年代文坛上的译诗活动都展现了杂合的翻译模式，只不过左翼文坛的译诗策略凸显了"异化"翻译（foreignizing strategy）的政治工具作用，而新月派等自由知识分子群体则张扬了译诗的中庸之美。况且，在左翼团体组织领导下的翻译活动，是一种集体的政治斗争手段，因此左翼译者就将译诗纳入了政治公共空间，参与其中；而新月派等自由主义知识分子群体仅仅是松散的文学社团，凝结在一起主要借助共同的价值观和文学观，虽然他们大都向往英美式的自由和民主思想，但政治理想与审美诗学是相分离

---

① 参见张逢汉，鲁迅. 1929. 通讯：关于孙用先生的几首译诗. 奔流，2（3）：512。其中，鲁迅所谓的"重译"即转译；曼殊斐儿即新月派徐志摩、陈西滢、凌叔华等人青睐的英国女作家曼斯菲尔德。

第二章 诗歌翻译文化图景：从五四时期到20世纪30年代

的，充其量只是将乌托邦式的政治理念寄寓在审美表演舞台。所以说，一方面是诗歌翻译的审美政治化，另一方面则是政治审美化了。翻译作为政治工具与审美手段的碰撞，在20世纪30年代的文坛擦出了绚烂的火花。

第三章

书写诗歌翻译：新月派的译诗活动

新月派崛起于五四后期，在20世纪二三十年代之交走向鼎盛，随后逐渐式微，至1934年《学文》月刊停刊时最终消散，历时十余年。伴随着新月派在中国文坛的兴衰起落，其诗歌翻译活动也经历了起伏变化，与新月文学和文化的变迁紧密相关，尤其与诗歌创作互文发展。所谓的翻译活动，实际上是译者在复杂多元的"权力网络"（a network of power relations）中的"阐释、交换、转换"行为，如同作家写作，译者也是在书写翻译（writing translations），他们的选择与作为使原文恢复生命，呈现在一个全新的世界里，让使用另一种语言的人们去感知和体验，从而滋养和丰富他们的文化[①]。译者的"显身"（visibility）让我们去观察和分析新月派译者群体书写诗歌翻译的行为，从而阐释他们创造诗歌翻译文化的能力与权力。再者说，诗歌翻译是"移花接木"的文化移植过程，要考察其"选种"和"播种"，译者都是处于中心位置的行为体（actors）、施为者（agents）和行动者（players）[②]。鉴于此，本章首先追寻新月派的历史，勾勒书写诗歌翻译的新月译者群体，以增加对他们的认知和了解；其次，对新月派的译诗做一个全景式考略，以

---

① Bassnett, S. 2007. The meek or the mighty: Reappraising the role of the translator. In R. Álvarez &M. Carmen-África Vidal (Eds.), Translation, Power, Subversion (pp. 10-24). Beijing: Foreign Language Teaching and Research Press.

Bassnett, S. & P. Bush. 2006. The Translator as Writer. London: Continuum.

② 翻译学者琼斯认为，诗歌翻译是一种有目的的"专业行为"（expert action），各种行为体、施为者和行动者以译者为中心形成网络，共同促使翻译的产生。（参见 Jones, F. R. 2011. *Poetry Translating as Expert Action*. Amsterdam: John Benjamins Publishing Company, pp. 4-5.）皮姆更是坦言，翻译现象的一切成因最终都可归于译者。（参见 Pym, A. 2007. *Method in Translation History*. Beijing: Foreign Language Teaching and Research Press, p. 157.）

计量的形式描述他们的诗歌翻译成就和特色；最后，考究新月派的诗歌理论，系统阐述其诗学。这既是一种类似于福柯式的"知识考掘"（the archaeology of knowledge）[①]，也是初步建立起新月译者群体的教育背景、生活体验、价值观念、诗学理念等变量与其译诗活动的网络关系，为后文进一步开展研究奠定基础。

第一节 新月派的译诗群体

诗歌翻译是新月派文学翻译事业的主体，十余年来从事译诗的同人不仅仅有文学流派意义上的新月诗派，还包括胡适、梁实秋、邓以蛰、邢鹏举等学者与作家。换言之，不只是诗人在译诗，而是新月派的知识分子群体大多有过译诗的经历。因此，本着"以人为本"的关怀，我们首先去描写这群书写诗歌翻译的人。

以1927年为分水岭，下面分两个阶段来描述新月派庞大的诗歌译者群。

一、前期新月派诗歌译者群

以胡适为精神领袖、徐志摩为灵魂的新月派，自1923年聚餐会到1927年北京新月社摘牌为前期阶段。在五四后期这段时间，新月派的人员构成比较复杂，汇聚了文学界、学界、军界、政界、实业界、传媒界、社交界等各色人物，形成了一个以就学经历、留学背景、供职机构等典型的现代知识分子角色特征构建的"权势网络"[②]。除梁启超、蒋百里、林长民、陈博生等军政学界人士之外，从事文学和翻译活动的主要有胡适、徐志摩、凌叔华、丁西林、杨振声、任鸿隽、陈衡哲、张歆海、邓以蛰、陶孟和、沈性仁、林徽因、梁思成、陈西滢、余上沅、赵太侔、叶公超、沈从文、闻一多、"清华

[①] Foucault, M. 2002. *The Archaeology of Knowledge*. Trans. A. M. Sheridan Smith. London: Routledge.
[②] 刘群. 2011. 饭局·书局·时局：新月社研究. 武汉：武汉出版社：41.

四子"、刘梦苇、于赓虞、钟天心[①]、朱大枏、蹇先艾等同人，他们或是北京、南京等地高校中的大学教授与青年学生，或是清华文学社的成员，或是徐志摩任《晨报副刊》（以及《诗镌》和《剧刊》）主编时提携的"新人"。这些文艺爱好者大多从事过翻译活动，或表达过对翻译的看法。其中从事诗歌创作并被称为新月诗派的有徐志摩、闻一多、"清华四子"、沈从文、邓以蛰、蹇先艾、朱大枏、于赓虞、张鸣琦等人[②]，但从事译诗的只是新月诗派中的徐志摩、朱湘、闻一多、饶孟侃、孙大雨，以及胡适、梁实秋与钟天心等同人，邓以蛰、朱大枏、任鸿隽和陈衡哲也偶尔为之。于赓虞为数不多的译诗则是在脱离新月派之后书写的，故不考虑。这样看来，新月前期译诗群体有胡适、徐志摩、朱湘、闻一多、饶孟侃、梁实秋、孙大雨、邓以蛰、钟天心、朱大枏、任鸿隽与陈衡哲夫妇等12位，其译诗概况参见"附录一"。

从"附录一"中可以看出，新月前期的诗歌翻译还是以徐志摩和清华文学社的成员为主体的。不过，对于早期新月派这样一个形态开放、结构松散的团体来说，徐志摩等人的文艺理想难以实现。徐志摩抱怨说："说也可惨，去年四月里演的契玦腊要算是我们这一年来唯一的成绩，而且还得多谢泰谷尔老先生的生日逼出来的！去年年底也曾忙了两三个星期想排演西林先生的几个小戏，也不知怎的始终没有排成。随时产生的主意尽有，想做这样，想做那样，但结果还是一事无成。"继而他羡慕英国罗塞蒂兄妹一家在艺术界的成功，以及萧伯纳的费边社在政治思想界的辉煌，于是感叹道："新月新月，难道我们这新月便是用纸板剪的不成？"[③]而且，更令徐志摩沮丧的是，在新月派成立之初，他就一直想涉足传媒自办刊物，"我早就想办一份报，

[①] 付祥喜在《新月派考论》（中国社会科学出版社，2015年，第72页）中认为，钟天心等在新月派刊物上发表作品极少的人，虽然作品风格与新月派相似，但也不是新月派。付祥喜主要是从创作角度考虑的。实际上，钟天心不仅在《晨报副刊·诗镌》有《译华茨华斯诗一首》（1926年5月6日《晨报副刊·诗镌》第6期）和文章《随便谈谈译诗与做诗》（1926年5月20日《晨报副刊·诗镌》第8期，），而且他的译诗还是在徐志摩指导下发表的，甚至他还附和徐志摩，参与裹黙诗翻译的讨论（详情参见本书第六章第一节、第三节的相关论述）。再者，徐志摩在任《晨报副刊》主编的头一天，就在《我为什么来办我想怎么办》（1925年10月1日《晨报副刊》）一文中将沈从文、焦菊隐、于成泽、钟天心、鲍廷蔚等人称作"新进的作者"，纳入撰稿人班底。因此，我们认为钟天心应该属于前期新月派。

[②] 付祥喜.2015.新月派考论.北京：中国社会科学出版社.
王宏志.1981.新月诗派研究.香港大学硕士学位论文.

[③] 徐志摩.1925.欧游漫录：第一函 给新月.晨报副刊，（73）：6-8.

最早想办《理想月刊》，随后有了'新月社'又想办新月周刊或月刊"①。尔后，泰戈尔来华时也曾支持他办一份英文杂志，但最终都不了了之。另外，胡适主持的《努力周报》自1923年10月停刊后，几次意欲恢复，也最终没有办成。这样，早期新月派缺少一份有力的文艺工具，同人的文学创作和翻译只能分散发表在各自交好的文学社团的刊物上，如《努力周报》、《晨报副刊》（包括周年纪念增刊与《文学旬刊》②）、《时事新报》③、《小说月报》、《创造》系列刊物、《现代评论》、《京报副刊》、《清华周刊》等文艺报刊。这些出版物分别代表了胡适的努力社、梁启超为首的研究系、文学研究会、创造社、现代评论派、清华文学社等不同的政治团体或文学团体，可见新月派来源复杂。其中，徐志摩作为梁启超的弟子，与研究系接触颇多，又与朱湘一起靠近文学研究会。出自清华文学社的成员与文学研究会和创造社都有交往，只不过闻一多、梁实秋与创造社更为亲密。尤其，新月派与以北京大学教授为班底的现代评论派关系密切，因为胡适是两彪人马的共同精神领袖，徐志摩、陈西滢既是《现代评论》周刊④的主要撰稿人，又是新月派的骁将。况且，两派还具有共同的阶级性质和政治倾向⑤。所以，新月派早期作品在《现代评论》上占突出地位，徐志摩、胡适、梁实秋、任鸿隽在其上的译诗就有9首，差不多占了仅有译诗的一半，而且其开展的译诗讨论还与徐志摩的《晨报副刊》互为呼应。

新月派出版的窘状直到1925年10月徐志摩接任《晨报副刊》的主编后方才有了改观，他想让新月社"露棱角"的文艺抱负终于可以施展了。然而，《晨报副刊》作为一个以社会政治为主的综合性报刊，基本隔天发行一期，每期又仅有4个版面，可以想见，发表的诗歌作品就有限了（其中译诗14首）。于是，在闻一多、蹇先艾、刘梦苇与"清华四子"等同人的鼓动下，徐志摩又联合他们于1926年4月1日创办了副刊的周刊《诗镌》。《诗镌》至同年

---

① 徐志摩.1925.我为什么来办我想怎么办.晨报副刊，49（1283）：1-2.
② 此《文学旬刊》由文学研究会成员王统照主编，自1923年6月1日于北京创刊，至1925年9月25日终刊，共出版82期。注意区分该刊与同名的《文学周报》前身刊物——上海《时事新报》的文艺副刊《文学旬刊》（1921年5月10日第1期至1923年7月30日第81期）。
③ 主要在《时事新报》的"文艺周刊""学灯""青光"等版块。
④ 《现代评论》周刊，1924年12月13日创刊于北京，是一部分曾经留学欧美的大学教授创办的同人刊物，1928年12月29日停刊，共出版209期，又周年纪念增刊3期。
⑤ 陈漱渝.1980.关于"现代评论派"的一些情况.中国现代文学丛刊，（3）：308.

6月10日终刊，发行了11号，虽然译诗数量不多，但逐渐达成了对诗歌翻译"创格"艺术的认同。在1926年10月徐志摩辞去《晨报副刊》主编的职务南下后，前期新月派也随之星散了。

二、中后期新月派诗歌译者群

因北方军阀战事频起，纷纷南迁的新月社同人胡适、徐志摩、闻一多、叶公超、饶孟侃、梁实秋、余上沅、丁西林于1927年在上海相聚，再加上自海外先后归来的潘光旦、刘英士、罗隆基、张嘉铸等留学生，新月派又开始了新的聚合。当年5月，新月书店开始运转，7月1日正式开张。次年3月10日，由新月书店发行的《新月》月刊创刊面世。《新月》自创刊号至第2卷第2期（1929年4月10日），在徐志摩、闻一多、饶孟侃的主持下，"文艺风"盛行，但此后在胡适、梁实秋、罗隆基的把持下转而刮起了"论政风"。徐志摩不满《新月》谈政治，遂联络新月派的后生成员邵洵美、陈梦家于1931年1月20日创办了《诗刊》季刊，也由新月书店出版发行。而且，陈梦家在徐志摩的授意下，编选了《诗镌》以来的18家新月诗人的作品，组成《新月诗选》。1931年9月新月书店出版的《新月诗选》是新月派诗人的最早集体亮相，同时也将新月派推向了顶峰。然而，随着灵魂人物徐志摩在同年11月因飞机失事罹难，新月派开始走下坡路了。《诗刊》仅出版了4期就于1932年7月30日终刊，《新月》月刊在叶公超的独立支撑下于1933年6月1日停刊，而邵洵美等人惨淡维持的新月书店也最终于同年9月转让给商务印书馆。1934年，新月派部分成员又在北平短暂相会，在叶公超和余上沅的牵头下，于5月1日创办了《学文》月刊。《学文》在8月的停刊标志着新月派作为一个整体活动的终止。

陈平原曾言："每个著名的文学杂志或报纸副刊，都建立起自己的圈子，甚至形成文学上的流派。"[1]如果说在徐志摩主编《晨报副刊》期间，新月派已初具规模，那么在中后期阶段，拥有了新月书店和旗下刊物的新月派则建立起了更为广博的文艺圈子，"新月"味越来越浓，在文坛的影响也越来越

---

[1] 陈平原. 2004. 文学的周边. 北京：新世界出版社：137.

强，一时竟风靡全国①。就译诗而言，胡适、徐志摩、闻一多、梁实秋、朱湘、饶孟侃、孙大雨等老一代同人还在继续从事外国诗歌的译介。与此同时，徐志摩、闻一多、叶公超、胡适等主要成员还借助其教师角色、新月的出版力量以及各自的社会关系提携培养了一批新人②，如曾在南京或上海高校就读的陈梦家、方玮德、梁镇、邢鹏举、孙洵侯、费鉴照，在北京大学或清华大学就读的卞之琳、李唯建、曹葆华、孙毓棠、赵萝蕤等。除李唯建毕业较早外，他们均出自徐志摩、闻一多或叶公超的门下。这些后起之秀构成了中后期新月派译诗的主力，在新月刊物上都有创作或译作发表。有趣的是，新月派后期诗人在数年后大多走上了学者之路，可以说与闻一多的感召分不开——学术研究可以帮助看清"我们这民族，这文化的病症"，从而"敢于开方"③。这些新秀之外，值得注意的还有从事文学创作和文化出版的诗人邵洵美，1931年春他应好友徐志摩之邀加盟新月书店，壮大了新月派的出版实力，同时还参与《新月》的编辑和《诗刊》的创刊，并有诗作入选陈梦家编选的《新月诗选》，而且他的译诗承接徐志摩开辟了英国现代派诗歌译介的新路，因而被视为新月派的重要诗人。此外，闻一多的胞弟闻家驷在《新月》月刊创刊之初就发表了诗作，尔后在北京大学任讲师期间还在《学文》月刊上发表了关于波德莱尔的论文，其中翻译了多首波氏的诗。邵洵美和闻家驷都是新月派的新生代诗人和译者。

再者，徐志摩、梁实秋、叶公超等同人还结交和邀请了梁宗岱、宗白华、冰心、朱维基、顾仲彝、伍光建等文学观与之相近且私交不错的朋友。后两位主要从事小说与戏剧翻译，暂且不谈。且看前四位在诗歌创作和翻译方面与新月派的关联。徐志摩曾有两份关于《诗刊》同人的声明：

> 我们已约定的朋友有朱湘、闻一多、孙子潜、饶子离、胡适之、邵洵美、朱维基、方令孺、谢婉莹、方玮德、徐志摩、陈梦家、梁镇、沈从文、梁实秋诸位。

---

① 秦贤次.1976.新月诗派及作者列传//痖弦,梅新.诗学.台北：巨人出版社：400.

② 譬如，徐志摩1929年兼任中华书局编辑后，主编出版的"新文艺丛书"包括了梁实秋、梁镇、李唯建、邢鹏举、饶孟侃等新月派同人的译作。而胡适在1930年7月就任中华教育文化基金董事会编译委员会主任委员后，就拟定了一个庞大的计划，打算"选择在世界文化史上曾发生重大影响之科学、哲学、文学等名著，聘请能手次第翻译出版"[参见柯飞（整理）.1988.梁实秋谈翻译莎士比亚.外语教学与研究，（1）：46-47].卞之琳、梁实秋、孙洵侯等新月派同人都有译作受其资助出版。

③ 闻一多.1943.致臧克家//孙党伯,袁謇正.1993.闻一多全集（12）.武汉：湖北人民出版社：380.

（《诗刊》预告，载 1930 年 4 月 10 日《新月》第 3 卷第 2 号）

> 同时稿件方面，就本期披露的说，新加入的朋友有卞之琳、林徽音尺棰、宗白华、曹葆华、孙洵侯诸位……最难得的是梁宗岱从柏林赶来论诗的一通长函。

（1931 年 4 月《诗刊》第 2 期"前言"第 1 页）

在这两份声明中，除却胡适、沈从文、林徽音（尺棰）等故旧和方令孺、卞之琳、曹葆华等学生后辈同人之外，就只有朱维基、冰心（谢婉莹）、梁宗岱、宗白华四位"外来者"了。他们的名字赫然在《诗刊》作者之列，表明与新月派的关系密切，至少与徐志摩有交情。不过，这四位"关系人"也有不同。首先出现在《诗刊》预告中的朱维基和冰心后来都没有在《诗刊》上发表作品，而宗白华和梁宗岱都有创作和翻译的诗歌作品见诸其上，梁宗岱还参与了新诗的讨论。因此，出于"新月"入于"现代"的诗人梁宗岱应是新月派诗人无疑了[①]。至于宗白华，徐志摩早年担任《晨报副刊》主编时，就已将当时刚刚从德国留学归来的他纳入撰稿人的队伍[②]，此番他们还同为中央大学的同事，更何况宗白华还是新月后生诗人方玮德的表兄，因此入围新月派文学圈也是理所当然的事情。

再看冰心。早年加入文学研究会的她，以师法泰戈尔创作小诗而饮誉文坛，1923 年与梁实秋等清华葵亥级学生同船赴美留学，曾在船上一起办过壁报《海啸》，到美国后又一起公演过英文剧《琵琶记》[③]，自此结下深厚友谊。留美归国后，冰心在燕京大学等高校任教，与徐志摩、胡适都有相识和交往[④]。

[①] 秦贤次.1976.新月诗派及作者列传：414.
王宏志.1981.新月诗派研究.香港大学硕士学位论文：98-99.
付祥喜.2015.新月派考论.北京：中国社会科学出版社：363.此外，卞之琳在为《孙毓棠诗集》（业强出版社，1992 年）所写"序"第 10 页中也曾提及梁宗岱是新月派的"边缘人物"。

[②] 徐志摩.1925.我为什么来办我想怎么办.晨报副刊，49（1283）：1-2.

[③] 在《忆冰心》一文中，梁实秋还说到《琵琶记》由他翻译成英文，在戏中他演蔡中郎，冰心饰宰相之女.参见陈子善.1989.梁实秋文学回忆录.长沙：岳麓书社：337-361.

[④] 1928 年 12 月 13 日徐志摩致陆小曼的信中提到"晚归路过燕京，见到冰心女士；承蒙不弃，声声志摩，颇非前此冷徹，异哉。"[参见赵遐秋，曾庆瑞，潘百生.1991.徐志摩全集（5）.南宁：广西民族出版社：101-102.]可见他们有过交集.在徐志摩遇难后的一周，冰心曾致信梁实秋哀悼徐志摩.此外，冰心还曾在 1931 年底致信胡适，问候其病情.[参见卓如.1994.冰心全集（2）.福州：海峡文艺出版社：520.]

第三章 书写诗歌翻译：新月派的译诗活动

鉴于与新月派的交情，冰心与其弟谢冰季在《新月》上共发表了5篇小说，而且1931年她还在新月书店出版了译诗集——黎巴嫩诗人纪伯伦的散文诗集《先知》（The Prophet）。这是她首次从事翻译工作，书店反复在《新月》杂志上刊发广告宣传："冰心女士谁都知道她是文坛上的一位女将，她那温柔的言词，委婉幽静的文笔，谁都看了要感动的。但是她限于创作的一方面，还没有看见过她的翻译的书，这部先知是她翻译的尝试，哲理虽深，而译笔浅显流畅，恰能算合原文的真意义。……欲知人生之真谛，及欲领略冰心女士的翻译手段者，不可不人手一篇也。"①新月派对冰心的扶植和关怀可见一斑，可以说影响了她后来对翻译事业的高度热情。冰心翻译纪伯伦的这部顶峰之作，是因为其"满含着东方气息的超妙的哲理和流丽的文词"②像泰戈尔诗一样契合了她的心境，但诗中所蕴含的哲理以及纪伯伦似英国诗人布莱克的诗风，也同时符合新月派译诗的选择标准，尤其是"诗哲"徐志摩。再者，冰心忠实于原文且又清新流畅的译笔也是梁实秋等新月派同人欣赏和主张的翻译策略。因此，从翻译诗学上讲，也是可以认定冰心属于新月派文学圈的。

最后就是绿社成员朱维基，他也是新月文学圈的一位"关系人"。朱维基与邵洵美都是唯美主义文学的拥趸，关系很好。而且，同为绿社成员的林微音还曾担任过新月书店的经理代理和广州新月分店主任③。可见，无论在文学观还是在人际关系上，朱维基与新月派都是有渊源的。譬如在《二十二年的诗》（1934年《十日谈》"新年特辑"）一文中，朱维基对邵洵美、徐志摩、卞之琳、李唯建等新月派同人的诗歌表达了同情与共鸣，并批判普罗诗歌是"中国新诗的技巧的历史上的一个羞于说出的污点"。在《新月》停刊后的1933年11月，朱维基在上海创办了《诗篇月刊》，自任主编。《诗篇

---

① 在谢冰心译《先知》（新月书店，1931年）的译序中，她写道："这是我初次翻译的工作，我愿得读者的纠正和指导。"（第3页）从序中我们还了解到，《先知》的原文是英文，不是阿拉伯文，以及原作者纪伯伦被誉为"20世纪的勃拉克"。《先知》的宣传可见1932年《新月》第4卷第2号上的广告。

② 凯罗·纪伯伦.1931.先知.谢冰心译.上海：新月书店：译序3.

③ 在1931年4月底5月初邵洵美任新月书店最后一任经理期间，许多事务都是由林微音代理的。同时，林微音也是一位唯美主义作家，因为名字与新月女诗人林徽音相似，经常被人混淆。林徽音出于无奈，遂改名"林徽因"。虽然林微音有小说集《舞》在新月书店出版，但并无作品在其他新月刊物上发表，付祥喜《新月派考论》（中国社会科学出版社，2015年，第84页）认为其在《诗刊》上有诗作发表，明显有误。可见，林微音只是新月书店的一名职业经理人或员工，并不属于新月派。

月刊》由邵洵美的上海时代图书公司出版，至1934年2月1日终刊，共出版了四期。该刊发表的主要是朱维基的诗歌创作和翻译，邵洵美也在其上发表了6首诗。关于《诗篇月刊》，左翼批评家蒲风有过相关的论述：

> 新月派——虽然徐志摩是死了（一九三一），新月的《诗刊》（季刊）只续出了一期追悼号（一九三二）就寿终正寝。而事实上，一九三三年十一月出版的《诗篇[月刊]》（朱维基主编）正是她的化身，不少小徐志摩在大批制造十四行，格律诗。……在这个时候，新月派可以说业已两分的。象[像]上述朱维基、邵洵美一派，我们叫香艳派。另一派，是格律派，以陈梦家、朱湘（1904-1933）为代表。①

蒲风描述的是新月派后期的情形，而且言辞确切地认定朱维基就是新月派的一员。不仅如此，早在1932年8月的《文艺新闻》上，瞿秋白就将徐志摩、邵洵美和朱维基归为一派，称作"猫样的诗人"②。近年来，学界有不少声音，包括朱维基的好友王元化，都表明朱维基是新月派诗人③。而且，香港学者王宏志也认为《诗篇月刊》和《学文》月刊一样是新月派的后续刊物。④基于此，我们也将朱维基作为新月派诗人来看待。

这样，新月中后期的诗歌译者群体除胡适、徐志摩、闻一多、梁实秋、朱湘、饶孟侃、孙大雨等老一代同人之外，还包括陈梦家、方玮德、邵洵美、卞之琳、李唯建、梁镇、邢鹏举、曹葆华、孙毓棠、赵萝蕤、孙洵侯、费鉴照、闻家驷等13位新秀，以及梁宗岱、宗白华、冰心和朱维基4位与新月派文学圈接近的外围同人。有关这17位书写诗歌翻译的"新来者"的译诗概况参见"附录一"。

---

① 蒲风.1985.五四到现在的中国诗坛鸟瞰//黄安榕，陈松溪.蒲风选集.福州：海峡文艺出版社：806-808.

② 转引自沈用大.2006.中国新诗史（1918—1949）.福州：福建人民出版社：380.

③ 王元化2006年9月11日接受《南方人物周刊》采访时，提及他在20世纪50年代接受隔离审查期间，他的朋友——"新月派诗人"朱维基——还过来看他并借给他施莱格尔的《戏剧艺术与文学演讲录》一书.[参见李宗陶.2008.合译莎士比亚，是我们一生美好的回忆：王元化追忆张可.南方人物周刊，（15）：68.]此外，2013年2月6日的《青岛日报》在"三味书屋"栏目中回忆邵洵美时，开篇即言"翻译过意大利著名诗人《但丁神曲》的新月派大将，诗人兼著名翻译家朱维基是邵洵美同时代人"。

④ 王宏志.1981.新月诗派研究.香港大学硕士学位论文：60.

第二节　新月派译诗概述

上节描述了新月派十余年来庞大的诗歌译者群，即 25 位新老同人与 4 位外围同人。他们的译诗不仅见诸《晨报副刊》（包括《诗镌》）、《新月》、《诗刊》、《学文》等新月出版物，更多的还是发表在其他的文艺报刊和出版物上，尤其在新月派早期未能拥有自己的文艺传播媒体的时候。这一方面是由于新月派广博的交际圈，另一方面则表明了其在文坛的广泛影响力。其中，《小说月报》、《晨报副刊》（非徐志摩主编时期）、《现代评论》等报刊为徐志摩、朱湘、胡适、梁实秋、闻一多等同人在新月前期发表译诗提供了园地，而《文艺月刊》《诗篇月刊》则是后期新月派同人译作刊发的重要载体，尤其《清华周报》十余年来一直在默默支持清华籍新月成员的创作与翻译。再者，各类书店或书局（如新月派旗下的新月书店，邵洵美创办的金屋书店与上海时代图书公司，新月派同人担任过编辑的中华书局、商务印书馆等）也为新月派提供了书写诗歌翻译的舞台。

一、新月派译诗概览

我们整理出新月派成员在 1923—1935 年的译诗，分别按 1923—1927 年（前期）和 1928—1935 年（中后期）两个阶段归纳于表 3-1，进行考察。之所以将中后期的时间段稍微向后拓展，一方面主要考虑一部分新月派同人还在从事集体的文学活动[如储安平主编的《文学时代》（1935—1936 年）]，以力求新月派诗歌翻译史的完整性；另一方面则是为了观察新月成员后来的译诗活动是否延续了新月时期的翻译路向，既起到补充研究的作用，也可以反观新月派诗歌翻译文化的流变。

首先简要说明表 3-1 中译诗统计数字的来源与统计方法。

（1）数据来源：期刊译作主要参阅"大成老旧刊全文数据库"、"民国时期期刊全文数据库"以及唐沅等编《中国现代文学期刊目录汇编》（知识产权出版社，2010 年）；单行本译作主要参阅贾植芳等编《中国现代文学总书目·翻译文学卷》（知识产权出版社，2010 年）、张泽贤两册本《中国现代文学翻译版本闻见录》（上海远东出版社，2008年、2009年）以及"读秀知识库"等史料集与数据库。另外，还参考了译者年谱、文集及相关史料进行补充，但出版时间和出版地不可考者不纳入表中计算。笔者力求数据完整和译诗的原始面貌呈现，但民国译作来源纷繁复杂，且译者笔名五花八门，少量译作缺失只能待将来考证完善。

（2）表中数字的计量单位为"首"，译诗集则按具体收录诗歌数量计算。同一译者对同一外国作品的重新翻译（"重译"），表中不重复计算，仅按初次发表的时间计入（个别情况另备注说明）；不同译者对同一外国作品的重复翻译（"复译"），分别按实际译诗数计算；未发表的翻译作品按实际翻译时间考虑，不可考者不计入。本表中的 722 首译诗包括相当一部分复译作品。

（3）表中"英美"栏前面数字是译自英国（包括爱尔兰）的作品数，后面数字则是译自美国的作品数。

（4）表中所有译诗的原作者、来源国别、译者、刊发时间与出处等相关信息参阅"附录一"。

表 3-1　新月派诗歌翻译概况（1923—1935）

译者	1923—1927 英美	法国	德国	欧洲其他	其他	1928—1935 英美	法国	德国	欧洲其他	其他	合计	备注
徐志摩	33+1	1	7	4	3	9+0	0	1	0	0	59	①
梁实秋	9+0	1	0	0	0	8+0	0	0	0	0	18	
胡适	5+0	2	1	0	0	0	0	0	0	2	10	②
闻一多	4+2	0	0	0	5	24+0	0	0	0	0	35	③
饶孟侃	4+0	0	0	0	0	13+1	0	0	0	0	18	
朱湘	罗马尼亚民歌 14 首；《番石榴集》中英诗 39 首，归入第一阶段；法诗 6，德诗 4，欧洲其他诗 22，其他诗 32，共 64 首，归入第二阶段											126	④
	6+0	0	0	0	0	1+0	1	0	1	0		
任鸿隽	0+1	0	0	0	0	0+1	0	0	0	0	2	⑤
朱大枏	1+0	0	0	0	0	0	0	0	0	0	1	
孙大雨	1+0	0	5	0	0	6+2	0	0	0	0	14	⑥
邓以蛰	1+0	0	0	1	0	0	0	0	0	0	2	⑦
钟天心	8+0	0	0	0	1	-	-	-	-	-	9	⑧

第三章 书写诗歌翻译：新月派的译诗活动

续表

译者	1923—1927 英美	法国	德国	欧洲其他	其他	1928—1935 英美	法国	德国	欧洲其他	其他	合计	备注
邵洵美	1928年3月初版的《一朵朵玫瑰》含英诗9，美国诗4，法诗4，古希腊诗4，古罗马诗2，意大利诗1										31	⑨
	1929年6月初版的《琵亚词侣诗画集》仅英诗2											
	-	-	-	-	-	3+0	1	0	0	1		
陈梦家	1932年初版的《歌中之歌》为古以色列希伯来语抒情长诗，从英文转译，分17阙										41	⑩
	-	-	-	-	-	21+0	0	0	0	3		
卞之琳	-	-	-	-	-	7+1	28	1	0	1	38	
方玮德	-	-	-	-	-	7+2	0	0	0	0	9	
梁镇	-	-	-	-	-	0	5	4	0	0	9	
邢鹏举	中华书局1930年4月初版《波多莱尔散文诗》共48首										48	
曹葆华	-	-	-	-	-	20+0	2	0	0	0	22	
李唯建	1934年9月出版的《英国近代诗歌选译》含译自30位诗人的39首译诗，包括35首英诗（其中2首重译）和菲茨杰拉德英译《鲁拜集》诗4首										41	⑪
	-	-	-	-	-	4+0	0	0	0	0		
孙毓棠	-	-	-	-	-	16+0	0	18	1	0	35	
孙洵侯	-	-	-	-	-	1+0	0	0	0	0	1	
梁宗岱	-	-	-	-	-	2+0	11	18	0	1	32	⑫
宗白华	-	-	-	-	-	0	0	12	0	0	12	
冰心	-	-	-	-	-	0	0	0	0	28	28	
朱维基	-	-	-	-	-	72+0	8	0	0	1	81	⑬
合计	111+4	4	13	19	9	258+11	114	58	32	89	722	⑭

备注：

①徐志摩遗译诗《海涅诗》刊载在1936年《西北风》第4期，计入第二阶段。《明星与夜蛾》与《威尼市》两首诗为存疑的译作，未计入。

②《译我默诗两首》是胡适1928年8月21日重译作品，因为初译未计，故重译计入。

③闻一多与饶孟侃合译的《山花》《我要回海上去》2首诗，因饶孟侃为主译，不计入闻一多译诗总数，而计入饶孟侃译诗总数。

④张旭在《视界的融合：朱湘译诗新探》（清华大学出版社，2008年，第63页）中统计朱湘译诗122首，除数字统计有误外，还遗漏了《希腊牧歌》（1935年5月10日《人生与文学》第1卷第2期）这首诗。

《番石榴集》在朱湘死（1933年）后的1936年3月由商务印书馆出版。表中粗略将39首英文诗归

73

入第一阶段，64首英文转译诗归入第二阶段，因为据张旭《视界的融合：朱湘译诗新探》（清华大学出版社，2008年，第78-79，86-88页）考察，《番石榴集》中的英文转译诗绝大多数出自1928年Albert & Charles Boni, INC出版、马克·多伦（Mark Van Doren）编选的英文版《世界诗库》（*An Anthology of World Poetry*），而英文诗的两个选本在1925年朱湘与好友饶孟侃的通信中得到了证实。另外，126首译诗不包括《克里斯托弗生》与《达甫尼士的死——西奥克立特的田园诗》2首存疑诗。

⑤美国女诗人蒂斯代尔的诗《"我的心"》（中英文对照）为叔永（任鸿隽）与莎菲（陈衡哲）合译，载1923年《努力周报》第43期第3页。

⑥孙大雨在1936年12月《新诗》第3期上还发表了译诗2首，即勃莱克的《一棵毒树》和《"天真底歌"序诗》，未计入。

⑦1928年新月书店出版的单行本《若邈玖娴新弹词》为再印，未重复计入。

⑧钟天心后期为"民族主义文艺"团体成员，译诗不计入。

⑨邵洵美译诗集《一朵朵玫瑰》中的《皮偶》初载于1926年8月光华书局初版"狮吼社同人丛著"第1辑《屠苏》，但为统一起见，计入第二阶段。另，译诗《归欤》（"Come Home"）发表时间和地点不详，未计入。

⑩《白雷客诗选译》（1933年10月1日《文艺月刊》第4卷第4期）的16首译诗为赵萝蕤与陈梦家合译，计入陈梦家译诗。陈梦家所译爱尔兰桂冠诗人泰特的《牧人闻信歌》（"While Shepherds Watched Their Flocks By Night"），出版源和时间不可考，未计入。

⑪李唯建译诗集《英国近代诗歌选译》收录了菲茨杰拉德选译的波斯诗人莪默·伽亚谟的《鲁拜集》4首，计入"其他"类。

⑫梁宗岱在20世纪20年代末至1934年9月之间的译诗（包括1929年发表的《水仙辞》）收入个人译诗集《一切的峰顶》（上海时代图书公司，1936年）。30年代杂译的布莱克、莎士比亚、雨果、歌德的诗是在1936年及其后进行的，故未计入。

⑬朱维基的译诗包括《诗篇月刊》月刊上译诗59首、弥尔顿长诗《失乐园》（第一出版社，1934年），以及与芳信合译的诗文集《水仙》（光华书局，1928年）中的朱译波多莱尔散文诗8首和二人合译的"英国诗选"12首（因为无法单独区分，故计入），另有集外诗丁尼生诗1首。

⑭闻家驷、费鉴照的译诗主要出现在他们各自的论文和译介的文论中，不计入表中。梁宗岱、宗白华、冰心、朱维基为中后期新月派同人，仅计入他们在此阶段的译诗。

二、新月派译诗分布的描绘

表3-1显示，新月派前后期两个阶段的译诗总计722（160+562）首，其中源自英国的诗歌数量最多，有369首，占译诗总数的51.1%之多，以下依次是法国118首，占16.3%，德国71首，占9.8%，美国仅15首，占2.1%，欧洲其他诸国51首，占7.1%，世界其他国家98首，占13.6%。下面具体描述源自不同国度译诗的分布情况。首先观察汉译英诗。

（一）汉译英国诗歌分布

新月派翻译英国诗歌主要集中在莎士比亚和以下三个时期：19世纪初、维多利亚时代和20世纪初。获得翻译较多的英国诗人如表3-2。

表 3-2 获新月派翻译较多的英国诗人统计表①

被译诗人	译诗数/首	译者
莎士比亚	18	朱湘 12，孙大雨 3，徐志摩、邓以蛰和朱维基各 1
布莱克	24	陈梦家（赵萝蕤）17，李唯建、梁宗岱各 2，徐志摩、朱湘、邵洵美各 1
济慈	19	朱维基 8，朱湘 6，李唯建 2，徐志摩、梁实秋与钟天心各 1
雪莱	11	李唯建 4，梁宗岱 2，朱湘、胡适、孙大雨、钟天心、朱维基各 1
拜伦	7	徐志摩 3，朱维基 2，闻一多、李唯建各 1
彭斯	10	梁实秋 6，朱湘 2，朱维基 2
华兹华斯	4	徐志摩、朱湘、钟天心、李唯建各 1
柯勒律治	4	朱湘、李唯建、陈梦家、朱维基各 1
布朗宁夫人	22	闻一多 21，李唯建 1
布朗宁	15	朱维基 9，胡适 2，朱湘、钟天心、孙大雨、李唯建各 1
丁尼生	4	朱湘、钟天心、李唯建、朱维基各 1
阿诺德	5	徐志摩 2，朱湘、孙毓棠与李唯建各 1
W. E. 亨里	5	梁实秋 5
D. G. 罗塞蒂	29	朱维基 25，邵洵美 2，徐志摩与李唯建各 1
C. G. 罗塞蒂	21	朱维基 12，徐志摩、钟天心与邵洵美各 2，梁实秋、卞之琳与李唯建各 1
斯温伯恩	8	邵洵美 4，朱维基 3，李唯建 1
叶芝	7	方玮德 3，梁实秋、朱湘、卞之琳与李唯建各 1
哈代	27	徐志摩 21，陈梦家、胡适、闻一多、邵洵美、卞之琳、李唯建各 1
梅斯菲尔德	26	曹葆华 20，李唯建 2，孙大雨、陈梦家、方玮德、饶孟侃各 1
豪斯曼	20	饶孟侃 11，闻一多 4，二人合译 1，梁实秋 2，李唯建 1，卞之琳 1
德拉·梅尔	17	孙毓棠 15，孙大雨与李唯建各 1
W. H. 戴维斯	5	饶孟侃 4，李唯建 1

表 3-2 显示，自盎格鲁-撒克逊时代经中世纪到文艺复兴时期的英国诗人中，莎士比亚是新月派翻译的唯一焦点。朱湘翻译了莎士比亚的十四行诗和莎剧中的歌谣，而邓以蛰、徐志摩、孙大雨和朱维基则以诗体节译莎剧，分

---

① 其他 60 余首译诗的来源散见盎格鲁-撒克逊时代至 20 世纪 30 年代的英国诗人，如早期的无名氏诗人，文艺复兴至 19 世纪初的诗人黎里、丹尼尔、多恩、本·琼生、弥尔顿、赫里克、兰德等，19 世纪中后叶以来的诗人菲茨杰拉德、阿瑟·西蒙斯、史蒂文森、比亚兹莱、莫里斯、道生、王尔德、O. 梅瑞迪斯、G. 梅瑞迪斯、嘉本特、弗莱克、布里基斯、华生、吉布逊、吉卜林、A. E. 等。各时期的分布趋势与表 3-2 相类。

别是《罗密欧与朱莉叶》（邓、徐）、《哈姆雷特》《李尔王》（孙）与《奥赛罗》（朱）。莎士比亚之外，仅朱湘涉猎了盎格鲁-撒克逊时代和中世纪的一些名诗，如无名氏的《海客》（"The Seafarer"）等，也就寥寥几首。文艺复兴时期到18世纪的英国诗人，本·琼生、弥尔顿、多恩和赫里克的诗偶有翻译，主要是朱湘和朱维基等少数译者。值得注意的是，朱维基翻译了弥尔顿的叙事长诗《失乐园》（*Lost Paradise*），而胡适和钟天心为翻译多恩的一首诗还展开了译诗对话。

新月派对英国诗歌的大宗翻译主要集中在后三个时期。

首先，19世纪初的浪漫派诗人中，布莱克在陈梦家、赵萝蕤等新月中后期译者的大力译介下处于领先位置，济慈、雪莱、彭斯、拜伦、华兹华斯、柯勒律治等诗人分列其后。尤其值得注意的是，朱湘、李唯建、陈梦家、朱维基翻译的都是柯勒律治的叙事长诗，朱湘译的是《老舟子行》（"The Rime of the Ancient Mariner"），而其他三人全都翻译了《忽必烈汗》（"Kubla Khan"）。此外，兰德也得到译介，尤其他与华兹华斯、德拉·梅尔、雪莱、赫里克，以及后来的 W. E. 亨里、W. H. 戴维斯、叶芝等诗人还出现在徐志摩1924年的《征译诗启》①中。

其次，新月派对维多利亚时期英诗的译介主要体现在两条诗歌路向上：其一，在闻一多领衔之下倾情于英国后期浪漫派诗人，布朗宁及其夫人备受青睐，丁尼生也有译介。其二，在徐志摩带动下关注唯美主义和象征主义等现代派诗人。前拉斐尔派（Pre-Raphaelite）的罗塞蒂兄妹、斯温伯恩、比亚兹莱、道生等诗人最受徐志摩、邵洵美、朱维基、卞之琳等新月派同人的青睐。此外，阿诺德或因智者式的诗歌写作（sage writing），或因古典的批评思想，也在译介中占有一席之地。

新月派译介英国诗歌的最后一个重镇就是20世纪之交和之初的英国现代诗歌。一方面，现代主义倾向的爱尔兰象征派诗人叶芝，以及对法国象征派诗歌大力支持的英国诗人与批评家阿瑟·西蒙斯，得到了徐志摩、方玮德、卞之琳等新月派同人颇多的译介。这里，顺便说一句，新月派还从英国现代派诗人的英译本中转译了古希腊、古罗马以及法国与意大利等国的古典文学

---

① 《征译诗启》先后刊载于1924年3月10日《小说月报》第15卷第3号和3月22日的《晨报副刊》。

作品，如邵洵美和朱湘分别从 D. G. 罗塞蒂的英译中转译了意大利诗人伦蒂尼和但丁的诗作，从阿瑟·西蒙斯的英译本中转译了法国象征派诗人魏尔伦的诗作，徐志摩和邢鹏举分别从阿瑟·西蒙斯的英译本转译了意大利浪漫诗人邓南遮的诗①与法国象征诗人波德莱尔的散文诗。此外，古希腊女诗人萨福的诗歌大都是徐志摩和邵洵美等从罗塞蒂兄妹、斯温伯恩和阿瑟·西蒙斯的英译本转译过来的。另一方面，继承了传统诗风的现代诗人哈代、梅斯菲尔德、豪斯曼、德拉·梅尔、W. H. 戴维斯、布里基斯，在徐志摩、闻一多、饶孟侃以及陈梦家、孙毓棠、费鉴照等后生同人的译介下，刮起了传统色彩的英国现代诗歌的翻译之风。

概括来讲，莎士比亚，浪漫派诗人布莱克、济慈、雪莱与彭斯等，维多利亚诗人布朗宁夫妇，前拉斐尔派等唯美诗人与叶芝等象征派诗人，以及现代诗人哈代、豪斯曼、梅斯菲尔德、德拉·梅尔等最受新月派同人欢迎，徐志摩、闻一多、梁实秋、陈梦家、卞之琳、邵洵美、朱维基、费鉴照、邢鹏举、李唯建对他们其人与诗都有译介。但就新月派汉译英诗前后两个时期的分布来看，第一阶段主要以徐志摩译哈代，朱湘译莎士比亚，闻一多、饶孟侃与梁实秋译豪斯曼为主，散及拜伦、雪莱、济慈、华兹华斯、布朗宁、丁尼生等浪漫派诗人。到了第二阶段，莎士比亚（戏剧）、哈代、豪斯曼仍然受新月派同人青睐，只不过大宗的英诗汉译对象转向了布莱克、布朗宁夫人、前拉斐尔派诗人、斯温伯恩、叶芝、梅斯菲尔德、德拉·梅尔等诗人的作品。换言之，在新月中后期，英诗汉译主要以英国浪漫派诗歌、现代派诗歌和传统色彩的现代诗歌翻译为主流。也即，在新月派前后两个时期，译诗取向主要从 19 世纪浪漫派传统逐步地转向这个传统在维多利亚时代的变种以至世纪末的唯美主义和哈代、豪斯曼、梅斯菲尔德等现代诗人。值得注意的是，选译的这些英国诗人的作品几乎都是颇具形式美的诗作。

（二）汉译美国诗歌分布

新月派翻译美国诗歌仅 15 首，其中译自女抒情诗人蒂斯代尔的诗有 7

---

① 即邓南遮（徐志摩译作"丹农雪乌"）戏剧《死城》（*La Citta morta or The Dead City*）中的诗歌，徐志摩从阿瑟·西蒙斯英译本翻译了该剧，连载于 1925 年 7 月至 9 月的《晨报副刊》。

首（邵洵美译 4 首，闻一多与饶孟侃各译 1 首，任鸿隽夫妇合译 1 首）。蒂斯代尔之所以受青睐，无疑有胡适开白话诗里程碑的译诗《关不住了》的影响——这首诗即译自蒂斯代尔的诗"Over the Roofs"。当然，邵洵美选择蒂斯代尔，还因为后者享有"近代莎孚之名"[①]，而萨福又是邵氏的最爱诗人之一。此外，闻一多与孙大雨还分别翻译了另一位美国女抒情诗人米蕾的 1 首诗作；徐志摩翻译了惠特曼的《我自己的歌》（"Songs of Myself"），卞之琳翻译了著名诗人桑德堡的《青草》（"Grass"）。这些意象派诗人之外，任鸿隽还翻译了美国昆虫学家尼登的《统一中国梦》（"A Dream of United China"）。

（三）汉译法国诗歌分布

新月派翻译法国诗歌在 1923—1927 年仅 4 首，而在 1928—1935 年则飙升到 114 首，总共 118 首，仅居英诗之后。其中，象征派诗歌译介最为引人注目。首先，自徐志摩（1[②]）开始，邢鹏举（48）、卞之琳（13）、朱维基（8）、梁宗岱（4）等同人翻译了波德莱尔的诗有 74 首之多，占了汉译法诗的 62.7%。排在次位的是魏尔伦，有 15 首诗获译（梁宗岱 5，卞之琳 5，邵洵美 3，朱湘与梁镇各 1）。其后依次是瓦莱里 4 首（梁宗岱 2，卞之琳 2）、马拉美 4 首（卞之琳译）、雷尼耶 2 首（卞之琳与梁镇各 1）、古尔蒙 1 首（卞之琳译）。而且，邵洵美还翻译了法国高蹈派（Parnassianism）[③]领袖戈蒂耶的诗《粉画》（"Pastel"），并架起了英国唯美派诗歌与法国象征派诗歌之间的译介关联。需要注意的是，在叶公超的鼓励和指导下，曹葆华、闻家驷、卞之琳等新月派后生诗人译介了瓦莱里、T. S. 艾略特等欧美诗人和批评家的大量诗论。此外，梁镇（3）和朱湘（1）还翻译了法国中古诗人维永的诗 4 首，曹葆华译纳瓦尔王国的王后玛格丽特·纳瓦尔的十四行诗 2 首，邵洵美和卞之琳都翻译了 19 世纪法国第一位浪漫派抒情诗人拉马丁的诗《孤寂》（"L'isolement"），朱湘翻译了他的诗《初恨》（"Le Premier Regret"），等等。

---

① 参见邵洵美译诗集《一朵朵玫瑰》（金屋书店，1928 年）中原作者简介第 7 页，"莎孚"即古希腊女诗人萨福。

② 本节后面紧随译者括号中的数字为译诗数，单位为"首"。

③ 又称"巴那斯派"，是 19 世纪中叶萌生于法国的一个诗歌流派，上承浪漫主义诗歌艺术，下启象征主义诗潮，标榜诗歌的客观性与理性，追求形式完美，手法参考音乐与雕塑，具有一定形式主义风格。

（四）汉译德国诗歌分布

新月派前期翻译德国诗歌 13 首，后期 58 首，共 71 首。首先，宗白华（12）、梁宗岱（8）、孙大雨（5）、徐志摩、胡适与朱湘等同人译歌德诗 28 首，尤其在 1925 年 8 月至 11 月期间，徐志摩和胡适还在《晨报副刊》和《现代评论》上发起了关于译歌德《弹竖琴人》（"Harfenspieler"）的一节四行诗的讨论，朱家骅、郭沫若、周开庆、李竞何等译者参与到其中。其次，孙毓棠（18）、朱湘（3）、徐志摩与梁镇等同人翻译了海涅的诗 23 首。此外，梁镇译 18 世纪德国哲学家与诗人赫尔德的古民歌 3 首，卞之琳、梁宗岱分别译德语诗人里尔克的诗 1 首，徐志摩译席勒诗 1 首，等等。

（五）汉译欧洲其他诸国诗歌分布

汉译英、法、德之外的欧洲民族或国家诗歌，第一阶段 19 首，第二阶段 32 首，共 51 首。其中，朱湘一人就迻译了 37 首：译诗集《路曼尼亚民歌一斑》（商务印书馆，1924 年）囊括了从英文转译的罗马尼亚女诗人与小说家伐加列斯珂的 14 首诗歌；译诗集《番石榴集》（1936 年）有英文转译的古希腊、古罗马、意大利、西班牙、荷兰等民族或国家的诗歌 22 首；而且，朱湘还翻译了新月派唯一的 1 首俄罗斯诗歌，即俄国古代史诗（英雄民谣）《意里亚与斯伐陀郭》（英译名为"Ilya Muromets and Svyatogor"），这表明朱湘对西方古典文学作品的喜爱，希冀从中获取诗歌创作的技巧与营养，为中国的新诗创作提供典范和资源。此外，邵洵美（4）、朱湘（2）、徐志摩（1）翻译了古希腊女诗人萨福的诗 7 首，均从 D.G. 罗塞蒂英译本转译，朱湘（2）与邵洵美（2）翻译了崇拜萨福的古罗马诗人卡图卢斯的诗 4 首，朱湘（2）、孙毓棠（1）译但丁的译 3 首，等等。而且，邵洵美还著文向中国读者大力介绍古希腊和罗马的浪漫抒情诗人。实际上，这些古代欧洲诗人被译介，也由于邵洵美等译者青睐从事古典诗歌翻译的英国诗人。

（六）汉译其他诗歌的分布

汉译其他类诗歌即源自欧洲与美国之外的其他民族与国家的诗歌，第一阶段 9 首，第二阶段 89 首，共 98 首。其中，朱湘的《番石榴集》收录了从英文转译的埃及、阿拉伯、波斯、印度、日本、哥伦比亚等地的诗歌 32 首。综合上述译介的英、法、德、俄、西班牙、古希腊与古罗马等欧洲国家的诗歌，该集确实是"中国介绍、翻译西洋诗以来第一部有系统而且有成绩的集子"[①]，表现了译者刻意放眼世界的眼光。此外，冰心译黎巴嫩诗人纪伯伦《先知》的散文诗 28 首，陈梦家译《歌中之歌》等宗教诗 20 首。冰心译纪伯伦与徐志摩等新月派同人翻译泰戈尔（共 4 首）有钦慕与借鉴诗之哲理的异曲同工之处，而陈梦家翻译宗教诗则与其信仰基督教的家庭出身不无关系。尤为值得注意的是，新月派同人还选译了波斯诗人莪默·伽亚谟《鲁拜集》（*The Rubaiyat*）中的诗歌 28 首，其中朱湘译 15 首，闻一多译 5 首，李唯建译 4 首，胡适译 2 首，徐志摩与钟天心各译 1 首，基本上都是新月早期的译作，徐志摩、胡适、钟天心、荷东等人还发起翻译莪默诗的讨论。当然，新月派同人翻译《鲁拜集》都是从菲茨杰拉德的英译本转译的。到了 20 世纪 40 年代，新月派后生译者孙毓棠还在继续翻译《鲁拜集》，1941 年第 7—10 期的《西洋文学》就刊载了他的 101 首译诗。实际上，欧亚诸国的这些诗歌大多是具有浪漫主义色彩的诗作，波斯的浪漫抒情诗集《鲁拜集》自不待言，就是纪伯伦也被称为"二十世纪的勃拉克（William Blake）"[②]。

三、新月派译诗的分布特征

由上可见，十余年间新月派的诗歌翻译逐步走向了繁荣，具体呈现出如下分布特点。

首先，新月派中后期的译诗总数是前期的 3 倍多，说明新月成员逐渐认识到新诗创作借鉴外国诗歌的重要性。在新月早期阶段，闻一多、饶孟侃、刘梦苇等同人或模仿外国诗体，或给予中国传统诗学以现代关怀，忙于进行诗歌创格试验，"要把创格的新诗当一件认真事情"[③]，意在奠定新月派的诗歌风格，因而对翻译的关注度不够。一方面，当时唯一的同人诗歌刊物《诗

[①] 常风.1944.弃余集.北京：新民印书馆：154.
[②] 参见凯罗·纪伯伦.1931.先知.谢冰心译.上海：新月书店：译序 3.
[③] 志摩.1926.诗刊弁言.晨报副刊·诗镌，（1）：1-2. 在该刊上，刘梦苇模仿莎士比亚十四行诗用韵创作《妻底情》，其他诗人模仿外国诗歌格律、用韵，土白创作四行诗和方言诗等；甚至 Moonlin Yeh（叶梦林）直接创作英文十四行诗。

镌》"专载创作的新诗与关于诗或诗学的批评及研究文章"①,虽然发行了11号,但译诗仅寥寥6首,而诗歌创作竟达85首,可见一斑。如果说新月派前期的诗歌译介还基于有意识的摸索,那么中后期则是有意识的系统译介了。另一方面,新月派培养了一批新生代译者,如陈梦家、方玮德、邵洵美、卞之琳、曹葆华、梁镇、邢鹏举、孙毓棠等,又邀请了梁宗岱、朱维基、宗白华、冰心等诗人或作家加盟,中后期的群体因之逐渐壮大。随着这些新锐和盟军逐步参与文学翻译舞台的表演,再加上又拥有了新月书店、《新月》、《诗刊》、《学文》等自家发表作品的园地,所以不奇怪新月派诗歌翻译在20世纪20年代和30年代之交走向繁荣。

其次,新月派早期以英国诗歌译介一枝独秀,但译介较杂乱,总体上以浪漫抒情的传统诗歌译介为主(包括莎士比亚、莪默·伽亚谟与泰戈尔,浪漫派诗人拜伦、雪莱、济慈、布朗宁、歌德、惠特曼等,以及英国传统型的现代诗人哈代与豪斯曼等),兼及罗马尼亚等其他欧亚民族诗歌的译介;中后期继续翻译浪漫主义传统诗歌,但以济慈、布莱克、海涅和19世纪中叶以降的欧美诗人为主,并增加了现代主义诗作,形成了浪漫派诗歌、传统色彩的现代诗歌与欧美现代派诗歌(主要是法国象征诗和英国唯美诗,兼及美国意象派诗等)三足鼎立的译介态势,布莱克、布朗宁夫妇、前拉斐尔派诗人、梅斯菲尔德、德拉·梅尔、海涅、波德莱尔、魏尔伦等诗人备受欢迎。此外,还有对欧亚诸国诗歌的翻译(主要为中古时期诗歌汉译),增添了新月派诗歌译介的古典浪漫主义色彩,表明新月群体在诗歌翻译方面放眼世界的姿态与努力。而欧美现代诗作译介最多,也说明新月译者贴近现实,希冀学习现代诗歌的技巧与精神,为我所用。在众译者中,徐志摩、朱湘、闻一多、饶孟侃、梁实秋、胡适都是浪漫主义诗歌翻译的代表;而且,除徐志摩外,他们基本上都固守传统(型)诗歌的译介②。新月派后起之秀中,梁镇、卞之琳、梁宗岱倾向于法国象征诗的翻译,邵洵美、朱维基则倾向于英国唯美派诗歌的翻译。徐志摩与陈梦家既是英国浪漫主义诗歌翻译的守望者,又是英国现

---

① 志摩.1926.诗刊弁言.晨报副刊·诗镌,(1):1-2.
② 邵洵美曾在《〈诗二十五首〉自序》中谈及胡适和梁实秋说"新诗看不懂"。(参见邵洵美.2006.洵美文存.陈子善编.沈阳:辽宁教育出版社:380)实际上,新月派在《诗刊》(1931—1932年)上关于新诗的讨论就表明了新老同人的诗歌翻译和创作理念的分歧,不过徐志摩和叶公超倒是与时俱进的。

代诗人译介的引领者。随之，方玮德、李唯建、孙毓棠、曹葆华、梁镇等后起之秀既大力译介英国现代诗人，又不忘继续译介欧洲浪漫派传统诗人。甚者，在新月前辈同人叶公超的推介下，卞之琳、曹葆华和闻家驷等大力译介了T. S. 艾略特、I. A. 理查兹、瓦莱里等英法美学者的现代诗论与批评。

再次，新月派诗歌译介的总体范围比较广，涉及古今欧亚诗人；时间跨度也很长，从欧亚地区中古诗人，到文艺复兴诗人，一直到现代诗人。不过，译介聚焦的多是名家或本团体青睐的诗人，涉及的面相对比较狭窄，尤其是英法之外的非主流国度或民族的诗歌译介更是以名家为主。汉译英诗中，布莱克、布朗宁夫妇、罗塞蒂兄妹、哈代、梅斯菲尔德、豪斯曼等诗人最受青睐。汉译法诗中，象征派诗人波德莱尔、魏尔伦被译介最多，中古诗人维永也在其中。汉译德诗尤其推崇名家，主要是浪漫主义作品获译介，著名诗人歌德、海涅最受欢迎。此外，古希腊女诗人萨福和古罗马诗人卡图卢斯是备受欢迎的古代欧洲诗人，纪伯伦是受欢迎的现代东方诗人，莪默·伽亚谟则是被译介较多的波斯诗人。不过，译介《鲁拜集》也部分由于新月译者对英国诗人菲茨杰拉德的看重。

最后，新月派选择翻译的诗歌大多是颇具一定形式技巧的格律诗。选译的369首英国诗歌中，除10余首自由诗或散文诗之外，差不多都是格律诗。来自其他国家或民族的诗作也颇多如此。即便是译介法国象征派诗歌，除新秀邢鹏举大规模选译波德莱尔的散文诗之外，大多数还是青睐富有音乐性和形式美的象征诗，即现代主义与古典主义完美结合的现代主义诗歌，波德莱尔、魏尔伦、马拉美、瓦莱里等即是很好的例子。

第三节　新月派古典倾向诗学的观察

亚里士多德最早提出的"诗学（poetics）"有狭义的"关于诗的艺术"与广义的文学（文艺）理论两层意义[①]。后来的西方学界大致沿用了这一思想并稍加演绎，谓诗学的涵义自广义到狭义有三种：一指理论；二指组成文学

[①] 亚里士多德. 1996. 诗学. 陈中梅译注. 北京：商务印书馆.

第三章　书写诗歌翻译：新月派的译诗活动

系统的文体、主题与文学手法的总和，即文学理论；三指有关诗歌的系统理论①。本节对新月派诗学进行描写研究，观察其内部诗学观，以架构其与译诗活动的关联。这里，诗学取其狭义的意义，即关涉新月派诗论的探讨。

五四时期的主流诗学是"诗体大解放"，即要求新诗的语言文字和文体的解放。胡适说："近来的新诗发生，不但打破五言七言的诗体，并且推翻词调曲谱的种种束缚；不拘格律，不拘平仄，不拘长短；有什么题目，做什么诗；诗该怎么做，就怎么做。"②由是，新诗运动就以打破形式上的一切束缚和限制为终极目的，新诗人纷纷效仿，甚至过犹不及。郭沫若就曾声称自己最厌恶诗词形式，平素创作也不十分讲究；甚者，他强调，"他人已成的形式是不可因袭的东西。他人已成的形式只是自己的监狱。形式方面我主张绝端的自由，绝端的自主"③。在这种语境下，白话自由诗逐渐泛滥，导致新诗在五四后期中衰了④。自由散体诗的中落正好为崛起的新月派诗人让出了发展的空间。

如果说胡适和郭沫若等的新诗主张在新诗建设中主要是"破"的话，那么新月派同人则是在有意识地去"立"了。闻一多、饶孟侃是新月派诗歌理论建设的中坚，朱湘、陈梦家、梁实秋、叶公超、梁宗岱等同人亦先后做出了贡献。大体上讲，新月派的诗论主要围绕"理性节制情感"⑤的美学原则和诗的形式格律化两个方面展开，目的是坚定诗歌的文学本体地位。这种诗学思想体现了古典主义色彩。

首先，五四时期新诗建设的功利主义和"中国化"的浪漫主义使得中国新诗弥漫着内容上的感伤和形式上的放纵。新月派理论家梁实秋1926年3月率先在《晨报副刊》上发表长文《现代中国文学之浪漫的趋势》，指责现代中国文学对情感的推崇、对外国文学随意的模仿与翻译以及主张独创与自

---

① Preminger, A, T. V. F., Frank J. Warnke, et al. 1993. *The New Princeton Encyclopedia of Poetry and Poetics*. New Jersey: Princeton University Press, pp. 929-930.
② 胡适.1993. 谈新诗//姜义华. 胡适学术文集·新文学运动. 北京：中华书局：389.
③ 郭沫若.1923. 致宗白华信//田寿昌，宗白华，郭沫若. 三叶集.3版. 上海：亚东图书馆：49.
④ 朱自清在《〈诗集〉导言》中说："《流云》出后，小诗渐渐完事，新诗跟着也中衰。"（参见鲁迅等. 2009. 1917—1927 中国新文学大系导言集. 刘运峰编. 天津：天津人民出版社：148.）宗白华的《流云小诗》是1923年由亚东图书馆出版的，可见五四后期的新诗在走下坡路。
⑤ 闻一多、徐志摩、梁实秋、陈梦家等新月派主要成员的诗论中都有相似的论述。"理性节制情感"语见龙泉明《中国新诗流变论1917—1949》（人民文学出版社，1999年）第236页，后文同。

然之创作的浪漫主义趋势，祭起了古典主义的大旗。继而他在《文学的纪律》一文中主张建立有秩序的、有标准的、有节制的文学活动，倡导文学模仿观和健康的文学伦理[①]。不仅如此，胡适、闻一多、叶公超、沈从文、徐志摩、李长之等新月派同人都应和梁实秋具有古典倾向的诗学[②]。闻一多斥责"善病工愁"的"伪浪漫派作品"，并指出诗不是感情的自然流露，而是"做"出来的[③]。饶孟侃则指名道姓地批评创造社的感伤主义（Sentimentalism），在他看来，新诗中"假的或不自然的情绪"就是所谓的感伤主义，原因是作者"犯了两种毛病：一种是流为怪癖，对于生活没有相当的节制，故意任着性子做去。还有一种是流为虚幻，把自己藏在空中楼阁里过非人的日子"[④]。在此，新月派绅士出身的优越性与古典主义的理性显露无遗，相对也映衬出创造社经济的贫困与生活的艰辛，因而才有了感伤的发泄。新月派认为，中国新诗受感情过剩、浪漫过头的欧美浪漫主义作品的影响，不仅缺乏艺术性，而且还反映了滥情无行的人生态度。感伤主义的最大危险就是以滥情和颓废破坏了"诗的生命"——情绪[⑤]。可见，新月派批判感伤主义并不是反对诗的抒情，而是主张情感的理性抒发。因此，为了贯彻"节制情感"的美学原则，他们主张客观化的抒情方式，如新诗的"小说化"与"戏剧化"，以及以方言、土语、独白、对话入诗，等等。叶公超就主张新诗在诗剧方面做些努力，因为诗剧是接近语言的方式之一[⑥]。诗的小说戏剧化不是以叙事代替抒情，而是在诗中容纳叙事成分，使事与心谐，在事件里寄托情思和心态，实质就是建造诗的"高层建筑"[⑦]。实际上，为了表现新诗的真的情绪，新月派除了在创作中进行摸索外，还有意识地去翻译外国诗剧、叙事诗、含蓄的象征诗等客观化抒情诗歌以资借鉴。

实现"理性节制情感"的另一策略就是新诗形式的格律化。叶公超指出，格律形式的存在就是为了更好地表现诗的情绪和赋予诗人自由：

---

① 梁实秋. 1928. 文学的纪律. 新月，1（1）：11-28.
② 武新军. 2005. 现代性与古典传统：论中国现代文学中的"古典倾向". 开封：河南大学出版社：27-42.
③ 闻一多. 1926. 诗的格律. 晨报副刊·诗镌，（7）：29.
④ 饶孟侃. 1926. 感伤主义与"创造社". 晨报副刊·诗镌，（11）：23.
⑤ 饶孟侃. 1926. 感伤主义与"创造社". 晨报副刊·诗镌，（11）：23.
⑥ 叶公超. 1937. 论新诗. 文学杂志，1（1）：30.
⑦ 龙泉明. 1999. 中国新诗流变论 1917—1949. 北京：人民文学出版社：240.

> 格律是任何诗的必需条件，惟有在适合的格律里我们的情绪才能得到一种最有力量的传达形式；没有格律，我们的情绪只是散漫的，单调的，无组织的，所以格律根本不是束缚情绪的东西，而是根据诗人内在的要求而形成的。假使诗人有自由的话，那必然就是探索适应于内在的要求的格律的自由，恰如哥德所说，只有格律能给我们自由。①

陈梦家在《新月诗选》里坦言，"主张本质的醇正，技巧的周密和格律的谨严差不多是我们一致的方向"②。简言之，讲究形式格律是新月派的理论中心。新月派的文艺园地《晨报副刊·诗镌》在创刊号中就提出"要把创格的新诗当一件认真事情做"，随后闻一多的《诗的格律》和饶孟侃的多篇文章论述了新诗的格律、格调、音节、韵脚、节奏等诗歌形式问题，奠定了新格律诗的理论基础③。陈梦家总结说：

> 影响于近时新诗形式的，当推闻一多和饶孟侃，他们的贡献最多。中国文字是以单音组成的单字，但单字的音调可以别为平仄（或抑扬），所以字句的长度和排列常常是一首诗的节奏的基础。主张以字音节的谐和，句的均齐，和节的匀称，为诗的节奏所必须注意而与内容同样不容轻忽的，使听觉与视觉全能感应艺术的美（音乐的美，绘画的美，建筑的美），使意义音节（Rhythm）色调（Tone）成为完美的谐和的表现，而为对于建设新诗格律（Form）唯一的贡献，是他们最不容抹杀的努力。④

这段话不单单表现了闻、饶二人的理论贡献，实则彰显了新月派对新诗整饬外形、唯美意象和调和音节的审美追求，也就是陈梦家所言的"本质的醇正"地回归诗本身的艺术主张。当然，新月派对格律诗的试验明显都是在

---

① 叶公超. 1937. 论新诗. 文学杂志，1（1）：13.
② 陈梦家. 1931. 新月诗选. 上海：新月书店：序言17.
③ 志摩. 1926. 诗刊弁言. 晨报副刊·诗镌，（1）：1-2. 饶孟侃的《新诗的音节》、《再论新诗的音节》和《新诗话》等文分别发表在《诗镌》第4号（1926年4月22日）、第6号（5月6日）、第8号（5月20日）和第9号（5月20日与27日）上。
④ 陈梦家. 1931. 新月诗选. 上海：新月书店：序言23-24.

模仿外国诗①。但对于如何借鉴外国诗以创造中国的新诗，新月派同人却表现出理论上的分歧。其一，闻一多主张"技术无妨西化，甚至可以尽量的西化，但本质和精神却要自己的"②。这里的"技术西化"指的是借鉴西方诗歌的形式，而诗歌的内容和精神需要到中国传统诗歌中去寻找。在诗歌创作上，徐志摩是闻一多"技术西化"的忠实实践者，尽量模仿外国诗的"结构节奏音韵"，但稍微不同的是，徐志摩是"用中文来创造外国诗的格律来装进外国式的诗意"③，即诗的内容也充满了洋味。其二，梁实秋非常赞同模仿外国诗歌，认为这是新诗的前途所在。不过，他并不主张全盘的模仿，而只是建议斟酌采用外国诗歌的取材选择、内容结构、韵脚排列，但对能否采取外国诗的音节持怀疑态度："现在新诗的音节不好，因为新诗没有固定格调。在这一点上我不主张模仿外国诗的格调，因为中文和外国文的构造太不同，用中文写Sonnet永远写不像。唯一的希望就是你们写诗的人自己创造格调。"④这里的格调指的是诗节的体式。胡适在欣赏新月派同人进行外国诗体试验的同时，也认同梁实秋的"要创造新的合于中文的诗的格调"的主张⑤。但梁宗岱却对梁实秋的观点不以为然。梁宗岱说他从前是极端反对打破旧镣铐后又自建新镣铐的，不过现在却不这么认为了："我想，撩拷[镣铐，下同]也是一桩好事（其实行文的规律与成语又何尝不是撩拷）尤其是你自己情愿带[戴]上[，]只要你能在撩拷内自由活动。"⑥他强调要彻底认识中外文字和白话的音乐性，才能融外国格式或韵律到中文诗歌中去。梁宗岱融汇中国古诗和外国诗歌优点的主张，与闻一多的诗歌见解是相近与相通的。新月派对外国诗歌借鉴上的理论分歧，实则体现了诗人译者和作家译者不同的诗学观与诗创作实践。

在新月后期，理论家们也意识到过分强调新诗形式所带来的弊端，因而有意识地调整自己的诗歌理论。实际上，早在《诗镌》终刊时，徐志摩就提醒注意"无意义乃至无意识的形式主义"⑦。陈梦家虽然继承了新月派的新诗

---

① 梁实秋.1931.新诗的格调及其他.诗刊，（1）：83.
② 闻一多.1993.悼玮德//孙党伯，袁謇正.闻一多全集（2）.武汉：湖北人民出版社：186.
③ 梁实秋在《新诗的格调及其他》一文中，谈及徐志摩和闻一多都是"用中文来创造外国诗的格律来装进外国诗的诗意"（第84页）。如本书中所述，这句话用来描述闻一多不很确切。
④ 梁实秋.1931.新诗的格调及其他.诗刊，（1）：84，86.照录原文着重号。
⑤ 胡适.1932.通信.诗刊，（4）：98.
⑥ 梁宗岱.1931.论诗：致志摩函.诗刊，（2）：116.
⑦ 志摩.1926.诗刊放假.晨报副刊·诗镌，（11）：21-22.

艺术规律和"诗是美的文学"的诗美理念，但在突出韵律作为"诗的装饰"的同时，更强调"美观的格式与和谐的音韵所生出的美感"是为了衬托"诗的灵魂"——诗的精神，强调诗要有"自然的格式，自然的音韵，自然的感情"[①]。陈梦家的新诗理论是对新月诗派强调形式倾向的一种纠偏。在实践上，陈梦家后期的写诗和译诗都表现出形式相对自由化的倾向。不惟陈梦家，邵洵美的诗论也表现出与新格律诗歌理论的同中有异。他在《诗二十五首》"自序"中说："形式的完美便是我的诗所追求的目的。但是我这里所谓的形式，并不只指整齐，单独的形式的整齐有时是绝端丑恶的。只有能与诗的本身的'品性'谐和的方是完美的形式。"[②]在这里，邵洵美将诗歌的形式描述成一种看不见摸不着的东西，有些神秘化，但他所谓的完美的形式是与诗的"品性"相谐和的形式，与陈梦家的"形式用来衬托诗的精神"思想可谓异曲同工。不消言，新月派后期的诗歌形式开始走向半格律化或自由化了，但这不是对五四时期白话自由诗的简单重复，而是诗学艺术的逐步完善。需注意的是，新月派诗论的发展和诗体创建的实践，都离不开翻译的帮助，可以说它们与译诗是相辅相成的。这也是本节回顾新月派诗学发展变化的原因。

---

① 陈梦家.1930.诗的装饰和灵魂.国立中央大学半月刊，1（7）：885-886.
② 邵洵美.2006.洵美文存.陈子善编.沈阳：辽宁教育出版社：370.

第四章

传统的与现代的：新月派译诗的主体选择

五四以降十余年间，中国文化处于急剧变动的转型阶段，"师法域外文学，改造乃至重建中国文学"[1]成了当时中国诗歌发展的合理选择，由此演绎了中国现代诗歌翻译史上的第一次译诗热潮。不过，不同的文学社团由于主观认同的文学机制和翻译机制的差异，对于选择外国诗歌作为促进中国诗歌发展的新材料的看法，往往也不尽相同。"选种"策略凸显了文学社团译诗文化的特质。第三章描述了新月派十余年间诗歌译介的分布态势，初步观察了译诗选择的特征，但未能充分探讨选择的系统性与主体性。翻译学者西蒙认为，"译者的主体性必须理解为传介活动的复杂过程的一部分，这种活动为译者积极的和批判的干预预留下了空间"[2]。鉴于此，本章将结合新月派的诗学思想和翻译理念来考察其译诗选择的系统性，考究主体性选择与文化之间的渊源关系，从而透视新月译者的文化使者角色。标题中所谓的"传统的与现代的"，系指新月派译介外国诗歌的两种主要取材倾向，彰显了翻译选择的理性与伦理性，表现了古典倾向的翻译诗学。

第一节 浪漫派传统诗歌译介：译诗的纵贯线

新月派诗歌译介的范围覆盖了外国传统诗歌与现代诗歌。所谓传统诗歌

---

[1] 陈平原，夏晓虹. 1989. 二十世纪中国小说理论资料·第一卷（1897—1916）. 北京：北京大学出版社：3.
[2] Simon, S. 1996. *Gender in Translation*. London: Routledge, p. 35.

第四章 传统的与现代的：新月派译诗的主体选择

与现代诗歌是相对而言的，二者都是十分宽泛的概念，前者指外国历史上自古代到 19 世纪中后叶欧美浪漫主义诗歌组成的传统诗（或古典诗），虽然以浪漫主义诗歌为主，但也包括具有现实主义因素的诗歌[①]；后者指自 19 世纪中期至 20 世纪 30 年代的外国诗歌，包括两种所指：一是以传统艺术形式表现现代人情感的现代诗歌（浪漫主义诗歌和现实主义诗歌），二是指运用唯美主义、意象主义、象征主义、现代主义等表现手法传达和表现自身感情的外国现代派诗歌，构成了一个与现实主义、浪漫主义诗歌并行发展的艺术潮流[②]。概括而言，新月派翻译的传统诗歌覆盖欧亚诸国中古诗歌与欧美浪漫主义诗歌，以英国的莎士比亚和 19 世纪的浪漫派诗歌为最；传统色彩的现代诗歌指 19 世纪与 20 世纪之交以及 20 世纪之初的现代诗人的诗作，英国的哈代、豪斯曼、梅斯菲尔德、德拉·梅尔与黎巴嫩的纪伯伦等诗人的作品译介得最多；现代派诗歌涵括 19 世纪中叶至 20 世纪 30 年代的现代主义诗歌，以法国象征派诗歌与英国唯美派诗歌的译介为大宗。大致来说，新月派在五四译诗遗风的影响下，早期以翻译 19 世纪初英国浪漫主义诗歌与莪默·伽亚谟、歌德等浪漫主义诗人为开始，渐至以维多利亚时代的浪漫派诗歌和 19 世纪与 20 世纪之交具有传统色彩的现代诗歌为主流，最后形成英国现代诗歌、浪漫派诗歌与欧美现代主义诗歌三足鼎立的译介态势，其间穿插着欧亚诸国萨福、卡图卢斯、彼得拉克、纪伯伦等古典或现代诗人的浪漫诗作。可见，从 19 世纪初的浪漫主义诗歌到 20 世纪初具有传统色彩的现代诗歌，再加上浪漫派文学先锋的莎士比亚和欧亚诸国的浪漫主义作品，新月派的诗歌翻译始终贯穿了浪漫派传统诗歌译介的主线。甚至，西方现代派诗歌（如唯美主义和象征主义诗歌）译介也是在浪漫主义诗歌译介基础上的拓宽。

整体来看，新月派系统性选译浪漫派传统诗歌，旨在反拨五四时期的"浪

[①] 在欧美诗史上，现实主义诗一直是存在的，只不过它的命名却迟在 19 世纪。譬如，古希腊罗马反映氏族社会和奴隶社会生活的史诗，17、18 世纪标榜理性主义和模仿自然的古典主义诗歌，以及古代描写劳动人民生活的民间歌谣，都具有现实主义因素。参见袁可嘉主编的《欧美现代十大流派诗选》（上海文艺出版社，1991 年）之"欧美现代三大诗潮——选本序"第 2 页。

[②] 章燕认为，20 世纪初期的"现代英国诗歌"涵盖了当时的浪漫派诗歌和庞德、T. S. 艾略特等领衔的现代主义诗歌。（章燕. 2008. 多元·融合·跨越：英国现当代诗歌及其研究. 北京：人民文学出版社：15-16.）本书参考了这一提法。此外，对外国传统诗与现代诗的定义还参考了袁可嘉在"欧美现代三大诗潮——选本序"（第 1-10 页）和孙玉石在《中国现代主义诗潮史论》（北京大学出版社，1999 年，第 8 页）中的说法，但鉴于新月派所处的历史时代及其以英国诗歌翻译为主的特征，本书稍作了修改。

漫式"翻译，复兴中国诗学。他们的翻译文化表现出了古典倾向翻译诗学的理性与伦理性。下文拟从头梳理与分析新月派译诗文化的这条纵贯线。

一、五四译诗遗风中的早期诗歌翻译

在新月派创立之初或之前的五四时期，徐志摩、闻一多、梁实秋、朱湘、孙大雨等早期成员就已经参与到当时的译诗热潮中去了。如第二章第二节所述，他们的诗歌翻译，尤其是英诗汉译，对文学研究会和创造社的译诗文化贡献很大，但与此同时，他们的翻译也多少带有时代译诗文化的痕迹，自由体白话译诗自不必说，译诗的选择和主题内容方面也透露出与时代精神的迎合。

胡适是新月派的精神领袖，在新月派聚拢之前，已经在新文化运动中暴得大名。早年他以中国古体诗词译诗，洋溢着社会改革的革命豪情和经世济用的实用功能，译拜伦诗《哀希腊歌》表明了他这样的政治诉求。1918至1919年，两首白话译诗《老洛伯》（"Auld Robin Gray"）和《关不住了》更是开启了新诗的新纪元，使中国新诗朝白话化、平民化、自由化和散文化的方向发展。五四运动退潮后，胡适从激进主义者转变为自由主义者，他也停笔四年没有译诗，直到1923年与徐志摩创立聚餐会，才又重新开始了他后期在新月期间的译诗生涯。所以说，胡适尽管是新月派的创始者和精神领袖，但他后期在诗歌创作和翻译方面反而受新月派群体诗学的影响。

徐志摩是新月派的灵魂人物。早在1921年留学英国期间，他就开始了诗歌翻译和创作的尝试，最初是文言译诗，1922年之后主要采用白话文翻译诗歌。徐志摩的翻译语言从文言改为白话，早期译诗对象主要是华兹华斯、柯勒律治、济慈、拜伦等19世纪初英国浪漫派诗人，有借浪漫主义诗歌改革中国诗歌语言文字和诗体形式的功利主义目的。再者，他早期的译诗也弥漫着些许感伤和颓废的色彩，譬如1924年译哈代的4首诗：《多么深我的苦》（"How Great My Grief"）、"To Life"、《送他的葬》（"At His Funeral"）和《在心眼里的颜面》（"In the Mind's Eye"）[①]。这主要源于徐志摩追求林徽因失败后，因爱情挫折而表露出来的悲观和感伤。这4首诗均未发表，看来是

[①] 这4首诗初收1969年台湾传记文学出版社《徐志摩全集》第1卷，又收录于韩石山编《徐志摩全集》（商务印书馆，2019年）第9卷，第234-239页。"To Life"题意为"致生活"。

第四章 传统的与现代的：新月派译诗的主体选择

徐志摩不想以自己苦闷的感情示人。此外，他还翻译了 O. 梅瑞迪斯的《小影》（"The Portrait"），并非因为这位英国维多利亚时代的外交官诗人在文学史上的重要性，而是他的诗里"最表现巴黎堕落色彩——'blasé'的作品，不仅是悲观，简直是极不堪的厌世声，是近代放纵的人道——巴黎社会当然是代表——一幅最恶毒的写照"①。这多少映照了徐志摩受五四时期颓废风气的影响，当然也有他尝试试验新的诗体的兴趣。尤为值得注意的是，徐志摩总共译拜伦诗3首，介绍性文章1篇②，除哈代之外，拜伦算是他译介最多的外国诗人了。而对于拜伦，他虽然在《拜伦》一文的开篇借杜甫诗句"荡荡万斛船，影若扬白虹；自非风动天，莫置大水中"来惋惜其英年早逝，但还宣扬了拜伦的"反叛""冲锋"的精神，其中译诗《年岁已经僵化我的柔心》借古希腊的"荣光"来比照中国古老的文明，以希腊的"苏醒"来"鼓舞"中华民族的"勇气"，如同梁启超、马君武、胡适诸人译《哀希腊》一样，赋予了译诗救国图强的文化政治功能，从而应和文学研究会纪念拜伦的主旨。另一方面，拜伦也算不上徐志摩特别喜爱的英国诗人。英国汉学家韦利在回忆徐志摩时，说他"虽然崇拜拜伦，但为人并没有多少拜伦作风，比如缺乏拜伦之愤世嫉俗"③。可见，徐志摩与拜伦的秉性气质并不相似，他骨子里还是看重雪莱、济慈等"与自然和谐"的浪漫、抒情、唯美的诗人。

闻一多最早的诗歌翻译也是从文言译诗开始的。在清华学校读书期间，他先是在1919年5月《清华学报》第4卷第6期上用五言古体诗意译了英国诗人阿诺德的《渡飞矶》（"Dover Beach"），继而又在一次习作中用七言古体诗翻译了《点兵之歌》，老师评曰："悱恻动人"④。在如火如荼的五四

---

① 徐志摩. 1923. 奥文满垒狄斯的诗. 小说月报，14（7）：1.
② 徐志摩译介拜伦如下：（1）在1924年4月10日《小说月报》第15卷4号的"诗人拜伦的百年祭"专号上，徐志摩发表了译诗"Song from Corsair（我灵魂的深处埋着一个秘密）"和介绍性文章《拜伦》，这2篇（首）诗文又分别以"Deep in My Soul that Tender Secret Dwells"和《摆仑》为题载同年4月21日《文学旬刊》的"摆仑纪念号"。在《拜伦》一文中，徐志摩还有译诗《年岁已经僵化我的柔心》（"'Tis Time This Heart' Should Be Unmoved"）；（2）节译《唐璜》第二章《唐琼与海》，载1925年4月15日《文学旬刊》第67号.
③ 转引自赵毅衡. 2003. 对岸的诱惑. 北京：知识出版社：15.
④《点兵之歌》原诗作者及英文题名不详[网上有人认为其源自苏格兰诗人坎贝尔（Thomas Campbell）的《军人梦》（"The Soldier's Dream"），不实]，译文及下文所引序言见孙党伯，袁謇正. 1993. 闻一多全集（1）. 武汉：湖北人民出版社：293-295.

运动时期，闻一多用文言译诗，是为了证明韵文译诗之难和揭示文言之罪。原来，1920年春，闻一多作了一首以赏雪为内容的白话诗，国文教师赵瑞侯先生读后批语道"生本风骚中后起之秀，似不必趋赴潮流"①。闻一多觉得有些可笑，第二次课上就用文言翻译了《点兵之歌》，并在译序中说："译事之难，尽人而知，而译韵文尤难。译以白话，或可得仿佛其，文言直不足以言译事矣。而今之译此，犹以文言者，将使读原诗者，持余作以证之，乃知文言译诗，果能存原意之仿佛者几何，亦所以彰文言之罪也。"当然，他的译诗更有表达自己非战和平的社会主张之目的。"读工部《兵车行》，拟书所感，久而不成。顷见西人点兵之歌，其写战事惨况，亦复尽致，以视杜作，特异同工尔，爱译之。"可见，拳拳爱国之心的青年学子如同杜甫一般感时忧国，读《兵车行》之后，想有所感，恰好《点兵之歌》给了他机会，可以借译诗揭露第一次世界大战给全世界人民所带来的苦难和战争的残酷，并讽刺当时中国统治阶级的腐朽与无能。五四运动后，闻一多在翻译语言上（创作亦然）彻底从文言转变为白话，自然是受时代潮流的影响，不过也可以看出他敢于否定过去和追求进步的精神。1921年，他节译了阿诺德的《纳克培小会堂》（"Rugby Chapel"），是因为不满于清华学校"糜烂的现状"和学生被压迫的境遇，因而借译诗号召学生团结起来，驱逐"污我'水木清华'灵境"的"荆棘败类"②，这也反映了五四时期自由、民主和反抗的精神对闻一多译诗的影响。

　　出身于清华文学社③的早期新月派成员除闻一多之外，早年从事过译诗的还有梁实秋、朱湘和孙大雨。他们在清华学校读书期间都酷爱文学活动，而且又都熟悉英文，所以翻译自然成为他们希望登上文坛的一条试验途径。除了在《清华周刊》和《文艺增刊》上发表自己的诗文和译作之外，他们还加强与当时的文坛之间的联系，如邀请徐志摩、周作人前往文学社讲演，向研究系、文学研究会、创造社等政治或文学社团的刊物投稿，等等。同时，他们的译诗当然也受到文学研究会或创造社的影响。

---

① 转引自蓝棣之.1995.闻一多诗全编.杭州：浙江文艺出版社.
② 参见孙党伯，袁謇正.1993.闻一多全集（2）.武汉：湖北人民出版社：328-330.
③ 清华文学社1921年11月20日正式成立，其成员后来被文学史纳入新月派的有闻一多、梁实秋、余上沅、谢文炳以及朱湘等"清华四子"。

第四章　传统的与现代的：新月派译诗的主体选择

朱湘早年是文学研究会成员，最早的译诗是罗马尼亚女诗人与小说家伐加列斯珂的诗集《丹波危查的歌者》（*Bard of the Dimbovitza*）中的两首短诗：《疯》（"Mad"）和《月亮》（"The Moon"），发表在 1922 年 10 月 10 日《小说月报》第 13 卷第 10 号上。随后他又陆续从英译本转译了几首诗发表在《小说月报》上。这些零散的译诗共计 14 首，编入《路曼尼亚民歌一斑》，作为"文学研究会丛书"，1924 年 6 月 17 日由商务印书馆出版发行。朱湘之所以选择弱小民族的罗马尼亚民歌来翻译，与其赞助团体（patron）文学研究会的译介意识形态不无关联：格外关注弱小民族和"被损害的民族"，注重诗歌作品的社会政治内涵，从而与文学研究会译介外国民谣的热潮相呼应。不过，"这些民歌'所靠的不是人为的格律，却是天然的音节'"[①]。朱湘选择这些音乐成分浓厚的外国民歌来翻译，也表明了他个人的诗学追求和价值取向。

朱湘之外，梁实秋、孙大雨和闻一多等清华文学社学子与创造社交往较近，闻一多在留美期间的通信中，还把创造社引为同调[②]。梁实秋与创造社一样关注古典诗歌翻译。他在美国留学时给郭沫若写信说："我现在正在翻译 Chaucer's 'Prologue'，这首诗共有八百六十行，是英国文学的第一部开山老祖的杰作。原文是英文古文，颇不易懂，我因在这个学校课堂上逐行的研究过，或者译起来多少有些把握。再过两个星期，必可寄上请教。"[③]这是梁实秋初到美国时与创造社的通信，表明他们的译介理念是相通的，尽管这首诗后来不知何故并没有翻译出来。梁实秋在信中为了讨好创造社，还批评了文学研究会成员王统照主编的《文学旬刊》。不过，这只是私底下的通信。实际上，除了批评郑振铎所译的泰戈尔《飞鸟集》是"选译主义"外[④]，梁实秋与文学研究会之间没有什么过节，他的译诗《你说你爱》（"You Say You Love"）和《约翰我对不起你》（"No, Thank You, John"），翻译的短篇小说，以及一些文学创作都发表在《小说月报》上。梁实秋在清华学校读书期间迷恋新诗，在 1923 年赴美留学之前共发表译诗 6 首：爱伦·坡的《安娜

[①] 朱湘.1924.路曼尼亚民歌一斑.上海：商务印书馆："序"1.
[②] 参见蓝棣之.1989.新月派诗选.北京：人民文学出版社："前言"5.
[③] 梁实秋.1923.通信一则.创造周报，（32）：14.
[④] 实秋.1923.读郑振铎译的《飞鸟集》.创造周报，（9）：7.

白丽》（"Annabel Lee"），朗弗罗的《黎明》（"Daybreak"），布莱克的《野花之歌》（"The Wild Flower's Song"），济慈的《你说你爱》，C. G. 罗塞蒂的《约翰我对不起你》以及从英文转译的波德莱尔的《陶醉——波陀莱尔的散文诗》（"Get Drunk"），全是欧美诸国唯美浪漫的抒情诗歌，表明他是倾心浪漫主义诗歌的。其中既有他个人对抒情诗歌的喜爱，也有创造社唯美色彩的浸染。

此外，在清华学校学习期间的孙大雨，也受创造社影响，景仰歌德诗的"丽境"和"最高度的热情"，从英文转译了他的《湖上》《山上》《牧羊人的悲哀》《少年与磨坊之流》《不同的惊恐》五首诗。这是孙大雨早年不多见的译作，而且特意从英文转译，足见他对歌德的喜爱。在译诗遭到上海同德医专一位学生梁俊青的批评后，孙大雨反驳对方从德文出发来指责他所谓的"谬误"，并对歌德的这五首诗又重译了一遍，自认为是"最满意的译笔了"[①]。同年 8 月，他还与郭沫若商榷雪莱《Naples 湾畔悼伤书怀》诗的翻译并复译，认为郭译"虽不很忠实，但他所操用的字句，有几处实较原诗为美"。郭沫若也客气作答[②]。

如上可见，五四时期的译诗文化，尤其是文学研究会和创造社两个社团的译诗文化，对早期新月派同人诗歌翻译产生了或多或少的影响。或者说，新月派的译诗在时代翻译文化影响下，还表现出被动性。不过，与此同时，新月派也正是借这些文学园地，开始了自己的诗歌翻译文化雏形，译诗从被动渐转为主动。

二、古典诗歌译介：复兴中国文化与诗学

对世界范围内古典诗歌译介最勤勉的诗人当数朱湘。他去世后出版的《番石榴集》（1936 年）收录了从英文转译的埃及、阿拉伯、波斯、印度、希腊、罗马、意大利、法国的古典诗歌 40 余首；实际上，从埃及的《死书》到英国

[①] 这五首诗的初译和重译分别见：孙铭传译《歌德五首》（1923 年 3 月 11 日《文学旬刊》第 67 期）与孙铭传的文章《波花》（1923 年 7 月 22 日《文学旬刊》第 80 期）。

[②] 孙铭传的《论雪莱 Naples 湾畔悼伤书怀的郭译》，写于 1923 年 8 月 23 日，发表在稍后的《创造日》，郭沫若的回复是 8 月 26 日，参见 1927 年 3 月初版的《创造日汇刊》（1933 年光华书局再版印行）第 191-209 页。

第四章 传统的与现代的：新月派译诗的主体选择

现代诗人布里基斯和华生，跨越千年，涉及十多个国度或民族的数十名古今诗人，表明了朱湘放眼世界的眼光。朱湘深知翻译在欧洲文化史上的贡献，彼得拉克翻译古希腊诗酿成了意大利文艺复兴，萨里伯爵翻译罗马诗人维吉尔，始创无韵诗体（Blank Verse），促成了英国诗歌的复兴，都是可以师法的先例。因此，他特别希望中国的新文学通过翻译广泛吸收世界范围内的优秀文学，实现中国的"文艺复兴"①。不过，对于五四时期的新诗盲从西方所谓的自由诗而导致退化的现状，他深为不满。所以，他效仿西方文艺复兴时期的翻译史，将翻译选择的对象集中在外国古典诗歌以及古典色彩浓郁的诗歌。毕竟，中国的"文艺复兴"要侧重于翻译和考古学两方面②。

朱湘尤其对英国中古文学译介不遗余力，从盎格鲁-撒克逊时代经中世纪到文艺复兴时期的英国文学史上著名的诗歌多有翻译，如无名氏的《海客》（"The Seafarer"）、《鹧鸪》（"Cuckoo Song"）、《美神》（"Madrigal"），乔叟的"The Knight's Tale"（《骑士传说》）③，黎里的《赌牌》（"Cards and Kisses"），丹尼尔的《怪事》（"Love is a Sickness"），等等。对莎士比亚，朱湘尤为喜爱。闻一多曾在给梁实秋的书信上说："朱湘目下和我们大翻脸，……就算他是 Spenser（因为 Shakespeare 是他不屑于做的，他所服膺的是斯宾塞）社会上也不应容留他。他的诗，在他未和我宣战的时候，我就讲了，在本质上是 sweet sentimentality，在技术上是 dull acrobatics，充其量也不过做到 Tennyson 甚至 Longfellow 一流的 kitchen poet，因为这类的作品只有 housewives 才能鉴赏。"④闻一多不免意气用事，说话因此显得刻薄，也不完全符合事实。朱湘受斯宾塞的影响主要在艺术创作上，模仿其诗歌的取材、音响结构等艺术形式，《婚歌》《催妆曲》《昭君出塞》《摇篮

---

① 朱湘. 1927. 说译诗. 文学周报, 5（290）: 454-457.
② 朱湘. 1934. 文学闲谈. 上海: 北新书局: 27.
③ 朱湘在《白朗宁的〈异域乡思〉与英诗——一封致〈文学旬刊〉编辑的公开信》（1925年3月11日《京报副刊》第85号）中说："这次我与闻一多，梁实秋，顾一樵，翟毅夫，孙铭传，家嫂薛琪瑛女史诸位筹备一种《文学季刊》，该刊颇有志于介绍英国长短体诗 。我个人已动手翻译 Chaucer: The Knight's Tale, and Milton: L'Allegro, 前一篇是长体的叙事诗，已成百七十行，这次我入上海大学去教英文，就是陈望道先生看见了我们译文而介绍的。"笔者查阅诸多资料，可惜未见公开发表的译文，估计当时未能发表。
④ 转引自梁实秋. 1967. 谈闻一多. 台北: 传记文学出版社: 72.

曲》《采莲曲》都是斯宾塞影响的结果①,但朱湘没有翻译过一首斯宾塞的诗,倒是翻译了 8 首莎剧歌谣及 4 首十四行诗(参阅"附录一")。莎士比亚的诗歌被认为是浪漫派文学的先锋,朱湘译诗显示了浪漫的情怀和精巧的技术,这一点闻一多倒是差不多说对了,但朱湘的诗也并非如他所说的一味感伤低吟。这样看来,朱湘的译诗可谓古典与浪漫的精美结合了。

译介欧洲文艺复兴时期诗歌的还有邓以蛰和陈衡哲等新月派同人,一如朱湘,都对意大利文艺复兴诗人彼特拉克感兴趣。邓以蛰翻译的《拍屈阿克山歌》是同人间的游戏之作。此歌乃彼得拉克的情诗代表作,是写给其情人 Laura 的。邓以蛰译完之后,调侃张歆海说,"拍屈阿克之 Laura 是其毕生诗境之原[源]泉,歆海,歆海!你的 Laura 你可遇见了么?"②邓以蛰是从意大利文直接翻译的,译文第一节是:

  山悠悠,思悠悠,
  山路高低心非旧。
  两山之间起平谷,
  长流曲水绕村头。
  绕村头,洗尽凡情,与尔结绸缪!
  苦笑同君自在酬!

译诗采用的是唐代以前的歌行体。这种七言古歌行是自由式七言体,对押韵、平仄和对仗要求不甚严格,可长可短,虽不如唐代的近体诗(如七律七绝等)那么有强烈的诗感,但以歌行体译情歌,却也非常合适,不仅便于自由吟唱,而且娓娓动听,亲切动人。这首歌实际上代表了文艺复兴时代人们对爱情的自由追求和无限向往,而邓氏的译诗以抑扬顿挫的音节和古色斑斓但又朗朗上口的文词,同样表达了美好的爱情生活意境,以及中国文艺复兴的时代诉求。邓以蛰的译诗虽说是同人间的调侃,但实质上却是一种人文启发与关怀。他曾宣称:"人文主义是文艺复兴的骨髓,而彼特拉克又是人文主义之父③"。不仅如此,他还希望中国的文艺复兴不能小瞧自家传统的古

---

① 范伯群,朱栋霖.2007.1898—1949 中外文学比较史(上卷).南京:江苏教育出版社:357.
② 邓以蛰.1924.拍屈阿克山歌.晨报副刊,(103):3.
③ 邓以蛰.1998.邓以蛰全集.合肥:安徽教育出版社:33.

文学，就像彼特拉克坚持研究拉丁古文学一样。这种对传统的关怀是新月派的一种共同的倾向，如胡适倡导的"整理国故"，以及闻一多、朱湘、徐志摩、梁实秋、叶公超、陈梦家等新老同人对中国古典文化资源的继承和发展。在五四以来一味西化的潮流中，他们仍然注重于中国艺术的自身审美特质，使得对民族传统文化的关怀与对欧美文化的借鉴呈相得益彰的和谐状态。

当然，新月派的译诗主流还是浪漫主义传统诗歌的翻译，其中英诗译介又是大宗。从第三章表 3-2 中可以看出，新月派对浪漫派诗歌的译介集中在 19 世纪初和维多利亚时代的浪漫主义诗人。其中，前者以布莱克和济慈为最。新月派大力译介他们，有济慈的"高雅""古典"和对美的追求[1]，也有布莱克自然抒情的"纯粹的诗"和神奇的想象力[2]，但更主要的还是因为新月派同人视他们为唯美主义和象征主义的先驱，以改革新月后期的诗风（下节将专门论述）。这样看来，19 世纪初的浪漫主义诗歌在新月派译者的眼中不是译介的重心，尽管雪莱因"音调之美，文句之美，意境之美"[3]颇受新月派后生的青睐，彭斯因"温柔的幽默和微妙的想象"[4]而得梁实秋等人的倾心，但 19 世纪初的英国诗人颇具政治激进主义思想和感伤的道德情怀，因而在古典倾向诗学占主导的新月派看来缺乏理性与节制。梁实秋就指出英国近代浪漫派的诗往往对动物表示出浓厚的同情，"同情心是要的"，但"无限制的同情便要不得"，不能因此打破"人类应得的位置和尊严"[5]。以人为本、讲究人性的古典主义思想可见一斑。此外，拜伦和雪莱的感伤也影响到新月译者对他们的选择，尤其拜伦的诗"充满了一种抑郁难宣的情调"[6]，他的"诗不在字句的修饰与雕琢而在气魄磅礴与情感热烈。……拜伦生前虽享盛名，但死后直到今日许多批评家说他不算是什么诗人，更说不上是大诗人。我们读了他的诗，也有同样的感想。"[7]由此可见，新月派后生对拜伦诗艺和感伤的不甚认同。简言之，新月派对 19 世纪初英国浪漫派诗歌的选择性翻译，看重

---

[1] 参见李唯建.1934.英国近代诗歌选译.上海：中华书局：47.
费鉴照.1935.济慈美的观念.《文艺月刊》，7（5）：1-5.
[2] 邢鹏举.1932.勃莱克.上海：中华书局：21.
[3] 李唯建.1934.英国近代诗歌选译.上海：中华书局：27-28.
[4] 梁实秋.1988.译诗一首//梁实秋.浪漫的与古典的 文学的纪律.北京：人民文学出版社：186.
[5] 梁实秋.1988.译诗一首//梁实秋.浪漫的与古典的 文学的纪律.北京：人民文学出版社：186.
[6] 邢鹏举.1932.勃莱克.上海：中华书局：13.
[7] 李唯建.1934.英国近代诗歌选译.上海：中华书局：21-22.

的是诗歌的音韵形式和文体类型的诗学意义，至于感伤与滥情的一面则被策略性淡化。且不说翻译柯勒律治主要集中于叙事诗《忽必烈汗》，就是徐志摩后来翻译拜伦，也是节译其长篇史诗《唐璜》（"Don Juan"），而闻一多1927年翻译拜伦的诗《希腊之群岛》（"Isles of Greece"）则更是体现了对"以顿代步"的新格律体诗的追求。且看闻译的第一节：

> The Isles of Greece, the Isles of Greece!
> 　　Where burning Sappho loved and sung,
> Where grew the arts of War and Peace,
> 　　Where Delos rose, and Phoebus sprung!
> Eternal summer gilds them yet,
> But all, except their Sun, is set.
> 希腊之群岛，希腊之群岛！
> 　　你们那儿莎浮唱过爱情的歌，
> 那儿萌芽了武术和文教，
> 　　突兴了菲芭，还崛起了德罗！
> 如今夏日还给你们镀着金光，
> 恐怕什么都堕落了，除却太阳？[①]

原诗每行四音步，以抑扬格为主，脚韵是"ababcc"，而译诗尽量模仿原文的韵式，但又不拘泥于此，而是按照现代汉语的行文规范，以每行四至六个音组（或顿）再现原诗的四音步，取得了与其形式上的仿佛。这种"创译"（trans-create）的新格律体丰富了新诗的诗体，体现了新月派译诗的美学追求。

因为19世纪初浪漫派诗歌"感伤"的"不足"，新月派更为器重维多利亚时期的浪漫主义诗歌。它们高尚、淳朴、清澈的风格表现了题材内容的持重感，精致隽永的诗体展现了形式技巧的精巧，因而在形式和内容上都能满足新月派译诗的诗学追求。闻一多翻译布朗宁夫人《葡萄牙十四行诗》（*The Sonnets from the Portuguese*）的21首[②]，一方面是为了师法十四行诗体，另

[①] 闻一多. 1993. 希腊之群岛//孙党伯，袁謇正. 闻一多全集（1）. 武汉：湖北人民出版社：300-305.
[②] 闻一多. 1928. 白郎宁夫人的情诗. 新月，1（2）：1-11.

一方面则是因为这些情诗超脱了一般的卿卿我我的格局,意境深远,情感境界升华。也就如徐志摩所言,翻译这些十四行诗,"为要一来宣传白夫人的情诗,二来引起我们文学界对于新诗体的注意"①。不惟布朗宁夫人,布朗宁对生命与爱的赞颂,以及前拉斐尔派的诗情画意也得到胡适、闻一多、徐志摩、朱维基、邵洵美等新月派新老同人的鼎力译介,不过,徐志摩和新月后生们译介这些维多利亚时代的唯美诗人,是在借鉴他们诗歌的唯美色彩和现代性的一面,以导航新诗创作风向的转变。

以上主要论述的是英国浪漫派诗歌的翻译。此外,波斯诗人莪默·伽亚谟、德国浪漫主义诗人歌德与海涅等也得到闻一多、徐志摩、孙毓棠、朱湘、宗白华、梁宗岱、胡适等同人的翻译。应该说,早期胡适、徐志摩翻译伽亚谟和歌德主要是借鉴其诗歌形式,创造适合汉语的新诗体。为此,徐志摩与胡适还先后发起翻译《鲁拜集》和歌德《弹竖琴人》中的各一首(节)四行诗的讨论,朱湘、闻一多、钟天心、朱家骅、周开庆、郭沫若等译者先后参与其中,虽然译诗之难,结果是"还是没有翻好",但确实代表了新月派新诗形式关怀的先声,第六章有详细论述。在新月派后期,伽亚谟的译介渐渐式微②,而宗白华与梁宗岱等外围同人译介歌德,孙毓棠等译介海涅,同样是因为德国诗人情景交融和诗体隽美的抒情诗,宗白华在《诗刊》上译歌德的《对月吟》等诗,就因为它们"朴素无文,而音节情调,自然深至"③,梁宗岱则钦佩歌德的诗是"充满了音乐的灵魂在最充溢的刹那顷偶然的呼气"④。当然在译诗的形式上他们各有分别,梁宗岱倾向格律体,宗白华倾向节奏自由和谐的半格律诗,而孙毓棠倾向形式整饬的无韵体诗,因此对原诗的选材及其形式的再现各有不同的取舍。

三、英国现代诗歌译介:"跟着传统的步伐走"

新月派对传统的关怀也体现在英国现代诗歌的译介上。最早是徐志摩译

---

① 志摩.1928.白郎宁夫人的情诗.新月,1(1):164.
② 至于新月派后生孙毓棠发起新一轮的《鲁拜集》翻译,那是20世纪40年代初的事情。
③ 宗白华.1931.歌德诗三首.诗刊,(2):53.
④ 梁宗岱.1931.论诗:致志摩函.诗刊,(2):114.

介英国现代诗人哈代，计译诗 21 首和介绍性文章 7 篇。徐志摩是一个天生的浪漫主义者，生命与爱是他的动力，英雄与偶像是他的崇拜。因为他的诗人气质、爱好自由的个性以及个人环境等，他的诗歌灵感和知识取向的泉源是 19 世纪以降的欧洲诗人。卞之琳总结说：

> 说来又好像很怪，尽管徐志摩在身体上、思想上、感情上，好动不好静，海内外奔波"云游"，但是一落到英国，英国的十九世纪浪漫派诗境，他的思想感情发而为诗，就从没有能超出这个笼子。布雷克是浪漫派的先行者，渥滋渥斯、拜伦、雪莱、济慈当然是浪漫派，维多利亚朝诗人、先拉斐尔派以至世纪末的唯美派都是浪漫派的后嗣或庶出。就是写诗最晚的哈代，以他的潮世思想、森寒格调，影响过徐志摩诗创作，也还可以说是颠倒过来的浪漫主义者。尽管徐志摩听说也译过美国民主诗人惠特曼的自由体诗，确也译过法国象征派先驱波德莱尔的《死尸》，尽管他还对年轻人讲过未来派，他的诗思、诗艺没有越出过十九世纪英国浪漫派雷池一步。[①]

卞之琳的这段话几乎囊括了徐志摩的英国诗歌译介。又鉴于英国诗歌译介是徐志摩诗歌译介的主流，所以他的总结是很有代表性的。再补充徐志摩对德国浪漫派作家歌德、海涅、席勒与富凯，对印度大诗人泰戈尔，对古希腊女抒情诗人萨福，对意大利浪漫主义作家邓南遮等诸多浪漫抒情作家的译介，以及他在 1925 年第二次欧洲之旅中提及想要吊古的作家，如维吉尔、但丁、米开朗琪罗、契诃夫、克鲁泡特金、卢梭、小仲马、伏尔泰、波德莱尔、法朗士、布朗宁夫人、曼斯菲尔德等等[②]，李欧梵认为徐志摩在浪漫主义的历史中进行了"感情作用的旅行"[③]。不过他感到意外的是，为什么徐志摩会提及伏尔泰和爱尔兰作家斯蒂芬斯等人并翻译他们的作品。实际上，对于那些不适合浪漫主义归类的作家，徐志摩也以自己的浪漫视角和名人崇拜的心理去照射，使他们变成了浪漫主义的偶像。因此，他可以把哈代、泰戈尔、托

[①] 卞之琳. 1984. 人与诗：忆旧说新. 北京：生活·读书·新知三联书店：24.
[②] 徐志摩. 1991. 欧游漫录十一：契诃夫的墓园//赵遐秋，曾庆瑞，潘百生. 徐志摩全集（1）. 南宁：广西民族出版社：276-280.
[③] 李欧梵. 2002. 中国现代文学与现代性十讲. 上海：复旦大学出版社：210.

尔斯泰、罗曼·罗兰和卢梭放在一起,说"他们的柔和的声音永远叫唤着人们天性里柔和的成分,要它们醒起来,凭着爱的无边的力量,来扫除种种障碍,我们相爱的势力,来医治种种激荡我们恶性的狂疯"[①]。还有一个原因就是,徐志摩虽然青睐浪漫主义,但他广博的兴趣和猎奇的个性也使之不会局限于浪漫派作家。再者,在新月派反感伤主义的潮流下,他也不断反省浪漫主义,希冀对滥情的"伪浪漫"进行节制。他翻译伏尔泰的《赣第德》就是为了冷却社会上充斥着的维特式的热情[②]。

首先,就徐志摩译介哈代来说,英雄崇拜是第一个理由。其次,他认为哈代如同维多利亚后期的诗人斯温伯恩,不仅其诗歌与维多利亚主义分野,脱离了维多利亚中期以来的庸俗和盛行的"器情主义"(Sentimentalism),充满了反抗物质胜利的乐观论调,而且诗的形式也富于变化,乡土色彩、民歌曲调及农村音乐赋予了其大自然的气息,为处于浪漫主义末流的沉闷的维多利亚诗坛吹进了一股清新的空气[③],这在某种程度上如卞之琳所说与浪漫主义相似。所以说,哈代是一个不拘于传统形式的传统派诗人[④]。这种传统与现代的交融非常符合徐志摩的诗歌翻译选择,也是新月派期望的选择,一方面寄情传统,另一方面又借以试验新诗体。再次,哈代的抒情浪漫又充满着理性,不完全是直抒胸臆。徐志摩不仅提及哈代的反器情主义,而且他认为哈代是对欧洲自卢梭《忏悔录》以来一百七十年间"人类冲动性的情感"的理性的节制。最后,哈代的悲观契合了徐志摩的心境。在徐志摩看来,"哈代不是一个武断的悲观论者,虽然他有时在表现上不能制止他的愤慨和抑郁";他的悲观是其思想的"写实",是"思想的忠实与勇敢";而且,他的悲观实际上是"人生实在的探险者的疑问",是作为一个思想家对人生和世界的孜孜探求[⑤]。所以说,对诗歌艺术的憧憬,对人生的迷茫和彷徨,对社会政治的不解和失望,共同促成了徐志摩对哈代这样不算偏颇的认知,从而由衷地寄情这位"老英雄",希冀从对哈代诗歌的译介中找到"自我"。可以说,

---

[①] 徐志摩.1928.汤麦士哈代.新月,1(1):73-74.
[②] 摩.1929.说"曲译".新月,2(2):7.
[③] 徐志摩.1924.汤麦司哈代的诗.东方杂志,21(2):M12-M14."器情主义"是徐志摩当时的译文,今天一般译作"感伤主义"。
[④] 王佐良,周珏良.1994.英国二十世纪文学史.北京:外语教学与研究出版社:36.
[⑤] 徐志摩.1928.汤麦士哈代.新月,1(1):65-74.

他悼念哈代的诗《哈代》也分明是他自己的写照：

  他可不是没有他的爱——
   他爱真诚，爱慈悲：
  人生就说是一场梦幻，
   也不能没有安慰。

  ……
  为维护这思想的尊严，
   诗人他不敢怠惰，
  高擎着理想，睁大着眼
   抉剔人生的错误。①

  实际上，哈代对自己诗歌中所谓的悲观思想也很不赞同。他在诗集《冬日的话》（*Winter Words in Various Moods and Metres*）序言中说："一般评书者都说我前一本诗完全是抑郁与悲观的。假使诸位知道我自己在选择中对于轻佻和博笑一类的诗如何的宽容，就可以想象到我对于这种批评的反动……但是，老招牌总是不容易改的，所以我也不来和他们计较……"②也就是说，他的这部诗集依然走的是老路线。不过，新月派的叶公超对哈代的争执不以为然，认为其诗集的音调仍然是哈代的一种幽僻的冷语。叶公超在《新月》的这篇书评里还总结了哈代诗歌的好处是在"情绪的简单，伤感的时刻，还有字句的精密和意象的贴切"。看来，叶公超和徐志摩一样对哈代诗的悲观抑郁都有积极方面的理解和认知。

  不仅徐志摩和叶公超，其他同人陈梦家、胡适、闻一多、邵洵美、卞之琳、李唯建也对哈代的诗颇为钟情，并翻译他的诗，或为表达情思（如胡适），或为反战情绪（如陈梦家），或为诗歌格律探索（如闻一多、邵洵美、卞之琳）。闻一多的诗《春光》和《飞毛腿》受哈代的影响，明显有其戏剧化的悲观和讽刺的意思，形式也很考究。陈梦家用隽永的笔致略带忧伤地状写世间的悲惨，也透发出对不公平的人世的倔强质问，其《十字架》《白俄老人》

---

① 志摩.1928.哈代.新月，1（1）：89.
② 转引自叶公超.1928.冬日的话（诗）哈代作.新月，1（10）：6.

《沙漠的歌》等诗作都颇具哈代诗的风致。再者,在徐志摩、闻一多和饶孟侃主政《新月》月刊时期(1928年3月至1929年4月),文艺风浓厚,不仅刊载了徐志摩、闻一多等人的译哈代诗和徐志摩的若干篇悼念诗文,还有郭有守的散文《见哈代的四十分钟》(1928年5月10日《新月》第1卷第3号),回忆了他与哈代在1927年10月18日的会面,并说到哈代不赞成他翻译 Tess,建议先翻译短诗尝试。此外,这段时期的《新月》还刊登了同人徐悲鸿创作的多幅哈代画像以及国外的哈代塑像。

哈代不仅是"20世纪最伟大的诗人",而且在英国诗歌发展史上起了承前启后、继往开来的桥梁作用,是大胆探索和开拓现代诗歌的先驱者之一,以至于人们认为哈代"代表了英国诗歌的主流"[①]。新月派对其诗歌的广泛译介在当时文坛是罕见的,足见对其诗歌艺术的迅速认知:他的诗歌描写了"普遍的人性",始终保持"雄伟的力量",有着"格局的严紧,思想的紧凑,情感的深刻,忧郁与讽刺互相的交替,讥讽中包含的同情,龃龉中的阶和"[②]。当然,徐志摩在其中起了很大的推动作用。

不只哈代,梅斯菲尔德、豪斯曼、德拉·梅尔、W. H. 戴维斯也是新月派最受欢迎的英国现代诗人。闻一多的学生费鉴照著有《现代英国诗人》(1933年)一书,介绍了梅斯菲尔德、哈代、布里基斯、豪斯曼、梅奈尔夫人、布鲁克、德拉·梅尔、叶芝等八位诗人。新月派之所以译介这些现代诗人,主要的原因就是这些诗人都是传统派诗人,这恰恰符合了新月派的传统情结和古典情怀。闻一多在该书的序中首先批判了"翻脸不认古人为标准的时代",然后继续说:

> 认清了这一点,我觉到现代的英国诗才值得一谈,而作者拣出本书所包括的这几家来讨论,更足见不是没有标准的。这里所论列的八家:哈代,白理基斯,郝思曼,梅奈尔,夏芝,梅士斐,白鲁克,德拉迈尔,没有一个不是跟着传统的步伐走的。梅士斐的态度,在八人中,可说最合乎现代的意义,不料他用来表现这态度的工具,却回到了十四世纪的乔塞。讲守旧,不能比这更守

[①] 王佐良. 1987. 华兹华斯·济慈·哈代. 读书杂志,(2): 76.
[②] 费鉴照. 1933. 现代英国诗人. 上海: 新月书店: 29-30.

旧了……不但梅士斐如此，只要你撇开偏见，自然看得出这八家与传统的英国诗差异的地方都不如相同的地方多；那差异实在不比八人间相互的差异大，也不比前人中例如华茨渥斯与柯立基间的差异大。①

可见，新月派关注的还是传统诗歌的表现形式与思想内容。而且，闻一多还补充了书中没有提到的W. H. 戴维斯，认为其守旧的程度不亚于布里基斯，效法的是彭斯。同样，梁实秋在对《现代英国诗人》的书评中，补充了守旧的阿伯克龙比②。这就是说，费鉴照提到的八位现代英国诗人所承接的道统主要是19世纪英国浪漫派诗歌，乃至文艺复兴前期的乔叟。之所以新月派如此关怀传统诗歌和传统色彩的诗歌，如闻一多言，不是缺乏改革和创新的精神，实在是英国的传统诗歌和现代诗歌差异性甚小，而传统的天赋和智慧只有暴躁、轻佻或丧心病狂的傻瓜才会扔掉。再者，"进化"到现在的现代诗人往往呈现出"一幅有趣而惊人的图画：青面獠牙，三首六臂，模样得怪到不合常理……"（闻序第2页）。梁实秋也在书评中同意摒弃所谓的"摩登派"诗人，"因为现代之'摩登派'的形形色色，其本身既无健全之理论，亦少成功的实例，一切皆未脱试验的尝试的状态，究竟能否成功还要看将来事实的判断。本书的选择，似是守旧，实是稳健"。

举一个例子。《现代英国诗人》评论豪斯曼的"诗都狠[很]简单，仿佛一个年轻人的生活，爱情，友谊，失望与热情的直接的表现，但是，这里有着节制与冷静来调剂浪费的情绪。他的诗虽简单，却不单调，因为有讽刺与诙谐来调剂"。他的诗有三个特点："（一）简单[，]（二）古典约束下的浪漫的失望——死，（三）抒情的丰富与机警。"③可见，豪斯曼节制的客观抒情主义诗歌，以朴实平常的感情和文调来感动人，符合了新月派古典倾向的审美诗学，译介自然遵循的是这个理念。这也是闻一多、饶孟侃与梁实秋等同人较多翻译豪斯曼的原因。又譬如，梅斯菲尔德对大海的赞美，对尘世琐事与平民生活的歌颂，激起了饶孟侃、孙大雨、曹葆华的译介欲望，陈梦

---

① 参见闻一多为《现代英国诗人》所写"序"第4-5页。
② 梁实秋. 2006. 现代英国诗人//梁实秋. 雅舍谈书. 陈子善编. 济南：山东画报出版社：84-85.
③ 费鉴照. 1933. 现代英国诗人. 上海：新月书店：104.

家和方玮德还借翻译梅氏的诗歌来唱和友情，并鼓励患病的方玮德与命运抗争。而且，在方玮德的诗中，这位英国桂冠诗人的痕迹随处可见。譬如，他的《我爱赤道》这首诗很容易使人联想起梅氏的诗《船货》（"Cargoes"），二者都描写了非洲的异域风情以及被殖民者的苦难，尽管角度并不相同。邵洵美说，方玮德"有名望的祖辈素以用词丰富、风格高雅而著称，而在梅斯菲德（Masefield）身上玮德找到了他曾祖父的西方化身。"[1]当然，传统诗歌的形式也是新月派刻意学习的，后文再谈。

综上看来，五四后期至 20 世纪 30 年代的十余年间，新月派译诗一直以浪漫派传统诗歌为对象，其中英国诗歌译介一枝独秀，而维多利亚时代及以降的诗人又是焦点。新月派的译诗选择表现了译介的系统性和反感伤浪漫的伦理性，以及诗学追求的目的；而且，他们的译诗活动也渐渐摆脱了早期的被动性，走向了鲜明的主体性。

第二节　译介布莱克与济慈：传统与现代之间的转折

20 世纪 30 年代的中国译坛，开始了大规模译介法国象征主义诗歌的潮流，与此同时，对与法国象征主义错综相连的英国唯美派诗歌也给予了莫大的译介兴趣。其时，新月派虽然仍是诗坛的中坚，但对严谨的格律形式的反思，以及反感伤的古典倾向诗学都使得他们寻求其他的诗歌类型，而唯美派与象征派诗歌的纯诗性质，强调诗歌的意义与其语言媒介和形式的浑然一体，同样是反拨五四时期散文化和白话化的有力武器。再者，已然是新月派诗歌翻译和创作主力的后起之秀更善于吸收新知识，更何况有徐志摩和叶公超的引领，因而不可避免地，在译诗和写诗方面又都开辟出了一条新的诗歌路向：唯美与象征[2]。不过，颇为吊诡的是，在唯美主义和象征主义的外国思潮影响下，新月派同人，尤其是后起之秀，将 19 世纪初的两位浪漫主义诗人布莱克和济慈视为唯美派与象征派诗歌的先驱，掀起了译介的小高潮。尤其布莱克，在五四时期几乎默默无闻，而在 20 世纪 30 年代的中国却突然勃兴，新月派

---

[1] 邵洵美. 2006. 新诗历程//邵洵美. 洵美文存. 陈子善编. 沈阳：辽宁教育出版社：305-306.
[2] 新月派写诗的路向变化参阅蓝棣之撰写的《新月派诗选》（人民文学出版社，1989 年）"前言"。

的译介之功不可没。当然，更为重要的还是，两位英国诗人对新月派的诗情、诗思与诗艺产生了重要的影响。

一、译介布莱克与济慈的时代语境

最早将布莱克介绍到中国的，当是周作人。在1920年2月15日《少年中国》第1卷第8期上，他发表文章《英国诗人勃来克的思想》，介绍了布莱克诗歌的"象征"意味，不仅晦涩难解，还充满了神秘感，这对布莱克在中国作为神秘诗人和象征派鼻祖的接受，以及开启新月派后期象征诗风都有关联影响。稍后，田汉对周作人的译介进行了积极的评价——"有周作人先生介绍英国神秘诗人勃雷克的思想，真是愉快"[1]，认同了布莱克作为新浪漫主义诗人在中国接受的身份。不仅如此，田汉还论及波德莱尔与布莱克一样"厌恶自然以死为脱离"[2]，将他们二人联系在一起。布莱克的新浪漫主义诗人的身份，使得他在欧美浪漫派诗歌译介狂飙的五四时期被冷落。

在象征之风兴起的20世纪20年代后期，布莱克在中国的译介迎来了转机。借助诗人的百周年祭日，1927年涌现了大量的引介文章，而在1928年的中国文坛上，还发生了布莱克是浪漫主义诗人抑或是象征派诗人的争论[3]。总体说来，当时的主流观点认同布莱克为"神秘诗人""象征诗人"或者"唯美诗人"，这自然与前拉斐尔派及斯温伯恩等诗人首先在英国文学史上发掘了布莱克有关。当时的中国译介者们都很熟悉英国作家切斯特顿描述布莱克的一句话："他（勃莱克）是先拉飞尔同人同时黄面志同人的父亲。"[4]最具代表性的是，狮吼社主将滕固在《唯美派的文学》中描述了英国唯美主义运动的起源：

---

[1] 田汉.1920.新罗曼主义及其他.少年中国，1（12）：52.
[2] 田汉.1921.恶魔诗人波陀雷尔的百年祭（续）.少年中国，3（5）：18.
[3] 吴赟.2012.翻译·构建·影响：英国浪漫主义诗歌在中国.北京：北京大学出版社：74-75.
[4] 原文是：He was the father of Pre-Raphaelites Brotherhood and even the "Yellow Book"，中文引文是滕固的译本。滕固的《唯美派的文学（影印版）》（上海书店，1992年，第25页）与邢鹏举的《勃莱克》（中华书局，1932年，第37页）都提及这句名言。

第四章 传统的与现代的：新月派译诗的主体选择

讲到唯美运动的由来，我们不得不追溯到十八世纪末叶，有位彗星似的诗人画家勃莱克（William Blake），他用了神秘的金锤，打开了美的殿堂之后；到了十九世纪前叶，有位诗人甚次（John Keats），像蝴蝶一般蜜蜂一般的陶醉在这殿堂里。①

从滕固唯美的语言描绘中，可以想知"近代唯美运动的先锋"布莱克在中国的命运得到了改观。狮吼社与新月派关系密切，新月派后期主要成员邵洵美就出自狮吼社，外围同人朱维基是其中的主要撰稿人，他们是当时文坛上唯美主义文学最有力的倡导者。所以，新月派后期青睐布莱克也就不奇怪了，只不过邢鹏举、赵萝蕤等同人更将其推为象征主义流派的鼻祖。这也不无道理，英国唯美主义运动在19世纪末式微，最终与象征主义合流，剩下的阿瑟·西蒙斯和几个唯美派诗人也走向了象征主义。

在滕固的描述中，济慈也成了继布莱克之后的一位唯美主义的先驱者。不过，相比较布莱克在五四时期受冷落，济慈作为激进的浪漫派诗人，却与雪莱、拜伦一道得到了大力译介。在此期间，新月派的闻一多、徐志摩开始关注济慈的唯美诗学，及至滕固，诗人的唯美一面被放大，尤其"美即是真，真即是美"（Beauty is truth, truth beauty）成为他向往"美"的至理名言。在1937年2月商务印书馆出版的金东雷的《英国文学史纲》中，济慈作为"影响英国文坛和世界思想的十九世纪初期英国的唯美主义诗人"②，得到了作者的交口称赞和大量的篇幅介绍。同比之下，布莱克百余字的介绍就相形见绌。历时来讲，布莱克在当时中国的读者群可能不及其他浪漫派诗人的读者群庞大，但在1930年前后，由于新月派的译介努力，他应是浪漫派诗人中首屈一指的，其次才是唯美诗人济慈。这与新月派对他们的"现代性"认知不无关系。接下来考察新月派对他们的译介史。鉴于济慈比布莱克先受到新月派的译介关注，就从论述济慈开始。

二、译介济慈：唯美的追求

最早翻译济慈诗的新月派同人是徐志摩。早在1921年英国留学期间，徐

---

① 滕固. 1992. 唯美派的文学（影印版）. 上海：上海书店："小引" 2.
② 金东雷. 2010. 英国文学史纲. 长春：吉林出版集团有限责任公司：256.

志摩就用文言翻译了济慈的十四行诗"To Fanny Browne"。这首诗是济慈写给恋人范尼·勃朗的，表述了自己对爱情的祈求和对官能的占有渴望，徐志摩用古雅的语言意译了原诗充满情欲的感官描写：

> …
> O! let me have thee whole, –all–all–be mine!
> That shape, that fairness, that sweet minor zest
> Of love, your kiss, –those hands, those eyes divine,
> That warm, white, lucent, million-pleasured breast, –
> Yourself–your soul–in pity give me all,
> …
>
> 予我全体浑无缺，
> 点点滴滴尽我酌，
> 体态丰神德与质，
> 绛唇赐吻甘于蜜，
> 素手妙眼花想容，
> 况复凝凝湮湮款款融融甜美无尽之酥胸！
> ……①

这种露骨的描写在当时中国保守的文化语境下，算是大胆的文学行为。其时徐志摩正在英国留学，翻译这首诗的目的，就是借济慈向恋人的表白来表达他对林徽因的爱慕之情。不过，即便徐志摩天性自由和不在乎他人非议，这首译诗也没有公开发表。稍后，徐志摩作文《济慈的夜莺歌》，不仅以天花乱坠和娓娓动听的语言渲染了美的存在、音乐的浸醉和纯粹的想象力境界，还用散体意译了《夜莺歌》（"Ode to A Nightingale"）一诗。不无巧合的是，该文与他的另一篇文章《〈死尸〉序》于前后日写成②。夜莺的歌唱与波

---

① 中文名《致范尼·勃朗》，出自济慈给其恋人范尼·勃朗书信中的一首十四行诗。译诗没有发表，初收于 1969 年台湾传记文学出版社《徐志摩全集》第 1 卷，现引自韩石山. 2019. 徐志摩全集（9）. 北京：商务印书馆：185-186.

② 波德莱尔诗《死尸》译于 1924 年 11 月 13 日，同年 12 月 1 日发表时徐志摩写有一段说明文字，即《〈死尸〉序》，同时载《语丝》第 3 期。《济慈的夜莺歌》作于 1924 年 12 月 2 日夜半，发表于 1925 年 2 月 10 日《小说月报》第 16 卷 2 号。

德莱尔神秘的音乐交相辉映,不能不说济慈和波德莱尔在徐志摩心中是唯美的一脉相承。而且,《夜莺歌》与他的创作诗《杜鹃》的开端颇具异曲同工的互文之妙:

夜莺歌①

这唱歌的,唱这样神妙的歌的,决[绝]不是一只平常的鸟;她一定是一个树林里美丽的女神,有翅膀会得飞翔的。她真乐呀,你听独自在黑夜的树林里,在枝干交叉、浓荫如织的青林里,她畅快的开放她的歌喉,赞美着初夏的美景……

杜鹃②

杜鹃,多情的鸟,他终宵唱:
在夏荫深处,仰望着流云
飞蛾似围绕亮月的明灯,
星光疏散如海滨的渔火,
甜美的夜在露湛里休憩,
……

足见译诗为徐志摩写诗提供了素材和意境,并影响了其唯美的诗风。

受济慈唯美诗风影响的还有闻一多。他虽然从未翻译过济慈的诗,但早期的诗无不透露着济慈般的诗情画意。有鉴于前拉斐尔派以济慈的诗作为绘画的主题,同是艺术家的闻一多仰慕济慈色彩绚丽的唯美诗作,希翼以唯美的诗学意义来反拨五四时期新诗的"非诗化"流弊。在《秋色》一诗中,闻一多就表达了这样的愿望:"我要借义山济慈底诗/唱着你的色彩!"③他以艺术家的审美视野来攫取自然的色彩,将济慈与中国古代唯美诗人李商隐(义山)相提并论,认同和赞赏他们的诗的意象浓丽、蕴借和圆满。他还说:"我想我们主张以美为艺术之核心者定不能不崇拜东方之义山,西方之济慈了。"④甚至,

---

① 徐志摩.1925.济慈的夜莺歌.小说月报,16(2):4.
② 志摩.1929.杜鹃.新月,2(3):2.
③ 孙党伯,袁謇正.1993.闻一多全集(1).武汉:湖北人民出版社:101.
④ 闻一多.1922.致梁实秋//孙党伯,袁謇正.1993.闻一多全集(12).武汉:湖北人民出版社:128.

在《艺术底忠臣》一诗中，闻一多还赞颂济慈是唯一的"艺术底名臣"和"诗人底诗人"："只有你一人是个忠臣。／'美即是真，真即美'"[①]。简言之，济慈的美学思想、感觉主义、诗的形式和取材，都给闻一多深刻的美学上的启发和艺术上的借鉴，并影响了他早期的诗歌创作。因为对诗歌意象色彩的关注，闻一多到美国后，又与洛威尔、蒂斯代尔、米蕾、弗莱切、林赛等意象派诗人联系紧密。如同济慈，美国意象派诗人对他的诗歌创作影响主要还是体现在理论的指引上，实践中则学习或模仿他们的诗歌，翻译不多。不过，随着闻一多的艺术观念发生了由画到诗的转变[②]，他更注重以诗歌的音乐美来节制五四新诗的弊病，早期济慈的影响随之减退，取而代之的是豪斯曼、布朗宁夫人等诗人具有古典主义的严整形式和韵律的情诗的影响。

　　五四时期，新月派同人中还有梁实秋翻译济慈的诗《你说你爱》，钟天心译《美女无情》（"La Belle Dame Sans Merci"），尤其朱湘翻译了《希腊皿曲》（"Ode to an Grecian Urn"）、《夜莺曲》（"Ode to a Nightingale"）、《秋曲》（"To Autumn"）、《最后的诗》（"Last Sonnet"）、《无情的女郎》[③]和《圣亚尼节之夕》（"The Eve of St. Agnes"）等6首诗。大体来讲，新月派早期成员主要还是注重济慈诗的审美特征和古典韵味，学习他的取材与诗艺，借鉴诗学意义。譬如，朱湘向往济慈诗的"字字藏金"，模仿其诗的语言表达和意象形式[④]就是明显的例子，而翻译他的叙事诗和十四行诗更是为了输入诗体形式了。钟天心坦言欣赏济慈的诗"音节的和美，辞句的美丽，想象的非凡，用字的简洁"，并批评朱湘翻译的《无情的女郎》没有再现出原诗歌谣体的声、色、味，故以《美女无情》复译之[⑤]。到了新月派后生李唯建那里，译介还是钦慕济慈纯粹的英文、高超的技巧和古典的高雅，故又复译了《夜莺歌》和《无情美妇》[⑥]。所以说，除徐志摩外，新月派早期同人对济慈的译介，基本是着眼于其诗奇异的想象力和完美自控的美的描述，

---

① 闻一多. 艺术底忠臣//孙党伯，袁謇正. 1993. 闻一多全集（1）. 武汉：湖北人民出版社：71.
② 刘介民. 2004. 闻一多：寻觅时空最佳点. 北京：文津出版社：75.
③ 后改译名《妖女》，收入《番石榴集》（商务印书馆，1936年）。其与钟天心译《美女无情》、李唯建译《无情美妇》、朱维基译《美丽而不仁慈的妇女》都是对济慈"La Belle Dame Sans Merci"这首诗的复译。
④ 张旭. 2008. 视界的融合：朱湘译诗新探. 北京：清华大学出版社：135.
⑤ 天心. 1925. 开茨的美女无情. 京报副刊，（124）：148.
⑥ 李唯建. 1934. 英国近代诗歌选译. 上海：中华书局：47.

很少涉及济慈诗中的香艳与官能颂歌,这当然与他们古典倾向的理性诗学相关,即使是徐志摩的最初译诗也没有发表。

真正对济慈的唯美的"现代性"关注的是新月派后生费鉴照和外围同人朱维基。费鉴照是位文学批评家,虽没有翻译济慈的诗,但译介了多篇文章,如《济慈心灵的发展》《济慈与莎士比亚》《济慈的一生》《济慈美的观念》等①。在他看来,济慈认为美是开启人生神秘的钥匙,是达到真理的途径,而"官觉和想象是达到美境的两个必具的条件"②,最终"官觉与精神结合达到一个想象的实际——美与真的合一"③。简言之,济慈是一位感官主义者。这种认知不管是否完全正确,总而言之驱动了朱维基的翻译。怀着对济慈诗的艳丽色泽和新奇感官的崇拜,他翻译了济慈的8首诗,即《阿普罗歌》("Ode to Apollo")、《夜莺歌》、《美丽而不仁慈的妇女》和5首十四行诗。借助王尔德的言辞,朱维基想从译诗中寻求济慈的"特性,迷惑,美感,和想象力",但声明这绝非颓废,而是为了纯粹的文体的现代性④。不无巧合的是,新月派四人次分别翻译了济慈的"Ode to A Nightingale"和"La Belle Dame Sans Merci",从徐志摩最早的散文体翻译,到朱湘、李唯建的格律体翻译,钟天心的民谣体翻译,最后到朱维基浓艳辞藻的唯美体翻译,浓缩了社团十余年来新诗诗体建设的发展,可谓从浪漫性到古典性,再到现代性的流变。

三、译介布莱克:象征的追求

最早翻译布莱克诗的新月派同人是梁实秋,在1922年4月28日《清华周刊》第245期上,他以"实秋"之名翻译了布莱克的《野花之歌》,但误把他当作爱尔兰诗人。在布莱克一百周年祭日的1927年,梁实秋读了《泰晤士报》刊发的布莱克纪念文章,遂作文《诗人勃雷克》,肯定了其诗里的幻想和图画两个艺术特点,"不愧是浪漫的先驱",但同时也批评他没能把诗

---

① 《济慈与莎士比亚》(1934年10月1日《文艺月刊》第6卷第4期).
《济慈的一生》(1935年4月1日《文艺月刊》第7卷第4期).其他两篇文章出处参见以下两注释。
② 费鉴照.1935.济慈美的观念.文艺月刊,7(5):5.
③ 费鉴照.1933.济慈心灵的发展.国立武汉大学文哲季刊,2(3):569.
④ 朱维基还翻译了王尔德《谎语的颓败》,收录于朱维基、芳信译诗合集《水仙》(光华书局,1928年)第14-19页。

中不羁的幻想加以纪律①。稍后，新秀李唯建翻译了《病了的玫瑰》（"The Sick Rose"）和《爱的秘密》（"Love's Secret"）两诗，隐喻离婚后的庐隐宛若"患病的玫瑰"，借布莱克的象征隐喻来表达对她的爱②。应该说，梁实秋与李唯建的布莱克译介还只是将其局限在诗的浪漫和神秘的元素上。而徐志摩在1931年4月20日《诗刊》上发表的译布莱克诗《猛虎》（"The Tyger"），不仅是其精致诗艺的展示，也是他对象征诗歌的审美追求，表明了他对文学的现代性探求。

徐志摩为人开明、宽容，喜欢尝试新事物，他的孙子徐善曾（Tony S. Hsu）在给其爷爷的传记中就描述徐志摩是一个"追逐现代"（chase the modern）的诗人，在文学译介方面尤其如此，从而使得他能够"带领中国当时的文学步入现代性"之行列③。早年徐志摩就翻译过O.梅瑞迪斯和波德莱尔的诗歌，虽然有时代感伤颓废风气的影响，但也是他出于了解现代主义诗歌形式、音乐以及颓废内容的好奇，如梅瑞迪斯"有几首诗却有特别的姿趣"④，而波德莱尔"诗的音调与色彩像是夕阳余烬里反射出来的青芒"，"诗的真妙处不在他的字义里，却在他的不可捉摸的音节里"⑤。徐志摩以惯有的夸张矫饰风对"诗"的音节和"音乐美"发了一通"神秘谈"的长篇议论，结果先后招致语丝社的鲁迅和刘半农的讽刺和挖苦⑥。徐志摩的这段文字，在卞之琳看来有几分像《尤利西斯》意识流或自由联想式的文风⑦。其实，徐志摩对西方现代派并不陌生，1923年他为南开大学暑期学校讲授《未来派的诗》；在其诗《康桥西野暮色》的序中提及现代派作家摩尔以及乔伊斯的《尤利西斯》，来为自己诗歌不加圈点而展现的"新趣味新音节"辩护；也引用过英国批评

---

① 梁实秋. 1988. 浪漫的与古典的 文学的纪律. 北京：人民文学出版社：160-164.

② 1928年3月4日，清华大学西洋文学系在校学生李唯建经北京大学林宰平介绍，在瞿世英家里第一次认识丧夫、丧母、丧兄与ація友的庐隐（1899—1934），自此相恋。

③ Hsu, T. S. 2017. Chasing the Modern: The Twentieth-Century Life of Poet Xu Zhimo. Cambridge: Rivers Press, p. 4.

④ 徐志摩. 1923. 奥文满垒狄斯的诗. 小说月报，14（7）：1.

⑤ 徐志摩. 1924. 死尸. 语丝，（3）：5-6.

⑥ 1924年12月1日《语丝》周刊第3期发表了徐志摩译波特莱尔的《死尸》和长序后，鲁迅即在12月15日《语丝》周刊第5期发表《"音乐"？》一文，把徐志摩讽刺和挖苦了一番，刘半农也著文《徐志摩先生的耳朵》（1925年3月2日《语丝》周刊第16期），配合鲁迅对徐志摩进行了批判。

⑦ 卞之琳. 1989. "五·四"初期译诗艺术的成长. 诗刊，（7）：51.

家麦雷的话，说"普鲁斯特是二十世纪的新感性"[①]。乔伊斯等大文学家的试验成绩激励了徐志摩猎奇与探索的天性，使其想要去实现自己的"创造的精神"。为此，他不仅译介了一些现代主义诗歌，而且还模仿 T. S. 艾略特创作了一首诗《西窗》[②]。但卞之琳认为模仿得一点也不像，由此还认为"徐志摩从译诗到写诗，在现代化上碰壁"，最后又"返回到十九世纪浪漫派诗风"[③]。这话未必准确。实际上在新月中后期，徐志摩的译诗和写诗相对于前期来讲都大为减少，译诗主要是哈代和小说家曼斯菲尔德的几首诗，诗歌创作在 1927—1930 年也陷入低潮。原因或许像他自己所说："这几年生活不仅是极平凡，简直是到了枯窘的深处。跟着诗的产量也尽'向瘦小里耗'。"[④]到了 1931 年，转机发生，徐志摩不仅与陈梦家等学生创办了《诗刊》，而且写诗也有所增多，还翻译了布莱克的《猛虎》和莎士比亚的《罗米欧与朱丽叶》(Romeo and Juliet) 片段，只可惜天不假年，在同年飞机失事夺走了他的生命。其实，在诗歌创作的这段低潮期，徐志摩已经感到自己诗歌原有的文学形式与美学情趣有些落伍，所以一直在试验和探索以图取得突破，去发现能表现和满足自己文学意愿的东西，找到适应自己需要的答案。译诗仍然是他寻求突破的途径，尽管不多，但都是有目的的行为，尤其以象征手法歌颂暴力美的《猛虎》为代表，遂以之命名自己的诗集，开始了对象征、比喻、暗示的审美追求。所以说，及至新月派后期，徐志摩的译诗已经在向现代主义倾斜，虽然他很少创作或翻译现代派诗歌，但他把早期翻译的前拉斐尔派女诗人 C. G. 罗塞蒂的《歌》("Song: When I Am Dead")、波德莱尔的《死尸》、O. 梅瑞迪斯的《小影》等唯美派或象征派诗作，连同《猛虎》和《罗米欧与朱丽叶》等译诗都收在后期出版的诗集《猛虎集》（1931 年）和《云游》（1932 年）之中。茅盾说《猛虎集》是"志摩的'中坚作品'，是技巧上最成熟的作品；圆熟的外形，配着淡到几乎没有的内容……"，有着"神秘的象征的

---

① 徐志摩《未来派的诗》原载赵景深编《近代文学丛谈》（上海新文化书社，1925 年），《康桥西野暮色》原载 1923 年 7 月 6 日《时事新报·学灯》。上述引文分别参见赵遐秋，曾庆瑞，潘百生. 1991. 徐志摩全集（1）．南宁：广西民族出版社：357-358.

赵遐秋，曾庆瑞，潘百生. 1991. 徐志摩全集（4）．南宁：广西民族出版社：176，661.

赵遐秋，曾庆瑞，潘百生. 1991. 徐志摩全集（5）．南宁：广西民族出版社：222-224.

② 仙鹤. 1928. 西窗（In Imitation of T. S. Eliot）．新月，1（4）：5-7.
③ 卞之琳. 1989. "五·四"初期译诗艺术的成长．诗刊（7）：50-51.
④ 徐志摩. 1932. 猛虎集. 2 版. 上海：新月书店："序文"9.

依恋感喟追求"①。这恰好说明徐志摩诗歌在向现代性发展。而且，徐志摩在上海光华大学等学校教授英文期间，还在课堂上教学生们欣赏和翻译波德莱尔的散文诗。邢鹏举就在他的鼓励和帮助下，翻译了《波多莱尔散文诗》（1930年）。在为其题写的"序"中，徐志摩不仅再次强调了波德莱尔的诗歌音乐美，是"性灵的抒情的动荡，沉思的纡[迂]回的轮廓，以及天良的俄然的激发"，还赞叹诗人对穷苦表示同情，是"真的'灵魂的探险者'"，为读者"创造了一种新的战傈[栗]（A new thrill）"②。所以，与其说徐志摩从单纯的信仰走向怀疑的悲观颓唐，毋宁说他的诗情、诗思与诗艺在走向现代化。译诗《猛虎》恰恰扮演了从传统走向现代的转换角色。

不仅仅徐志摩，布莱克的神秘主义和象征诗意也受新月派其他同人的欢迎，陈梦家、赵萝蕤、梁宗岱、孙大雨、邵洵美、邢鹏举、费鉴照等纷纷译介。这不是说新月派重蹈浪漫派诗歌译介的老路，而是预示着他们的诗风开始转变，从浪漫转向象征。赵萝蕤特意翻译豪斯曼的论文《诗的名称及其性质》（"The Name and Nature of Poetry"），其中说布莱克是"诗人中最有诗意的诗人"，不仅抒情的韵调美，而且诗的意义"常常是无关紧要的，有时事实上等于不存在，因此我们才能专心倾听他的仙乐"③。豪斯曼举布莱克几段诗为例，陈梦家遂节译了其中"Broken Love"一诗，以《白雷客诗一章》为题发表④。请看前两节：

My Spectre around me night and day
Like a Wild beast guards my way;
My Emanation far within
Weeps incessantly for my Sin.

A Fathomless and boundless deep,
There we wander, there we weep;

---

① 茅盾. 1933. 徐志摩论. 现代，2（4）：519.
② 参见波多莱尔. 1930. 波多莱尔散文诗. 邢鹏举译. 上海：中华书局："序"1, 4-5.
③ 郝思曼. 1934. 诗的名称及其性质. 萝蕤译. 学文，1（4）：148-150.
④ 布莱克. 1934. 白雷客诗一章. 陈梦家译. 学文，1（4）：6-8.

第四章　传统的与现代的：新月派译诗的主体选择

On the hungry craving wind
My Spectre follows thee behind.
…

我的阴魂日夜在身边，
像个野兽在我路上盘旋；
我的灵性在深处投宿，
不停的为我的罪孽而哀哭。

不测的深，无边的渊源，
往那儿我们走，我们叫怨；
在饥荒又渴望的风上，
我的阴魂在你背后张望。
……

这首诗旋律优美，但几乎没有什么实际的内容，或者说只是一种意念与幻想，"它仅仅把读者缚在一面没有思想的快感的网中"；"也许在白雷客是有意义的，他的读者自以为已经找着那意义了；但是和这几节诗的本身比起来，意义乃是一件可怜的，愚蠢的，而且令人失望的东西。……这美丽的词句，这词句在某个比脑想要深些的地处，所激起的一种无理的兴奋中的强烈的震动，我实在无法想出什么能和它配得上的固定的意义来"[1]。针对有人对布莱克诗无具体意义的批评，新月派同人邢鹏举为他叫屈，认为这才是独特的象征意味[2]。所以说，布莱克的这种注重音乐美和象征、含蓄、暗示的"纯粹的诗"，具有了20世纪30年代象征派诗歌的基本特征。可见，在豪斯曼的眼中，布莱克俨然是象征派诗歌的鼻祖，而赵萝蕤在新月前辈叶公超的授意下翻译这篇文章，不能不说是新月派对豪斯曼观点的认同。

邢鹏举也是这样认为的。在他看来，布莱克能用纯粹的想象的力量，把诗、画和音乐三种才能建立在同一基础之上。"他所应用的工具是想象，他

---

[1] 郝思曼.1934.诗的名称及其性质.萝蕤译.学文，1（4）：152-153.
[2] 邢鹏举.1932.勃莱克.上海：中华书局：70.

新月派诗歌翻译文化研究

所追求的目标是象征。他想从想象的世界里，体会出最微妙的快乐和最锐敏的感觉的象征。他的诗，他的画，和他的音乐，都不过是指示这个方向的艺术，在根本的元素上没有分别。所以勃莱克的诗，常常糅和[合]着许多画意。"[1]可见，高举想象信条、倡导从想象世界中去寻找美的布莱克，营造了诗歌的诗情画意，开启了后代的唯美主义。而且，邢鹏举还认为布莱克诗最大的特色就是"诗无所谓格律，只求能够依着作者的心声，奏一曲自然的歌曲"[2]。这种对诗歌形式的不甚关注，也应和了新月派对诗歌严谨格律的放松，去追求以"情绪的抑扬顿挫"或"诗情的程度"[3]为韵律的自由体的现代派诗歌。陈梦家和赵萝蕤合译的布莱克的多首诗就有这样的特点，而且还充满了诗情画意。如《黄昏的星星》（"To the Evening Star"）这首诗的翻译：

  Thou fair-hair'd Angel of the Evening,
  Now, whilst the sun rests on the mountains, light
  Thy bright torch of love; thy radiant crown
  Put on, and smile upon our evening bed!
  Smile on our loves, and while thou drawest the
  Blue curtains of the sky, scatter thy silver dew
  On every flower that shuts its sweet eyes
  In timely sleep. Let thy West Wind sleep on
  The lake; speak silence with thy glimmering eyes,
  And wash the dusk with silver. Soon, full soon,
  Dost thou withdraw; then the wolf rages wide,
  And the lion glares thro' the dun forest:
  The fleeces of our flocks are coverd with
  Thy sacred dew: protect them with thine influence.
  你黄昏秀发的天使，
  如今太阳在群山上安息，点点

---

[1] 邢鹏举. 1932. 勃莱克. 上海：中华书局：8.
[2] 邢鹏举. 1932. 勃莱克. 上海：中华书局：21.
[3] 语见戴望舒《论诗零札》，见戴望舒《望舒草》（复兴书局，1936年）第112页。后文同。

第四章 传统的与现代的：新月派译诗的主体选择

你热爱的火炬，——给你戴上

光耀的冠冕，微笑放在我们床上。

对我们的爱露笑，你又牵开

天空蔚蓝的幕幔，撒下银露

在每一朵闭着了亮眼睛

好睡的花朵上。让你的西风安睡

在湖上；用你闪亮的眼睛诉说清静，

用银光洗清薄雾。——快了，不一会

你就要引退；就有凶狼遍野叫，

猛狮的闪光穿透黑林。

我们的羊群的软毛满沾着

神圣的露水：你的威灵看护他们！①

  这是一首无韵体十四行诗（blank verse sonnet），不押脚韵（end rhyme）；除了第 6 行和第 14 行是六音步外，其他行都是五音步抑扬格节奏，最后一行多出的音节强调诗的结束。诗中押头韵（alliteration）音[t]和[s]的地方不少，其中还有 6 行押谐元音韵（assonance）[ai]。可以说，这是一首格律形式松散、近乎自由体的诗歌，它的美在节奏、声调和意象。在落日衔山的时候，黄昏的星放出一种爱的火焰，营造了"诗中有画，画中有诗"的意境。诗中将黄昏时的星星拟人化，她是天使女神的化身；"凶狼"（the wolf）代表着黑夜，"猛狮"（the lion）代表着黎明，"猛狮的闪光穿透黑林"意味着黎明的来临。松散的形式、美妙的意象以及黎明战胜黑夜的主题创造了诗美。陈梦家和赵萝蕤看到这一点，尽量想创造一种意象取胜的半格律体译诗。译诗没有采用五（六）顿或音组来模仿原诗节奏，而是依据情感表达的需要交错使用四至六顿，而且每顿的字数二至四个字音不限。

  这种译诗策略是新月派后期的一种转向，与其创作诗风的变化是紧密相关的。也可以说，影响了他们的诗歌创作。以陈梦家的诗《过当涂河》为例：

  我想象十四的月光，

---

① 萝蕤，梦家. 1933. 白雷客诗选译. 文艺月刊, 4（4）：92.

如何挂在古渡的危塔上。——
你看吧，樯尾的"五两"，
垂下了落湿的翅膀，
"哪里飞，哪里飞？"它不敢喊，
从东岸张望到西岸。

小小的"五两"在我们头上：
我们看走去的一把伞，
我们看走去的一条岸，
我们看米襄阳的烟山——
雨落在当涂河上。①

这首诗体现了象征主义对于语言的看法和要求。首先，不甚严谨的格律表明其正在摆脱对形式美的依赖，这与布莱克不太整饬的诗歌形式异曲同工，只不过陈梦家是自我反思，而布莱克则是挑战英国18世纪之前严酷的诗歌形式。其次，该诗中还洋溢着布莱克式的神奇想象、神秘色彩和象征意味。作者将自己过当涂河的所见所闻幻化作生活的象征，声、色、动、静融于一体，抒发了诗人的惆怅，尤其神秘的"五两"——民间系在船樯上的候风之物——体现了诗人对于想要"飞"的宏图受阻的无奈。从理论上看，陈梦家的诗歌观念，从1931年的《新月诗选》序言到1935年8月的《〈梦家存诗〉自序》，经历了从古典倾向到象征主义的转变。他"有意摆脱所有形式上的羁绊"，因为格律桎梏了诗的部分灵性。而且，诗"本身是个可统系的错综的完全，是个透亮的单纯，理性滤清洗练后的结核，它和情绪自然的节奏，没有分别，是个有它自己特性的形象，是不能受半点委曲[屈]的解放。"②陈梦家在《〈梦家存诗〉自序》中的这些看法，已经带有了象征主义的色彩。毋庸言，译介布莱克对陈梦家和赵萝蕤伉俪的文学创作都有影响。

由上可见，在象征主义文学开始盛行的新月派后期，新月派同人选择译介具有唯美主义和象征主义色彩的济慈和布莱克，表明了他们有意识通过翻

---

① 《过当涂河》作于1934年，见《陈梦家诗全编》（浙江文艺出版社，1995年，第153页）。
② 陈梦家.1995.《梦家存诗》自序//蓝棣之.陈梦家诗全编.杭州：浙江文艺出版社：214-217.

译借鉴现代诗歌的诗思、诗情与诗艺,以突破当前诗歌创作的瓶颈,促进新诗的现代性发展。新月派在时代文学风尚转变中的翻译选择,体现了翻译的主体性。

第三节　现代之风:英国唯美派与法国象征派诗歌的译介

伴随着布莱克与济慈的译介,新月派的后起之秀在徐志摩和叶公超①两位前辈同人的引领下,开始了大规模的现代主义诗歌译介。大体来讲,译介以英国唯美派和法国象征派诗歌为大宗,兼及欧美文论与诗论,表现了新月派诗歌翻译选择的系统性和主体性。

一、叶公超的理论指引

新月派对现代主义诗歌的译介不仅归于徐志摩的实践带领,还归于叶公超积极的理论引导和亲身译介。与胡适信奉实用主义、梁实秋服膺新人文主义、朱湘和徐志摩青睐浪漫主义以及闻一多偏爱古典主义不同,叶公超更倾心于新批评文学理论与现代主义。他早年留学英美,对诗歌兴趣浓厚,尤其是英美近代诗歌,经历了从求学于传统诗人弗罗斯特到交往于现代诗人 T. S. 艾略特的转变。1926 年秋归国后,他成为新月派文学批评的中坚。宽容的性格和渊博的学识决定了他不会排斥新月派同人的各种主义,相反还积极肯定其价值。叶公超一生著译都不多,但在新月期间,他一方面在《新月》月刊开辟"海外出版界"专栏,"用简略的文字介绍海外新出的名著,和从出版界到著作家的重要消息……使读者随时知道一点世界文坛的现状"②,另一方面还积极介绍英美文学和编选《近代英美短篇散文选》、《近代英美诗选》(与闻一多合编)③。不过,叶公超最致力的还是推动新月派现代主义文学的

---

① 叶公超(1904—1981),原名叶崇智,作家、外交家。1920 年赴美国留学,后转赴英国,1924 年获剑桥大学文学硕士学位。1926 年归国,先后任教于北京大学、暨南大学、中国公学和清华大学。叶公超仅发表《墙上一点痕迹》1 篇译作,但在译序和论文中多处表达了他的翻译思想。
② 参见 1928 年 9 月 10 日《新月》第 1 卷第 7 号《编辑余话》。
③ 《新月》月刊多次刊登这两本书的广告,但查阅相关文献,均无踪迹,估计后来未能出版。

转向。留学国外的经历和文学批评家的洞察力使他敏锐地觉察到欧美文学的现代主义倾向。早在1928年3月10日《新月》第1卷创刊号上，他就撰有文章《写实小说的命运》（第175-188页）。这篇文章虽然谈的是英美写实小说客观的生活态度和普及的同情的特点，但实际上着眼于现代派小说——"取用的材料是'性'的，奇的，反常的；它表现的方法是生物学的，心理学的"，为其张目（只不过他没有取"现代派"一词），而且还认为现代派小说是写实小说的延伸发展。此后，叶公超还翻译了伍尔芙的意识流小说《墙上一点痕迹》（*The Mark on the Wall*），并在"译者识"中介绍了她的小说特征、技巧和艺术价值，认为已经与传统观念背道而驰，"她所注意的不是感情的争斗，也不是社会人生的问题，乃是极渺茫，极抽象，极灵敏的感觉，就是心理分析学所谓下意识的活动"[①]。

不过，叶公超最钟情的还是现代派诗歌。他观察到当时的纯诗运动已经蔓延法、英、美各国，而且欧美文学都在重视诗的语言（poetical language）的发现[②]。因此，他觉得有必要引进欧美的现代派诗歌以及诗论与诗评，以促进中国新诗的发展。虽然物质文明磨钝了多数人对诗的感觉，但却也增加了很少数人于诗的知觉。这"很少数人"在他看来就是欧美的现代派诗人，包括T. S. 艾略特、瓦莱里、理查兹等诗人与学者。译介的目的一方面是借鉴和学习外国诗歌的题材内容与表现方法，如"爱略特的方法……是要造成一种扩大错综的知觉，要表现整个文明的心灵，要理解过去的存在性。他的诗其实已打破了文学习惯上所谓浪漫主义与古典主义的区别"[③]。换言之，就是要改变新诗浪漫传统的诗风。另一方面，译介则是学习英美诗歌批评的方法。举个例子，曹葆华翻译了理查兹的《科学与诗》，叶公超在为该书所写的序中说，理查兹提出的问题"至少是增加了一种分析印象的方法"，其目的"一方面是分析读者的反应，一方面是研究这些反应在现代生活中的价值"，并希望曹葆华多翻译这种分析文学作品的理论[④]。

---

① 吴尔芙夫人. 1932. 墙上一点痕迹. 叶公超译. 新月, 4(1): 1-12. 译文前有叶公超所写的"译者识"。
② 参见公超. 1932. 美国诗刊之呼吁. 新月, 4(5): 12-16.
叶公超. 1997. 我与《学文》//叶公超. 新月怀旧：叶公超文艺杂谈. 上海：学林出版社：157-161.
③ 叶公超. 1998. 爱略特的诗//陈子善. 叶公超批评文集. 珠海：珠海出版社：119.
④ 参见叶公超为《科学与诗》（商务印书馆，1937年）所写"序"第1-4页。

叶公超对 T. S. 艾略特很有研究,评价说艾氏的诗歌融合了英国玄学派诗人和法国象征派诗人的诗艺影响,因而兼具有戏剧的活力(dramatic vigour)和柔软与讽刺的技巧。T. S. 艾略特主张诗中用典和文以载道,他的道就是 tradition 和 orthodoxy 两种观念。T. S. 艾略特出于传统入于现代的诗思与诗艺,颇得叶公超的同情和欣赏,"假使他是中国人的话,我想他必定是个正统的儒家思想者"[①]。实际上,这也很符合新月派同人古典倾向的诗学以及他们对传统文化的关怀,何况 T. S.艾略特还自称是古典主义者。徐志摩曾打趣说叶公超是"T. S. Eliot 的信徒",胡适也殷切希望他能把艾氏诗中的经典加点注疏,使读者能了解其诗歌[②]。叶公超在英国留学期间与 T. S. 艾略特有过交往,而且是第一个把艾氏介绍到中国来的学者[③],但他述而不作的性情使他更愿意做一个文学批评家,所以终未能有丰富的译著产生。不过,叶公超对新月派后起之秀的提携和培养之功不可没,卞之琳、曹葆华、常风、赵萝蕤、钱锺书等受其赏识,都曾在他的指导下译介现代派诗歌或诗论,发表在《新月》月刊和他主编的《学文》月刊上。这可以说在某种程度上弥补了他自己惜墨如金所留下的遗憾,同时也培养了新人[④]。常风曾回忆他的第一篇文章《利威斯的三本书》[⑤],就是在清华大学读书期间受叶公超的鼓励和指点写就的。这篇书评主要评论了英国批评家利维斯的新著《英诗的新平衡》(*New Bearings in English Poetry*,1932)以及他对劳伦斯的研究,尤其阐明了以庞德、T. S. 艾略特和霍普金斯为中心的近代英文诗的现代性发展路径。常风对英文现代诗的这种认知与同情,不能不说是出自叶公超的点拨。《学文》月

---

① 参见叶公超《再论爱略特的诗》。该文为赵萝蕤译《荒原》(上海新诗社,1937 年)的序言,见陈子善. 1998. 叶公超批评文集. 珠海:珠海出版社:126.

② 叶公超. 1997. 深夜怀友//叶公超. 新月怀旧:叶公超文艺杂谈. 上海:学林出版社:153.

③ 叶公超在《文学·艺术·永不退休》中说:"我在英国时,常和他见面,跟他很熟。大概第一个介绍艾氏的诗与诗论给中国的,就是我。有关艾略特的文章,我多半发表于《新月》杂志。……我那时很受艾略特的影响,很希望自己也能写出一首像《荒原》 *The Waste Land* 这样的诗,可以表现出我国从诗经时代到现在的生活,但始终没写成功。"参见叶公超. 1997. 新月怀旧:叶公超文艺杂谈. 上海:学林出版社:179-180.

④ 梁遇春、杨绛(季康)、杨联升(莲生)、吴世昌、季羡林等北平和清华学子也都曾得到叶公超的赏识和指点,起步走上治学、创作或翻译的道路。常风回忆说,在叶公超主编《新月》月刊(1932 年第 4 卷起)的时候,常找清华学生和北平初露头角的青年作家约稿。参见常风. 1995. 逝水集. 沈阳:辽宁教育出版社:54.

⑤ 即苏波. 1933. 利威斯的三本书. 新月,4(6):12-26. 原文标题将"利威斯"错写成"利斯威,引用时改正。

刊 1934 年 5 月 1 日创刊时，叶公超就特地嘱咐卞之琳翻译了 T. S. 艾略特的著名文论《传统与个人才能》，并亲自为之校订，译出文前的拉丁文。卞之琳后来在回顾自己的创作历程时说："这些不仅多少影响了我自己在三十年代的诗风，而且大致对三四十年代一部份[分]较能经得起时间考验的新诗篇的产生起过一定的作用。"①可不，卞之琳鉴于徐志摩和叶公超等前辈对 T. S. 艾略特的喜爱，以及徐志摩仿艾氏《序曲》（"Preludes"）作诗《西窗》，因此索性把自己的第一部译文集定名为《西窗集》。进一步说，叶公超对现代文学理论译介的重视在《学文》上体现得淋漓尽致："本刊决定将最近欧美文艺批评的理论，择其比较重要的，翻译出来，按期披载。第一期所译的 T. S. Eliot：《传统与个人的才能》，本期的 Edmund Wilson：《诗的法典》，都是极重要的文字。另有老诗人 A. E. Housman：《诗的名与质》的译文一篇，拟在下期登载。……闻家驷先生是专门研究波德莱尔的。本期所载的《几种颜色不同的爱》是一篇长文中的一部分。其余的部分以后都要在本刊发表。"②这些译介文章皆出自新月派新秀卞之琳、曹葆华、赵萝蕤、闻家驷等人之手。

总体来说，新月后生在叶公超的鼓励下，大量译介了西方现代性文学批评和诗学理论，如豪斯曼的《诗的名称及其性质》（赵萝蕤译）、威尔逊的《诗的法典》（"The Canons of Poetry"，曹葆华译）、理查兹的《科学与诗》（*Science and Poetry*，曹葆华译）、T. S. 艾略特的《传统与个人（的）才能》（"Tradition and the Individual Talent"，卞之琳、曹葆华各译）等著述。此外，阿瑟·西蒙斯、尼柯孙、瓦莱里、默里、洛维斯、叶芝、里德、麦雷等英、法、美诗人学者的诗论与诗评也都有译介。其中，曹葆华自主编《北平晨报·学园》副刊《诗与批评》（1933 年 10 月 2 日创刊，至 1936 年 3 月 26 日停刊）以来，译介了十余年的西方诗歌和文学批评理论，刺激了中国现代诗歌的革新浪潮。他的部分译介作品汇成《现代诗论》，1937 年 4 月作为商务印书馆"文学研究丛书"出版。此外，邢鹏举和闻家驷则是大力介绍与批评波德莱尔的诗歌，如邢鹏举的《波多莱尔的诗文》、闻家驷的《波德莱尔——几种颜色不同的爱》和《波特莱尔与女人》等。值得注意的是，新月派对英美之外的现代派诗歌乃至部分法语诗作的翻译，大多是从上述英美诗人批评

---

① 卞之琳. 1993. 纪念叶公超先生//叶崇德. 回忆叶公超. 上海：学林出版社：21.
② 参见叶公超所写《编辑后记》（1934 年 7 月《学文》第 1 卷第 3 期，第 121-122 页）。

家的英译本转译的,或者至少是作为参考的。

二、英国唯美派诗歌的翻译

诗论译介之外,新月派新秀翻译了大量的欧美现代主义诗作。首先,对于英国前拉斐尔派诗人以及唯美主义倾向的诗人与作家,徐志摩是译介先行者,邵洵美和朱维基则是成绩最瞩目者。其次,文学上的前拉斐尔主义指当时文学界的一种浪漫趋势,受罗斯金弘扬美与艺术的影响,前拉斐尔派诗人崇拜布莱克和济慈,他们的诗作具有古典与浪漫调和之色泽,被认为是唯美主义的中坚,与象征主义互为影响。滕固在谈及布莱克和济慈是唯美运动的先驱后,接着说:

> 过了几时,到同世纪的后叶,有先拉飞尔派(Pre-Raphaelites)的诸人,手牵手的到这殿堂里来工作,把她装点得很显耀;这所谓公然的唯美运动。又过了几时,在这世纪的末年了,有高唱唯美主义(Aestheticism)的人物,整了旗鼓,在这殿堂上演了一出悲剧的喜剧;直接与大陆尤其法国的象征主义(Symbolism)相结婚。唯美主义到了这个田地,才始告一段落。照这样看来,唯美运动,远之是完成浪漫派的精神;近之是承应大陆象征派的呼声。其自身在思潮中,已别成一流派了。[①]

这样看来,英国唯美派诗人包括了罗塞蒂兄妹、斯温伯恩、莫里斯、伯恩·琼斯等前拉斐尔派诗人,以及19世纪末的比亚兹莱、佩特、王尔德、道生、摩尔、叶芝、阿瑟·西蒙斯、高斯等诗人、艺术家和批评家,后面这批人大多与当时的两份唯美文艺杂志《黄面志》(The Yellow Book)和《萨伏伊》(The Savoy)联系紧密[②]。在唯美运动式微后,叶芝、阿瑟·西蒙斯、摩尔、高斯等诗人转向了象征主义或其他的现代主义思潮;而且,他们还为曾经的唯美作家写作传记。

[①] 滕固.1992.唯美派的文学(影印版).上海:上海书店:2-3.引文中的"同世纪"即19世纪。
[②] 《黄面志》1894年创刊于伦敦,1897年终刊,共出版13期,主要撰稿人有比亚兹莱、王尔德、道生、叶芝、比尔博姆、阿瑟·西蒙斯、高斯、亨利·詹姆斯等。《萨伏伊》1896年1月创刊于伦敦,同年12月终刊,共出版8期,主要撰稿人有阿瑟·西蒙斯、叶芝、比亚兹莱、比尔博姆、王尔德、康拉德等。

前文说过，徐志摩开启了新月派对唯美派诗歌的翻译。具体来讲，包括罗塞蒂兄妹和阿瑟·西蒙斯的 5 首诗，分别是 D. G. 罗塞蒂的《图下的老江》（"John of Tours"）、C. G. 罗塞蒂的《新婚与旧鬼》（"The Hour and the Ghost"）与《歌》（"Song: When I Am Dead"），以及阿瑟·西蒙斯《爱的牺牲者》（"Amoris Victima"）中的 2 首诗。而且，他还从上述诸唯美派作家的英文本中转译了古希腊女诗人萨福的诗歌、意大利唯美作家邓南遮的戏剧《死城》（The Dead City），以及改编的德国浪漫派作家富凯的童话剧《涡堤孩》（Undine）等。对徐志摩来说，青睐英国唯美派诗歌与他对哈代的喜爱的部分原因是相似的：哈代"同情与崇拜"斯温伯恩，受其影响，诗歌的内容和形式与维多利亚主义分野。在徐志摩的召引下，新月派对前拉斐尔派诗人很是着迷，《新月》月刊在文艺风浓厚时期刊载了刘海粟创作的罗塞蒂兄妹的画像、D. G. 罗塞蒂自己的画作以及前拉斐尔派其他艺术家的作品。闻一多撰有《先拉飞主义》一文，肯定了前拉斐尔派的古典与浪漫调和，以及对当时物质潮流与怀疑思想的纠正[①]。值得一提的是，闻一多还模仿比亚兹莱编辑的《黄面志》形式，设计了《新月》的封面[②]。

承接徐志摩对英国唯美派诗人的喜爱，邵洵美、李唯建、卞之琳、朱维基等新秀也加入对其译介，尤其邵洵美成绩突出。1924 年冬邵洵美赴英国留学，在路途中于意大利停留，偶然间在博物馆里看到一张希腊女诗人萨福的壁画残片，开始着迷于她。待弄到其诗歌英译本以后，翻译了她的《爱神颂》（"Hymn to Aphrodite"）、《女神歌》（"Old to Nereid"）、《残诗（一）》、《残诗（二）》等诗作 30 余首[③]。在翻译萨福的过程中，邵洵美接触了她的英译者斯温伯恩（邵译作"史文朋"），由此视二人为心中的偶像，不仅书室里悬挂着她们的画像，而且笔名"朋史"也源于"史文朋"之名的颠倒。从斯温伯恩那里，邵洵美又认识了前拉斐尔派一群人，斯温伯恩的画像就出自 D. G. 罗塞蒂之手，随后又接触了高斯、阿瑟·西蒙斯、摩尔、劳伦斯、王尔德以及法国象征派诗人波德莱尔和魏尔伦、高蹈派作家戈蒂耶等。邵洵美的

---

① 闻一多. 1928. 先拉飞主义. 新月，1（4）：1-15.
② 参见梁实秋. 2006.《新月》前后//梁实秋. 雅舍谈书. 陈子善编. 济南：山东画报出版社：497-500.
③ 邵洵美在《莎茀》一文中曾谈及翻译了萨福诗歌 30 余首，但见诸报刊等出版物的不过寥寥几首，可能多为出于爱好的练习之作，没有发表。参见邵洵美. 2006. 洵美文存. 陈子善编. 沈阳：辽宁教育出版社：39.

第一本译诗集是1928年3月金屋书店出版的《一朵朵玫瑰》，收译诗24首，其中萨福4首，古罗马诗人卡图卢斯2首，魏尔伦3首，戈蒂耶1首，D. G. 罗塞蒂3首，C. G. 罗塞蒂2首，斯温伯恩4首，哈代1首，美国女抒情诗人蒂斯代尔4首。这种译诗的分布完全是按照邵洵美对萨福的喜爱而逐渐展开的，卡图卢斯和斯温伯恩是萨福的崇拜者，前者的2首译诗《悼雀》("Funus Passeris")和《赠篮笥布的妇人》("AD Lesbiam")都是献给萨福的；罗塞蒂兄妹和法国诗人不仅与斯温伯恩联系紧密，而且也都深受萨福影响；至于哈代，前文说过他是斯温伯恩的崇拜者；至于蒂斯代尔，邵洵美说她是"近代萨茀"，并希望中国能多出现她那样的女作家[①]。他的第二本译诗集是1929年6月金屋书店出版的《琵亚词侣诗画集》，琵亚词侣即英国现代派杂志《黄面志》的艺术编辑比亚兹莱，译诗集收入《三个音乐师》("The Three Musicians")和《理发师》("The Ballad of A Barber")两首译诗，译者署名"浩文"。除此之外，邵洵美还发表了若干译介文章，如《莎茀》、《史文朋》、《日出前之歌》、《贼窟与圣庙间的信徒》、《高谛蔼》、《迦罗多斯的情诗》、《现代美国诗人概观》、"D. G. Rossetti"、《希腊女诗圣莎茀》、《纯粹的诗》、"George Moore"、"Edmund Gosse"、《Savoy杂志的编辑者言》等，这些文章不仅广泛介绍了斯温伯恩、D. G.罗塞蒂、王尔德、摩尔、T. S.艾略特、弗罗斯特、波德莱尔、魏尔伦、戈蒂耶等英、法、美现代派诗人的诗歌艺术，而且还节译了他们各式各样的诗歌片段，其中译T. S.艾略特的《荒原》(*The Waste Land*)片段虽只是寥寥四行，但这大概是中国最早的《荒原》片段翻译了[②]。

邵洵美自萨福、卡图卢斯、斯温伯恩到罗塞蒂兄妹、摩尔以及法国象征派诗人的译介路线，是诗人崇拜与诗艺追求的过程。自第一次接触到萨福诗歌的英译本，他就感觉到她的诗格与中国旧体诗不同。联系到自己早期节译或改作英国名诗以及以中国旧体诗翻译外国诗的失败[③]，他从萨福一直追到了

[①] 邵洵美. 2006. 希腊女诗圣莎茀//邵洵美. 洵美文存. 陈子善编. 沈阳：辽宁教育出版社：183.

[②] 邵洵美的片段翻译名为《荒土》，见其文章《现代美国诗坛概观》（1934年10月1日《现代》第5卷第6期，第887页）。赵萝蕤在1935年5月间试译《荒原》一段，完整翻译的《荒原》由上海新诗出版社1937年出版，是中国第一部全译本。

[③] 邵洵美开始新诗创作时，因为年龄小没有受到五四白话自由诗的影响，所以他的新诗写作"几乎完全是由自己发动的：我一方面因为旧体诗翻译外国诗失败，一方面因为常读旧式方言小说而得到了白话的启示。"参见邵洵美. 2006.《诗二十五首》自序//邵洵美. 洵美文存. 陈子善编. 沈阳：辽宁教育出版社：367.

英国唯美派诗人和法国象征派诗人。他选择现代派诗人来翻译，首先，是因为他与英国唯美派诗人一样，既是诗人，又是艺术家（大多是画家）。文学艺术身份的相似，使得他容易对这些诗人产生共鸣，就像闻一多早年崇尚前拉斐尔派和美国意象派诗人一样。其次，邵洵美青睐现代派诗歌的内容和形式技巧，如他所言，这是一种"主观的或为己的"翻译态度[①]，所选择的材料，所运用的技巧，都以能满足一己的眼光为标准。D. G. 罗塞蒂的"音调的壮丽"与"色彩的灿烂"，波德莱尔与魏尔伦的享乐哲学以及关于萨福的恋爱、美与肉体，斯温伯恩和戈蒂耶的乐感和肉色，都是他欣赏的主题[②]。甚至，浏览邵洵美上述译介文章，"肉体"和"音乐"是两个最高频出现的词语，而他收录部分译介文章的论文集《火与肉》（1928年）的标题也展现了他对火一般的情感和肉的成色的关注，也就是"在臭中求香；在假中求真；在恶中求善；在丑中求美；在苦闷的人生中求兴趣；在忧愁的世界中求快活，简括一句说'便是在罪恶中求安慰'"[③]。

邵洵美的这种"为己的"翻译态度不仅仅是偶像崇拜和兴趣驱使，也是以提高自己的诗歌创作为最高目的。为了达到诗艺精进，求得辞藻、韵节、声调、意象和格律等诗的形式与诗的内容意义互相贯通和完美结合，他借用梁宗岱的话说，"翻译则是辅助我们前进的一大推动力"[④]。所以，他的译诗强调对原作形式的模仿和炙热情感的再现。请看他对斯温伯恩的诗《婀娜》（"Anactoria"）的一节翻译：

> I feel thy blood against my blood, my pain.
> Pains thee, and lips bruise lips, and vein stings vein.
> Let fruit be crushed on fruit, let flower on flower,
> Breast kindle breast, and either burn one hour.

> 我觉得你的血粘着我的血；我的痛苦，

[①] 邵洵美. 2006. 谈翻译//邵洵美. 洵美文存. 陈子善编. 沈阳：辽宁教育出版社：130-132.
[②] 参见"D. G. Rossetti"、《贼窟与圣庙之间的信徒》、《希腊女诗圣莎茀》等文（《洵美文存》，辽宁教育出版社，2006年）。
[③] 邵洵美. 2006. 史文朋//邵洵美. 洵美文存. 陈子善编. 沈阳：辽宁教育出版社：46.
[④] 邵洵美. 2006. 新诗与"肌理"//邵洵美. 洵美文存. 陈子善编. 沈阳：辽宁教育出版社：134.

第四章　传统的与现代的：新月派译诗的主体选择

使你痛苦，唇贴破了唇，筋刺伤了筋。

啊，让果子挤碎在果子上，花儿捣烂在花儿上，

胸脯燃烧在胸脯上吧，否则便都焚毁掉了吧。[①]

这是斯温伯恩以萨福口吻写的一首诗，以热烈的情感和美妙的音乐，形容苦恼中的快乐、愤怒中的爱怜与绝望中的欲求。译诗忠实地再现了原文汪洋恣肆的意象和感情，甚至为了突出情感的炙热，邵洵美在第三行还添加了一个感叹词"啊"。

邵洵美"为己的"翻译是考虑自己的文学创作，这一点确实如此。出身名门的背景，在英国剑桥大学留学期间对萨福和英法现代诗人的青睐，以及1926年5月回国后与滕固、章克标、朱维基等唯美作家的接触，这些都强化了他唯美和象征的文学观。然而，随着走近徐志摩和新月派，他不仅帮助维持《新月》月刊和筹创《诗刊》[②]，而且现代诗风也正好应和了新月派的转型需求。可以说，徐志摩后期对现代派诗歌的偏向与邵洵美不无关联。所以，后来参与新月派的邵洵美对新月现代诗风的贡献不能低估。而且，此时他对现代派诗歌的翻译选择，已上升到了文学传播和介绍的文化事业发展层面。他说：

> 到了现在，都市的热闹诱惑了一切田野的心灵，物质文明的势力也窜进了每一家门户，……官能的感受已经更求尖锐，脉搏的跳动已经更来得猛烈：在这种时代里再写和往昔一样的诗句，人家不笑他做作，也要说他是懦怯地逃避现实了。……题材的变换已不是人力所能拒绝的。新诗人的手头便来了个更繁难的工作，他要创造新的字汇；他要有上帝一样的涵量及手法，使最不调和的东西能和谐地融合。这个也许会给予读诗的人一个艰难的印象，他们更会疑心到诗人只是为了自己而写作。其实诗人的使命是"点化"。[③]

由此可见，他对欧美现代诗歌的译介是寻求中国新诗的题材变换，以应

[①] 邵洵美.2006.史文朋//邵洵美.洵美文存.陈子善编.沈阳：辽宁教育出版社：57.

[②] 绡红.2006.邵洵美与徐志摩：一部诗的传奇.新文学史料，(1)：12-20.

[③] 邵洵美.2006.《诗二十五首》自序//邵洵美.洵美文存.陈子善编.沈阳：辽宁教育出版社：371.

对文学的时代潮流发展，与时俱进。这种翻译态度融合进了"客观的或为人的"思想①，让中国的读者能享受到外国优秀的作品。这也是他作为一个文化商人或者说出版家对于翻译事业的考虑，以促进外国文学在中国的传播与接受。

与邵洵美相得益彰的是，新月派外围同人朱维基也是一位艺术家诗人，不仅翻译了济慈的多首诗，还倾心唯美派和象征派诗，尤其是罗塞蒂兄妹和波德莱尔。具体来说，他翻译了 C. G. 罗塞蒂诗 12 首，波德莱尔诗 8 首，选译了 D. G. 罗塞蒂诗集《生命之屋》（The House of Life）中的诗 28 首，此外还翻译了道生、斯温伯恩等人的诗若干首。应该说，朱维基选译的诗均有浓厚的唯美色彩，也有"感伤的"意味，这与新月派的主流译诗有些距离，不过邵洵美是认同的："他们[朱维基与芳信]的翻译，的确是有主张的有成见的，比之一般专译有容易翻字典的生字的外国文者，我们不得不同声地赞美。"②而且，朱维基也并不认为唯美派诗歌就是颓废和感伤，相反，他认为唯美与理性是关联的。他说："'理性'能引导人到天上去的飞翔，她也会精巧地装饰他到地狱去的路径。所以她对于感官是深深地负欠着的。"③可见，在朱维基看来，唯美是在理性的主导下发展的，这与新月派古典倾向的诗学仍是一致的。再者说，他和邵洵美翻译唯美派诗歌的目的，是拓展中国诗歌的题材与形式，建设新诗文体，是诗学的"唯用"需要。

三、法国象征派诗歌的翻译

邵洵美、朱维基等新月派同人翻译现代派诗，主要以英国诗人为主。对法国象征派诗歌积极的译介者无疑是邢鹏举、梁镇、卞之琳、梁宗岱等新月派新生代成员或外围同人。此外，他们还翻译了德国（里尔克）、美国（意象派）和西班牙等国的现代主义诗歌，加上 19 世纪末的英国唯美派诗人，也即耿纪永所谓的广义象征派诗歌④。实际上，新月派对欧美象征派诗歌的译介在当时是首屈一指的，为中国的现代派诗歌开辟了道路，也为戴望舒等现代

---

① 邵洵美. 2006. 洵美文存. 陈子善编. 沈阳：辽宁教育出版社：131.
② 邵洵美. 2006. 水仙//邵洵美. 洵美文存. 陈子善编. 沈阳：辽宁教育出版社：248.
③ 朱维基. 1934. Robert Bridges 的"美约". 诗篇月刊，（4）：78.
④ 耿纪永. 2001. 欧美象征派诗歌翻译与 30 年代中国现代派诗歌创作. 中国比较文学，（1）：74-89.

派作家大规模译介欧美现代诗歌铺平了道路。为了说明新月派对欧美象征派诗歌的翻译成绩，试比较其与耿纪永[1]的统计，也即1925—1937年欧美象征派诗歌在中国翻译的整体统计。所考察的作家是双方共有的13位诗人，含法国象征派、20世纪之交的英国唯美派和其他国家的现代派诗人[2]。至于新月派作为一个群体的存在，本书对其译介统计的时间跨度是1923—1935年。不过，考虑到可比的同一性，我们将新月派对象征诗翻译的开始时间也从1925年算起，之前的译介暂不考虑，好在数目也不是很多，主要只是徐志摩和梁实秋译波德莱尔诗2首；新月派译介的结束时间仍然只能是1935年，至于卞之琳等人后期的译介不纳入新月派考虑。具体比较见表4-1。

表4-1 象征派诗歌翻译在中国之整体译介与新月派译介的比较（1925—1937年）

诗人	整体译介数量/首	新月派译介数量/首
波德莱尔	85	73
魏尔伦	30	14
果尔蒙	17	1
马拉美	5	2
瓦莱里	4	3
叶芝	16	7
道生	9	2
阿瑟·西蒙斯	1	3
T. S. 艾略特	1	2
桑德堡	14	1
里尔克	7	2
雷尼霭	4	1
梅特林克	2	1
总计	195	112

---

[1] 耿纪永. 2001. 欧美象征派诗歌翻译与30年代中国现代派诗歌创作. 中国比较文学，（1）：75.
[2] 耿纪永的统计还包括新月派没有译介的兰波、耶麦（今译雅姆）、核佛尔第（今译勒韦迪）、福尔4位法国象征派诗人的34首诗。同时，按照耿纪永的广义象征派定位，他也没有统计新月派所翻译的英国的斯温伯恩、比亚兹莱、摩尔和劳伦斯，法国的戈蒂耶和美国意象派诗人蒂斯代尔、米蕾等诗人的20余首诗。所以表4-1中的统计数字对比还是能够有效反映双方的实际译介状况的。

可见，新月派对象征诗的翻译在当时的文坛是首屈一指的。只是在新月派式微后，象征派译介的任务就转到戴望舒、施蛰存领衔的现代派手里了。而且，卞之琳、梁宗岱等译介欧美现代主义诗歌的新月派主力，也入于现代了。至于 4-1 表中，新月派对阿瑟·西蒙斯、T.S.艾略特等诗人的翻译数目甚至超过了整体数，这只是说整体译介统计稍有遗漏。当然，本书对新月派译介的统计也肯定存在少量缺失。不过，历史材料统计的求全求周是不可能的；况且，历史研究也决不是要求史料详尽无缺，而总是带有选择性和主题性的考虑的[①]。所以说，表 4-1 中的比较还是能说明问题的。

从表 4-1 中可以发现，翻译法国象征派诗歌是新月派译介的大宗，尤其是对波德莱尔和魏尔伦等诗人的译介。首先，这是时代语境下的主体选择。在 20 世纪 30 年代，中国文坛弥漫着左翼文人政治感伤的无产阶级诗歌，同时滥情的浪漫主义文学又有抬头，新月派译介法国象征主义诗歌就是寻求其暗示、委婉的表现形式以制约感伤主义的泛滥。T. S.艾略特认为，浪漫主义就是感伤主义的代名词，针对浪漫主义关于"诗歌是诗人感情的表现"的观点，提出"非人格化"学说，将个人情绪转变为普遍性和艺术性的情绪[②]。这种诗学观深深吸引了诗风转型期的新月派，将其向现代派诗歌路途上引导。其次，鉴于中国文坛对象征派诗歌的误读和"率尔操觚"的浪漫式翻译，象征诗不仅内容苍白，还晦涩难懂，新月派译介象征诗以还其内容和形式的本来面目，凸显了翻译的伦理性。最后，象征派诗也撼动了新月派同人的心弦，译介也是为了从中寻求新的诗歌题材和形式，以突破当前新诗的瓶颈（下章将具体论述）。

四、选译现代派诗歌：批评、分歧与辩驳

在新月中后期的现代中国，唯美诗和象征诗还背负着颓废主义、厌世主义、神秘主义、心灵主义和自由主义的各种指责，波德莱尔更是以"恶魔诗

---

① Woodsworth, J. 1998. History of Translation. In M. Baker (Ed.), *Routledge Encyclopedia of Translation Studies* (p. 105). London: Routledge.

② T. S. Eliot. 1934. 传统与个人的才能. 卞之琳译. 学文, 1（1）：87-98.

人"为当时文坛所熟悉①。创造社的王独清和穆木天在20世纪20年代曾是欧美象征派诗译介的主力军,然而在他们"向左转"接受革命文学之后,都反思和批评象征主义。王独清不仅批评象征派诗歌译介是畸形的表现,还反思自己说:"我过去的倾向是经过浪漫谛克而转成狄卡丹的,不消说我过去的生活多是浸在了浪漫与颓废的氛围里面。"②穆木天更是贬斥象征主义"是恶魔主义,是颓废主义,是唯美主义,是对于一种美丽的安那其境地的病的印象主义";象征派诗人"回避现实的无政府状态"和"到处找不着安慰的绝望状态"给他们自己"创造了一个神秘的境界,一个生命的彼岸"以"求灵魂的安息",而所谓的"象征的世界,也就是极端的个人的印象的世界了"③。如果说王独清等对象征主义颓废厌世的批评还仅出于道德与人生观方面的指责,那么穆木天的批评不仅如此,还纠结了中国式主观主义观念,以现代唯科学主义理论对象征派神秘主义、心灵主义、个人主义乃至自由主义进行批评,说象征派文学脱离现实,是"现实主义的反动",象征派作家是"退化了的贵族",一句话,象征派文学是"回光反[返]照的文学,是退化的人群的最后的点金术的尝试"④。显然,这种误解是从阶级划分的立场出发,以谴责"资产阶级文人"落后与腐朽的生活情调,批评他们的翻译和创作绝非实现现代中国的事功之需要。

一方面,在这种语境下,新月派译介或模仿创作象征派诗歌,不仅也被斥为感官刺激和腐朽堕落,更被时人批评是布尔乔亚的庸俗。譬如,茅盾、苏雪林等作家在肯定唯美派和象征派诗歌的艺术技巧的同时,也批评徐志摩、邵洵美等诗歌内容的颓废和布尔乔亚诗人的特色。苏雪林说邵洵美是"中国唯一的颓废诗人",茅盾则称徐志摩是"中国布尔乔亚'开山'的同时又是'末代'的诗人",展现了"最后一阶段的现代布尔乔亚诗人的特色",最终"遁入艺术至上的'宝岛'"而至死不能自拔⑤。

---

① 彭建华.2008.现代中国的法国文学接受:革新的时代 人 期刊 出版社.北京:中国书籍出版社:249-250.
② 参见黄人影.1985.创造社论.上海:上海书店:20-21.
③ 穆木天.2000.什么是象征主义//陈惇,刘象愚.穆木天文学评论选集.北京:北京师范大学出版社:96-97.
④ 穆木天.2000.什么是象征主义//陈惇,刘象愚.穆木天文学评论选集.北京:北京师范大学出版社:95-100.
⑤ 苏雪林.1935.论邵洵美的诗.文艺,2(2):1.
茅盾.1933.徐志摩论.现代,2(4):519,529-530.

另一方面，新月派内部对于现代主义诗歌的译介也有分歧，不赞成者主要是老一代同人梁实秋、胡适与闻一多，保持中立者是朱湘和饶孟侃，他们固守的仍然是浪漫派传统诗歌的翻译。虽然除朱湘外，他们在后期的译诗都不多，但透过译诗实践，还是可以看出他们在"跟着传统的步伐走"。在新月中后期，闻一多的艺术观念由画转向了诗，更注重诗的音乐美，淡化了对诗的色彩和意象的关注。他虽然同情前拉斐尔派浪漫与古典相调和的诗作，但认为他们"诗中有画，画中有诗"的诗学观念无异于"艺术的自杀政策"，并警告"那艳丽中藏着有毒药"。同时，他又辩护说 D. G. 罗瑟蒂诗的"肉体美"可贵，完全是"灵魂美"的佐证，可谓"内在的，精神的美德的一种外在的，有形的符号"①。闻一多的这种矛盾心理反映了1930年前后的新诗在十字路口的彷徨，也凸显了新月派在开辟新的诗歌路向方面的艰难取舍。及至1933年费鉴照《现代英国诗人》出版，闻一多算是坚定了对现代派诗歌的批评立场。他在该书序言中强调了对传统色彩的英国诗人的关怀，同时与梁实秋一道，斥责当前形形色色的"摩登派"诗歌"青面獠牙"，不合常理。梁实秋反对译介象征主义诗歌，主要是不满其"晦涩"，看不明白，在他看来这也是"一种极度浪漫的性格"②。吊诡的是，如前所述，徐志摩和新月后生译介现代派诗歌恰是为了反感伤的浪漫主义的。可见新月派内部对象征派诗歌的不同认知，尽管他们都保持着古典倾向的诗学。梁宗岱就在致梁实秋的信中明白表示，他所谓的"象征主义"追求的是题材的浪漫，而思维方法和作诗手法却是融描写、暗示、形式与音乐于一体的和谐③。同样，邵洵美在批评梁实秋和胡适的同时，也声明象征主义诗歌的译介是为了开拓题材、创新语汇、调和世界以及"点化"人生④。古典倾向的诗学气息跃然纸上。

其实，新月派在选译唯美主义、象征主义等现代诗歌时，已经预料到将来可能的批评。因此，在译介的过程中，他们寻找机会正面宣传其艺术价值，或批判性地宣讲其积极意义，以为翻译扫清障碍，或者说获取正当的理由，不至于被人们误解和攻击。邢鹏举就是一个典型的代表。他在出版译诗集《波

---

① 闻一多. 1928. 先拉飞主义. 新月，1（4）：11-15.

② 参见梁实秋对费鉴照《现代英国诗人》和梁宗岱《诗与真》的书评。（见梁实秋. 2006. 雅舍谈书. 陈子善编. 济南：山东画报出版社：85，127）

③ 梁宗岱. 2005. 释"象征主义"：致梁实秋先生. 中国现代文学研究丛刊，（6）：182-189.

④ 邵洵美. 2006.《诗二十五首》自序//邵洵美. 洵美文存. 陈子善编. 沈阳：辽宁教育出版社：371.

多莱尔散文诗》时，就极大程度地利用了序和介绍批评性文章等"副文本"（paratexts）来让人们先行了解波德莱尔及其诗歌，去其糟粕，取其精华。这本译诗集是徐志摩在中华书局主编的"新文艺丛书"之一，1930年4月初版，共193页，译波德莱尔诗歌48首。译诗集不仅有徐志摩和译者自己的序，还有邢鹏举一篇长达数万言的《波多莱尔的诗文》（第1-40页），作为正文放在译诗的前面。

在这篇介绍与批评的文章里，邢鹏举先是循着时人的思路，将波德莱尔看作是一个颓废作家，但积极评论他的贡献，认为他诗中的"变态"是"活力"，"不是一种僻[癖]性，确系一种觉悟"；他在诗中种下了"瑰奇的理想"：作为"一个救世主义者"，"想从最下层的途径，把人们引到超脱的境界"。他的诗歌是对近代文明物欲横流的反抗，"颓废是他的工具，牺牲是他的精神"。所以说，波德莱尔是最深刻的社会改革家和最勇敢的人类救护者（第2-4页）。接下来，邢鹏举介绍波氏的生平和放纵的生活方式，然而正是因为他把人生的伦理观化作纯粹的诗品，才使得其诗歌具有"死亡的启示"和"异常的厌世观"等凄惨的特色；他的散文诗虽然没有韵脚，没有定律，可每一节中都保持着诗的音节和诗的声调，有动人的情绪与和谐的声调（第5-18页）。在描摹了波德莱尔诗歌的精美艺术之后，邢鹏举以"崇拜艺术，排斥自然"总结了波氏的艺术观与自然观，开始批评其偏颇之处（如把艺术的范围看得太狭小，把自然的价值看得太轻微），但认为波德莱尔"不是要把自然界一律扫荡"，他的诗歌是理智的产物（第19-20页）。邢鹏举分析了波氏的悲观源自"觉得现实的世界是悲哀的，自然的人生是无味的"的人生观以及爱伦·坡的影响，从而导致其享乐和沉醉的艺术思想。最后，邢鹏举又笔锋一转，将对波德莱尔的批评转入对其文学地位的颂扬，认为他是浪漫派转入现代派的枢纽，是"象征主义"开山之祖，开"近代主义"之先声（第21-35页）。其实，这才是邢鹏举文章所真正要说明的主题，也就是说，波德莱尔将颓废派的"软弱"和唯美派的"无能"转到了生机勃勃的象征主义文学，"象征派是坚强的，勇毅的，它鉴到人们所看到的世界，是幻象底世界，不是实在的世界。颜色，音响，香味和一切物质的东西与一切可以感觉到的东西，都不过是实在东西的象征与反影。'实在'被我们五官与死的门户所遮盖……人们只有通过想象方才能够得到灵的启示，因为想象是肉的牢狱的一扇窗,只有通过这扇窗,灵魂方才能够看到永久的骄傲的影响。"这样看来,"象征主义的文学,真是未来的文学",我们中国人应该感谢波德莱尔(第38-39页)。

邢鹏举的这篇长文煞费苦心地以褒扬为主、批评为次,或者说批评中见褒扬的春秋笔法肯定了波德莱尔的文学价值,同时也正告读者,所谓的颓废派文学实际是充满希望的象征主义文学。长文也呼应了"译者序"中的翻译目的:尽管一般文人对颓废派诗歌进行非难,但他仍坚持翻译,因为他翻译的目的是:

> 不希望读者都学着波多莱尔的行为,把生活的法轮,转到最下层去。我也不希望读者都带[戴]着颓废思想的眼镜,把死亡的暗示,行到心理上来。我只希望——我热烈地希望——读者知道当文坛上有散文诗这样的东西会把你在梦幻里的思潮,一层层聚集起来,成功一种灿烂光明的结晶。波多莱尔曾经说过:"当我们人类野心滋长的时候,谁没有梦想到散文诗的神秘——声韵和谐,而又没有节奏,那立意的精粹,辞章的跌荡[宕],足以应付那心灵的情绪,思想的起伏,和知觉的梦幻?"这是波多莱尔做散文诗的宗旨,也就是我译散文诗的目的。①

显然,象征派诗歌的艺术性是邢鹏举译介的最大关怀,而这种艺术关怀也是他和新月派同人寄希望以新型的文学手法来表现现实。因为自身艺术的不成熟,所以才有通过译介借鉴的必要;因为欧美象征派文学的新颖,才有向国人介绍的必要。而正因为国人对其的误读,所以才有了邢鹏举开宗明义的波德莱尔批评介绍和卞之琳、曹葆华、闻家驷等对现代派诗论与诗评的译介。

---

① 波多莱尔.1930.波多莱尔散文诗.邢鹏举译.上海:中华书局:"译者序"3-4.

第五章

浪漫的与古典的：新月派译诗策略

翻译活动最基本的任务是选择待翻译的文本和适切的翻译方法，即韦努蒂所言的翻译策略（strategies of translation）[①]。此言似不甚准确，尤其是对于文学社团的翻译活动来说。新月派诗歌翻译选择的系统性，就表明他们首要的翻译任务是选择待翻译的外国作家，对他们进行引介，然后才落实到需要选译的文本以及翻译的方法上。因此，所谓的翻译策略，可以说是选择待翻译的作家和运用适切的译介方法。翻译策略受文化、诗学、政治、经济等多重因素的影响，是源语文化、译语文化和译者主体相互之间协商调节下的产物，可以说明译语文化以及译者对待源语文化的态度，透视译者的翻译动机和影响翻译的诗学、文化、意识形态等因素。上一章探讨了新月派十余年来诗歌翻译活动的主体性和系统性选择，初步观察了其译诗选择的古典倾向诗学，本章将进一步考察新月群体的译诗策略，分析与阐释其生成发展的深度原因。换言之，就是译诗"选种"的深层原因以及与"播种"的关联。

梁实秋曾有文学批评集《浪漫的与古典的》（1927年）论及"浪漫的"和"古典的"两种文学活动特征，并为新月派古典倾向诗学张目。本章仿拟"浪漫的与古典的"为标题，想要说的是新月派的译诗"选种"集中于外国浪漫主义诗歌及其变种（或曰，有意识着重选译禁欲、古典、理性的西方阴性诗歌），而选择的理念和策略首先就是反对翻译的"浪漫性"趋势，冲破五

[①] Venuti, L. 1998. Strategies of Translation. In M. Baker (Ed.), *Routledge Encyclopedia of Translation Studies* (p. 240). London: Routledge.

四译诗倾向于纵欲、浪漫、非理性的欧美阳性诗歌的藩篱[①]，充满了古典主义的节制与理性。这一看似矛盾实则和谐的翻译行为，是新月派自身的浪漫气质与古典倾向思想相调和下的产物，张力感十足，表现了新月派古典倾向的翻译诗学。

第一节　译诗发绪：反"浪漫性"的古典倾向

在波澜壮阔的新文化运动中，外国诗歌翻译的重要性指向了功用性。译介外国诗歌的目的就是为了帮助中国新诗实现破除格律和诗体解放的文学革命使命，一如胡适所言："文学革命的运动，不论古今中外，大概都是从'文的形式'一方面下手，大概都是先要求语言文字文体等方面的大解放。欧洲三百年前各国国语的文学起来代替拉丁文学时，是语言文字的大解放；十八、十九世纪法国嚣俄、英国华次活（Wordsworth）等人所提倡的文学改革，是诗的语言文字的解放；近几十年来西洋诗界的革命，是语言文字和文体的解放。"[②]于是，五四译诗在胡适"作诗如作文"的新诗理论和《关不住了》的译诗实践影响下，表现出"浪漫式"的译介特征：其一，欧美浪漫主义诗歌译介的"中国化"，或者说"被现实主义化"——着重于浪漫派诗揭露黑暗的力量和斗争的狂飙突进精神，或偏爱其契合五四运动落潮后文人所特有的落寞、感伤与哀愁；其二，外国现实主义诗歌被"浪漫式"译介，如弱小民族反映现实社会黑暗的诗歌寄予了译介者的同情心理和感伤气质，以暴露资产阶级的压迫，泰戈尔的道德观和人道性及其对现实社会的暗示被放大为批判资产阶级的堕落与腐朽；其三，译诗的自由化、散体化、白话化、平民化更是一种直观的浪漫性表现。译诗的如上表现及其对中国新诗所带来的负面影响在梁实秋看来是"浪漫主义"心理作祟[③]。

[①] 阴性诗与阳性诗之定义以及西方阴性诗与阳性诗思潮的交替史，参见辜正坤. 2010. 中西诗比较鉴赏与翻译理论. 2版. 北京：清华大学出版社：47-54.

[②] 胡适. 1993. 谈新诗//姜义华. 胡适学术文集·新文学运动. 北京：中华书局：385.

[③] 梁实秋. 1987. 现代中国文学之浪漫的趋势. 中国现代文学研究丛刊，（2）：244-262.

第五章 浪漫的与古典的：新月派译诗策略

实际上，在五四运动进行得如火如荼的时期，梁实秋和闻一多就已经表露了对当时"浪漫主义式"写诗和译诗的不满，二人合著的文集《〈冬夜〉〈草儿〉评论》（1922年3月上海亚东图书馆初版）批评了新诗创作的"非诗化"倾向，初具新月派古典诗学的雏形。但最早批评浪漫式翻译趋势的，当是闻一多发表在1923年5月《创造季刊》第2卷第1号上的《莪默伽亚谟之绝句》一文。该文虽然褒扬郭沫若翻译的《鲁拜集》"如闻空谷之足音"，但一上来就对五四时期着重翻译西方现代诗歌作品，尤其是大量译介泰戈尔的散文诗，表达了不满。

> 当今国内文学界所译西洋诗歌本来廖如晨星，而已译的又几乎全是些最流行的现代作品。当然没有人敢说西洋只有这些好诗或再没有更好的诗。不过太戈尔底散文诗，学过几年英文的有本字典，谁都译得出来，所以几乎太戈尔底每一个字都搬运到中文里来了。至于西洋的第一流的古今名著，大点篇幅的，我只见过田汉君译的莎士比亚底Hamlet同郭沫若君这首莪默同一些歌德。胡适教授苏曼殊大师都译过一点拜轮，但那都是些旧体的文字。①

闻一多对泰戈尔的这段评论有些偏颇，但可以看出他与创造社的文学理念和翻译观念都是很相近的，不满当时文坛——尤其是文学研究会"厚今薄古"的功利主义译介态度——对外国古典主义作品的有意忽视。不过，闻一多并不像郭沫若那样着重《鲁拜集》的享乐主义哲学和颓废的色彩，他虽"同情"伽亚谟诗歌的哲学，但认为"诗底本身——莪默底原著兼斐芝吉乐底英译——底价值，读者须记取，是在其艺术而不在其哲学。……读诗底目的在求得审美的快感。读莪默专见其哲学，不是真能鉴赏文艺者，也可说是不配读莪默者"②。紧接着闻一多、梁实秋在1923年7月7日的《创造周报》第9号上发表文章批评郑振铎翻译的《飞鸟集》。与闻一多的批评不同的是，梁实秋并不否认译泰戈尔诗的价值，相反是指责郑振铎"选译主义"的翻译策略，不仅破坏了诗集的完整，而且因译者的兴趣和能力的限制，非但不能窥见原诗集的"全豹"，反而造成了遗珠之憾。这是"选译家们"不负责任

---
① 闻一多.1923.莪默伽亚谟之绝句.创造季刊，2（1）：10.
② 闻一多.1923.莪默伽亚谟之绝句.创造季刊，2（1）：19.

的表现。不无巧合的是，闻一多和梁实秋的批评都是针对诗歌翻译的，而且表达的是对翻译选材和翻译方法的看法。当然，他们写批评文章并不是为了专门表扬郭沫若或者批评郑振铎，真正的目的还在于开始张扬古典倾向的翻译诗学，关注诗歌翻译的理性选择和译诗的音韵形式，只不过借助的是创造社的平台。

如果说闻、梁二人早先古典倾向的翻译批评还只是初露端倪的话，那么梁实秋1926年3月在《晨报副刊》上连载的长文《现代中国文学之浪漫的趋势》，则是新月派古典倾向诗学序幕的真正拉开。在文中，梁实秋认为翻译的"浪漫性"趋势主要是外国诗歌的极端影响和翻译活动的任性选择：首先，"所谓的新诗就是外国式的诗"，观察五四时期的新诗，很容易发现他们在体裁方面都与律诗、绝句、排韵等旧诗体裁完全决裂，但所谓新的体裁也不是乐府、古诗，而是所谓的"俳句体""十四行体""巢塞体""斯宾塞体""颂赞体""三行连锁体"等，大多数新诗采用的是"自由诗体"，写法则是分段分行，要么一行一读，要么两行一读[1]。很明显，新诗在体裁方面表露出外国诗歌的浓厚影响，在艺术上日趋西洋化。其次，就翻译文学来看，亦是如此。

> 无时不呈一种浪漫的状态，翻译者对于所翻译的外国作品，并不取理性的研究态度，其选择亦不是有纪律的，有目的的；而是任性纵情，凡投其所好者则尽量翻译，结果是往往把外国第三四流的作品运到中国，视为至宝，争相模拟。[2]

梁实秋并不反对外国文学的影响和翻译的作用，相反他认为"翻译一事在新文学运动里可以算得一个主要的柱石"，而"外国影响的本身也未必尽属不善"。然而，要得到它们的好处，"须要有选择的"。"艺术即是选择"（art is selection），这是英国古典主义作家约翰逊的主张，文学翻译艺术自然也不例外，须注重翻译对象和翻译内容的选择[3]。可以说，梁实秋首先为新月派的诗歌翻译举起了理论上的大旗，希望借古典主义的理性、秩序和节制来

---

[1] 梁实秋. 1987. 现代中国文学之浪漫的趋势. 中国现代文学研究丛刊，（2）：248.
[2] 梁实秋. 1987. 现代中国文学之浪漫的趋势. 中国现代文学研究丛刊，（2）：249.
[3] 梁实秋. 1988. 浪漫的与古典的 文学的纪律. 北京：人民文学出版社：156.

制约文学翻译活动的"浪漫式"的任性、放纵和滥情。同样,钟情于外国文学的新月诗人朱湘虽然认同欧化翻译策略的必然性,但同时也批评浪漫派文学所谓的"立异"与"时髦"的欧化文[①]。新月派同人这种古典倾向翻译诗学的最终目的,一是摒弃翻译的功利主义价值取向,提高译诗的艺术性,形成对新诗的正确影响,另一则是倡导一种与五四译介外国诗歌影响不同的诗情、诗意以及诗人们的人生态度。换句话说,新月派的译诗意欲从诗学审美的角度取得诗歌形式和内容上的突破。

新月派反对"浪漫式"的诗歌翻译,不是说其整体排斥外国浪漫主义诗歌,而是说一方面要理性选择待翻译的作品,摒弃感伤、滥情、颓废的"伪浪漫派作品",倾注于自然表露情绪的客观浪漫抒情的作品[②],另一方面则要注重诗歌形式的选择与翻译,以形式约束诗歌情感的漫溢。孙大雨曾以惠特曼为例,认为这位美国诗人作品的艺术性比较差,不仅"理智不够,感情过甚",而且"缺少结构,缺少组织,缺少凝练",因而不耐多读与久读。简而言之,就是"浪漫得过了头",让人无法忍受。探本溯源,导致惠特曼诗歌艺术性差、滥情、重复、单调与理智欠缺的重要原因,就在于他的作品在形式方面有重大缺陷——"没有整齐的节奏,没有音组,因而毋须有结构"[③]。可见,内容滥情与形式散漫是惠特曼的诗歌不受新月派待见的原因。实际上,新月派同人主要批评的是作为文学思潮的浪漫主义,不满其缺乏理性的表现手法;相反,作为浪漫诗人或者颇具浪漫情怀的作家,他们又都青睐浪漫主义诗作,尤其是欣赏它们的格律形式和表现生活的内容,他们一贯坚持对英国浪漫主义诗歌译介就是很好的注脚。以高举古典倾向诗学的梁实秋为例,他在《新月》《现代评论》《秋野》等文艺期刊上译介了彭斯、豪斯曼、W. E. 亨里、布莱克等英国抒情浪漫诗人的作品,尤其喜爱苏格兰诗人彭斯。换言之,新月派虽然坚持的是古典倾向的诗学和翻译诗学,但这并不妨碍他们是浪漫主义者或现代主

---

① 朱湘. 1934. 文学闲谈. 上海:北新书局:27-28.
② 闻一多. 1926. 诗的格律. 晨报副刊·诗镌,(7):29-31. 而且,新月后起之秀费鉴照在《"古典的"与"浪漫的"》(1930年10月《国立武汉大学文哲季刊》第1卷第3号)中也坚称"颓废"并非"浪漫"。他说:"普通的作品中大都不是性的描写,便是虚伪的病态的呻吟。这是颓废,不是浪漫。"(第649页)在他看来,真正的浪漫特性是自然、情感发泄、期望(即幻想)、音乐性、日常语文表达。
③ 孙大雨. 1956. 诗歌底格律. 复旦学报(人文科学版),(2):8-9.

义者。学者武新军说：

>"古典倾向"者可以是浪漫主义者，他们重视情感和想象，但反对极端浪漫主义者过度推崇扩张情感与想象，而堕入颓废和感伤；反对极端浪漫主义者以情感和想象无限制地修改现实，而使主观完全取代客观；他们同时注重理性对于情感、想象的引导，注重情感、想象的内敛与集中，以期达到主观与客观的统一。"古典倾向"者可以倾心于纯粹的艺术，但他并不无限夸大艺术（审美）在社会结构中的自律性和艺术改造社会的作用，以致在艺术批判社会现实的指引下遁入远离社会现实的迷途；"古典倾向"者还可厕身于现代主义的阵营，他们对丧失了宗教信仰和道德准则的现代人的精神荒原有着深刻的体验，但他们更有着追求人性统一的精神力量，他们能够超越悲观与虚无、颓废与分裂，并试图以文学艺术使混乱的世界重新秩序化。①

与此相得益彰的是，信奉新人文主义的梁实秋曾自称是"古典头脑，浪漫心肠"②，钟情浪漫主义的朱湘被认为"带古典色彩"，他的诗是"浪漫的灵感加上古典的艺术（Romantic inspiration in classical art）"③。其实，不惟梁实秋与朱湘，偏爱古典主义的闻一多，服膺浪漫主义的徐志摩和陈梦家，青睐实用主义的胡适，醉心于现代主义的叶公超、邵洵美和卞之琳等又何尝不是如此呢？譬如叶公超，抗战期间他与学衡派祭酒吴宓在清华园藤荷西馆比邻而居，梁实秋就称他们"一浪漫，一古典，而颇为相得"④。况且，信奉古典主义的学衡派亦是英国浪漫派诗歌的积极译介者（参见本书第二章第一节），只不过他们采用的是文言文翻译罢了。

---

① 武新军.2005.现代性与古典传统：论中国现代文学中的"古典倾向".开封：河南大学出版社：10-11.
② 语见1986年11月20日季季访谈梁实秋先生，转引自余光中.2023.世界在走，我坐着.长沙：湖南文艺出版社：279.
③ 念生.草莽集//方仁念.1993.新月派评论资料选.上海：华东师范大学出版社：186.
④ 梁实秋.悼叶公超先生//陈子善.1989.梁实秋文学回忆录.长沙：岳麓社：386.

可以说，新月文人虽信奉不同的主义，但浪漫的情怀和古典倾向的诗学还是基本一致的。换言之，新月派与生俱来的浪漫气质与古典倾向的思想形塑了其译诗策略的张力。因此，古典倾向的新月派不仅不反对译介浪漫派作品。相反，他们的译诗恰恰以形式谨严的浪漫主义传统诗歌为大宗，译介史纵贯了自社团成立至消散的十余年。只是，新月派的翻译活动受古典倾向诗学的指导，译诗一方面呈理性的选择，摒弃了感伤、滥情的诗歌，着重选择客观化抒情和含蓄象征的作品，以及诗剧与叙事类诗作，以体现"节制情感"的翻译诗学原则，另一方面则强调译诗形式的艺术美，以制约诗歌形式的散漫与情感的泛滥，从而对新诗的创作产生积极的诗学影响。也即，新月派古典倾向的译诗策略表现在四个方面：其一，翻译选择的系统化；其二，选材内容的非感伤化与形式的工整化；其三，翻译形式上的格律化；其四，翻译语言与方法的中庸化，即以可读的欧化语言和直译意译相结合的方法再现原诗的形式与内容，下一章将详细论述。至于译诗的系统化，上一章已探讨，不再赘述。接下来将探讨新月派翻译选材的开拓与译诗形式的理论宣扬。

第二节 译诗选择的"反感伤"主题

下文拟从"反感伤"的抒情诗歌翻译、叙事诗与莎剧翻译、现代主义诗歌翻译等三方面来考察新月派在翻译选材上的古典倾向策略，间或论及形式上的关怀，毕竟译诗的内容与形式不是绝然分开的。

一、反感伤的抒情：译诗选择的主调

1924年，徐志摩在郑振铎的支持下，分别在当年的3月10日第15卷第3号《小说月报》和3月22日《晨报副刊》上发布《征译诗启》，初步奠定了新月派译诗选择的基本轮廓和浪漫抒情的基调。徐志摩两次共选择了15首英国抒情诗，包括17世纪诗人赫里克，浪漫主义诗人华兹华斯、雪莱与兰德，维多利亚朝诗人W. E. 亨里和史蒂文森，以及现代诗人德拉·梅尔、叶

芝和 W. H. 戴维斯①。而且，徐志摩还赞叹雪莱、丁尼生、斯温伯恩、华兹华斯、济慈等诗人的抒情唯美之作体现了人与大自然"痕迹"的完美结合。拜伦则被排除在外。徐志摩对英国抒情诗歌的理性征译与批评，表明了以他为首的新月派对英国诗歌的青睐，正如徐氏在《征译诗启》中所言："我们都承认短的抒情诗之可爱；我们也知道真纯的抒情诗才（Lyrical genius）之希[稀]罕"，尤其这些诗歌是"'最高尚最愉快的心灵的最愉快最高尚的俄顷的遗迹'，是何等的可贵与可爱！我们相信凭着想象的同情与黾勉的心力可以领悟事物的真际，融通人生的经验，体会创造的几微。"②在这种诗学观主导下，新月派十余年来基本以抒情诗歌译介为大宗，闻一多、朱湘、饶孟侃、胡适、梁实秋、李唯建、陈梦家、方玮德等新月译家都以翻译外国浪漫抒情诗为主。不过，他们关注的是回归自然的本真性的非感伤的浪漫诗歌，而不是主观滥情的浪漫主义诗歌。当然，任何浪漫派诗歌都或多或少带有主观的成分，新月派的理性选译是相对而言的，以徐志摩等人的译诗实践为先行，而理论话语直到梁实秋、闻一多和饶孟侃等理论家稍后才提出。

凭借徐志摩的名气和影响力，诗歌征译的反响不小，据林语堂在《征译散文并提倡"幽默"》中说："一两个月之前徐志摩先生曾经在副刊上征求译英文诗数首，结果尚未公布，但据徐先生说投来的稿都没有甚好的。"③鉴于译诗实在是太难了，林语堂只是效仿征译散文。事实也确实如此。直到《征译诗启》发布将近一年之后，《晨报副刊》才陆续刊登部分诗歌的汉译和讨论。而《小说月报》却始终没有反应，一方面可能新月派与文学研究会的距离渐行渐远，尽管徐志摩与郑振铎、周作人、王统照等文学研究会成员私交仍然不错，另一方面也可能可用的稿件本身就不多，《晨报副刊》足可以应

---

① 6首刊登在《小说月报》，即 William Ernest Henley: "Out of the Night that Covers Me"; Shelley: "Love's Philosophy"; Shelley: "To the Moon"; Wordsworth: "The Glow-worm"; Wordsworth: "She was A Phantom of Delight"; Wordsworth: "By the Sea"。

10首刊登在《晨报副刊》，即 Wordsworth: "Perfect Woman"; Wordsworth: "The Rainbow"; Robert Louis Stevenson: "Requiem"; W. B. Yeats: "Where My Books Go"; W. Savage Landor: "I Strove with Non"; William Ernest Henley: "Out of the Night that Covers Me"; Walter de la Mare: "An Epitaph"; William H. Davies: "White Cascade"; Robert Herrick: "To Be Merry"; Robert Herrick: "Upon A Child"。

这两次刊登的征译诗歌中，重复1首，即 William Ernest Henley: "Out of the Night that Covers Me"。

② 徐志摩. 1924. 征译诗启. 小说月报, 15（3）：6.

③ 林玉堂. 1924. 征译散文并提倡"幽默". 晨报副刊, (115): 3-4.

第五章 浪漫的与古典的：新月派译诗策略

付。但不管怎么说，《小说月报》作为征译首倡者，此后却对此杳无音信，不能不说文学社团之间由于文学主张和文化价值观等方面的差异，各自恪守自己的文艺阵地，所以，不肯赞助对手团体的文艺活动也是情理之中的事。至于个人来往和发稿，那又另当别论。不过，新月派同人却借这次机会，协调了他们的诗歌翻译机制，在文学观念和翻译诗学上逐步达成一致。胡适就是一个明显的例子。在徐志摩等新月派同人的影响下，停笔四年没有译诗的胡适又开始了他后期在新月的译诗生涯。他先是根据大仲马《续侠隐记》的第二十二回"阿托士夜遇丽人"一段故事，译写了《米桑》一诗[①]，稍后三年内相继翻译了多恩的《别离》（"Present in Absence"）[②]、布朗宁的《清晨的分别》（"Parting at Morning"）与《你总有爱我的一天》（"You'll Love Me Yet"）、哈代的《月光里》（"In the Moonlight"）、白话今译范成大的《瓶花》以及汉译雪莱、歌德和亨利·米修等人的诗歌，几乎是清一色的情诗。这些诗歌或表达了胡适对表妹曹诚英的相思之情，或记叙了他们曾经的美好故事。可见，胡适译诗的主题从五四时期对人性的关注转至个人情感的抒发，这是他作为自由主义者与激进主义者的不同。不过，胡适的译诗虽然表现出炽热的爱情追求，但浪漫而不滥情，感人而不感伤，而且还洋溢着古典与现代的柔和之美，如译雪莱小诗：

>Music, when soft voices die,
>Vibrates in the memory;
>Odours, when sweet violets sicken,
>Live within the sense they quicken;
>
>Rose leaves, when the rose is dead,
>Are heaped for the belovèd's bed;

[①] 1923 年，胡适与表妹曹诚英坠入爱河，演绎出一段婚外恋情。其时，刚刚与丈夫解除婚约的曹诚英正在杭州女子师范学校读书，6 月底学期结束，与胡适在杭州西湖烟霞洞同居。9 月 21 日，二人耳鬓厮磨一起看了法国大仲马《续侠隐记》的一段故事。读后，胡适说这个故事可演绎为一首记事诗，曹诚英遂"催促"其"从散文译成诗"。胡适也觉得这是"一种有用的练习"（参阅沈卫威.1998.胡适日记.太原：山西教育出版社：194），于是写成《米桑》一诗，稍后载 1924 年 12 月 31 日《晨报六周[年]纪念增刊》。

[②] 该译诗原名《译诗一篇》，胡适误以为作者是哈代。

And so thy thoughts, when thou art gone,
Love itself shall slumber on.

歌喉歇了，韵在心头；
紫罗兰病了，香气犹留。

蔷薇谢后，叶子还多；
铺叶成茵，留给有情人坐。

你去之后，情思长在；
魂梦相依，慰此孤单的爱。[①]

原诗是雪莱纪念亡妻的作品，胡适则用其来纪念其与曹诚英的爱情两周年。译诗倾诉了胡适的相思之苦，但颇具音韵上的形式关怀与语言格调上的古典气息，表现出与新月派诗学的靠近。

至于徐志摩自己，他翻译的诗人包括布莱克、拜伦、柯勒律治、济慈、华兹华斯、布朗宁夫人、罗塞蒂兄妹、斯温伯恩、弗莱克、维尔莫特、梅瑞狄斯、嘉本特等浪漫主义时代及其以降的英国诗人，以及美国诗人惠特曼和汤姆森，法国象征派诗人波德莱尔，德国浪漫派诗人歌德、海涅和席勒，意大利浪漫主义作家邓南遮，印度诗人泰戈尔，古希腊诗人萨福和忒俄克里托斯，等等。尤其，他大量译介了哈代的作品。这些诗人大多数是浪漫主义诗人或抒情色彩浓郁的诗人。徐志摩选择他们的诗作来翻译，首先是缘于他天生的浪漫主义诗人气质和爱好自由的个性，"爱"、"自由"和"美"是他"单纯信仰"的人生观，[②]其次则是在英伦留学期间，他广泛阅读了古往今来的欧美文学作品，特别是浪漫主义诗作，潜移默化地加深了浪漫诗人气息。最后，嘉本特、泰戈尔两位"老诗翁"爱好和平、民主和自由的精神与徐志摩十分合拍，徐志摩尊他们为偶像，彼此间或见面，或通信，私交甚笃；而

[①] 原名"To—"，胡适译于1925年7月11日，以《译薛莱的小诗》之名载1926年1月1日《现代评论》第一年周年纪念增刊，第64-65页。

[②] 胡适.2008.追悼志摩//韩石山，伍渔.徐志摩评说八十年.北京：文化艺术出版社：19.

"老英雄"哈代则是他崇拜的偶像①。

如果说徐志摩早期因为追寻理想之爱遭受挫折，选择翻译了一些哀伤颓废的诗歌。那么，在他摆脱忧郁情绪后，我们可以看到他攫取的是英国湖畔诗人和泰戈尔的清新雅致与平和超脱，济慈、萨福与前拉斐尔派诗人至情唯美的追求和缠绵悱恻的身影，拜伦的高张自我与怒目抗争的气质，布莱克的象征诗意与神秘气息，嘉本特和惠特曼的民主自由思想，波德莱尔闪烁的音乐光芒，以及哈代理性的"悲观"和"忧郁"。徐志摩译诗选择的倾向是欧洲贵族层的文学作品，"他的翻译，也是他的自我实现"②，体现的"爱"、"自由"和"美"与理论家梁实秋所主张的积极浪漫主义息息相关。而且，徐志摩在1925年主编《晨报副刊》之际翻译伏尔泰的《赣第德》，就是"因为市面上太充斥了少年维特的热情，所以想拿 Voltaire 的冷智来浇他一浇"③。甚至，他还指出作诗的两个危险之一是"'内容'容易落了恶滥的'生铁门笃儿主义'或是'假哲理的唯晦学派'"④。如前所述，徐志摩早期的译诗也夹杂着些功利目的，拜伦之外，译嘉本特和惠特曼是希望借助西方婚姻自由的情爱思想，破除婚姻旧俗，既是启迪民智，也是为其当时的婚恋状况服务。稍后，徐志摩的译诗对象转至维多利亚时代的唯美诗人与哈代，古典倾向的翻译诗学气质逐步增强了。

同样，清高孤傲的朱湘也是浪漫主义文学和古典主义思想完美结合的诗人译者。他青睐浪漫派文学，认为"这种体裁的文学，在教育上，是地位极为重要的"，因为中国古典浪漫派文学的"消极"与"贫血"，需要"因势利导"引入外国积极的浪漫文学来培养"想象丰富、魄力坚强的国民"，塑造国民性⑤。因此，朱湘虽然与周遭时代格格不入，最后导致人生悲剧，但他

---

① 徐志摩在英国时，经剑桥导师狄更生介绍曾"朝拜"过嘉本特，后来彼此间互有通信。嘉本特高尚的人格与热爱人类、提倡婚姻自由等思想影响了徐志摩，参见《嘉本特的来信》[赵遐秋，曾庆瑞，潘百生.1991.徐志摩全集（4）.南宁：广西民族出版社：244.]以及《徐志摩海外交游录》（梁锡华.1981.文学史话.联合报社：95）。此外，1924年3月，泰戈尔来华，徐志摩一直形影不离陪伴其左右，与之建立起了深厚感情。至于哈代，徐志摩在《谒见哈代的一个下午》（1928年3月10日《新月》第1卷创刊号）一文中尊其为"老英雄"。
② 穆木天.1936.徐志摩论：他的思想与艺术//茅盾等.作家论.上海：文学出版社：53.
③ 摩.1929.说"曲译".新月，2（2）：7.
④ "生铁门笃儿主义"是 sentimentalism（感伤主义）的音译，参见志摩.1926.诗刊放假.晨报副刊·诗镌，（11）：21-22.
⑤ 朱湘.1934.文学闲谈.上海：北新书局：12-17.

没有陷入愁肠抑郁、悲天悯人的伤感低吟之中，相反在古典文学和西洋文学中表现自己的美学理想和追求。他以内敛的文学心理气质去接触外国文学，感兴趣的是吟颂大自然、风格恬静平淡的抒情诗人，或沉溺于梦幻和古典之美的浪漫诗人，如莎士比亚、兰德、华兹华斯、柯勒律治、济慈、布朗宁、丁尼生、朗弗罗、歌德、海涅等诗家。而且，朱湘的译诗广博，以浪漫英诗为主，兼顾欧亚各民族的古典之浪漫诗作，洋溢着古典的气息。

至于首倡古典诗学的梁实秋，因为拥有一副"浪漫的心肠"，也一贯坚持对英国浪漫主义诗歌的译介，当然扬弃了他所认为的滥情、感伤和颓废成分。在《新月》等文艺期刊上，梁实秋译介了彭斯、豪斯曼、W. E. 亨里、布莱克等英国抒情浪漫诗人。他爱豪斯曼情诗的"极柔媚，极轻丽，极干净，极整齐"，而且是真情的"自然流露"，喜爱 W. E. 亨里的诗"没有萎靡的情调，语气刚强，情思雄壮"，赞扬彭斯的诗"温柔的幽默和微妙的想象"以及布莱克诗的"幻想的精神"。但与此同时，他认为布莱克"不羁的幻想"和彭斯的"无限制的同情"须加以纪律[1]，提醒读者注意。

进入 20 世纪 30 年代，新诗已没有了五四时期的辉煌，陷入了沉寂。此时，处于中后期的新月派无论在新诗创作还是在翻译方面，都是当时文坛首屈一指的，或者说，他们独立撑起了诗坛的局面。其时，文学研究会重点不在诗歌，而《小说月报》在 1931 年底停刊，其他的文学社团（如学衡派、真美善社）的译诗规模也都不大，所以当时在诗歌翻译和创作方面与新月派对垒的是创造社、太阳社以及中国诗歌会等左翼文人团体。除创造社的王独清、穆木天、冯乃超还零星创作或翻译一些象征诗外，这些左翼文人团体"具有革命倾向和左翼特征的作品译介占据了显要位置"；而且，翻译倾向于普罗列塔尼亚的文论和社会科学[2]。有限的译诗主要是俄（苏）与日本诗歌，关注的不是技巧，而是内容的纯粹，可谓"政治感伤"[3]。

如果说新月派同人早期反驳的是情绪感伤的诗歌，中后期则是对抗政治感伤的诗歌。在此语境下，闻一多和饶孟侃倾情于豪斯曼，因为其诗擅长于

---

[1] 参见梁实秋的《译诗一首》《霍斯曼的情诗》《诗人勃雷克》《汉烈的〈回音集〉》等文，引文分别见梁实秋《浪漫的与古典的 文学的纪律》（人民文学出版社，1988 年）一书的第 163-164、185-186、196、205 页。

[2] 咸立强. 2010. 译坛异军：创造社翻译研究. 北京：人民出版社：78-82.

[3] 袁可嘉. 1988. 论新诗现代化. 北京：生活·读书·新知三联书店：54.

第五章 浪漫的与古典的：新月派译诗策略

感怀人生、鞭挞世态等浪漫主义题材，但又具有古典主义严整的形式和韵律，以古典的约束来调剂浪漫的情绪。闻一多和徐志摩或翻译或评论了布朗宁夫人的《白郎宁夫人的情诗》，赞扬"爱的伟大的力量"和幸福的婚姻家庭，但同时也说，"爱是不能没有的，但不能太热了。情感不能不受理性的相当节制与调剂"[①]。可见，他们评、译布朗宁夫人的情诗，恰是为了树立理性情诗的典范，以供读者学习与借鉴。自此，新月派后起之秀继续了译诗的情、爱、美主题，但关注较多的是雪莱、济慈、布莱克与梅斯菲尔德等诗人。拜伦受到冷落，而济慈的"高雅""古典"和对美的歌唱与追求使得李唯建、费鉴照、朱维基等同人倾心不已。而且，他们还崇拜雪莱高尚的人格——"为人忠挚热忱，终生虽穷，但对友人则尽力帮助"；尤其，雪莱的"诗最空虚，最有音节；我们读了之后……只觉得音调之美，文句之美，意境之美；总之是美。他是位最大的抒情诗人"[②]。在李唯建、费鉴照等新月后生诗人看来，拜伦的诗歌艺术成就不及雪莱和济慈等同时代的浪漫诗人，而他的热烈情感又是这些不满政治感伤的诗人所不欣赏的。

诗歌的形式格调和音乐体验所蕴含的诗味使新月派同人喜爱上了雪莱，而布莱克"抒情的呼声"（lyrical cry）[③]，如同毫无羁绊的小鸟奏着一种自然的歌调，为新月后生们谱写出共同的心声和架设了爱情的桥梁。"我十分稀奇这位神气诗人的神灵，在我的血统中似乎同样有着对于古往先知的想望，对于异象的搜寻，对于小羊与猛狮携手的心愿。萝蕤与我有相似的传统，他相信这一切要来到。"[④]陈梦家如是述说着他和恋人赵萝蕤对布莱克心心相印的倾慕和理解，以至于在夏天的酷热中以"译述白雷客诗为乐"。他们一起分享着《爱的秘密》（"Love's Secret"）：

> Never seek to tell thy love,
> Love that never told can be;
> For the gentle wind does move

---

① 志摩. 1928. 白郎宁夫人的情诗. 新月, 1（1）: 153.
② 李唯建. 1934. 英国近代诗歌选译. 上海：中华书局：27-28.
③ 邢鹏举. 1932. 勃莱克. 上海：中华书局：14.
④ 参见陈梦家在萝蕤、梦家译《白雷客诗选译》之前所作的序（1933年10月1日《文艺月刊》第4卷第4期，第89页）。

　　　　Silently, invisibly.

　　不要向你的爱诉情思，
　　　　"爱情"从来不能宣言；
　　因为温柔的风那末[么]吹，
　　　　静静地，不容易瞧见。①

　　布莱克在诗中描摹的神秘的爱，也使迷恋神秘主义的李唯建想孜孜探求爱情的真义，以赢得与庐隐的自由结合。此外，桂冠诗人梅斯菲尔德歌颂自然的美与力量，也使得陈梦家与方玮德借译诗唱和来表达友情。方玮德译《海狂》（"Sea-Fever"）表示要与病魔抗争到底，发出"我一定要再到大海里去"的豪迈声音；陈梦家则译《在病榻旁》（"Watching by a SickBed"）以宽心抚慰和鼓励疾病缠身的好友②。

　　以上观察的大多是英国诗人的抒情诗，此外还有欧亚古国的抒情诗（如古希腊的萨福、意大利的彼得拉克、波斯的伽亚谟、法国中世纪诗人维永等人的诗作），德国的歌德、海涅与席勒，法国的拉马丁，黎巴嫩的纪伯伦等诗人的作品以及欧美现代主义诗歌，都洋溢着抒情的色彩，我们不一一在此分析说明；部分诗人的作品，或在前文已经分析，或将在后文涉及时顺便论及。总的来讲，新月派十余年间的译诗以客观的浪漫抒情诗歌为主流，经历了从反情绪感伤到反政治感伤的过程。确切地说，他们的诗歌翻译选择面向的是这样的抒情诗歌：以常态的心境来反映生活的情景，以简单平常的感情和自然抒情的文调来体现爱、美与自由的主题，以和谐节奏与音韵来表达诗歌的音乐美、视觉美。这种"常态"的"自然"是古典倾向诗学的写照③。一方面，以古典倾向诗学批判感伤的浪漫主义，表明了新月派对诗歌艺术的追

---

　　① 此为萝蕤、梦家译《爱的秘密》的第一节，引自《白雷客诗选译》（1933年10月1日《文艺月刊》第4卷第4期，第102页）。
　　李唯建的译文是："决不要说出你的爱，/爱是决不可说出的；/因为和风的浮荡是/静悄悄的，不可见的。"（1928年10月10日《新月》第1卷8号，第3页）
　　② 方玮德译《海狂》和陈梦家译《在病榻旁》均见1933年7月1日《文艺月刊》第4卷第1期"梅士斐诗选"，第190-191页。
　　③ 新月派同人费鉴照认为，"古典的文艺是常态的产儿，浪漫的与写实的是异象的供献。"[参见费鉴照.1930."古典的"与"浪漫的".国立武汉大学文哲季刊，1（3）：662.]

求和对人生经验的深层探索，而不是感伤主义所体现的片面的和肤浅的人生感悟。另一方面，所谓客观主义的浪漫抒情诗歌并不是绝对的，而是相对而言的。浪漫派作品或多或少总蕴含一些主观抒情的成分，再者说，不同的译者对作品可能还有不同的认知与理解。在面对颇为倾心但又有些感伤或滥情的作品时，新月派译者往往像梁实秋、邢鹏举那样采取"厚翻译（thick translation）"的策略，以副文本形式论述所译介作品的优缺点，取其精华，弃其糟粕。这种策略本身就反映了古典倾向翻译诗学的理性色彩。

二、叙事诗与莎剧的翻译：反感伤题材与体裁的开拓

为了表现诗的真的情绪，贯彻"节制情感"的美学原则，新月派除了翻译客观主义的浪漫抒情诗歌外，还有意识去拓展译诗的选择范围，尝试翻译外国的叙事诗、戏剧诗、含蓄的象征诗、主知的现代派诗等诗歌文类，以资丰富新诗的题材内容和表现形式。徐志摩在1931年10月5日《诗刊》第3期的《叙言》中提及论诗的八点建议，关于诗的题材和研究西洋诗就是其中的两点。不消言，新月派是希冀通过翻译来引进西方诗歌的题材和体裁以丰富中国新诗的。

（一）翻译叙事诗：探索情景交融的诗歌题材与体裁

在整个五四时期，抒情诗占据诗坛主流，译诗以外国抒情诗歌为主，对国外叙事诗的翻译比较少见，虽说1920年沈玄庐创作的《十五娘》作为中国新诗史上"最早的叙事诗"已经诞生了，但叙事长诗不是20世纪20年代新诗的主要形式[①]。实际上，当时除了郭沫若翻译歌德的诗剧《浮士德》（*Faust*）（创造社出版部，1928年）、傅东华翻译荷马史诗之一的《奥德赛》（*Odyssey*）（商务印书馆，1929年）和弥尔顿的《失乐园》（*Paradise Lost*）（商务印书馆，1937年）等经典叙事诗外，其他叙事诗或诗剧的译介不多见。而在这有限的叙事诗或诗剧的翻译中，新月派也是其中的先驱者之一。其中，徐志摩节译了拜伦的长篇叙事诗《唐璜》，以《唐琼与海》之名发表在1925年4

---

① 熊辉. 2010. 五四译诗与早期中国新诗. 北京：人民出版社：154-156.

月15日《晨报副刊·文学旬刊》第67号上,这应该是新月派较早的叙事诗翻译了。

积极翻译外国叙事诗的当数朱湘,他除了创作《王娇》《阴差阳错》等叙事诗或诗剧外,还翻译了法国13世纪庇卡底地区弹词《番女缘述意》("Aucassin et Nicolette")、俄国古代史诗(英雄民谣)《意里亚与斯伐陀郭》,以及英国阿诺德的《索赫拉与鲁斯通》("Sohrab and Rustum")、华兹华斯的《迈克》("Michael")、济慈的《圣亚尼节之夕》和柯勒律治的《老舟子行》等叙事诗;而且,他还曾提及翻译过乔叟的《骑士传说》"百七十行"。尤其,《意里亚与斯伐陀郭》是新月派翻译的唯一一首俄国诗歌。这与朱湘尝试拓宽中国新诗的体裁与题材、复兴中国诗学的努力分不开。他认为胡适所倡导的"抒情的偏重"是新诗发展的阻碍——"抒情不过是一种,此外如叙事诗、史诗、诗剧、讽刺诗、写景诗等"体裁,前景广阔,尤其是叙事诗与诗剧"在未来的新诗上占重要的位置。因为叙事体的弹性极大,《孔雀东南飞》与何默尔[荷马]的两部史诗(叙事诗之一种)便是强有力的证据。所以我推想新诗将以叙事体来作人性的综合描写"[①]。朱湘的这番言论与新月派开辟新诗体裁与题材的方向是一致的。而在早年的《〈冬夜〉评论》一文中,闻一多也指出,"西诗中有一种长的复杂的 Homeric simile。在中国旧诗里找不出的;在词曲里,因为他们的篇幅同音节的关系,更难梦见"[②]。他认为"荷马史诗式明喻"这种写法是大型叙事诗(注:闻一多用的英文术语是 epic)中用来减低单调叙事效果的技巧,中国旧文学里没有这种例子,这恰恰正是中国文学史上没有真正的叙事诗的原因。进而,他呼吁新诗需要从外国文学中取长补短,尤其应该注意西诗的优秀叙事技巧,从而对新诗的健康发展真正负起责任。可见,闻一多认为中国叙事诗不发达的原因是中国古典诗歌语言凝练含蓄,有限的字词蕴含了丰富的信息,不利于复杂的比喻的使用,因此在新诗叙事诗的发展方面强调取外国之长补己之短。闻一多虽然没有翻译过外国叙事诗,但他也在创作上进行了尝试,像《李白之死》《园内》等诗歌就是很好的例子。难能可贵的是,他还鼓励新月后生去翻译或创作叙事诗,陈梦家、孙毓棠即受其指引。

---

① 朱湘.1934.中书集.上海:生活书店:16,36.
② 闻一多.1993.《冬夜》评论//孙党伯,袁謇正.闻一多全集(2).武汉:湖北人民出版社:70.

梁实秋在美国留学时给郭沫若写信，说自己在课堂上一边学习乔叟，一边正在翻译他的《序曲》（"Prologue"）[①]，但后来此译诗因故没有公开发表，估计是不满意少年时的练习之作吧。钟情于彭斯的他，后来翻译了这位苏格兰诗人的叙事诗《汤姆欧珊特》（"Tam O'Shanter"，今译《汤姆·奥桑特》）。该诗讲的是一个叫奥桑特的酒徒夜行遇鬼的故事，以喜剧形式讲魔法，寓有深意。请欣赏该诗的第一节：

> When chapman billies leave the street,
> And drouthy neebors neebors meet;
> As market-days are wearing late,
> An' folk begin to tak the gate;
> While we sit bousing at the nappy,
> An' getting fou and unco happy,
> We think na on the lang Scots miles,
> The mosses, waters, slaps, and styles,
> That lie between us and our hame,
> Whare sits our sulky, sullen dame,
> Gathering her brows like gathering storm,
> Nursing her wrath to keep it warm.

> 挑担的小贩都离开了街边，
> 口渴的邻人遇在一起谈天，
> 交易的时候快要完毕，
> 一般人开始纷纷散去；
> 我们坐下来把酒喝着，
> 醉醺醺的非常的快乐，
> 我们不想那漫漫的长途，
> 芳草，清流，垣墙，和山谷，
> 我们的家虽然是离得远，

[①] 梁实秋. 1923. 通信一则. 创造周报，（32）：14.

> 可是家里老婆总哭丧脸,
> 整天皱着眉头怒冲冲,
> 好像天上黑云密丛丛。①

  原诗用杂合的苏格兰方言和英语写成，民歌风格，两行押一韵，语言鲜明，音乐性强。梁实秋的译文也清晰流畅，欧化痕迹甚少，用朴实的口语和民间普通语言巧妙地传译了原作的方言和声韵，尽管其脚韵韵式不甚严格，但这也是他不刻意追求形式，以防因韵害意之故。其实，梁实秋翻译这首叙事诗的目的，既在于忠实再现彭斯写诗以轻松愉快之口吻来讲故事的本领，生动逼真地描摹民间风俗，针砭讽刺当时的社会，还在于学习诗人用方言、土语、独白入诗的技巧。不惟梁实秋，徐志摩译哈代对话体诗歌《文亚峡》（"At Wynyard's Gap"）和《对月》（"To the Moon"），朱维基译丁尼生戏剧独白诗《食莲花者》（"The Lotus Eaters"），也在于学习其诗的叙事技巧和文体形式。

  在新月早期同人的带动下，新生代成员邢鹏举，承徐志摩早年的愿望，并在他的指导下翻译了法国中古传奇《何侃生与倪珂兰》（*Song Story of Aucassen and Nicolette*），这是一部亦诗亦文的叙事故事，是"文艺复兴的先锋，近代思潮的种子"②。李唯建（1934年）、朱维基（1934年）和陈梦家（1935年）都翻译了柯勒律治的《忽必烈汗》③，不排除他们关注诗中的中国元素，但青睐的恐怕还是叙事的荒诞神奇。陈梦家还翻译了戏剧成分颇浓、与《圣经》题材相关的叙事抒情诗《歌中之歌》（"Song of Songs"）④，虽然有个人宗教信仰的目的，但也是出于介绍西洋文学以滋养中国新文学的需要。朱维基翻译了弥尔顿的《失乐园》，尝试用中文来表现史诗的无韵诗形式⑤。此外，孙毓棠不仅在 1937 年创作了著名的长篇叙事诗《宝马》⑥，还

---

① 梁实秋.1929.汤姆欧珊特.新月，2（6-7）：1.
② 邢鹏举（译）.1930.何侃生与倪珂兰.上海：新月书店：译者序言 4.需说明的是，该书封面题名《何侃新与倪珂兰》，但在版权页、目录和正文中均写作《何侃生与倪珂兰》，故采用后者。
③ 参见"附录一"中各译者的译诗一览。
④ 陈梦家.1932.歌中之歌.上海：良友图书印刷公司.
⑤ 弥尔顿.1934.失乐园.朱维基译.上海：第一出版社.
⑥ 孙毓棠.1937-04-11.宝马.大公报·文艺.

早在这之前就翻译了英国诗人阿诺德的叙事诗《鲛人之歌》①("The Forsaken Merman")。孙毓棠翻译与创作史诗,不是偶然,一方面缘于他是清华大学历史系学生,另一方面则是继承了闻一多先生想写古题材长诗的愿望②。可见,在20世纪二三十年代,新月派对外国叙事诗的译介成绩是有目共睹的。

(二)莎士比亚翻译:以诗译剧的开始

新月派从演戏开始,以求在文艺界有所作为。一直以来,他们都颇关怀戏剧的创作与翻译。《诗镌》停刊后,徐志摩、余上沅等同人创办了《晨报副刊·剧刊》(1926年6月17日至9月23日,共出版15期),余上沅还发起了复兴中国戏剧的"国剧运动"。在诗歌创作方面,新月派也尝试探索新诗戏剧化,在诗中融入叙事成分。戏剧诗不仅要求语言凝练、含蓄、流畅,讲究韵律和节奏,而且要求人物台词富于诗意和强烈的抒情性,能给读者广阔的艺术再创造空间。这是西方独有而中国古代少有的一种诗歌类型。新月派不能无中生有,最便捷的方式就是翻译西方的戏剧诗或诗剧了。其实,新月派钟情于翻译布朗宁、哈代、豪斯曼等英国诗人的作品,除欣赏他们的诗风、诗艺、诗思和人格外,也因为他们的抒情诗中兼有叙事和戏剧的成分。布朗宁的粗犷口语和戏剧性独白,豪斯曼的"戏剧的拂拭"(Dramatic touch),哈代的戏剧化诗意③,令徐志摩、闻一多、饶孟侃、朱维基、陈梦家等新月派新老同人通过翻译去借鉴。而且,他们的诗创作也受这些英国诗人的影响,如闻一多的诗《春光》《飞毛腿》受哈代的影响,明显有其戏剧化的悲观和讽刺的意思。但新月派在戏剧诗翻译上的努力,还是以诗体形式翻译莎士比亚为最。具体来讲,有邓以蛰(1924年)和徐志摩(1931年)分别节译的《罗密欧与朱丽叶》第2幕第2场,即"园会"一段;孙大雨(1931)节译的《哈姆雷特》(Hamlet)第3幕第4场和《李尔王》(King Lear)第3幕第2场,朱维基(1933年)节译的《奥赛罗》(Othello)第5幕第2场④。新月派同

---

① Arnold, M. 1932. 鲛人之歌. 孙毓棠译. 清华周刊, 37(8): 40-44.
② 参见卞之琳为王次澄、余太山编《孙毓棠诗集》(业强出版社,1992年)所写"序"第12页。
③ 梁实秋曾言豪斯曼的诗"常有一种'戏剧的拂拭'(Dramatic touch)。这一点又有些像是哈尔地[哈代]"。参见梁实秋. 1988. 浪漫的与古典的 文学的纪律. 北京:人民文学出版社:199.
④ 这5种译本的来源参见"附录一"中各译者的译诗一览。

人虽然都是节译莎士比亚，但在中国却是以诗体形式翻译莎士比亚戏剧的最早开始，为新月后生卞之琳以及方平等人在后来诗译莎士比亚奠定了基础。

新月派同人、美学家邓以蛰在1924年4月25、26日的《晨报副刊》上发表了《罗密欧与朱丽叶》的"园会"一段，题名《沙士比亚若邈玖嫋新弹词》，1928年以《若邈玖嫋新弹词》为名在新月书店出版单行本。在《若邈玖嫋新弹词》的译序中，邓以蛰说："五六年前在纽约初次听Calliouci的Opera，这次听唱的即是Romeo and Juliet。当时悦慕之情，数日如狂；若向朋友申说申说，他们都是'口不能合眼朦胧'的意思！不得已，只得翻开莎翁原作，朗诵数过，兴远不止：乃摇笔将'园会'一段，演绎出来，急缄之心！别种人再不敢苟且出示矣！今遇志摩欣海于京师，他两人兴趣浓厚，正同我在纽约观剧时一般。"[①]这段话不仅表明新月派同人对莎士比亚戏剧的喜爱，还有探索新诗体的决心。如果说徐志摩、孙大雨和朱维基志在探索以中文再现原诗的无韵体格律，为中文创作无韵体诗剧做准备，那么邓以蛰则在于尝试引介莎翁的叙事体裁，为中国新诗纳入新的题材。具体来讲，孙大雨以每行五音组（每音组二至四个字音不等，以二三个字音为常）来迻译原诗每行的音步数，徐志摩、朱维基则以每行大致相等的字数（15字为标准）再现原作的节奏形式，而邓以蛰则是以中国古代的弹词形式表现原文诗歌形式。且看徐志摩和邓以蛰翻译"园会"的结尾部分：

  JULIET

    'Tis almost morning; I would have thee gone:
    And yet no farther than a wanton's bird,
    Who lets it hop a little from her hand,
    Like a poor prisoner in his twisted gyves,
    And with a silk thread plucks it back again,
    So loving-jealous of his liberty.

---

① 莎士比亚.1928.若邈玖嫋新弹词.邓以蛰译.上海：新月书店：1-2.其中，"志摩欣海"即新月派同人徐志摩和张歆海。

第五章 浪漫的与古典的：新月派译诗策略

ROMEO

  I would I were thy bird.

JULIET

             Sweet, so would I:

  Yet I should kill thee with much cherishing.

  Good night, good night! parting is such sweet sorrow,

  That I shall say good night till it be morrow.

                  [Exit]

ROMEO

  Sleep dwell upon thine eyes, peace in thy breast!

  Would I were sleep and peace, so sweet to rest!

  Hence will I to my ghostly father's cell,

  His help to crave, and my dear hap to tell.

                  [Exit].

徐志摩译[①]

朱 真的都快天亮了；我知道你早该回去：

  可是我放你如同放一头供把玩的鸟；

  纵容它跳，三步两步的，不离人的掌心，

  正像一个可怜的囚犯带着一身镣铐，

  只要轻轻的抽动一根丝你他就回来，

  因为爱，所以便妒忌他的高飞的自由。

罗 我愿意我是你的鸟。

朱   蜜甜的，我也愿意：

  但正怕我爱过了分我可以把你爱死。

  夜安，夜安！分别是这样甜蜜的忧点。

               （下）

罗 让睡眠祝福你的明眸，平安你的心地！

  愿我是你的睡眠和平安，接近你的芳躯！

[①] 莎士比亚. 1932. 罗米欧与朱丽叶. 徐志摩译. 诗刊，（4）：15-16.

现在我得赶向我那鬼样神父的僧房，
去求他的帮助，告诉他这意外的佳遇。

（下）

邓以蛰译①

玖嫋　天明矣，我当让你去，
　　　谁思量，开开笼子，又是不断的回顾，
　　　苦得这鸟儿，长丝脚根系，
　　　推前向后，犯人般欲行还往。
　　　似这般时悔时爱，
　　　他的自由，变了相思债！
若邈　我愿做了你的笼中鸟。
玖嫋　呵，这岂不是好！
　　　无如我要终久抚弄你，又怕你的寿命不经老。
　　　去了波！去了波！别离虽苦，这样甜的事又何处找；
　　　所以明日再见，此语何须恼！

[离开]

若邈　好休歇！
　　　睡仙亲尔眼，和合胸前贴！
　　　愿为和合与睡仙，
　　　送君就枕前！　　　（完）

原剧中的唱词大体是五音步无韵体的诗歌形式。徐志摩大体采用了直译和意译相结合的翻译方法，基本遵循了原文的句式与换行（个别处合译），以每行常用15字音，即五至六个音组，来对译原诗的五音步，语言上比较欧化，但做到了流畅，忠实再现了原诗的内容。从翻译策略上讲，以异化为主，重在诗歌语言和形式上的陌生化。

邓以蛰采用的是归化翻译策略，也就是完全抛开原文，以中国的弹词形式来演绎原诗的内容。弹词在中国古代的文类中，指描写人物、情节的长篇

---

① 莎士比亚.1928.若邈玖嫋新弹词.邓以蛰译.上海：新月书店：37-39.

叙事诗，多排律，多为七言的韵诗，与西方的史诗相类[①]。但邓以蛰的翻译没有局限于七言，而是采用长短句的白话韵诗，重组原文句式，顾及了谐和的音节、字的平仄和句的韵脚，便于演唱，也有中国弹词的风味，"把有情人的心曲极委婉的表现出来"[②]，尤其最后一节完全是戏曲结束离场时的自由发挥，符合弹词唱曲的收尾。换言之，《若邈玖嫋新弹词》是邓以蛰借翻译莎剧来探索中国史诗的一种尝试，以为中国史诗树立一个可资借鉴的典范，诗的格律形式和语言特点与旧诗当然不同，是为"新弹词"。其实，在《诗与历史》一文中，邓以蛰就倡导诗与历史的携手结合，诗中应该"运用历史上以及当时的事迹"，"善于运用境遇，运用人事上的意趣，能使知识脱乎感情而出；这才是真历史，真诗了"[③]。这不仅是对滥情的抒情诗的鄙视，也是对"言之有物"的叙事诗的提倡。而且，他还认为，荷马史诗、但丁的《神曲》以及古罗马诗人卢克莱修的哲理长诗《物性论》等诗歌都是这方面的代表作。

比较徐志摩、孙大雨、朱维基和邓以蛰的莎士比亚戏剧翻译，虽说都是以诗的形式再现，但前三者着重原文的诗体，视为戏剧诗（dramatic poetry）[④]，以诗来体现剧情发展，是中诗的西洋化；后者偏重原作戏剧的题材内容，谓为诗剧（poetic drama），以剧表现诗的形式，是西诗/西剧的中国化。但不管怎样，都强调诗与剧的完美结合，寻求中国诗歌的戏剧化，这样既可以使中国新诗便捷地接近中国现代的语言，又可以避免诗的空洞的说教与空泛的抒情，"闪避说教或感伤的恶劣倾向"[⑤]。当然，翻译莎士比亚还是为了中国新诗和新剧的建设，用中文模仿和学习西洋文学的技术，培养新作家；再者，也是供给中国人"灵魂上的粮食"。所以说，这项翻译工作的本身，便是一种教育，一种训练。余上沅坦言，翻译莎士比亚是一根营造尺，无论翻译成

[①] 陈寅恪在《论〈再生缘〉》中说道："世人往往震矜于天竺、希腊及西洋史诗之名，而不知吾国亦有此体。外国史诗中宗教哲学之思想，其精深博大，虽远胜于吾国弹词之所言，然止就文体立论，实未有差异。弹词之书，其文词之卑劣者固不足论。若其佳者，如《再生缘》之文，则在吾国自是长篇七言排律之佳诗。在外国亦与诸长篇史诗，至少同一文体。"[参见刘桂生，张步洲．1996．陈寅恪学术文化随笔（二十世纪中国学术文化随笔大系）．北京：中国青年出版社：173．]

[②] 参见1929年新月书店出版的《新月书店书目》为《若邈玖嫋新弹词》所做的广告语。

[③] 邓以蛰．1926．诗与历史．晨报副刊·诗镌，（2）：17-20．

[④] 参见孙近仁．1996．孙大雨诗文集．石家庄：河北教育出版社：235．

[⑤] 袁可嘉．1988．论新诗现代化．北京：生活·读书·新知三联书店：25．

功与否,都可以衡量中国文学界的长短;"中国新诗的成功,新戏剧的成功,新文学的成功,大可拿翻译莎士比亚做一个起点。"①由此看来,邓以蛰、徐志摩等新月派同人诗译莎剧的滥觞活动既从题材与体裁上贯彻了新月派"节制情感"的诗学原则,同时也彰显了其"筚路蓝缕,以启山林"的新文学建设的努力。

三、现代主义诗歌译介:诗歌题材与体裁的理性拓展

新月派译介唯美派和象征派等现代主义诗歌,首先是有感于五四以来中国新诗直接或间接受浪漫主义思潮的影响太过深固,而且自由化倾向严重。新月派虽然以严整的格律进行纠正,但新的格律桎梏又引人不满,急需新的诗歌形式。在新月内部,徐志摩、钟天心对格律问题也曾有微词;同时,在新月派后期,浪漫感伤的题材又有兴起,虽然他们曾一度反对滥情感伤。因此,邵洵美、朱维基、邢鹏举、卞之琳、梁宗岱等积极译介欧美现代诗歌,一方面,是求新求异的表现,寻求中国新诗的题材变换,以应对文学的时代潮流发展,与时俱进;另一方面,从题材上讲,波德莱尔的《恶之花》无疑是非常合适的译介对象,因为其中大部分的诗是"那么平凡,那么偶然,那么易朽,……那么丑恶和猥亵的",但是其中几乎每一首诗都"同时达到一种最内在的亲切与不朽的伟大……在我们灵魂里散布一阵'新的颤[战]栗'——在那一颤[战]栗里,我们几乎等于重走但丁底全部《神曲》底历程,从地狱历净土以达天堂"②。梁宗岱所谓的"新的颤[战]栗"与徐志摩、邢鹏举对波德莱尔的印象和感觉是绝妙的相同。而且,作为象征派两个特点的亲切(Intimacy)和暗示(Suggestion),契合了中国旧诗词的长处③。闻一多、朱湘等老一辈同人从传统诗歌文化和西方浪漫派诗歌艺术中,寻求题材和格律的突破。而今,新一代成员译介象征派诗也是努力恢复中国传统诗歌文化的历史记忆,是新月派对传统关怀的历史延续,只不过寻求的对象不同而已。再者,现代主义诗歌香艳的描写和对官能的崇拜,在新月派眼中并不意味着颓废,如前

---

① 余上沅.1931.翻译莎士比亚.新月,3(5-6):11.
② 梁宗岱.2003.象征主义//梁宗岱.梁宗岱文集Ⅱ.北京:中央编译出版社:79.
③ 参见卞之琳译《魏尔伦与象征主义》"译者识"(1932年11月《新月》第4卷4号)。

文所言，朱维基和邵洵美以其为文体的革命；而且，新月派同人译介现代派诗歌，既是追逐其"善恶并存""灵肉调和"的人文主义思想，引导人们去欣赏美和崇拜实在的肉体，实现思想解放和精神自由，同时也是"因为艺术底一切都归宿在这点：灵肉一致或形神无间的和谐"[①]。"肉感与思想"的契合标志着中国现代诗学的一种崭新的观念的开始。

另外，象征派的纯诗观犹如一阵春风吹动了新月派新生代成员的心弦，即使是徐志摩也意欲尝试一把。所谓纯诗，"便是摒除一切客观的写景，叙事，说理以至感伤的情调，而纯粹凭借那构成它底形体的原素——音乐和色彩——产生一种符咒似的暗示力，以唤起我们感官与想象底感应，而超度我们底灵魂到一种神游物表的光明极乐的境域。像音乐一样，它自己成为一个绝对独立，绝对自由，比现世更纯粹，更不朽的宇宙；它本身底音韵和色彩底密切混合便是它底固有的存在理由"[②]。按照辜正坤对此的解释，纯诗也可谓是"绝对的诗"，是从观察推断出来的一种虚构，意在"探索词与词之间的共鸣关系所产生的效果"，或者说探索"语言所支配的整个感觉领域"[③]。这种诗歌面向的是语言深层的音乐、色彩等属性的探索，并不是说诗中就没有观念和情绪，恰恰相反，它对诗人在这方面的修养要求还要比平常更深一层。纯诗既不否定以白话语体文作为表现工具，也不否认节奏、韵律、意象、辞藻等诗歌形式，而是兼收西方象征派、浪漫派、意象派诗歌和中国古典诗歌的艺术成就，使诗歌具有精细、和谐、柔韧、色彩和音乐等特征。因此，象征派诗从形式上看，是绝对自由和严整格律之间的一种相对调和，它讲究形式是一切艺术的生命，但又不像新月派早期的"方块诗"那样桎梏；从内容上看，是新月派想紧扣现代社会丰富和复杂生活的脉搏。一句话，以新鲜和活力的形式表现时代的生活。而要想培育这样的新诗，除了努力创作与理论指导和匡扶之外，就是大力加强翻译了。梁宗岱就曾驳斥有些人觉得翻译容易或觉得翻译无关大体，并坚称翻译"是辅助我们前进的一大动力"，如果译者"不率尔操觚"，而是认真对待翻译工作的话。譬如，英国诗歌之所以能够在欧洲近代诗史上谱写最辉煌的篇章，那是因为英国现行的诗体几乎

---

① 梁宗岱. 2005. 释"象征主义"：致梁实秋先生. 中国现代文学研究丛刊，(6)：185-186.
② 梁宗岱. 2003. 纯诗//梁宗岱. 梁宗岱文集Ⅱ. 北京：中央编译出版社：87.
③ 辜正坤. 2010. 中西诗比较鉴赏与翻译理论. 2版. 北京：清华大学出版社：81.

都是从外国移植过去的。可见,"一个不独传达原作底神韵并且在可能内按照原作底韵律和格调的翻译,正是移植外国诗体的一个最可靠的办法"[①]。当然,其中译者的功劳不可低估,更不可埋没。

新月派译介象征派诗歌还有一点,那就是对"率尔操觚"的象征诗翻译的纠正,还其真正的面貌。李金发的《微雨》在中国刮起象征之风后,时人以为象征派作诗就是"堆砌一些抽象的名词","晦涩难懂"是其"不二法门"。这种对象征派诗歌的错误认知,就在于当时有译者将象征派诗歌译得莫名其妙,不仅没看懂原文的意思,连字句也未理清楚。卞之琳当时没有指名道姓批评,而他所说的"尝自承认是魏尔伦底徒弟"的这位名家[②],应该是当时中国象征派的开山祖师李金发了。卞之琳晚年多次说到译诗对中国新诗的影响好坏参半,语言上和形式上都是如此,其中有一次他就明确说道,"过去李金发首先介绍的法国十九世纪后期象征派诗,原来都是格律诗,而且条理清楚,合乎正常语法,在他白话文言杂糅的译笔下,七长八短,不知所云,一度影响过我国的所谓'象征诗'"[③]。作家孙席珍也说,引进象征派李金发居首功,败坏语言他是罪魁祸首[④]。且以马拉美"Soupir"这首诗的翻译来说明:

Soupir
Mon âme vers ton front où rêve, ô calme sœur,
Un automne jonché de taches de rousseur

---

① 梁宗岱. 2003. 新诗底分歧路口//梁宗岱. 梁宗岱文集Ⅱ. 北京:中央编译出版社:160.
② 参见卞之琳译《魏尔伦与象征主义》"译者识"(1932年11月《新月》第4卷4号)。
③ 卞之琳. 1984. 人与诗:忆旧说新. 北京:生活·读书·新知三联书店:196.
④ 此为卞之琳在一次讨论会上发言时孙席珍的插话,参见卞之琳. 1984. 人与诗:忆旧说新. 北京:生活·读书·新知三联书店:190. 确实,李金发在《巴黎之夜景·译者识》(1926年2月10日《小说月报》第17卷2号)中说过魏尔伦是他的名誉老师。原文如下:"有极多的朋友和读者说我的诗之美中不足,是太多难解之处。这事我不同意。我的名誉老师是魏仑,好,现在就请他出来。这诗是其集中最易读者之一,看诸君作何感想"。且看译诗的前四行:
滚,滚你潋滟的波涛呀,悲戚的赛纳河。——
在你所有桥下围绕着蜿蜒之雾气
多少身躯从那里流过,恐怖,死,腐朽,
他们的灵魂都全是巴黎杀死的。
虽然李金发为自己辩解,但这首译诗的欧化与晦涩比之下文的《叹息》有过之无不及。卞之琳批评的大概就是这首译诗。

第五章 浪漫的与古典的：新月派译诗策略

Et vers le ciel errant de ton œil angélique
Monte, comme dans un jardin mélancolique,
Fidèle, un blanc jet d'eau soupire vers l'Azur!
——Vers l'Azur attendri d'Octobre pâle et pur
Qui mire aux grands bassins sa langueur infinie
Et laisse, sur l'eau morte où la fauve agonie
Des feuilles erre au vent et creuse un froid sillon,
Se traîner le soleil jaune d'un long rayon.

叹息①

我的灵魂飞向你的前额，呵娴静的姊妹，
那里是铺着黄叶之秋正入梦，
我的灵魂飞向飘荡的天空，
那里有你天仙之眼升腾着，
如在凄清而忠心园里，
一线白色的喷泉叹气向着蔚蓝天！
——飞向因十月而温柔的蔚蓝天中，
这个十月是灰淡澄洁，在水池里，
他安排了他的无涯的委靡，
并在有死叶随风及忽而掘成一道水痕的死水里，
任黄色的日光照耀。

原文是一首五音步抑扬格的英雄双韵体十行诗，脚韵式为"aabbccddee"。这首诗描写了秋天的悲伤，以及一种强烈的渴求自然与逃避现代文明约束的意境，色泽阴郁，旋律优美，法国印象派音乐家德彪西和拉威尔都曾在其基础上创作了优美的音乐作品。李金发的译诗且不说理解上的错误（如 fidèle 原本是修饰同一行的动词 soupire，而他却用来修饰前一行的 jardin，因而才有了"忠心园"的翻译），就是行数也比原诗多出了一行，长短句不齐，完全没有理会原文的格律和整齐，更别说音韵和谐与优美了；而且，译诗的句

---

① 马拉美. 1929. 马拉美诗抄. 李金发译. 新文艺, 1（2）：249-250.

161

式严重欧化,佶屈聱牙,"飞向因十月而温柔的蔚蓝天中""他安排了他的无涯的委靡"等诗句不仅理解原诗有误,也确实让人不知所云。如果说李金发在五四时期发表的类似译诗有响应新诗诗体建设和颠覆旧体诗的目的[①],那么在新诗经历了近十年的发展、形式亦愈来愈受关怀,以及李金发自己也经历了若干年的译诗磨炼之后,仍然出现这种与原文形式大相径庭的晦涩译诗,难怪会招致新月派诗人卞之琳的批评,而且也确实切中要害。比较卞之琳对这首诗的翻译:

太息[②]

我底灵魂望着你底眉间,幽静的妹妹,
因为你底眉间斑斓的残秋在梦寐,
又望着你底明眸,明眸上飘荡的天空,
升了起来,好像在一所抑郁的园中,
一支素白的喷泉举头长叹,望着穹苍!
——望着十月天的穹苍,又清又渺茫,
当无边的惆怅映照入阔大的池沼,
一湾死水上残叶带着的一片苦恼,
褐黄的,随风漂[飘],开一道阴寒的皱纹,
一长缕昏黄的斜晖也跟着在游行。

---

① 王东风. 2010. 论误译对中国五四新诗运动与英美意象主义诗歌运动的影响. 外语教学与研究,(6): 462-463.

② 卞之琳译《太息》,初载 1931 年 10 月 5 日《诗刊》第 3 期第 56-57 页,收入 1936 年出版的《西窗集》(商务印书馆,第 10-11 页)时,略有字句的修改和形式安排的变化:

我底灵魂望着你底眉间,幽静的妹妹,
　你底眉间有一抹斑斓的残秋在梦寐,
又望着你底明眸,明眸上飘荡的天空,
　翩然高举,仿佛在一所抑郁的园中,
一支素心的喷泉举头长叹,望着穹苍!
　——望着十月天柔和的穹苍,又清又渺茫,
任无边的惆怅映照入阔大的池沼,
　一湾死水上残叶带着的一片苦恼,
褐黄的,随风飘,开一道阴寒的皱纹,
　跟去了一长缕昏黄的斜晖在游行。

修改过后的错落有致的译诗形式,说明现代派诗人卞之琳正在逐步摆脱新月时期对整饬的诗形的偏爱,并尝试探索新的诗歌形式。

卞之琳的译诗不仅忠实地再现了原诗的韵式和排列形式（竖排时标点符号在行外，非常工整），而且尝试用每行五个音组或顿去表现其五个音步，如第一行的"我底灵魂/望着/你底眉间，/幽静的/妹妹"等。每顿的字数二至四个字音长短不限，增加了译诗和写诗的自由度。这和闻一多、朱湘等同人以相同字音数来对译原文音步数，从而创制字数相同的格律诗（参见下一章）比较起来，是一种格律的改善与进步。虽然卞译也存在"因为……"和"当……"等欧化句式，但是他的文字表达是一种流畅可读的白话，而且富有乐感（尤其是修改后的译文）。更重要的是，他的译诗没有拘泥于对原文进行字比句栉的直译，而是进行了适当的变通以适应汉语的表达。应该说，卞译准确地诠释了象征主义诗歌丰富多元的内涵，较好地契合了马拉美诗歌的意境、情绪、意象、音乐、形式等多元性特点。

由上可见，新月派翻译现代主义诗歌，既是从题材、体裁与形式上实施反"浪漫性"的美学目的，也是诗学上的求新求异，贯彻崭新的诗学观，进行诗学建设的努力。

第三节 译诗形式主张的理论话语

新月派古典倾向的译诗策略，除翻译选择的系统化、选材内容的非感伤化与选材形式的工整化之外，还有译诗形式的格律化。新月译者在早期经历了一系列译诗对话后，到1926年4月《晨报副刊·诗镌》刊行之时，社团译诗的"创格"理念初步形成（参见下一章第一节）。尤其，闻一多在同年6月3日《诗镌》第10号上的《英译的李太白》一文，借批评日本学者小畑薰良英译李白诗而高举诗歌翻译的形式主张，无异于新月派标举古典倾向翻译诗学——特别是译诗形式主张——的旗帜。

闻一多所批评的小畑薰良自幼酷爱中国古典文学，尤其喜爱李白诗歌。小畑薰良在美国留学与任职外交官的十余年间陆续翻译了130余首李白诗，1922年10月在纽约达顿出版社（E. P. Dutton & Co）结集出版，题名《中国诗人李白诗集》（*The Works of Li Po: The Chinese Poet*）。《李白诗集》很受英语读者欢迎，初版旋即售罄，稍后又在美国、英国、日本等地不断重印或再版[1]。小畑薰良英译本在西方广受欢迎的同时，也在当时的中国文化界引起了注意，先是学衡派援借"小畑薰良英译太白集以表章于西洋"[2]来为中国传统文学正名，接着就是新月派同人对其褒贬参半的评价：首先，闻一多在《英译的李太白》一文中对小畑薰良译诗做了详细的批评；小畑薰良立即以英文书写的《答闻一多先生》予以回复，该文经徐志摩翻译后发表在 1926 年 8 月 7 日的《晨报副刊》，时任主编的徐志摩在文末"附记"中感谢了小畑薰良对中国文学的翻译，并称其文对翻译很有启示；尔后，陈西滢[3]与朱自清[4]也参与进来。这次译诗对话不仅是中国现代翻译史上一道关于诗歌翻译批评的亮丽风景线，更重要的是张扬了新月派崇尚诗歌翻译形式关怀的诗学主张，体现了新月群体的社团翻译文化。

在《英译的李太白》一文中，闻一多先是表达了对小畑薰良"从第一种外国文字译到第二种外国文字"的佩服，礼貌性地称赞了他英译的《李白诗集》是"很有价值的工作"。然后话锋一转，由于中文和英文这两种语言的"性质相差太远"，他不得不公开提出商讨，目的是希望小畑薰良的这件工作能够在中国进一步"收到更普遍的注意，更正确的欣赏"[5]。总体来看，闻一多的批评涉及小畑薰良译诗过程的选材、翻译方法与字词误译三种问题，但其核心的问题却是诗歌翻译的形式关怀。

闻一多批评小畑薰良在翻译选材上没有对李白诗歌"注重鉴别真伪"，尤其是批评小畑薰良不该选入李白的一些"粗率的作品"，如《襄阳曲》《沐浴子》《王昭君》《巴女词》《赠内》《别内赴征》等。相反，鉴于小畑薰良采用自由体形式来翻译诗歌，他就应该选取李白最擅长的作品——乐府歌行——来翻译，而不应该大量选译李白的律诗绝句，这主要是因为长短句形式的乐府歌行与自由体诗"在体裁上相差不远"，所以，如果乐府歌行采用自由体迻译，"最能得到满意的结果"。由是，多选择李白的乐府歌行来翻译，对于原作者"李太白既公道"，而对于译者小畑薰良"也最合算"。在闻一多看来，小畑薰良英译的《梦游天姥吟留别》《蜀道难》等为数不多的

---

[1] 黄焰结. 2014. 英译李太白：闻一多与小畑薰良译诗对话的文化考量. 外语教学与研究，（4）：605.
[2] 刘朴. 1924. 辟文学分贵族平民之讹. 学衡，（32）：9.
[3] 西滢. 2000. 小畑的小戏//陈子善，范玉吉. 西滢文录. 沈阳：辽宁教育出版社：250.
[4] 朱自清. 1926. 关于李白诗. 晨报副刊，57（1408）：48.
[5] 本节中，若非特别注明，引文皆出自闻一多的《英译的李太白》一文。

第五章　浪漫的与古典的：新月派译诗策略

乐府诗作，除了做到"文字的达意"之外，也在"字句的结构和音节的调度上"求得了与原作的仿佛。可遗憾的是，小畑薰良选译这样的乐府歌行作品太少，他不仅弃选了《扶风豪士歌》《行路难》《鸣皋歌》《日出入行》《西岳云台歌》《襄阳歌》等多首优秀的乐府诗作，反而更是选择了李白的许多首律诗与绝句来英译，这在闻一多看来几乎是无法翻译的，尤其是李白诗歌的浑朴的气势根本是不可译的。至此，我们看到了闻一多对翻译工作的严谨态度，这与他作为一个学者的身份是一脉相承的。与此同时，我们还仿佛以为闻一多批评的目的在于以自由体迻译李白诗。其实这正好相反：且不说闻一多认为自由体迻译中国诗"还在尝试期中"，成功与否难以言说；甚者，他在选材上对小畑薰良的批评实则是下一步译诗形式关怀的一种铺垫，或者说，他对小畑薰良翻译选材的批评与其注重译诗体式和形式的翻译方法是密切相关的。

可是，由于英美意象派诗歌运动的影响，在20世纪初叶已有不少学者或诗人——如英国汉学家亚瑟·韦利、美国女诗人埃米·洛威尔以及小畑薰良[1]——尝试以自由体英译了李白的律诗与绝句，那么就"只好在不可能的范围里找出个可能来"。就这三位译者而言，闻一多认为洛威尔不及小畑薰良，而小畑薰良又不及韦利。究其原因，就在于他们三人在翻译策略上的差异。女诗人洛威尔作为意象派诗人，尤其重视"诗里的绘画"，或者说"字句的色彩"，然而李白并非"雕琢词句，刻画辞藻"的诗人，其诗歌的特性在于"跌宕的气势"，或曰"排奡的音节"，所以洛威尔只能在三人中屈居末位了。与洛威尔的翻译策略不同，韦利与小畑薰良都比较重视诗中的音乐，但小畑薰良在译诗"音节的仿佛"上与韦利比还有差距。首先，小畑薰良在译诗音节的调度上不如韦利讲究，未能体现李白诗浑朴的气势。譬如，小畑薰良对《沙丘城下寄杜甫》《峨眉山月之歌》《秋登宣城谢朓北楼》等格律诗的英译就是典型的失败例子，节奏丧失，气势全无，宛若一朵五彩的灵芝变成了干瘪的黑菌。其次，小畑薰良在字句结构的处理上也没有韦利细心。

---

[1] 闻一多在文中说，小畑薰良是"第四个人用自由体译中国诗"。现在看来，闻一多所了解的信息并不完整。就小畑薰良之前以自由体英译李白诗而言，除了闻一多所提到的韦利、洛威尔外，还有美国著名诗人艾兹拉·庞德[《神州集》(*Cathay*, 1915)]与美国诗人威特·宾纳[《唐诗三百首》(*Three Hundred Pearls of Tang Poetry*)，未出版，但小畑薰良在《李白诗集》"序"中曾提及]。

中国诗的文字本就是一种"紧凑到了最高限度的文字",译诗的"唯一的办法只是能够不增减原诗的字数,便不增减,能够不移动原诗字句的次序,便不移动",但小畑薰良在英译中对于 and、while、though 等可要可不要的连接词语随随便便就拉来嵌在句子中,而且有时会凭空增译一句,有时又凭空省略一句不译。《乌夜啼》《赠汪伦》《经乱离后天恩流夜郎忆旧游书怀赠江夏韦太守良宰》等诗的英译即是典型例子。最后,小畑薰良在自由体译诗中"太滥用他的自由了"。本来,李白绝句诗的核心部分是其第三、四句,但小畑薰良英译中经常将它们的次序颠倒过来,这样就"损伤了原作的意味"。

由上可见,小畑薰良这种"撇开原文,另作说法"的重起炉灶式的译诗确实做到了平易朴实、明白晓畅,虽然谈不上是"译事正宗",可"意义却无增减"[1]。然而,闻一多却并不欣赏如此自由的译诗——"英文也许很流利,但是李太白又给挤掉了"。言下之意,小畑薰良对李白格律体诗的英译缺少了形式上的关怀,未能忠实地再现原诗的音节与气势,所以不及韦利。在闻一多看来,形式整饬的诗作原本就具有音节和谐、辞藻瑰丽以及诗节匀称和诗句均齐的特性,从而彰显"音乐的美""绘画的美""建筑的美"[2]。既然李白的律诗绝句重在以整饬的诗节诗句表现音节和节奏,那么其英译——不管是自由体迻译,还是格律体迻译——都应该凸显这种形式,否则原作的精神就丧失了。韦利以自由体英译的李白诗较为成功地做到了这一点,因而他的翻译在三人中是最好的。

闻一多之所以做出贬小畑薰良褒韦利的批评,可以说与他自身的诗学理念和新月派当时的诗歌翻译文化有紧密的关联。首先,闻一多不仅是新诗人,还是唐诗研究专家,唐代诗人中他尤其喜爱李白,五四时期不仅创作了极富唯美色彩与史诗意味的《李白之死》,而且还将该诗与《西岸》《剑匣》两首诗组成"李白篇",收入 1923 年 9 月上海泰东书局出版的个人首部诗集《红烛》。其次,在 20 世纪 20 年代初期,闻一多不满于五四时期新诗的语言苍白和自由散漫的流弊,开始去探索新格律体诗。他认为艺术的最高境界是达到"纯形"(pure form),在诗歌方面就是要实现"音乐的美""绘画的美"

---

[1] 参见吕叔湘. 2002. 中诗英译比录. 北京:中华书局:"序" 15.
[2] 闻一多. 1926. 诗的格律. 晨报副刊·诗镌,(7):29-31.

"建筑的美"①。然而，要革新诗的形式和培育新格律体诗，实现新诗的"三美"原则，最好的方法自然是参照西洋诗歌——"技术无妨西化，甚至可以尽量的西化"②，亦即借鉴西诗的形式（当然，"本质和精神却要自己的"）。就闻一多的新诗创作而言，他在形式方面主要借鉴英美诗人，早先注重诗的唯美意象，济慈诗瑰丽的幻象与丁尼生诗细腻的刻画都对他有很深的影响，辞藻典丽、着墨奇异的《红烛》就是典型的例子。稍后在赴美留学时期，闻一多青睐弗莱切、蒂斯代尔、洛威尔、米蕾等意象派诗人，部分原因就在于他们的诗中有颇多的中国古典诗歌元素，如新颖精巧的意象和简练含蓄的手法③。但谈到借鉴，与其去翻译这些意象派诗歌，还不如直接去求助于中国古诗，所谓"本质和精神却要自己的"。这样看来，意象派诗人对闻一多新诗创作的影响主要体现在诗学观上的指引。甚至，闻一多还批评前拉斐尔派"诗中有画"的理念是无谓的意象堆砌④，从画转向诗可见他对诗的音乐性考虑已经超越了对意象性的考虑。换言之，闻一多自美国留学归来之后，对诗歌意象的关注已经让位于对诗歌音韵形式的关怀了，如果说他早期和在美国期间更关注诗的意象性，稍后则更为重视诗的音乐性了。最后，音乐美对新月派而言，同样是诗美构成的艺术实践与至臻追求⑤。因此，无论从闻一多的个人诗学理念，还是从新月派当时的社团诗歌文化语境来看，诗创作和诗翻译都优先关注的是新诗的音乐性。由是，不难理解，韦利的英译李白诗在闻一多的心目中是最好的，小畑薰良次之，而洛威尔尽管与他私交甚密⑥，也只能屈居三人的末位了。

另一方面，韦利的译诗理念也契合了闻一多的诗学主张。韦利作为英国著名的布鲁姆斯伯里文化圈（Bloomsbury Group）中年轻的成员，在艺术和哲学上寻求创新，在思想上与新月派一样都是自由主义。他主张英译中国古

---

① 闻一多.1926.诗的格律.晨报副刊·诗镌，（7）：29-31.
② 闻一多.1993.悼玮德//孙党伯、袁謇正.闻一多全集（2）.武汉：湖北人民出版社：186.
③ 朱徽.2010.中英诗艺比较研究.成都：四川大学出版社：494.
④ 闻一多.1928.先拉飞主义.新月，1（4）：2-8.
⑤ 程国君.2003.新月诗派研究.武汉：长江文艺出版社：4.
⑥ 闻一多在美留学期间与洛威尔有直接与深入的交往，不仅珍藏有其照片，还称她是"此邦首屈一指的女诗人"，并首先在国内对其介绍，洛威尔逝世时也发文纪念。参见朱徽.2010.中英诗艺比较研究.成都：四川大学出版社：501.

黄焰结.2014.英译李太白：闻一多与小畑薰良译诗对话的文化考量.外语教学与研究，（4）：614.

诗应该以原文意义为基准，既不把原诗当作写诗的素材，不添加自己臆想的意象，也不刻意去追求译诗押韵而损害其意思的表达，以免导致译文准确性和活力的削弱。一句话，汉诗英译应是"literal translation, not paraphrase"（直译，而非阐释）①。韦利的这一翻译观有双重目的：其一，不满翟理斯等汉学家以英国传统的格律体形式来英译中国古典诗歌；其二，旨在纠偏庞德等译者对中国古诗的过度演绎，即便他自己也是自由体英译中国诗的继承者。他坦言：

> 直译中国诗必然是去再现其韵律节奏——虽然是某种程度上的，因为原诗的韵律十分突出……因此，我尽力造出与原诗相似的有规律的韵律效果。原诗中的每一个汉字（character）都用英语中的一个重读音节（stress）来表现，而在各重读音节之间毫无疑问也嵌进了轻读音节（unstressed syllables）。在少数情况下，英语译文比汉语原诗要短，我便选择变换译文的韵律，而不是在诗行中填塞不必要的冗词。②

可见，韦利的自由体英译中国诗虽然反对因韵害意，但却设法在翻译中再现原诗的格律与节奏。他用一个重读英语音节和不定数量（通常是一个）的轻读音节来代表一个汉字，亦即用一个英语音步（foot）来再现一个汉语字音。对韦利的这种中国诗英译策略，闻一多称之为"跳出来的节奏"（sprung rhythm），非常认同，只不过他根据现代汉语的特点，将英诗的音步改换为契合汉诗的"逗"或"音尺"③，亦即不定数量的（通常二至四个）字音所构成的词语，而非仅一个字音所代表的汉字。之所以有如此差异，是因为韦利从事的是中国古典诗歌英译，古诗中单音节词占大多数；相比之下，闻一多处理的是英语诗歌汉译，译诗的语言是现代汉语，其中单音节词急剧减少，而双音节词与多音节词则骤然增多。无疑，闻一多在写诗与英诗汉译中都尝试过这样的实践，特别是在翻译中设法以音尺取代音步的方式去再现原作的

---

① Waley, A. (Trans.). 1919. *A Hundred and Seventy Chinese Poems*. New York: Alfred A. Knopf, p. 33.
② Waley, A. (Trans.). 1919. *A Hundred and Seventy Chinese Poems*. New York: Alfred A. Knopf, pp.33-34. 笔者自译。
③ 闻一多. 2008.律诗底研究//闻一多. 古诗神韵. 北京：中国青年出版社：231.

诗学形式。由是，不难发现韦利在译诗理念上与闻一多的契合，自然得到这位重视诗歌格律形式的新月诗人的欣赏。

当然，闻一多对小畑薰良英译李白诗缺乏形式关怀的批评，不独出于个人的诗学理念，还反映了新月派的译诗主张。徐志摩和陈西滢是小畑薰良的中国朋友，但二人对小畑薰良的翻译都仅是礼节性的夸奖和感谢。可见，新月派主张形式整饬的诗学与小畑薰良自由体译诗的翻译策略格格不入。无怪乎，新月派同人对他的英译李白诗颇不以为然。由是观之，闻一多在新月文艺阵地《晨报副刊·诗镌》上发表的译诗批评，作为评论翻译的超文本话语，既体现了个人的唯美诗学，更张扬了新月群体古典倾向的翻译诗学，因而不啻为新月派翻译诗学的理论话语。

第四节　新月派译诗：欧美文化影响下的诗学构建

由第四章和本章可以看出，新月派的译诗活动以浪漫派传统诗歌翻译为主线，中后期又开辟出现代主义诗歌翻译的新路向。其中，欧美诗歌，尤其近现代英国诗和法国象征派诗，是新月派译介的主要对象。当然，结识法国象征诗和其他非英语诗歌文学，也主要是通过英语文学圈为中介的。另外，新月派译诗实践还表现出对反感伤题材和体裁的选择，以及对诗歌形式整饬的格律关怀。简言之，新月派的诗歌翻译策略彰显了古典倾向的翻译诗学，表现出系统性、伦理性和主体性的色彩。观察新月派理解、选择和重写（rewriting）外国诗歌的译介过程，可以透视新月译者群体的文化使者角色，阐述他们对西方文化的理解以及对中国诗歌文化的建设，并了解其诗歌翻译文化与中西方文化之间的关系。

一、译诗选择与欧美诗歌发展的趋同

"诗贵创新……创新的一端是改造传统……创新的另一端是借用外国意境。"[①]新文化运动中，为破除中国几千年来渐渐形成的文言诗学体系，胡适

---

① 王佐良. 1997. 王佐良文集. 北京：外语教学与研究出版社：491.

等通过翻译英美意象派诗歌确立了中国新诗的地位。而随着新文化运动的发展，译诗使得中国新诗在五四时期又落入了自由化、散体化、平民化的巢窠。由是，适时而出的新月派通过借鉴欧美诗歌来纠正五四时期刚刚形成的中国新诗传统。其实，鉴于五四以来的诗歌翻译以选译英语诗为大宗，并以此扩展到其他国家和民族的诗歌文学，所以，自新文化运动到20世纪30年代，中国译诗的潮流与近现代英美诗歌的走向是一脉相承的，只不过时间稍稍向后推迟了几年。

19世纪末20世纪初，随着美国综合实力的不断强大，美国诗也寻求摆脱英语文学正统的束缚，争取独立的地位。于是，美国新诗运动"别求心声于异邦"，先是惠特曼等新诗人借鉴法国象征主义诗歌，尔后是庞德、洛威尔等取法日本、印度、中国等远东国家的诗歌。与此同时，英语文学内部也有诗人不满维多利亚式浪漫主义的末流和乔治时代诗人的保守性，也在寻求诗歌艺术的突破。两股势力合力促成了英美意象派诗歌运动，1912—1922年盛极一时，涌现了休姆、弗林特、庞德、蒂斯代尔、洛威尔、米蕾、弗莱切、林赛等一批新诗人，推动了英美诗歌朝现代派方向转变。及至20世纪20年代中期以后，崇尚自由诗的意象派诗歌运动开始减弱，形式主义关怀再度复兴，一方面，英国传统诗歌依然享誉（英语）世界文坛，哈代、豪斯曼、德拉·梅尔等具有传统色彩的现代诗人仍是诗坛主力军，1930年梅斯菲尔德接任去世的布里基斯荣升桂冠诗人更是鲜明的例证；另一方面，以瓦莱里为首的后期象征主义诗歌在法国兴起高潮，而T. S.艾略特与新批评派在美国膨胀。现代主义诗歌在引领欧美现代诗歌反思传统的同时，又使现代主义以各种途径和方式与诗歌传统产生多样的衔接。并不意外的是，瓦莱里、T. S.艾略特和早期新批评诗人都是古典倾向者，不太赞成自由诗体，反而讲究古典的格律音韵形式。就T. S.艾略特来讲，既吸收法国象征派诗艺，又奉保守的、强调主知的、形式主义浓郁的英国玄学派为正宗；他甚至认为，"庞德的自由诗只有那些孜孜以求格式的严格和韵律的不同体系的诗人才能写出"[①]。这样看来，欧美现代派诗与传统诗——确切地说，英美现代派诗与英国传统诗——的

[①] 艾略特. 1989. 艾兹拉·庞德：他的诗韵与诗//黄晋凯，张秉真，杨恒达. 象征主义·意象派. 北京：中国人民大学出版社：131.

合流，实际上就表明英诗传统的"螺旋式"回归[①]，以及英美意象派诗歌和自由诗体在西方文坛的削弱。

如果说胡适在新文化运动中的新诗革命，效法的是英美新诗运动对传统的诗学体系的破坏，那么新月派大力译介英国传统诗歌和欧美现代派诗歌，则是效法20世纪20年代的欧美诗坛对传统的关怀与对现代诗学体系的进一步建设。也就是说，五四译诗强调的是"破"，而新月派译诗强调的是"立"，后者对前者予以重新审视并反拨。现代诗学的"立"，既需要历史的意识，赋予中国传统诗歌以现代的关怀，理解过去的现存性，又需要"别求心声于异邦"的外国意境。这就匡正了文学革命时期"非诗化"和摒弃传统的浪漫性行为，扭转了功利性翻译价值观。

二、译诗：欧美文化的认同与中国传统文化的关怀

新月派同人大多出身于条件优越的家庭[②]，前辈译者胡适、徐志摩、闻一多、朱湘、孙大雨、叶公超、梁实秋、饶孟侃等曾先后留学英美，回国后历任大学教授，厕身上流社会；新生代译者邵洵美也留学欧洲，陈梦家、方玮德、李唯建、卞之琳、邢鹏举等后起之秀则为南京、上海、北京等高校的学生，师从前辈同人，备受欧美文化熏陶，而且，毕业后也多在高校和中学任教[③]。学院派出身，留学欧美或接触欧美文化的教育背景，以及优越的经济条件，使得新月派同人思想上大都倾向于欧美的自由、民主、渐进的改良路线，也即自由主义是他们的核心思想。因而，他们对英美文学和文化表现出兴趣、欣赏和认同，恰此时中国的新文学系统还处于不成熟的阶段，于是自然就译介它们，以资本国文学建设。新月书店在"英文名著百种丛书预告"中曾说："本店同人因为近年来文学方面的翻译虽然不少，而英文名著介绍过来的却不

[①] 或者如傅浩在《说诗解诗：中外诗歌与翻译论集》（中国传媒大学出版社，2005年，第16页）中所言"否定之否定"的"复归"。

[②] 徐志摩、胡适、闻一多、梁实秋、叶公超、邵洵美、陈梦家、方玮德等新月成员的家庭出身优越自不必说，即使穷困潦倒的朱湘也出身于书香门第，而贫苦出身的沈从文则经徐志摩等同人提携，进入文坛和上流社会。

[③] 据笔者统计，出身于清华学校（大学）的新月派译者最多，新老译者有闻一多、梁实秋、朱湘、饶孟侃、孙大雨、李唯建、孙毓棠、曹葆华、赵萝蕤（研究生）等。

多，特发宏愿，约集研究英文文学的同志规定计划，从事迻译，暂以百种为限，专选英文名著之有永久价值者，用最审慎的态度，陆续刊行。内容有诗，有文，有戏，有小说，英文文学的精华可说尽在于是。每一种翻译都要经过专人校阅，并有长序详细介绍作者生平艺术。"① 新月派青睐英美文学以及翻译的系统性与伦理性可见一斑。而且，就中国新诗和新诗人而言，新月派不讳言新诗从英美诗演化而来，以及新诗人深受英美诗歌文化的影响。《新月》为叶公超和闻一多选辑的《近代英美诗选》广告时说："中国新诗是从那里演化出来的？一般诗人的背景都受过些什么影响？能答复这两个问题的人，自然知道现在中国的新诗和英美诗——尤其是和近代英美诗的密切关系。……闻一多先生在新诗坛里的地位早已经为一般人所公认。叶公超先生又是中国唯一能写英文诗的诗人。他们两位把这精选拿出来贡献给大家，不是文艺界的幸福是什么？"② 新月派对英美文学的认同与借鉴清晰可见。新月派在自由主义价值观的指导下，试图集欧美各种文学思潮之优点，但对其持批判性审视态度，坚守着"健康""尊严"③的价值取向与至情至性的审美取向。

认同欧美文化并不意味着新月派对中国传统文化的摒弃。相反，他们以宽容的姿态去兼收并蓄中西文化的优胜之处。再者说，新月派同人自幼熟读诗书，经历过中国传统文化的教育和训练，对中国古典文学传统有一种无法割舍的精神联系。如果说新文化运动执着于引介西方文化以对传统文化进行批判，那么新月知识分子则是有机地承受、吸纳西方文学的影响，并合理地继承本土文学传统，在主体文化体系中实现自身文学机制的创造性转化。表现在新诗上，"技术无妨西化，甚至可以尽量的西化，但本质和精神却要自己的"④。可见"中学为体，西学为用"的新诗建设主张。而其中译诗就是复兴中国诗学的"技术""原料"或"种子"⑤。在译诗实践上，他们也明显表

---

① 参见1929年新月书店出版的《新月书店书目》第1页。
② 参见1928年8月10日《新月》第1卷第6号封二上的广告。另，《新月》月刊虽多次刊登该诗选的出版预告，但笔者多方查阅，未见该书，估计未曾出版。
③ 佚名.1928."新月"的态度.新月，1(1)：9.
④ 闻一多.1993.悼玮德//孙党伯，袁謇正.闻一多全集（2）.武汉：湖北人民出版社：186.
⑤ 参见朱湘.1927.说译诗.文学周报，5(290)：454-457.
陈梦家.1931.新月诗选.上海：新月书店：序言6.

现出中西方诗艺融合基础上的"创译"。不消言,新月派诗歌翻译体现了同人对中国古典文学传统的继承与创新。

三、译者的主体诉求与审美诗学构建的主旨

翻译是一种选择——既选择作家与文本,又选择方法,而选择又是一种态度,表现为艺术,体现出伦理。那么,可以说新月派的译诗策略,反映了注重文学翻译独立性和审美特性的诗学主张,也即,从崇尚理性与伦理的古典审美标准出发,走向古典倾向翻译诗学的构建。新月后生邢鹏举曾言"文学是没有阶级性的",社会主义文学与资本主义文学同样都有生气和意味,因此译者决绝不能因为个人信仰的原因,竟而在翻译材料的选择上"显出抑扬的态度"。他进而认为,翻译材料的选择要有规范与规定,凡是世界文学名著都有翻译的价值;哪方面翻译得少的,需要补充,哪方面翻译过剩的,则应该予以限制。由是,"译本的材料可以普遍,畸形的发展可以免除"[①]。邢鹏举的这番话,是针对20世纪30年代前后中国文坛翻译选择的功利性和畸形发展而言的,言辞可能有些偏颇,但主张却合情合理,表达了新月派推崇欧美文学和尊重翻译艺术的诗学主张,希冀改变当前唯政治取向而翻译的要求。这种倾向于选译欧美诗歌的翻译主体诉求,是新月派浪漫的气质、古典的思想、伦理的依归、崇尚审美的文学观与自由主义的精神的交融合力下的产物,或者说,缘于古典倾向诗学观的引导。而翻译的最终目的,如前所述,也恰恰是匡正此前的"浪漫式"翻译行为,构建古典审美标准的诗学体系,修葺不成熟的新诗诗学体系。

对于译者而言,选择什么样的作家和文本来进行翻译,就已经透露了其审美与价值判断的倾向。新月派不约而同选择欧美诗歌来翻译,既出于对五四译诗反思和反拨的诗学建设使命,也在于主观认同的社团翻译机制使然。前者是操控翻译的社会诗学,后者是协调翻译的社团诗学。换言之,新月派

[①] 邢鹏举.1934.翻译的艺术.光华附中半月刊,2(9-10):97.相得益彰的是,新月同人梁实秋在《文学是有阶级性的吗?》(1929年9月10日《新月》第2卷第6-7号合刊)一文中也宣称"文学就没有阶级的区别"(第13页),并举例说明无产阶级文艺理论书籍翻译文法艰涩,句法繁复,读起来比天书还难。

的译诗是时代翻译文化语境下的主体诉求。浪漫的天性、求新求异的追求、欧美文化的熏陶、对中国传统文化的关怀，以及对审美诗学系统建设的主旨，使新月群体选译了大宗的浪漫派诗和现代派诗，同时在翻译方法上又体现了对诗歌形式的美学关注。

　　综上，新月派译诗活动兴起的原因与目的可归纳如下：其一，诗学发展的使然，对五四时期"浪漫式"译诗恶化新诗发展的抨击，以及对西方诗歌误读和误译的重新认识；其二，欧美文化的影响以及对英美诗歌发展的趋同，尤其，英美意象派诗歌运动的式微，传统的浪漫诗及与传统相关的现代诗歌的再兴，契合了新月派译诗的文化语境；其三，传统文化的熏陶与古典倾向诗学的主导，对新诗发展现状和前途的审视与忧虑，以及以译诗重建新诗诗学体系、复兴中国诗学的己任和努力。简言之，新月派译者，一方面耳濡目染了中国传统儒释道文化的影响，另一方面又接受了西式的教育和训练，中西方文化的合璧使他们具备了融合中西的知识结构和开阔的视野，以及开拓与建设的热情和勇气，因而在诗歌翻译策略方面表现出正视传统、放眼现代的特性，演绎出卓尔不群的译诗文化，在中国新诗现代化进程中发挥了重要的作用。

第六章

古典的"创格"：新月派诗歌翻译艺术

译诗过程是创造新诗体的契机和起点。梁实秋坦言，"翻译正好是一个试验的机会，可以试验本国的文字究竟能否创为一种新的诗体，和另一种文字的某一种诗体相仿佛。"[①]胡适也强调中国新诗体建设需要广泛借鉴与不断试验。他认为"只有不断的试验，才可以给中国新诗开无数的新路，创无数的新形式，建立无数的新风格。若抛弃了这点试验的态度，稍有一得，便自命为'创作'"，那便是"画地为牢"，不会有前途的[②]。显然，译诗作为中国新诗建设的重要域外资源，不仅能够开阔新诗人的视野，更成为新诗试验的排头兵。反之，若缺乏译诗试验，苦心孤诣进行所谓的"创作"，新诗人无疑会陷入"画地为牢"的狭隘视域中，难以自拔，继而给中国新诗体的发展前途蒙上阴影。译诗对中国新诗体建设的作用和重要性可见一斑。对于在古典倾向诗学观照下的新月派而言，译诗旨在匡正五四时期诗歌翻译的浪漫性趋势，重构中国新诗的诗学体系。他们一方面注重选择形式上严整、内容上讲究客观化抒情与含蓄象征的非感伤诗歌，另一方面则在形式上进行创格试验，纠正白话——自由诗学对新诗艺术形式的忽视，为新诗的艺术形式建设提供回归本位的思考和本体论的依据。第四章与第五章侧重于前者的考察以及译诗策略的文化阐释，本章将重点探讨译诗的艺术性，观察和分析新月译者如何以中文再现原诗的诗艺，以创造新的诗歌文体。

新月派译诗的艺术性，实际上就是"播种"的艺术，具体到新格律体诗

[①] 梁实秋. 2006. 傅东华译的《失乐园》//梁实秋. 雅舍谈书. 陈子善编. 济南：山东画报出版社：426.
[②] 胡适. 1932. 通信. 诗刊，（4）：97.

试验上，涉及译诗语言层面和诗学层面的考察。语言层面指译诗语言欧化与否，是否保留了原诗的语言结构（句法、语序、表达方式等），诗学层面指如何处理原诗的诗学传统（意象、音韵、格律形式等）。前者是"工具的刷新"，后者是"技巧的刷新"[1]，不仅前者表现后者的创格试验，而且二者还都与译诗的方法紧密相关，互为因果。因此，新月派诗歌翻译艺术性的探讨将以译诗形式的关怀为中心，辅以译诗语言和翻译方法方面的探索。毕竟，诗歌是最有意味的语言形式之一，且新月派又尤为着重新诗艺术的形式本位倾向。这样，本章的研究既在翻译实践上观察新月派翻译诗学的施行，以及译诗艺术性的历史变迁，又进一步以"如何译"来阐明"为何译"，透视新月派译诗文化的深度发展。

第一节　译诗对话：诗歌翻译形式关怀的发端

西洋格律诗的汉译最早发生于晚清时期，基本采用的是"民族化"的译诗方式[2]，以中国古典诗词的体裁格律来盛装外国诗的新意境，所谓旧瓶装新酒也。但随着历史的发展，这种极端归化式的翻译规范在随后的新文化运动中被"诗体大解放"的文学革命击得粉碎。不过，在自由诗风潮中，有识之士开始了新诗格律体的探索，如李思纯倡导"新形式诗学"，认为"新诗创造的事"是"形式的艺术与艺术的形式"，以获得"深博美妙复杂的新诗"[3]；陆志韦则一针见血地指出自由诗的弊端，提出"节奏"与"音节"是诗的躯壳与核心——"节奏千万不可少。押韵不是可怕的罪恶"[4]。而且，陆志韦在写诗和译诗上都进行了"创新格律"的试验，以至于朱自清在《1917—1927 中国新文学大系导言集·〈诗集〉导言》（1935 年）中指出，"第一个有意试验种种体制，想创新格律的，是陆志韦氏"[5]。然而，毕竟他们的诗歌翻译

---

[1] 石灵.1937.新月诗派.文学，8（1）：130.
[2] 黄杲炘在《英诗汉译学》（上海外语教育出版社，2007 年）中将英语格律诗的翻译方式分为五种："民族化"译法、"自由化"译法、"字数相应"译法、"以顿代步"译法和"兼顾顿数和字数"译法。
[3] 李思纯.1920.诗体革新之形式及我的意见.少年中国，2（6）：17-18.
[4] 参见陆志韦.1923.渡河.上海：亚东图书馆："自序"29.
[5] 参见鲁迅等.2009.1917—1927 中国新文学大系导言集.刘运峰编.天津：天津人民出版社：150.

实践有限，论述又主要针对新诗的创作，再加之当时文学革命的摧枯拉朽之势，所以他们的新诗格律体主张并没有引起多大的注意。但不可否认的是，他们的贡献开启了一个译诗的新时代，译诗理念很快得到新月派的响应。

新格律体诗在诗歌的审美趣味上与中国旧体诗词相似，即注重诗歌的形式建设，但其区别传统诗歌的根本之处在于以白话入诗。白话如何表现诗的格律形式呢？主体文学体系内部无法自行解决这个问题，于是自然把眼光投到域外文学中去。新月派承接前人的努力，扛起了新诗形式建设的大旗，因为深受欧美文学的熏陶，自然都走上了借鉴西洋诗的道路，尤其趟开了以译诗试验外国格律的一条大路。当然，新月派对译诗形式关怀的主观认同并非一蹴而就的，而是经过译诗对话或讨论协调翻译机制逐步形成的。上一章论述到，闻一多1926年6月3日在《晨报副刊·诗镌》上发表的文章《英译的李太白》，是新月派标举译诗形式主张的旗帜，也可谓是诗歌翻译文体试验开展的系统的理论话语。不过，一般来讲，实践总比理论先行。在新月派聚拢之初，同人们就有意识地开始了译诗实践的探索，在彼此之间，或甚至延伸到文坛上，展开了关于迻译外国诗歌形式与风格的对话。文学活动本身就具有对话的本质，翻译也不例外。译者间的对话既是新月派内部翻译机制的自觉协调，也是古典倾向翻译诗学在文坛的输出方式，张扬自我。

一、《征译诗启》：诗体试验的滥觞

1924年3月，徐志摩在《小说月报》（第15卷第3号）和《晨报副刊》（3月22日）上分别发表了《征译诗启》，征译15首英国抒情诗，差不多都是形式精致的格律诗。《征译诗启》不仅初步奠定了新月派译诗选择的基本轮廓和浪漫抒情的基调，还是译诗作为新诗文体试验的开始。徐志摩在《征译诗启》中说道：

> 我们想要征求爱文艺的诸君，曾经相识与否，破费一点工夫做一番更认真的译诗的尝试；用一种不同的文字谱来最纯粹的灵感的印迹。我们说"更认真的"；因为肤浅的或疏忽的甚至亵渎的译品

我们不能认是满意的工作；我们也不盼望移植巨制的勇敢；我们所期望的是要从认真的翻译研究中国文字解放后表现致密的思想与有法度的声调与音节之可能；研究这新发现的达意的工具究竟有什么程度的弹力性与柔韧性与一般的应变性；究竟比我们旧有的方式是如何的各别；如其较为优胜，优胜在那里？为什么，譬如苏曼殊的拜伦译不如郭沫若的部分的莪麦译（这里的标准当然不是就译论译，而是比较译文与所从译）；为什么旧诗格所不能表现的意致的声调，现在还在草创时期的新体即使不能满意的，至少可以约略的传达。如其这一点是有凭据的，是可以共认的，我们岂不应该依着新开辟的途径，凭着新放露的光明，各自的同时也是共同的致力，上帝知道前面[有]没有更可喜更可惊更不可信的发现！[？]①

在这段话中，徐志摩虽然承认新诗体优胜于旧诗格，但对五四时期草创的新诗还是不满意的，认为其缺乏"致密的思想与有法度的声调与音节"——也即情感泛滥和缺乏形式关怀，因此意图通过译诗来探求新诗的语言表达空间和诗体表达空间的大小，提升现代汉语的表达力，尤其是增强白话文作为诗歌语言的艺术表现力，从而使诗歌翻译从无意识走向有意识，进入一个自觉的阶段，并与诗歌创作形成良性的互动。可以看出，徐志摩对译诗的文体试验作用是充满了希望的。实际上，这也算是新月派译诗文体探索的开始。因为从此次诗歌征译活动来看，徐志摩是发起者，同人胡适和陈西滢是"阅卷大臣"，虽然郑振铎和《小说月报》是开始的赞助者（patrons）。

《征译诗启》的反响不小，但满意的稿件并不多②。直到1925年2月13日，《晨报副刊》才首先刊载了杨天木文言体翻译的雪莱的《爱之哲学》（"Love's Philosophy"）③；2月17日，重刊《时事新报·学灯》四年前刊载的文言旧译《爱之哲学》（译者和原发表时间不详，汴生提供译文）；尔后，3月16日至18日又连续三天刊登了赵景深和谭震明的《答志摩征诗》。谭震明翻译了雪莱的《爱之哲理》（"Love's Philosophy"）和《问月》（"To the Moon"），

---

① 徐志摩. 1924. 征译诗启. 小说月报，15（3）：6-7.
② 参见本书第五章第二节第一小节。
③ 杨天木将雪莱诗的英文名写作"The Philosophy of Love"。

仍然用的是文言体。在新文化运动之后，这种古雅的诗风已遭唾弃，而且也不符合徐志摩在《征译诗启》中召唤新诗体的主张。之所以刊出文言译诗，一是五四以来草创的新诗体愈来愈令新月派同人不满，希冀借旧诗体改进新诗的艺术，二来也是想引发对译诗的讨论，三则表明新月派的宽容心态和本着诗歌艺术探索的目的。有趣的是，赵景深的两首征译诗中，一首译的是德拉·梅尔的《碑铭》（"An Epitaph"），另一首则是他自己另找的原文，即从歌德《浮士德》（*Faustus*）中摘译的一片段，分别采取浅近文言和白话迻译，题名《昔有迭尔国王》和《从前地由尔有个国王》。赵景深答复徐志摩的《征译诗启》，是因为"最爱抒情诗"，而且私下里正在试译《印度情抒情诗》（*India's Love Lyrics*），所以响应老师的号召，希望因此能在译诗上得到些实际的帮助[①]。再者，他的试译诗也是诗艺的探索。试比较他用浅近文言和白话所译的歌德诗剧《浮士德》片段：

《昔有迭尔国王》

昔有迭尔国王，至死忠心不愉[渝]——
他妻临死时候，亲以金樽相遗。

金樽是他珍宝；每饮必要用他。
常在饮酒时候，泪流如酒落下。
当他死日来临，通告属城人民，
一切都给后嗣，金樽自己留存。

王宫大开酒宴，他和武士举觞，
在先人的高厅，在海边的城上。

酒徒站在那里，喝他最后之酒；
喝完便抛圣樽，一任浪潮推走。

眼望金樽浮沉，深深坠到海底；

---

① 赵景深在1925年3月16日《晨报副刊》的《答志摩征诗》中译《浮士德》片段，在18日译《碑铭》，并谈及响应征译的缘由，其中Walter de la Mare错刊印为William H. Davies。

从此永闭眼帘，再也不喝一滴！

《从前地由尔有个国王》

从前地由尔有个国王，至死仍是忠心不衰（读作"催"——原注），——
他妻子临死的时候，给了他一只金杯。

他把金杯当作珍宝；每饮必要用她。
时常在饮酒时候，泪流如酒落下。
当他的死日来临，他告诉属城的人民，
他将一切都给了承继者，只将那金杯自己留存。

王宫大开酒宴，他和武士们举觞，
在先人的高厅里，在海边的城堡上。
老酒徒站在那里，喝他最后的生命之火焰；
【喝完便】将他的圣杯，抛下与浪潮相见。

他望着金杯浮沉，深深的坠到海底；
从此永远闭下眼帘，再也不想喝她一滴！

这个片段出自《浮士德》第一部第八场《黄昏》中玛格丽特（Margaret）的叙事歌，描述一个国王对死去的王妃的忠贞爱情，全诗共六节，每节四行，二、四行押韵。赵景深的两个译本都保持了原文的韵式，差异主要体现在语体上。《昔有迭尔国王》是六言四行诗，浅近的文言显得精练，诗的形式很工整，与原文每行大致六个音节的格律比较贴切。相比之下，《从前地由尔有个国王》是白话自由诗，每行长短不齐，形式上不甚关怀。可见，通过这两首译诗，赵景深抛出了译坛普遍关注但又意见不一的译诗问题：是关注形式工整，还是自由？这也是新月派最关注的问题。

这样看来，《征译诗启》首先将译诗的文体再现问题推及当时的诗坛，引发了时人对译诗艺术性的关注。这虽只是一个引子，但却是日后译诗形式高涨的导火线。

二、"有趣的练习":译《莪默的一首诗》

译诗应该用什么样的语言、形式和方法,既能再现原文诗学,又能丰富译入语诗学?对此问题,新月派早期就处于不断的探索中。承接《征译诗启》召唤译诗以试验新诗体,徐志摩认为译诗"至少是一种有趣的练习",只要原文是名家名作,译者就只能凭"各人的'懂多少'"以及"运用字的能耐",再现原来的诗意,"结果失败的机会固然多,但亦尽有成品的——比如斐氏波诗的英译,虽则完全的译诗是根本不可能的"[①]。徐志摩虽然不认同"完全的译诗"的存在可能性,但毕竟还是强调译诗的可行,尤其是集思广益以汉字的能耐"再现"原文的诗意。这种试验精神继承了胡适对于新诗诗体建设"但开风气不为师"的尝试和"不断地试验"的态度[②]。新月派在文学翻译上的"试验"风气就这样一直延续开来,徐志摩、朱湘、闻一多、陈梦家等诗人都是频繁的译诗试验者。由此,徐志摩就挑了胡适之于名家的名译来说事。名家即是五四以来在中国很流行的波斯诗人莪默·伽亚谟,郭沫若、闻一多、胡适、徐志摩、林语堂、刘复(刘半农)、李霁野、张采真等文人学者都或多或少翻译过其著名的《鲁拜集》中的诗歌,或有感于其享乐主义思想,或崇尚其艺术之美。当然,他们的翻译都是从菲茨杰拉德的英译本转译的。徐志摩挑选鲁拜诗来展开译诗对话,不仅因为其在形式上与中国古诗具有相似性,更旨在以菲氏成功的英译来树立译诗的典范。

徐志摩挑选的诗是《鲁拜集》的第九十九首[③],菲茨杰拉德的英译和参与译诗对话的汉译如下:

[①] 徐志摩.1924.莪默的一首诗.晨报副刊,(265):3-4。其中,斐氏波即英国诗人菲茨杰拉德。

[②] 胡适在文学上的不断"试验"和试验主义精神还可参阅其文《逼上梁山(文学革命的开始)》,见欧阳哲生.1998.胡适文集(1).北京:北京大学出版社:140-163.

[③] 此诗在菲茨杰拉德英译本《鲁拜集》的第一版中是第七十三首,在第二版中是第一百零八首,在第三版及之后的版本中是第九十九首。而且,第一行中的 Fate 自第二版改为 Him。徐志摩、朱湘、钟天心、荷东依据的是第一版,胡适依据的是第二版,闻一多、郭沫若等依据的是第三版。胡适的译诗题名《希望》,初载 1919 年 4 月 15 日《新青年》第 6 卷第 4 号第 374 页;徐志摩的译诗见其文《莪默的一首诗》;郭沫若译文见其文《波斯诗人莪默伽亚谟》(1922 年 11 月 25 日《创造季刊》第 1 卷第 3 期,第 40 页);闻一多译文见其文《莪默伽亚谟之绝句》(1923 年 5 月《创造季刊》第 2 卷第 1 期,第 14 页);钟天心译文见其文《我也来凑个趣儿》(1924 年 11 月 12 日《晨报副刊》第 270 期,第 4 页);朱湘译文载其《番石榴集》(商务印书馆,1936 年,第 31 页)《茹拜迓忒选译》;荷东译文见其文《译莪默的一首诗》(1924 年 11 月 13 日《晨报副刊》)。

英译：

Ah Love! could you and I with Fate/Him conspire
To grasp this sorry Scheme of Things entire,
Would not we shatter it to bits – and then
Re-mould it nearer to the Heart's Desire!

胡适译（1919）：
要是天公换了卿和我，
该把这糊涂世界一齐都打破①，
再磨再炼再调和，
好依着你我的安排，
把世界重新造过！

徐志摩译（1924）：
爱阿！|假如|你我|能勾着|运神|谋反，
一把|抓住了|这|整个儿|"寒尘"的|世界，
我们|还不|趁机会|把他|完全|捣烂——
再来按|我们的|心愿，|改造他|一个|痛快？

郭沫若译（1922）②：
啊，爱哟！我与你如能反畔[叛]"他"时，
把这不幸的全部的"计划书"来攫取，
我怕不把牠扯成粉碎——
从新又照我心愿涂写！

---

① 在胡适译欧·亨利小说《戒酒》（1928年9月10日《新月》第1卷7号）中，《希望》的第二句"该把这糊涂世界一齐都打破"改译为"该把这寒伦世界一齐都打破"。

② 郭沫若初译错讹较多，可能他自己也不满意，遂又重译：啊，爱哟！我与你如能串通"他"时，//把这不幸的"物汇规模"和盘攫取，//怕你我不把牠捣成粉碎——//从新又照着心愿拟拟！（参见钟天心《我也来凑个趣儿》）。在译莪默诗讨论中，不少学者（如邢鹏举）引用的是郭氏的重译。

第六章 古典的"创格":新月派诗歌翻译艺术

闻一多译(1923):
爱哟!|你我|若能|和"他"|钩通|好了,
将这|全体|不幸的|世界|攫到,
我们|怕不要|捣得他|碎片|纷纷,
好依着|你我的|心愿|去再抟|再造!

钟天心译(1924):
爱呵!|你我|若能|与上帝|勾通,
把这个|糊涂|世界|整个|抓在|掌中,
我们|怕不|一拳|捶它|粉碎,
依着|你我的|心怀,|再造成|整块?

朱湘译(1920s):
爱呀!要是与命运能以串通,
拿残缺的宇宙把握在掌中,
我与你便能摔碎了——又抟起,
抟成了如意的另一个穹隆!

荷东译(1924)1:
爱呵!|你我|果能|与运神|合作,
来执掌|这|支配|万物的|权,
我们|岂不能|将世界|都打破,
改造成|合我们|心意的|一种|变迁!

荷东译(1924)2:
噫气长吁叹,爱神汝来前。
果能参造化,执此万类权。
摧枯如碎粉,新观逐物迁。
一一随意旨,讵不心豁然?

胡适最早翻译这首四行诗，译诗初载 1919 年 4 月 15 日《新青年》第 6 卷第 4 号，题名《希望》，又收入 1920 年 3 月出版的《尝试集》。胡适在如火如荼的新文化运动时期翻译这首诗，首先突出的是它的"打破旧世界"的革命气势，以及"创造新世界"的"希望"。他在译序中首先强调伽亚谟是一位科学家兼诗人，"他的数理和天文学是波斯文明史上一种光荣"，这可以看出五四时代主导的民主与科学的意识形态对胡适译诗策略的影响。"打破"（grasp）和"重新造过"（Re-mould）等词语的意译将译诗的主题衬托得更为鲜明。而且，胡适用意译方法创造了明白晓畅的白话文译诗，体现了其"改良中国文学当以白话为正宗之说"①。难得的是，"胡译虽过于自由，毫未依傍原文，然而精神尚在"②。再者，虽然主流诗学决定了胡适的白话译诗，但他并没有完全否定传统诗学。相反，他在译序中将伽亚谟的四行诗比之为中国的"绝句"，都是"一二四句押韵，第三句没有韵"，他的译诗也是按照这样的脚韵安排的；况且，"卿"等字眼还没有脱离文言的表达。可见，《希望》一诗是传统诗学的影响、改造世界的意识形态和创造当时新文学的主流诗学三因素结合下的产物③。这"一石三鸟"之功难怪使得他在徐志摩面前"打起了徽州调高声朗唱"④。而且，在新月派同人邢鹏举看来，胡适的翻译不仅"不失忠实"，最可注意的是，他以"糊涂世界"译"this sorry Scheme of Things entire"，将全诗之精华包容其中，比郭沫若译"物汇规模"要高明得多⑤。当然，邢鹏举的批评不可否认含有同人之间诗学观认同的成分。

不过，胡适的这首得意之作不仅被创造社的成仿吾批评为"不仅与原文相左，而且把莪默的一贯的情调，用'炸弹！炸弹！炸弹！干！干！干！'一派的口气，炸得粉碎了"⑥。即使是新月派同人徐志摩，虽认为其"脍炙人口"，但也不完全苟同。他认为胡适的译文太专注于诗的"神情"，结果往

---

① 语出陈独秀在《新青年》（1917 年 5 月 1 日第 3 卷第 3 号）致胡适："……独至改良中国文学当以白话为正宗之说，其是非甚明，必不容反对者有讨论之余地。"参见欧阳哲生.1998.胡适文集（1）.北京：北京大学出版社：163.
② 闻一多.1923.莪默伽亚谟之绝句.创造季刊，2（1）：14.
③ 邵斌.2011.诗歌创意翻译研究：以《鲁拜集》翻译为个案.杭州：浙江大学出版社：153.
④ 徐志摩.1924.莪默的一首诗.晨报副刊，（265）：3-4.
⑤ 邢鹏举.1934.翻译的艺术.光华附中半月刊，2（9-10）：95.
⑥ 参见闻一多《莪默伽亚谟之绝句》（1923 年 5 月《创造季刊》第 2 卷第 1 号）文后成仿吾的附注（第 24 页）。

往好像是重写了一首诗,与原作相差太远,就不能称之为翻译——"那是胡适。不是莪默"①。也就是说,徐志摩批评胡适的译诗太自由,太注重神韵,而忽视了形式。这种批评,也是他对五四时期近乎"改写"的自由式白话译诗表示不满。徐氏的译诗开始了对形式的关注,押"abab"的脚韵②,每行六顿,每顿一至三个字音,单行十三字,双行十四字,形式比较工整,但这种音韵格式与原诗"aaxc"的脚韵韵式和五音步的节奏还是有些距离。此外,相对于胡适的意译,徐志摩采用了直译与意译相结合的翻译方法,一方面,译诗语言上没有了胡适文言的痕迹,而是欧化的白话,句式有些欧化,但又能依汉语的习惯流畅表达;另一方面,译诗中也增添了些"一把""趁机会""一个痛快"等方言化口语,以及"谋反""寒尘"等失真的"创译"之笔,这一点又见胡适译诗对他的影响。总的来讲,这首译诗虽然算不上徐志摩成熟的译作,但却恰恰表明了他视其为"一种有趣的练习"的译诗尝试。

在五四时期,以自由体翻译鲁拜诗的还有郭沫若。郭译不仅抛却了原诗的韵式,而且还没有自拟韵式,在闻一多看来,是步菲茨杰拉德意译的方法,虽然诗意很浓,但形式上难免遗憾③。由是,闻一多依照原文的韵式进行了复译,以每行五至六顿(第一行六顿,其他行五顿)来表现原诗的五音步抑扬格,每顿一至三个字数,每行字数控制在十一至十三字,长度比较匀称,形式渐趋工整,基本上达到了他所认为的"句法整饬而不现拘板,辞指鬯达而不乖原意"④的译诗佳品标准,初现形式关怀,为稍后倡导新格律诗体埋下了伏笔。应该说,闻一多在译诗实践和理论上对形式关注是早于徐志摩的,但由于影响力不够,淹没在五四译诗自由化的滚滚洪流中。

徐志摩与胡适译鲁拜诗的对话展开后,荷东也参与进来,评价胡适译文

---

① 志摩.1925.一个译诗问题.现代评论,2(38):14。
② 徐志摩.1924.莪默的一首诗.晨报副刊,(265):3-4.这首译诗第二行行末的"世界"和第四行末的"痛快"是徐志摩的方言押韵。也正因为其译诗的方言押韵,受到了胡适的取笑,参见下文译歌德四行诗。
③ 闻一多.1923.莪默伽亚谟之绝句.创造季刊,2(1):11,16-17.
④ 闻一多在《评本学年〈周刊〉里的新诗》(1921年)中评价译诗《园黄的月》的用语,参见孙党伯,袁謇正.1993.闻一多全集(2).武汉:湖北人民出版社:43.

有"赵松雪合管夫人'塑泥人'的小词的意味",而徐志摩的译文"比较上能够见著[着]作者的原意"①。不过,荷东还是喜欢旧式译诗方法,认为这样更有味。为了切磋交流,钟天心"也来凑个趣儿"②,他的译诗大致是直译,依原文的韵式,尽量以相应的顿数表现原诗的五音步节奏。这种对形式的关怀在朱湘那里达到了极致,他的译诗不仅照顾了原文的韵式,而且以每行11个字来体现原诗五音步的节奏,形式最为工整。

由此,从莪默·伽亚谟这首诗的翻译对话中可以看到,胡适与郭沫若在新文化运动高亢时期的译诗均为自由诗,基本上都是仅撷取原文内容,不关注原文形式。徐志摩和闻一多的"发难",是新月派早期在译诗形式上的探索,钟天心、朱湘的追随,表明形式主张的译诗理念逐步得以协调。

三、"玲珑的瓶子盛香水":译歌德四行诗的对话

在徐志摩这里,新月派开启了译诗形式的广泛讨论。他批评胡适的译诗《希望》之后,胡适也对他翻译歌德的一首四行诗报以批评。徐志摩译歌德的四行诗是《弹竖琴人》,根据卡莱尔的英译转译,最初以题名《译葛德四行诗》发表在1925年8月15日《晨报副刊·文学旬刊》第78号上。第二天,胡适跑来笑徐志摩用"蛮音"来叶韵,几日后又来信说他在回去的车上也试译过,并提供了译文。于是徐志摩作文《一个译诗问题》,讲述了事情的来龙去脉,公布了胡适的译文以及他自己的初译和重译,并就译诗问题谈了把神韵化进形式如同"玲珑的香水瓶子盛香水"的看法③。尔后,朱家骅受胡适之托,在1925年10月3日《现代评论》第2卷第38期发表《关于一个译诗问题的批评》,批评卡莱尔英译的不确当,并从德文直译该诗。而且,周开庆(他提交了三种译文)、郭沫若分别通过写信或当面将译文交给徐志摩进行讨论。徐志摩在1925年10月8日《晨报副刊》上发表《葛德的四行诗还是没有譒好》一文,将所有译文一并列出,并发表讨论,从译诗难谈到新诗

---

① 荷东.1924.译莪默的一首诗.晨报副刊,(271):4.
② 天心.1924.我也来凑个趣儿.晨报副刊,(270):4.
③ 志摩.1925.一个译诗问题.现代评论,2(38):14-15.有趣的是,徐志摩在该文中列出的初译竟然与最初的译文《译葛德四行诗》不一样,因此可以看作第一次重译。下文例举选取的译文是初译和第二次重译(即徐志摩译3)。

创作的不易；之后，他又将四行诗翻译的有关讨论（包括郭沫若来信答歌德诗的翻译），摘其片段并加上自己的评论，刊载在 1925 年 10 月 24 日《晨报副刊》上的《零碎》一文的第三部分。但译诗的讨论并没有就此终结。同年 11 月 7 日，成仿吾在《现代评论》第 2 卷第 48 期上发表《〈弹竖琴者〉的翻译》，对胡译、徐译和朱译进行批评，并从德文原诗给出自己的翻译。11 月 21 日，李竞何在《现代评论》第 2 卷第 50 期发表《关于哥德四行诗问题的商榷》，评论了胡适、徐志摩和朱家骅的译文，但没有就众人讨论的这节四行诗提出翻译。次年 3 月 29 日，胡适在《晨报副刊》上发表《重译葛德的诗四行》，这次译诗讨论就此告一段落。下面首先看看歌德这首四行诗的德语原文、英译和众人的汉译：

歌德原文：

Wer nie sein Brot mit Tränen ass,

Wer nie die kummervollen Nächte

Auf seinem Bette weinend sass,

Der kennt euch nicht, ihr himmlischen Mächte!

卡莱尔英译：

Who never ate his bread in sorrow,

Who never spent the Midnight hours

Weeping and waiting for the morrow,

He knows you not, ye heavenly powers!

徐志摩译 1（1925）：

谁没有和着悲哀吞他的饭，

　　谁没有在半夜里惊心起坐；

泪滋滋的，东方的光明等待，——

　　他不曾认识你，阿伟大的天父！

徐志摩译 3（1925）：
谁不曾和着悲泪吞他的饭，
　　谁不曾在悽[凄]凉的深夜，怆心的，
独自偎着他的枕衾幽叹，——
　　伟大的神明阿，他不认识你。

胡适译 1（1925）：
谁不曾含着悲哀咽他的饭；
　　谁不曾中夜叹息，睡了又重起，
泪汪汪地等候东方的复旦，
　　伟大的天神呵，他不曾认识你。

胡适译 2（1926）：
谁不曾和着眼泪咽他的饭，
　谁不曾熬过多少悲哀的长夜，
泪汪汪地坐待东方的复旦：——
　　他认不得你们，天地的威灵啊！

朱家骅译（1925）：
谁从不曾含着眼泪吃过他的面包，
　　谁从不曾把充满悲愁的夜里
在他的床上哭着坐过去了，
　　他不认识你们，你们苍天的威力！

成仿吾译（1925）：
谁不曾把面包与血泪齐吞，
谁不曾在惨痛伤神的夜里，
每在床上，忽忽起坐而哀呻，
他不认识你们呵，你们苍穹的伟力！

第六章　古典的"创格"：新月派诗歌翻译艺术

郭沫若译（1925）：
人不曾把面包和眼泪同吞，
人不曾悔恨煎心，夜夜都难就枕，
独坐在枕头上哭到过天明，
他是不会知道你的呀，天上的威棱。

周开庆译1（1925）：
谁不曾和着悲哀把饭咽下，
谁不曾在幽凄的夜里，
独坐啜泣，暗自咨嗟，
伟大的神明呵，他不曾认识你！

周开庆译2（1925）：
谁不曾和着悲哀把饭吞，
谁不曾中夜幽咽，
愁坐待天明，
他不曾认识你，呵伟大的神灵！

小泉八云英译：
Who ne'er his bread in sorrow ate,
Who ne'er the lonely midnight hours,
Weeping upon his bed has sat,
He knows ye not, ye Heavenly powers！

这首《弹竖琴人》是歌德的教育小说《威廉·迈斯特的学习时代》（*Wilhelm Meisters Lehrjahre*）第二卷第十三章中弹竖琴老人所唱之歌。老人年轻时于不知情中与妹妹发生关系，生下女儿迷娘。对此乱伦之罪，遍尝人生苦痛的老人发出了沉痛忏悔的嗟叹，十分感人。徐志摩选择这首诗的第一节（总共二节）来翻译，是有感于其"伟大，怆凉的情绪"出于歌德伟大心灵的遣词用意，其间蕴含着"永久的感动力与启悟力，永远是受罪的人们的一个精神的慰安"。既然中国缺少歌德这样的诗魂，就应当"有一个要得的翻译"①。于是，他根据"气概非凡"的卡莱尔英译进行转译，后来又参考了小泉八云的英译进行修改。总体来说，这次译诗对话承接的还是上一年关于鲁拜诗讨论的相关内容，也就是译诗的形式问题。

先看押韵。徐志摩的初译保持了卡莱尔英译的一、三行和二、四行的交韵（abab）韵式，如石灵所言在中国古诗中是鲜见的——"在中国旧诗里，两句一换韵的诗很少，近体固绝无，即古体中也少见……旧诗中隔行换押的也没有……隔几行遥押，那更是簇新的顽意"②。可见徐志摩意欲输入西洋韵式的借鉴意图，但他以"饭"与"待"和"坐"与"父"的浙江硖石方言押交韵，结果遭胡适嘲笑为"一股脑子有四个韵"。胡适的译诗也是从卡莱尔的英译转译的，仍然采用原诗的交韵，但"饭"与"旦"和"起"与"你"的音韵要自然得多。与徐译相比较，他的译诗的语言依然有文言的痕迹（如"复旦""中夜"），口语化也稍浓（如"泪汪汪"比徐译的"泪滋滋"要自然）；而且，依然是自由的意译，譬如"睡了又重起"就是根据原诗的内容添加的。二人的译诗虽有些差异，但都把英文 bread 译成了"饭"，这有出于押韵的需要，但同时也可看出归化的色彩，只不过胡适更重本土白话，而徐志摩重欧化白话。认识到方言押韵错误的徐志摩又重译了一次（徐志摩译3）。这一次不仅交韵的韵式较为合拍（"饭"与"叹"押韵，"的"与"你"仍然叶韵），而且还译得更为活泼，如汲取胡译的"谁不曾"就比初译的"谁没有"显得有气势，更切合原文的神韵，尽管表面上不甚忠实于英译的 never；而且，第二、三行有增译与变通，不像初译那样对应于英译本。显然，他的重译受到胡适译诗的影响，比初译的自由度要大。再者，徐志摩与胡适的译诗都有意识地以四至五顿来表现原诗的四音步抑扬格节奏，形式上趋于工整。如果说徐志摩学习了胡适的意译方法和语言表达，使得他的翻译融合了直译与意译的优胜之处，呈现出流畅的欧化语言，那么也可以看出，经过上一年的译载默诗的对话，胡适的译诗也开始朝形式工整靠拢。

另外，德文直译者对英文转译的不当或错误进行了批评。除胡适和徐志摩外，朱家骅、成仿吾和郭沫若都是从德文直接翻译过来的，李竞何也是根

---

① 志摩. 1925. 一个译诗问题. 现代评论，2（38）：14-15.
② 石灵. 1937. 新月诗派. 文学，8（1）：129.

第六章 古典的"创格":新月派诗歌翻译艺术

据德文来进行批评的[①]。还是先比较一下卡莱尔的英译与歌德的原文。第一,原文基本上是四音步节奏,"abab"交韵,英译也是如此。第二,英译为了照顾原文的形式和音韵,有些词语的内容意译,如第一行中以 in sorrow(在悲伤中)译原诗 mit Tränen(含着眼泪);第二行增加了原文所没有的动词 spent(消磨),同时以 the Midnight hours(午夜的时刻)译原文的 die kummervollen Nächte(忧伤的夜晚),并省略了 kummervollen(忧伤的),虽然添加了 hours(小时)押韵,但根本不能体现原文 Nächte(夜)的复数概念,只能说是"时时悲伤",而不能强调原文的"夜夜悲伤";第三行英译因为第二行加了动词 spent,所以用现在分词短语 Weeping and waiting for the morrow 做状语来译,省略了原文的 Auf seinem Bette Sass(坐在床上),又增加了 waiting for the morrow(等待次日天明);第四行英译较忠实于原文的意思。可见,卡莱尔的英译为了照顾原文的形式和音韵,牺牲了原文的一些词语的意思。相比较而言,小泉八云的英译在形式和内容上比其要忠实于原文,甚至按照德文的语法习惯,在第一行和第三行中将动词后置。在朱译、成译和郭译三首直接从德文翻译的译诗之间,朱家骅作为一个非诗人译者(德文学者),亦步亦趋于原文的结构(动词后置还是办不到),内容上除了第二行未能清楚表达 Nächte(夜)的复数概念外,基本没有遗漏,当然欧化最重,诗味也欠佳。至于成仿吾和郭沫若的翻译,前者较得原文的气势,后者不仅有些小错误,如将最后一行 euch(你们)和 ihr(你们的)译成"你",将 wer nie 译成"人不曾",感觉气势不够,在徐志摩看来也非妥当。颇有趣的是,三种直接译的译文都将 Brot 直译作"面包"。至于所发表的周开庆的两种译文,措辞上与徐译颇近,估计是从英文转译的。不过,从这些复译诗的形式来看,除成仿吾的译诗与原诗较为接近外,其他的都不尽如人意。由是,徐志摩发出歌德的四行诗还是没有被翻译好的感叹:"就只四行。字面要自然,简单,随熟;意义却要深刻,辽远,沉着,拆开来一个个字句得没

[①] 朱家骅、郁达夫和李竞何在自己的文章中都有声明。郭沫若在 1925 年 10 月 12 日给徐志摩的信中说:"看见你把我译的歌德的那几行诗也一道发表了,甚是惭愧。你说'还是没有繙好',是一些也不错。不过其中错了一个字,我不能负责,倒要请你为我改正一下。便是第三行的'独坐在枕头上哭到过天明'的'枕'字,我决不会有那样荒唐,会连德文的 Bette(床)字也要译成枕字的。"(1925 年 10 月 24 日《晨报副刊》的《零碎》)可见,郭沫若也是从德文译的。周开庆的翻译来源不详。

有毛病，合起来成一整首的诗，血脉贯通的，音节纯粹的。"①可见，翻译的不易，译诗尤难。

此外，因为卡莱尔的英译与歌德原文之间有上述差异，所以朱家骅和成仿吾都批评了徐译和胡译的英文转译的不忠实之处，如"和着悲哀"应是"和着眼泪"，"中夜"或"凄凉的深夜"应是"充满哀愁的许多次夜里"，尤其最后一行中英文单词 ye 翻译德文的 euch（你们）和 ihr（你们的）没错，但徐志摩和胡适都将其译成单数的"你"就错了②。李竞何则从文化层面批评译诗。他指出，歌德不相信上帝，是一位泛神主义者，也是一位进化论者，尽管拉马克和达尔文在当时还未发表他们的进化学说，因此其诗中的 himmlischen Mächte 表现的应是各种自然的力，而不是上帝的力量，英译 heavenly powers 不失原意，但徐译与胡译的"伟大的天父""伟大的神明""伟大的天神"都与"你"相关，全部表现的是单数，容易使人想到其就是上帝。这一误译不像上面的词语错误，而是根本改变了歌德的宇宙观，所以很具讨论的价值③。于是，在1926年3月，胡适重译该诗如下："谁不曾和着眼泪咽他的饭，/谁不曾熬过多少悲哀的长夜，/泪汪汪地坐待东方的复旦：——/他认不得你们，天地的威灵啊！"④纠正了以往的一些误译。尽管胡适的最后译诗未必尽人满意，但这次译诗对话就此画上了句号。

关于译歌德四行诗的讨论，是《征译诗启》和翻译鲁拜诗对话的延续，但对话的范围最为广泛，影响也最大，尤其问题意识更为突出，具体来讲涉及如下几个方面。其一，诗虽不可译，却能译，尽管不易，但绝对有翻译的必要性和重要性。这一点闻一多也在《英译的李太白》中表露了出来。可见新月派讲究理性与规范的古典倾向译诗策略。其二，形式与内容的统一。既关注译诗再现原文的形式，又要能灵活再现原文的内容。翻译最难莫过于译诗，因为译诗的难处不单单在于其形式，也不单单在于其神韵，译者"得把神韵化进形式去，像颜色化入水，又得把形式表现神韵，像玲珑的香水瓶子

---

① 徐志摩. 1925. 葛德的四行诗还是没有潘好. 晨报副刊，49（1286）：15-16.
② 言及此，笔者因此怀疑郭沫若是否也是从英文转译的，或者说他至少是参考英德两种文本翻译的。
③ 这首四行诗是弹竖琴老人所唱之歌，李竞何以歌德是泛神论者之说来评述诗中人物的世界观，以及由此批评他人的译诗，有欠考虑；况且，歌德"不相信上帝"的论述也值得商榷。不过，他从文化角度批评诗歌翻译，值得肯定。
④ 胡适. 1926. 重译葛德的诗四行. 晨报副刊，54（1371）：68.

盛香水"①。可以看到，胡适与徐志摩的译文比其他的译诗做得要相对工整；而且，这也是新月派最为关心的问题。其三，译诗语言方面，欧化与归化的统一。既要汲取西洋语言文字的表达，又要一定程度上符合汉语表达的习惯，徐译和胡译坚持用"饭"而不译"面包"就是一例。其四，新月群体崇尚欧美文学，但主要是英美文学，英文转译法、德作品不少。这次英文转译造成的误译使他们日后更加谨慎使用转译。简言之，这次译诗对话展示了新月派初具雏形的古典倾向诗歌翻译艺术，译诗的形式问题被推上了前台，中庸的译诗方法与中和的译诗语言也有了展示。

四、《诗镌》：译诗创格观的形成

对话本身就蕴含着权威性和优先性的特质。在徐志摩、胡适等核心成员主持下，新月派在译诗实践上开展的一系列对话，虽然涉及诗歌翻译的多方面和多层面的探讨，但围绕的中心还是如何用适切的中文形式将原文的神韵和意境表现出来。徐志摩说：

> 译诗是用另一种文字去譒已成的东西，原诗的概念，结构，修词[辞]，音节都是现成的；就比是临字临画，蓝本是现成的放在你的当前。尚且你还觉得难。你明明懂得不仅诗里字面的意思，你也分明可以会悟到作家下笔时的心境，那字句背后更深的意义。但单只懂，单只悟，还只给了你一个读者的资格，你还得有表现力——把你内感的情绪譒译成连贯的文字——你才有资格做译者。②

译诗语言表现力的强调，当然是探求现代白话文表情达意的潜力、音韵调理的可能以及神韵与形式融合的问题，归根结底落实于译诗语言和形式方面的探索，探究如何对之磨砺与规范，从而促进中国新格律体诗的发展与建设。鉴于语言是形式的载体，形式问题本身就包括了语言的研究，因而译诗形式成为新月派优先的关怀，这与他们反浪漫性的古典倾向诗学原则是一致的，以译诗的形式讲究来节制五四时期新诗自由、散漫的非诗性。

---

① 志摩. 1925. 一个译诗问题. 现代评论, 2（38）：14.
② 徐志摩. 1925. 葛德的四行诗还是没有譒好. 晨报副刊, 49（1286）：15-16.

徐志摩的这番话是针对歌德四行诗不易译而说的，也是对《征译诗启》中译诗理念的呼应。在这一年多的时间里，新月派先后进行的译诗对话①协调了同人对译诗形式的关注，形成了译诗文体试验的发端。及至1926年4月1日，徐志摩以《晨报副刊》主编的便利，联合闻一多和"清华四子"等同人，创办了副刊的周刊《诗镌》。《诗镌》至同年6月10日终刊，虽然仅出版11号，但却是新月派的文艺阵地，其使命就是"要把创格的新诗当一件认真事情做"，替新诗"搏造适当的躯壳"②。闻一多从"游戏本能说"出发，论证了诗的"带[戴]着镣铐跳舞"的格律美，即讲究"音乐的美（音节）""绘画的美（辞藻）""建筑的美（节的匀称与句的均齐）"，并依据西洋诗中的"音步（foot）"确立了新诗中相应的"音尺"节奏③。甚者，如上一章所述，他的文章《英译的李太白》从译诗角度阐述了以格律诗翻译格律诗的必要性。而为了实现新诗的"三美"原则，饶孟侃不仅主张借用外国诗的音节，还声言"译诗不但应当把原诗的意思抓住，而且同时也应当依照原诗把牠的韵脚，格式，和音尺一并译出"④。朱湘则批评胡适《尝试集》中的译诗缺乏创造性，与西方文学中的译诗难以相提并论⑤，而这里的译诗"创造性"显而易见是指译诗的创格。可以说，《诗镌》上关于译诗的批评和理论话语以及为数不多的译诗实践（6首），都是本着新诗的"创格"宗旨的。另外，虽然《诗镌》"专载创作的新诗与关于诗或诗学的批评及研究文章"⑥，忙于模仿外国诗歌格律、用韵、土白来试验四行诗、十四行诗和方言诗等各种诗体的创作，但有意的模仿也可谓"潜翻译"，是走向独创的必经过程。有意

---

① 这一期间，新月派还有其他的译诗对话，如胡适与钟天心关于译多恩诗"Present in Absence"片段的对话；胡适与王统照关于王译美国诗人朗弗罗所译长诗《克司台凯莱的盲女》（"The Blind Girl of Castèl-Cuillè"）的对话；朱湘与王宗藩关于朱译英国诗人布朗宁《异域相思》（"Home Thoughts, from Abroad"）的"桃梨之争"，以及新月派同人饶孟侃、彭基相对朱湘的辩护，等等。
② 志摩.1926.诗刊弁言.晨报副刊·诗镌，(1)：1-2.
③ 闻一多.1926.诗的格律.晨报副刊·诗镌，(7)：29-31.其中，"音尺"即后来常用的"音组"或"顿"。
④ 饶孟侃.1926.再论新诗的音节.晨报副刊·诗镌，(6)：13-14；
饶孟侃.1926.新诗话（三）·译诗.晨报副刊·诗镌，(9)：64.
⑤ 朱湘.1926.新诗评·尝试集.晨报副刊·诗镌，(1)：4.
⑥ 志摩.1926.诗刊弁言.晨报副刊·诗镌，(1)：1-2.

思的是，模仿的乏善可陈和缺乏创新性[①]，反而刺激了新月派中后期大规模进行译诗活动。

由是，新月派借助胡适、徐志摩、闻一多的权威身份，将译诗形式优先的重要性推上文坛，引发了普遍的关注，并树立了译诗"创格"的社团翻译规范，形塑了新月派的诗歌翻译文化。

第二节 "创格"：规范与创新之间的试验

徐志摩视译诗是"一种有趣的练习"，以输入和试验西洋诗歌体制；闻一多以"游戏本能说"解释诗歌艺术的格律本源。不无巧合的是，现代哲人维特根斯坦也将翻译譬为一种语言游戏，游弋于规则遵守与语言创新之间[②]。按照维氏学说，语言规则一经形成后，就是一种约定俗成的社会规范，人们只能盲目地附从与遵守，如同遵循"路标指示的路线行走一样"；但遵守规则又意味着在不同语境下对语言规则的应用，因而规则往往会被赋予不同的理解与解读，亦即产生不同的意义。换言之，遵守规则既是一种社会规范制约下的实践行为，也是一种赋予词语意义的语境使用，蕴含创新性。这意味着规则在不断的应用中潜移默化地发展。再者，遵守规则还是自觉的习惯行为，可以给日常生活、学习和研究增添创意、带来乐趣。维特根斯坦的语言游戏观之于翻译，一方面突出了社会文化规范对翻译的制约，另一方面又强调了翻译规范制约之下的译者主体作用，以及规范潜移默化式的演进与发展。

新月派在早期经历了一系列的译诗对话后，译诗的形式关怀提上了日程，"创格"因此成为社团的翻译文化规范。在这种主观认同的诗歌翻译机制之下，

[①] 新月后生李唯建在选译的《英国近代诗歌选译》"自序"（第3页）中谈到，北平《晨报副刊》时期的新诗创作是模仿外国诗的形式和音韵，用字方面多旧诗词意味，总体来讲不算成功。此外，王锦厚在《五四新文学与外国文学》（四川大学出版社，1989年，第205页）中也认为，刘梦苇在1926年4月12日《诗镌》第4号上发表的《妻底情》，以每行十个字音、四音步的体式模仿莎士比亚十四行诗，不能算成功。再者说，纯粹的模仿虽然不是剽窃，总难免让人小瞧，况且在艺术上也摆脱不了作为外国诗的附庸位置。饶孟侃在《再论新诗的音节》中就表示了这样的忧虑。所以，倒不如直接通过翻译来练习和借鉴。而且，翻译还能为不懂外文的人提供异域资源的帮助。身份模糊的模仿诗反而让人觉得不伦不类，不具有权威性。

[②] Wittgenstein, L. 1999. *Philosophical Investigations*. Oxford: Blackwell, pp.11-12.

白话格律体译诗成为新月内部的一种共识。不过，"创格"的译诗规范并非强制性施压，相反是一种自觉的、有意识的公共习惯行为。同人译者们在遵守译诗规则的过程中，一面勤奋学习，一面努力创新，伴随着娱乐性和趣味性，他们在愉快的译诗实践中发挥丰富的想象力和创造力。由于新月派同人对诗歌形式的认知差异和主体性表现的个性区别，他们在译诗形式的创格实践上又表现出若干不同的具体方法，丰富了格律体新诗的形式。本节仍将从译诗对话的角度，根据"重译"和"复译"两种翻译文本类型来观察、分析新月派诗歌翻译的创格艺术，并从文化视角对其进行阐释[1]。

一、"创格"理念下的译诗试验

格律诗有三个组成要素：节奏式、韵式和体式，其中，体式即篇章结构，须有一个完整的长度、可重复的模式[2]。英诗乃至其他西洋诗主要以音步或音节表现节奏或节拍，有脚韵、头韵、行中韵（internal rhyme）、少韵和无韵等各种韵式，有两行诗到二十行诗等各种诗体。一直以来，格律诗的翻译总是诗歌翻译中最重要的问题，尤其是译入语文学体系中缺乏相应的源语诗歌形式的时候[3]。现代西方翻译理论家霍姆斯提出了四种译诗途径：一是"模仿式"（mimetic form），注重模仿原诗的格律形式；二是"类同式"（analogical form），即脱离原文格律形式，借用译入语中功能类似的传统诗体形式；三是舍弃原诗形式而以内容为主的"有机式"（organic from）；四是脱离原诗形式束缚而自拟自创形式的"新异式"（deviant or extraneous form）[4]。西洋诗歌汉译在近现代中国不同时期表现出某种不同的翻译策略的倾向。如果说在内省的、自给自足的晚清时期，以传统诗词迻译西诗的"民族化"译法是

---

[1] 一般来说，译者对自己先前的译作进行"重译"，是抱着改进和不断完善的态度进行的，而对别人的译作进行"复译"，往往是以批评的眼光来实施改进的，即使是卞之琳对老师徐志摩的原译也是如此。再者，复译者还表示了与首译者之间的竞争性，无论是在象征资本上，还是在经济资本上，而这在重译中是不会发生的。

[2] 傅浩. 2011. 窃火传薪：英语诗歌与翻译教学实录. 上海：上海外语教育出版社：159.

[3] Allén, S. 1999. *Translation of Poetry and Poetic Prose: Proceedings of Nobel Symposium 110*. Singapore: World Scientific, p. 127.

[4] Holmes, J. S. 2007. *Papers on Literary and Translation Studies*. Beijing: Foreign Language Teaching and Research Press, pp. 25-27.

"类同式"策略,在"诗体大解放"的新文化运动时期,白话自由体译诗是"有机式"(亦称"破格")策略的话,那么不满于译诗自由化而力主创格的新月派采取了什么样的翻译策略呢?

徐志摩主张译诗应是"玲珑的香水瓶子盛香水",把"神韵化进形式去"。这在理论上表明新月派的译诗策略是"有机式"翻译法和其他形式为主的翻译方式的结合。在实践上也确实如此。新月译者在注重传达原作神韵的同时,在译诗形式表现上,有忠实于原文形式的"循格",有放弃原文形式而另拟格式的"拟格",也有亦循亦拟的"变格"①。上文的译诗对话作为译诗创格探索的开始,就已经表露出新月派同人译诗形式的发展变化和多元性。譬如,徐志摩的鲁拜诗翻译是不甚成熟的"变格",到翻译歌德四行诗时发展为"循格",但同时他又表示不赞成译诗太拘泥于形式,如拘泥于"原文的字数协韵等等"②。闻一多、朱湘、钟天心等同人的译诗也在创格上各有千秋。这就说明,新月派译诗的创格一直在试验之中,不断发展与完善,以期待"更可喜更可惊更不可信的发现"。

(一) 从《要是》到《情愿》:饶孟侃与闻一多的译诗对话

闻一多和饶孟侃是新月派诗歌理论的建设者,是"影响于近时新诗形式……贡献最多"的诗人③。本着借鉴外国诗歌形式,实施"三美"原则以试验新诗体的目的,闻一多和饶孟侃选译的外国诗歌,大都是有着独特的形式技巧(尤其是音韵和节奏)的英美诗歌,其中二人最钟情的当是英国诗人豪斯曼的情诗(共计译16首,包括复译和合译各1首)。之所以青睐这位具有传统色彩的现代诗人,不仅因为豪斯曼擅长于感怀人生、鞭挞世态的浪漫主义题材,更因为他的诗歌具有古典主义严整的形式和韵律,既有古典的约束,又有以节制和冷静来调剂浪漫的情绪;而且,其诗的音韵魅力难以抗拒。为了翻译好豪斯曼诗集《最后的诗》(*Last Poems*)的第十首诗,饶孟侃曾两度翻译,此后闻一多又复译,希望能找到更好的表现方式。请看他们的翻译:

---

① 如前所述,新月派译诗取向以形式整饬的外国诗歌为大宗。至于少量的非格律体诗(如散文诗和自由诗)的翻译,仍然是循原文体式,所以也可以说是"循格"。
② 志摩. 1925. 一个译诗问题. 现代评论, 2 (38): 14.
③ 陈梦家. 1931. 新月诗选. 上海: 新月书店: "序言" 23-24.

Last Poems：X
Could man be drunk for ever
With liquor, love, or fights,
Lief should I rouse at morning
And lief lie down of nights.

But men at whiles are sober
And think by fits and starts,
And if they think, they fasten
Their hands upon their hearts.

《要是》（饶孟侃初译）
要是人能够永远沉醉在酒色和争斗当中，
我情愿一早就爬起来，一黑就躺下来做梦。

但是人有时候太清醒，遇事总要胡思乱想；
这一想不打紧，他们把自己的手绑在心上。

豪斯曼的这首诗共两节，每节四行，单行七个音节，双行六个音节，也可以说基本上是三音步抑扬格节奏式；两节同韵，双行的脚韵押阴韵，第一节有[l]头韵，第二节有[ð]和[h]的头韵。因此，此诗不仅形式精致，乐感也很强。全诗的遣词造句大都采用的是较为普通的现代英语表达，但诗人却在第一节的第三、四行两次使用了颇具古风的词语 Lief（意思相当于 willingly，即"乐意地，欣然地"），为诗歌平添了一种古雅的风味与意境。饶孟侃的初译以《要是》之名冠之，发表在1927年9月6日《时事新报·学灯》上。译诗也分两节，但每节仅两行，每行十七个字音，实际上就是将原文的两行合译为一行，两节分别押脚韵。应该说，饶孟侃将四行诗改译为两行诗，且节奏式和韵式都发生了变化，是"拟格"的翻译法。这说明，他想在原文的基础上用现代白话创造出一种新的两行诗诗体。虽说译诗实现了字数工整、句式均齐的视觉美，但不足之处也不少。首先，译诗虽然志在脱离原诗的形

第六章 古典的"创格":新月派诗歌翻译艺术

式进行创格,但工整冗长的诗行缺乏原诗明快的节奏感和音乐感(如第一节"中"与"梦"的押韵不理想),给人一种"平庸、粗糙,柔弱无力"[①]的散漫印象,欠缺原诗的意蕴和诗意。简言之,译诗虽紧跟原诗的句式,基本传递了原文的内容,但总体上讲,与原诗风格相去甚远。其次,译诗存在语言上的误译或不当。譬如,为了凑成与"争斗"的排比,将"liquor, love"(酒与爱情)翻译为"酒色",意思有些走样;而且,开端两行"Could man be drunk for ever/ With liquor, love, or fights"表达的意思应该是"要是用烈酒、爱情或斗争,能够让人永远沉醉",而非"要是人能够永远沉醉在酒色和争斗当中",也就是说,译者错误理解了介词 with(用)的意思。

饶孟侃对这样的初译肯定不满意,再加之《时事新报·学灯》编辑好意力主重译,所以他迅速重译,两天后仍刊在《时事新报·学灯》上。

《要是》(饶孟侃重译)[②]
要是人能够永远沉醉,
在酒色和争斗当中,
我情愿一早就爬起来,
一黑就躺下来做梦。

但是人有时候太清醒,
遇事都要胡思乱想;
这一想不打紧,他们把
自己的手绑在心上。

《情愿》(闻一多复译)[③]
是酒,是爱,是战争,只
　　要能永远使人沉醉,
我情愿天亮就醒来,

[①] 闻一多.1993.诗歌的节奏//孙党伯,袁謇正.闻一多全集(2).武汉:湖北人民出版社:59.
[②] 饶孟侃.1927-09-08.要是.时事新报·学灯.
[③] 闻一多.1928.情愿.新月,1(4):1.

我情愿到天黑就睡。

　　　无奈人又有时清醒,
　　　　一阵阵的胡思乱想,
　　　　每逢他思想的时候,
　　　　　便把双手锁在心上。

　　其实,重译只是将初译的四行分成八行(个别字修改——"总要"改为"都要")。这样一来,单行九个字数、双行八个字数算是对应了原诗的七、六音节,形式工整与原诗不相上下。重译表明了饶孟侃甚至《学灯》的编辑对译诗美感以及贴近原作风格的追求,但遗憾的是,这仍然没有解决初译中的一些问题,达不到"译诗不但应当把原诗的意思抓住,而且同时也应当依照原诗把它的韵脚,格式,和音尺一并译出"[①]的理想,因此才有了一年后闻一多的复译。首先,译诗的题目由《要是》改为《情愿》,将饶译对客观条件的强调转换为对人的主观愿望的强调,更加契合原文的意思。其次,闻译将每行调整为八个字,双行向内缩进,且脚韵韵式趋于合理,不仅增加了错落有致的视觉感,也增添了音乐性,尽管这是对原诗形式的"变格",但也是"创格"。最后,闻一多不仅修订了饶译的误译,而且不再拘泥于原文的表面意思,语言表达更加灵活,用词也较典雅,如"是酒,是爱,是战争""天亮就醒来(一早就爬起来)""无奈(但是)""锁(绑)"等。可见,相对于饶孟侃译文,闻一多复译的诗艺又朝前迈进了一步。

　　闻一多和饶孟侃译诗创格的试验,是他们追求诗歌形式美的不断尝试,反映了他们"雕琢"和"苦炼"的诗歌翻译作风[②],充分体现了新月派诗人标举的"音节的谐和"、"句的均齐"和"节的匀称"的诗学主张。同时,为了实现这一主张,他们也会适当进行一些变格的尝试,这既是探求现代白话表达新诗体的潜力,也是寻求为本土文化增添新的诗体。闻、饶二人的译诗对话为新月派的译诗试验树立了榜样。

[①] 饶孟侃. 1926. 新诗话(三)·译诗. 晨报副刊·诗镌, (9): 64.
[②] 陈梦家. 1931. 新月诗选. 上海: 新月书店: "序言" 24.

（二）重译《因弗里湖岛》：朱湘译诗艺术的自我对话

朱湘是新月派中格律体译诗的先行者和集大成者。早年在五四译诗遗风的影响下，曾有短暂的"译诗为文"（Poetry into Prose）的经历，影响不大，也难说成功[①]。稍即，随着新月派的聚拢，朱湘就开始了"以诗译诗"（verse translation）的探索，逐渐形成了凝练的白话体译诗风格。下面仅以他对爱尔兰诗人叶芝的"The Lake Isle of Innisfree"（《因弗里湖岛》）一诗的重译来探讨其译诗艺术的自我完善。

原文：

I will arise and go now, and go to Innisfree,
And a small cabin build there, of clay and wattles made:
Nine bean rows will I have there, a hive for the honey bee,
And live alone in the bee-loud glade.

And I shall have some peace there, for peace comes dropping slow,
Dropping from the veils of the morning to where the cricket sings;
There midnight's all a glimmer, and noon a purple glow,
And evening full of the linnet's wings.

I will arise and go now, for always night and day
I hear lake water lapping with low sounds by the shore;
While I stand on the roadway, or on the pavements grey,
I hear it in the deep heart's core.

《因弗里湖岛》是叶芝早年的代表诗作，描绘了一个田园牧歌式的乌托邦世界，表现了诗人对工业文明的厌弃和对美好的乡村生活的向往，具有批判现实的唯美倾向和鲜明的浪漫色彩。而且，诗作还表现了精致的古典审美形式。全诗由三节四行诗构成，每个诗节的前三行是六音步抑扬格的节奏式，第四行则是四音步格式，布局错落有致；每节"abab"的交韵连同丰富的头

[①] 张旭. 2008. 视界的融合：朱湘译诗新探. 北京：清华大学出版社：116-117.

韵和谐元音韵,营造了和谐的乐感。这首诗情画意的田园谣曲契合了朱湘浪漫主义的情怀和古典诗学的追求。因此不奇怪他钟情于此诗并两度翻译。

朱湘初译:《因尼司弗里湖岛》

如今|我要|起来|去了,|去|因尼司弗里|中,
　　用泥|与编条|在那里|营筑|一间|幽栖;
我要植|九行的|豆子,|蓄|一巢的|蜜蜂,
　　我便|独居于|蜂噪的|林地。

那里|我可得|一点|和平,她是|缓的|滴下,
　　自晨云|之湿幕|滴下|蛩吟的|地方;
那里|午夜是|闪白的,|日午|发紫色|的光华,
　　晚空中|充满|梅雀的|羽响。

如今|我是要|起来|去了,|因为|无日|无夜,
　　我总|听到|湖水|低声的|舐着|岸边;
无论|我是|立于|道上,|或是|灰色|之径侧,
　　她总|响于|我心坎的|中间。

朱湘重译:《因弗里湖岛》

我要|起身,|起身去|因弗里|岛中,
　　用泥土|与枝条|修盖|一间|茅屋。
我要支|九个|豆棚,|蓄巢|养蜜蜂,
　　在|蜂声中|我独栖|独宿。

那里有|宁静:|牠滴下,|又轻|又慢,
　　自晨|之幕,|滴落处|闻蟋蟀|低吟。
那里有|紫色|之午,|闪光的|夜半,
　　与|梅雀翼|充满的|黄昏。

我要|起身|去那里,|因白昼,|夜间
　　我总|听到|湖水|舔岸|轻作声响,

202

第六章 古典的"创格"：新月派诗歌翻译艺术

无论|是在|灰色的|衢中|或径边，
　她总|萦绕着|我的|思想。

　　朱湘的初译《因尼司弗里湖岛》发表在 1925 年 5 月 16 日《晨报副刊》第 108 号上。译诗每节的前三行大体以每行六顿（有少数行五顿或七顿）、第四行以四顿（十个字音）来再现原诗六、四音步交错构成的节奏式，而且偶数行稍微向内缩进排列，视觉上错落有致。此外，译诗也遵循了原诗的交韵格式。简言之，朱湘的初译采用了"循格"的翻译法，在传译原文诗情画意的意境同时，尽量使其体式、音韵、节奏等格律形式在译文中得以保留和再现。仅就形式翻译而言，这相当于霍姆斯的"模仿式"译诗途径，为译入语输入了新颖的诗歌体制，试验了中文表达外来诗体的能力。朱湘在译诗之后附记说："二章首句中的'点'字在此处有特别的味道，但这是中文自身的好处，我不敢来居功。中文诚然有牠许多的缺点，但是我们的眼睛不能两只都放在牠的缺点上，我们应当匀出一只眼睛来留心牠的优点，而利用，发展出来。我看这是新文学的一种重大的使命。那些将中文看得一钱不值的人在我的眼中完全与那般老顽固相等。"[①]可见朱湘对徐志摩在《征译诗启》中号召以中文试验新诗体主张的认同，而且他们和邵洵美等同人英雄所见略同，都"相信中文尽够有表现原作的能力"[②]。

　　不过，霍姆斯也认为，不同语言间诗歌形式的完全保留"近乎痴心妄想"（a convenient fiction）[③]。实际上，诗歌译者就像一个舞蹈模仿者，只能尽可能模仿舞者的舞姿，而不可能表现得一模一样。所以译诗要完全保留原文的形式是不可能的，只能是近似的模仿。且不谈朱湘的《因尼司弗里湖岛》是否再现了原诗的神韵，就是其"循格"也只是比较接近的模仿。所以说，"形式对等"（identical form）只是译者们的美好想象和努力的方向，在实际的翻译中会有这样或那样的"离格"。对于朱湘这样一个不断探索新诗形式的译者来说，早期不成熟的"循格"是不满意的，尤其是音节和节奏上的"离格"更令其无法接受。由是才有了后来的重译诗《因弗里湖岛》，在其去世

---

① 朱湘. 1925. 因尼司弗里湖岛. 晨报副刊，（108）：104.
② 邵洵美. 2006. 谈翻译//邵洵美. 洵美文存. 陈子善编. 沈阳：辽宁教育出版社：131.
③ Holmes, J. S. 2007. *Papers on Literary and Translation Studies*. Beijing: Foreign Language Teaching and Research Press, p. 26.

后以"故朱湘"的署名刊发在 1935 年 6 月《青年界》第 8 卷第 1 号上。相对于初译，重译的最大变化在音节和节奏的改善上，以每节前三行十二个字音（或五顿）、第四行九个字音（或四顿）去再现原诗的音韵节奏，兼顾了诗行字数与顿数的工整（譬如，为了实现这一目的，朱湘将初译的"因尼司弗里湖岛"压缩为"因弗里湖岛"），演绎了形体比原作更为整饬的译诗。整饬化的音顿，加上排比的句式和对称的四字词语（如"我要……，我要……""那里有……，那里有……""又轻又慢""独栖独宿""自晨之幕"等），创造了译诗节奏鲜明、音韵和谐的音乐美感，可与原作相媲美。此外，重译的语言比初译更为凝练，欧化色彩减弱，文言古词少用（如以"茅屋"代替"幽栖"，"修盖"代"营筑"，"蟋蟀"代"蛩"，等），不仅简练表达了原诗的意象，也表明了朱湘现代白话语言艺术的日臻娴熟。简言之，朱湘的初译和重译都是本着近似的"循格"译法，但重译明显采用了更多的补偿手段，经历了"刻苦磨炼"[①]的过程，在创造性上更胜一筹，从而造就了音顿和外形整饬化的艺术品[②]。

朱湘的重译是译者的自我对话，反映了其译诗艺术的历时发展。可以看到，初译之时正值新月派聚拢之初，虽说以中文试验西洋格律体诗是他们共同的目标和复兴中国诗学的方向，但同人们对译诗的规范还处于初步的摸索中，所以出现不成熟的"循格"译诗也是自然的事情。他去世后才面世的重译仍然是近似的"循格"译法，但其凝练的风格和圆润的诗艺明显受新月派"理性节制情感"的诗歌文化影响，尤其是受到闻一多提出且被视为圭臬的"三美"原则的影响；而且，他译诗和写诗的"刻苦磨炼"也与闻一多的"苦炼"精神是相同的。朱湘就曾称颂闻一多为"几个少数的真诗人"，"一多是英诗的嫡系，英诗是诗神的嫡系"[③]。虽然后来二人反目，但新月派的译诗文化深入其思想中却是抹不掉的事。

[①] 陈梦家评论闻一多的诗是"苦炼"，朱湘的诗是"刻苦磨炼"，参见陈梦家.1931.新月诗选.上海：新月书店："序言"24-25.

[②] 当然，这并不是说，重译就绝对胜过初译。就以第二节的第四行来说，重译为了达到与全诗一致的九个字音和押韵，产生了"与梅雀翼充满的黄昏"这样费解的诗句，反而不如初译"晚空中充满梅雀的羽响"来得明了自然。

[③] 参见朱湘文章《白朗宁的〈异域相思〉与英诗——一封致〈文学旬刊〉编辑的公开信》（1925年《京报副刊》第 85 号），以及他为闻一多诗《泪雨》写的"附识"（1925 年《京报副刊》第 107 号）。

社团译诗文化对朱湘的影响并不否定译者的主体性。实际上，新月派的翻译机制是在同人们主观认同的基础上形成的。这就是说，朱湘本人也是译诗形式的唯美追求者。"技术之于诗，就好像沐浴之于美人，雕琢之于璞玉。"①这种技术的追求融合了民族诗歌优秀传统和外国诗歌形式，也就是"循格"基础上的创格（字数均齐、节奏规范、形式工整一直是中国传统诗歌的主要特征）。重译诗展示了朱湘翻译艺术的发展和逐步完善，是"现在之我"与"过去之我"的历时对话，体现了他复兴中国诗学的努力，同时又增强了新月译诗文化的影响。

（三）复译《倦旅》：徐志摩与卞之琳的跨时空对话

实际上，不惟朱湘，连徐志摩也受到"影响于近时新诗形式……贡献最多"的闻一多和饶孟侃的影响。徐志摩曾在《猛虎集》的"序文"中说道，他的第一本诗集——《志摩的诗》——是在其1922年回国后两年内写的，"在这集子里初期的汹涌性虽已消灭，但大部分还是情感的无关阑[栏]的泛滥"，谈不上有什么诗的艺术或技巧，这个问题直到1926年与闻一多、杨振声等一班新月派同人在《晨报副刊》刊行《诗镌》时方才开始在一起讨论。这群人当中，闻一多不仅是个诗人，而且还是"最有兴味探讨诗的理论和艺术的一个人"，徐志摩等其他几个写诗的朋友这五六年来"多少都受到《死水》的作者的影响"。徐志摩继续说道，"我的笔本来是最不受羁勒的一匹野马，看到了一多的谨严的作品我方才憬悟到我自己的野性；但我素性的落拓始终不容我追随一多他们在诗的理论方面下过任何细密的工夫。"②当然，徐志摩在这里有自谦成分。其实，他在《征译诗启》和四行诗翻译对话中都有形式关怀的提议，只不过缺乏理论上的号召和探讨，态度也比较暧昧，而闻一多和饶孟侃的理论则进一步加深了他对译诗形式的认识，在译诗实践上提供了一个方向。且看他翻译哈代的诗歌《疲倦了的行路人》③（"The Weary Walker"）：

  A plain in front of me,

---

① 朱湘. 1983. 寄汪静之//罗念生. 朱湘书信集（影印版）. 上海：上海书店：20.
② 徐志摩. 1932. 猛虎集. 上海：新月书店："序文"8-9.
③ 该译诗载徐志摩《厌世的哈提》一文（1926年5月20日《晨报副刊·诗镌》第8号），徐志摩翻译此诗意在颂扬哈代不妥协的人生精神。

And there's the road
 Upon it, wide country,
  And, too, the road!

Past the first ridge another,
 And still the road
Creeps on. Perhaps no other
  Ridge for the road?

Ah! Past that ridge a third,
 Which still the road
Has to climb furtherward–
  The thin white road!

Sky seems to end its track;
 But no. The road
Trails down the hill at the back.
  Ever the road!

一片平原在我的面前，
  正中间是一条道。
  多宽，这一片平原，
  多宽，这一条道！

过了一坡又是一坡，
  绵绵的往前爬着，
  这条道也许前途
再没有坡，再没有道？

阿，这坡过了一坡又到，

第六章 古典的"创格"：新月派诗歌翻译艺术

　　还得往前往前，
　爬着这一条道——
　　瘦瘦的白白的一线。

　　看来天已经到了边：
　可是不[料]这条道
　又从那山背往下蜒，
　这道永远完不了！

　　人生之途曲折漫长，难免有失望和疲倦的时刻，是退却还是继续向前？哈代告诉人们，人生如行路，对于行走在人生路途上的路人来说，目标就是"行路"，意喻不要放弃。这首诗的形式也比较弄巧，共四节，每节四行，单行三顿，双行二顿，微微向内缩进排列，形容人生之路的起伏变化；每节押"abab"的脚韵，但每节的偶数行都落在"road"韵上，隐喻人生道路的漫长，没完没了。徐志摩的译诗四节，每节四行，大体循原诗的交韵式，但未能再现原诗偶数行的诗学意义。此外，译诗没有遵循原诗三、二音步的变化，但每行六至九字数（八字音为常）的创意排列和诗行的创意安排，以及叠词（"绵绵的""瘦瘦的""白白的"）和重复等修辞手段的运用，也是诗学意义的补偿，使其形式看起来比较整饬，节奏上读起来也富于变化。简言之，徐志摩采取了亦循亦拟的"变格"翻译法来表现哈代诗的形式与内容。当然，由于译诗在诗学形式上的"离格"，未能再现出以形式衬托单调、困倦、永无尽头的感觉的主题。

　　从这首译诗可以看出，徐志摩一方面确实在致力于诗歌形式的探索，但另一方面，他的落拓不羁的自由天性、为人宽容豁达的秉性以及对诗歌的开放视野，也决定了不是一味推崇形式，唯形式而形式，正如他批评的那样："有的译诗专诚拘泥形式，原文的字数协韵等等，照样写出，但这[样一]来往往神味浅了。"[①]徐志摩追求的是形式与内容和谐的诗学观，所以对译诗创格的"形式主义"是有保留意见的。几年后，他的学生卞之琳复译

---

　① 志摩.1925.一个译诗问题.现代评论，2（38）：14.

了哈代的这首诗，名为《倦旅》①。

>　　我的面前是平原，
>　　　　　平原上是路。
>　　看，多辽阔的田野，
>　　　　　多辽远的路！
>
>　　经过了一个山头，
>　　　　　又来一个，路
>　　爬前去。想再没有
>　　　　　山头来拦路？
>
>　　经过了第二个，啊！
>　　　　　又是一个，路
>　　还得要向前方爬——
>　　　　　细的白的路！
>
>　　再爬青天不准许
>　　　　　又拦不住。路
>　　又从山背转下去。
>　　　　　看，永远是路！

与徐译相比，卞译要"高明得多"，不仅亦步亦趋地紧跟原作，而且与原作的格律相应，也即，以七字与五字（大体三顿与二顿）相间，"再现了原文三二三二音步的变化和起伏，而且由于在每一起伏之后都把韵脚收在

---

① 卞之琳（选译）. 1936. 西窗集. 上海：商务印书馆：23-24.《倦旅》初次发表应是徐志摩逝世（1931年11月19日）之前，因为徐志摩生前给卞之琳去信（1931年九一八事变前后）谈及该诗："译诗极佳，哈代一诗我亦曾译过，但，弟译高明得多，甚佩。"[参见赵遐秋，曾庆瑞，潘百生. 1991. 徐志摩全集（5）. 南宁：广西民族出版社：211.]《倦旅》后又载 1934 年《文学季刊（北平）》第 1 卷第 2 期，1936 年再收入《西窗集》。卞之琳晚年将该诗改名为《倦行人》，收入 1983 年出版的《英国诗选》（湖南人民出版社，第 131 页）时略有改动，如"又是一个，路"改为"又一个，路"，原因如他所说"脚韵安排照原样，现仍未动，只是每行长短原按字计，后改为按顿计……"[参见卞之琳. 1989. "五·四"初期译诗艺术的成长. 诗刊，（7）：43.]另，卞之琳在该文中回忆《倦旅》可能初载《新月》，有误，至今不详。

第六章 古典的"创格":新月派诗歌翻译艺术

'路'字上,就以和原文几乎相同的音响和形象的反复出现,引发读者相同的联想,从而在中文中导致和在原文中相同的效果:单调的路,令人困倦的路,无尽无休的路!"[①]也就是说,卞之琳采取了"循格"的翻译法再现了原诗的形式和内容。实际上,他的翻译理念就是"要如实介绍西方诗",尤其是从历史上说"还是主体的格律诗",努力保持原作的本来面貌,从而供文学界根据中国的实际情况对其进行正确的借鉴;不过,他认为翻译西诗"也可以作一些与原诗同样有规律的相应伸缩"[②]。且不说卞译语言的流畅可读,诗行和节奏式的安排也是在原作基础上的创造。

卞译在诗艺上比徐译"高明",除却徐志摩的个人原因和态度之外,卞之琳译诗技艺的成熟也是当然的[③],连徐志摩都承认"弟译高明得多"。客观上讲,徐志摩是赞成诗歌形式主张并努力而为之的,只不过由于主观上的天性懈怠而稍有欠缺。再者说,他对译诗创格的"形式主义"持保留意见,不是说他反对译诗的形式主张,而是对那种不知变通、一味唯形式而译诗的"形式主义"的厌恶与批评。可见,他与卞之琳、闻一多、饶孟侃、朱湘等诗人在译诗的终极目标上是一致的,即以诗译诗,创造富有诗意的新诗,以振兴中国诗学。同人译诗可谓殊途同归。这样看来,徐译与卞译的跨时空对话,一方面说明新月派译诗创格的不同路向,另一方面也说明译诗艺术的发展与成熟。实际上,在新月中后期,闻一多、徐志摩、胡适等资深新月派同人,或不再译诗,或译诗很少,新月派的新诗事业主要由新秀挑起了大梁。卞之琳、陈梦家等新人在译诗艺术上青出于蓝而胜于蓝[④],自然是新月派诗歌翻译文化的发展,反映了古典倾向诗学观已经由前辈灌输到后生心中,继而发扬光大。

[①] 江枫. 2009. 以"似"致"信"的译诗道路:卞之琳译诗艺术浅识//江枫. 江枫论文学翻译及汉语汉字. 北京:华文出版社:51-52.

[②] 卞之琳. 1983. 英国诗选. 长沙:湖南人民出版社:"序"5-6.

[③] 卞之琳也曾说,徐志摩较多翻译了哈代的诗,"用出了他自己擅长的利落、冷峭的口语正好合适,也逐渐能于自控,较符原来的形式,只是特别对付不了哈代一些弄巧的地方",如《疲倦了的行路人》拖沓了,未能达到疲倦感觉的效果。[参见卞之琳. 1989. "五·四"初期译诗艺术的成长. 诗刊,(7):51.]

[④] 徐志摩和陈梦家也先后翻译了哈代的诗"The Man He Killed"。陈译《一个杀死的人》在形式上明显比徐译《我打死的那个人》更忠实于原文,更整伤。二者之比较相似于徐译与卞译的比较,故不再赘述。

二、"创格"试验的文化阐释

上述三个重译或复译的译诗个案只是新月派译诗活动的一小部分,但基本上反映了其整体译诗的创格艺术,可以管窥全豹。概括来讲,新月派的译诗糅合了"有机式"和其他的"形式为主"(form-derivative)的翻译方法。换言之,译诗除忠实传达原文的内容和意境外,在形式上的创格试验可以归纳为"循格"、"拟格"和"变格"三种策略,目的都是试验中文表达新诗体的潜力,进行诗体创新,构建古典式审美的诗学体系,以复兴中国诗学。

新月派志在建设新格律体诗,但传统诗歌形式比较单一,人们不仅比较熟悉,也可以预见。相反,新诗的格式是要层出不穷的,而且"是根据内容的精神制造成的"①。因此,新诗要有形式,且要有合乎现代精神和民族语言表达(文字的特点)的合理形式。可是,"一件事的形式和内容,无论就那一方面说,总不能凭空创造出来的,他总要有一点既成的坯子做[作]为蓝本才行",新月诗派无论在内容还是在形式上"既然都无可藉助,只好把眼光放到异地去了。新月派的领袖人物,都是受过很深的西洋诗的熏陶的,于是自然的,他们就走上了西洋诗的道路。"②确实,西方格律诗的形式花样繁多,可以为中国新诗提供多种多样的形式借鉴,给人们带来陌生化的新奇感觉。而翻译恰恰是一种迻译外国诗歌形式和内容的卓有成效的工具,自新文化运动以来一直为中国新诗的建设示以典范。不过,新月派不像五四译者大多仅注重外国诗歌内容的择取,而是强调原作内容与形式的并取,甚而形式被提上译诗的优先日程。可以说,闻一多、徐志摩等新月文人已经认识到诗歌形式与内容的不可分,或者说形式是内容的重要组成部分③,由是强调译诗"神韵化进形式去"的"精神与形体调和的美"。更重要的是,在中国新诗承前启后的探索年代,新月派的诗歌翻译是其古典倾向诗学的张扬,既是为了匡正五四时期译诗"非诗化"的浪漫性行为,也是为了构建审美的翻译诗学和新诗诗学。

---

① 闻一多.1926.诗的格律.晨报副刊·诗镌,(7):29-31.
② 石灵.1937.新月诗派.《文学》,8(1):127.
③ 当然,这并非说五四译者认识不到形式与内容的不可分离,而是说,当时的译者过分强调译诗作为"文学革命"武器的工具性,因而在译诗中有意无意抛弃了原作的形式。

第六章 古典的"创格"：新月派诗歌翻译艺术

在这样的社团翻译文化语境下，不仅徐志摩、闻一多、饶孟侃等"受过很深的西洋诗的熏陶的"新月派领袖人物，在孜孜不倦地从事译诗的创格试验，连五四时期译诗一度自由化的胡适也开始注意形式的谨严，前文中译歌德四行诗就是明显的例子。而在新月派前辈的栽培与提携之下，新秀们在中后期逐渐走上前台，继续译诗的审美艺术追求。李唯建说："译诗是一件费力不讨好的事。原诗的词[辞]藻，音节，神韵多么难译！我以为一首完美的诗歌和一切完美的艺术品一样，都不能改动其丝毫，尤其是诗的音韵；因为许多最美的抒情诗，它的内容并不如何实在，但我们反复吟诵，得到一种诗味，竟不自知的入了一种诗境，正如我们听水声，听琴声，听松涛，听海啸，所听到的并非什么字句，而是一种音波，我们应从这不断的音波中去捉着那些象征的意味；你如不信，试去读读法国威伦（Verlaine）或英国雪莱（Shelley）的诗；如没有一种音的体验，那就毫无所获了。"秉着这样的唯美理想，他努力移植"西洋诗的许多严格的形式格调"，"在字数上，原诗每行有一定的音段，（syllable）译诗也用一定的字数，押韵亦大体照原韵"，以"保持原诗的真"，从而创造层出不穷的新诗形式[1]。他复译叶芝的《湖中荫泥丝翡岛》（"The Lake Isle of Innisfree"）[2]就是很好的例子：

> 我要起来，现在就走，走到荫泥丝翡岛，
> 那里，用泥土和树枝盖起一所小茅屋；
> 那里，我将种九排豆，替蜜蜂筑一个巢，
> 　　在蜂声营营的林中空地独住。
>
> 那里，我将有和平，因为和平缓缓滴来，
> 从早晨的薄暮滴到蟋蟀啾啾的地境；
> 那里，中夜是一抹微光，正午一片紫瑰[3]，
> 　　黄昏中充满了小梅雀的翼影。

---

[1] 李唯建. 1934. 英国近代诗歌选译. 上海：中华书局："自序" 2-4.
[2] 李唯建. 1934. 英国近代诗歌选译. 上海：中华书局：142-143.
[3] 从译诗每节押 abab 韵来看，"瑰"疑为"塊[块]"字误印。

> 我要起来，现在就走，因我白天夜晚都
> 　　听见湖水绿着岸边低低作出溅溅声；
> 当我站在大道上，或站在灰色的侧路，
> 　　我深心里还听见溅溅的水音。

　　李唯建的复译，与朱湘一样，采取了"循格"的翻译法：三节四行诗的体式；每节前三行十五字音（大致六顿）、第四行十二字音（大致四顿）对应原诗的节奏；脚韵呈现原文的交韵韵式。"循格"翻译法，连带叠词、重复和排偶等修辞手段的补偿使用，展现了译诗的音乐美、意象美和视觉美，与叶芝的原诗和朱湘的译诗异曲同工。更重要的是，朱湘的原译和李唯建的复译虽然都是"循格"，但却展示了同中有异的唯美的新诗形式，不仅说明了译诗的多样性，也证实了译诗可以提供层出不穷的新诗形式。新诗形式的多元性避免了旧体诗词千篇一律的固定格式，而是如同西洋诗那样，"匀称"（symmetry）中有着不可预测的"变化"（variety），不可预见性增益了新颖性，同时精心设计的形式还能够将思想与文字结合，自由表现新的题材和内容。

　　可以说，在译诗的形式上，"循格"是新月派试验新诗体的第一步。不过，对于译者来说，两种语言间自然的翻译对等终究只是一个梦想，他们所做的只是方向性对等（directional equivalence），也即根据社会文化语境、翻译的功能、原语文本的具体诗学限制、译入语的语言特征等因素而做出的部分对等，兼有译入语取向的创造功能[①]。确实，新月派译者也意识到中西方语言、文体特征和诗学形式等方面的差别，因此译诗并非一味死译去"循格"，而是基于方向性对等的近似"循格"。另外，新月派译者虽然把翻译当作输入外国诗歌形式的试验工具，但在其心目中，译诗不是机械的复制，而是文学艺术作品，是中国新诗的一部分，朱湘就坦言译诗复兴本国诗学的重要作用以及在本土文学中占有重要位置[②]。从徐志摩、闻一多、朱湘、饶孟侃、陈

---

① 翻译理论家霍恩比认为对等是一种"幻想"（illusion）（参见 Snell-Hornby, M. 2001. *Translation Studies: An Integrated Approach*. Shanghai: Shanghai Foreign Language Education Press, p. 22.）。古特（E-A. Gutt）、图瑞（G. Toury）和皮姆等翻译学者也认为，自然的对等只是一种"信念"（belief）（参见 Pym, A. 2010. *Exploring Translation Theories*. London: Routledge, pp. 37-38.）。

② 朱湘. 1927. 说译诗. 文学周报, 5（290）: 454-457.

第六章 古典的"创格"：新月派诗歌翻译艺术

西滢、李唯建、邵洵美等新月派同人推崇菲茨杰拉德译鲁拜诗来看[①]，他们都强调译诗在忠实于原作基础上的创造：

> 译诗真是一件万难的事，尤其是要想把他译成诗（不是散文），是更难的一种工作。我们知道有些人因为怕别人攻击不懂原文，便咬着牙齿死板板的照着字面上的意思直译下来，我并不是反对译诗应当忠实，但是我认为谈到"译诗"两个字，"译"字和"诗"字应该是一般的重要。……这样看起来，译诗还是着重"诗"字的妥当些。
> ——饶孟侃《新诗话（三）·译诗》

> 我们应当承认：在译诗者的手中，原诗只能算作原料，译者如其觉到有另一种原料更好似原诗的材料能将原诗的意境达出，或是译者觉得原诗的材料好虽是好，然而不合国情，本国却有一种土产，能代替着用入译文将原诗的意境更深刻的嵌入国人的想像[象]中；在这两种情况之下，译诗者是可以应用创作者的自由的。
> ——朱湘《说译诗》

显而易见，新月派译者们以使用译入语言的原作者自许，将文学翻译当成一种中文写作来实施，必然带有一定的创造性。如同闻一多强调诗是"做"出来的[②]，新月派的译诗也是"作"出来的。译作，译作，译可不就是作吗？[③]

由是，新月派译诗在"循格"方法中有了或多或少的适度"变格"，或曰变通的"循格"，这既是弥补译诗"离格"所导致的诗学意义损失，也是一种艺术加工与创造，以试验出适合本土文化和语言的新诗形式。这种形式创格的程度有大有小，不过，完全放弃原作形式而另拟形式的"拟格"法译诗不多，前文中饶孟侃初译的《要是》、邓以蛰以新弹词翻译莎剧《园会》片段是为数不多的例子。"拟格"式译诗在新月派乃至民国时期的诗坛都不

[①] 参见志摩《一个译诗问题》，闻一多《我默伽亚谟之绝句》，朱湘《说译诗》，饶孟侃《新诗话（三）·译诗》，西滢《论翻译》，李唯建《创作与翻译》，邵洵美《谈翻译》。各文出处见参考文献。
[②] 闻一多. 1926. 诗的格律. 晨报副刊·诗镌，（7）：29-31.
[③] 关于译与作的深度论述，参见罗新璋. 1995. 释"译作". 中国翻译，（2）：7-10.

多见，原因可能有如下几种：其一，自创新格颇具难度；其二，自定新格具有强烈的译者主体性，因地域、知识、背景、阶层等方面的差异而产生的新诗格式，个性色彩浓郁，要想得到文坛的普遍认可确实比较难[①]；其三，自定新格对原作形式不"信"，因而缺乏权威性和普遍接受性，尤其是在当时以原著为中心的翻译文化语境之下更是如此。所以，不奇怪过度创新的"拟格"试验者甚少，而变通的"循格"或"变格"翻译法为新月派译者使用最多。

既然完全"循格"的译诗不可能，而过度创新的"拟格"在文坛的普遍性接受低，自然近似的"循格"和亦循亦拟的"变格"翻译法是新月译者主要的创格翻译策略。在创格的译诗过程中，西洋诗形式是基本的向导与准则，同时又融合了中国传统诗歌的审美特色。实际上，新月派的诗歌翻译强调格律化，尤其是形式整齐化（如字数整齐、句式均齐的"豆腐块"诗），表明他们在文化心态上仍然受到中国古典诗歌文化的影响。"要做中西艺术结婚后产生的宁馨儿"[②]，就是他们承接古今、融会中西的译诗创格座右铭，努力寻求一种适合中国现代人需要的艺术化的新格律，实现中国诗歌从传统向现代的转换。确实，新月派同人自幼受中国传统文化熏陶，都是有着传统文化情结的古典倾向者，因此他们在吸纳外国诗歌形式艺术的同时，不会置传统文化于不顾，他们认识到，外国的诗歌形式如若不能与中国的诗歌传统相融合，要想对中国新诗真正地构成影响就非常困难了，正如学者杜荣根所言："任何外来形式的借鉴和引用都必须与本国的文化历史背景以及由此而来的欣赏习惯和审美心理相近相似或相符，并且以本民族的心理模式将其'民族'化，否则就有可能把它当作一种与本体文化相对立的异体排斥。"[③]这即是卞之琳在探索新诗格律时所说的"古为今用，洋为中用"问题[④]。不消言，新月派的诗歌翻译是以民族诗歌审美心理为基础、以复兴中国新诗诗学为终极目标的。他们的译诗"创格"既是社团文化规范和译者主体性创新之间的试验，也是忠实迻译外国诗歌形式和适应主体文化诗学之间的创新试验。

[①] 当时就有学者认识到这一点，说"自定新格，主张虽好，却不见得能达到主张"。参见傅润华. 1929. 诗律的新路. 真美善，5（2）：17.
[②] 闻一多. 1923. 女神之地方色彩. 创造周报，（5）：5.
[③] 杜荣根. 1993. 寻求与超越：中国新诗形式批评. 上海：复旦大学出版社：147.
[④] 参见卞之琳. 1979. 雕虫纪历. 北京：人民文学出版社："自序"14.

第三节 "创格"的多元：译诗艺术的历史发展

西洋诗的节奏式主要体现在诗行音步数（或音节数）的工整与变化上，以表现诗的音乐美和视觉美。新月派迻译西洋格律诗，主要以整齐的字数、相应的音组或音顿，或者兼顾二者的方式来传译西诗之音步。节奏规范是中西方诗歌的核心。也正是在译诗节奏式的创格上，新月派内部表现出多元性，从"顾全字数的格律化""顾全顿数格律化"到"兼顾字数与顿数"的译法，是译诗艺术的发展与成熟；同时，在节奏式格律化的主流中还不断有怀疑的声音，自由式节奏的格律体译诗（也称"半格律诗"）成为主流中的潜流，及至新月后期，欧美象征派诗歌的纯诗理念更进一步加深了译诗的半格律化倾向。

一、诗人译诗：节奏式格律化

闻一多认为，"艺术最高的目的，是要达到'纯形'pure form 的境地"[①]。在译诗创格中，他也是从形式的革新入手的。他的代表性文章《诗的格律》以及饶孟侃的系列文章《新诗的音节》和《再论新诗的音节》[②]，主要论述了音乐美与建筑美的内在联系。他们反复说明，"节的匀称和句的均齐"是促进音节调和的要素，而整齐的字句又是音节调和所必然产生出来的现象，也即，从表面的形式可以看出内在的节奏存在与否。再者说，现代汉语的自身特点，以及中国古典诗歌中音乐美与建筑美完美结合的典范，都使他们相信新格律体诗可以做到音乐美与建筑美的和谐结合。闻、饶二人的理论话语促使新月派在译诗中试验"字数相等（应）"和"以顿代步"的创格方法，乃至产出字数整齐与句法均齐的方块诗。应该说，在闻一多等人的理论倡导下，译诗的节奏格律化是新月派的主流，尤其是诗人们倾向这样的创格试验。

[①] 夕夕.1926.戏剧的歧途.晨报副刊·剧刊，（2）：5-6.
[②] 参阅闻一多的《诗的格律》以及饶孟侃的《新诗的音节》和《再论新诗的音节》。各文出处见参考文献。

大致来讲，在新月中前期，译诗节奏形式的创格以"字数相等"法为主，兼有"以顿代步"的方法探索，这主要与闻一多、饶孟侃高张的理论话语有关。朱湘就特别讲究译诗的字数工整。张旭注意到，朱湘《番石榴集》全部101首译诗中，追求诗行字数相对整饬的有81首，占总数的80.2%；其中，以每行使用11字为最多，其次是每行10字，9字与7字[①]。"字数相等"的极致就是方块诗的产生。朱湘自不必言，闻一多和饶孟侃译豪斯曼和W. H. 戴维斯的诗就有很多这样的例子；邵洵美、梁镇等新秀也一度喜欢整齐字句的译诗。且看几个译例。

闻一多、饶孟侃译《山花》[②]
我割下了几束山花，
我把它带进了市场，
悄悄的又给带回家；
论颜色本不算漂亮。
……

梁镇译《德国古民歌》[③]
假如我是一只小鸟，
使我长出两叶翅膀，
飞向我爱人的栖地；
但这事是不会有的，
所以我停留在这里。

邵洵美译《十一月》[④]
世界倦了年岁老了，
将死的叶情愿死了，
凛凛的风翩翩飘过

---

① 张旭. 2008. 视界的融合：朱湘译诗新探. 北京：清华大学出版社：195.
② 闻一多，饶孟侃. 1929. 山花. 新月，2（9）：6-7.
③ 梁镇. 1929. 德国古民歌：歌一. 新月，2（9）：5-6.
④ 邵洵美（译）. 1928. 一朵朵玫瑰. 上海：金屋书店：30.

第六章　古典的"创格"：新月派诗歌翻译艺术

那已经枯了的芦梢。
……
朱湘译《眼珠》[①]
不要夸你的那双眼睛
与明珠一样圆润晶莹，
耳上的真珠仍将熠耀
在你眼珠紧闭的时辰。

不过，"字数相等"的译法，尤其是方块诗，逐渐受到译界的批评，而且在新月派内部也有分歧。罗念生当年批评好友朱湘的译诗"有些生硬"，原因就在于"为求整齐起见，把每行的字数严格限定。这是一个错误"[②]。徐志摩、钟天心对新诗的"形式主义"颇有微词（参见下文），卞之琳则从中国语言的特点出发，阐述西洋格律诗的翻译要讲究诗行的整饬与中文顿数之间的关系，要充分发挥汉语的韧性和灵活性，不要机械[③]。叶公超也有同样的感受，他认为发展中国新诗的语言节奏，不必"走字数行数一样多的道路"，但语言的节奏或节拍一定要有一个可以重复的依据，毕竟"节奏必须在重复中产生"[④]。因此，他首次提出在新格律诗中以"音组"来代替西洋诗中的"音步"[⑤]。虽然"音组"的提法和理论话语在20世纪30年代后期才出现，但在1930年前后，新月派从译诗实践中渐渐树立了"以音组（音顿）代步"的翻译规范。新老同人在翻译中都有试验，尤其卞之琳、孙大雨、朱湘、梁宗岱可谓苦心孤诣者。孙大雨孜孜不倦地以每行五音组来迻译莎士比亚每行五音

---

① 朱湘（选译）.1936.番石榴集.上海：商务印书馆：191.
② 参见罗念生为洪振国编《朱湘译诗集》（湖南人民出版社，1986年）所写"序"第6页。
③ 卞之琳.1983.英国诗选.长沙：湖南人民出版社："序"4-5.
④ 叶公超.1997.我与《学文》//叶公超.新月怀旧：叶公超文艺杂谈.上海：学林出版社：159.
⑤ 叶公超认为，与文言诗的"单音"不同，新诗的"节奏单位多半是由二乃至四个或五个字的语词组织成功的"，"语词的字音"即音组；"在每个音组里，至少有一个略微小而重，或重而高，或长而重而高的音。"参见叶公超.1937.论新诗.文学杂志，1（1）：17.
卞之琳在《我和叶公超》（1989年《文汇月刊》第12期）一文中认为叶公超是首次提出音组概念的人；不过，孙大雨在《格律体新诗起源》（参见孙近仁.1996.孙大雨诗文集.石家庄：河北教育出版社：316-319.）中对此提出异议，认为他在1930年《诗刊》第2期上发表的《黎琊王》节译的说明里就提及"音组（字音小组）"的定名。孙大雨的回忆应该有误，《诗刊》第2期是1931年4月出版的，且《黎琊王》后也没有他的说明，倒是他在第3期《诗刊》的《罕姆莱德》的节译后有说明，提及了"气译"之说，但没有"音组"之说。故本书仍取卞之琳的说法。

步的无韵体诗剧，就是典型的例子：

>Thou wretched, rash, intruding fool, farewell!
>I took thee for thy better: take thy fortune;
>Thou find'st to be too busy is some danger.
>Leave wringing of your hands: peace! sit you down,
>And let me wring your heart; for so I shall,
>If it be made of penetrable stuff,
>If damned custom have not brass'd it so
>That it is proof and bulwark against sense.

>您这|鲁莽|多事的|浑蛋，|再见了！
>我以为|是你那|主子；|接受|这命运；
>要知道|无事的|闲忙|有点儿|危险。
>不要|尽绞着|一双手：|静着！|坐下来，
>让我来|绞你的|心肠；|假使|那不是
>一副|穿刺|不透的|石心肠，|假使
>那混账的|习惯|还不曾|把他们|锤炼得
>黄铜|一般的|坚硬，|甚至于|不会受
>理性的|一分|一厘|一丝毫的|影响。[①]

在"以顿代步"的同时，兼顾"字数相等（应）"和"以顿代步"的译法也得以发展。上文中朱湘重译的《因弗里湖岛》、李唯建复译的《湖中荫泥丝翡岛》以及卞之琳复译的《倦旅》都是颇为成功的尝试，表明"兼顾"译法的可行性以及新月派译诗技艺的日臻成熟。梁宗岱翻译的莎士比亚十四行诗第 33 首[②]也是"兼顾"译法的典型例子：

>Full many a glorious morning have I seen
>Flatter the mountain tops with sovereign eye,

---

① 孙大雨. 1931. 罕姆莱德（第三幕第四景）. 诗刊，（3）：4-5.
② 梁宗岱. 1937. 莎士比亚十四行诗二首. 文学杂志，1（2）：49-50.

Kissing with golden face the meadows green,
Gilding pale streams with heavenly alchemy;
Anon permit the basest clouds to ride
With ugly rack on his celestial face,
And from the forlorn world his visage hide,
Stealing unseen to west with this disgrace:
Even so my sun one early morn did shine,
With all triumphant splendour on my brow;
But out, alack, he was but one hour mine,
The region cloud hath mask'd him from me now.
Yet him for this my love no whit disdaineth;
Suns of the world may stain when heaven's sun staineth.

多少次|我曾|看见|灿烂的|朝阳
用他底|至尊的|眼媚|悦着|山顶，
金色的|脸庞|吻着|青碧的|草场，
把暗淡|的溪水|镀成|一片|黄金；

然后|蓦地|任那|最卑贱|的云彩
带着|黑影|驰过|他圣洁的|霁颜，
把它|从这|凄凉的|世界|藏起来，
偷移向|西方去|沉埋|他底|污玷；

同样，|我底太阳|曾在|一个|清朝
带着|辉煌的|光华|临照|我前额；
但是唉！|他只|一刻|是我底|荣耀，
下界的|乌云|已把|他和我|遮隔。

我底爱|却并不|因此|把他|鄙视，
既然|天上的|太阳|也不免|瑕疵。

新月派诗歌翻译文化研究

译诗差不多是完美的"循格"典范：首先，再现了原诗"abab cdcd efef gg"的脚韵；其次，在诗式的传递上，译诗四节的"起承转合"安排合理，具有闻一多所言的"三百六十度的圆形"[①]的效果；最重要的是，译诗各行的字数均为12字，同时又依次划分出整齐的五音顿，对应于原诗的抑扬格五音步。这样，既有外形的整齐，又有音顿的整饬，使译诗形成了较强烈的节奏，具有较强的音乐美感。当然，梁宗岱为了苦心孤诣地追求译诗字数和顿数的兼顾，不得不将原诗最后一行的前半句舍弃不译，有失原文口吻，尽管意义没有偏差。

总的说来，新月派译诗艺术的发展与逐渐成熟，为新格律诗在中国今后的翻译和创作都树立了良好的榜样。同时，译诗中的不足也为后来者提供了失败的经验和教训。

二、作家译诗：节奏式自由化

在轰轰烈烈的创格运动中，新月派内部也有人对译诗形式的过分谨严持保留意见。最先从行动上提出异议的是钟天心，他率先翻译了英国浪漫主义诗人华兹华斯的诗歌"She Dwelt among the Untrodden Ways"，经徐志摩修改后以《译华茨华斯诗一首》之名发表在1926年5月6日《晨报副刊·诗镌》第6号上。

> SHE dwelt among the untrodden ways
>   Beside the springs of Dove,
> A Maid whom there were none to praise
>   And very few to love:
>
> A violet by a mossy stone
>   Half hidden from the eye!
> –Fair as a star, when only one
>   Is shining in the sky.

---

① 闻一多.1931.新月讨论：（三）谈商籁体.新月，3（5-6）：8.

第六章　古典的"创格"：新月派诗歌翻译艺术

She lived unknown, and few could know
　　When Lucy ceased to be;
But she is in her grave, and, oh,
　　The difference to me!

她住在人跡[迹]不到的地方，
　　在那吐和流泉之旁，
女郎她无有人爱，
　　也少人赞赏：

一朵紫罗兰在苍苍的石旁
　　含羞半躲藏！
　　——美丽如一粒星
独自闪烁在天上。

她生前不留名，露茜，
　　她死后也无人知道，
但她是在她的坟中呀，啊
　　我感到世界都变了！

原诗是华兹华斯的一首名诗，共三节，每行四句，单行抑扬格四音步，双行抑扬格三音步，韵式是"abab"的交韵式。钟天心的译诗体式上循照原文，韵式上采取了"变格"处理，前两节押中国古诗中常见的"aaxa"韵式，第三节则是"xaxa"韵式（即二、四行押韵，一、三行随意），但在节奏式上采用自由的长短句来代替原文的四、三音步交替变化。这首半格律体诗出现在新月派创格的文艺阵地《诗镌》上，确实显得异类，可见译者钟天心和编者徐志摩并不完全赞成刻意以格律形式来要求译诗。可能因为这首译诗在内部引起争议，钟天心随后又在5月20日《诗镌》第8号上发表《随便谈谈译诗与做诗》一文，强调译诗须要"牺牲自由"，首先亮出了译诗要忠实于原文的普遍可以接受的观点，继而以译诗如同写生为譬，阐释译诗之"难"

221

与"苦"——"你若画棵牡丹,你得笔笔不离牡丹的颜色,你得心心不忘牡丹的精神"。这就告诉同人,译诗的困难就在于以适切的中文文字来忠实再现原作的精神。这与徐志摩早先在《征译诗启》中表露的思想如出一辙。"颜色"是牡丹的构成要素,文字是译诗的基本成分,"笔笔不离牡丹的颜色"表明译诗要忠实于原文的语言表达,但不等于要走向整齐划一的形式主义。钟天心最后不无担忧地说:"新诗人不根本去追求自己的生命,发扬光大自己的生命,而斤斤于字眼的挑选,字音的配合,新诗的生命如之何其不危险?"这里,他认为形式妨碍了新诗人的"生命"——灵感和情感表达。但同人饶孟侃自信诗的格律和音节并非忽略了情绪,真正妨碍情绪的倒是"感伤主义"(Sentimentalism),一举将矛头对准了创造社[1]。徐志摩也在对钟天心文章之后的答复中表示并不悲观,但在尔后的《诗刊放假》一文中又提醒同人,注意"误认字句的整齐(那是外形的)是音节(那是内在的)的担保"的流弊和"无意义乃至无意识的形式主义"[2]。

译笔不羁的徐志摩是译诗形式关怀的倡导者,也是创格的积极试验者,但他清醒认识到,新格律体译诗的倾向在匡正五四自由体译诗潮流的同时,不能走向极端,不要在纠正了浪漫式译诗杂乱无章的同时,又出现译诗格式的呆板和精神的窒息。因此,在新月中后期,徐志摩有意跳出形式的束缚,一方面选择一些形式比较松散的诗歌来译,如他所崇拜的英国短篇小说家曼斯菲尔德的三首诗《会面》("The Meeting")、《深渊》("The Gulf")、《在一起睡》("Sleeping Together")等,另一方面对原诗的形式也不特别强求,如翻译哈代对话体诗歌《文亚峡》[3]等。且看该译诗的一节:

They descend slowly in that direction.

    SHE
What a lonely inn. Why is there such a one?

---

[1] 饶孟侃. 1926. 新诗话(二)·情绪与格律. 晨报副刊·诗镌,(9):64.
[2] 志摩. 1926. 诗刊放假. 晨报副刊·诗镌,(11):21-22.
[3] 徐志摩. 1928. 文亚峡. 现代评论,第三周年纪念增刊:120-121.

HE

For us to wait at. Thus 'tis things are done.

SHE

Thus things are done? Well–what things do you mean?

HE

Romantic things. Meetings unknown, unseen.

SHE

But ours is accident, and needn't have been,
And isn't what I'd plan with a stranger, quite,
Particularly at this time–nearly night.

他俩缓缓的望这方向走

她

多荒野的一个客店。干吗这儿有店？

他

为着我们开的。事情是有这么巧。

她

事情是有这么巧？你说的什么事情？

他

浪漫的事情。给人想不到看不见的密会。

她

今儿的可是意外，谁想到有这回事儿，

就算我要跟人约会，我也不能这么莽撞，

尤其是这个时候，天都快黑了，这哪儿成。

原诗虽然是一首对话体诗歌，但形式还是蛮严谨的，每行基本是抑扬格五音步，而且前后行押韵。徐志摩的译诗主要是自由诗体，口语化很浓，没有刻意追求形式的工整。当然，徐志摩在这里旨在输入对话体的诗歌形式。

稍后，对译诗创格的形式整饬表示不赞成的是两位作家：梁实秋和胡适。实际上，在创格风潮中，二人的译诗风格也从五四时期的遗风中转变过来，尤其梁实秋的译诗更是脱离了当初稚嫩的自由化和白话化。不过，作为非专业的诗歌译者，他们不像大多数诗人同人在译诗形式上走得那么远。梁实秋是极力主张模仿外国诗的，认为外国诗歌的取材选择、内容结构、韵脚排列都不妨斟酌采用，但是模仿外国诗一定要谨慎，譬如对能否采取外国诗的音节，他就持怀疑态度，并说"这一点是最值得讨论的"[①]。显而易见，梁实秋不是反对创格，而是希望有选择的译诗形式关怀——他赞成借鉴西方诗歌的选材、整体布局和韵式，但不赞成模仿西诗的格调，也就是诗的节奏或音节编排。在他看来，中文与外国文字的构造不同，译诗难以模仿外国诗歌的音节和节奏式。对于徐志摩、孙大雨尝试以相应的音组来翻译无韵体莎剧的抑扬格五音步节奏，他认为尝试的精神可贵，但成功却还难说[②]。胡适也如是认同："在这一点上我不主张模仿外国诗的格调……"[③]而且，梁实秋的译诗实践也应和了他的理论呼吁。梁氏在新月期间译诗不多，也就10余首，选择的对象主要是苏格兰浪漫诗人彭斯、英国诗人W. E. 亨里和豪斯曼，选译的诗歌或是民谣，或是形式精致的格律诗，不拘一格，但都音韵俱佳，音乐性很强，语言也很鲜明。他的译诗基本上体现了原诗的体式和韵式（或自拟韵式），但在节奏式上大多是自由体。且看其翻译彭斯的《写在一张钞票上》（"Lines Written on a Banknote"）[④]：

Wae worth thy power, thou cursed leaf!

---

① 梁实秋. 1931. 新诗的格调及其他. 诗刊，（1）：84.
② 梁实秋. 2006. 傅东华译的《失乐园》//梁实秋. 雅舍谈书. 陈子善编. 济南：山东画报出版社：426.
③ 胡适. 1932. 通信. 诗刊，（4）：98. 不过，胡适在新月中后期几乎没有译诗，所以主要是理论上的响应。
④ 梁实秋. 1929. 译Burns诗四首：写在一张钞票上. 新月，2（8）：6.

第六章　古典的"创格"：新月派诗歌翻译艺术

Fell source of a' my woe and grief,

For lack o' thee I've lost my lass,

For lack o' thee I scrimp my glass!

I see the children of affliction

Unaided, through thy curs'd restriction.

I've seen the oppressor's cruel smile

Amid his hapless victims' spoil;

And for thy potence vainly wish'd,

To crush the villain in the dust.

For lack o' thee I leave this much-lov'd shore,

Never, perhaps, to greet old Scotland more.

万恶的纸片，我诅咒你，

我多少苦恼都是由你起：

因为缺乏你，丢失了我的爱人，

因为缺乏你，常常空了酒樽：

你这东西竟那样的难得，

多少个孩子为了你挨饿：

我看见暴主残酷的微笑，

拥着无数脏房正在逍遥，

我妄想借着你的力量，

把恶人杀死在尘埃上：

因为缺乏你，离了这可爱的海岸，

恐怕永远也不能再会这老苏格兰。

　　原诗十二行，前十行和后两行分别是四音步与五音步节奏，押"aabbccddeeff"韵式。梁实秋的译诗模仿了原作的韵式，但没有复制其节奏，而是以自由体节奏来表现原诗的乐感。不过，也可以看出，在能够使译诗形式整齐的时候，他也会照顾形式美的，如第五至第八行的每行十个字数，第九与第十行的每行九个字数，等等。这样的半格律体译诗不仅表现了原诗写实、嘲讽的笔触，读起来也有抑扬顿挫感。

梁实秋与胡适在译诗创格方面的理念，遭到了同人梁宗岱的批评，后者则通过译诗实例来说明十四行诗等外国诗体的节奏式和韵律可以应用到中文诗歌中去[①]，从前文列举的梁宗岱译诗中可以看出这一点。徐志摩也不同意梁实秋的批评，认为孙大雨试译的莎剧片段"有趣味"，值得继续进行[②]。此外，跟随梁实秋和胡适从事半格律体译诗的还有外围同人宗白华与冰心。

从上文分析可以看出，钟天心、梁实秋、胡适与闻一多、饶孟侃、梁宗岱等新月派同人在译诗创格方面的差异，具体表现在模仿西诗的节奏式与否，大概是作家与诗人在译诗方面的区别。作家译诗讲究诗歌内容和意境的传递，节奏形式可以不拘，只要能表现原诗的思想、意蕴和乐感就行，而诗人译诗不仅如此，更重要的是要努力再现承载原作音乐、意象和意境的形式。再者说，诗人更多地承载着借鉴外国诗歌构建新格律体诗学的使命。至于诗人徐志摩，包容的性格与社团灵魂人物的地位，使其充当了诗人译者与作家译者之间的调和者，协调了新月派的诗歌翻译机制。换言之，新月派在新格律体译诗的主流之下有半格律体诗的潜流，只是具体的路向不同，但他们对古典式"创格"的翻译诗学还是一致认同的，且都是对五四译诗的反思和自我反思，注意到了译诗的审美趣味和诗学意义。

三、"创格"的潜流：中后期译诗的半格律化

在新月中后期，新秀们逐渐登上了诗歌翻译的舞台，在格律体译诗的同时也渐向半格律体倾斜。邵洵美、朱维基、方玮德、曹葆华、陈梦家、赵萝蕤、孙毓棠等青年诗人或学者也或多或少在尝试半格律体译诗，表现在以下两个方面。

首先，选择形式不甚谨严的半格律体或自由体外国诗歌来翻译，如陈梦家和赵萝蕤选译布莱克的一些诗歌（典型的例子可参见第四章第二节无韵体十四行诗《黄昏的星星》），邢鹏举翻译法国象征诗人波德莱尔的散文诗，等等。

---

① 梁宗岱. 1931. 论诗：致志摩函. 诗刊，（2）：104-129.
② 参见徐志摩为1931年4月《诗刊》第2期所写的"前言"第4页。

第六章 古典的"创格"：新月派诗歌翻译艺术

其次，翻译格律谨严的外国诗歌时，如同作家译诗一般从事半格律体译诗试验，或节奏式自由化，或韵式自由化，或体式散文化。有趣的是，英国现代诗人梅斯菲尔德"Sea-Fever"一诗在新月派新老同人间呈现出了几种不同的复译。且看第一节的翻译：

原文：

> I MUST down to the seas again, to the lonely sea and the sky,
> And all I ask is a tall ship and a star to steer her by,
> And the wheel's kick and the wind's song and the white sail's shaking,
> And a grey mist on the sea's face and a grey dawn breaking.

饶孟侃、闻一多合译：《我要回海上去》[①]

> 我要回海上去，再回到荒凉的天涯海角，
> 我要求的是一只楼船，一颗星儿作她的向导，
> 还有龙骨破着浪，风声唱着歌，白帆在风里摇
> 海面上一阵灰色的雾，一个灰色的破晓。

饶孟侃译《海愁》[②]

> 我要回海上去，回到那荒凉的天涯海角；我要求的是一只楼船，
> 一颗星儿做它的向导；还有龙骨破着浪，大风唱歌儿，白帆在风里摇，
> 海面上一阵灰色的雾，一个灰色的破晓。

方玮德译《海狂》[③]

> 我一定要再到大海里去，到那寂寞的大海和海上的天，
> 我所需要的是一个定方向的星，和一只大船，
> 轮机的转轧，海风的歌吼，白帆的摇荡，

---

① J. Masefield. 1927-05-09. 我要回海上去. 饶孟侃, 闻一多译. 时事新报·学灯.
② 梅士斐儿. 1933. 海愁. 饶孟侃译. 现代学生, 2（7）：1.
③ 方玮德. 1933. 梅士斐诗选：海狂. 文艺月刊, 4（1）：190.

海面上一片灰色的雾，和天亮时一片灰白的光！

　　原诗是一首表现海上生活的诗歌，由三节四行诗组成，八、七音步的节奏变化以及[s]和[w]音的头韵展现了海面上的波涛起伏。饶孟侃和闻一多的初译循原文的"aabb"韵式，节奏上以第一、四行十六字和第二、三行十八字的"变格"展现原诗的音步变化，在视觉和音韵上颇具美感。有意思的是，在新月后期，饶孟侃将这首形式严谨的格律体译诗在体式上散文化，从而使其巧妙地成为一首音韵优美的散文诗。可见，饶孟侃不像以前那样强调音节调和必然从字句整齐中产出，而是也在探索散文诗体的音节调和问题。至于后生方玮德，既追随老师徐志摩后期的译诗方法，又受到美国意象派女诗人米蕾的影响①，也不甚关注译诗的句式整饬。他的半格律体译诗《海狂》就是仅循照原诗的韵式，同时以重复、排偶的自由体句式表现原作的节奏感，读起来也抑扬顿挫。

　　与方玮德半格律体译诗不同的是，曹葆华译梅斯菲尔德的多首十四行诗②，都没有考虑原诗的韵式（也没有自拟韵式），但却努力"以顿代步"，以五音顿去表现原诗的五音步节奏。朱维基、邵洵美、孙毓棠等新秀半格律体或半自由体译诗也大致如此，不再一一赘述③。

　　新月后期译诗创格的半格律体化，与胡适、梁实秋等作家译者的关联不大，倒是与徐志摩和叶公超的影响甚密。确切来讲，与当时的诗歌翻译文化语境和新月派翻译诗学观的发展有关。首先，新月派创格的新诗在博取"工稳美丽"和"形式的完整"的制高点的同时，也是它的危机所在④。因此，同人们也在反思译诗形式谨严之下的"生硬之美"。其次，西方现代主义诗歌译介在当时的中国已经颇具规模。新月派新秀在叶公超的理论指引和徐志摩的实践带动下，成为译介法国象征派诗歌的主力。象征诗的纯诗理念，兼收

---

①　方玮德曾发表《女诗人米莱及其〈再生〉》一文，赞同"她写诗不一定让韵律束缚，但她很自由地运用极平淡无奇的音节使她的智慧与美感油然地流出"（1933年6月1日《文艺月刊》第3卷第12期，第1650页）。

②　曹葆华译梅斯菲尔德十四行诗20首见1933年7月1日《文艺月刊》第4卷第1期"梅士斐诗选"，第193-202页。

③　有关曹葆华、朱维基译诗的分析可参见本书第七章第一节之"十四行诗"，关于邵洵美译诗分析参见第四章第三节之"英国唯美派诗歌的翻译"。

④　参见沈从文.1931.论朱湘的诗.文艺月刊，2（1）：47-55.

　　吴沛苍.1932.一九三一年中国文坛开展的新形势.南开大学周刊，（131）：1-11.

西方现代派诗和中国古典诗歌的艺术成就，主张绝对自由和严整格律之间的相对调和的诗歌形式，着重诗歌的色彩和音乐。在这种诗学观的影响下，新月后生们也就尝试探索半格律体译诗，尤其倾向"情绪的抑扬顿挫"的现代诗。再次，新月中后期译诗选择呈现多样化与多元化的态势，对话体、叙事诗、诗剧、戏剧诗等都有尝试，试验的目的重在引进西诗体式，对韵式和节奏式的迻译有所放松。最后，这些类型的诗歌或形式精巧有加，或篇幅甚长，译诗的形式照顾确实存在困难。由是，为了避免因形式害意和突出输入体制的目的，译诗趋向半格律体也是自然的事。

新月后期译诗形式的放松，不是说他们在抛弃译诗的形式，重返五四译诗的老路，而是说他们对诗歌形式的认知有了质的发展。在他们看来，形式不只是指"绝端丑恶"的"单独的形式的整齐"，更重要的还是指"能与诗的本身的'品性'谐和的"完美的形式[①]。因此，他们在译诗中并不单独追求某种形式的再现，而是整体考虑整齐、音韵、格律与诗的内容意义的融合，这与徐志摩"神韵化进形式去"的译诗理念相得益彰。这样看来，半格律体译诗的倾向是新月派译诗创格试验的继续，或曰新路向，其唯美的取向和对有音律的纯文学的追求，同样反映了古典倾向的翻译诗学。

第四节　中庸与中和：译诗方法和语言观

译诗创格的试验虽然旨在突出形式输入的优先性，但译诗的形式是用语言来表达的。何况，新月派的创格，就是试验用中文来表达西洋诗歌形式的潜力。因此，创格试验必然涉及译诗语言和翻译方法的观察。实际上，本章前面几节对译诗形式的考察分析，或多或少都触及这些问题，毕竟译诗的形式与内容是不可分的，只是当时的重点不在于此，所以未深入探讨。本节将考略新月派译诗的方法和语言观，以完善"创格"翻译策略的阐述。

---

① 邵洵美.2006.《诗二十五首》自序//邵洵美.洵美文存.陈子善编.沈阳：辽宁教育出版社：370.

一、中庸的译诗方法：直译与意译相结合

五四时期高扬"信"的翻译标准，但就"诗体大解放"语境下的译诗而言，直译原作的语言结构以及译文的欧化掩盖了译者对原文诗学形式的破弃。因此，当时的诗歌翻译，在内容迻译上崇尚忠实原作的直译，相反在形式迻译上则是"破格"的自由译。这种译诗方法完全是形式与内容的二元对立[①]。新月派在译诗的形式和内容上都表现出直译与意译的融合。他们的译诗创格试验以变通的"循格"或亦循亦拟的"变格"为主，就说明了把内容化进形式去的直译与意译相结合的中庸翻译法。邢鹏举通过研究翻译史，提出理想的翻译方法是："既不是完全意译，也不是完全直译，是要溶化意译和直译的各种长处。这种方法，既不偏重于雅，又不偏重于信，是用达来贯通雅和信的两种地步。"[②]他还举例说明，说胡适译莪默诗比郭沫若的要好；徐志摩的译诗《猛虎》，孙大雨译的莎士比亚，梁实秋译的《结婚集》以及他自己译的几节《波多莱尔散文诗》都是融合了直译和意译的理想翻译。胡适的译诗已经在前文中考察，依照原诗韵式和内容的流畅译文确实不负邢鹏举的评价。梁实秋所译《结婚集》是小说，暂不谈。且看其他几例：

The Tyger

TYGER! Tyger! burning bright
In the forests of the night,
What immortal hand or eye
Could frame thy fearful symmetry?

In what distant deeps or skies
Burnt the fire of thine eyes?
On what wings dare he aspire?

[①] 实际上，在五四时期，"直译"是希望"不妄改原文的字句"以"保留原文的情调与文格"（参见雁冰《"直译"与"死译"》，1922年8月10日《小说月报》第13卷第8期）。具体到译诗上，"直译"仅指迻译原作的语句结构和思想内容，原作的形式往往不予考虑。至于诗歌"意译"，原作的形式更不会考虑；原文内容虽在一定程度上得以保持，但译诗的语言也是欧化程度不一。

[②] 邢鹏举.1934.翻译的艺术.光华附中半月刊，2（9-10）：94.

第六章 古典的"创格":新月派诗歌翻译艺术

What the hand dare seize the fire?
……

《猛虎》[1]

猛虎|猛虎|火焰似的|烧红
在|深夜的|莽丛,
何等|神明的|巨眼|或是手
能掣画|你的|骇人的|雄厚?

在何等|遥远的|海底|还是|天顶
烧着|你|眼火的|纯晶?
跨什么|翅膀|他胆敢|飞腾?
凭什么|手|敢擒住|那威棱?
……

徐志摩的译诗保持了原诗"aabb"的韵式,用近似的四音顿(个别行三、五顿)的节奏单位去表现原作严格的四音步安排,所以说是变通的"循格"翻译法。而且,徐译在句式处理上尽量遵照原诗结构,第一节第二行就保留了原诗的倒装句式,但又不拘泥于其字句的硬译,如"火焰似的烧红"(burning bright)、"雄厚"(symmetry)、"飞腾"(aspire)、"威棱"(fire)等词语都是根据语境的意译,"把作者美和力的音调,全部传达出来",尤其"雄厚"的对译可以说"抓着了原诗的神味";这样的译文"不但把原诗的深意曲曲传出,并且替原诗增加了不少雄壮的气势"[2]。用今天的眼光来看,徐译在原诗意蕴和形式的传递上还有些许不足,但兼顾了"让读者接近于原作者"(moves the reader toward the author)与"让原作者接近于读者"(moves the author toward the reader)相结合的综合翻译方法[3],这是徐志摩在认真研

---

[1] 志摩.1931.猛虎.诗刊,(2):92.
[2] 参见邢鹏举.1934.翻译的艺术.光华附中半月刊,2(9-10):95.
叶公超.1933.论翻译与文字的改造:答梁实秋论翻译的一封信.新月,4(6):4-5.
[3] Schleiermacher, F. 2004. On the different methods of translating. In A. Lefevere (Ed.), *Translation/History/Culture: A Sourcebook* (p.149). Shanghai: Shanghai Foreign Language Education Press.

究了中国"文字内蕴的宽紧性"后,照顾到了现代汉语这个"新发现的达意的工具"的"弹力性与柔韧性与一般的应变性"[①]。邵洵美就以徐志摩的翻译为直译与意译完美结合的真正典范,既不让"原作来迁就中文的文字能力",又无须"用一种新的中文结构去表现原作的精神"[②]。当然,邵洵美在译诗实践中也是以徐志摩为榜样的,其译诗可参阅第四章第三节和本章的前文。

再看看邢鹏举从阿瑟·西蒙斯的英文本转译的波德莱尔散文诗《沉醉》[③]("Be Drunken")的一节:

> 原文: And if sometimes, on the stairs of a palace, or on the green side of a ditch, or in the dreary solitude of your own room, you should awaken and the drunkenness be half or wholly slipped away from you, ask of the wind, or of the wave, or of the star, or of the bird, or of the clock, of whatever flies, or sighs, or rocks, or sings, or speaks, ask what hour it is; and the wind, wave, star, bird, clock, will answer you: "It is the hour to be drunken! Be drunken, if you would not be martyred slaves of Time; be drunken continually! With wine, with poetry, or with virtue, as you will."

> 译文:倘若有时在那宫前的阶上,沟畔的草间,或者在斗室凄寂的里面,你要是清醒了,那深深的沉醉,攸然地飞去,你便向着微风,激浪,明星,飞鸟,时钟,以及任何事物的翱翔者,咏叹者,回旋者,歌唱者,谈话者,问着这是什么时候,接着那微风,激浪,明星,飞鸟,和时钟,便回答说:"这是沉醉的时候呀!沉醉了罢;倘若你不愿意做那光阴的殉奴,不断地沉醉了罢!用酒,用诗,用德性,什么你喜欢的东西都可以!"

这是邢鹏举译诗集《波多莱尔散文诗》(第68页)中的一首代表作。译

---

① 徐志摩. 2005. 一封公开信//韩石山. 徐志摩全集(1). 天津:天津人民出版社:307.
徐志摩. 1924. 征译诗启.《小说月报》,15(3):6.
② 邵洵美. 2006. 谈翻译//邵洵美. 洵美文存. 陈子善编. 沈阳:辽宁教育出版社:131.
③ 译诗集《波多莱尔散文诗》(中华书局,1930年)的源本是 T. R. Smith 所编英译本,其中英译者情况参阅"附录一"的邢鹏举部分。

第六章 古典的"创格":新月派诗歌翻译艺术

文"大部分都是照原文直译",循原文的句式结构,以突出散文诗"辞句的抑扬"和"声调的起伏"的特质[1],但译诗显然又不拘泥于原诗语词的羁绊,"微风""激浪""明星""飞鸟""时钟""翱翔者""咏叹者""回旋者""歌唱者""谈话者",以及"倘若"(if)、"光阴的殉奴"(martyred slaves of Time)等词语都是充满诗意的阐译;"沟畔的草间"(on the green side of a ditch)、"斗室凄寂"(the dreary solitude of your own room)、"攸然地飞去"(half or wholly slipped away)等语词也是古雅味十足,尽管"与原文难免稍有出入",但差不多尽译波氏之"菁华"[2]。确实,邢鹏举在直译基础上意译的这首诗,不仅避免了直译的"生硬晦涩",也避免了意译的"不像原著",直译与意译结合的方法再现了波德莱尔散文诗的声韵和谐、辞章跌宕、清澈立意与梦幻知觉,难怪他也不讳言《沉醉》"在意译和直译的两方面,达到了所谓信达雅的境界。这便是我所谓理想的翻译艺术,是翻译的最高标的"[3]。不消言,邢鹏举也是受到老师徐志摩翻译的影响的,他回忆徐志摩曾经对他说:"翻译第一要得谨慎,不能叫原著者在地下呼冤。"[4]

不仅邵洵美和邢鹏举在理论与实践上支持并学习徐志摩的翻译方法,孙大雨、陈梦家、孙毓棠、卞之琳等同人也是赞成直译与意译结合的译诗方法的。

> 我的方法不是直译,也不像意译,可以说是"气译":原作的气质要是中国文字里能相当的保持,我总是尽我的心力为他保持。Literal meaning 稍微出入些,我以为用诗行翻译诗行是可以允许的。举两个例:原文"Would from a paddock, from a bat, a gib……"我译成"……那样一只癞蛤蟆,一只偷油的蝙蝠,一只野公猫"。又原文"call you his mouse"我译为"称你作他的小猫小狗"。
> ——孙大雨节译《罕姆莱德》"跋"[5]

---

[1] 参见波多莱尔. 1930. 波多莱尔散文诗. 邢鹏举译. 上海:中华书局:"译者序" 5.
[2] 郭麟阁. 1940. 波多莱尔散文诗(Charles Baudelaire 著,邢鹏举译). 法文研究, 2(1): 78.
[3] 邢鹏举. 1934. 翻译的艺术. 光华附中半月刊, 2(9-10): 96.
[4] 邢鹏举. 1933. "爱俪儿释放了"(二):哭徐师志摩. 光华附中半月刊, (6): 45.
[5] 孙大雨. 1931. 罕姆莱德:跋. 诗刊, (3): 23.

你[方玮德]要我代你译梅士斐的一首诗,已经译好。这工作比自己写诗更费劲,而字句间显然掺杂了译者的意解,但极力使不违反原意……译这诗时,有些处为了方便略有字句间的颠置与省略,我自信不是大错。翻诗仿佛是一种自圆其说的曲解,对于原作不能如原作者一样的明白。但对于通篇,字句,我们仍应该严谨的使他成为诗;我以创作诗的态度迻译诗,也许对自己是忠心,别人看来也许是叛逆了。

———陈梦家译梅斯菲尔德《在病榻旁》"附语"[①]

直译之后,增删修改四五次,为求音节韵律适合于中国语言,已与原文稍有出入。有些地方竟三两行完全改过,但留其意境而已。

———孙毓棠译《鲛人之歌》"附注"[②]

特别就译诗而论……基本精神大致可以概括为……"信","似","译"。……"信"即忠实,忠实又只能相应,外国诗译成汉语,既要显得是外国诗,又要在中文里产生在外国所有的同样或相似效果,而且在中文里读得上口,叫人听得出来。……我们译西方诗,[应该]亦步亦趋,[但]也可以作一些与原诗同样有规律的相应伸缩。

———卞之琳《英国诗选》(1983)"序",第3-4页

孙大雨的"气译"、陈梦家的"自圆其说的曲解"、卞之琳的"信似译"以及孙毓棠的译诗主张,实际上都是直译与意译相结合的中庸翻译方式。这不仅是徐志摩的言传身教,也与新月派其他资深同人倡导的译诗方法——闻一多的"了解原文底意义……译成的还要是'诗'的文字",饶孟侃的"并不是反对译诗应当忠实,但是……'译'字和'诗'字应该是一般的重要",朱湘的"在译诗者的手中,原诗只能算作原料……译诗者是可以应用创作者的自由的"[③]——是一脉相承的。他们的译诗实践基本上体现了这一中庸翻译

[①] 陈梦家. 1933. 梅士斐诗选:在病榻旁. 文艺月刊, 4(1):191.
[②] 孙毓棠. 1932. 鲛人之歌. 清华周刊, 37(8):934.
[③] 参见闻一多《莪默伽亚谟之绝句》(第16页),饶孟侃《新诗话(三)·译诗》,朱湘《说译诗》。各文出处见参考文献。

第六章 古典的"创格":新月派诗歌翻译艺术

法的主张,本书中多有举例,可以参阅。

译诗实践者的诗学主张与翻译批评家和理论家的翻译诗学也是一致的。翻译理论家陈西滢在论述翻译标准时,对死译、直译、意译、曲译提出了批评:

> 若是"曲译是添花样的说谎",那么"意译"而不是"直译"最容易流为"曲译"。以直译为标榜者的常犯的大病,不是与原文相差太远[,]而是与原文相差太近,他们非但字比句次,而且一字不可增,一字不可减,一字不可先,一字不可后,名曰翻译,而"译犹不译",这种方法,即提倡直译的周作人先生都谥之为"死译"。①

正因为有了这样的看法,他才提出"形似、意似、神似"三种渐进的翻译标准,其实也可以说是三种逐级而上的翻译方法,而"取法乎上,失之于中"的"意似"就是切实的中庸翻译法②。翻译批评家叶公超在声援梁实秋、抨击鲁迅的"硬译"时也同意直译与意译之争的无价值。他认为,"翻译的时候最先要的问题不在'直译',也不在'曲译',乃在有什么要译的",进而提出具体的翻译方法,亦即:译者要充分了解原文里的字意、语吻(在叶公超看来,句法就是根据语吻转变而来的)以及每个单字、语词在原文里的联想;然后,再来看看我们的中国语文中有没有对等的单字、词语或语吻,如果有,便照译,若无,"或沿用原文中几个主要的字【西洋翻译里遇着没有替代的单字或语词也常常沿用原文而加以说明】,或译音【若是单字的话】,或用比较最近于原文的替代,再加以注释"③。很明显,叶公超的翻译方法灵活、有序,包括引用原文、译音或套用译语中相近的习语等现代翻译实践中常用的手段,目的是强调译作从单字、词语到语吻都忠实于原文。这种杂合的翻译方法就是直译和意译的糅合。

由上可见,因为新月派新老译者对直译与意译相结合的中庸翻译法的主观认同,所以才有彼此间翻译理论上的相应和与翻译实践上的相呼应。当然,

---

① 西滢. 1929. 论翻译. 新月,2(4):8-9.
② 西滢. 1929. 论翻译. 新月,2(4):9-10.
③ 叶公超. 1933. 论翻译与文字的改造:答梁实秋论翻译的一封信. 新月,4(6):1-11.

在具体实践上，不同的译者，或不同时期的同一个译者，甚至同一译者面对不同的作品，因语言驾驭能力的高低或诗学理解的差异，使得中庸翻译法未能产生相应的效果，那又另当别论了。

二、中和的译诗语言观

翻译方法与翻译语言是相辅相成、互为体现的。完全的直译（不用说"硬译"）往往容易造就欧化文，而一味的意译又难以输入新的表现法。反过来，严重欧化的翻译语言肯定出自直译，而透明如写作的翻译无疑是意译的产物。这样，新月派直译与意译相结合的中庸翻译方法就表明了其倾向"流畅欧化文"的翻译语言观。梁实秋首先认为"信而不顺"与"顺而不信"同是一样的糟糕[1]，并表达了对欧化翻译的看法和态度：

> 文字文法原不是一成不变的东西，各国文字都各有历史背景和习俗的因袭。中国文字文法因接触欧语之故将起新的变化，也许是不可免的事。但此乃语言学家所应研讨之问题，其改革当是渐进的。翻译者也许最感觉这问题的迫切，也不妨作种种尝试，然而若依欧化为护符作潦草塞责之硬译，则是自欺欺人。[2]

可见，梁实秋认同翻译中的欧化现象是在所难免的，认为欧化语对译入语的文法和文字的改造与发展会有一定的帮助，能起到一定的推动作用，但语言文字的改革应该是循序"渐进的"，不能以牺牲文字通顺为代价，更不能赋予其政治工具的使命，毕竟"翻译的头一个条件是要使人看得懂"[3]。朱湘也认为，"为了文字的内身的需要"，欧化的译文是必然的，"只能说，有许多的时候，不必欧化，或是欧化得不好；至于欧化的本身，现代的中国人却没有一个能以非议"[4]。可见，朱湘的主张与梁实秋一致，他们都倾向于通顺、流畅的欧化文。这一点对于译诗的诗意表达非常重要，试想生硬晦涩

---

[1] 梁实秋．1997．通信一则：翻译要怎样才会好？//黎照．鲁迅与梁实秋论战实录．北京：华龄出版社：593．
[2] 梁实秋．1997．欧化文//黎照．鲁迅与梁实秋论战实录．北京：华龄出版社：619-620．
[3] 实秋．1928．翻译．新月，1（10）：5．
[4] 朱湘．1934．文学闲谈．上海：北新书局：27-28．

第六章 古典的"创格":新月派诗歌翻译艺术

的语句肯定会损害诗的审美,与新月派的审美诗学观显然是背道而驰的,所以,流畅的欧化文作为一种中和的语言观是新月译者们共同追求的目标。当然,译诗的语言要做到欧化而不生硬,确实是一门不易掌握的艺术,需要时间的锤炼和译者的努力,朱湘的译诗从初译《因尼司弗里湖岛》到重译《因弗里湖岛》,不仅是形式美的成熟,也是语言美的展示——相对于初译颇生涩的欧化,重译则是一种圆润的欧化诗文。再者,译者们可能因语言能力的差别,在译诗中所呈现的欧化的流畅程度也可能参差不齐。但不管怎样,译诗语言的翻译腔无可避免,"译诗本来是一件几乎不可能的事,即使勉强译了出来也遮盖不住'勉强'的伤痕"[1]。叶公超就曾以徐志摩的译诗《猛虎》为例,如是认为。

另外,需要注意的是,新月派中有些译者面对不同体裁的诗歌进行翻译时,欧化的流畅程度表现出差异。如徐志摩翻译抒情短诗与诗剧、散文诗时就有区别。

原文:**Song**

WHEN I am dead, my dearest,
　　Sing no sad songs for me;
Plant thou no roses at my head,
　　Nor shady cypress tree:
Be the green grass above me
　　With showers and dewdrops wet:
And if thou wilt, remember,
　　And if thou wilt, forget.

译文:《歌》[2]

我死了的时候,亲爱的,
　　别为我唱悲伤的歌;
我坟上不必安插蔷薇,
　　也无须浓荫的柏树:

---

[1] 叶公超.1933.论翻译与文字的改造:答梁实秋论翻译的一封信.新月,4(6):5.
[2] 徐志摩(译).1928.歌.新月,1(4):4.

让盖着我的青青的草
零着雨,也沾若露珠;
假如你愿意,请记着我,
要是你甘心,忘了我。

原文:**Romeo and Juliet**

Juliet

Good night, good night! As sweet repose and rest
Come to thy heart as that within my breast!

Romeo

O, wilt thou leave me so unsatisfied?

Juliet

What satisfaction canst thou have tonight?

Romeo

The exchange of thy love's faithful vow for mine.

Juliet

I gave thee mine before thou didst request it:
And yet I would it were to give again.

译文:《罗米欧与朱丽叶》[①]

朱:夜安,夜安!我祝望一般甜蜜的安息与
　　舒适降临到你的心胸如同我有我的!
罗:啊,难道你就这样丢下我不给我满足?
朱:那一类的满足你想在今晚上向我要?
罗:你的相爱的忠贞的誓言来交换我的。
朱:我早已给了你那时你还不曾向我要:
　　可是我也愿意我就重来给过一次。

　　这两首译诗都出自徐志摩之手,但语言表现确实大相径庭。译诗《歌》虽然依照原诗的语言结构翻译,有些许欧化色彩(第一行"亲爱的"后置是

[①] 莎士比亚.1932.罗米欧与朱丽叶.徐志摩译.诗刊,(4):10-11.

一种欧化的句式;并列定语"盖着我的青青的"、条件副词"假如"以及第二节中的"在……里"和"在……中"等介词短语也隐约透露出欧化痕迹),但清新流丽的语言恰如其分地表现出了前拉斐尔派女诗人 C. G.罗塞蒂的抒情诗的吟唱功能,即使在今天看来也不乏流畅优美。相比而言,《罗米欧与朱丽叶》片段译文的语言则有明显的欧化色彩,因为在徐志摩看来,原作是用诗演绎的剧,剧中人物的唱词恰如分行的散文诗,有一种叙事功能;其次,他意图输入英语无韵体的诗歌体制,尝试用每行大致十五字音来再现原文的抑扬格五音步。这样看来,诗剧的体裁与叙事功能以及试验的目的,决定了徐志摩节译的莎剧欧化程度较大,虽说有些生硬,但并不是不流畅,正如陈西滢评价说,徐志摩"最大的供[贡]献在他的文字",其文字虽然受欧化文影响很深,但又不是人们平常所谓的佶屈聱牙的欧化文字,徐志摩的文字"是把中国文字,西洋文字,融化在一个洪[烘]炉里,鍊[炼]成的一种特殊的而又曲折如意的工具。它有时也许生硬,有时也许不自然,可是没有时候不流畅,没有时候不达意,没有时候不表示它是徐志摩独有的文字"①。同样,当代著名诗人余光中也认为徐志摩的诗"并不怎么欧化",或者说欧化得"相当高明"与"生动自然",丰富了中国新文学的表现手法②。

应该说,叶公超、梁实秋、朱湘、徐志摩等新月派同人都认识到译文语言几乎不可避免的"翻译腔"本相,但这必须是"文字的伸缩力所容许的",不能为了"输入新的表现法"而因噎废食。值得注意的是,梁实秋几乎所有的翻译书评以及与鲁迅的翻译论争,都以"灵活流利""流利可诵""可读""让人看得懂"等字眼作为评判译本好坏的标准之一③,但这并不否认对原文的忠实。他说,"翻译要忠于原文,如能不但对于原文的意思忠实,而且还对'语气'忠实,这自是最好的翻译。"④胡适也在《短篇小说二集》(1933)的"译者自序"中表示,所译的这几篇小说都是"直译"与"明白晓畅的中

---

① 西滢.1926.闲话:青年人有不做诗的么…….现代评论,3(72):9-11.
② 余光中.2004.余光中集 第 7 卷.天津:百花文艺出版社:180.
③ 参阅《新月》月刊梁实秋有关翻译的书评以及与鲁迅的论争,以及陈子善编《雅舍谈书》(山东画报出版社,2006 年)与黎照编选的《鲁迅与梁实秋论战实录》(华龄出版社,1997 年)中关于翻译的书评和论文。
④ 梁实秋.1932.论翻译的一封信.新月,4(5):4.

国文字"的结合①。尤其，同人丁西林以赵元任翻译的《阿丽思漫游奇境记》为例所提出的"神译"②，不仅传达了原作的独特神韵，还显示了欧化色彩和口语语调水乳交融的白话语体。

综上可见，新月派倡导一种既忠实于原文又流畅可读的中庸翻译方法与中和的译诗语言观，融合了意译与直译的长处，避免了二者长期的纷争。这种中庸与中和的翻译实践是在"摹仿"的翻译观主导下进行的，反映了新月群体古典倾向的翻译诗学。反过来，古典倾向翻译诗学不仅主导了新月群体的翻译规范，也一直指导着新月派同人与鲁迅等左翼文人开展关于翻译的论战。

---

① 姜义华. 1993. 胡适学术文集·新文学运动. 北京：中华书局：521.
② 西林. 1925. 国粹里面整理不出的东西：阿丽思漫游奇境记. 现代评论，1（16）：13-15.

第七章

"奇丽的异色的花"：新月派译诗与写诗

新月诗人与雪莱都曾将诗歌翻译比喻作"移植鲜花种子"，以培育新异的花朵。在本书第三章至第六章，新月派逐步完成了译诗"选种"与"播种"的"移花接木"过程，本章将展现其催生的"奇丽的异色的花"，彰显他们"催生异彩"的文化作用。具体从译诗本身及其与写诗的互动影响来考察：其一，译诗作为第三符码的翻译文学，本身也是中国新诗的重要组成部分，是以现代汉语表现异域诗风、诗艺和诗思的文学试验艺术。"就具体的译诗本身而论，它确可以算是创作。"[①]那么新月派的译诗是如何增富与表现中国新诗的形态与精神的呢？其二，五四以来，中国新诗受西方诗的影响，主要就是通过翻译[②]。译诗不约而同成为西方诗歌影响中国新诗的中介，与写诗形成互动的影响。那么新月派的译诗与写诗又是如何构成互动的关联呢？带着这两个问题，本章将从译诗与新诗体探索的关系以及译诗与写诗的互文性角度，来探究新月派诗歌翻译"催生异彩"的文化作用。

第一节 摹仿与创新：译诗与新诗体探索

新月派十余年来的诗歌翻译活动，在实现外国诗歌本土化的同时，还输

[①] 朱自清.1984.新诗杂话.北京：生活·读书·新知三联书店：72.
[②] 卞之琳.1984.人与诗：忆旧说新.北京：生活·读书·新知三联书店：192.

入了外国诗具有异域特征的形态和精神,既为中国新诗贡献了新的思想和诗学理念,促进了新诗艺术观和人生观的新变,也扩展和丰富了其"语言形式库"(linguistic repertoire)。他们大量的译诗实践,在诗歌形式上主要是创造性引入了现代格律诗,在内容上虽然以翻译抒情诗为主,但也开拓性输入了叙事诗(史诗)和诗剧(戏剧诗)等诗体。第五章第二节的第二部分已经论述了新月译者翻译莎剧和叙事诗的概况,他们在消解五四时期浪漫感伤式诗歌翻译流弊的同时,也为中国新诗贡献了新异的体制。此外,邢鹏举和外围同人冰心分别翻译了波德莱尔和纪伯伦的多首散文诗,以及徐志摩、邵洵美等同人翻译了少量散文诗和自由诗,但散文诗与自由诗是五四时期的产物,在新月时代已经是司空见惯的诗歌形式了。因此,下文将从典型的译诗体制出发,重点探讨新月派新格律体译诗的诗学形式探索,及其与新诗创作的互动影响。

一、译诗与新诗体探索的典型例子

新月群体通过翻译试验的新诗体式多种多样,如对话体诗、戏剧独白诗、巴俚曲、圝兜儿、三叠令、回环调、十四行诗、无韵体诗、骈句韵体诗、章韵体诗等等,不一而足。下面将选取对话体诗,巴俚曲、圝兜儿、三叠令、十四行诗等典型的译诗体式来考察新诗体的引进与输入。

(一)对话体诗

对话体诗是一种独特的诗歌形式。在中国古代,除《诗经》中使用赋的创作手法的一些诗和少数歌行体诗含有对话成分外,很少有诗词,尤其是鲜有近体诗,采取对话的表现形式[①]。新月派同人中,徐志摩是最早翻译英语对话体诗的,即用文言翻译了英国诗人和剧作家弗莱克的"Joseph and Mary":

JOSEPH

Mary, art thou the little maid

[①] 吕华亮. 2007. 生趣盎然的对话镜头:《诗经》对话体诗. 信阳师范学院学报(哲学社会科学版),(2):93-96.

第七章 "奇丽的异色的花"：新月派译诗与写诗

  Who plucked me flowers in Spring?
   I know thee not: I feel afraid:
    Th strange this evening.
     …

    MARY (*inattentive to his words*)
  A stranger came with feet of flame
   And told me this strange thing, –
  For all I was a village maid
   My son should be a King.

（一）乔塞夫
马丽！宁子匪姝，
  撷华春戏我？
  余汝不相识，
  中心实迟疑，
  今夕子何疏？
  ……

（二）马丽
  有客尝来止，
  双足展奇芒，
  切切为予言，
  奇言不可商，
  侬徒一村姑，
  云何子且王？[①]

  译诗虽是五言古体诗，但对话体的诗歌形式无疑在译者徐志摩的心中留

---

  ① 徐志摩的译诗名仍然沿用英文名。该译诗译于 1922 年 8 月前，即徐志摩在英留学期间，初收 1969 年台湾传记文学出版社《徐志摩全集》第 1 卷，现引自韩石山. 2019. 徐志摩全集（9）. 北京：商务印书馆：187-188.

下了深刻的印象，不久之后他就开始了白话对话体诗的翻译和创作。徐志摩翻译的对话体诗有 C. G. 罗塞蒂的《新婚与旧鬼》、D. G. 罗塞蒂的《图下的老江》、短篇小说家曼斯菲尔德的《会面》，以及英国现代诗人哈代的《两位太太》《在一家饭店里》《一同等着》《对月》《文亚峡》等多首诗。哈代等诗人的对话体诗作，或再现生活场景，或表现人物形象，或增强抒情功能。徐志摩在翻译它们的同时也为创作对话诗提供了源泉。在他创作的《在哀克刹脱教堂前》一诗中，诗人问雕像、问星星以及老树的回应，与译诗《对月》颇有异曲同工之妙，一问一答，言简意赅地描述了人生真谛的感悟：

《在哀克刹脱教堂前》[①]
我对着寺前的雕像发问：
"是谁负责这离奇的人生？"
……
这时间我身旁的那颗[棵]老树，
　　他荫蔽着战绩碑下的无辜，
幽幽的叹一声长气，像是
　　凄凉的空院里凄凉的秋雨。
……

《对月》[②]
"你倒是干脆发表一句总话，月，
　　你已然看透了这回事，
人生究竟是有还是没有意思？"
"阿，一句总话，把它比作一台戏，
　　尽做怎不叫人烦死，
上帝他早该喝一声'幕闭'，
　　我早就看腻了这回事。"

此外，徐志摩还创作了《夜》《人种由来》《先生！先生！》《太平景

---

① 志摩.1926.在哀克刹脱教堂前.晨报副刊·诗镌，（9）：62-63.
② 志摩.1928.对月.新月，1（1）：90.

象》《谁知道》《盖上几张油纸》《一宿有话》《大帅》《变与不变》等多首包含对白成分或以对话贯穿始终的诗歌，或多或少都带有译诗影响的痕迹。譬如，《人种由来》一诗描述的是蛇引诱亚当和夏娃偷吃禁果的故事，三者对话的诗体形式与译诗《新婚与旧鬼》中鬼干预新郎和新娘的故事颇为相似。

不仅徐志摩，闻一多、饶孟侃、陈梦家、朱湘、朱维基等其他新月派同人也都有对话体诗或戏剧诗的创作，如《醒呀！》《故乡》《大鼓师》（闻一多）、《三月十八》《莲娘》（饶孟侃）、《红果》《老人》（陈梦家）、《阴差阳错》（朱湘）、《恶的创造》（朱维基）等，这与他们受到哈代等英国诗人的影响不无相关（参见第四章第一节第三部分）。新月派关注对话体新诗的翻译与创作，最早源于新月社"想做戏"的开始，尔后却旨在探索新诗的戏剧成分，探索其"戏剧化"之路，既是使新诗接近普通大众的语言，也是以客观化的抒情方式抵制新诗的感伤化。实际上，邓以蛰、徐志摩、孙大雨和朱维基等同人节译莎剧也可以说是对话体新诗的探索。

（二）巴俚曲、圜兜儿与三叠令

ballade 是法国中古时代的一种诗体，巴俚曲是朱湘的译名。朱湘声称，古今以来，法国中世纪诗人弗朗索瓦·维永毫无疑问是巴俚曲这种诗体的"诗仙"，他的多首巴俚曲包含在《大约》（The Greater Testament）与《小约》（The Lesser Testament）之内，展现了爱国、孝思、沉痛、轻佻、写实、滑稽等多种复杂、丰富、浓厚的主题内容，从而使其"成为法国文艺复兴时代最高越的诗人"[①]。朱湘还认为，维永之后，"在作意上"，能够继承其衣钵的只有《恶之花》的作者波德莱尔；而在诗体上，19世纪法国"高蹈派"（The Parnassians，朱湘称之为"巴纳先派"）诗人里面也有复活"巴俚曲"诗体的；英国唯美作家斯温伯恩和 D. G. 罗塞蒂也都曾经用"美丽的译笔"将维永的佳作介绍进入了英国文学，甚至，斯温伯恩自己还创作了多首巴俚曲[②]。我们知道，巴俚曲作为法国中古时代流传下来的一种民间诗体，形式不同于英语文学中的谣曲（ballad）。一般来说，巴俚曲全诗由三节正文和一节泐话

---

① 朱湘.1933."巴俚曲"与跋.青年界，4（5）：41.
② 朱湘.1933."巴俚曲"与跋.青年界，4（5）：41-42.

（即末节）组成，正文每节十行（或八行），泼话五行（或七行），每节及泼话的最后一行重复；每行由四或五音步构成，正文每节均押"ababbbbcbc"（或"ababbcbc"）脚韵式，泼话押"aacac"（或"aaacaac"）脚韵式。朱湘欣赏巴俚曲独特的审美艺术，决计学习斯温伯恩和 D. G. 罗塞蒂，将这种诗体移植到中国新诗中来。首先当然是要通过翻译，而且要翻译这类诗体的名家作品，所以巴俚曲的"诗仙"维永当然是不二的人选。请看朱湘翻译的《吊死曲》[①]（"Ballade des Pendus"）。鉴于正文每节形式相同，我们只选取了第一节和泼话来观察：

> Frères humains, qui après nous vivez,
> N'ayez les cueurs contre nous endurciz,
> Car, si pitié de nous pouvres avez,
> Dieu en aura plustost de vous merciz.
> Vous nous voyez cy attachez cinq, six:
> Quant de la chair, que trop avons nourrie,
> Elle est piéça devorée et pourrie,
> Et nous, les os, devenons cendre et pouldre.
> De nostre mal personne ne s'en rie,
> Mais priez Dieu que tous nous vueille absouldre!
> ……
>
> **Envoi**
> Prince JESUS, qui sur tous seigneurie,
> Garde qu'Enfer n'ayt de nous la maistrie:
> A luy n'ayons que faire ne que souldre.
> Hommes, icy n'usez de moquerie
> Mais priez Dieu que tous nous vueille absouldre!

> 在场的一切哥哥与弟弟，
> 莫把心肠硬起对了我们——

[①] 朱湘（选译）. 1936. 番石榴集. 上海：商务印书馆：101-104.

第七章 "奇丽的异色的花"：新月派译诗与写诗

你们现在存个怜悯之意，
将来临死天会更发慈心。
你们瞧见吊着，五人，六人：
那肌肉，生前养得过丰盛，
现在已经腐了，一齐啄尽，
骨头也化成了渣滓，飞灰——
莫笑我们犯罪行了歹运，
去求众生的罪天莫穷追。
……

泐话

帝子耶稣，你是凡人之帝，
求你帮我们把魔鬼逃避——
我们对他一毫无欠无亏。
哥弟们，莫留讥笑在此地，
去求众生的罪天莫穷追。

原诗是维永在狱中之作，是其为即将赴绞刑的自己和同伙们所作的碑铭，表达了人之将死的沉痛忏悔和其言也善的恳求告诫。朱湘的译诗延续了一贯的形式整饬，以每行工整的十字音去再现原文的每行十音节，在体式、节奏式和韵式上严格遵循了原诗的形式。而且，译诗的诗意明白畅达，如作者本人说话般娓娓道来，读来也饶有兴味。可见朱湘移植巴俚曲的强烈愿望。面对安诺德等诗家批评巴俚曲的诗格不高，朱湘反驳，其妙处恰恰在于"那种'引车卖浆'的口吻来作一种就中含蕴有活跃的情感的诗"；对于要"找到牠的最妥切的表达形式"以能表达"任何种的情感、意境"的中国新诗来说，巴俚曲独特的诗体及其表达严肃与谐趣的文学功能，都值得输入和试验，毕竟新文学应该走一条宽阔的路，要"细大不捐，兼收并蓄，以达复杂、丰富之目的"[①]。因此，朱湘不仅通过翻译引进巴俚曲，而且还创作了《病魔曲》《"朱湘，你是不是拏[拿]性命当玩"》《"无名氏三百留得有经在"》《"恰

[①] 朱湘.1933."巴俚曲"与跋.青年界，4（5）：42-43.

好是亚吉里斯反面"》等巴俚曲体的新诗①，既严格恪守了该诗体的形式，也借鉴了其着重历史故事或民间传说的选材方法，晓畅地表现了诗意，或调侃生活，或揶揄文学，或抒发情怀，机智轻快而又严肃持重，具有讽刺意义和谐趣味道。这样看来，朱湘在巴俚曲上的翻译和创作上是相当成功的，说明了现代汉语完全可以驾驭这种诗体形式。

与朱湘一样热衷于巴俚曲的还有同样是英年早逝的新月派后生梁镇（1905—1934）。在短暂的人生岁月里，梁镇译有戏剧、文学史著、小说以及数首德、法两国的诗歌，其中包括维永的巴俚曲《往日的女人》("Des Dames du Temps Jadis")和《魏龙与胖妇玛尔戈》("Ballade de Villon et de la grosse Margot")，以及一首变体巴俚曲《一个美妇人的诉苦》("Les Regrets de la belle Heaulmière")。梁镇在中央大学读书之际，曾受业于闻一多，注重诗歌的形式美，但他不像朱湘那样以严格的字数工整来再现巴俚曲的音步整饬，而是以相对工整的字数或音顿来表现原诗的节奏式，同时在体式安排上展现出译诗错落有致的形式美：

> Dictes-moy où, n'en quel pays,
> Est Flora, la belle Romaine;
> Archipiada, ne Thaïs,
> Qui fut sa cousine germaine;
> Echo, parlant quand bruyt on maine
> Dessus rivière ou sus estan,
> Qui beauté eut trop plus qu'humaine?
> Mais où sont les neiges d'antan!
> …
> Prince, n'enquerez de sepmaine
> Où elles sont, ne de cest an,
> Que ce refrain ne vous remaine:
> Mais où sont les neiges d'antan!

---

① 《病魔曲》见《"巴俚曲"与跋》文中第39—41页，其他三首诗见朱湘. 1934. 石门集. 上海：商务印书馆：78-83.

第七章 "奇丽的异色的花"：新月派译诗与写诗

告诉我，罗马那个漂亮的女人傅罗娃	a
如今她在甚么静僻的地方藏身；	b
那儿又躲着太绮思和赫帕利亚，	a
这一对姐妹一样的很有艳名；	b
还有伊科，长得像个美貌的天神，	b
在河滨上，低洼里，人们望着她赞美，	x
从云里听出她那高傲的回声？	b
但是去年的雪如今去了那里？	c
……	
不，高贵的主，这一个星期可不要问	b
她们去了那里，今年也不要提起，	c
除非这一个复句你没有记在心：	b
但是去年的雪如今去了那里？①	c

这首译诗以近似的脚韵表现原文特有的韵式，但没有顾及原文的四音步节奏，而是以大致六音步（十二至十五字音）展现自己的节奏，同时在每节的第二、四、七行和渤话的最后一行向内缩进，形成独特的体式。应该说，梁镇以相对宽松的方式再现了巴俚曲，是中文表达这种诗体的另一种探索，以促使其在新诗花园里开出异色的花来。

维永的诗集《大约》和《小约》不仅有巴俚曲，还收有回环调（Rondeau）和三叠令（Triolet）等法国特色的民间诗歌形式。回环调和三叠令的共同特点是有意识地安排若干诗句（或半句，或全句）在诗中回环，旨在求得类似于音乐的旋律效果。想来朱湘和梁镇在选译维永诗集中的巴俚曲时，也注意到了回环调和三叠令的新颖诗体，于是也模仿其进行创作，足见翻译对创作的影响。就梁镇来说，他的译诗来源主要是诗体新颖的德、法民歌和象征诗，以致力于新诗形式与内容的探索，这与新月派尽力创造新诗的风格并介绍西洋诗歌的道路是一致的，或者说后生梁镇受到了徐志摩、闻一多等开创的新月派诗歌文化的影响。因此，在徐志摩感叹"新诗的题材走到今天太狭隘了，词藻也太少新颖"之时，梁镇的译诗与吸收了西洋诗成法的写诗都"给我们

---

① 梁镇. 1931. 往日的女人：译魏龙 Francois Villon 诗. 新月，3（9）：3-4.

很大的奇趣"（陈梦家语）①。所以，不奇怪他翻译的巴俚曲《魏龙与胖妇玛尔戈》（第90-93页）和创作的三叠令《她来了》（第79页）会同时刊登在《诗刊》第4期上，并得到陈梦家的赞赏。《她来了》这首诗的表现形式如下：

> 她来了，颊上的云涡退了又漩起，
> 　你留心那步履的轻匀，身腰的笑，
> 天上的太阳谁说忽地降到这里！
> 她来了，颊上的云涡退了又漩起。
> 我不爱水莲，不爱它翡翠的艳丽，
> 　在娇美的飞禽中我不爱金丝鸟，
> 她来了，颊上的云涡退了又漩起，
> 　你留心那步履的轻匀，身腰的笑！②

这首诗成功实现了全诗两韵（第一、三、四、五、七行押一韵，第二、六、八行押另一韵），首行与第四行重叠，第一、二行与第七、八行重叠的诗艺，第一行在诗中出现三迭，是为三叠令，表现了清新的诗意、美丽的意象和优美的乐感，可谓外国诗体表现中国味道的佳作。尤为重要的是，这首诗与上面那首巴俚曲译诗的体式安排何其相似，说明了译诗与写诗在梁镇身上的互动影响：他在译诗的过程中对于诗的题材和艺术有了新的体会，从而把他认为有价值的外国诗体输入到新诗中来；而在译诗启发写诗的同时，他还把自己写诗的经验和技巧用于译诗。不惟梁镇，新月派译者都有这种译诗与写诗互动影响的经验。

如朱湘所言那样，波德莱尔继承了维永的诗风。波氏不仅有辞章跌宕、神秘梦幻的散文诗，而且还有形式精致、音韵和谐的民谣体诗，这是在维永基础上的继承与发展。像梁镇学习朱湘苦心孤诣翻译巴俚曲一样，卞之琳和梁宗岱则热衷于迻译波德莱尔形式精美的诗作。卞之琳在北京大学读书期间，前后共译出波氏《恶之花》中二十多首诗，其中有形式独特的十四行诗，有由若干四行诗或三行诗组成的民谣体诗，"承梁宗岱先生细心校过"之后，

---

① 徐志摩和陈梦家的引语均见陈梦家为1932年7月《诗刊》第4期所写"叙语"第2-3页。
② 梁镇.1932.她来了.诗刊，（4）：79.

第七章 "奇丽的异色的花"：新月派译诗与写诗

先后在《新月》等期刊发表①。下文且对卞之琳与梁宗岱分别翻译的波氏《恶之花》中的民谣体诗进行观察分析，所选的诗是卞之琳译的《喷泉》（"Le Jet d'eau"）②与梁宗岱译的《露台》（"Le balcon"）③，前者是巴俚曲的变体，后者是一种回环调。

《喷泉》

你这双美目倦了，怪可怜！
不要张开吧，多休息一会，
尽这样躺躺吧，这样懒软，
就在懒软中袭来了快慰。
庭心那喷泉专喜欢哓舌，
整天又整夜，不肯停一停，
今晚它又轻轻地谈狂热，
爱情把我在狂热中沉浸。
  水柱一分散，
   万花开，
  让月华渲染
   好色彩，
  水珠像泪点
   洒下来。
……

《露台》

记忆底母亲呵，情人中的情人，
你呵，我底欢欣！你呵，我底义务！
你将永远记得那迷人的黄昏，
那温暖的火炉和缠绵的爱抚，

---

① 参见卞之琳译《恶之花零拾》及其"附记"（1933年3月1日《新月》月刊第4卷6号）。
② 波特莱.1933.喷泉.卞之琳译.文艺月刊，4（1）：59-60.
③ 波特莱尔.1934.露台.梁宗岱译.文学，3（6）：1212.

记忆底母亲呵,情人中的情人!

那熊熊的炭火照耀着的黄昏,
露台上的黄昏,蒙着薄红的雾,
你底心多么甜,你底胸多么温!
我们常常说许多不朽的话语
那熊熊的火炉照耀着的黄昏!

……

《喷泉》原诗是三节正文和三节迭词,正文每行八音节,迭词单行五音节,双行四音节;正文脚韵式为"ababcdcd",迭词为"ababab"。卞之琳的译诗兼顾字数与顿数,以四顿(十字音)配正文,以两顿(五字音)配迭词单数行,以一顿(三字音)配双数行;脚韵紧随原诗。可以说,译诗像原诗一样,制造了浓郁的音乐氛围,恰似抒情的威尼斯船歌,优美流畅。与这首译诗同期刊载在《文艺月刊》第4卷第1期上的,还有梁镇翻译的维永的变体巴俚曲《一个美妇人的诉苦》,以及新月女诗人方令孺翻译的苏格兰作家史蒂文森所作的传记小说《诗人魏龙的投宿》,生动描写了诗人的性格、行为与思想:"他有幽闷的感想,有精练的技巧,并且他最稀有的成功就是他能把自己的心,自己的生命完全放在他的诗歌里……读他的诗可以看到他的人格,他的真,他的多情的天性,同他那样深切的向往于朴素美好的人生。"[①]这与理解和翻译维永的诗形成了互文。新月派同时关注这位法国中古时代的天才诗人及其传人波德莱尔,绝不是偶然,说明他们对法国民间诗体形式与内容的欣赏,想吸收其风格与诗艺为我所用。

《露台》原诗由六节五行诗组成,每节的首句与末句重复,形成回环调,起到强调诗人情感的效果;每行十二音节;脚韵式是"ababa"。梁宗岱的译诗以每行十二字音表现原文的音节数,韵式和体式紧随原诗,侧重描写了黄昏中的阳台,再现了诗人对一段爱情的温馨回忆。而且,需要提起的是,卞

[①] 参见方令孺译《诗人魏龙的投宿》的"附识"(1933年7月1日《文艺月刊》第4卷第1期,第94页)。

第七章 "奇丽的异色的花":新月派译诗与写诗

之琳也同样翻译了《露台》①这首诗,所用手法与梁宗岱大致相似,不再赘述。

不意外的是,卞之琳和梁宗岱的诗创作中也有波德莱尔这些诗体的形迹,只不过卞之琳的译诗与写诗差不多是同时进行的,而梁宗岱则是写诗在先,译诗在后。卞之琳的《投》《一块破船片》《古镇的梦》《还乡》和一些《无题》诗,以及梁宗岱的《陌生的游客》《森严的夜》《感伤之梦》《白薇》等诗,都使用了回环重复或巴俚曲的技巧,以《古镇的梦》和《感伤之梦》为例:

《古镇的梦》②
……

敲不破别人的梦,
做着梦似的
瞎子在街上走,
一步又一步。
他知道哪一块石头低,
哪一块石头高,
哪一家姑娘有多大年纪。

敲沉了别人的梦,
做着梦似的
更夫在街上走,
一步又一步。
他知道哪一块石头低,
哪一块石头高,
哪一家门户关得最严密。

……

---
① 卞之琳.1933. 露台:译波特莱. 文艺月刊,4(2):34-35.
② 《古镇的梦》写于1933年,参见卞之琳.1942. 十年诗草(1930—1939). 桂林:明日社:17-19.

《感伤之梦》①
仿佛是妇人凄异的歌声
从河边的破屋呜咽地送来。
醒来外面雨正哭着。
不知什么时候，
枕儿湿了。

我已明明白白的知道了：
我们并不是恋人。
然而连宵的寂寞里，
你已几度的戴着
悲欢温苦的面容
来到我感伤的梦中踯躅。
他们说真情人是没有梦的。
但我可不敢问：
在你的清睡底朦胧中
也有一个乱发蓬松的少年
在低徊沉吟么？
我已明明白白的知道：
我们并不是恋人。
……

《古镇的梦》全诗共五节，所选的是第二、三两节，可以看出字句与格式的重迭，营造了一唱三叹的意蕴效果。卞之琳写诗，注重"拿来主义"，"在前后期写诗，试用过多种西方诗体"，并"有意利用人家的格调表达自己不同的感触"，波德莱尔即是其中之一；他甚至还说，其《长途》一诗仿照的是魏尔伦无题诗的整首各节的安排②。不过，他的诗创作，虽然在外形上有外国诗的影响，但在内涵上完全不着痕迹。卞之琳写诗受到外国诗的影响，当

---

① 梁宗岱. 1925. 感伤的梦. 小说月报，16（1）：3-4.
② 卞之琳. 1979. 雕虫纪历. 北京：人民文学出版社："自序"15-17.

第七章 "奇丽的异色的花"：新月派译诗与写诗

然有阅读外国诗直接产生的影响，但这也是"潜翻译"的作用；甚者，译诗与此同时表现出相似的艺术取向，不能不说翻译对创作的启发以及翻译的示范和引入的功用。

梁宗岱的《感伤的梦》共五节（所选的是第一、二两节），首节与末节是重复的五行诗；中间三节均为十三行诗，每节的最后两行诗均重复第二节的开首两行："我已明明白白的知道了：/我们并不是恋人。"这首在五四时期创作的自由诗，表达了诗人失恋的苦痛和对曾经爱情的回忆，体式上仿佛是巴俚曲的变体，精神上如同波德莱尔的诗意，足见法国诗人通过"潜翻译"对梁宗岱诗创作的影响。这种影响在 20 世纪 30 年代前后化为直接的翻译，而且是格律谨严的诗体翻译。之所以如此，一方面，是因为梁宗岱在新月时期诗学观念发生了变化——从反对格律作为"镣铐"到认为"镣铐也是一桩好事"，只要"能在镣铐内自由活动"①。另一方面，则是因为移植外国诗体的最可靠的一种办法，正是"传达原作底神韵并且在可能内按照原作底韵律和格调的翻译"②。显然，在梁宗岱看来，这就是新诗的前途所在。

可见，新月派同人朱湘、梁镇、卞之琳、梁宗岱对巴俚曲等形式独特的法国诗歌进行翻译，本身就为新诗输送了多样化的诗体。同时，译诗又与写诗形成了良性的互动，促使了巴俚曲等法国民间诗体在中国的落地生根与开花结果。只是随着新月派的没落以及稍后自由体诗学的盛行，巴俚曲等诗体可能由于形式特别精巧，未能在新诗坛进一步普及开来，颇为遗憾。

（三）十四行诗

十四行诗（Sonnet）之于中国，与新月派渊源颇深。胡适最早介绍十四行诗到中国③。在美国留学期间，他不仅用英文创作了两首十四行诗④，还将这种格律形式最为谨严的欧洲抒情诗体与中国传统的律绝诗体联系起来。1920 年 8 月 15 日，东山（即后来的创造社成员郑伯奇）在《少年中国》第 2 卷第 2 期上发表了第一首现代白话创作的十四行诗《赠台湾的朋友》。稍即，

---

① 梁宗岱. 1931. 论诗：致志摩函. 诗刊，（2）：116.
② 梁宗岱. 2003. 新诗底分歧路口//梁宗岱. 梁宗岱文集Ⅱ. 北京：中央编译出版社：160.
③ 许霆，鲁德俊. 1997. "十四行体在中国"钩沉. 新文学史料，（2）：111-113.
④ 即 "A Sonnet - On the Tenth Anniversary of the Cornell Cosmopolitan Club" 和 "To Mars"。

闻一多、陆志韦也有白话十四行诗的创作[①]，但"绍介这种诗体，恐怕一般新诗家纵不反对，也要怀疑。……我作《爱底风波》，在想也用这个体式，但我的试验是个失败。恐怕一半因为我的力量不够，一半因为我的诗里的意思较为复杂"[②]。因此，在五四自由体新诗盛行的语境下，十四行诗的创作仅是个别诗家的偶尔行为。实际上，十四行诗在20世纪30年代中国的兴起应归功于新月派的翻译。

最早用现代汉语翻译的十四行诗出现在1925年，同时有两首译诗，分别是李金发译法国象征派诗人魏尔伦的《春天》（"Printemps"）[③]和朱湘译济慈的《最后的诗》（"Last Sonnet"）。从具体的发表时间来看，刊载于1925年7月30日《京报副刊》的《最后的诗》应早于《春天》，但考虑到李金发的诗集《微雨》虽然是同年11月由北新书局初版，但其序却是1923年2月写的，可见其诗创作和翻译应该早得多。不过，《春天》是白话自由体译诗，没有顾及原文的节奏式和韵式，而《最后的诗》则以大致五音顿（十至十三字音）循原诗的五音步抑扬格节奏，基本再现了英体十四行诗"ababcdcdefefgg"的脚韵式。这样，可以说《春天》是第一首白话自由体十四行译诗，而《最后的诗》则是第一首新格律体十四行译诗。随即，朱湘又第一个翻译了莎士比亚十四行诗，即莎翁十四行第109首的汉译《归来》[④]。稍即，徐志摩翻译了英国现代派诗人阿瑟·西蒙斯的诗集《爱的牺牲者》中的两首变体十四行诗[⑤]，以近似的五音顿依循原诗的五音步抑扬格节奏，并体现了"aabbccddeeffgg"的脚韵式。

朱湘与徐志摩的十四行诗翻译发生在新月派新诗创格之际，目的是借鉴这种"最适宜于表现深沉的盘旋的情绪"的"西洋诗式中格律最谨严的"诗体[⑥]。十四行诗虽然形式谨严，但又不像中国传统格律诗那样戒律森严，它不

[①] 许霆，鲁德俊.1986.十四行体在中国.中国现代文学研究丛刊，（3）：115-116.

[②] 闻一多.1993.评本学年《周刊》里的新诗//孙党伯，袁謇正.闻一多全集（2）.武汉：湖北人民出版社：42-43.

[③] 李金发（译）.1986.春天//李金发.微雨.上海：上海书店：223.

[④] 《归来》载1926年6月10日《小说月报》第17卷第6号，张旭认为这是第一首翻译的莎士比亚十四行诗。参见张旭.2011.中国英诗汉译史论：1937年以前部分.长沙：湖南人民出版社：208.

[⑤] 两首译诗的题名都为《译诗》，最初分别载1925年11月25日《晨报副刊》和1926年4月22日《诗镌》第4号，前者署名"鹤"，后者署名"谷"。

[⑥] 徐志摩.1928.白郎宁夫人的情诗.新月，1（1）：163.

第七章 "奇丽的异色的花"：新月派译诗与写诗

仅有多种变体，适合现代口语表达，而且在节奏、用韵、建行、分段、组诗等形式因素方面还可根据内容需要自由掌握。这就为新月诗人创造表达现代生活和情思的新格律体诗提供了新的路径。另外，十四行诗与中国的律诗也有相通之处，"中诗之律体，犹之英诗之'十四行诗'（Sonnet）不短不长实为最佳之诗体"[①]。与律诗同具立体感与和谐美的十四行诗，引起了新月诗人在形式美感、思维方式和情感表达上的共鸣，译介契合了其民族文化审美心理。因此，如果说十四行诗与中国古诗的异质是为新月派译介之必要，那么其同质则为译介之可能。

承接翻译引发的十四行诗创格实践，孙大雨率先创作了第一首格律整齐的意体十四行诗《爱》[②]。这首诗每行十二字（五音顿），押"abbaabba cdecde"脚韵式；而且，脚韵 b、d、e 的诗行向内缩进排列，构成了形式整饬、节奏鲜明的中文十四行诗。紧接着，《晨报副刊·诗镌》上刊载了形形色色的中英文十四行诗。不过，这些十四行诗要么模仿得不成功——如刘梦苇模仿莎士比亚十四行诗式和用韵创作的《妻底情》[③]——要么是英文诗，要么是变体诗[④]，未能引起时人的注意。因此，《诗镌》时期的十四行诗创作并未在当时的诗坛上激起波澜。于是，为了"引起我们文学界对于新诗体的注意"[⑤]，闻一多和徐志摩在《新月》杂志创刊伊始就联手译介了《白郎宁夫人的情诗》。闻一多首次将 Sonnet 译为"商籁体"，并翻译了布朗宁夫人《葡萄牙十四行诗集》中的 21 首十四行诗。闻一多的译诗，"意象饱满而鲜明"，运用严谨的格律传神地再现了原作"爱情战胜死亡"的主题[⑥]。朱自清虽然说到闻一多为了"尽量保存原诗的格律，有时不免牺牲了意义的明白。但是这个试验是值得的；现在商籁体（即十四行）可算是成立了，闻先生是有他的贡献的"[⑦]。徐志摩则结合布朗宁夫人的爱情故事，以互文的方式渲染了新诗体表现情思

[①] 闻一多. 2008. 律诗底研究//闻一多. 古诗神韵. 北京：中国青年出版社：227.
[②] 孙子潜. 1926-04-10. 爱. 晨报副刊.
[③] 王锦厚. 1989. 五四新文学与外国文学. 成都：四川大学出版社：205.
[④] 如 Moonlin Yeh（叶梦林）直接用英文创作的莎士比亚体十四行诗。而徐志摩创作的变体十四行诗《"罪与罚"》，不仅韵式是"abbbbbbbbbbab"，而且每两行交错呈现长短句式的整饬，不易被认出是十四行诗。
[⑤] 徐志摩. 1928. 白郎宁夫人的情诗. 新月，1（1）：164.
[⑥] 参见方平译《白朗宁夫人抒情十四行诗集》（四川人民出版社，1982 年）"译后记"，第 188 页.
[⑦] 朱自清. 1984. 译诗//朱自清. 新诗杂话. 北京：生活·读书·新知三联书店：71.

与唯美的哀而不伤的功能。他满怀希望带有煽情地号召道：

> 商籁体……像是山风，像是海潮，它的是圆浑的有回响的音声。在能手中它是一只完全的弦琴，它有最激昂的高音，也有最呜咽的幽声。一多这次试验也不是轻率的，他那耐心先就不易，至少有好几首是朗然可诵的。当初槐哀德与石垒伯爵既然能把这原种从意大利移植到英国，后来果然开结成异样的花果，我们现在，在解放与建设我们文字的大运动中，为什么就没有希望再把它从英国移植到我们这边来？开端都是至微细的，什么事都得人们一半凭纯粹的耐心去做。①

在徐、闻两位主将的努力之下，新月派同人的十四行诗翻译与创作一时如火如荼，继而带动了20世纪30年代中国新诗坛的十四行诗潮流，"果然开结成异样的花果"。

总体来说，新月派的十四行诗翻译有109首，分布如表7-1所示。

表7-1　新月派十四行诗翻译分布图

译者	数量/首	被译诗人
徐志摩	2	阿瑟·西蒙斯
闻一多	21	布朗宁夫人
朱湘	9	莎士比亚（4）②，但丁，法国龙萨，多恩，济慈，弥尔顿
卞之琳	11	波德莱尔（9），瓦莱里（2）
曹葆华	22	梅斯菲尔德（20），法国纳瓦尔
赵萝蕤、陈梦家	1	布莱克
方玮德	1	米蕾
李唯建	2	布朗宁夫人
梁宗岱	3	莎士比亚，波德莱尔
邵洵美	2	D. G. 罗塞蒂
朱维基	35	D. G. 罗塞蒂（29），济慈（5），C. G. 罗塞蒂

---

① 徐志摩.1928. 白郎宁夫人的情诗. 新月，1（1）：163-164. 其中，槐哀德与石垒伯爵即英国贵族诗人 Sir Thomas Wyatt 和 Earl of Surrey。

② 本表中，括号内的数字为译诗数量。

第七章 "奇丽的异色的花"：新月派译诗与写诗

从表 7-1 中可见，新月派所译的 109 首十四行诗主要来自英法诗人，这与其总体译介取向是一致的。这些十四行译诗体式多种多样，主要有选材和策略两种原因。

首先，新月派译者虽然大多选择典型的意体和英体十四行诗（如莎士比亚、布朗宁夫人、济慈、D. G. 罗塞蒂的多首诗）来翻译，但为了题材和体式的变化与多样性，也选译了不少变体或广义的十四行诗，主要是布莱克、D. G. 罗塞蒂、阿瑟·西蒙斯、波德莱尔、瓦莱里等具有唯美、象征色彩的现代派诗人。变体形式除两行一韵（如阿瑟·西蒙斯）和无韵体十四行诗（如布莱克《黄昏的星星》）之外，还有波德莱尔和瓦莱里的别具一格的十四行诗，现举卞之琳译二诗为例：

《风神》[①]
无人见无人知，
我是一缕芬芳，
我生存，我死亡，
随风来，随风逝！

无人见无人知，
神通还是偶然？
那时快，说时迟，
一到事情就完！

无人读无人解？
那怕你是灵才，
谬误总是不免！

无人见无人知，
两衬衣交替时，
袒乳房的瞬间。

[①] P. Valéry. 1936. 风神. 卞之琳译. 绿洲, 1（1）：54.

《音乐》[1]

音乐|有时候|漂我去,|像一片|大洋!
向我|苍白的|星儿,
冒一天|浓雾,|或是|对无极|的穹苍,
我常常|起了|程儿;

直挺起|胸膛,|像两幅|帆篷|在扩张,
膨胀起|一双|肺儿,
我在|夜色里|爬着|一重重|波浪——
一重重|波浪底|背儿;

惊涛|骇浪中|一叶|扁舟|底苦痛
全涌来|把我|搅着;
大漩涡上,|好风|和|不安定|的暴风

把我|抚着,|摇着。
有时候,|万顷的|平波,|像个|大明镜
照着我|失望的|灵魂!

瓦莱里的《风神》("Le Sylphe")原诗如卞之琳在译后附注中所言"每行五缀音,韵的安排为 abba, acac, dde, aae";波德莱尔的《音乐》("La Musique")原诗奇数行是抑扬格五音步,偶数行三音步,韵式是莎士比亚体的"abab cdcd efe fgg"。这两首诗在体式、节奏式和韵式上或多或少都体现了十四行诗的变化。卞之琳的两首译诗均努力去模仿原诗的节奏和韵式,但在忠实于原诗的结构基础上又创造了形式的"变格":《风神》以每行六字音表现原诗每行五音节节奏;《音乐》前八行的偶数行是儿化音,奇数行押同一韵,亦即,前八行押"abab abab",后六行押"cdc dff"韵(d韵是助音"着")。

此外,Sonnet 也并非都是十四行,D. G.罗塞蒂的"Sudden Light"即是一首十五行的广义十四行诗,由三节五行诗组成,每节各行的音节数分别是

---

[1] 卞之琳(译).1933.恶之花零拾(波特莱诗抄).新月,4(6):3.

第七章 "奇丽的异色的花"：新月派译诗与写诗

六、八、八、四、十，押"ababa"韵式：

> I HAVE been here before,
>   But when or how I cannot tell:
> I know the grass beyond the door,
>   The sweet keen smell,
> The sighing sound, the lights around the shore.
>
> You have been mine before, –
>   How long ago I may not know:
> But just when at that swallow's soar
>   Your neck turned so,
> Some veil did fall, – I knew it all of yore.
>
> Then, now, – perchance again! …
>   O round mine eyes your tresses shake!
> Shall we not lie as we have lain
>   Thus for Love's sake,
> And sleep, and wake, yet never break the chain?

> 这儿我曾经来过了，
>   但我说不出何时怎样，
> 我认识户外的青草，
>   与浓郁袭人的芬芳，
> 与风的叹息，灯光把河岸环绕。
>
> 从前属于我的你是——
>   我说不出从前多久，
> 但正当那只燕飞驰，
>   你的素颈这么一扭，

面纱落下——那脸儿我早就认识。

如今也许再会发生！——
　呵！你爱在我眼边晃，
我们因爱情的原因，
　怎么不像从前一样，
睡觉，醒来，但决不破坏了爱情？①

李唯建欣赏 D. G.罗塞蒂"所作商籁体达到完美的形式"②。因此，他的译诗《陡然的感觉》也尽量遵循原诗的形式。当然，译诗的节奏式（每节的前四行均是八字音，最后行十二字音）处理是变格。

其次，新月派译者翻译十四行诗时，也各尽所能采取了不同程度的创格，即在移植原诗体式的基础上，结合中文的特点、自己的喜好或者诗学的发展，创造了多种多样的十四行诗。除上文揭示的十四行译诗中的一些变格外，新月译者还将十四行诗翻译为格律体诗、无韵体的半格律体诗和字数工整的自由体诗。邵洵美翻译的《爱人的靥儿》③就是典型的译诗创格：

Her face has made my life most proud and glad;
　Her face has made my life quite wearisome;
　　It comforts me when other troubles come,
And amid other joys it strikes me sad.
Truly I think her face can drive me mad;
　For now I am too loud, and anon dumb.
　　There is no second face in Christendom
Has a like power, nor shall have, nor has had.
What man in living face has seen such eyes,
　Or such a lovely bending of the head,
　　Or mouth that opens to so sweet a smile?

---

① 李唯建.1934.陡然的感觉//李唯建.英国近代诗歌选译.上海：中华书局：90-91.
② 李唯建.1934.英国近代诗歌选译.上海：中华书局：89.
③ 邵洵美（译）.1928.一朵朵玫瑰.上海：金屋书店：16-17.

第七章 "奇丽的异色的花"：新月派译诗与写诗

In speech, my heart before her faints and dies,
And into Heaven seems to be spirited;
So that I count me blest a certain while.

她的唇儿使我的生命骄傲欢欣；
她的唇儿使我的生命忧愁愈困；
当我烦恼时她给我安慰，
当我快乐时她给我伤悲。
啊她的唇儿真能使我疯狂；
能使我声哑又能使我音亮。
世界上古往今日与未来
那有第二个唇儿能如彼，
试问谁曾见过这般的慧眼，
且看她头儿低垂何等幽闲，
她唇儿微启笑得多妩媚？
啊我的心为了他而昏迷死睡，
直待到了天堂方才得到舒泰；
这般的唇儿才值得赞美？

原诗是 D. G.罗塞蒂的一首译诗"Of His Lady's Face"，原作者是但丁之前的意大利诗人伦蒂尼。很明显，邵洵美的译诗摒弃了 D. G. 罗塞蒂英译本典型的意体十四行诗形式，而自拟了一种格律整饬的十四行体：韵式是近似的英雄双行体，即两行一韵；前十行中，每两行交错呈现不同字数的句式均齐，即 13-13-10-10-11-11-10-10-11-11 字数，后四行呈现中间两行突出、上下两行稍短的体式，即各行字数分别是 10-12-12-10。这种交错整齐的句式，巧妙而又形象地表现了原文前八行 "abba abba" 的抱韵。邵洵美译诗的创格一方面在于翻译"难以保持原有的形式"，另一方面则是追求"能与诗的本身的'品性'谐和的"完美的形式[①]，整体考虑整齐、音韵、格律与诗的内容和意义的融合。

[①] 分别参见邵洵美（译）.1928.一朵朵玫瑰.上海：金屋书店："略传"5.
邵洵美.2006.洵美文存.陈子善编.沈阳：辽宁教育出版社：370.

新月派诗歌翻译文化研究

曹葆华与朱维基分别是以无韵体和工整的自由体翻译十四行诗的代表，二人的译诗都摒弃了原诗的韵式，也不自拟韵式，而是自由韵，但前者注重以音顿逐译原诗的音步，后者则以交错的相对整齐的句式来表现原诗的体式。曹葆华翻译梅斯菲尔德与朱维基翻译 D. G. 罗塞蒂和济慈的大量十四行诗都体现了他们各自的译诗特点：

《十四行诗（一）》[①]

许久|许久|以前，|当灿烂|的大地
还是|天空，|街上的|醉汉|恰像
昏乱的|君王，|颤震地|引起了|战争，
刈杀|人们|如同|那田间|的稻麦；
当白色|的草丛|开着|神秘的|天堂，
严肃的|上帝|居住在|溪边的|茅屋；
美呵！|你拨开了|我惺忪|的睡眼，|只用
一瞥，|便使我|心中|充满了|怅惘。
我终日|尽力地|寻求，|但不能|找着
那美丽的|黑眼人，|她曾|触抚|过我，
又欢喜|在我的|心灵里|种下|苦恼；
她是|潜藏在|一切|自然里，|在每一处，
是我|呼吸的|呼吸；|溪流，|花草，
都是她，|她的|语言|和美丽；|呵，|她是|一切！

《无眠的梦》[②]

围在黑暗的草木里，而闪射着一颗星，
　　像青春的夜一样地切望的夜哟！
　　真的，为什么我的心在你的迷符里
现今会跳动，如同新娘的指脉
在紧束着的黄金带里跳得加急？

[①] 曹葆华. 1933. 十四行诗. 文艺月刊，4（1）：193.
[②] 朱维基. 1934. 无眠的梦. 诗篇月刊，（4）：45.

第七章 "奇丽的异色的花"：新月派译诗与写诗

　　那些吹拂我的枕头的是什么翅翼？
　　　给欢乐和悲哀之浪打回的睡眠
　　为什么在四周轻步并从远处注视我？

　　呀，深叶的夜，爱会在你里面假装
　　　一些阴影的跳动着的树林，
　　以休息给人的眼睛，音乐给耳朵？
　孤寂的夜哟！你不是对我认识的么，
　悬着讥嘲的假面具和灌溉着
　　　眼泪的荒凉的温暖的一座丛薮？

　　综上可见，新月派的诗歌翻译产出了体制多样的中文十四行译诗。这些译诗作为翻译文学是新诗的重要部分，在语言与表达、文体与风格、形式与内容、思想与情感等方面都展现了新诗的异域色彩。与此同时，翻译作为"辅助我们创作前进的一大推动力"[①]，激发了新月派创作十四行诗的热情，掀起了其在中国诗坛的热潮。为了推广这种新诗体，闻一多教导陈梦家等新秀，商籁体的写作讲究"起""承""转""合"，概括来讲，一首理想的十四行诗"应该是个三百六十度的圆形，最忌的是一条直线"[②]。《诗刊》与陈梦家编选的《新月诗选》则大力推介十四行诗。徐志摩说："[孙]大雨的商籁体的比较的成功已然引起不少响应的尝试"，而这种尝试"正是我们钩寻中国语言的柔韧性乃至探检语体文的混成，致密，以及别一种单纯'字的音乐'（word-music）的可能性的较为方便的一条路：方便，因为我们有欧美诗作我们的向导和准则。"[③]他的话至少表明了三个用意：其一，新月派的十四行诗创作是学习欧美诗的，也即主要以翻译为基础；其二，现代汉语有创作十四行诗的能力，且已经取得成功；其三，中文创作十四行诗已经普及开来。可不，徐志摩、闻一多、朱湘、饶孟侃、孙大雨、卞之琳、梁宗岱、李唯建、陈梦家、方玮德、孙毓棠、邵洵美、曹葆华等新老同人都参与到十四行诗的

[①] 梁宗岱. 2003. 新诗底分歧路口//梁宗岱. 梁宗岱文集Ⅱ. 北京：中央编译出版社：160.
[②] 闻一多. 1931. 新月讨论：（三）谈商籁体. 新月, 3（5-6）：8.
[③] 参见徐志摩为1931年4月《诗刊》第2期所写的"前言"第2页。

写作中。他们将个人的译诗经验融入写诗中，并在此基础上进行本土化创新。譬如，朱湘总共创作了 17 首英体、54 首意体十四行诗，与译诗一样都是字数工整、句式均齐，但同时他又在意体诗的后六行韵式上创新了 11 种变化①，其诗体探索精神可见一斑。闻一多、饶孟侃分别创作了《收回》《你指着太阳起誓》《回来》与《弃儿》《爱》《飞——吊志摩》《懒》等十四行诗，同他们的译诗一样，都是格律严谨的诗作，尽管一些诗的韵式有创新变化。同样，徐志摩像翻译阿瑟·西蒙斯的变体十四行诗一样，也创作了《献词》（《云游》）等变体十四行诗，其韵式（"aabb ccdd efef gg"和"aabbccdd aeaeff"）和大致整齐的音步与其译诗相似。而且，闻一多和徐志摩还分别创作了《心跳》《静夜》《天安门》《你去》等二十八行连缀体十四行诗。

紧随着老一辈同人，新月派的新秀与外围同人开始了大量的十四行诗写作，如孙大雨的《诀绝》《回答》《老话》，陈梦家的《太湖之夜》，方玮德的《古老的火山口》，卞之琳的《望》《一个和尚》，林徽因的《谁爱这不息的变幻》，曹葆华诗集《寄诗魂》（震东印书馆，1930 年）与《落日颂》（新月书店，1932 年）中的诸多十四行诗，以及梁宗岱、邵洵美等人以十四行诗为题名的诗作，都是新月时期颇有名的作品。譬如，陈梦家称赞："孙大雨的三首商籁体给我们对于试写商籁体增加了成功的指望，因为他从运用外国的格律上，得着操纵裕如的证明。"②尤其，李唯建创作的千行十四行诗《祈祷》（新月书店，1933 年），在形式上融合了意大利彼特拉克体和法国的亚历山大体，即体式和韵式用意体的四四三三结构和 "abba abba cdc dcd" 的押韵方式，而每行的音节数却用亚历山大体的十二音。可以说，这些尝试的诗作，与其说是创作，不如说是模仿③，而译诗毋庸言是他们模仿的主要来源。有学者总结认为，十四行体在中国的传播蔓延，所通过的途径就是翻译④。这样，译诗促进了十四行诗的创作，而创作又带动了新一轮的译诗，由是掀起了十四行诗在中国的第一次热潮。新月派式微后，卞之琳、梁宗岱、孙大雨、孙毓棠等同人继续翻译和创作十四行诗，梁宗岱翻译的莎士比亚十四行诗以

---

① 钱光培.1991.中国十四行诗的历史回顾（下）.北京社会科学，（2）：153.
② 陈梦家.1931.新月诗选.上海：新月书店："序言" 26.
③ 许霆，鲁德俊.1986.十四行体在中国.中国现代文学研究丛刊，（3）：136.
④ 黎志敏.2000.中国新诗中的十四行诗.外国文学研究，（1）：68.

及创作的商籁体（1933—1939年，以十二字音五音步的亚历山大体为主），卞之琳《汉园集》（商务印书馆，1936年）和《慰劳信集》（明日社出版部，1940年）中的各式十四行体，孙大雨的组诗《遥寄》（1943年）以及孙毓棠的《明湖商籁十六首》（1943年）等，都是颇为闻名的著译诗作，保持了十四行诗在中国的热度。而且，在新月派的影响之下，与新月诗人颇有交情的戴望舒、柳无忌、罗念生、冯至等诗人或学者也都投身到十四行诗翻译和创作的洪流中去，为中国十四行诗的建设和繁荣做出了贡献，尤其冯至在20世纪40年代的创作，标志着这种新诗体在中国走向成熟[1]。

二、摹仿与创新：译诗体式探索的启示

新月派从重构新诗诗学体系的需要出发，通过翻译来试验和输入新诗体，进而译诗和写诗并举，用中文演绎了对话体诗、巴俚曲、回环调、三叠令、十四行诗等丰富多样的外国诗体，表现了对于新诗形式建设的自觉要求。

首先，译诗不仅是新诗的试验品，也是新诗的艺术创造。一方面，新月派的译诗活动有意识实践了外国诗歌的诗章组织、诗行排列、韵脚与音组（或音顿）安排等诗歌形式处理方法，充当了引进新诗体的排头兵；另一方面，他们的译诗"同时在创造中国新诗体，指示中国诗的新道路"[2]。诗歌翻译的移植和"二度创造"（second-order creation）[3]的性质检验了现代汉语的表达能力，拓展了其表达空间。其次，新月译者通过翻译和潜翻译熟谙了外国诗歌形式的表达，从而又促进了新诗的模仿创作。譬如，徐志摩的诗创作试验了无韵体诗、骈句韵体诗、奇偶韵体诗、章韵体诗、十四行体等多种新诗体式，从二行到十几行的诗体都有涉猎，甚至其部分长诗和散文诗的结构形式也来源于欧美诗人[4]。而且，新月译者在写诗当中，又利用自己的译诗经验和现代汉语的特点不断地花样翻新，从而延续了外来诗体在中文中的生命力。徐志摩、闻一多、朱湘、卞之琳、梁宗岱、梁镇等新月派新老同人的写诗都

---

[1] 许霆、鲁德俊.1986.十四行体在中国.中国现代文学研究丛刊，(3)：142.
[2] 朱自清.1984.新诗杂话.北京：生活·读书·新知三联书店：101.
[3] Venuti, L. 2011. The poet's version; or, An ethics of translation. *Translation Studies*, 4 (2): 230.
[4] 陈历明.2014.新诗的生成：作为翻译的现代性.北京：商务印书馆：224-227.

展示了这一点，恰如朱自清所言，"这是摹仿，同时是创造，到了头都会变成我们自己的[东西]"①。再者，反过来，诗创作又带动进一步的翻译，以寻求更多的新诗体和更好的表达方式，梁宗岱先注重写诗后注重译诗的新诗创作模式就是典型的例子。当然，更多的译者则是译诗与写诗的交相辉映。这样，新月派译诗与写诗的互动，延展了中国新诗的诗行结构，丰富了其音韵模式，拓宽了其用字规范，一句话，催生了新格律体诗在中国新诗坛的繁荣。这些新格律体诗不像中国传统的律诗那样有一个统一的、固定不变的体式，缺少变通与变化；相反，它们可以说是"一些包含了某些格律因素的'自度曲'"，差不多一首就是一个模样②。新格律体诗新颖多样的体式，是新月译者根据他们"自己的意匠"的"随时构造"③，为读者带来了陌生化的效果，给人以期待感与惊奇感。

简言之，新月派译诗与写诗的成功，展现了中文表达新诗体的潜力，当然也表现了新月派同人驾驭现代汉语的能力；而翻译与创作的互动，共同推动了新诗的发展，丰富了新诗的风格和形态，使其朝多元化和多样性方向发展。当然，新月派通过翻译探索新诗体的成功，并不否认其中的试验失败。所谓试验，肯定有成功，也有失败，何况新月派试验的新诗体名目繁杂，累累果实中难免有稗草。换个角度思考，无论是对新月译者自己，还是对后来的同行们，失败又何尝不是一种启示呢？

第二节　互文性：译诗与写诗之间

新月派"传统的与现代的"译诗取向，主要是从19世纪浪漫派传统逐步地转向这个传统在维多利亚时代和20世纪初的变种，以及19世纪末至20世纪初叶的唯美派和象征派诗人；同时，译诗的理念与策略表现出"理性节制情感"的诗学原则和古典式的审美标准。与诗歌翻译相得益彰的是，新月派的诗歌创作也经历了从浪漫主义到现代主义的诗美历程，反映了这群浪漫

---

① 朱自清. 1984. 新诗杂话. 北京：生活·读书·新知三联书店：102.
② 钱光培. 1988. 中国十四行诗的昨天与今天//钱光培. 中国十四行诗选 1920—1987. 北京：中国文联出版公司："序言"8.
③ 闻一多. 1926. 诗的格律. 晨报副刊·诗镌，（7）：29-31.

派诗人的古典寻求①。可见,译诗与写诗之间呈现出一种顺向的推进关系,表现出复杂的互文性。所谓互文性,即"任何一篇文本都如同是一幅拼合的引文彩图(a mosaic of citations),其书写都吸收和转换了其他的文本"②。通俗地说,作家从业已存在的历史文本中这里借用一点,那里抽取一点,拼凑出一个新的混合式文本。显而易见,互文性是指某特定文本与其他文本之间彼此联系、相互参照,彼此包容、相互渗透,彼此补充、相互说明,彼此融汇、相互衍生的关系特性。就新月派诗歌翻译而言,互文性主要体现在两个方面:其一,著译合一。著名文化学者埃文-佐哈尔认为,在文化转型时期,"原创作品与翻译作品之间没有泾渭分明的界线"③。在中国文化与文学的转型期,文学翻译与文学创作同样具有密切的亲缘关系,不仅创作与翻译往往不分家,而且著译合一在当时可以说是一种常见的现象④。其二,诗歌翻译与创作虽然是各自独立开展的,但二者之间文本互涉,构成了互文关系。换言之,译诗与写诗之间具有相似性和同一性,译诗本身也是一种富含创造性的"重写"(rewriting)活动,往往作为中国新诗运动的先行者,或在某种程度上是新诗创作的训练过程。更何况,译诗还是一种双向交流,译者既把诗歌创作的经验和理念用于译诗,又从译诗中获得创作的灵感和启发。下文将观察新月派译诗与写诗之间的关联。

一、写诗与译诗的同一性

英国作家、汉学家埃克顿与其学生陈世骧在英译中国现代诗歌时⑤就已经

---

① 程国君. 2003. 新月诗派研究. 武汉:长江文艺出版社.

② Kristeva, J. 1986. Word, dialogue and novel. In T. Moi (Ed.), *The Kristeva Reader*(p. 37). Oxford: Blackwell Publishers Ltd.

③ Even-Zohar, I. 1990. Polysystem studies. *Special Issue of Poetics Today*, 11 (1): 46.

④ 参阅黄焰结. 2013. 论民国时期翻译与创作的关系. 浙江外国语学院学报, (6):70-75. 后来的文学界和学界对民国时期翻译与创作并举的现象比较忽视。近年来,一些现代作家(尤其是边缘作家与学者)的文集编选时,很多都声明不收译作,如谢志熙、王文金编校的《于赓虞诗文辑存》(河南大学出版社,2004年,第28页);或者说这些作家的译作残缺不全、不完整,即便如韩石山编的十卷本《徐志摩全集》(商务印书馆,2019年)也是如此。

⑤ 他们合作英译的诗选集是《中国现代诗选》[Acton, H. & Ch'en Shih-Hsiang (Trans.). 1936. *Modern Chinese Poetry*. London: Duckworth.],埃克顿在"前言"(第13-31页)详细论述了中国现代诗歌的发展史及主要诗人诗作的特点,言及他们深受欧美文学的影响(当然,也有林庚等现代诗人受中国传统诗歌影响)。

注意到，中国新诗里有许多身穿奇装异服的熟面孔，徐志摩、闻一多、陈梦家、孙大雨、卞之琳等新月派同人的作品中都有欧美诗人的痕迹。他们所模仿的外国诗人往往也是他们所倾情翻译的诗人。邵洵美说卞之琳的诗虽贵在创新，但"芮尔克（Rilke）催人的挚情和波特莱尔（Baudelaire）感官上的纯洁在他诗集的篇页之中到处可以见到。他在诗中运用了一种不常见的词汇和前后不一贯的奇异的意象，不都使我们回想起玛拉美（Mallarmé）和法国象征派诗人吗？"①卞之琳自己也不讳言波德莱尔、瓦莱里、魏尔伦、里尔克等象征派诗人对其早期创作的影响②，而这些诗人也恰恰是他翻译得最多的外国诗人。不消言，如同卞之琳，新月派译者在诗创作中有选择性地吸收了所译诗人的思想和手法。英国浪漫主义作家与哈代之于徐志摩，济慈、维多利亚朝诗人与美国意象派诗人之于闻一多，欧洲文艺复兴诗人与浪漫派诗人之于朱湘，萨福与英国唯美派诗人之于邵洵美，法国象征派诗人之于梁宗岱，等等，都是比较明显的例子③。鉴于徐志摩等老一辈同人论述颇多，且上一节已探讨译诗的新诗体探索及其与写诗之间的互动影响，因此下文将以陈梦家、方玮德和孙毓棠三位新秀为例，观察他们所青睐并翻译的诗人对其创作主题的影响。

除受布莱克影响之外，陈梦家的新诗创作还可见哈代的影子，这可能与徐志摩深爱哈代有关。徐志摩翻译了哈代的诗歌《"我打死的他"》④，隐喻他与好友梁思成之间的"情敌"关系。陈梦家后来同样翻译了这首诗，即《一个杀死的人》⑤，但不同于徐志摩的译诗目的。有感于新军阀内战和人民悲惨的现实生活，陈梦家意在谴责当时的军阀混战，以及表达对黎民百姓在战争中无辜牺牲的同情。诗歌巧妙通过一个士兵的口吻，叙述了他与曾经的朋友不得不在战场上相遇、互相残杀的情景。

　　我与他曾经相遇

---

① 邵洵美. 2006. 新诗历程//邵洵美. 洵美文存. 陈子善编. 沈阳：辽宁教育出版社：304.
② 卞之琳. 1979. 雕虫纪历. 北京：人民文学出版社："自序"16.
③ 参见范伯群、朱栋霖《1898—1949 中外文学比较史（上卷）》（江苏教育出版社，2007 年，第 340-358 页），金尚浩《中国早期三大新诗人研究》（文史哲出版社，2000 年），《洵美文存》（辽宁教育出版社，2006 年），董强《梁宗岱：穿越象征主义》（文津出版社，2005 年）等著述.
④ T. Hardy. 1924. "我打死的他". 志摩译. 文学，（140）：1.
⑤ Hardy. 1931. 一个杀死的人. 陈梦家译. 文艺月刊，2（2）：37-38.

在一个古老的逆旅,
我们坐下来共饮,
湿透了那许多胸巾。

而今都投身队伍,
我们撕裂了眼相睹,
我杀他,像他一样
我死倒在他的地方。

我杀死他,只为的——
只有他是我的仇敌,
不错,他是我仇人,
这句话用不着再问。

也许他投身入伍,
和我一样不曾思虑,
没有工做,他起程——
这道理也一样莫问。

是啊!战争够奇怪!
你用力将那人杀坏
倘若在逆旅再见
同喝酒,再化一点钱。

  这种以人物的叙事抒情、而不是由诗人自己直接发言的"改装"诗歌,具有普遍的意义和明显的戏剧性,传达了诗人发自内心的反战情绪,使读者更深刻地感受到人类相互残杀的荒谬性[①]。

  哈代对战争的这种讽刺和戏谑,以及"改装"的叙事手法,还被陈梦家运用在自己同期的诗歌创作中,以鞭挞军阀战争的荒谬和阐发自己的战争观

[①] 参见飞白、吴笛译《梦幻时刻:哈代抒情诗选》(中国文联出版公司,1992年)"前言",第9页。

与人生观。如在《炮车》①中，他满怀悲愤地写道：

> 十三尊炮车在街上走过，
> 人瞪了眼，惊叹这许多；
> 但更多的是杀不完的人，
> 每个人几千回的隐忍。
>
> 一个炮手坐在车上想：
> 这正开向自己的家乡，
> 炮弹没有眼睛，胡乱的飞，
> 碰巧，会落在他的家里。

诗歌"改装"的叙事性和战争的荒谬性跃然纸上。这首诗朴素简洁但并不浅薄，平凡普通而又寓含哲理，耐人寻味，震撼人心，可谓与哈代的那首诗异曲同工。不仅如此，我们在其中还可以看见哈代"Channel Firing"（《海峡炮声》）②的痕迹：

> That night your great guns, unawares,
> Shook all our coffins as we lay,
> And broke the chancel window-squares,
> We thought it was the Judgment-day
>
> And sat upright. While drearisome
> Arose the howl of wakened hounds:
> The mouse let fall the altar-crumb,

---

① 初载 1931 年新月书店初版的《梦家诗集》，引自蓝棣之. 1995. 陈梦家诗全编. 杭州：浙江文艺出版社：37.
② 中文译文《海峡炮声》可参阅飞白、吴笛译《梦幻时刻：哈代抒情诗选》第 85-86 页：前夜你们的大炮突然轰响，//震动了我们安卧的棺材，//也震破了圣坛的玻璃窗，//我们以为最后审判日已到来而直挺挺地坐起。狗被吵醒，//一阵嗥叫凄凉而惊恐；//耗子扔下祭坛上的碎饼，//蚯蚓连忙缩进了土冢，牛也张着口。直到上帝说："否，//这只是海上演习炮声响，//就象[像]你们入地的那时候，//世界和以前并无两样："所有国家都在全力以赴//把火红的战火烧得更红。//要说为基督服务，这批狂徒//比无能为力的你们更无用。"
……

第七章 "奇丽的异色的花"：新月派译诗与写诗

The worms drew back into the mounds,

The glebe cow drooled. Till God called, "No;
It's gunnery practice out at sea
Just as before you went below;
The world is as it used to be:

"All nations striving strong to make
Red war yet redder. Mad as hatters
They do no more for Christés sake
Than you who are helpless in such matters.
…

　　这种对战争的戏谑与讥讽，以及人物叙述的写作手法在陈梦家的《马号》《在蕴藻滨的战场上》《哀息》等战争诗里都有反映。此外，《十字架》《白俄老人》《沙漠的歌》等诗用略带忧伤的笔调描绘了人世间的不公平遭遇，透出对"悲惨世界"的深刻拷问，也都颇具哈代诗的风致。可见，哈代的诗思与诗艺对陈梦家有深刻的影响。

　　对于陈梦家的好友方玮德，他喜爱英国现代诗人梅斯菲尔德，创作也深受其影响。梅斯菲尔德水手出身，后来自学成为记者和作家。他写了许多描绘大海的诗歌，被誉为"大海的诗人"，尤其"Sea-Fever"一诗最为著名，表达了诗人从尘嚣中回归大海、回归大自然的豁达之情。备受疾病折磨的方玮德，为了表达自己向往自由和与病魔搏斗的精神，不仅翻译了这首诗，题名曰《海狂》[1]，还恳求陈梦家代其翻译梅氏的《在病榻旁》，以传递他"要如此争强"的力量和信心[2]。翻译之外，方玮德还"最爱念梅士斐尔 Masefield 的 Cago[Cargoes]"，他创作的《我爱赤道》《疲惫者之歌》两首诗就受梅氏这首《船货》的影响。《船货》以西方从古到今的船只和装载货物的进步变化，反映了西方文明的发展，以及对西方殖民文化的批判。方玮德的诗继承

---

[1] 原文与译文参见第六章第三节第三部分"'创格'的潜流：中后期译诗的半格律化"。
[2] 参见陈梦家译《在病榻旁》及"附语"（1933 年 7 月 1 日《文艺月刊》第 4 卷第 1 期，第 190-191 页）。

了梅氏的异域风情描写，同时也表现了对苦难中的被殖民者的深深同情，"在静观纷乱的万有中，隐含无数热情的怀抱。"①而且，不惟《船货》，梅氏的《海洋诗谣》（Salt-water poems and ballads）这本诗集对方玮德的诗歌创作也有深刻的影响。且看其中的《信风》（"Trade Winds"）与《我爱赤道》（第一节）的比较：

Trade Winds②

In the harbor, in the island, in the Spanish Seas,
Are the tiny white houses and the orange trees,
And day-long, night-long, the cool and pleasant breeze
　　Of the steady Trade Winds blowing.

There is the red wine, the nutty Spanish ale,
The shuffle of the dancers, the old salt's tale,
The squeaking fiddle, and the soughing in the sail
　　Of the steady Trade Winds blowing.

And o' nights there's fire-flies and the yellow moon,
And in the ghostly palm-trees the sleepy tune
Of the quiet voice calling me, the long low croon
　　Of the steady Trade Winds blowing.

《我爱赤道》③

我爱赤道。我爱赤道上

---

① 参见陈梦家为《玮德诗文集》（上海时代图书公司，1936年）所作的"跋"，第176页。
② 中文译文可参考徐艳萍译《信风》（见《英国桂冠诗人诗选》，陕西师范大学出版总社，2020年，第107页）：
西班牙海上一座小岛的港湾//遍布着精巧的白屋和橘树//那里，整日整夜//凉爽惬意的信风在吹拂
那里有红酒，有坚果风味的西班牙啤酒//有老水手的传奇和摇曳的舞步//有吱吱呀呀的小提琴声和着船帆的飒飒声//凉爽惬意的信风在吹拂
深夜，萤火虫飞舞，天上挂着黄月亮//舒缓的曲调在影影绰绰的棕榈树丛中回荡//那恢恢的浅吟低唱似乎在倾诉//凉爽惬意的信风在吹拂
③ 方玮德. 1936. 玮德诗文集. 上海：上海时代图书公司：64-65.

第七章 "奇丽的异色的花"：新月派译诗与写诗

烧热的砂子；我爱椰子，大橡树，

长藤萝，古怪的松林；我爱

金钱豹过水，大鳄鱼决斗，

响尾蛇爬；我爱百足虫，

大蜥蜴的巢穴，我爱

黑斑虎，犰狳，骆马，驼羊，

无知的相聚；我爱猿猴

攀登千仞的山岩；我爱

老鹰在寂寥的苍空里

雄飞；我也爱火山口喷灰，

我爱坚硬的钢石变作铁水流。

……

《信风》从水手的视角描写了西班牙的异域风情。同样，《我爱赤道》也以水手的心理表现了非洲部落的奇珍异景，尽管其在形式上不如《信风》严谨。而且，重复的"Of the steady Trade Winds blowing"（"凉爽惬意的信风在吹拂"）与不断强调的"我爱"，都是诗人的咏叹调。方玮德的《海上的声音》《幽子》等诗也同样展现了诗人对海洋题材的喜爱。这样看来，方玮德的新诗虽然有桐城古文的清逸意致，却也不乏英美诗人的深度影响。

同样，新月后生孙毓棠的诗歌创作与翻译也相互交织，紧密相关。首先，孙毓棠青睐英国诗人德拉·梅尔，不仅翻译了其多首诗歌，而且诗歌创作的主题与技巧也受这位英国诗人的影响。孙毓棠诗集《渔夫》中的《死海》《北极》《海盗船》《船》等诗就可见德拉·梅尔这位"大海的诗人"的身影，同时也不奇怪他还翻译了《银便士》等与渔夫和大海主题相关的诗。请看译诗《银便士》[1]第一节与写诗《东村女儿》[2]第一节的比较：

---

[1] W. de la Mare. 1932. 银便士. 孙毓棠译. 清华周刊, 38（3）: 66.
[2] 初刊 1933 年《清华周刊》第 38 卷第 12 期，参见王次澄，余太山. 1992. 孙毓棠诗集：宝马与渔夫. 台北：业强出版社：126.

银便士

"船夫，我要送给你，
我这晶莹的银便士，
如果你把我们渡过海，
我和我亲爱的嫦妮妹。"

东村女儿

"明月，明月，我告诉你，
我明朝要嫁给打渔[鱼]郎！
他送给我一串珍珠錬[链]，
他送给我黄金的鞋一双。"

可见，译诗与写诗表达了相似的主题与会话体的写作手法。考虑到两篇诗作前后脚发表，前者仅比后者略早几个月，不能不说孙毓棠写诗受到译诗的影响。

其次，孙毓棠作为清华大学历史系学生，还喜欢创作历史题材的诗歌。为此，他一方面吸收中国传统的优秀题材与创作方法，如长篇叙事诗《宝马》取材于《史记·大宛列传》，并"大胆使用了古字古词"，以"烘托出……古代的气味"[①]；另一方面，他还通过翻译来丰富自己在叙事诗或史诗方面的创作。新月期间，孙毓棠翻译了阿诺德的叙事诗《鲛人之歌》，节译了但丁的《神曲·地狱篇》。因此，不奇怪孙毓棠在此期间还创作了《地狱》等诗，而且他的《梦乡曲》等诗不仅"为人所称道"，还"有得力于但丁之处"[②]。

如上可见，新月译者写诗与译诗具有同一性。译诗，以及诗创作过程对译诗和所翻译诗人的模仿，都是新月群体殊途同归的新诗探索路径。新月派的新诗创作虽然有外国诗人与外国文法的痕迹，给埃克顿等英译者似曾相识

---

① 孙毓棠. 1992. 我怎样写《宝马》//王次澄，余太山. 孙毓棠诗集：宝马与渔夫. 台北：业强出版社：191.

② 参见孙毓棠译《但丁神曲·地狱第一曲》"编者识"（1933年8月28日《大公报·文学副刊》第295期）。

的感觉，但将这些诗歌翻译成英语并不容易，其中仍然充满了荆棘[1]，足见新月诗人们在模仿基础上的创新。另外，译诗还给予诗创作灵感和启发，新月诗人在译诗当中也融入了社团的创作理念以及个人的创作技巧与经验。

二、以译代作：创造性转化的拟作

"拟作"，顾名思义，就是仿拟的"作品"，是西方文学艺术的本土化，或曰"创造性转变"[2]。"拟作"与"拟译"的英文都是 Imitation，都有仿拟的对象，且都是在原文基础上的重新创造，但二者的属性却不同，前者是创作，后者为翻译。拟译无论是恣意发挥的"自由译"，还是"生成另一作品"[3]，归根结底都不否认是一种翻译行为。而拟作尽管得原文精神、形态，或二者兼得，但由于译者没有声明是翻译或者不认为其是翻译，因而在文学史上以创作的身份存在，这也可以说是某种程度上的"伪作"。这样看来，拟译是从翻译视角来看待的，以是否忠实于原文为出发点，而拟作是从文学接受的角度来讲的，以偏离原文的创新程度为归宿点。如果说拟译是"以作代译"，那么拟作则是"以译代作"。

拟译和拟作都是文学影响下的创造性转换。就新月派诗歌翻译而言，主要采用的是直译与意译相结合的中庸翻译方式，拟译的情形极少（参见第六章第二节与第四节），这当然是他们古典倾向翻译诗学观的使然。相比之下，诗歌的拟作却不乏见，大概在新月文人的心目中，这应是他们的新诗创作了，足见文化转型时期著译不分的时代翻译文化的影响。拟作虽然表象是"作"，但它有可以参照的原文，创作过程中经历了"潜翻译"，或者说作者/译者的心里有一个潜在的翻译文本[4]，所以本质上也是翻译的创造性转化，催生了具有异域色彩的新诗。

由表 7-2 可见，新月派文人仿拟欧美诗人所创作的新诗不少，他们仿拟的对象要么是他们所青睐的诗人，要么是其经常翻译的对象。有时他们创作

---

[1] 参见 Acton, H. & Ch'en Shih-Hsiang (Trans.). 1936. *Modern Chinese Poetry*. Introduction, p. 25.

[2] 乐黛云，陈跃红，王宇根，等.1998. 比较文学原理新编. 北京：北京大学出版社：94-96.

[3] Shuttleworth, M. & M. Cowie. 2004. *Dictionary of Translation Studies*. Shanghai: Shanghai Foreign Language Education Press, pp. 73-74.

[4] 熊辉. 2010. 五四译诗与早期中国新诗. 北京：人民出版社：177-187.

表 7-2　新月派拟作诗歌与仿拟对象①

拟作者	拟作诗	仿拟对象
徐志摩	《威尼市》	尼采《威尼斯》（"Venedig"）
	《云游》	华兹华斯《黄水仙》（"The Daffodils"）
	《杜鹃》	济慈《夜莺歌》
	《黄鹂》	雪莱《致云雀》（"To a Skylark"）、华兹华斯《致布谷》（"To the Cuckoo"）
	《西窗》	T. S. 艾略特《序曲》
	《盖上几张油纸》	亚美尼亚诗人图马尼扬的《在村舍》
闻一多	《忘掉她》	蒂斯代尔《忘掉它》（"Let It Be Forgotten"）
	《死水》	米蕾十四行诗《我收获美，不管它生在何处》（"Still will I harvest beauty where it grows"）
	《什么梦？》	丁尼生长诗《公主》（*The Princess*）中的《母亲的慰藉》（"The Mother's Consolation"）
	《你莫怨我》	丁尼生长诗《公主》中的《你莫问我》（"Ask Me No More"）
	《剑匣》	丁尼生《艺术的宫殿》（"The Palace of Art"）
	《洗衣歌》	吉卜林《军靴》（"Boots"）
孙大雨	《海上歌》	梅斯菲尔德《海狂》
邵洵美	《爱》	雪莱《爱的哲学》
卞之琳	《白螺壳》	瓦莱里《棕榈》（"Palme"）
	《还乡》《车站》《候鸟问题》《归》	T. S. 艾略特《阿尔弗雷德·普鲁弗洛克的情歌》（"The Love Song of J. Alfred Prufrock"）
	《春城》	T. S. 艾略特《荒原》（*The Waste Land*）

的一首新诗同时模仿了多篇外国诗作，有时甚至某首诗的产生得益于外国诗歌中若干诗行的影响。可以说，外国诗人的诗思与诗艺深深影响了新月派同

---

① 主要参考了范东兴的《闻一多与丁尼生》（《外国文学研究》，1985 年第 4 期），金尚浩的《中国早期三大新诗人研究》（文史哲出版社，2000 年），江弱水的《中西同步与位移：现代诗人丛论》（安徽教育出版社，2003 年），范伯群、朱栋霖的《1898—1949 中外文学比较史》（上卷）（江苏教育出版社，2007 年），熊辉的《五四译诗与早期中国新诗》（人民出版社，2010 年），陈历明的《新诗的生成：作为翻译的现代性》（商务印书馆，2014 年）等著述。

人。徐志摩以"仙鹤"的笔名创作《西窗》（载 1928 年 6 月 10 日《新月》第 1 卷第 4 号），公开声明模仿 T. S. 艾略特，就意在为新月派开辟新的诗风。至于亚美尼亚诗人，其诗的文学价值以及对劳动人民的深切同情[①]，也进入了阅读兴趣广博的徐志摩眼中——图马尼扬的《在村舍》（"In the Cottage"）描写了因饥饿而奄奄一息的母亲与饥寒交迫的孩子们之间的对话，底层人民生活的惨状跃然纸上。同样，徐志摩的《盖上几张油纸》也是一首对话体诗歌，通过母亲与诗人的对话，讲述了母亲的三岁孩子在饥寒中夭折，悲痛欲绝的母亲在雪天里只能为其盖上几张油纸掩埋。与徐志摩一样，闻一多在新诗创作上既借鉴英国诗人，赴美留学后又一度取法美国意象派诗歌。一方面，"丁尼生的细腻写法 the ornate method 和伯朗宁之偏重丑陋 the grotesque 的手法，以及现代诗人霍斯曼之简练整洁的形式，吉伯林之雄壮铿锵的节奏，都对他的诗作发生很大影响"[②]，另一方面，美国女诗人蒂斯代尔与米蕾分别有"近代萨福"和"女拜伦"之称[③]，其独特的诗歌意象和形式都使闻一多极为欣赏，因此他不仅翻译了蒂斯代尔的《像拜风的麦浪》和米蕾的《礼拜四》，还模仿她们的诗歌进行创作。譬如，他创作的新诗《忘掉她》在形式和意境上可谓是蒂斯代尔一诗《忘掉它》的扩展本，同时又融合了丁尼生悼念亡友所作长诗"In Memoriam A. H. H."（《悼念》）的挽歌体形式[④]。同样，孙大雨和卞之琳也都模仿了各自喜爱的诗人梅斯菲尔德和瓦莱里，后者同时也是他们翻译过的诗人。至于邵洵美，他的诗《爱》与雪莱《爱的哲学》的主题关联。雪莱通过具体入微地观察自然现象，揭示世间万物成双结对的客观规律：从大自然万物和谐的友爱——清泉与大河相汇，清风与情绪相爱，高山与青天相接，阳光与大地相恋，月光与沧海相融，波涛碧浪彼此相拥——中发现了爱的哲学。这种实写自然、虚写爱情的手法和流畅朴素的诗风获得了邵洵美的赞赏，于是他从海浪拥抱光鱼，白雾笼罩青山，大海拥吻雨珠，明月恋依海水说到爱的秘密与真谛。可见《爱的哲学》对《爱》的影响。至于

[①] 参见 Blackwell, A. S. 1917. *Armenian Poems*. Boston: Roberts Chambers: Preface.
[②] 梁实秋. 1967. 谈闻一多. 台北：传记文学出版社：33.
[③] 邵洵美在《希腊女诗圣莎弗》一文中称蒂斯代尔是"近代莎弗"，参见《洵美文存》（辽宁教育出版社，2006 年，第 183 页）；赵毅衡在其著作《对岸的诱惑》（知识出版社，2003 年，第 26 页）一书中称米蕾为"女拜伦"。
[④] 陈历明. 2014. 新诗的生成：作为翻译的现代性. 北京：商务印书馆：272-277.

新月外围同人梁宗岱，其多首诗的创作都隐约可见魏尔伦、里尔克、瓦莱里、莎士比亚甚至尼采等诗人或哲人的影子，他的写诗往往借鉴外国诗的某几句诗或某个意象，譬如他的十四行诗"我摘给你我园中最后的苹果；//看它形体多圆润，色泽多玲珑，//从心里透出一片晶莹的晕红，//像我们那天远望的林中灯火！……"在语言结构上模仿了魏尔伦《泪流在我心里》和里尔克《这村里》等诗，在意象上则借自瓦莱里的诗[①]。

在民国时期著译合一的时代语境下，诗歌创作与翻译间的界线显得有些模糊，因此，不奇怪精通外语的新月诗人经常援引拟作的手法而创作，产生了"用中文写的外国诗"。在新诗发展的过渡阶段，拟作并非简单的抄袭。邵洵美曾说："我觉得摹仿（抄袭二字太不雅观）并不一定是欺人的事情；世界各国近代诗歌中时常有许多地方把希腊拉丁诸大师的名作译了引在里面。史文朋的诗中便有许多莎弗的例子。"[②]再者说，拟作是从翻译或潜翻译到模仿创作的创造性转换，在诗学观念和创作原则移植的过程中，经历了本土化的创新，正如王尔德所言："在某人的花园，我若看到一朵长着*四片漂亮花瓣*的奇异的大郁金香，我就特别渴望能种出一朵长着*五片漂亮花瓣*的大郁金香，没有理由人们仅栽种只长着*三片花瓣*的郁金香花儿。"[③]这样看来，拟作也是移植外国诗歌种子开出的更为鲜艳的异色的花。

第三节 "种子移植"的效应：译诗的现代性与历史影响

新月派的诗歌翻译如同移植鲜花种子，将外国诗歌的观念与技巧、语言与形式、意象与主题移植到中国新诗园地中来，催生了"奇丽的异色的花"。正如闻一多所言，外国传来的"新的种子"给了中国新诗"再生的机会"，这是中国新诗的"福分"，而中国新诗坛"有勇气接受"外面的种子，则是"聪明"，"肯细心培植它，是有出息"，最后"居然开出很不寒伧的花朵来"，

---

① 熊辉. 2011. 两支笔的恋española：中国现代诗人的译与作. 重庆：西南师范大学出版社：78-81.

② 引自《金屋谈话七则：赵景深不至于抄袭罢》（1928年12月16日《狮吼》半月刊复活号第12期，第24页）. 文章无署名，但从全文的语气和态度可判断是主编邵洵美所作。

③ Robert Ross, "A Note on 'Salome'". In O. Wilde. 1907. *Salome*. London: John Lane, The Bodley Head/New York: John Lane, Mcmvii. xviii. 笔者自译，斜体如原文。

第七章 "奇丽的异色的花"：新月派译诗与写诗

那就足以"自豪"了[①]。显然，新月译者是西方诗歌影响的积极接受者，他们的译诗不仅是优美的翻译文学，也是中国新诗的先锋。由于他们译诗与写诗并举，译笔与译文又对新诗创作产生了影响。这种文化效应发散开来，进而影响了中国新诗的现代化发展的历史进程。

"现代性"追求差不多完整地展露了不发达国家以西方发达国家为蓝本，设计一个理想的现代国家的全部梦想[②]。其中，翻译扮演了极其重要的作用，或革新语言与变革社会，或文化传播与文化构建，或从事教育与科学研究。毫不例外，翻译与中国的现代化进程和民族振兴息息相关。同样，中国现代文学的现代化进程也一样是不断追赶并希冀超越西方的结果。不过，"若论现代性（modernity）的深刻与精微，在中国新文学的所有文类中，要数新诗的表现最为突出"[③]。新诗最初的现代性，实质上就是翻译的现代性，它集中体现在译诗的形式与内容上。试想，如果没有译诗，中国新诗的现代性就会因为失去影响源和目标源而难以发生；甚而可以说，新诗或现代汉诗的生成与发展就是翻译现代性的产物[④]。如果说清末民初的译诗以民族化来输入现代性，五四时期以暧昧的西化态度来复制西方现代性，那么新月派则是以中庸的方式来引进现代性。

五四时期在诗歌翻译的现代性输入上呈现出暧昧的态度：一方面，主体文化以为现代性输入是简单化的过程，即复制西方以打破中国传统的巢窠。这样，语言层面上的翻译对等或"信"的翻译观，使译诗的语言摆脱了文言的束缚，趋向异化（欧化）的过程；同时，译诗在内容上着意引入体现自由与民主精神的浪漫主义诗歌，以唤醒民众对传统礼教和黑暗现实的反抗。另一方面，五四时期的译诗承载着功利性，译者为了实现"诗体大解放"的文学革命任务，不得不抛弃原诗的形式，将格律大多谨严的外国诗误译为自由诗。当然，也可以说，五四译者们为了刻意追求新诗的现代性，把一切外来诗歌都自由化处理了。结果，"我们一般诗读者，通过不负责任的翻译，看见外国诗（'自由体'除外）就是七长八短的分行，就是毫无章法押几个脚

[①] 闻一多.1993.文学的历史动向//孙党伯，袁謇正.闻一多全集（10）.武汉：湖北人民出版社：19.
[②] 董丽敏.2006.想像现代性：革新时期的《小说月报》研究.桂林：广西师范大学出版社：3.
[③] 江弱水.2003.中西同步与位移：现代诗人丛论.合肥：安徽教育出版社：5.
[④] 熊辉.2010.五四译诗与早期中国新诗.北京：人民出版社：237.
陈历明.2014.新诗的生成：作为翻译的现代性.北京：商务印书馆.

韵，以为这就是人家写诗的原来样子，也就受了影响"；甚至在当时，白话诗就叫作"自由诗"①。

不可否认，五四译诗借助现代传媒空间在公共领域传播，为新诗创作在许多方面提供了不断借鉴和移植西方的经验，促使新诗的"现代性"新质得以生成。新诗不仅是思想与情感表达的现代性诉求，更为现代人提供了一种便利的言说模式，尤其白话表达既使得新诗成为可能，又使得其易于理解和接受，传播面广，参与性高。然而，这种翻译现代性，因为照抄浪漫主义的自由式抒情，致使新诗"到处弥漫着抒情主义"。在新月派看来，抒情一旦泛滥，缺失了道德规约、理性节制与美的升华，就会导致产生拙劣的语言表现，沦为浅薄的感伤主义，乃至成为政治宣传的工具；更糟糕的是，抒情主义还"缺乏文类多样性的意识，甚至压抑、贬斥和抹杀其他诗歌样式的合法性"②，于是古典倾向者的新月派在诗歌翻译的现代性输入中，启用了中西嫁接的思维方式，既以理性节制情感，又以形式约束散漫，这样就催生了各式各样的节制内敛、艺术规范的新格律体诗。

首先，新月派的译诗批判性地继承了五四时期翻译的现代性，尤其是语言的现代性，也就是以欧化的现代汉语来创建新格律体诗。毋庸言，欧化自然是现代化③，良性的欧化可以增进现代汉语的韧性和密度，但亦步亦趋的直译所带来的佶屈聱牙的欧化则为新月派所不喜，他们认为这种极端的外国影响只是浪漫主义者拙劣的语言表现。由是，他们借助自己优雅的译笔，结合中国语体和活的语言，创造了洗练的白话欧化文。其次，新月派融合外国诗歌的格律形式与中国古典诗词的精华特色，本土化创造了体式多样化的新格律体诗。所谓"新"，就是格律体诗歌的现代性新质：柔韧而致密的诗行和富于现代敏感、新奇新颖的诗句。最后，新月派的翻译现代性还在于通过翻译引入了现代派诗歌（尤其是唯美主义和象征主义诗歌），从而使中国新诗具有了传统诗歌所欠缺的现代性：先锋特质、纯诗诗学观、知性化的诗艺等。

可见，新月派新诗的现代性转化是中西诗学的融合。一方面，在翻译的

---

① 卞之琳.1984.人与诗：忆旧说新.北京：生活·读书·新知三联书店：27.
② 张松建.2010.论中国现代诗学中的"抒情主义"：兴起、流变与后果//北京大学中国新诗研究所编.新诗评论.2010年第1辑（总第十一辑）.北京：北京大学出版社：93-94.
③ 朱自清.1984.新诗杂话.北京：生活·读书·新知三联书店：87.

第七章 "奇丽的异色的花"：新月派译诗与写诗

推动下，新诗吸收了现代性因素。另一方面，就中国传统的诗歌而言，其中至少有相当一部分古典诗词已经具备了现代主义诗歌的主要特质（如表现形式与技巧等），或者说，这些诗歌本身已经极具"现代性"[①]——唐代诗歌与早期法国象征主义诗歌的契合（尤其是杜甫与瓦莱里、T.S.艾略特等现代诗人的契合）[②]，英美意象派诗歌运动借鉴中国古诗而兴起，都是显而易见的例子。无怪乎，卞之琳等有素养的中国诗人一接触到西方现代主义诗歌，就有"似曾相识"（déjà vu）的感觉，并认为中国古代的大师们早就以更经济的方式做出了相似的效果[③]。就这样，新月派在西风的浸染与本土传统的熏陶下，增强了现代敏感性（modern sensibility），推动了中国新诗朝审美的现代性方向发展，达到了五四时期的新诗人们所无法预测的新的高度。

正是在中西方诗学融合视角下引入的翻译现代性，促使新月派开创了新诗的一个时代。他们以翻译资鉴新诗发展的方法，以及由此所构建的古典倾向的白话新诗诗学，于时人和后世都有深远的影响。有学者曾言："'新诗形式运动'的一大功绩，是为中国新诗的发展明确地提出了形式建设的任务和形式建设的理论，另一大功绩就是为诗章和诗韵的建设创造了多种形式。毫无疑问，这是中国新诗的一大进步。它标志着中国新诗已由它的草创期，进入了一个新的建设期。"[④]且不说学生时代的朱生豪曾作诗感叹"漫忆徐郎诗句好"，宋清如模仿新月诗人的创作"实在太像了"[⑤]，就是稍后的现代派诗人在经历了自由体译诗和写诗之后，又重新回归新格律体的探索，戴望舒翻译法国象征派诗与梁宗岱译莎士比亚十四行诗就是典型的例子。新中国成立后，在自由诗盛行的语境下，虽然格律体翻译外国格律诗的成绩不显，"但是办法已经为较多人所能接受或者赞成了。这种发展，和我国新诗创作对于格律探索的情况恰好是相应的"[⑥]。这说明20世纪五六十年代的格

[①] 江弱水. 2003. 中西同步与位移：现代诗人丛论. 合肥：安徽教育出版社：6.
[②] 参见孟华. 2012. "不忠的美人"：略论朱迪特·戈蒂耶的汉诗"翻译". 东方翻译，（4）：49-58.
[③] 王佐良. 1985. 论契合：比较文学研究集. 北京：外语教学与研究出版社：88.
[④] 钱光培. 1988. 中国十四行诗的昨天与今天//钱光培. 中国十四行诗选 1920—1987. 北京：中国文联出版公司："序言"9.
[⑤] 语见朱生豪大学期间所作的诗《唐多令·其二》（"徐郎"即徐志摩）以及施蛰存1933年1月7日致宋清如投稿的回函。参见朱尚刚整理的《伉俪：朱生豪宋清如诗文选》（中国青年出版社，2013年）上篇第28页、下篇第xxv页.
[⑥] 卞之琳等. 1959. 十年来的外国文学翻译和研究工作. 文学评论，（5）：60.

律体译诗与写诗是在二三十年代基础上的传承与发展。进入 20 世纪 80 年代，在杨德豫、飞白、屠岸、黄杲炘等新时期译家的努力下，新格律体译诗又重新焕发光彩，步入了译诗艺术的成年，为新诗所面临的艺术问题重新指明了方向①。

当然，新月派的译诗探索在推动中国新诗发展的同时，自身也暴露出某些不足，如极端的形式追求和形而上的贵族文学（如果这算是缺陷的话）。然而，既然译诗是新诗的试验，那么就允许缺陷和失败。再者说，新月派的译诗是一种选择和扬弃的过程。正是通过不断地努力和扬弃，他们的诗歌翻译文化才有了不间断的发展。至于新月派消散后，新格律体诗走向了式微，这更是诗学更新发展的必然，同时也与时代潮流息息相关。所谓"文变染乎世情，兴废系乎时序"。但即便如此，新月派译诗也为后来的新格律体（译）诗的发展和复苏奠定了基础，他们的成功自然是榜样，而失败则是经验教训，都具有启示意义。至于新月派曾经探索的巴俚曲、三叠令等形式精巧的个别诗体后来在诗坛发展中影响不大，这与自由体诗学盛行、格律体诗受排斥的新诗文化语境很有关系，尤其形式弄巧的新诗更有因形式害意的嫌疑印象，有"人工的花朵"之嫌②。个别诗体的没落只是说明其不能适应中国新诗发展的需要，但不能否认其曾经的辉煌与影响。与此同时，也不能因个别诗体的式微而否认新月派整体译诗对后世的影响作用。

新格律体译诗的近百年历程，经历了辉煌、落寞与复苏的螺旋式发展，正应了诗歌翻译"穷则变，变则通"的生命法则。五四新诗革命的完成，意味着新格律体译诗的开端，新月派应时铸就了一个时代的辉煌。以今天的眼光来看他们的译诗，当然还有欠成熟之处，但在一个探索比成熟更重要的过渡年代，其必然带有一个时代的特征，也更具有翻译史和文学史的意义。

---

① 卞之琳. 1984. 人与诗：忆旧说新. 北京：生活·读书·新知三联书店：194-199.
② 王佐良. 2016. 今日中国文学之趋向. 国际汉学，（3）：41.

第八章

结语：构建新月派诗歌翻译文化

英国作家与翻译家伯吉斯说，翻译不仅是字词间的转换活动，更是文化理解的事业[①]。或者更直接地说，翻译本身就是一种文化。发生在中国现代诗歌文学转型时期的新月派诗歌翻译活动，既是对异域诗歌文化的同情与理解，也是对本土诗歌文化的感发革新。可以说，周旋于源语文化与译语文化之间的新月译者群，作为文化交流的行为体、施为者和行动者，审慎地择取外国诗歌进行译介，使其作为种子在中国新诗园地里生根发芽，以焕发中国新诗的蓬勃发展，是为"移花接木，催生异彩"的文化翻译模式。正是依凭"移花接木"式的翻译艺术，新月派演绎了不同凡响的诗歌翻译文化，为本土文学催生了异彩。

第一节 新月派的诗歌翻译文化

如本书绪论中所言，翻译文化是文化翻译的过程与结果，表现为文化行为和文化形态，二者相因相承，反映了译者在文化碰撞中的作为及其翻译诗学和翻译规范。换言之，新月派在主观认同的基础上形成了社团的翻译诗学与规范，从而作用于同人的译诗活动；与此同时，新月译者在主体文化体系下参与译诗活动，又反作用于翻译诗学与规范，推动其发展，促进其成熟。

[①] 转引自 Delisle, J. & J. Woodsworth. 2012. *Translators through History (Rev. edn)*. Amsterdam: John Benjamins Publishing Company: the recommendations page.

一、表现为文化行为的诗歌翻译文化

新月派的诗歌翻译是文化抉择的过程，也就是"移花接木"式的文化翻译与"催生异彩"的文学影响。在翻译过程中，新月译者群"选种"与"播种"的翻译作为彰显了"译了什么"、"如何译"及"为何译"等问题，透视了"种子"在中国文学园地里的新生及其给本土文化增添的新活力新色彩。这一翻译过程的考察，涉及在历史语境、文本选择、翻译方法、翻译语言、翻译策略、翻译效应等层面的文化考量。

清末的外国诗歌汉译，以中国传统诗学的范式去盛装外国诗的意境，所谓旧瓶装新酒，在诗歌形态和语言方面都谈不上移植与添彩。直到新文化运动开始，翻译使得欧化的白话文出现，才有了白话文的译诗，胡适的译诗《关不住了》更是开中国新诗的新纪元，新诗因此诞生。可以发现，五四时期，译诗移植了外国诗的语言结构到汉语中来，丰富了新诗的语言表达。再者，从文化功能上讲，新诗借鉴了外国诗歌的内容或精神，以迎合五四的时代精神，或高潮时期的狂飙突进，或退潮时期的落寞感伤；而且，在内容上也突破了中国传统诗歌的某些禁区（如性爱主题）。不过，五四时期因为"诗体大解放"的文学革命需要，译诗仅移植了外国诗歌的欧化语言和内容，而破弃了原文的形式。译诗呈现出浪漫式任性，致使新诗出现自由化和散体化的"非诗化"倾向。这种破弃原文形式的自由式译诗，只是实现了"移花接木"的部分功能。

在五四后期，新月派适时而出，以匡正新诗非诗化的弊端。新诗的最大弊端就是缺乏形式，自由散漫，滥情感伤。那么，怎样去抵制这种浪漫式诗学，引导新诗走向审美艺术呢？一是吸收中国传统诗学的长处，另一则是借鉴外国诗歌形式。因为中国古典诗词的格律比较机械单一，所以新月派主要以试验外国诗歌形式为主，另糅合中国传统诗学的其他审美特点（如字数整齐、句式均齐的建筑美等）。这样，如果说五四时期的译诗在于有意识地"破"——破除旧诗词格律的桎梏，那么新月派的译诗则在于自觉地"立"——发展、完善和建立中国新诗诗学。这就是说，新月派译诗不仅是输入外国诗歌的内容，而且要移植其体制和形式，从而引导新诗朝审美诗学的方向发展。徐志摩的"把神韵化进形式去"的诗歌翻译说，不仅强调译诗的内容与形式并重，更关

第八章 结语：构建新月派诗歌翻译文化

注译诗形式的优先性。新月派的译诗实践实现了用现代汉语再现西洋诗歌形式与内容的"移花接木"过程。

首先，新月派的译诗取向，主要是西方浪漫派诗歌、20世纪初具有传统色彩的现代诗歌和19世纪末20世纪初的欧美现代派诗歌。简言之，以选译形式谨严的欧美浪漫主义传统诗歌为主，辅以其他客观抒情类（如诗剧、叙事诗、唯美诗、象征诗等）诗歌的翻译。这种审慎的"选种"既是新月译者对五四译诗的纠偏，尤其是还浪漫主义诗歌形式美、音韵美的真面目，同时也体现了他们对浪漫主义诗歌肯定中持有否定的态度，并显现了他们以此拓展新诗题材与体裁的努力。新月派有意识地选译客观抒情的浪漫诗、注重事实与情节的叙事诗、追求理性与完美形式的唯美诗，以及主张含蓄与暗示的象征诗，是追求新诗的客观、理性、醇正、精致与美丽，反映了古典倾向的翻译诗学。相得益彰的是，这种杂色的译诗取向也投射在新月派的新诗创作上，使得他们创作的诗歌既显浪漫特色，又具形式主义特征与唯美、象征的风采，从而引领新月派同人，乃至中国新诗，经历了从浪漫主义走向现代主义的创作历程[①]。

其次，新月派译诗的另一特征是形式关怀。以新月派翻译的369首英国诗歌为例，除寥寥10余首自由诗或散文诗之外，差不多都是颇具一定形式技巧的格律诗。其他选译的外国浪漫诗、唯美诗和叙事诗也颇多如此。即使是选译以"情绪的抑扬顿挫"为韵律的法国象征派诗歌，新月派同人除邢鹏举大规模选译波德莱尔的散文诗之外，大多数还是青睐富有音乐性和形式美的象征诗，也即现代主义与古典主义完美结合的现代主义诗歌[②]。波德莱尔、魏尔伦、马拉美、瓦莱里等诗人之所以选译较多，就是因为他们在诗歌艺术形式上既反传统又不放弃传统，强调韵律的必要性和语词的音乐性。

再次，在外国诗的迻译策略上，新月译者开展了本土化创新的创格试验，既尽量移植原诗形式与内容，又融合中国传统诗学的审美特点，以产生"中西艺术结婚后的宁馨儿"的译诗。中西方文化调和下的译诗创格试验，实际上就是新诗的诗体探索，试验了现代汉语的诗歌艺术表现力和潜力，不仅直

[①] 蓝棣之. 2002. 现代诗的情感与形式. 北京：人民文学出版社：318.
[②] 需要注意的是，波德莱尔的散文诗也是声韵和谐的。正因为如此，邢鹏举才倾心译介波氏的散文诗。参见邢鹏举译《波多莱尔散文诗》（中华书局，1930年）"译者序"。

观地展示了新月派译诗的"移花接木"艺术,还彰显了他们诗歌翻译的古典式审美艺术。为了表现古典倾向的诗歌翻译艺术,新月派译者采用了直译与意译相融合的翻译方法,并以流畅可读的欧化白话文作为译诗的语言。中庸的翻译法不仅避免了历史上直译论与意译说的长期争端,更重要的是,使得新月派译诗的中和语言观能够付诸实践。中和的翻译语言满足了欧化文作为常态的文学语言的时代翻译文化特征,但规避了过度欧化给现代汉语所带来的食洋不化的尴尬,尤其挽救了诗歌语言继续陷入拖沓和冗长的危险,为新诗塑造具有诗学意蕴和审美定势的诗歌语言树立了榜样、奠定了基础。

最后,新月派的译诗本身就是新诗,在语言与表达、文体与风格、形式和内容、思想与情感等方面都展现了新诗的异域色彩,诚如朱自清所言,译诗对于原作来说是翻译,对于译入语而言则近乎一种创作,不仅可以"增富意境",还可以"给我们新的语感,新的诗体,新的句式,新的隐喻"[①]。而且,译诗不仅与写诗形成互动,还往往成为新月派新诗变革的号角和创作的先锋,促进了中国新诗发生历史性的重大演变,推动其朝审美的现代性方向发展。甚者,新月派译诗于中国新诗的发展也有经验和教训上的启示。所以说,新月群体译诗与写诗的兴盛是其"移花接木"后催生的异彩。

可见,新月派的诗歌翻译过程是"移花接木"式的诗歌文化移植过程,感发了中国新诗的革新,为其增添了新彩。新月译者在其间的"选种"与"播种",隐喻了他们卓尔不群的选择与创造,不仅展现了译者的翻译能力,还体现了社团翻译活动的系统性、伦理性和主体性。这就演绎出了鲜明独特的新月派诗歌翻译文化,其落实在文化形态上同样也具特色。

二、表现为文化形态的诗歌翻译文化

从文化形态上看,翻译文化是译者群体相似的翻译原则、规范和期望的汇聚,体现了群体的翻译诗学与翻译规范,并与翻译实践相辅相成。翻译文

---

① 朱自清. 1984. 新诗杂话. 北京:生活·读书·新知三联书店:72.

化以翻译原则和翻译规范为本质特征[①]，具体到诗歌翻译文化，表现有翻译诗学、翻译观、译诗取向（"选种"取向）、翻译艺术、译诗形式、译诗方法、译诗语言（后面四要素可涵括为"播种"艺术）、翻译批评等要素。

（一）翻译原则：古典倾向的翻译诗学

翻译原则是翻译文化的最高层级，表现为一种自恰的理论话语，与文学社团的文化诗学和文学理论紧密交织，形成互动。简言之，翻译原则展示了文学群体的翻译诗学。

新月派"移花接木"的诗歌翻译活动体现了古典倾向的翻译诗学。可以说，无论是译诗选择的系统化与伦理化，选材内容的非感伤化与形式的工整化，还是译诗语言和方法的中庸化，以及创格艺术的本土化创新，都彰显出翻译诗学的古典主义色彩。这种古典倾向的翻译诗学当然不是偶然。其一，它与新月群体古典倾向的创作诗学是一致的，或者说，他们古典倾向的诗学同样也反映在其翻译活动中；其二，自梁实秋在《现代中国文学之浪漫的趋势》中率先祭起古典倾向翻译诗学的大旗以来，胡适、徐志摩、闻一多、朱湘、陈西滢、叶公超、陈梦家、方玮德、卞之琳、邢鹏举、邵洵美、李唯建等新老同人，乃至梁宗岱、宗白华、顾仲彝、曾朴与曾虚白父子等外围同人或朋友，在翻译实践与翻译话语上，或应和支持，或继承发展了古典倾向的翻译诗学。

新月派同人倡导"摹仿"（模仿）的文学翻译观。翻译理论家陈西滢曾言"翻译好像是做戏"，又道翻译如同"临摹古画"，所谓"形似""意似""神似"三种不同的翻译标准不过是摹拟水平高低的区别，理想的翻译自然是摹拟者能够抓住原作的"神韵"[②]。陈西滢的这两个隐喻尽管有一种神秘主义

[①] 皮姆等学者认为，翻译文化就是"翻译合作机制"（Translation Regimes），包括"原则"（principles）、"规范"（norms）、"规则"（rules）和"决策程序"（decision-making procedures）四个层级，前两个层级决定翻译文化的本质特征（Pym, A. et al. 2006. *Sociocultural Aspects of Translating and Interpreting*. Amsterdam: John Benjamins Publishing Company. p. 24.

Pym, A. 2007. *Method in Translation History*. Beijing: Foreign Language Teaching and Research Press. pp. 125-128.）。本书所探讨的诗歌翻译文化，其特征要素是结合诗歌翻译的特点，从皮姆的理论衍生而出。

[②] 西滢. 1923. 译本的比较. 太平洋，4（2）：4；
西滢. 1929. 论翻译. 新月，2（4）：8-11.

的色彩，但点出了翻译的"摹仿"本质。戏剧理论家与翻译家余上沅也坦言："摹仿是创造的途径，至少也是一条捷径。"[①]而按照顾仲彝，创作是摹仿人生，而"研究过去成功作家，选择整理人生的最好办法莫过于翻译"[②]。这就是说翻译是摹仿已创造的杰作，通过摹仿人家选择整理过的人生以摹仿如何整理人生。新月派"摹仿"的翻译观得到了友人曾虚白的认同，他把翻译比作摄影的"翻版"，直言"翻译的需要是摹仿性"，"翻译家的使命是要忠实摹仿"作家所表现的映象，因为"模仿是创造的导线，也是它的母体"[③]。概括而言，新月派"摹仿"的翻译话语反映了摹仿创造论、审美和谐说乃至神秘主义与表现主义的色彩，与17至18世纪英国从德莱顿到泰特勒的古典主义翻译诗学颇具相似性和渊源性[④]，具有鲜明的古典主义特征。

　　古典主义的"摹仿"翻译观是对时代翻译文化的扬弃，它并不否定五四到20世纪30年代的主要翻译文化特征——"信"的翻译标准的重构，而是主张忠实与创造的和谐融合，也即忠实基础之上的再创造。在翻译过程中，新月派同人意识到无论是严复的信、达、雅，还是当时争论得热火朝天的直译或意译都"不足以尽译诗的能事"，因为文学翻译有独特的要求和标准。譬如，曾朴列举出译诗的五个任务：理解要确，音节要合，神韵要得，体裁要称，字眼要切，并认为其中最重要的是抓住神韵，因为"神韵是诗的唯一精神"[⑤]。陈西滢在此基础上批评了达与雅的翻译标准的缺陷，进而提出"形似、意似、神似"三种不同程度的标准。虽然"神似"是"一个不能冀及的标准"，但"取法乎上，失之于中"，如果把直译的"形似"作为翻译标准，岂不是"取法乎下"？[⑥]在曾朴和陈西滢的论述中，"神韵"都是"神秘不可捉摸的东西"，使得文学翻译不仅困难，而且也不免令译者无所适从。曾虚白遂补充说："所谓'神韵'者，并不是怎样了不得的东西，只不过是作品

[①] 上沅. 1926. "长生诀"序. 晨报副刊·剧刊，（14）：10-11.
[②] 顾仲彝. 1934. 关于翻译. 摇篮，2（2）：5.
[③] 虚白. 1928. 翻译的困难. 真美善，1（6）：2-3；
　　虚白. 1928. 模仿与文学. 真美善，1（11）：4.
[④] 参见 *English Translation Theory 1650-1800*（Van Gorcum, 1975）第三章"Mimesis: The Translator as Painter（摹仿：作为画家的译者）"。新月派同人留学欧美的背景使他们有足够的机缘和兴趣接受英国启蒙时期的古典翻译诗学。
[⑤] 病夫. 1928. 读张凤用各体诗译外国诗的实验. 真美善，1（10）：1-3.
[⑥] 西滢. 1929. 论翻译. 新月，2（4）：12.

给予读者的一种感应,换句话说,是读者心灵的共鸣作用所造成的一种感应。"进而,他主张翻译要有两重标准:一是针对译者,看译者的翻译表现是否与他们自己"在原文里所得的感应"相符;二是针对读者,看译者的翻译表现能否令读者得到与译者自己一样的感应。如果这两个问题都得到了满意的回答,翻译自然就能再现原作的"神韵"[①]。可以说,陈西滢与曾虚白的翻译标准都是指向"神韵"的,只不过前者是以忠实于原文为取向,而后者是以读者反应为衡量,后者是对前者的补充与限定,使之更为严谨可行。

无独有偶,师承新月派前辈叶公超的钱锺书也在《学文》月刊上发表文章,赞同英国翻译家、文艺批评家阿诺德的好翻译标准是"在原作和译文之间,不得障隔着烟雾,译者自己的作风最容易造成烟雾,把原作笼罩住了,使读者看不见本来面目",也就是说,译者应该把"原文的风度"传递给译语读者,使原作和译语读者之间不存在"隔"[②]。钱锺书的"不隔"标准可谓陈西滢和曾虚白的绝妙融合。新月派关于文学翻译标准的讨论和思考,从不同的角度揭示了翻译的特性、复杂性和创造性,使中国文学翻译理论进一步趋形。之后,朱生豪翻译莎士比亚以"保持原作之神韵"为宗旨,尤其傅雷标举"重神似不重形似"的翻译标准,他们都明显继承了新月派的文学翻译思想,而钱锺书更是将文学翻译的最高境界从"不隔"推向了"化境"。

可见,"摹仿"的翻译观与以"神似/不隔"为目标的翻译标准,洋溢着古典式的审美色彩。这种古典倾向的翻译诗学始终浸淫在新月派的诗歌翻译中,使社团的诗歌翻译始终以美学实现为优先元素,译诗的审美意蕴与诗学意义提高了中国新诗的文学本体地位。

(二)翻译规范:欧美诗歌文化的认同与规范的翻译行为

翻译规范是对文学社团翻译行为的说明与要求,指导译者的总体选择[③],说明译者的文化取向、道德标准与职业操守。古典倾向的翻译诗学主导了新月派的诗歌翻译规范。

[①] 虚白.1929.翻译中的神韵与达:西滢先生论翻译的补充.真美善,5(1):4,14.
[②] 中书君.1934.论不隔.学文,1(3):76-77.
[③] 比如,遵循源语文化规范、译入语文化规范,还是中庸的规范?或者说,译文是充分的(adequate)翻译、可接受的(acceptable)翻译,还是居于二者之间的中庸的(moderate)翻译?

首先，新月派的诗歌翻译以选译欧美诗歌为大宗。其中，源自英、法、德、美的译诗约占了总译诗数的 80%，而来自英美的译诗又占了总译诗数的 53%多。实际上，新月派的译诗选择是以英语文学为主，又通过英语为中介结识了其他文学，尤其是法国象征主义诗歌[①]。新月派同人不约而同选译欧美诗歌，尤其是英语诗歌，是对欧美诗歌文化的集体认同与借鉴创新。邢鹏举说，"文学是没有阶级性的"，只要是世界文学名著，都有翻译的价值，不论其是资本主义文学还是社会主义文学[②]。新月派推崇欧美文化与尊重翻译艺术的主张可见一斑。而且，这与他们崇尚伦理、讲究和谐美的古典倾向翻译诗学是并行一致的。

其次，面对中国新诗文体的日益单调与文学价值的贫瘠，新月派扛起了新诗形式建设的大旗。因为对欧美文学的认同，再加之英美诗潮的发展契合了他们译诗的文化语境，新月派同人走上了借鉴西洋诗的道路，趟开了以译诗试验外国诗歌格律的路径。在徐志摩、胡适拉开译诗对话的序幕之后，译诗"创格"迅速演绎成为社团的翻译规范，并在译者个人的自我对话、同人间的相互对话与跨时空对话中发展开来。十余年来，新月派同人花样若干的译诗创格实践，丰富了格律体新诗的形式。尽管创格试验表现出多元性，有主流的形式——完全格律化，有潜流的形式——半格律化，也有诗人译诗的节奏式格律化和作家译诗的节奏式自由化，但新月派大规模开展的译诗创格试验，既是社团文化规范和译者主体性创新之间的试验，又是忠实迻译外国诗歌形式和适应主体文化诗学之间的创新试验。这种摹仿原作基础上的主体创造，体现了中西方文化在译者身上的调和，因此新格律体译诗成为"中西艺术结婚后产生的宁馨儿"。创格试验所蕴含的语言游戏观与和谐审美观，不仅体现了新月文人的贵族气质和绅士风情，更实现了译诗古典式的审美艺术高度。另外，新月派进行新格律体译诗试验，是观察外国诗的"质地和精巧纯粹的形式，在转变成中文的时候，可以保存到怎样的程度"[③]。换言之，

---

① 徐志摩、邢鹏举、邵洵美等新月派同人主要是从英文转译法国象征诗，而卞之琳、梁镇、梁宗岱等同人却是从法文直接翻译。不过，需注意的是，卞之琳等人是先从中学和大学的英文课堂上接触外国诗歌，尔后再学习其他外国语进行翻译的[参见《卞之琳译文集. 上卷》（安徽教育出版社，2000 年）"译者总序"第 2 页]。

② 邢鹏举. 1934. 翻译的艺术. 光华附中半月刊，2（9-10）：97.

③ 戴望舒. 1983.《恶之花》掇英·译后记//戴望舒. 戴望舒译诗集. 长沙：湖南人民出版社：153.

第八章 结语：构建新月派诗歌翻译文化

就是通过译诗来探求现代白话文表达外国诗形式的潜力。实践证明，新月派倡导的中庸翻译策略，融合了直译与意译的长处，以迻译原作的内容与形式，创造了既忠实于原文又流畅可读的译诗语言，充分反映了"摹仿"的翻译诗学。

再次，古典倾向的翻译诗学不仅主导了新月群体理性的翻译实践和规范的翻译行为，还将其翻译批评注入了伦理色彩，使之朝和谐、健康的方向发展。实际上，新月派同人在面对当时文坛谩骂式的翻译批评时，大都能表现出绅士的风度、宽容的心态和理性的方法。而且，对他人的批评，也多是如此。譬如，在新月派内外部开展的译诗对话大都是在友好的气氛中进行的，尤其闻一多与小畑薰良之间的对话，在中国现代翻译史上筑起了一道关于译诗批评的亮丽风景线。甚者，徐志摩面对鲁迅、刘半农对他在译诗中谈音乐美进行讽刺和挖苦时，也表现出宽容与大度。胡适就说："翻译是一件很难的事，大家都应该敬慎从事。批评翻译，也应该敬慎将事。过失是谁也不能免的，朋友们应该切实规正，但不必相骂，更不必相'宰'。"①显然，在新月派看来，批评虽是一种非"curse"（咒骂）、非"讥笑刻薄"的"骂人"方式，但骂人却不是批评②。进而，新月派同人主张翻译批评不应该只是挑错，更应该批评译者的风格。梁实秋就指责挑错式的批评是所谓的"纠正的批评"，"就和文坛上警察似的，他睁大了双眼，在文坛上梭巡，对于翻译的作品，检查的格外严厉，遇到了不可饶恕的错误，便铁面无私的一字一句的指驳"；他还批判了"印象的批评"与无政府主义者的"破坏的批评"，提出批评要有伦理的动机、标准的建设和严正的态度，因为"文学批评乃是人类判断力的一种活动，它有哲学的基础，它有人生的意义"③。这就将翻译批评从挑错式上升到了道德性和审美性的更高层面。

最后，如陈西滢对翻译规范的总结，"原文的精神固然不是容易传达的，可是不失原意，对得起作者，文笔通达，对得起读者，却是万不可少的条件"④。这又涉及对作者和读者负责的另一层含义。而且，胡适和闻一多还补充了"对

---

① 适之.1929.论翻译：寄梁实秋.新月，1（11）：9.
② 参见西林的《批评与骂人》（1924年12月20日《现代评论》第1卷第2期，第15-16页），以及西林对张歆海《"批评与骂人"：致现代评论记者》的答复（1925年1月3日《现代评论》第1卷第4期，第16页）。
③ 梁实秋.1927.近年来中国之文艺批评.东方杂志，24（23）：85，88.
④ 西滢.1928.西京通信（一）：我们也可以试试吗？.新月，1（9）：4.

译者自己负责"的第三项责任[①]。责任话题说明了新月派同人正直的职业操守和道德标准。面对五四以来翻译界鱼龙混杂、译者素质低下的局面，梁实秋严厉批判所谓的"第一流的翻译家"对原作及读者的不负责任以及翻译中的断章取义，批评他们不愿意查阅词典和参考书以致错讹百出、贻误大众的荒唐态度，从而严正提出做翻译要有严谨的态度，要认真研究原作，以便忠实地把原作传达给译入语读者[②]。

可见，新月派的诗歌翻译规范体现了对欧美诗歌文化的崇尚与选择、译诗的艺术性、中庸的翻译策略与中和的语言观，以及译者正直的道德操守。这与古典倾向的翻译诗学是紧密相连的。概括而言，新月派的古典倾向翻译诗学和理性、有序的翻译规范，融合了伦理道德性、审美艺术性与现代性，是在一个翻译活动无序无章的时代，标举出中和之美的旗帜，期望以翻译舒缓文学的震荡，整饬文化的杂乱。

第二节　新月派诗歌翻译文化的特性

新月派在主体文化体系中演绎的诗歌翻译文化，自然带有时代翻译文化的痕迹。首先，"移花接木"不惟是新月派独享的译诗模式，民国时期的白话文译诗差不多都是这种文化模式，只不过移植中"选种"和"播种"的方式不同，催生的异彩也就各异。其次，新月派继承了"信"的翻译标准和"欧化"的翻译语言，只是具体的翻译策略不同，欧化的程度也相异。应该说，新月派的译诗文化既展现了时代文化的共性，又表现出与众不同的特性。鉴于众多文学社团的翻译活动共同塑造了 20 世纪二三十年代多元化的译诗文化，又因为"一个社团，一种翻译文化"，我们将根据第二章的诗歌翻译文化图景描述，结合相关史料对文学研究会、创造社与现代派的诗歌翻译进行对比分析，从中突出新月派诗歌翻译文化的特性。诗歌翻译文化如上节所述，围绕翻译原则与翻译规范两个核心层面，聚焦于翻译诗学、翻译观、译诗取向、翻译艺术、译诗形式、译诗方法和译诗语言等要素的探讨。

---

① 参见陈福康.2000.中国译学理论史稿（修订本）.上海：上海外语教育出版社：277-278.
② 秋.1933.翻译之难.益世报·文学周刊：（47）：10.

第八章 结语：构建新月派诗歌翻译文化

首先，在译诗取向上，新月派的重心是从 19 世纪末至 20 世纪初叶的浪漫派传统诗人，过渡至济慈、布莱克以及唯美派和象征派诗人。相比之下，文学研究会大量的译诗来自泰戈尔诗、日本俳句、弱小民族诗歌以及 19 世纪以来的欧美浪漫主义诗歌，也即东西方诗歌大致各占半壁江山。创造社同样如此，一方面倾心译介 19 世纪初的欧美浪漫主义诗歌，另一方面又青睐波斯诗人莪默·伽亚谟。在 20 世纪 20 年代后期，随着革命文学的意识形态倡导，文学研究会和创造社为数不多的诗歌翻译活动则集中于对俄、日、欧美的无产阶级诗歌进行译介。虽然新月派、文学研究会与创造社都大量译介了欧美浪漫主义诗歌，但新月派聚焦的是维多利亚时代注重诗的客观性和诗的形式的具有古典色彩的浪漫主义诗歌，而另外两个社团则主要选择 19 世纪初颇有狂飙突进精神的积极浪漫主义诗人，尤其创造社还倾情感伤的浪漫诗人。至于新月派稍后的现代派，主要译介的是欧美现代派诗，即英、法象征派诗和美国意象派诗[①]，并涉及世界范围内其他现代派诗人，如未来主义派、超现实主义与日本的新感觉派等。应该说，现代派比新月派在现代主义诗歌译介的广度和深度上都有较大的提高。

其次，与新月派创格的新格律体译诗形成鲜明对比的是，文学研究会和创造社的译诗在形式上几乎完全是白话自由体的新诗——无论原作是形式松散的散文诗，还是格律严谨的欧美浪漫派诗歌，都按白话无韵体来翻译，只不过有分行与否、欧化程度深浅的差别。文学批评家石灵曾指出："如果要寻文学研究会对诗歌的共同倾向，那仍然是自由创造。所以要说它的贡献，也就只在于充实自由诗的范围。"而对于创造社，石灵认为他们对于新诗也是有相当大的贡献的，只是那份贡献体现"在内容上"，而非"在形式上"——"这种内容的解放，使郭[沫若]诗成为不羁的野马，他只顾自己的狂奔，无暇管到创造规律，也根本耐不了"[②]。石灵对文学研究会与创造社的比较分析也恰如其分地反映了这两个文学团体的译诗，虽然译诗充实了自由诗的诗体形式，但其着重关心的是对外国诗的内容攫取，或为人生，或反抗强暴，或感伤抒情，而原诗的形式却在翻译中有意无意地丧失了。对于 20 世纪 30 年代兴起的现代派，因为孙大雨、卞之琳、孙毓棠、梁宗岱、曹葆华、赵萝蕤等成员

[①] 耿纪永. 2009. 《现代》、翻译与文学现代性. 同济大学学报（社会科学版），（2）：76-83.
[②] 石灵. 1937. 新月诗派. 文学，8（1）：126.

出于新月而后入于现代，他们的译诗形式经历了从格律体到自由体，最后又回归格律体的"之"字形变化。不过，有两点需注意的是：其一，现代派选译的外国现代主义诗歌已超越了魏尔伦、马拉美、波德莱尔等诗人形式美的诗，更多的是选择口语化、自由体的现代派诗，如福尔、果尔蒙、耶麦、T. S. 艾略特等后期象征派诗人的诗和美国意象派诗等；其二，现代派的自由体与格律体的译诗形式，经历了否定之否定的诗学探索，是前人基础上的螺旋式进步。

最后，新月派倡导创格的翻译艺术、直译和意译相结合的中庸翻译法以及流畅欧化文的中和语言观。这与"神似/不隔"的摹仿翻译观是相一致的。总体看来，新月派译诗的翻译观、语言观以及在译诗策略与翻译批评等方面的规范，都体现了古典倾向的翻译诗学。

与之相比，文学研究会内部在译诗方法上似乎有分歧：周作人赞成直译，尽管"译文实在很不漂亮"，但"尽汉语的能力所及的范围内，保存原文的风格，表现原语的意义"[①]。茅盾和郑振铎主张译诗应该采取意译法。茅盾曾说："诗应该直译呢，应该意译呢？郑振铎君去年讨论到一点，他引邓亨的话，赞成意译。……我也赞成意译——对于死译而言的意译，不是任意删改原文，以意译之的意译；换句话说，就是主要在保留原作神韵的译法。"[②]然而，无论是照顾汉语的直译，还是在忠实原文前提下保持原诗神韵的意译，都是为了发展译诗的自由体形式。直译放弃了原文的格律，仅忠实于原文的语言和分行等外在结构，因而译诗语言欧化色彩浓厚。意译强调的是以自由形式破除原诗的格律体，用欧化的语言去表达原诗的内容。这样看来，意译也意味着译诗形式的失落与自由。譬如郑振铎意译雪莱的《给英国人》[③]（"Song to the Men of England"）的第一节诗：

    Men of England, wherefore plough
    For the lords who lay ye low?

---

 ① 周作人. 2009.《陀螺》序//罗新璋，陈应年. 翻译论集（修订本）. 2版. 北京：商务印书馆：472.
 ② 茅盾. 2009. 译诗的一些意见//罗新璋，陈应年. 翻译论集（修订本）. 2版. 北京：商务印书馆：417-418.
 ③ Shelley. 1922. 给英国人. 西谛译. 文学旬刊，（52：双十增刊）。需注意的是，英文原诗由六节四行诗组成，而郑振铎的译诗则是不分节的白话散文诗。

第八章 结语：构建新月派诗歌翻译文化

Wherefore weave with toil and care
The rich robes your tyrants wear?

英国人呀，
你们为什么替压迫你的人耕田？
你们为什么小心辛苦的织了美丽的衣服给暴主穿？

显然，原文格律体的诗歌被郑振铎用欧化的语言迻译成了散文诗，虽然忠实于原文的内容，但诗学形式却被破弃了。顺便说一句，文学研究会在翻译小说、戏剧和散文等非诗歌体裁作品时，都主张直译。这一观念也落实到译诗上，虽然茅盾、郑振铎主张意译，但欧化的译诗语言使得其根本不像直译，倒像是欧化的白话诗创作。可见，文学研究会的译诗，一方面不可避免地受到了社团自身的现实主义翻译诗学的制约和影响，另一方面又受到五四时期的时代翻译文化——浪漫主义翻译诗学——的影响。现实主义翻译诗学要求翻译活动遵循现实主义艺术规律，忠实地传递原文的形式与内容，而浪漫主义翻译诗学则倾向于改动原文的形式与内容[①]。因此，在社团规范和时代文化的双重制约下，文学研究会的译诗只能置原作的形式不顾而仅保存其内容。现实主义与浪漫主义相交融的现实主义倾向的翻译诗学[②]，体现了文学研究会译诗服务于文学革命需要的功利性目的与价值取向，但其译诗艺术性不够。

创造社主张译诗是一种创作，要忠实展现原作的风格与意义。郭沫若提出："译诗于直译，意译，之外，还有一种风韵译。字面，意义，风韵，三者均能兼顾，自是上乘。即使字义有失而风韵能传，尚不失为佳品。若是纯

[①] 苏联文艺学翻译代表人物加切奇拉泽（1914—1974）秉承翻译理论家卡什金"现实主义翻译"的提法，进一步发挥说："现实主义译者，遵循现实主义艺术规律（反映原作的形式和内容中一切特殊的和典型的东西，再现原作形式和内容的统一），反映原作的艺术真实。……忠于原作的艺术真实，这才是现实主义译者的目标。"（参见加切奇拉泽. 1987. 文艺翻译与文学交流. 蔡毅，虞杰编译. 北京：中国对外翻译出版公司：49）对此进行推演，再结合梁实秋在1926年《现代中国文学之浪漫的趋势》文中批判五四时期文学翻译为"浪漫主义式"，从而认为浪漫主义翻译诗学给译者以幻想和充分自由，使其改动原文的形式和内容。

[②] 鉴于文学研究会特别强调翻译对原文内容和语言结构的忠实，而浪漫主义诗学是时代文化的外在影响，所以称其在译诗上表现的翻译诗学为现实主义倾向。

粹的直译死译，那只好屏诸艺坛之外了。"①首先，"风韵说"将译诗上升到艺术创作的层面。"译雪莱的诗，是要使我成为雪莱，是要使雪莱成为我自己。译诗不是鹦鹉学话，不是沐猴而冠。……我和他合而为一了。他的诗便如像我自己的诗。我译他的诗，便如像我自己在创作的一样。"②创造社的另两位主将成仿吾与郁达夫也表达了相似的翻译观，如"译诗应当也是诗，这是我们所最不可忘记的"③。又如，"译文在可能的范围以内，当使像是我自己写的文章"④。由此看来，创造社对译诗风格的忠实超越了对语言和形式的忠实，甚至为了精神的传达，还可以在语言和内容上不忠实。其次，与"风韵说"翻译观相关的还有意译翻译法。为了替自己的翻译方法张目，郭沫若抬出了泰戈尔和莪默·伽亚谟。他在《卷耳集》（泰东图书局，1923年）"序"（第4页）中说道："我译述的方法，不是纯粹逐字逐句的直译。我译得非常自由，我也不相信译诗定要限于直译。太戈儿把他自己的诗从本加儿语译成英文，在他《园丁集》的短序上说过：'这本译品不必是字字直译——原文有时有被省略处，有时有被义释处。'他这种译法，我觉得是译诗的正宗。"因此，他仿效菲茨杰拉德英译《鲁拜集》的方法，从菲氏英译本转译伽亚谟，并特此声明"本译稿不必是全部直译，诗中难解之处多凭我一人的私见意译了"⑤。成仿吾在汉译"New Light on Omar Khayyam"（《莪默伽亚谟的新研究》）一文时，极其赞赏作者对菲茨杰拉德英译莪默的评论——"这不是翻译而是一种诗的灵感之再现"，遂翻译该文，希望"不仅可以知道斐氏所取的方法，兼可得到关于译诗的一点暗示"⑥。可见，创造社主张的翻译策略和译诗观念虽然强调要忠实于原文，但忠实的是原文的精神，至于译诗的文字表达，可以极度地自由，以体现译诗也是诗，从而造就了"形式自由、语言放纵"的译诗，使得中国新诗继续走向形式放纵⑦，一直到新月派的出现。创造社到了后期，因为服务于革命文学的需要，他们的译诗也有意偏向放弃

---

① 郭沫若. 1922. 批判意门湖译本及其他. 创造季刊, 1（2）: 28.
② 郭沫若. 1923. 雪莱的诗. 创造季刊, 1（4）: 19-20.
③ 成仿吾. 1923. 论译诗. 创造周报, （18）: 3.
④ 参见《达夫所译短篇集》（生活书店, 1935年）"自序"第2页.
⑤ 郭沫若. 1922. 波斯诗人莪默伽亚谟. 创造季刊, 1（3）: 41.
⑥ E. S. Holden. 1923. 莪默伽亚谟的新研究. 成仿吾译. 创造周报, （34）: 9-10.
⑦ 张旭. 2011. 中国英诗汉译史论：1937年以前部分. 长沙：湖南人民出版社：307.

第八章 结语：构建新月派诗歌翻译文化

形式的直译，以保存原诗的精神与权威[1]。与此同时，20世纪30年代初的"文艺大众化"运动又驱使左翼文人运用大众的白话。这样，直译下的欧化与口语化的白话就造成了后期创造社杂糅的欧化译诗语言。

简言之，"风韵说"翻译观与任性的翻译策略反映了创造社浪漫主义倾向的翻译诗学，这与其标举的创造精神和时代翻译文化并行不悖。创造社的译诗主要从个体人生的价值需要出发，不乏艺术性，但由于翻译所扮演的诗体革新和思想革命的工具性作用，以及受泰东图书局商业赞助的制约，译诗的艺术性又受到影响。至于后期创造社，高扬革命精神的译诗则更是彰显了其革命浪漫主义色彩。而且，浪漫主义翻译诗学还主导了创造社的挑错式翻译批评，目的主要是争夺文坛话语权[2]，或者把翻译作为政治斗争的武器。这种工具性的翻译批评缺乏伦理关怀，不仅掩盖了批评的实质，更是对浪漫主义翻译诗学的推波助澜。

至于厕身于象征主义阵营的现代派，呈现出带有古典主义痕迹的象征主义翻译诗学。象征主义对外部世界的机械摹仿持否定的态度，提出要表现内心世界的主张，并认为这才是更深刻的写实，因此象征主义翻译诗学倡导比较切合实际地再现原文形式，追求纯诗或诗意性[3]。之所以说现代派坚持象征主义倾向的翻译诗学，是因为：其一，现代派选译的主要是英法象征诗、美国意象派诗等欧美现代诗，追求"纯粹的诗"与现代主义精神的深刻性。这不仅突出了译诗的象征主义内容，而且启示了现代派的诗学观念，引领了其新诗创作[4]。其二，选译的现代诗本身就包容了现代主义（象征主义）的诗意、精神与自由形式，以及古典主义的精致与严格，虽然前者为主，后者为辅。其三，现代派强调译诗忠实传神地体现出原作的诗味、诗性和诗境[5]，亦即，关注原作"象征""朦胧""哲理"等现代技术技巧，至于原作的音节、韵法、辞藻、节奏等外在表现形式，则根据实际需要或诗学观变化来决定是否

---

[1] 后期创造社译诗可参见张旭《中国英诗汉译史论：1937年以前部分》第8章有关创造社成员后期译诗的论述。

[2] 胡翠娥．2011．"翻译的政治"：余家菊译《人生之意义与价值》笔战的背后．新文学史料，（4）：136．

[3] 刘军平．2009．西方翻译理论通史．武汉：武汉大学出版社：213．

[4] 参见蓝棣之．1986．现代派诗选．北京：人民文学出版社："前言"3-6．

[5] 参见施蛰存（译）．1987．域外诗抄．长沙：湖南人民出版社："序引"Ⅱ-Ⅲ．

再现。换言之，按照不同的实际需要，或着眼于译诗语言形式追求，或注重于译诗语言深层属性的探索。戴望舒的译诗形式在自由诗体和格律诗体之间的转换就是明显的例子①。赵萝蕤主张"以译文忠实地传达原文的语义为根本原则，同时在汉语遣词造句的习惯允许的范围内，尽量再现原作的表现方式，使译文忠实于原作的内容与艺术风格"②，则是另一适切的例证。其四，现代派在翻译方法上声称的"直译"（如出于新月入于现代的梁宗岱和赵萝蕤），实际上是灵活变通的直译，需要"在汉语遣词造句的习惯允许的范围内"实施，而且并不机械否定和排斥意译③。这是新月派中庸翻译策略与中和语言观的继承和发展，现代派的译诗实践充分证明了这一点。至于他们在理论上坚持声称"直译"，想来是为了标举译诗的合法性和权威性，以巩固现代主义诗歌在中国诗坛的地位。由此四点可见，现代派的译诗活动在象征主义翻译诗学主导下，又融入了古典式的审美标准、翻译方法和语言观。象征主义倾向翻译诗学凸显了这群留学欧美的自由主义知识分子译诗的诗学目的与艺术实践。

根据以上对新月派、文学研究会、创造社和现代派译诗文化的描述分析，可以将其差异性特征归纳于表 8-1。

表 8-1　新月派与文学研究会等文学社团的译诗文化对比

参数	新月派	文学研究会	创造社	现代派
翻译诗学	古典主义倾向	现实主义倾向	浪漫主义倾向	象征主义倾向
翻译观	摹仿	复制	表现	象征
译诗取向	从维多利亚时期浪漫派诗人，过渡至济慈、布莱克及唯美派与象征派诗人	泰戈尔诗、日本俳句、弱小民族诗歌与19世纪初的欧美浪漫派诗	从19世纪初的欧美浪漫派诗歌与《鲁拜集》到俄（苏）与日本的无产阶级诗歌	英法象征诗、美国意象派诗及其他现代派诗

---

① 参见施蛰存为《戴望舒译诗集》（湖南人民出版社，1983年）所写"序"第3-4页。
② 参见刘树森为赵萝蕤译《荒原》（中国工人出版社，1995年）所写卷首文《赵萝蕤与翻译》第11页。引文中的粗体为笔者所加。
③ 梁宗岱在译诗集《一切的峰顶》（上海时代图书公司，1936年）"序"（第5页）中说："至于译笔，大体以直译为主。除了少数的例外，不独一行一行地译，并且一字一字地译，最近译的有时连节奏和用韵也极力模仿原作——大抵越近依傍原作也越甚。"赵萝蕤的主张参见上注引文，亦即其赋予直译的内涵。

第八章 结语：构建新月派诗歌翻译文化

续表

参数	新月派	文学研究会	创造社	现代派
翻译方法	直译与意译结合的中庸翻译法	丧失形式的内容直译或语言欧化、形式失落的意译	从内容与形式的意译到偏向放弃形式的直译	变通的直译
译诗形式	格律体	自由体	形式放纵的自由体	自由体与格律体交替
翻译艺术	创格	破格	破格	破格或创格
译诗语言	流畅的欧化文	欧化文	从流畅欧化文到杂糅欧化文	流畅的欧化文

从表 8-1 中可以看出，翻译规范与翻译诗学上的差异展现了新月派与其他三个文学社团在诗歌翻译文化上的差异性，当然也显示了新月译诗文化的特性。在五四以降十余年的文化语境中，虽然"信"的翻译标准是时代特征，但不同的翻译诗学决定了对"信"的不同理解，催生了不一样的诗歌翻译观。古典倾向的新月派倡导摹仿创造、审美和谐的"摹仿"观，以坚持译诗的独立性与美的特质。文学研究会与创造社也不否认摹仿的翻译普遍性，但写实倾向的诗学使得前者认同"复制"的机械摹仿，以借西学抨击旧学，而浪漫倾向的诗学则使后者倾心于摹仿的任性，以"表现"[①]个体价值，二者都承载鲜明的功利性。而现代派作为留学欧美的自由主义知识分子团体，与新月派一样专注译诗的审美创造，但象征倾向诗学使其选择与时俱变的切实摹仿，不拘泥于新诗语言形式自律性探索，而是面向诗歌语言深层属性（音乐、色彩等）的摹仿，以"象征"出译诗的现代风味。文学社团翻译诗学与翻译观的差异又进一步影响了他们各自的译诗规范。甚者，各社团"移花接木"的译诗模式也因此呈现不同的移植方式，从而催生出形式、内容、语言、风格各异的译诗。

[①] 成仿吾倾心于译诗"表现的翻译法（Expressive method）"，认为是"译者用灵敏的感受力与悟性将原诗的生命捉住，再把他用另一种文字表现出来"。这种翻译方法"实具创作的精神，所以译者每每只努力于表现，而不拘于原作的内容与形式"，"结果难免没有与原作的内容不同之处"。他认为郭沫若的译诗是这种翻译法的代表。参见成仿吾.1923.论译诗.创造周报，（18）：4，7.

第三节　新月派诗歌翻译文化的成因

新月派为什么演绎了卓尔不群的诗歌翻译文化呢？起因当然极为复杂。翻译理论家皮姆曾将翻译现象发生的深层原因归结为四大类[①]：第一类，质料因或初始因（material or initial cause），即完成翻译所需的源文本、语言和技术；第二类，目的因（final cause），即翻译的目的，或者说翻译在译语文化中应当发挥的理想功用；第三类，形式因（formal cause），即允许翻译发生的历史规范；第四类，动力因（efficient cause），即从事翻译的译者。原因互为相关，多种原因交织促使翻译发生，但说到底都归结为动力因，毕竟译者是翻译活动的中心。借助皮姆的原因理论，我们最后探讨新月派诗歌翻译文化的成因，兼及对比其他文学社团。

首先，新月派主要选择的是英语诗歌，并以英文为中介接触了法、德等其他欧诗以及其他外国诗[②]。从质料因来看，这与新月译者学院派出身、留学欧美或通过大学教育接触欧美文化的教育背景息息相关。新月译者大都出身经济条件优渥的家庭，胡适、徐志摩、闻一多、朱湘、饶孟侃、孙大雨、叶公超、梁实秋等早期同人都有留学英美的经历，新秀除邵洵美留学英法外，陈梦家、方玮德、卞之琳、邢鹏举、孙毓棠等都在国内接受了系统的大学教育。而五四时期至1937年的民国高校教育非常强调外语的重要性，尤其是英语，依靠庚子赔款预备学生留学的清华就有这样的传统[③]。巧的是，新月派同人自闻一多、梁实秋、"清华四子"到曹葆华、孙毓棠、李唯建、赵萝蕤等大批成员曾在清华学校（大学）就读。甚者，他们在中学时代就受到良好的英语教育。这样看来，精通英文是新月派认同英美文化并选择其诗歌来翻译

[①] Pym, A. 2007. *Method in Translation History*. Beijing: Foreign Language Teaching and Research Press, pp. 148-149.

[②] 这不仅反映了新月派对欧美文化的认同，也可以看出他们在转译使用上的谨慎态度。此外，还须注意的是，新月派翻译的非欧美裔的外国诗人作品也有用英语直接创作的（如冰心翻译的黎巴嫩诗人纪伯伦的英文散文诗集《先知》），或者说是近乎于英语创作的经典英译本，如杰茨费拉德英译的《鲁拜集》以及宗教文学文本《歌中之歌》（陈梦家译）等。

[③] 叶文心. 2012. 民国时期大学校园文化：1919—1937. 冯夏根等译. 北京：中国人民大学出版社：205-206.

第八章 结语：构建新月派诗歌翻译文化

的先决条件，使得翻译项目的引进更为"可得"（accessible）[①]。相比之下，文学研究会与创造社的成员大多贫困家境出身，主要留学俄（苏）或日本。而且，他们即使曾经在学校学习或自学过英语，但论整体水平自然难以与新月派译者们相比[②]。因此，一方面，主观上他们既不会像新月派那样以接受英语文化教育而骄傲，相反则批判其为资产阶级文学；另一方面，客观上他们接触英语文学也相对比较困难。至于现代派成员，出于新月派的在英语背景上又增学了其他外语，如梁宗岱留学法国，卞之琳大学时以法语为第二外语；而戴望舒、施蛰存等或大学期间专攻法文，或曾经赴法国留学，所以不奇怪其青睐法语诗歌。

当然，精通英文和深受欧美文化熏陶只是新月派译诗的初始条件，译介欧美诗歌最终才取决于他们认为其"可用"（available），可以满足新诗创格与审美诗学构建的需要。现代派延续了新月文人诗学探求的译诗目的，只不过其追踪的是现代主义诗学。与新月派崇尚诗学审美不同的是，文学研究会和创造社以译诗作为工具，服务于思想启蒙、文学革命乃至革命文学的需要，译诗的审美色彩因而在无形中消解了。唯美与唯用、独立性与工具性在20世纪二三十年代诗歌翻译中的对立与冲突可见一斑。说到底，这体现的是新诗革新或改良与新诗革命的终极目的差异。

译诗的自由观或者工具观又与社团的翻译规范和翻译诗学相连。新月派坚持翻译的独立性与审美特性体现了古典主义诗学的特征，现代派在此基础上衍生出象征主义倾向的诗学，融合本土诗歌传统去演绎译诗的现代性。古典倾向翻译诗学与新月派的自由主义精神及其对欧美诗歌文化的认同相得益彰。一方面，自由主义精神使新月译者以宽容的姿态去兼收并蓄中西诗歌文化的优胜之处；另一方面，古典倾向翻译诗学也融合了中西方的诗歌艺术，创造了"创格"的译诗艺术。相比之下，翻译的社会功能与"复制"的翻译

[①] Even-Zohar, I. 1990. Polysystem studies. *Special Issue of Poetics Today*, 11 (1): 93.
[②] 新月派以接受英语文化教育为优越感。在翻译论争中，胡适就批评创造社是"一班不通英文的人来和我讨论译书"（1923年4月1日《努力周报》第46期"编辑余谈"），批评张友松英文浅薄（1929年1月10日《新月》第1卷第11号《论翻译：寄梁实秋》）；徐志摩曾在给成仿吾的信中嘲笑茅盾将"anarchism"（无政府主义）错译为"雅典主义"（1923年6月3日《创造周报》第4号"致成仿吾"）；梁实秋认为从英文转译俄法作品的译者难以看懂英文原著，所以选择翻译"浅显易明"的转译作品（1928年12月10日《新月》第1卷第10号《翻译》）。

观相结合，使文学研究会呈现写实倾向的翻译诗学，从而产生了语言欧化、形式自由的译诗。翻译的社会功能与"表现"翻译观相结合则使创造社呈现出浪漫倾向的翻译诗学，以至于产生语言与形式均放纵的译诗。

　　显见，新月派诗歌翻译文化的质料因、目的因和形式因不仅是相互交织的，而且本身还是翻译文化的组成部分。最重要的是，这些原因都是围绕新月译者群体这个中心展开的。没有译者，何谈翻译，更不要说演绎翻译文化了。尤其，只有译者才能有效地体现翻译与时代文化的关系。也即，作为时代产物的新月译者，在中国主体文化体系下参与译诗活动，其主体性也受到社会历史语境的制约，或者说，体现了中国新诗文化的时代性诉求。概而言之，正是新月派这群卓尔不群的译者，在中国新诗开端与探索的过渡年代演绎了独具特色的译诗文化，铸就了一个文学时代的辉煌。

参考文献

白立平. 2016. 翻译家梁实秋. 北京：商务印书馆.
卞之琳，叶水夫，袁可嘉，等. 1959. 十年来的外国文学翻译和研究工作. 文学评论，（5）：41-77.
卞之琳. 1936. 西窗集. 上海：商务印书馆.
卞之琳. 1942. 十年诗草（1930—1939）. 桂林：明日社.
卞之琳. 1979. 雕虫纪历. 北京：人民文学出版社.
卞之琳. 1983. 英国诗选. 长沙：湖南人民出版社.
卞之琳. 1984. 人与诗：忆旧说新. 北京：生活·读书·新知三联书店.
卞之琳. 1989. "五·四"初期译诗艺术的成长. 诗刊，（7）：50-52，43.
卞之琳. 2000. 卞之琳译文集. 上卷. 合肥：安徽教育出版社.
病夫. 1928. 读张凤用各体诗译外国诗的实验. 真美善，1（10）：1-15.
波多莱尔. 1930. 波多莱尔散文诗. 邢鹏举译. 上海：中华书局.
常风. 1944. 弃余集. 北京：新民印书馆.
常风. 1995. 逝水集. 沈阳：辽宁教育出版社.
陈惇，刘象愚. 2000. 穆木天文学评论选集. 北京：北京师范大学出版社.
陈福康. 2000. 中国译学理论史稿（修订本）. 上海：上海外语教育出版社.
陈历明. 2014. 新诗的生成：作为翻译的现代性. 北京：商务印书馆.
陈梦家. 1930. 诗的装饰和灵魂. 国立中央大学半月刊，1（7）：883-886.
陈梦家. 1931. 新月诗选. 上海：新月书店.
陈梦家. 1932. 歌中之歌. 上海：良友图书印刷公司.
陈梦家. 1995. 陈梦家诗全编. 蓝棣之编. 杭州：浙江文艺出版社.
陈平原. 2004. 文学的周边. 北京：新世界出版社.
陈平原，夏晓红. 1989. 二十世纪中国小说理论资料·第一卷（1897—1916）. 北京：北京大学出版社.
陈漱渝. 1980. 关于"现代评论派"的一些情况. 中国现代文学研究丛刊，（3）：300-308.
陈西滢. 2000. 西滢文录. 陈子善，范玉吉编. 沈阳：辽宁教育出版社.
陈子善. 1989. 梁实秋文学回忆录. 长沙：岳麓书社.

陈子善. 1998. 叶公超批评文集. 珠海：珠海出版社.
陈子展. 1929. 中国近代文学之变迁. 上海：中华书局.
成仿吾. 1923. 论译诗. 创造周报，（18）：3-8.
成仿吾. 1928. 从文学革命到革命文学. 创造月刊，1（9）：1-7.
程国君. 2003. 新月诗派研究. 武汉：长江文艺出版社.
戴望舒. 1936. 望舒草. 上海：复兴书局.
戴望舒. 1983. 戴望舒译诗集. 长沙：湖南人民出版社.
邓以蛰. 1926. 诗与历史. 晨报副刊·诗镌，（2）：17-20.
邓以蛰. 1998. 邓以蛰全集. 合肥：安徽教育出版社.
董丽敏. 2006. 想像现代性：革新时期的《小说月报》研究. 桂林：广西师范大学出版社.
董强. 2005. 梁宗岱：穿越象征主义. 北京：文津出版社.
杜荣根. 1993. 寻求与超越：中国新诗形式批评. 上海：复旦大学出版社.
范伯群，朱栋霖. 2007. 1898—1949中外文学比较史（上、下卷）. 南京：江苏教育出版社.
范东兴. 1985. 闻一多与丁尼生. 外国文学研究，（4）：87-94.
方梦之. 2004. 译学辞典. 上海：上海外语教育出版社.
方梦之. 2011. 中国译学大辞典. 上海：上海外语教育出版社.
方仁念. 1993. 新月派评论资料选. 上海：华东师范大学出版社.
方玮德. 1936. 玮德诗文集. 上海：上海时代图书公司.
方亚丹. 1948-03-37. 徐志摩译诗经. 大公报·大公园.
费鉴照. 1930. "古典的"与"浪漫的". 国立武汉大学文哲季刊，1（3）：649-662.
费鉴照. 1933. 济慈心灵的发展. 国立武汉大学文哲季刊，2（3）：535-570.
费鉴照. 1933. 现代英国诗人. 上海：新月书店.
费鉴照. 1935. 济慈美的观念. 文艺月刊，7（5）：1-5.
冯乃超. 1928. 冷静的头脑：评驳梁实秋的"文学与革命". 创造月刊，2（1）：3-20.
付祥喜. 2015. 新月派考论. 北京：中国社会科学出版社.
傅浩. 2005. 说诗解译：中外诗歌与翻译论集. 北京：中国传媒大学出版社.
傅浩. 2011. 窃火传薪：英语诗歌与翻译教学实录. 上海：上海外语教育出版社.
傅润华. 1929. 诗律的新路. 真美善，5（2）：1-28.
耿纪永. 2001. 欧美象征派诗歌翻译与30年代中国现代派诗歌创作. 中国比较文学，(1)：74-89.
耿纪永. 2009. 《现代》、翻译与文学现代性. 同济大学学报（社会科学版），（2）：76-83.
公超. 1932. 美国诗刊之呼吁. 新月，4（5）：12-16.
辜正坤. 2010. 中西诗比较鉴赏与翻译理论. 2版. 北京：清华大学出版社.
顾肃. 2003. 自由主义基本理念. 北京：中央编译出版社.
顾仲彝. 1934. 关于翻译. 摇篮，2（2）：5-6.

郭麟阁. 1940. 波多莱尔散文诗（Charles Baudelaire 著，邢鹏举译）.《法文研究》, 2 （1）: 78-93.

郭沫若. 1922. 波斯诗人莪默伽亚谟. 创造季刊, 1（3）: 1-41.

郭沫若. 1922. 批判意门湖译本及其他. 创造季刊, 1（2）: 23-44.

郭沫若. 1923. 卷耳集. 上海: 泰东图书局.

郭沫若. 1923. 雪莱的诗. 创造季刊, 1（4）: 19-20.

郭沫若. 1926. 革命与文学. 创造月刊, 1（3）: 1-11.

郭延礼. 1998. 中国近代翻译文学概论. 武汉: 湖北教育出版社.

韩石山. 2005. 徐志摩全集（全 8 卷）. 天津: 天津人民出版社.

韩石山. 2019. 徐志摩全集（全 10 卷）. 北京: 商务印书馆.

韩石山, 伍渔. 2008. 徐志摩评说八十年. 北京: 文化艺术出版社.

郝思曼. 1934. 诗的名称及其性质. 萝蕤译. 学文, 1（4）: 123-157.

贺麦晓. 2016. 文体问题: 现代中国的文学社团和文学杂志（1911—1937）. 陈太胜译. 北京: 北京大学出版社.

洪振国. 1986. 朱湘译诗集. 长沙: 湖南人民出版社.

胡翠娥. 2011. "翻译的政治": 余家菊译《人生之意义与价值》笔战的背后. 新文学史料, （4）: 129-137.

胡适. 1932. 通信. 诗刊, （4）: 97-99.

黄安榕, 陈松溪. 1985. 蒲风选集. 福州: 海峡文艺出版社.

黄杲炘. 2007. 英诗汉译学. 上海: 上海外语教育出版社.

黄国文. 2006. 翻译研究的语言学探索: 古诗词英译本的语言学分析. 上海: 上海外语教育出版社.

黄红春, 王颖. 2017. 新月派翻译理论与实践中的文学观. 南昌大学学报（人文社会科学版）, （1）: 127-132.

黄晋凯, 张秉真, 杨恒达. 1989. 象征主义·意象派. 北京: 中国人民大学出版社.

黄立波. 2010. 新月派的翻译思想探究: 以《新月》期刊发表的翻译作品为例. 外语教学, （3）: 88-91.

黄人影. 1985. 创造社论. 上海: 上海书店.

黄焰结. 2013. 论民国时期翻译与创作的关系. 浙江外国语学院学报, （6）: 70-75.

黄焰结. 2014. 翻译文化的历史嬗变: 从清末至 1930 年代. 语言与翻译, （1）: 47-51, 59.

黄焰结. 2014. 英译李太白: 闻一多与小畑薰良译诗对话的文化考量. 外语教学与研究, （4）: 605-615.

黄焰结. 2018. 诗译莎剧滥觞: 新月派的新文学试验. 外语与外语教学, （3）: 88-97.

黄焰结. 2022. 翻译史研究方法. 北京: 外语教学与研究出版社.

季维龙. 1995. 胡适著译系年目录. 合肥: 安徽教育出版社.

霁野. 1928. 《烈夫》及其诗人. 未名, 半月刊第 1 卷. 1930 年合本：11-14.
加切奇拉泽. 1987. 文艺翻译与文学交流. 蔡毅、虞杰编译. 北京：中国对外翻译出版公司.
江枫. 2009. 江枫论文学翻译及汉语汉字. 北京：华文出版社.
江弱水. 2003. 中西同步与位移：现代诗人丛论. 合肥：安徽教育出版社.
姜义华. 1993. 胡适学术文集·新文学运动. 北京：中华书局.
金东雷. 2010. 英国文学史纲. 长春：吉林出版集团有限责任公司.
金尚浩. 2000. 中国早期三大新诗人研究. 台北：文史哲出版社.
凯罗·纪伯伦. 1931. 先知. 谢冰心译. 上海：新月书店.
柯飞. 1988. 梁实秋谈翻译莎士比亚. 外语教学与研究（外国语文双月刊），（1）：46-51.
孔慧怡. 1999. 翻译·文学·文化. 北京：北京大学出版社.
孔慧怡. 2005. 重写翻译史. 香港：香港中文大学翻译研究中心.
蓝棣之. 1986. 现代派诗选. 北京：人民文学出版社.
蓝棣之. 1989. 新月派诗选. 北京：人民文学出版社.
蓝棣之. 1995. 闻一多诗全编. 杭州：浙江文艺出版社.
蓝棣之. 2002. 现代诗的情感与形式. 北京：人民文学出版社.
黎照. 1997. 鲁迅与梁实秋论战实录. 北京：华龄出版社.
黎志敏. 2000. 中国新诗中的十四行诗. 外国文学研究，（1）：65-68.
李长之. 2013. 迎中国的文艺复兴. 北京：商务印书馆.
李红绿. 2014. 原型诗学观下的新月派译诗研究. 浙江树人大学学报，（2）：76-80.
李红绿. 2019. 新月派译诗研究. 北京：光明日报出版社.
李今. 2009. 二十世纪中国翻译文学史 三四十年代·俄苏卷. 天津：百花文艺出版社.
李金发. 1986. 微雨. 上海：上海书店.
李欧梵. 2002. 中国现代文学与现代性十讲. 上海：复旦大学出版社.
李欧梵. 2010. 现代性的追求. 北京：人民文学出版社.
李思纯. 1920. 诗体革新之形式及我的意见. 少年中国, 2（6）：16-24.
李唯建. 1934. 英国近代诗歌选译. 上海：中华书局.
李唯建. 1936. 创作与翻译. 统一评论, 2（11）：13.
李一鸣. 1943. 中国新文学史讲话. 上海：世界书局.
李宗陶. 2008. 合译莎士比亚，是我们一生美好的回忆. 南方人物周刊，（15）：66-69.
梁实秋. 1923. 通信一则. 创造周报，（32）：14-15.
梁实秋. 1926. 拜伦与浪漫主义. 创造月刊, 1（3）：108-121/（4）：95-101.
梁实秋. 1927. 近年来中国之文艺批评. 东方杂志, 24（23）：83-88.
梁实秋. 1928. 文学的纪律. 新月, 1（1）：11-28.
梁实秋. 1931. 新诗的格调及其他. 诗刊，（1）：81-86.
梁实秋. 1932 论翻译的一封信. 新月, 4（5）：1-4.

梁实秋. 1967. 谈闻一多. 台北：传记文学出版社.
梁实秋. 1987. 现代中国文学之浪漫的趋势. 中国现代文学研究丛刊，（2）：244-262.
梁实秋. 1988. 浪漫的与古典的 文学的纪律. 北京：人民文学出版社.
梁实秋. 2006. 雅舍谈书. 陈子善编. 济南：山东画报出版社.
梁锡华. 1981. 文学史话. 台北：联合报社.
梁宗岱. 1931. 论诗：致志摩函. 诗刊，（2）：104-129.
梁宗岱. 2003. 梁宗岱文集Ⅱ. 北京：中央编译出版社.
梁宗岱. 2005. 释"象征主义"：致梁实秋先生. 中国现代文学研究丛刊，（6）：182-189.
梁宗岱译. 1936. 一切的峰顶. 上海：上海时代图书公司.
廖七一. 2006. 胡适诗歌翻译研究. 北京：清华大学出版社.
廖七一. 2010. 中国近代翻译思想的嬗变：五四前后文学翻译规范研究. 天津：南开大学出版社.
林煌天. 1997. 中国翻译词典. 武汉：湖北教育出版社.
林玉堂. 1924. 征译散文并提倡"幽默". 晨报副刊，（115）：3-4.
刘半侬. 1917. 我之文学改良观. 新青年，3（3）：1-13.
刘桂生，张步洲. 1996. 陈寅恪学术文化随笔（二十世纪中国学术文化随笔大系）. 北京：中国青年出版社.
刘介民. 2004. 闻一多：寻觅时空最佳点. 北京：文津出版社.
刘军平. 2009. 西方翻译理论通史. 武汉：武汉大学出版社.
刘朴. 1924. 辟文学分贵族平民之讹. 学衡，（32）：1-11.
刘群. 2011. 饭局·书局·时局：新月社研究. 武汉：武汉出版社.
刘延陵. 1922. 法国诗之象征主义与自由诗. 诗，1（4）：7-22.
刘延陵. 1922. 美国的新诗运动. 诗，1（2）：23-33.
龙泉明. 1999. 中国新诗流变论1917—1949. 北京：人民文学出版社.
鲁迅. 1978. 鲁迅早期五篇论文注译. 王士菁译. 天津：天津人民出版社.
鲁迅等. 2009. 1917—1927 中国新文学大系导言集. 刘运峰编. 天津：天津人民出版社.
陆志韦. 1923. 渡河. 上海：亚东图书馆.
路易士. 1945. 三十前集. 上海：诗领土社.
罗新璋. 1995. 释"译作". 中国翻译，（2）：7-10.
罗新璋，陈应年. 2009. 翻译论集（修订本）. 2版. 北京：商务印书馆.
吕华亮. 2007. 生趣盎然的对话镜头：《诗经》对话体诗. 信阳师范学院学报（哲学社会科学版），（2）：93-96.
吕叔湘. 2002. 中诗英译比录. 北京：中华书局.
马福华. 2017. 论新月派翻译的审美现代性特征. 淮北师范大学学报（哲学社会科学版），（2）：89-92.

茅盾. 1933. 徐志摩论. 现代，2（4）：518-531.
茅盾等. 1936. 作家论. 上海：文学出版社.
蒙兴灿. 2009. 五四前后英诗汉译的社会文化研究. 北京：科学出版社.
孟华. 2012."不忠的美人"：略论朱迪特·戈蒂耶的汉诗"翻译". 东方翻译，（4）：49-58.
弥尔顿. 1934. 失乐园. 朱维基译. 上海：第一出版社.
摩. 1929. 说"曲译". 新月，2（2）：5-8.
木天. 1928. 维勒得拉克. 创造月刊，1（10）：55-73.
穆木天. 1926. 谭诗：寄沫若的一封信. 创造月刊，1（1）：80-88.
欧阳哲生. 1998. 胡适文集. 北京：北京大学出版社.
彭建华. 2008. 现代中国的法国文学接受：革新的时代 人 期刊 出版社. 北京：中国书籍出版社.
朴星柱. 1988. 新月派新诗研究. 台湾师范大学博士学位论文.
钱光培. 1988. 中国十四行诗选 1920—1987. 北京：中国文联出版公司.
钱光培. 1991. 中国十四行诗的历史回顾（下）. 北京社会科学，（2）：151-162.
秦弓. 2009. 二十世纪中国翻译文学史·五四时期卷. 天津：百花文艺出版社.
秦贤次. 1976. 新月诗派及作者列传//痖弦，梅新. 诗学. 台北：巨人出版社：399-425.
秋. 1933. 翻译之难. 益世报·文学周刊，（47）：10.
瞿世英. 1922. 太戈尔的人生观与世界观. 小说月报，13（2）：6-8.
饶孟侃. 1926. 感伤主义与"创造社". 晨报副刊·诗镌，（11）：22-24.
饶孟侃. 1926. 新诗的音节. 晨报副刊·诗镌（4）：49-50.
饶孟侃. 1926. 新诗话（二）&（三）. 晨报副刊·诗镌，（9）：64.
饶孟侃. 1926. 再论新诗的音节. 晨报副刊·诗镌，（6）：13-14.
瑞恰慈. 1937. 科学与诗. 曹葆华译. 上海：商务印书馆.
莎士比亚. 1928. 若邈玫嫋新弹词. 邓以蛰译. 上海：新月书店.
上沅. 1926."长生诀"序. 晨报副刊·剧刊，（14）：10-11.
邵斌. 2011. 诗歌创意翻译研究：以《鲁拜集》翻译为个案. 杭州：浙江大学出版社.
邵洵美. 1934. 谈翻译. 人言周刊，1（43）：889.
邵洵美. 2006. 洵美文存. 陈子善编. 沈阳：辽宁教育出版社.
邵洵美译. 1928. 一朵朵玫瑰. 上海：金屋书店.
沈从文. 1931. 论朱湘的诗. 文艺月刊，2（1）：47-55.
沈卫威. 1998. 胡适日记. 太原：山西教育出版社.
沈雁冰. 1924. 拜伦百年纪念. 小说月报，15（4）：1-2.
沈用大. 2006. 中国新诗史（1918—1949）. 福州：福建人民出版社.
施蛰存译. 1987. 域外诗抄. 长沙：湖南人民出版社.

石灵. 1937. 新月诗派. 文学, 8（1）: 125-137.

实秋. 1923. 读郑振铎译的"飞鸟集". 创造周报, （9）: 7-9.

实秋. 1928. 零星: 翻译. 新月, 1（10）: 4-6.

适之. 1929. 论翻译: 寄梁实秋. 新月, 1（11）: 1-10.

苏雪林. 1935. 论邵洵美的诗. 文艺, 2（2）: 1-6.

孙大雨. 1956. 诗歌底格律. 复旦学报（人文科学版）, （2）: 1-30.

孙党伯, 袁謇正. 1993. 闻一多全集（全12卷）. 武汉: 湖北人民出版社.

孙近仁. 1996. 孙大雨诗文集. 石家庄: 河北教育出版社.

孙玉石. 1999. 中国现代主义诗潮史论. 北京: 北京大学出版社.

苏波. 1933. 利威斯的三本书. 新月, 4（6）: 12-26.

汤富华. 2013. 翻译诗学的语言向度: 论中国新诗的发生. 南京: 南京大学出版社.

唐沅等. 2010. 中国现代文学期刊目录汇编. 北京: 知识产权出版社.

滕固. 1992. 唯美派的文学（影印版）. 上海: 上海书店.

天心. 1924. 我也来凑个趣儿. 晨报副刊, （270）: 4.

田汉. 1919. 平民诗人惠特曼的百年祭. 少年中国, 1（1）: 6-22.

田汉. 1920. 新罗曼主义及其他. 少年中国, 1（12）: 24-52.

田汉. 1921. 恶魔诗人波陀雷尔的百年祭. 少年中国, 3（4）: 1-6/（5）: 17-32.

田汉. 1922. 可怜的离侣雁. 创造季刊, 1（2）: 1-15.

田寿昌, 宗白华, 郭沫若. 1923. 三叶集. 3版. 上海: 亚东图书馆.

托马斯·哈代. 1992. 梦幻时刻: 哈代抒情诗选. 飞白, 吴笛译. 北京: 中国文联出版公司.

王次澄, 余太山. 1992. 孙毓棠诗集: 宝马与渔夫. 台北: 业强出版社.

王东风. 2010. 论误译对中国五四新诗运动与英美意象主义诗歌运动的影响. 外语教学与研究, （6）: 459-464.

王东风. 2011. 一首小诗撼动了一座大厦: 清末民初《哀希腊》之六大名译. 中国翻译, （5）: 20-26.

王独清. 1926. 再谭诗: 寄给木天伯奇. 创造月刊, 1（1）: 89-98.

王宏志. 1981. 新月诗派研究. 香港大学硕士学位论文.

王宏志. 2007. 重释"信、达、雅": 20世纪中国翻译研究. 北京: 清华大学出版社.

王建开. 2007. 翻译史研究的史料拓展: 意义与方法. 上海翻译, （2）: 56-60.

王锦厚. 1989. 五四新文学与外国文学. 成都: 四川大学出版社.

王克非. 1997. 翻译文化史论. 上海: 上海外语教育出版社.

王克非. 2010. 翻译: 在语言文化间周旋. 中国外语, （5）: 1, 92.

王统照. 1924. 拜伦的思想及其诗歌的评论. 小说月报, 15（4）: 1-17.

王统照. 1934. 片云集. 上海: 生活书店.

王永生. 1984. 中国现代文论选（第2册）. 贵阳：贵州人民出版社.

王哲甫. 1933. 中国新文学运动史. 北平：杰成印书局.

王佐良, 王立. 2016. 今日中国文学之趋向. 国际汉学,（3）：38-48.

王佐良, 周珏良. 1994. 英国二十世纪文学史. 北京：外语教学与研究出版社.

王佐良. 1985. 论契合：比较文学研究集. 北京：外语教学与研究出版社.

王佐良. 1987. 华兹华斯·济慈·哈代. 读书杂志,（2）：68-76.

王佐良. 1997. 王佐良文集. 北京：外语教学与研究出版社.

闻一多. 1923. 莪默伽亚谟之绝句. 创造季刊, 2（1）：10-24.

闻一多. 1923. 女神之地方色彩. 创造周报,（5）：5-9.

闻一多. 1926. 诗的格律. 晨报副刊·诗镌,（7）：29-31.

闻一多. 1926. 英译的李太白. 晨报副刊·诗镌,（10）：5-7.

闻一多. 1928. 先拉飞主义. 新月, 1（4）：1-15.

闻一多. 1931. 新月讨论：（三）谈商籁体. 新月, 3（5-6）：7-8.

闻一多. 2008. 古诗神韵. 北京：中国青年出版社.

吴宓. 2004. 吴宓诗集. 吴学昭整理. 北京：商务印书馆.

吴沛苍. 1932. 一九三一年中国文坛开展的新形势. 南开大学周刊,（131）：1-11.

吴赟. 2012. 翻译·构建·影响：英国浪漫主义诗歌在中国. 北京：北京大学出版社.

武新军. 2005. 现代性与古典传统：论中国现代文学中的"古典倾向". 开封：河南大学出版社.

夕夕. 1926. 戏剧的歧途. 晨报副刊·剧刊,（2）：5-6.

西谛. 1924. 诗人拜伦的百年祭. 小说月报, 15（4）：1-4.

西林. 1924. 批评与骂人. 现代评论, 1（2）：15-16.

西林. 1925. 国粹里面整理不出的东西：阿丽思漫游奇境记. 现代评论, 1（16）：13-15.

西滢. 1923. 译本的比较. 太平洋, 4（2）：3-21.

西滢. 1926. 闲话：青年人有不做诗的么……. 现代评论, 3（72）：9-11.

西滢. 1928. 西京通信(一)：我们也可以试试吗？. 新月, 1（9）：1-4.

西滢. 1929. 论翻译. 新月, 2（4）：1-12.

咸立强. 2010. 译坛异军：创造社翻译研究. 北京：人民出版社.

绡红. 2006. 邵洵美与徐志摩：一部诗的传奇. 新文学史料,（1）：12-20.

谢天振, 查明建. 2004. 中国现代翻译文学史. 上海：上海外语教育出版社.

解志熙, 王文金. 2004. 于赓虞诗文辑存. 开封：河南大学出版社.

邢鹏举. 1932. 勃莱克. 上海：中华书局.

邢鹏举. 1933. "爱俪儿释放了"（二）：哭徐师志摩. 光华附中半月刊,（6）：42-45.

邢鹏举. 1934. 翻译的艺术. 光华附中半月刊, 2（9-10）：84-98.

邢鹏举译. 1930. 何侃新与倪珂兰. 上海：新月书店.

熊辉.2010.五四译诗与早期中国新诗.北京：人民出版社.

熊辉.2011.两支笔的恋语：中国现代诗人的译与作.重庆：西南师范大学出版社.

熊辉.2013.外国诗歌的翻译与中国现代新诗的文体建构.北京：中央编译出版社.

熊辉.2017.隐形的力量：翻译诗歌与中国新诗文体地位的确立.桂林：广西师范大学出版社.

虚白.1928.翻译的困难.真美善，1（6）：1-12.

虚白.1928.模仿与文学.真美善，1（11）：1-12.

虚白.1929.翻译中的神韵与达：西滢先生论翻译的补充.真美善，5（1）：1-14.

徐艳萍.2020.英国桂冠诗人诗选.西安：陕西师范大学出版总社.

徐志摩.1924.我默的一首诗.晨报副刊，（265）：3-4.

徐志摩.1924.汤麦司哈代的诗.东方杂志，21（2）：M6-M23.

徐志摩.1924.征译诗启.小说月报，15（3）：6-10.

徐志摩.1924.《死尸》序.语丝，（3）：5-7.

徐志摩.1925.葛德的四行诗还是没有譒好.晨报副刊，49（1286）：15-16.

徐志摩.1925.济慈的夜莺歌.小说月报，16（2）：1-12.

徐志摩.1925.欧游漫录：第一函 给新月.晨报副刊，（73）：6-8.

徐志摩.1925.我为什么来办 我想怎么办.晨报副刊，49（1283）：1-2.

徐志摩.1928.汤麦士哈代.新月，1（1）：65-74.

徐志摩.1932.猛虎集.2版.上海：新月书店.

徐祖正.1923.英国浪漫派三诗人拜轮，雪莱，箕茨.创造季刊，1（4）：12-18.

许莎莎.2013.新月派诗人的格律诗翻译实践.北京大学硕士学位论文.

许霆，鲁德俊.1986.十四行体在中国.中国现代文学研究丛刊，（3）：135-154.

许霆，鲁德俊.1997."十四行体在中国"钩沉.新文学史料，（2）：111-123,195.

亚里士多德.1996.诗学.陈中梅译注.北京：商务印书馆.

严晓江.2008.梁实秋中庸翻译观研究.上海：上海译文出版社.

严晓江.2012.梁实秋的创作与翻译.北京：北京师范大学出版社.

雁冰.1924.对于太戈尔的希望.民国日报·觉悟，15（2）：2-3.

叶崇德.1993.回忆叶公超.上海：学林出版社.

叶公超.1928.冬日的话（诗）哈代作.新月，1（10）：6-9.

叶公超.1933.论翻译与文字的改造：答梁实秋论翻译的一封信.新月，4（6）：1-11.

叶公超.1937.论新诗.文学杂志，1（1）：11-31.

叶公超.1997.新月怀旧：叶公超文艺杂谈.上海：学林出版社.

叶文心.2012.民国时期大学校园文化：1919—1937.冯夏根等译.北京：中国人民大学出版社.

伊可维支.1929.唯物史观的诗歌.戴望舒译.新文艺，1（6）：1040-1068.

伊丽莎白·巴雷特·勃朗宁. 1982. 白朗宁夫人抒情十四行诗集. 方平译. 成都：四川人民出版社.
佚名. 1928. "新月"的态度. 新月，1（1）：3-10.
余光中. 2004. 余光中集 第 7 卷. 天津：百花文艺出版社.
余光中. 2023. 世界在走，我坐着. 长沙：湖南文艺出版社.
余上沅. 1931. 翻译莎士比亚. 新月，3（5-6）：1-12.
俞兆平. 2002. 现代性与五四文学思潮. 厦门：厦门大学出版社.
宇文所安. 2004. 盛唐诗. 贾晋华译. 北京：生活·读书·新知三联书店.
郁达夫. 1935. 达夫所译短篇集. 上海：生活书店.
袁锦翔. 1990. 名家翻译研究与赏析. 武汉：湖北教育出版社.
袁可嘉. 1988. 论新诗现代化. 北京：生活·读书·新知三联书店.
袁可嘉. 1991. 欧美现代十大流派诗选. 上海：上海文艺出版社.
乐黛云，陈跃红，王宇根，等. 1998. 比较文学原理新编. 北京：北京大学出版社.
查明建，谢天振. 2007. 中国 20 世纪外国文学翻译史. 武汉：湖北教育出版社.
张少雄. 1994. 新月社翻译小史：文学翻译. 中国翻译，（2）：44-50.
张少雄，冯燕. 2001. 新月社翻译思想研究. 翻译学报，（6）：1-21.
张松建. 2010. 论中国现代诗学中的"抒情主义"：兴起、流变与后果//北京大学中国新诗研究所编. 新诗评论. 2010 年第 1 辑（总第十一辑）. 北京：北京大学出版社：91-134.
张相曾. 1932. 论新诗. 南开大学周刊，（129-130）：29-34.
张旭. 2008. 视界的融合：朱湘译诗新探. 北京：清华大学出版社.
张旭. 2011. 中国英诗汉译史论：1937 年以前部分. 长沙：湖南人民出版社.
张月超. 1933. 歌德评传. 上海：神州国光社.
章燕. 2008. 多元·融合·跨越：英国现当代诗歌及其研究. 北京：人民文学出版社.
赵萝蕤. 1995. 荒原. 北京：中国工人出版社.
赵遐秋，曾庆瑞，潘百生. 1991.《徐志摩全集》（5 卷本）. 南宁：广西民族出版社.
赵毅衡. 2003. 对岸的诱惑. 北京：知识出版社.
郑伯奇. 1927. "寒灰集"批评. 洪水，3（33）：373-382.
志摩. 1925. 一个译诗问题. 现代评论，2（38）：14-15.
志摩. 1926. 诗刊弁言. 晨报副刊·诗镌，（1）：1-2.
志摩. 1926. 诗刊放假. 晨报副刊·诗镌，（11）：21-22.
志摩. 1928. 白郎宁夫人的情诗. 新月，1（1）：151-173.
中书君. 1934. 论不隔. 学文月刊，1（3）：76-81.
周晓明. 2001. 多源与多元：从中国留学族到新月派. 武汉：华中师范大学出版社.
周作人. 1919. 诗：小河. 新青年，6（2）：91-95.
周作人. 1920. 英国诗人勃来克的思想. 少年中国，1（8）：43-48.

周作人. 1922. 法国的俳谐诗. 诗，1（3）：5-43.

周作人. 1922-06-29. 论小诗. 民国日报·觉悟.

朱徽. 2010. 中英诗艺比较研究. 成都：四川大学出版社.

朱生豪，宋清如. 2013. 伉俪：朱生豪宋清如诗文选. 朱尚刚整理. 北京：中国青年出版社.

朱维基. 1934. Robert Bridges 的"美约". 诗篇月刊，（4）：73-88.

朱维基，芳信. 1928. 水仙. 上海：光华书局.

朱湘. 1926. 新诗评·尝试集. 晨报副刊·诗镌，（1）：4.

朱湘. 1928. 说译诗. 文学周报，5（290）：454-457.

朱湘. 1933. "巴俚曲"与跋. 青年界，4（5）：39-99.

朱湘. 1934. 石门集. 上海：商务印书馆.

朱湘. 1934. 文学闲谈. 上海：北新书局.

朱湘. 1934. 中书集. 上海：生活书店.

朱湘. 1983. 朱湘书信集（影印版）. 罗念生编. 上海：上海书店.

朱湘译. 1924. 路曼尼亚民歌一斑. 上海：商务印书馆.

朱湘选译. 1936. 番石榴集. 上海：商务印书馆.

朱自清. 1926. 关于李白诗. 晨报副刊，57（1408）：48.

朱自清. 1984. 新诗杂话. 北京：生活·读书·新知三联书店.

卓如. 1994. 冰心全集（2）. 福州：海峡文艺出版社.

C. 1921-11-09. 介绍小说月报"被损害民族的文学号". 时事新报·学灯.

E. Gosse. 1928. 诗人榜思传. 韦丛芜译. 未名. 半月刊第 1 卷. 1930 年合本：355-362.

E. S. Holden. 1923. 莪默伽亚谟的新研究. 成仿吾译. 创造周报，（34）：9-16.

H. L. Mencken. 1928. 清教徒与美国文学. 霁野译. 未名. 半月刊第 1 卷. 1930 年合本：116-118.

T. S. Eliot. 1934. 传统与个人的才能. 卞之琳译. 学文，1（1）：87-98.

Acton, H. & Ch'en Shih-Hsiang (Trans.). 1936. *Modern Chinese Poetry*. London: Duckworth.

Allén, S. 1999. *Translation of Poetry and Poetic Prose: Proceedings of Nobel Symposium 110*. Singapore: World Scientific.

Baker, M. 1993. Corpus linguistics and translation studies. Implications and applications. In M. Baker, G. Francis & E. Tognini-Bonelli (Eds.), *Text and Technology* (pp. 233-250). Amsterdam: Benjamins.

Bassnett, S. & A. Lefevere. *Constructing Cultures: Essays on Literary Translation*. Shanghai: Shanghai Foreign Language Education Press.

Bassnett, S. & P. Bush. 2006. *The Translator as Writer*. London: Continuum.

Bassnett, S. 2007. The meek or the mighty: Reappraising the role of the translator. In R. Álvarez & M. Carmen-África Vidal (Eds.), *Translation, Power, Subversion* (pp. 10-24).

Beijing: Foreign Language Teaching and Research Press.

Bastin, G. L. & P. F. Bandia. 2006. *Charting the Future of Translation History: Current Discourses and Methodology*. Ottawa: The University of Ottawa Press.

Blackwell, A. S. 1917. *Armenian Poems*. Boston: Roberts Chambers.

Burke, P. 2005. *Lost (and Found) in Translation: A Cultural History of Translators and Translating in Early Modern Europe*. Wassenaar: NIAS.

Chapelle, N. 2001. "The Translators" Tale: A Translator-Centered history of seven english translations (1823-1944) of the Grimm's Fairy Tale. Sneewittchen. Ph.D dissertation. Dublin: Dublin City University.

Cheung, M. P. Y. 2006. *An Anthology of Chinese Discourse on Translation (Volume 1): From Earliest Times to the Buddhist Project*. Manchester: St. Jerome.

Delisle, J. & J. Woodsworth. 2012. *Translators through History (Rev. edn)*. Amsterdam: John Benjamins Publishing Company.

Denton, K. A. & M. Hockx. 2008. *Literary Societies of Republican China*, Lanham: Lexington Books.

Even-Zohar, I. 1990. Polysystem studies. *Special Issue of Poetics Today*, 11 (1): 1-268.

Faull, K. M. 2004. *Translation and Culture*. Lewisburg: Bucknell University Press.

Foucault, M. 2002. *The Archaeology of Knowledge*. Trans. A. M. Sheridan Smith. London: Routledge.

Frawley, W. B. 1984. *Translation: Literary, Linguistic and Philosophical Perspectives*. London: Associated University Press.

Gürçağlar, Ş. T. 2008. *The Politics and Poetics of Translation in Turkey, 1923-1960*. Amsterdam: Rodopi.

Hermans, T. 1999. *Translation in Systems: Descriptive and System-oriented Approaches Explained*. Manchester: St. Jerome.

Holmes, J. S. 2007. *Papers on Literary and Translation Studies*. Beijing: Foreign Language Teaching and Research Press.

Hsu, T. S. 2017. *Chasing the Modern: The Twentieth-Century Life of Poet Xu Zhimo*. Cambridge: Rivers Press.

Jones, F. R. 2011. *Poetry Translating as Expert Action: Processes, Priorities and Networks*. Amsterdam: John Benjamins Publishing Company.

Kristeva, J. 1986. Word, dialogue and novel. In T. Moi (Ed.), *The Kristeva Reader* (pp. 34-61). Oxford: Blackwell Publishers Ltd.

Laurence, P. 2003. *Lily Briscoe's Chinese Eyes*. Columbia: The University of South Carolina Press.

Nida, E. A. & C. R. Taber. 1974. *The Theory and Practice of Translation*. 2nd edn. Leiden: E. J. Brill.

Obata, S. (Trans.). 1922. *The Works of Li Po: The Chinese Poet*. New York: E. P. Dutton & Co.

Payne, R. 1947. *Contemporary Chinese Poetry*. London: Routledge.

Paz, O. 1992. Translation: Literature and letters. In R. Schulte & J. Biguenet (Eds.), *Theories of Translation: An Anthology of Essays from Dryden to Derrida* (pp. 152-162). Chicago: The University of Chicago Press.

Preminger, A, T. V. F., Frank J. Warnke, et al. 1993. *The New Princeton Encyclopedia of Poetry and Poetics*. New Jersey: Princeton University Press.

Pym, A. 2007. *Method in Translation History*. Beijing: Foreign Language Teaching and Research Press.

Pym, A. 2009. Humanizing translation history. *Hermes-Journal of Language and Communication Studies*, (42): 23-48.

Pym, A. 2010. *Exploring Translation Theories*. London: Routledge.

Pym, A., M. Shlesinger & Z. Jettmarovà. 2006. *Sociocultural Aspects of Translating and Interpreting*. Amsterdam: John Benjamins Publishing Company.

Ray, M. K. 2008. *Studies in Translation*. New Delhi: Atlantic Publishers & Distributors.

Robinson, D. 2006. *Western Translation Theory from Herodotus to Nietzsche*. Beijing: Foreign Language Teaching and Research Press.

Schleiermacher, F. 2004. On the different methods of translating. In A. Lefevere (Ed.), *Translation/History/Culture: A Sourcebook* (pp. 141-166). Shanghai: Shanghai Foreign Language Education Press.

Schulte, R. & J. Biguenet. 1992. *Theories of Translation: An Anthology of Essays from Dryden to Derrida*. Chicago: The University of Chicago Press.

Shuttleworth, M. & M. Cowie. 2004. *Dictionary of Translation Studies*. Shanghai: Shanghai Foreign Language Education Press.

Simon, S. 1996. *Gender in Translation*. London: Routledge.

Snell-Hornby, M. 2001. *Translation Studies: An Integrated Approach*. Shanghai: Shanghai Foreign Language Education Press.

Steiner, T. R. 1975. *English Translation Theory 1650-1800*. Assen: Van Gorcum.

Toury, G. 2001. *Descriptive Translation Studies and Beyond*. Shanghai: Shanghai Foreign Language Education Press.

Tung, C. 1971. The search for order and form: The Crescent Moon Society and the Literary Movement of Modern China, 1928-1933. Ph.D. dissertation. Claremont: Claremont Graduate School and University Center.

Tymoczko, M. 1999. *Translation in a Postcolonial Context*. Manchester: St. Jerome.

Venuti, L. 1998. Strategies of translation. In M. Baker (Ed.), *Routledge Encyclopedia of Translation Studies* (pp. 240-244). London: Routledge.

Venuti, L. 2011. The poet's version; or, An ethics of translation. *Translation Studies*, 4 (2): 230-247.

Venuti, L. 2013. *Translation Changes Everything: Theory and Practice*. London: Routledge.

Waley, A. (Trans.). 1919. *A Hundred and Seventy Chinese Poems*. New York: Alfred A. Knopf.

Wilde, O. 1907. *Salome*. London: John Lane, The Bodley Head/New York: John Lane, Mcmvii.

Wittgenstein, L. 1999. *Philosophical Investigations*. Oxford: Blackwell.

Woodsworth, J. 1998. History of Translation. In M. Baker (Ed.), *Routledge Encyclopedia of Translation Studies* (pp. 100-105). London: Routledge.

Zhang, W. Y. 2001. Bloomsbury Group and Crescent School: Contact and comparison. Ph. D. dissertation. Minnesota: University of Minnesota.

附录一

新月派译诗（1923—1935 年）篇目一览

徐志摩译（59 首）

1. 《奥文满垒狄斯的诗》（"The Portrait"，《小影》），英国 O. 梅瑞狄斯作，载 1923 年 7 月 10 日《小说月报》第 14 卷第 7 号，收入 1932 年 7 月新月书店出版的诗集《云游》。
2. 《牧歌第二十一章》（"The Fisherman"），古希腊忒俄克里托斯作，载 1923 年 7 月 26 日天津绿波社编《诗坛》第 8 期。
3. 《窥镜》（"I Look into my Glass"），英国哈代作，载 1923 年 11 月 10 日《小说月报》第 14 卷第 11 号。
4. 《她的名字》（"Her Initials"），哈代作，载 1923 年 11 月 10 日《小说月报》第 14 卷第 11 号。
5. 《海咏》（"By the Shore"），英国嘉本特作，署名志摩，载 1923 年 11 月 21 日《晨报副刊·文学旬刊》第 17 期。
6. 《我们是七人（片段）》（"We Are Seven" 的开头一节），英国华兹华斯作，摘自 1923 年 12 月 1 日《晨报五周年纪念周刊》刊载的《我的祖母之死》一文。
7. 《这样的生活是疲倦的》（"This Life Is Weary"），英国曼斯菲尔德作，摘自 1923 年 12 月 1 日《晨报五周年纪念增刊》刊载的小说《园会》。
8. 《伤痕》（"The Wound"），哈代作，载 1923 年 12 月 10 日《小说月报》第 14 卷第 12 号。
9. 《分离》（"The Division"），哈代作，载 1923 年 12 月 10 日《小说月报》第 14 卷第 12 号。
10. 《无题》，摘自徐志摩所译童话《涡堤孩》（德国浪漫派作家富凯原著，高斯英译），商务印书馆 1923 年初版。
11. 《朝气一何清》，摘自徐志摩所译童话《涡堤孩》。
12. 《我自己的歌》（"Songs of Myself"），美国惠特曼作，载 1924 年 3 月 10 日《小说月报》第 15 卷第 3 号。
13. 《年岁已经僵化我的柔心》（"'Tis Time This Heart' Should Be Unmoved"），摘自

1924年4月10日《小说月报》第15卷第4号（"拜伦"专号）《拜伦》一文，又刊于1924年4月21日《晨报副刊·文学旬刊》第32号。

14. "Deep in my soul that tender secret dwells"，英国拜伦作，先以"Song from Corsair"为题刊载于1924年4月10日《小说月报》第15卷第4号，后又以"Deep in my soul that tender secret dwells"为名刊于同年4月21日《晨报副刊·文学旬刊》的"摆仑专刊"。

15. 《新婚与旧鬼》（"The Hour and the Ghost"），英国C. G. 罗塞蒂作，载1924年4月11日《晨报副刊·文学旬刊》第31号，又收入1927年9月新月书店出版的诗集《翡翠冷的一夜》。

16. 《在火车中一次心软》（"Fainheart in A Railway Train"），哈代作，载1924年6月1日《晨报·文学旬刊》第37号，又收入《翡翠冷的一夜》。

17. 《"我打死的他"》（"The Man He Killed"），哈代作，初载1924年9月22日《文学》，又载《青年友》1925年第5卷第11期；又载1924年9月28日《晨报副刊》，改名《"我打死的那个人"》。

18. 《公园里的座椅》（"The Garden Seat"），哈代作，载1924年10月29日《晨报副刊》。

19. 《莪默的一首诗》，转译自英国诗人、翻译家菲茨杰拉德的英译本《鲁拜集》(Rubaiyat)，载1924年11月7日《晨报副刊》。

20. 《两位太太》（"The Two Wives"），哈代作，载1924年11月13日《晨报副刊》。

21. 《谢恩》（"Thanks Giving"），印度泰戈尔作，载1924年11月24日《晨报副刊》。

22. 《死尸》["Une Charogne (The Carcass)"]，法国波德莱尔作，载1924年12月1日《语丝》第3期，又收入1931年8月新月书店出版的诗集《猛虎集》。

23. 《夜莺歌》（"Ode to A Nightingale"），英国济慈作，载1925年2月10日《小说月报》第16卷第2号《济慈的夜莺歌》一文。

24. 《性的海》（"The Ocean of Sex –'Toward Democracy'"），嘉本特作，载1924年12月27日《晨报副刊》。

25. 《Gardener Poem 60》，泰戈尔《园丁集》之第六十首诗，1924年翻译，未发表，最初收录于台湾传记文学出版社1969年出版的《徐志摩全集》第1卷，又收入韩石山编《徐志摩全集》（商务印书馆，2019年）第9卷。

26. 《多么深我的苦》（"How Great My Grief"），哈代作，1924年译，未发表，最初收录于台湾传记文学出版社1969年出版的《徐志摩全集》第1卷，又收入韩石山编《徐志摩全集》（商务印书馆，2019年）第9卷。

27. 《To Life》（题意"致生活"），哈代作，1924年译，未发表，最初收录于台湾传记文学出版社1969年出版的《徐志摩全集》第1卷，又收入韩石山编《徐志摩全集》（商务印书馆，2019年）第9卷。

28. 《送他的葬》（"At His Funeral"），哈代作，1924年译，未发表，最初收录于台湾传记文学出版社1969年出版的《徐志摩全集》第1卷，又收入韩石山编《徐志摩全集》（商务印书馆，2019年）第9卷。

29. 《在心眼里的颜面》（"In the Mind's Eye"），哈代作，1924年译，未发表，最初收录于台湾传记文学出版社1969年出版的《徐志摩全集》第1卷，又收入韩石山编《徐志摩全集》（商务印书馆，2019年）第9卷。

30. 《有那一天》（"Tenebris Interlucentum"），英国弗莱克作，载 1925 年 1 月 24 日《现代评论》第 1 卷第 7 期。

31. 《在一家饭店里》（"At An Inn"），哈代作，载 1925 年 3 月 9 日《语丝》第 17 期。

32. 《天父》，摘自徐志摩所译童话剧《涡堤孩》（德国富凯原著，英国 W. L. 考特尼英文改编童话剧），载 1925 年 3 月 13 日《晨报副刊》，题目为编者所加。

33. 《涟儿歌》，同上，载 1925 年 3 月 14 日《晨报副刊》。

34. 《涡堤孩新婚歌》，同上，载 1925 年 3 月 18 日《晨报副刊》。

35. 《诔词》（"Requiescat"），英国阿诺德作，载 1925 年 3 月 22 日《晨报副刊》，后收入《猛虎集》。

36. 《唐琼与海》（"Excerpted from *Don Juan* Canto 2"）（节选自拜伦《唐璜》第二章），载 1925 年 4 月 15 日《晨报副刊·文学旬刊》第 67 号。

37. 《Dedication of "11 Poema Paradisiaco"》，意大利邓南遮作，摘自 1925 年 5 月 13 日《晨报副刊》刊载的《丹农雪乌》一文。

38. 《无往不胜的爱神》，系邓南遮剧本《死城》第 1 幕中的一段幕后伴唱唱词，摘自 1925 年 7 月 17 日《晨报副刊》所载徐译戏剧《死城》。

39. 《译 Schiller 诗一首》，德国席勒作，载 1925 年 8 月 11 日《晨报副刊》。

40. 《译 Sappho 一个女子（Rossetti 集句）》（"Beauty: A Combination from Sappho"），古希腊萨福原作，据 D. G. 罗塞蒂英文译本转译，载 1925 年 8 月 12 日《晨报副刊》。

41. 《译葛德四行诗》[即《弹竖琴人》（"Harfenspieler"）]，歌德原作，据卡莱尔英译稿转译，初译载 1925 年 8 月 15 日《晨报副刊·文学旬刊》第 78 号，重译载 8 月 29 日《现代评论》第 2 卷第 38 期《一个译诗的问题》。

42. 《译诗》["Amoris Victima"（《爱的牺牲者》）第六首]，英国阿瑟·西蒙斯作，初载 1925 年 11 月 25 日《晨报副刊》，署名"鹤"，收入《翡翠冷的一夜》时，改名《"我要你"》。

43. 《图下的老江》（"John of Tours"），英国 D. G. 罗塞蒂作，载 1926 年 1 月 1 日《现代评论》"第一周年纪念增刊"，后收入《翡翠冷的一夜》。

44. 《译诗》（"Amoris Victima"第四首），阿瑟·西蒙斯作，载 1926 年 4 月 22 日《晨报副刊·诗镌》第 4 号，署名"谷"。

45. 《一个厌世人的墓志铭》（"Cynic's Epitaph"），哈代作，摘自 1926 年 5 月 20 日《晨报副刊·诗镌》第 8 号《厌世的哈提》一文，后收入《翡翠冷的一夜》。

46. 《一同等着》（"Waiting Both"），哈代作，摘自《厌世的哈提》一文。

47. 《一个悲观人坟上的刻字》（"Epitaph on A Pessimist"），哈代作，摘自《厌世的哈提》一文。

48. 《疲倦了的行路人》（"The Weary Walker"），哈代作，摘自《厌世的哈提》一文。

49. 《一个星期》（"A Week"），哈代作，初载《光华周刊》1927 年第 2 卷第 4-5 期，又载 1928 年 3 月 10 日《新月》第 1 卷 1 号，后收入《猛虎集》。

50. 《对月》（"To the Moon"），哈代作，载 1928 年 3 月 10 日《新月》第 1 卷 1 号，后收入《猛虎集》。

51. 《哈代八十六岁诞日自述》["He Never Expected Much (A Refection on My Eighty-six Birthday)"]，哈代作，载 1928 年 5 月 10 日《新月》第 1 卷第 3 号，后收入《猛虎集》。

52. 《文亚峡》（"At Wynyard's Gap"），哈代作，载1928年6月初版《现代评论》"第三周年纪念增刊"。

53. 《歌》（"Song: When I am dead"），C. G. 罗塞蒂作，载1928年6月10日《新月》第1卷第4号，后收入《猛虎集》。

54-56. 《曼殊斐儿诗三首》[《会面》（"The Meeting"）、《深渊》（"The Gulf"）、《在一起睡》（"Sleeping Together"）]，曼斯菲尔德作，载1930年8月15日南京《长风》半月刊第2卷第1期。

57. 《猛虎》（"The Tyger"），英国布莱克作，载1931年4月20日《诗刊》第2期，稍后收入《猛虎集》。

58. 《罗米欧与朱丽叶（第二幕第二景）》（"Romeo and Juliet"），英国莎士比亚作，1931年秋译，初载1932年1月1日《新月》第4卷第1号，又载1932年7月30《诗刊》第4期，同时收入1932年7月新月书店初版的诗集《云游》。

59. 《海涅诗》，徐志摩遗译，载1936年6月16日《西北风》半月刊第4期。

胡适译（10首）

1. 《米桑》（法国大仲马《续侠隐记》第二十二回故事改译为诗），载1924年12月31日《晨报六周[年]纪念增刊》。

2. 《译亨利·米超诗》，法国亨利·米修作，1924年10月30日译，初收录于1964年12月中国台湾商务印书馆影印的《胡适之先生诗歌手迹》，又收入1998年北京大学出版社出版的《胡适文集》第9卷。

3. 《译诗一篇》（即《别离》["Present in Absence"]），英国多恩作，载1924年12月24日《语丝》周刊第2期。

4. 《你总有爱我的一天》（"You'll Love Me Yet"），英国罗伯特·布朗宁作，1925年5月译，初载1964年2月1日台北《传记文学》第4卷第2期，又收入1998年版《胡适文集》第9卷。

5. 《清晨的分别》（"Parting at Morning"），布朗宁作，载1926年1月1日《现代评论》"第一年周年纪念增刊"之《译诗三首》。

6. 《译薛莱的小诗》（"Music, when soft voices die"），英国雪莱作，载1926年1月1日《现代评论》"第一年周年纪念增刊"之《译诗三首》。

7. 《月光里》（"In the Moonlight"），哈代作，载1926年1月1日《现代评论》"第一年周年纪念增刊"之《译诗三首》。

8. 《译歌德四行诗》（即《弹竖琴人》），据卡莱尔英译本转译，初见1925年8月29日《现代评论》第2卷第38期徐志摩《一个译诗的问题》一文，后修改为《重译葛德的诗四行》，载1926年3月29日《晨报副刊》。

9-10. 《译莪默诗两首》，1928年8月21日重译，摘自1928年9月10日《新月》第1卷7号所译欧·亨利短篇小说《戒酒》。

朱湘译（126首）

1-14. 《路曼尼亚民歌一斑》，文学研究会丛书，1924年6月17日由商务印书馆发行。刊罗马尼亚民歌14首，选译自罗马尼亚女诗人伐加列斯珂诗集《丹波危查的歌者》（*Bard of the Dimbovitza*）的英译本。
14首译诗为《无儿》《母亲悼子歌》《花孩儿》《孤女》《咒语》《干妹妹相和歌》《纺纱歌》《月亮》《吉卜西的歌》《军人的歌》《疯》《独居》《被诅咒的歌》《未亡人》。

15-117. 《番石榴集》，文学研究会世界文学名著丛书，1936年3月商务印书馆初版，共收译诗103首。[①]

埃及（2）

死书二首（from *The Book of the Dead*, 3500 B. C.）
1)《他死者合体入唯一之神那肢干分为多神的》（"He Maketh Himself One with the Only God, Whose Limbs are the Many Gods", tran. Robert Hiller）。
2)《他完成了他的胜利》（"He Establisheth His Triumph", tran. Robert Hiller）。

亚剌伯[阿拉伯]（4）

穆塔米德（Mu'tamid, King of Seville, 1040—1095）
3)《莫取媚于人世》（"Woo Not The World", tran. Dulcie L. Smith）
《千一夜集》一首（from *The Thousand and One Nights*, 13th century）。
4)《水仙歌》（"The Song of The Narcissus", tran. E. Powers Mathers）
夏腊（Ta'abbata Sharra, 7th century）。
5)《永远的警伺着》（"Ever Watchful", tran. W. G. Palgrave）。
无名氏
6)《我们少年的时日》（"The Days of Our Youth", tran. Wilfrid Scawen Blunt）。

波斯（21）

7)《圣书节译》（from *The Sacred Book*, trans. A. V. William Jackson），左若亚斯忒（Zoroaster, 7th century）作。
8)《一个美丽》（"A Beauty That All Night Long", tran. R. A. Nicholson），茹密（Julalu'ddin Rumi, 1207—1273）作。
9-23)《茹拜迓忒选译》（*The Rubaiyat* - Stanza 59-73, tran. Edward Fitzgerald）15首，

[①] 译诗的原作（者）的英文名参考张旭《视界的融合：朱湘译诗新探》（清华大学出版社，2008年）第78-93页。

家漾（Omar Khayyam, 1048—1123）作。

24）《果园·勇气》（"Courage", from *The Gulstan*, tran. Sir Edward Arnold），萨第（Moshlefoddin Mosaleh Sa'di, 1208—1292）作。

25）《玫瑰园·一个歌女》（"The Dancer", from *the Bustan*, tran. Sir Edward Arnold），萨第作。

26）《曲》（"Ode 3", tran. Richard Le Gallienne），哈菲士（Hafiz, c. 1320—1389）作。

27）《曲》（"Ode 13", tran. Ralph Waldo Emerson），哈菲士（Hafiz, c. 1320—1389）作。

印度（3）

28）《国王》（"Kings", tran. Arthur W. Ryder），五书一首（from *The Panchatanta*, 2nd century B. C. et seq）。

29）《秋》（"Autumn", tran. Arthur W. Ryder），迦利达沙（Kalidasa, c. 500）作。

30）《恬静》（"Peace", tran. Paul Elmer More），巴忒利哈黎（Bhartrihari, c. 500）作。

日本（1）

31）《俳句》（from *Seven Poems*, tran. Arthur Waley），西行法师（Saigyo Hoshi, 1118—1190）作。

希腊（11）

32）《曲——给美神》（"Ode to Aphrodite", tran. William Ellery Leonard），萨福作。

33）《一个少女》（"One Girl", tran. D. G. Rossetti），萨福作。

34）《爱神》（"The Wounded Cupid", tran. Robert Herrick），安奈克利昂（Anacreon and Anacreontics, 6th century）作。

35）《索谋辟里》（"Thermopylae", tran. William Lisle Bowles），赛摩尼第斯（Simonidies of Ceos, 480 B. C.）作。
希腊诗选六首（from *The Greek Anthology*, 490 B.C.—1000 B.C.）

36）《退步》（"Not Such Your Burden", tran. William M. Hardinge），亚嘉谢士（Agathias, 536-582）作。

37）《小爱神》（"The Little Love-God", tran. Walter Headlam），梅列觉（Meleager of Tyros, 140 B. C.—70 B. C.）作。

38）《印章》（"On a Seal", tran. Thomas Stanley），普腊陀（Plato, 427B. C.—347 B.C.）作。

39-41）《墓铭三首》（1. "Riches", tran. William Cowper; 2. "Timon's Epitaph", tran. William Shakespeare; 3. "The Fisherman", tran. Andrew Lang），作者分别是无名氏、柯利默克士（Callimachus, 280 B. C.—45 B. C.）、黎奥尼达士（Leonidas of Tarentum）。

42）《驴蒙狮皮》（"The Ass in the Lion's Skin", tran. William Ellery Leonard），伊索寓言一首（from *Aesop's Fables*, 3rd century）。

罗马（3）

43）《给列司比亚》（"My Sweetest Lesbia, or Lesbia", tran. Thomas Campion），贾特勒士（Caius Valerius Catullus, 84 B. C.—54 B. C.）作。

44）《给西里亚》（"To Celia", tran. Ben Johnson），贾特勒士作。

45）《他的诗集》（"To His Book", tran. Robert Herrick），马休尔（Lucius Valerius Martialis, 40—104）作。

意大利（2）

46）《新生一首》（from *La Vita nuova*, "My lady looks so gentle and so pure", tran. D. G. Rossetti），但特（Dante Alighier, 1265—1321）作。

47）《六出诗》（"Sestina of the Lady Pietra degti Scrovigni", tran. D. G. Rossetti），但特作。

法国（4）

48）《这便难怪》（"No Marvel Is It", tran. Harriet Waters Preston），贝尔纳·德·望塔度（Bernard de Ventadour, 1150—1200）作。

49）《吊死曲》（"Ballade des Pendus"）（"Ballad of the Gibbert", tran. Andrew Lang），维永作。

50）《给海伦》（"Sonnets Pour Helene, Of His Lady's Old Age", tran. Andrew Lang），龙萨作。

51）《秋歌》（"Chanson d' Automne", tran. Arthur Symons），魏尔伦作。

德国（4）

52）《夜歌》（"Wanderer's Nightsong", tran. H. W. Longfellow），歌德作。

53）《一棵松树孤立着》（"Ein Fichtenbaum Steht Einsam", tran. James Thomson），海涅作。

54）《你好比一朵花》（"Du bist wie eine Blume", tran. Kate Freiligrath Kroeker），海涅作。

55）《情歌》（"Oh, Lovely Fishermaiden", tran. Louis Untermeyer），海涅作。

英译不详者（9）

56）《拉丁学生歌：行乐》，最初发表在1926年2月10日《小说月报》17卷2号

57）《牧歌》，罗马卫基尔（Public Vergilus Maro）作。

58）《二鼠》（"The Fable of the Mouse from Mohernando and the Mouse from Guadalajara"），西班牙路易兹（Juan Ruiz de Hita）作。

59)《仅存的阴加人》（现在通行的英文译名是"On the Lips of the Last of the Incas"），哥伦比亚著名诗人嘉洛（Jose Eusebio Caro）作。

60)《番女缘述意》（"Aucassin et Nicolette"），法国 13 世纪庇卡底地区弹词（la chante fable）。

61)《寓言》（"les Fables"），法国拉封丹（Jean de la Fontaine）作。

62)《意里亚与斯伐陀郭》，俄国古代史诗，英译名"Ilya Muromets and Svyatogor"。

63)《财》，荷兰费休尔作。

64)《铅卜》，斯堪底纳维亚地区罗曾和普作。

英国诗歌（39 首）

65)《海客》（"The Seafarer"），无名氏（Anonymous, Anglo-Saxon times）作。

66)《鹂鸪》（"Cuckoo Song"），无名氏（c. 1226）作。

67)《旧的大氅》（"The Old Cloak"），无名氏（16th century）作。

68)《美神》（"Madrigal, or My Love in her attire doth show her wit"），无名氏（c.1602）作。

69)《爱》（"Love me not for Comely Grace"），无名氏（c.1609）作。

70)《赌牌》（"Cards and Kisses"），黎里（John Lyly）作，初载《小说月报》1926 年第 17 卷 1 号。

71)《怪事》（"Love is a Sickness"），丹尼尔作。

72)《仙童歌》（"When the best sucks, there suck I"），莎士比亚作。

73)《海挽歌》（"A Sea Dirge"），莎士比亚作，初载《小说月报》1926 年 6 月 10 日第 17 卷 6 号。

74)《及时》（"Sweet-and-Twenty"），莎士比亚作。

75)《自挽歌》（"Dirge of Love"），莎士比亚作。

76)《林中》（"Under the Green Wood Tree"），莎士比亚作。

77)《撒手》（"Take, Oh, Take Those Lips Away"），莎士比亚作。

78)《晨歌》（"Aubade, or Arise"），莎士比亚作，初载 1927 年《新文》创刊号。

79)《在春天》（"It Was a Lover and His Lass"），莎士比亚作。

80-83）莎士比亚"十四行诗四首"（Sonnet: 18, 30, 54, 109），其中，第 109 首在 1926 年 6 月 10 日《小说月报》17 卷 6 号上发表时题为《归来》。第 30 和第 54 首曾发表在 1931 年 8 月 10 日《现代文学评论》第 1 卷第 4 期。

84)《告别世界》（"A Farewell to the World"），本·琼生作。

85)《十四行》（"On his Blindness"），弥尔顿作。

86)《死》（"Death, Be Not Proud"），多恩作。

87)《眼珠》（"To Dianeme"），赫里克作。

88)《虎》（"The Tyger"），布莱克作。

89)《美人》（"Bonnie Lesley"），彭斯作，初载《新文》1927 年创刊号。

90)《多西》（"Dirce"），兰德尔作，初载《小说月报》1926 年 6 月 10 日第 17 卷 6 号。

91)《终》（"Dying Speech of an Old Philosopher"），兰德尔作，初载《小说月报》1926年6月10日第17卷6号。

92)《恳求》（"To—, or One word is too often profaned"），雪莱作，初载《小说月报》1926年1月10日第17卷1号，又更名为《爱》载1926年6月10日《小说月报》第17卷6号，文字标点稍有修订。

93)《希腊皿曲》（"Ode to an Grecian Urn"），济慈作。

94)《夜莺曲》（"Ode to a Nightingale"），济慈作。

95)《秋曲》（"To Autumn"），济慈作，初载1925年12月10日《小说月报》第16卷12号。

96)《妖女》（"La Belle Dame Sans Merci"），济慈作，初载1925年1月10日《小说月报》16卷1号，题为《无情的女郎》。

97)《圣亚尼节之夕》（"The Eve of St. Agnes"），济慈作。

98)《往日》（"Old Song"），菲茨杰拉德作，初载1925年1月10日《小说月报》第16卷1号，题为《往日之歌》。

99)《冬暮》（"Winter Nightfall"），布里基斯作。

100)《死》（"The Great Misgiving"），华特生作。

101)《索赫拉与鲁斯通》（"Sohrab and Rustum"），阿诺德作，初载1934年《青年界》第5卷第2期。

102)《迈克》（"Michael"），华兹华斯作。

103)《老舟子行》（"The Rime of the Ancient Mariner"），柯勒律治作。

118-126. 零星期刊译诗（9首）

1)《夏夜》（"Song, or Summer Night"），丁尼生作，载1924年1月10日《小说月报》15卷第10号。

2)《异域相思》（"Home-Thoughts, From Abroad"），布朗宁作，载1924年1月10日《小说月报》15卷第10号。

3)《地依的沙滩》（"The Sands of Dee"），英国金斯雷作，载1924年10月20日《文学周报》第144期。

4)《不要说这场斗争无益》（"Say Not the Struggle Naught Available"），英国克劳作，载1925年7月30日《京报副刊》第222号。

5)《最后的诗》（"Last Sonnet"），济慈作，载1925年7月30日《京报副刊》第222号。

6)《因弗里湖岛》（"The Lake Isle of Innisfree"），叶芝作，初译以《因尼司弗里湖岛》为题载1925年5月16日《晨报副刊》第108号，重译载1935年6月《青年界》第8卷1号。

7)《我的心呀，在高原》（"My Heart's in the Highlands"）（节译），彭斯作，收入1936年4月赵景深编《永言集》（时代书局）。

8)《初恨》（"Le Premier Regret"），拉马丁作，载1935年11月《人生与文学》月刊第1卷第6期。

9)《希腊牧歌》，载 1935 年 5 月 10 日《人生与文学》第 1 卷第 2 期。

闻一多译（35 首）

1-5. 从英文转译莪默诗 5 首，摘自 1923 年 5 月《创造季刊》第 2 卷 1 号之《莪默伽亚谟之绝句》一文。
6. 《沙漠里的星光》（"Stars of the Desert"），英国霍普作，载 1925 年 8 月 17 日《晨报副刊》。
7-16. 《白郎宁夫人的情诗（一）》（*The Sonnets from the Portuguese*）（1-10 首），英国布朗宁夫人作，载 1928 年 3 月 10 日《新月》第 1 卷创刊号。
17-27. 《白郎宁夫人的情诗》（11-21 首），载 1928 年 4 月 10 日《新月》第 1 卷第 2 号。
28. 《樱花》（豪斯曼诗集 *A Shropshire Lad* 中的第 II 首 "Loveliest of Trees"），载 1927 年 10 月 8 日上海《时事新报·文艺周刊》第 5 期。
29. 《春斋兰》（*A Shropshire Lad* 中的第 XXIX 首 "The Lent Lyly"），载 1927 年 12 月 31 日上海《时事新报·文艺周刊》第 16 期。
30. 《像拜风的麦浪》（"Like Barley Bending"），美国蒂斯代尔作，载 1927 年 10 月 29 日上海《时事新报·文艺周刊》第 8 期。
31. 《礼拜四》（"Thursday"），美国米蕾作，载 1927 年 11 月 5 日《时事新报·文艺周刊》第 9 期。
32. 《希腊之群岛》（"Isles of Greece"），拜伦作，载 1927 年 11 月 19 日《时事新报·文艺周刊》第 11 期。
33. 《幽舍的麋鹿》（"The Fallow Deer at the Lonely House"），哈代作，载 1928 年 4 月 10 日《新月》第 1 卷第 2 号。
34. 《情愿》（豪斯曼诗集 *Last Poems* 中的第 X 首 "Could Men Be Drunk Forever"），载 1928 年 6 月 10 日《新月》第 1 卷第 4 号（亦即饶孟侃译诗《要是》的重译）。
35. 《"从十二方的风穴里"》（*A Shropshire Lad* 中的第 XXXII 首 "From far, from eve and morning"），载 1928 年 9 月 10 日《新月》第 1 卷第 7 号。

饶孟侃译（18 首）

1. 《我要回海上去》（"Sea-Fever"），饶孟侃、闻一多合译，英国梅斯菲尔德作，初载 1927 年 5 月 9 日《时事新报·学灯》，饶孟侃重译发表在 1932 年《现代学生》第 7 期。
2. 《事实》（"Facts"），英国 W. H. 戴维斯作，载 1927 年 6 月 10 日《时事新报·学灯》。
3. 《译郝斯曼的一首诗》（*A Shropshire Lad* 之第 V 首），载 1927 年 8 月 23 日《时事新

报·学灯》。

4. 《要是》（豪斯曼 Last Poems 之第 X 首），载 1927 年 9 月 6 日《时事新报·学灯》，8 日重译重刊。
5. 《生活》（Last Poems 之第 XI 首），载 1928 年 1 月 7 日《时事新报·学灯》。
6. 《新兵》（A Shropshire Lad 之 III："The Recruit"），载 1928 年 1 月 7 日《时事新报·学灯》。
7. 《自招》（"Confession"），W. H. 戴维斯作，载 1928 年 6 月 10 日《新月》第 1 卷第 4 号。
8. 《犯人》（Last Poems 之 XIV："The Culprit"），载 1928 年 7 月 10 日《新月》第 1 卷第 5 号。
9. 《微笑》（"Smiles"），W. H. 戴维斯作，载 1928 年 7 月 10 日《新月》第 1 卷第 5 号。
10. 《追寻快乐》（"Seeking Joy"），W. H. 戴维斯作，载 1928 年 7 月 10 日《新月》第 1 卷第 5 号。
11. 《长途》（A Shropshire Lad 之第 XXXVI 首），载 1928 年 10 月 10 日《新月》第 1 卷第 6 号。
12. 《别》（A Shropshire Lad 之第 LX 首），载 1929 年 2 月 10 日《新月》第 1 卷第 12 号。
13. 《今昔》（A Shropshire Lad 之第 LVIII 首），载 1929 年 7 月 10 日《新月》第 2 卷第 5 号。
14. 《诗》（A Shropshire Lad 之第 LVII 首），载 1929 年 7 月 10 日《新月》第 2 卷第 5 号。
15. 《过兵》（A Shropshire Lad 之第 XXII 首），载 1929 年 9 月 10 日《新月》第 2 卷第 6-7 号。
16. 《百里墩山》（A Shropshire Lad 之第 XXI 首："Bredon Hill"），载 1929 年 9 月 10 日《新月》第 2 卷第 6-7 号。
17. 《山花》（A Shropshire Lad 之第 LXIII 首），饶孟侃、闻一多合译，载 1929 年 11 月 10 日《新月》第 2 卷第 9 号。
18. 《像：译梯斯德儿诗》，蒂斯代尔作，载 1933 年《自由言论》第 1 卷第 4 期。

梁实秋译（18 首）

1. 《陶醉——波陀莱尔的散文诗》（"Get Drunk"），波德莱尔作，载《清华周刊·文艺增刊》1923 年第 4 期。
2. 《约翰我对不起你》（"No, thank you, John"），C. G. 罗塞蒂作，载 1923 年 11 月 10 日《小说月报》第 14 卷 11 号，又载 1925 年 3 月商务印书馆出版的刊物《海啸》。
3. 《你说你爱》（"You say you love"），济慈作，载 1923 年 11 月 10 日《小说月报》第 14 卷 11 号，又载 1925 年 3 月商务印书馆出版的刊物《海啸》。
4-5. 译豪斯曼诗 2 首：《西方》（"The West"，Last Poems 之第 I 首）与诗集 A Shropshire Lad 之第 V 首，摘自 1924 年 12 月 19 日《清华周刊·文艺增刊》第 8 期《霍斯曼的

情诗》一文，又载 1927 年 8 月 20 日《现代评论》第 6 卷第 141 期。

6-10. 译英国诗人 W. E. 亨里《回音集》（*Echoes*）中诗 5 首：第 3、11、18、29、35 首，摘自 1925 年 3 月 27 日《清华周刊·文艺增刊》第 9 期《汉烈的〈回音集〉》一文，又载 1928 年《秋野》第 1 期。

11. 《译诗一首：给一只老鼠》（"To A Mouse"），苏格兰彭斯作，收入 1928 年 5 月新月书店初版的《文学的纪律》一书。

12. 《汤姆欧珊特》（"Tam O' Shanter"），彭斯作，初载 1929 年 9 月 10 日《新月》第 2 卷第 6-7 号，重译载 1933 年 5 月 13 日天津《益世报·文学周刊》第 25 期，诗名改为《醉汉遇鬼记》。

13-16. 《译 Burns 诗》（四首），载 1929 年 10 月 10 日《新月》第 2 卷第 8 号：《一株山菊》（"To A Mountain Daisy"）、《一瓶酒和一个朋友》（"A Bottle and Friend"）、《写在一张钞票上》（"Lines Written on a Banknote"）、《蠹鱼》（"The Book Worms"）。

17. 《夏晨》，英国吉布逊作，载 1933 年 8 月 26 日天津《益世报·文学周刊》第 39 期。

18. 《松鼠》（"To A Squirrel at Kyle-Na-No"），爱尔兰叶芝作，载 1933 年 11 月 4 日天津《益世报·文学周刊》第 49 期。

孙大雨译（14 首）

1-5. 《歌德五首》（《湖上》《山上》《牧羊人的悲哀》《少年与磨坊之流》《不同的惊恐》），英文转译，载 1923 年 3 月 11 日《文学旬刊》第 67 期，署名孙铭传。

6. 《Naples 湾畔悼伤书怀》（"Written in Dejection, near Naples"），雪莱作，摘自 1927 年 3 月初版《创造日汇刊》之《论雪莱 Naples 湾畔悼伤书怀的郭译》一文，署名孙铭传。

7. 《译 King Lear，Act Ⅲ, sc. 2》，莎士比亚作，载 1931 年 4 月 20 日《诗刊》第 2 期。

8. 《罕姆莱德》（第三幕第四景）（*Hamlet*），莎士比亚作，载 1931 年 10 月 5 日《诗刊》第 3 期。

9. 《黛芬尼》（"Daphne"），米蕾作，载 1934 年 8 月 18 日《大公报·文艺副刊》第 94 期。

10. 《海狂》（"Sea-Fever"），梅斯菲尔德作，载 1934 年 8 月 25 日《大公报·文艺副刊》第 96 期。

11. 《林中无人》（"The Listeners"），德拉·梅尔作，载 1934 年 11 月 5 日《人间世》半月刊第 15 期。

12. 《琅琊王悲剧》第一幕第一景，莎士比亚作，载 1934 年 11 月 24 日《大公报·文艺副刊》第 122 期。

13. 《海葬——为子沅自沉一周年纪念译》（"Burial"），米蕾作，1934 年译，收入 1996 年河北教育出版社出版的《孙大雨诗文集》。

14. 《安特利尔·代尔·沙多》["Andrea del Sarro (Called 'The Faultless Painter')"]，布朗宁作，载 1935 年 4 月 5、12 日《武汉日报·现代文艺》第 8、9 期。

附录一　新月派译诗（1923—1935年）篇目一览

邓以蛰译（2首）

1. 《沙士比亚若邈玖嫋新弹词》（*Romeo and Juliet* 之"园会"段），初载 1924 年 4 月 25 日、26 日《晨报副刊》，又于 1928 年由新月书店出版单行本《若邈玖嫋新弹词》。
2. 《拍屈阿克山歌》，意大利彼得拉克作，载 1924 年 5 月 9 日《晨报副刊》。

任鸿隽译（2首）

1. 《"我的心"》（"My Heart Is Heavy"），蒂斯代尔作，任鸿隽、陈衡哲合译，载 1923 年 3 月 11 日《努力周报》第 43 期，署名叔永、莎菲。
2. 《统一中国梦》（"A Dream of United China"），美国尼登作，初载 1928 年 2 月 25 日《现代评论》第 7 卷第 168 期，后收入朱文叔编、陈棠校《新中华国语与国文教科书（初级中学用）》第 4 册（新国民图书社，1929 年 7 月初版）。

朱大枬译（1首）

《王尔德散文诗一首：弟子》（"The Disciple"），载 1926 年《苏光》第 1 卷第 1 期。

钟天心译（1923—1927 年，9首）

1. 《鲁拜集》中一首诗《爱呵！你我若能与上帝勾通》，莪默·伽亚谟作，载 1924 年 11 月 12 日《晨报副刊》上《我也来凑个趣儿》一文。
2. 《相见于不见中》（"Present in Absence"），多恩作，载 1924 年 12 月 8 日《晨报副刊》。
3-4. 《译罗雪蒂小姐的短歌两章》（C. G. Rossetti："Song: She sat and sang always""Song: When I am dead"），载 1925 年《京报副刊·妇女周刊》第 22 期。
5-6. 《译英诗两首》，载 1925 年《京报副刊》第 102 期。
　　《异域相思》（"Home Thought, from Abroad"），罗伯特·布朗宁作。
　　《夏之夜》（A Song from Tennyson's *The Princess*），丁尼生作。
7. 《开茨的美女无情》（"La Belle Dame Sans Merci"），济慈作，载 1925 年《京报副刊》第 124 期。
8. 《"毋庸忏悔"？》（雪莱诗"Night"第二节），载 1925 年《京报副刊》第 165 期。
9. 《译华茨华斯诗一首》（"She Dwelt among the Untrodden Ways"），华兹华斯作，

载 1926 年 5 月 6《晨报副刊·诗镌》第 6 号。

邵洵美译（31 首）

1-24. 译诗集《一朵朵玫瑰》（24 首），1928 年 3 月金屋书店初版。

　　1)《莎茀诗四首》：《爱神颂》（"Hymn to Aphrodite"）、《女神歌》（"Old to Nereid"）、《残诗（一）》（"Fragments"）、《残诗（二）》（"Fragments"），古希腊萨福作。

　　2)《迦多罗斯诗二首》：《悼雀》（"Funus Passeris"）、《赠篮筲布的妇人》（"AD Lesbiam"），古罗马卡图卢斯作。

　　3)《万蕾诗三首》：《烦恼》（"Spleen"）、《青青》（"Green"）、《情话》（"Collquy Sentimental"），法国魏尔伦作。

　　4)《高谛蔼（Théophile Gautier）诗一首》：《粉画》（"Pastel"），法国诗人戈蒂耶作。

　　5)《罗捷梯（兄）诗三首》：《失眠之梦》（"Sleepless Dreams"）、《爱人的靥儿》（"Of his Lady's Face"，英译意大利诗人 Jacopo Da Lentini 诗）、《倏忽的光阴》（"Sudden Light"），D. G. 罗塞蒂作（译）。

　　6)《罗捷梯（妹）诗二首》：《歌》（"Song: Two doves upon the selfsame branch"）、《歌》（"Song: She sat and sang always"），C. G. 罗塞蒂作，初载 1928 年 3 月 1 日《狮吼》月刊第 2 期。

　　7)《史文朋诗四首》：《歌》（"Song"）、《日落之前》（"Before Sunset"）、《供奉》（"Oblation"）、《匹偶》（"A Match"），英国斯温伯恩作，初载 1926 年 8 月光华书局出版的"狮吼社同人丛著"第 1 辑《屠苏》。

　　8)《哈代诗一首》：《两样》（"The Difference"）。

　　9)《蒂爱斯黛儿诗四首》：《十一月》（"November"）、《吻》（"The Kiss"）、《礼物》（"Gifts"）、《赏赐者》（"The Giver"），美国蒂斯代尔作，又载 1928 年 3 月 1 日《狮吼》月刊第 2 期。

25-26. 译诗集《琵亚词侣诗画集》（署名"浩文"），英国比亚兹莱作，1929 年 6 月金屋书店出版，收入《三个音乐师》（"The Three Musicians"）和《理发师》（"The Ballad of A Barber"）两首译诗，其中《理发师》初载 1928 年《狮吼》复活号第 11 期。

27-31. 其他译诗（5 首）。

　　1)《自由吟》（"A Song of Liberty"），布莱克作，载 1928 年 3 月 1 日《狮吼》月刊第 2 期。

　　2)《一只红雀》（"Tenebris Interlucentem"），弗莱克作，载 1928 年《狮吼》复活号第 12 期。

　　3)《我们做了朋友》（"We That Were Friends"），弗莱克作，载 1931 年《草野》第 6 卷第 1 期。

　　4)《孤寂》（"L'isolement"），拉马丁作，载 1930 年 7 月 16 日《真美善》第 6 卷第 3 号。

5)《东方的夜晚与西方的早晨》，泰戈尔作，载 1930 年《金屋月刊》第 1 卷第 8 期。

陈梦家译（41 首）

1. 《一个杀死的人》（"The Man He Killed"），哈代作，载 1931 年 2 月 28 日《文艺月刊》第 2 卷第 2 号。
2-18. 《歌中之歌》（17 阙），赵家璧主编"一角丛书"第 50 种，良友图书印刷公司 1932 年初版。参考摩顿 Moulton 教授的英文改编本翻译，以 Book of Job 和 Songs of Songs 为原文柱石，共译诗 17 阙。
19. 《白雷客诗一章》（"My Spectre Around Me Night & Day"），布莱克作，载 1934 年 8 月《学文》第 1 卷第 4 期。
20-35. 《白雷客诗选译》（16 首），萝蕤、梦家合译，载 1933 年 10 月 1 日《文艺月刊》第 4 卷第 4 期。
    《黄昏的星星》（"To the Evening Star"）、《歌》（"Song: How sweet I roam'd from field to field"）、《歌》（"Song: My silks and fine array"）、《歌》（"Song: I love the jocund dance"）、《狂歌》（"Mad Song"），《小羊》（"The Lamb"）、《花》（"The Blossom"）、《夜》（"Night"）、《泥块与圆石》（"The Clod and the Pebble"）、《遗失的女孩》（"The Little Girl lost"）、《患病的玫瑰》（"The Sick Rose"）、《蝇》（"The Fly"）、《梦境》（"The Land of Dreams"）、《一朵野花的歌》（"The Wild Flower's Song"）、《〈弥尔顿〉序诗》（"Prelude to *Milton*"）、《爱的秘密》（"Love's Secret"）
36. 节译《忽必烈汗》（"Kubla Khan"），柯勒律治作，载 1935 年 2 月 17 日《大公报·文艺副刊》第 139 期。
37-39. 《东方古国的圣诗》（3 首），载 1929 年《明灯》第 151-152 期。
40. 《在病榻旁》（"Watching by a SickBed"），梅斯菲尔德作，载 1933 年 7 月 1 日《文艺月刊》第 4 卷第 1 期。
41. 《劳伦斯诗一首》（"Calling into Death"），载 1935 年 11 月 10 日《文学时代》第 1 卷创刊号。

方玮德译（9 首）

1. 《他是走了》（"The Going"），英国吉布逊作，载 1932 年 2 月 17 日《北平晨报》。
2-4. 《献诗三章》（"Aedh wishes for the cloths of heaven"；"Aedh tells of the rose in his heart"；"Pity"），叶芝作，载 1933 年 5 月 1 日《文艺月刊》第 3 卷第 11 号。
5-6. 《萤火虫》《两条轨》，美国女诗人哈里特·门罗游北平时所作，载 1935 年 3 月 3 日《大公报·文艺副刊》第 141 期。

7. 《海狂》（"Sea-Fever"），梅斯菲尔德作，载 1933 年 7 月 1 日《文艺月刊》第 4 卷第 1 期。

8-9. 《在何时又为什么我的唇吻过那一些唇》（"What lips my lips have kissed, and where, and why"）与《再生》（"Renaissance"），米蕾作，载 1933 年 6 月 1 日《文艺月刊》第 3 卷第 12 期之《女诗人米莱及其〈再生〉》一文。

卞之琳译（38首）

1. 《冬天》（"Winter"），爱尔兰约翰·辛格作，载 1930 年 11 月 5 日《华北日报副刊》第 299 号，署名林子。

2. 《梵哑林小曲》，智利诗人西尔瓦作，转译自 L. E. Elliot 英译，初载 1930 年 11 月 30 日《华北日报副刊》第 321 号，又载 1932 年 7 月 30 日《诗刊》第 4 期。

3. 《他愿意有了天上的布》（"He Wishes for the Cloths of Heaven"），叶芝作，载 1931 年 1 月 26 日《华北日报副刊》第 373 号，署名幺哥。

4. 《琴妮吻他》（"Jenny Kissed me"），英国 Leigh Hunt 作，载 1931 年 1 月 26 日《华北日报副刊》第 373 号，署名幺哥。

5-6. 《译魏尔伦诗两首》：《白色的光》《有无穷无尽的》，载 1931 年 2 月 8 日《华北日报副刊》第 386 号，署名幺哥。

7. 《颜色垩笔画》，阿瑟·西蒙斯作，载 1931 年 3 月 6 日《华北日报副刊》第 412 号，署名幺哥。

8. 《译魏尔伦诗一首：一大阵昏黑的睡意》，载 1931 年 3 月 7 日《华北日报副刊》第 413 号，署名人也。

9. 《青草》（"Grass"），美国卡尔·桑德堡作，载 1931 年 8 月 31 日《华北日报副刊》第 579 号，署名老卡。

10. 《孤寂》（"L'isolement"），拉马丁作，载 1931 年《进展月刊》第 1 卷第 1 期，署名老卡，又载 1933 年 4 月 29 日《益世报·文学周刊》第 23 期，署名季陵。

11. 《太息》（"Soupir"），马拉美作，载 1931 年 10 月 5 日《诗刊》第 3 期。

12. 《忧郁》（"Spleen"），魏尔伦作，载 1932 年《江苏》第 9-10 期。

13. 《歌》（"Song: Oh what comes over the sea"），C. G. 罗塞蒂作，载 1932 年《江苏》第 9-10 期。

14-23. 《恶之花零拾》（*Les Fleurs du mal*）10 首：《应和》（"Correspondances"）、《人与海》（"L'Homme et la mer"）、《音乐》（"La Musique"）、《异国的芳香》（"Parfurn exotique"）、《商籁》（"Sonnet d'automne"）、《破钟》（"La Cloche felee"）、《忧郁》（"Spleen"）、《瞎子》（"Les Aveugles"）、《流浪的波希米人》（"Bohemians en voyage"）、《入定》（"Recueillement"），波德莱尔作，载 1933 年 3 月 1 日《新月》第 4 卷 6 号。

24. 《和蔼的林子》（"Le Bois amical"），瓦莱里作，载 1933 年 4 月 19 日《清华周刊》第 39 卷第 5-6 期。

25. 《愿》，法国雷尼耶作，载 1933 年 5 月 27 日《益世报·文学周刊》第 27 期，署名季陵。
26. 《穷人之死》（"La Mort des pauvres"），波德莱尔作，载 1933 年 6 月 1 日《文艺月刊》第 3 卷第 12 期。
27. 《死叶》（"Les Feuilles mortes"），法国古尔蒙作，载 1933 年 6 月 17 日《益世报·文学周刊》第 29 期，署名季陵。
28. 《喷泉》（"Le Jet d'eau"），波德莱尔作，载 1933 年 7 月 1 日《文艺月刊》第 4 卷第 1 期。
29. 《露台：译波特莱》，波德莱尔作，载 1933 年 8 月 1 日《文艺月刊》第 4 卷第 2 期。
30-31. 《玛拉美散文诗两篇：〈秋天的哀怨〉〈冬天的颤抖〉》，载 1933 年 10 月 7 日《大公报·文艺副刊》第 5 期。
32. 《郝思曼诗一首：我心里装满了凄苦》，载 1933 年 10 月 25 日《大公报·文艺副刊》第 10 期。
33. 《梅特林克诗一首》，初载 1933 年 11 月 8 日《大公报·文艺副刊》第 14 期，收入 1936 年《西窗集》时改名为《歌》。
34. 《玛拉美散文诗两首：〈太息〉〈海风〉（"Brise marine"）》，载 1934 年 2 月 10 日《大公报·文艺副刊》第 41 期。（《太息》重译，此处不计）
35. 《倦旅》（"The Weary Walker"），哈代作，载 1934 年《文学季刊（北平）》第 1 卷第 2 期。
36. 《发烧夜 Rhapsody》，魏尔伦作（原文见魏尔伦《智慧》集），载 1934 年 4 月 18 日《大公报·文艺副刊》第 59 期。
37. 《李尔克散文诗九段》（选译自《生活与死亡》这首诗，故计为一首），奥地利诗人里尔克作，载 1934 年 6 月 6 日《大公报·文艺副刊》第 73 期。
38. 散文诗《年轻的母亲》，瓦莱里作，载 1934 年 10 月 10 日《大公报·文艺副刊》第 109 期。

李唯建译（41 首）

1. 《云雀曲》（"To a Skylark"），雪莱作，载 1928 年 5 月 10 日《新月》第 1 卷第 3 号。
2. 《病了的玫瑰》（"The Sick Rose"），布莱克作，载 1928 年 6 月 25 日《贡献》第 3 卷第 3 期。
3. 《夜莺歌》（"Ode to A Nightingale"），济慈作，载 1928 年 9 月 10 日《新月》第 1 卷第 7 号。
4. 《爱的秘密》（"Love's Secret"），布莱克作，载 1928 年 10 月 10 日《新月》第 1 卷第 8 号。
5-41. 《英国近代诗歌选译》，中华书局 1934 年 9 月初版，包括 30 位诗人 39 首译诗（其中 2 首重译不计）：
　　1）华兹华斯《水仙》（"Daffodils"）
　　2）柯勒律治《忽必烈汗》（"Kubla Khan"）
　　3）兰德尔（Walter Savage Landor）：《少女的哀诉》（"The Maid's Lament"）

4）摩尔（Thomas Moore）：《夏天最后一朵玫瑰》（"Tis the Last Rose of Summer"）

5）拜伦：《离别》（"When We Two Parted"）

6-8）雪莱：《云雀曲》（重译）、《寄》（"To—"）、《悲歌》（"A Lament"）、《印度的夜歌》（"Indian Serenade"）

9）济慈：《夜莺歌》（重译）、《无情美妇》（"La Belle Dame Sans Merci"）

10-11）布朗宁夫人：《情诗》2首（Sonnets from the Portuguese）

12-15）费兹杰拉德：《鲁拜集》4首

16）丁尼生：《磨坊主人的女儿》（"The Miller's Daughter"）

17）布朗宁：《终生为的是爱》（"Life in a Love"）

18）克拉夫：《何处》（"Where Lies the Land"）

19）阿诺德：《陀佛海滨》（"Dover Beach"）

20）D. G. 罗塞蒂：《陡然的感觉》（"Sudden Light"）

21）C. G. 罗塞蒂：《当我死了》（"When I'm Dead"）

22）G.梅瑞迪斯：《幽谷中的爱人》（"Love in the Valley"）

23）W. 莫里斯：《一首对谁都未唱过的甜蜜歌》（"A Song Sung Not Any Man"）

24）斯温伯恩：《普色澎的园地》（"The Garden of Proserpine"）

25）亚瑟·奥肖内西：《我们是创作音乐的人》（"We Are the Music-Makers"）

26）布里基斯：《我曾爱过会谢的花》（"I Have Loved Flowers that Faded"）

27）哈代：《死了的爱人》（"Lost Love"）

28）R. L.史蒂文森：《高原》（"In the Highlands"）

29）豪斯曼：《悲伤》（"With Rue My Heart Is Laden"）

30）吉卜林：《颂词》（"Recessional"）

31）叶芝：《湖中荫泥丝翡岛》（"Lake Isle of Innisfree"）

32）A. E.：《神秘》（"Mystery"）

33）W. H. 戴维斯：《来让我们寻找》（"Come, Let Us Find"）

34）德拉·梅尔：《陌生人》（"The Stranger"）

35）道生：《人生既然短促希望怎能长久》（"Vita Summa Brevis Spem Nos Vetat Incobare Longam"）

36-37）梅斯菲尔德：《黄昏》（"Twilight"）、《真理》（"Truth"）。

梁镇译（9首）

1-3.《德国古民歌》（"Volkslieder"）3首，赫尔德作，载1929年11月10日《新月》第2卷第9号。

4.《茶话会——译海涅Heine诗》，海涅作，载1931年《循环》第1卷第5期。

5.《往日的女人——译魏龙Francois Villon诗》（"Des Dames du Temps Jadis"），法国维永作，载1931年《新月》第3卷第9号。

6.《魏龙与胖妇玛尔戈——译魏龙Francois Villon诗》（"Ballade de Villon et de la grosse

Margot"），维永作，载 1932 年 7 月 30 日《诗刊》第 4 期。
7. 《一个美妇人的诉苦——译魏龙 Francois Villon 诗》（"Les Regrets de la belle Heaulmière"），维永作，1933 年 7 月 1 日《文艺月刊》第 4 卷第 1 期。
8. 《声音与眼睛》（"Le Voix et Les Yeux"），雷尼耶作，载 1932 年《新月》第 4 卷第 1 号。
9. 《诉——译 Paul Verlaine 诗》，魏尔伦作，载 1932 年 9 月 1 日《新月》第 4 卷第 2 号。

邢鹏举译（48 首）

《波多莱尔散文诗》，波德莱尔作，邢鹏举据 T. R. Smith 编英译本译，中华书局 1930 年 4 月初版，徐志摩主编"新文艺丛书"之一。分三部分，共 48 首诗：

1-11. 散文诗第一部（Arthur Symons 英译，11 首）：《皓月的深情》《那一个是确实的？》《"L'invitation au Voyage"》《窗棂》《穷人的眼睛》《薄暮》《饼干》《人群》《离世》《勇敢的死》《沉醉》；

12-35. 散文诗第二部（G. T. Shipley 英译，24 首）：《诙谐者》《犬和小瓶》《野性的妇人和风骚的女人》《庸医》《时计》《发辫中的半球》《穷人的玩物》《神仙的馈赠》《隐居》《计画》《可爱的多罗西亚》《宽大的角色》《赝币》《集会》《海港》《绳索》《镜子》《骏马》《夫人的写真》《汤与云》《光轮的遗失》《毕士托雷小姐》《让我们剥穷人的皮》《善良的犬》；

36-48. 小散文诗（F. P. Sturm 英译，13 首）：《各人的怪神》《爱神和丑角》《已经！》《双间的卧室》《晨间一时》《艺术家的认罪祈祷》《神杖》《善射者》《枪射的区域和冢地》《画图的愿望》《玻璃的售主》《寡妇》《诱惑》。

孙毓棠译（35 首）

1. 《鲛人之歌》（"The Forsaken Merman"），阿诺德作，载 1932 年《清华周刊》第 37 卷第 8 期。
2-5. 译诗四首：《他们告诉我》（"They Told Me"）、《声音》（"Voices"）、《鲛女》（"The Mermaids"）、《忆》（"Remembrance"），德拉·梅尔作，载 1932 年《清华周刊》第 37 卷第 8 期。
6. 《银便士》（"The Silver Penny"），德拉·梅尔作，载 1932 年《清华周刊》第 38 卷第 3 期。
7-24. 《海涅情诗短曲》18 首，载 1932 年《清华周刊》第 38 卷第 4 期（文艺专号）。
25. 《但丁神曲·地狱（第一曲）》，但丁作，载 1933 年 8 月 28 日《大公报·文学副刊》第 295 期。
26-34. 《德拉迈尔诗选译》10 首，德拉·梅尔作，载 1934 年 2 月 1 日《文艺月刊》第 5

卷第 2 期。
《骑士》（"The Horseman"）、《迷玛》（"Mima"）、《有人》（"Some One"）、《面包和樱桃》（"Bread And Cherries"）、《捉迷藏》（"Hide And Seek"）、《当初》（"Boys And Girls: Then"）、《丢掉的鞋》（"The Lost Shoe"）、《麦克坤夫人》（"Mrs. Macqueen"）、《萨姆》（"Sam"）、《银便士》（重译）

35.《老班》（"Old Ben"），德拉·梅尔作，载 1934 年 7 月 21 日《大公报·文艺副刊》第 86 期。

曹葆华译（22 首）

1-2.《十四行——译纳伐尔》（2 首），法国玛格丽特·德·纳瓦尔作，载 1935 年 9 月 12 日《北平晨报·诗与批评》第 61 期。

3-22.《梅士斐诗选·十四行诗》20 首（Sonnets from Masefield），梅斯菲尔德作，载 1933 年 7 月 1 日《文艺月刊》第 4 卷第 1 期。

孙洵侯译（1 首）

《陷阱》（"The Snare"），爱尔兰詹姆斯·斯蒂芬斯作，载 1935 年 11 月 10 日《文学时代》创刊号。

梁宗岱译（1928—1935 年，32 首）

译诗集《一切的峰顶》（计 32 首），1936 年上海时代图书公司发行（其"前言"写于 1934 年 9 月）。

1-7. 歌德（7 首）：《流浪者之夜歌》（2 首）、《对月吟》《迷娘歌》《守望者之歌》《神秘的和歌》《自然》（散文诗）

8-9. 雪莱（2 首）：《问月》（"To the Moon"）、《栢洛米修士底光荣》（Quotations from Act Ⅵ of Prometheus Unbound）

10-13. 波德莱尔（4 首）：《祝福》《露台》（初载 1934 年 12 月《文学》第 3 卷第 6 号）《契合》《秋歌》

14-22. 尼采（9 首）：《流浪人》《秋》《叔本华》《威尼斯》《松与雷》《最孤寂者》《醉歌》《遗嘱》《太阳落了》

23-27. 魏尔伦（5 首）：《月光曲》《感伤的对语》《白色的月》《泪流在我心里》《狱中》

28-29. 瓦莱里（2首）：《水仙辞》（"Narcissae Placandis Manibus"）（少年作）、《水仙辞》（近作）
30-31. 里尔克（2首）：《严重的时刻》《这村里》
32. 泰戈尔（1首）：《无题》

宗白华译（1928—1935年，12首）

1-3.《歌德诗三首》：《湖上》《游行者之夜歌》《对月吟》，载1931年4月《诗刊》第2期。
4.《借浮士德中诗句吊志摩》，载1932年7月30日《诗刊》第4期。
5.《卜罗米陀斯》，歌德作，载1933年《彗星》第1卷第2期。
6-12. 张月超著《歌德评传》（1933年1月神州国光社出版）中收宗白华译歌德诗9首，除《游行者之夜歌》《帕劳米休斯》（即《卜罗米陀斯》）为重译外，另有《格丽曼》《游行者之夜歌》（同名异诗）、《海上的寂静》《弦琴师歌曲》《迷娘歌曲》《无题》《神性的》等7首新作。（参阅张月超在《歌德评传》"自序"中所言："其中的诗除抒情一章是宗师译的外，其他如《帕劳米休斯》《对月吟》《神性的》也是采宗师译的。"）

冰心译（1928—1935年，28首）

散文诗集《先知》（*The Prophet*），黎巴嫩诗人纪伯伦著，1931年9月新月书店初版。《船的来临》《论爱》《论婚姻》《论孩子》《论施与》《论饮食》《论工作》《论哀乐》《论居室》《论衣服》《谈买卖》《论罪与罚》《论法律》《论自由》《论理性与热情》《论苦痛》《论自知》《论教授》《论友谊》《论谈话》《论时光》《论善恶》《论祈祷》《论逸乐》《论美》《论宗教》《论死》《言别》。

朱维基译（81首）

1.《失乐园》（*Paradise Lost*），弥尔顿著，1934年第一出版社。
2.《食莲花者》（"The Lotus Eaters"），丁尼生作，载1930年8月《金屋月刊》第11期。
3-22.《水仙》，朱维基、芳信合译，1928年9月1日光华书局初版。其中朱维基译诗20首如下：
　　彭斯：《红，红的玫瑰》（"A Red, Red Rose"）、《珠暗》（"Of A' The Airts The

Wind Can Blaw"）

　　拜伦：《挽莎萨》（"And Thou Art Dead, As Young And Fair"）、《就此别了啊》（"Fare Thee Well"）

　　济慈：《夜莺歌》（"Ode to A Nightingale"）、《美丽而不仁慈的妇女》（"La Belle Dame Sans Merci"）

　　斯温伯恩：《别辞》（"A Leave-Taking"）、《Erotion》（《情色》）、《果园中》（"In the Orchard"）

　　约翰·戴维森：《安妮》

　　道生：《致疯狂院中的一人》（"To One in Bedlam"）、《一瞬间的吟游歌人》（"The Pierrot Of The Minute"）

　　"波特莱尔散文诗"：《请去旅行》》《玻璃小贩》《老江湖》《饼》《诱惑》《绳》《一个英雄般的死》《仁慈的赌博者》

23. 《乌塞罗和黛莫娜的死》（*Othello* 第 5 幕第 2 场），莎士比亚作，载 1933 年 11 月 1 日《诗篇月刊》创刊号。

24-35. 《Christina Rossetti 诗选》（12 首）：《歌》（"Song"）、《美即空》（"Beauty Is Vain"）、《三季》（"Three Seasons"）《秋的紫罗兰》（"Autumn Violets"）、《春静》（"Spring Quiet"）、《倘若》（"If"）、《黄昏》（"Twilight Night"）、《熟睡》（"Sound Sleep"）、《梦乡》（"Dream Land"）、《休息》（"Rest"）、《一个结束》（"An End"）、《死后》（"After Death"），载 1933 年 12 月 1 日《诗篇月刊》第 2 期。

36-44. 《Robert Browning 诗选》（9 首）：《生命的爱》（"Love in a Life"）、《爱中的生命》（"Life in a Love"）、《爱的一法》（"One Way of Love"）、《夜会》（"Meeting at Night"）、《晨别》（"Parting at Morning"）、《歌》（"Song"）、《三天内》（"In Three Days"）、《妇女和蔷薇》（"Women and Roses"）、《别墅前的夜曲》（"A Serenade at the Villa"），载 1934 年 1 月 1 日《诗篇月刊》第 3 期。

45. 《祝福》，波兰显克微支作，载 1934 年 1 月 1 日《诗篇月刊》第 3 期。

46. 《阿普罗歌》（"Ode to Apollo"），济慈作，载 1934 年 2 月 1 日《诗篇月刊》第 4 期。

47-74. 《D. G. Rossetti "生命之屋"（*The House of Life*）选译》（28 首）：《新婚的生产》（"Bridal Birth"）、《爱的赎罪》（"Redemption"）、《爱的景象》（"Lovesight"）、《吻》（"The Kiss"）、《新婚的睡眠》（"Nuptial Sleep"）、《至尊的降服》（"Supreme Surrender"）、《爱的爱人》（"Love's Lovers"）、《热情和崇拜》（"Passion And Worship"）、《画像》（"The Portrait"）、《情书》（"The Love-Letter"）、《血统》（"The Birth-Bond"）、《爱的一日》（"A Day Of Love"）、《爱的甜蜜》（"Love-Sweetness"）、《爱的虚花物》（"Love's Baubles"）、《生翼的时辰》（"Winged Hours"）、《爱中的生命》（"Life-In-Love"）、《爱月》（"The Love-Moon"）、《明日的消息》（"The Morrow's Message"）、《秘密的别离》（"Secret Parting"）、《无眠的梦》（"Sleepless Dreams"）、《别离的爱》（"Parted Love"）、《碎了的音乐》（"Broken Music"）、《爱中的死》（"Death-In-Love"）、

《柳林》（"Willowwood"）（4首）、《死胎的爱》（"Stillborn Love"），载1934年2月1日《诗篇月刊》第4期。
75-79.《Sonnets 五首》，济慈作，载1934年2月1日《诗篇月刊》第4期。
80.《白朗山》（"Mont Blanc"），雪莱作，载1934年2月1日《诗篇月刊》第4期。
81.《忽必烈汗》（"Kubla Khan"），柯勒律治作，载1934年2月1日《诗篇月刊》第4期。

（共计722首）

附录二

外国作家中英文姓名对照

（以中文名称的拼音为序）

A

阿伯克龙比，Lascelles Abercrombie，1881—1938，英国诗人、评论家
阿诺德（安诺德），Matthew Arnold，1822—1888，英国诗人、评论家
埃克顿，Harold Acton，1904—1994，英国作家、汉学家
T. S. 艾略特（爱略特），Thomas S. Eliot，1888—1965，出生于美国的英国诗人、剧作家及评论家
奥尼尔，Eugene O'neill，1888—1953，爱尔兰裔美国剧作家
奥文满垒狄斯（O. 梅瑞迪斯），Owen Meredith，1831—1891，英国外交官、诗人
奥伊肯，Rudolf Eucken，1846—1926，德国哲学家
A. E.（George William Russell[乔治·威廉·拉塞尔]），1867—1935，爱尔兰诗人、画家

B

巴兹，Paolo Buzzi，1874—1956，意大利未来主义剧作家、诗人
白英，Robert Payne，1911—1983，英国诗人、记者、汉学家
拜伦（摆仑、拜轮），George Gordon Byron，1788—1824，英国浪漫主义诗人
榜思（彭斯），Robert Burns，1759—1796，苏格兰民族诗人
比尔博姆，Max Beerbohm，1872—1956，英国散文家、剧评家
彼得拉克（拍屈阿克），Francisco Petrarch，1304—1374，意大利"文艺复兴之父"、诗人
比亚兹莱（琵亚词侣），Aubrey Vincent Beardsley，1872—1898，英国插画家、唯美主义运动先驱
威特·宾纳，Witter Bynner，1881—1968，美国诗人、翻译家（中文名：陶友白）
波德莱尔（波多莱尔、波陀莱尔、波特莱尔、波德莱、波特莱），Charles Pierre Baudelaire，1821—1867，法国现代派诗人，象征派诗歌先驱

伯吉斯，Anthony Burgess，1917—1993，英国作家、翻译家
布朗宁（白朗宁、伯朗宁、勃朗宁），Robert Browning，1812—1889，英国维多利亚时期代表诗人
布朗宁（白朗宁、勃朗宁）夫人，Elizabeth Barrett Browning，1806—1861，英国维多利亚时期女诗人
布莱克（布雷克、白雷客、勃拉克、勃莱克），William Blake，1757—1827，英国浪漫主义诗人
布里基斯（白理基斯、布里奇斯），Robert S. Bridges，1844—1930，英国桂冠诗人
布鲁克（白鲁克），Rupert Brooke，1887—1915，英国诗人
布洛克，Alexander Blok，1880—1921，俄国象征派诗人

D

W. H. 戴维斯，William Henry Davies，1871—1940，英国威尔士诗人、作家
丹尼尔，Samuel Daniel，1562—1619，英国诗人、剧作家与历史学家
但丁（但特），Dante Alighieri，1265—1321，意大利诗人、文艺复兴的先驱
道生，Ernest Dowson，1867—1900，英国颓废主义诗人
德彪西，1862—1918，Claude Debussy，法国作曲家
德拉·梅尔（德拉迈尔），Walter de la Mare，1873—1956，英国诗人、小说家
邓南遮（丹农雪乌），Gabriele d'Annunzio，1863—1938，意大利诗人、作家，唯美主义文学代表人物
狄更生，Galsworthy Lowes Dickinson，1862—1932，英国学者、作家
蒂斯代尔，Sara Trevor Teasdale，1884—1933，美国近代抒情女诗人
丁尼生，Alfred Lord Tennyson，1809—1892，英国维多利亚时代桂冠诗人
多恩，John Donne，1572—1631，英国玄学派诗人

E

莪默·伽亚谟（莪麦），Omar Khayyam，1048?—1131?，古波斯诗人、天文学家

F

伐加列斯珂，Elena Vacarescu，1866—1947，罗马尼亚女诗人、小说家
法朗士，Anatole France，1844—1924，法国作家、文学评论家
梵乐希（瓦莱里），Paul Valéry，1871—1945，法国后期象征派诗人
菲茨杰拉德（斐芝吉乐、斐士波、斐氏波），Edward Fitzgerald，1809—1883，英国诗人、翻译家
福尔，Paul Fort，1872—1960，法国后期象征派诗人、剧作家
富凯（福沟），Friedrich de la Motte Fouqué，1777—1843，德国浪漫派作家
伏尔泰，Voltaire，1694—1778，法国启蒙思想家、文学家、哲学家

弗莱克，James Elroy Flecker，1884—1915，英国诗人、剧作家
弗莱切，John Gould Fletcher，1886—1950，美国意象派诗人
弗林特，Frank Stuart Flint，1885—1960，英国意象派诗人、翻译家
弗罗斯特，Robert Frost，1874—1963，美国诗人（四次获普利策诗歌奖）

G

高斯，Edmund Gosse，1849—1928，英国诗人、作家、翻译家
格雷，Thomas Gray，1716—1771，英国新古典主义后期抒情诗人
歌德（葛德、哥德），Johann Wolfgang von Goethe，1749—1832，德国思想家、作家
戈蒂耶（高谛蔼），Théophile Gautier，1811—1872，法国唯美主义诗人、作家、文艺批评家
古尔蒙（果尔蒙），Remy de Gourmont，1858—1915，法国后期象征派诗人、评论家

H

哈代（哈提、哈尔地），Thomas Hardy，1840—1928，英国诗人、小说家
海涅，Heinrich Heine，1797—1856，德国抒情诗人、作家
赫尔德，Johann Gottfried von Herder，1744—1803，德国哲学家、诗人
核佛尔第（勒韦迪），Pierre Reverdy，1889—1960，法国超现实主义诗人
赫里克，Robert Herrick，1591—1674，英国"骑士派"诗人
荷马（何默尔），Homer，古希腊吟游诗人
W. E. 亨里，William Earnest Henley，1849—1903，英国诗人、评论家
华生（华特生），William Watson，1858—1935，英国诗人
华兹华斯（华滋渥斯、华茨渥斯、渥滋渥斯、华茨华斯），William Wordsworth，1770—1850，
　　英国浪漫主义诗人、桂冠诗人
惠特曼（维特曼），Walt Whitman，1819—1892，美国诗人、散文家
霍普，Laurence Hope (Adela Florence Nicolson)，1865—1904，英国女诗人
霍普金斯，Gerard Manley Hopkins，1844—1889，英国维多利亚时代诗人
豪斯曼（霍斯曼、郝思曼、郝斯曼），Alfred Edward Housman，1859—1936，英国诗人、
　　古典学者

J

吉伯林（吉卜林），Joseph Rudyard Kipling，1865—1936，英国小说家、诗人
纪伯伦，Kahlil Gibran，1883—1931，黎巴嫩诗人、作家
吉布逊，Wilfrid Wilson Gibson，1878—1962，英国诗人
济慈（箕茨、克茨、基次），John Keats，1795—1821，英国浪漫主义诗人
嘉本特，Edward Carpenter，1844—1929，英国诗人、社会活动家
加廖也夫（今译列别捷夫），Vasily Ivanovich Lebedev，1898—1949，苏联革命诗人
迦罗多斯（卡图卢斯），Gaius Valerius Catullus，约 87 B.C.—54 B.C.，古罗马诗人

金斯雷，Charles Kingsley，1819—1875，英国儿童文学作家、诗人
堀口大学，Horiguchi Daigaku，1892—1981，日本诗人、翻译家

K

卡莱尔，Thomas Carlyle，1795—1881，苏格兰散文家、历史学家、哲学家
卡图卢斯（迦罗多斯），Gaius Valerius Catullus
康拉德，Joseph Conrad，1857—1924，波兰裔英国小说家
克勒伯尼可夫，Viktor V. Khlebnikov，1885—1922，俄国未来派诗人
柯勒律治（柯立基、考来居），Samuel Taylor Coleridge，1772—1834，英国浪漫主义诗人
克茨（济慈、箕茨），John Keats
克拉夫（克劳），Arthur Hugh Clough，1819—1861，英国诗人
克鲁泡特金，Pyotr Alexeyevich Kropotkin，1842—1921，俄国无政府主义运动理论家、地理学家

L

拉佛格，Jules Laforgue，1860—1887，法国象征派诗人
拉马丁，Alphonse de Lamartine，1790—1869，法国浪漫主义诗人、作家
拉威尔，Maurice Ravel，1875—1937，法国作曲家
莱蒙托夫，Mikhail Yuryevich Lermontov，1814—1841，俄国诗人、作家
兰波，Arthur Rimbaud，1854—1891，法国象征派诗人
兰德（兰德尔），W. Savage Landor，1775—1864，英国诗人、作家
朗弗罗（郎弗楼），Henry W. Longfellow，1807—1882，美国浪漫主义诗人、翻译家
D. H. 劳伦斯，David Herbert Lawrence，1885—1930，英国小说家、诗人、文学评论家
勒博格，Charles van Lerberghe，1861—1907，比利时象征派诗人、作家
勒韦迪（核佛尔第），Pierre Reverdy
雷尼耶（雷尼霭），Henri de Régnier，1864—1936，法国后期象征派诗人
里尔克（芮尔克），Rainer Maria Rilke，1875—1926，奥地利诗人、作家
理查兹，Ivor Armstrong Richards，1893—1979，英国文学批评家、诗人
里德，Herbert Read，1893—1968，英国诗人、艺术批评家
黎里（李里），John Lyly，1553—1606，英国诗人、剧作家
利维斯（利威斯），Frank Raymond Leavis，1895—1978，英国文学批评家
林赛，Nicholas Vachel Lindsay，1879—1931，美国诗人
龙萨（隆萨），Pierre de Ronsard，1524—1585，法国抒情诗人
卢克莱修，Titus Lucretius Carus，约99B.C.—55B.C.，古罗马诗人、哲学家
卢梭，Jean-Jacques Rousseau，1712—1778，法国启蒙思想家、哲学家
伦蒂尼，Jacopo Da Lentini，约1210—1260，意大利诗人
D. G. 罗塞蒂（罗捷梯），Dante Gabriel Rossetti，1828—1882，英国前拉斐尔派诗人、画家、翻译家

C. G. 罗塞蒂，Christina G. Rossetti，1830—1894，英国前拉斐尔派女诗人
洛维斯，John Livingston Lowes，1867—1945，专攻英国文学的美国学者
罗曼·罗兰，Romain Rolland，1866—1944，法国剧作家、小说家、散文家
罗斯金，John Ruskin，1819—1900，英国作家、文艺评论家
洛威尔，Amy Lowell，1874—1925，美国意象派女诗人、翻译家

M

马雅可夫斯基，Vladimir Mayakovsky，1893—1930，苏联诗人、剧作家
马拉美（玛拉美），Stéphane Mallarmè，1842—1898，法国象征派诗人、文学评论家
马林霍夫，Anatoli Marienhof，1897—1962，苏联意象派诗人
麦雷，John Middleton Murry，1889—1957，英国作家、评论家、编辑
曼斯菲尔德（曼殊斐儿），Katherine Mansfield，1888—1923，英国女作家
梅奈尔夫人，Alice Meynell，1847—1922，英国女诗人、散文家
O. 梅瑞迪斯（奥文满垒狄斯），Owen Meredith
G. 梅瑞迪斯，George Meredith，1828—1909，英国小说家、诗人
梅斯菲尔德（梅士斐、梅士斐儿），John Masefield，1878—1967，英国桂冠诗人、作家
梅特林克（梅林），Maurice Maeterlinck，1862—1949，比利时象征主义作家、诗人
哈里特·门罗，Harriet Monroe，1880—1936，美国女诗人、文学评论家
弥尔顿，John Milton，1608—1674，英国诗人、政论家
亨利·米修（米超），Henri Michaux，1899—1984，法国诗人、画家
密茨凯维奇（密克威支），Adam Mickiewicz，1798—1855，波兰浪漫主义诗人、革命家
米开朗琪罗，Michelangelo Buonarroti，1475—1564，意大利文艺复兴时期艺术家、诗人
米蕾（米莱），Edna St. Vincent Millay，1892—1950，美国女诗人、作家
缪塞，Alfred de Musset，1810—1857，法国作家、诗人
摩尔，George Moore，1852—1933，爱尔兰现代派作家、诗人、艺术评论家
默里，Gilbert Murray，1866—1957，英国古典学者
莫里斯，William Morris，1834—1896，英国诗人、前拉斐尔派艺术家

N

玛格丽特·德·纳瓦尔（纳伐尔），Marguerite de Navarre，1492—1549，文艺复兴时期
　　法国贵族、文学和艺术赞助者
尼采，Friedrich Wilhelm Nietzsche，1844—1900，德国哲学家、诗人、古典语言学家
尼登，Dr. James G. Needham，1868—1957，美国昆虫学家
尼柯孙，Harold Nicolson，1886—1968，英国外交官、诗人

P

帕拉采斯基，Aldo Palazzeschi，1885—1974，意大利未来主义作家

庞德，Ezra Pound，1885—1972，美国意象派诗歌代表诗人、文学评论家
裴多菲（裴象飞、彼得斐·山陀尔），Sándor Petőfi，1823—1849，匈牙利诗人、革命家
佩特，Walter Pater，1839—1894，英国文艺批评家、作家
彭斯（榜思），Robert Burns
琵亚词侣（比亚兹莱），Aubrey Vincent Beardsley
爱伦·坡，Edgar Allan Poe，1809—1849，美国诗人、作家、文学评论家
普鲁斯特，Marcel Proust，1871—1922，法国意识流作家、文学评论家
普希金（普世庚），Alexander Sergeevich Pushkin，1799—1837，俄国诗人、作家

Q

契诃夫，Anton Pavlovich Chekhov，1860—1904，俄国小说家、剧作家
乔伊斯，James Joyce，1882—1941，爱尔兰意识流文学代表作家、诗人
乔叟（乔塞），Geoffrey Chaucer，约1343—1400，英国诗人
切斯特顿，Gilbert Keith Chesterton，1874—1936，英国作家、文学评论家
本·琼生，Ben Jonson，约1572—1637，英国剧作家、诗人
伯恩·琼斯，Edward Burne Jones，1833—1898，英国画家、前拉斐尔派诗人

R

芮尔克（里尔克），Rainer Maria Rilke

S

桑德堡，Carl Sandburg，1878—1967，美国诗人、传记作家
萨福（莎孚、莎弗、萨茀），Sappho，约620 B.C.—约570 B.C.，古希腊抒情女诗人
萨里（石磊）伯爵，Earl of Surrey，1517—1547，英国诗人
森山启，Kei Moriyama，1904—1991，日本无产阶级作家、诗人、文艺评论家
莎士比亚（沙士比亚），William Shakespeare，1564—1616，英国剧作家、诗人
上野壮夫，Takeo Ueno，1905—1979，日本无产阶级诗人、作家
石川啄木，Ishikawa Takuboku，1886—1912，日本诗人、评论家
施莱格尔，Karl Wilhelm Friedrich Schlegel，1772—1829，德国诗人、翻译家、评论家
施托姆，Theodor W. Storm，1817—1888，德国抒情诗人、小说家
司各特，Walter Scott，1771—1832，英国小说家、诗人
斯温伯恩（史文朋），Algernon Charles Swinburne，1837—1909，英国现代派诗人、文学评论家
斯宾塞，Edmund Spenser，1552—1599，英国桂冠诗人
斯蒂芬斯，James Stephens，1882—1950，爱尔兰小说家、诗人
史蒂文森，Robert Louis Stevenson，1850—1894，苏格兰小说家、诗人

T

泰戈尔（太戈儿、太戈尔、泰谷尔），Rabindranath Tagore，1861—1941，印度诗人、哲学家
泰特，Nahum Tate，1652—1715，爱尔兰诗人、剧作家
汤姆森，Maurice Thompson，1844—1901，美国诗人、小说家
忒俄克里托斯，Theocritus，约 300 B. C.—约 250 B. C.，古希腊田园诗人
屠格涅夫，Ivan S. Turgenev，1818—1883，俄国批判现实主义作家
图马尼扬，Hovhannes Tumanyan，1869—1923，亚美尼亚诗人、作家、翻译家
托尔斯泰，Leo N. Tolstoy，1828—1910，俄国批判现实主义作家

W

瓦莱里（梵乐希），Paul Valéry
王尔德，Oscar Wilde，1854—1900，爱尔兰唯美主义作家
魏尔伦（威伦、魏仑、万蕾），Paul Verlaine，1844—1896，法国象征派诗人
威尔逊，Edmund Wilson，1895—1972，美国评论家、随笔作家
维尔哈伦，Emile Verhaeren，1855—1916，比利时诗人、剧作家
维尔莫特，John Wilmot，1647—1680，英国贵族、诗人
维吉尔，Virgil，70 B. C.—19 B. C.，古罗马诗人
维勒得拉克，Charles Vildrac，1882—1971，法国一致主义诗人、评论家
韦利，Arthur Waley，1889—1966，英国汉学家、翻译家
维尼，Alfred de Vigny，1797—1863，法国浪漫主义诗人、作家
维特曼（惠特曼），Walt Whitman
维永（危用、魏龙），Francois Villon，约 1431—1474，法国中世纪抒情诗人
渥滋渥斯（华兹华斯），William Wordsworth
伍尔芙（吴尔芙），Virginia Woolf，1882—1941，英国女作家、意识流文学代表人物

X

席勒，Friedrich von Schiller，1759—1805，德国诗人、剧作家
阿瑟·西蒙斯，Arthur Symons，1865—1945，英国诗人、评论家、翻译家
夏芝（叶芝），William Butler Yeats，1865—1939，爱尔兰诗人、作家
萧伯纳，George Bernard Shaw，1856—1950，爱尔兰剧作家
嚣俄（雨果），Victor Hugo，1802—1885，法国浪漫主义文学作家、政治家
小畑薰良，Shigeyoshi Obata，1888—1971，日本外交官、汉学家
小仲马，Alexandre Dumas fils，1824—1895，法国剧作家、小说家
约翰·辛格，John Millington Synge，1871—1909，爱尔兰诗人、剧作家
休姆，Thomas Ernest Hulme，1883—1917，英国诗人、文学理论家

雪莱（雪勒），Percy Bysshe Shelley，1792—1822，英国浪漫主义诗人

Y

雅姆（耶麦），Francis Jammes，1868—1938，法国抒情诗人
叶芝（夏芝），William Butler Yeats
雨果（嚣俄），Victor Hugo
约翰逊，Samuel Johnson，1709—1784，英国诗人、传记作家、文学评论家

Z

翟理斯，Herbert Allen Giles，1845—1935，英国汉学家、翻译家
亨利·詹姆斯，Henry James，1843—1916，美裔英国作家、文学评论家
藏原惟人，Kurahara Korehito，1902—1991，日本普罗作家、文艺理论家、翻译家